春花崇礼

《散文海外版》2022年精品集

《散文海外版》编辑部 编

天津出版传媒集团

百花文艺出版社

图书在版编目（CIP）数据

春花崇礼：《散文海外版》2022年精品集／《散文
海外版》编辑部编. —— 天津：百花文艺出版社，2023.1
ISBN 978-7-5306-8461-0

Ⅰ. ①春… Ⅱ. ①散… Ⅲ. ①散文集–中国–当代
Ⅳ. ①I267

中国版本图书馆 CIP 数据核字(2022)第 255308 号

春花崇礼 ：《散文海外版》2022 年精品集
Chunhua Chongli Sanwen Haiwaiban 2022 Nian Jingpinji
《散文海外版》编辑部编

出 版 人 ：薛印胜
责任编辑：王 燕 徐 姗 封面设计 ：彭 泽
出版发行 ：百花文艺出版社
地址 ：天津市和平区西康路 35 号 邮编 ：300051
电话传真 ：+86-22-23332651（发行部）
 +86-22-23332656（总编室）
 +86-22-23332478（邮购部）
网址 ：http://www.baihuawenyi.com
印刷 ：天津新华印务有限公司
开本 ：787 毫米×1092 毫米 1/16
字数 ：350 千字
印张 ：25.5
版次 ：2023 年 1 月第 1 版
印次 ：2023 年 1 月第 1 次印刷
定价 ：58.00元

如有印装质量问题,请与天津新华印务有限公司联系调换
地址 ：天津东丽开发区五经路 23 号
电话 ：(022)58160306 邮编 ：300300

目　录

放下写作的那些年

◎ 韩少功

我1988年年初去了海南,结束专业作家的身份。那以后,有相当一段时间我很少写作,但有关经历对后来的写作可能不无影响。

当时交通十分紧张。我选择大年初一动身,那是火车上乘客最少的日子。全家三口带上了行李和来自海南的商调函。原单位曾挽留我,一位省委宣传部副部长后来专程追过海峡。我让他看我家的行李,说我家房子转让了,家具也卖了,还回得去吗?他看到这种情况,只好叹了口气,放我一马。

海南当时处于建省前夕,即将成为中国最大的市场经济先行区。这让我们这些满脑子市场经济的人兴奋不已。当时的拟任省长还公开宣布,将全面放开民营出版,给人更多的想象——我几乎就是冲着这种想象去的。

不过,市场经济这东西有牙齿,六亲不认,专治不服,远不是大都市那些知识沙龙里的高谈阔论,不是我们这种小文青的"诗和远方"。一到海南,我就发现那里的"单位"已变味,与内地很不一样,既不管住房,也不发煤气罐,让你办刊物什么的,就一个光溜溜的执照,一分钱也没有,连工资都得靠你们去"自我滚动"。几乎不到一个月,我就发现自家的全部积蓄,五千元存款,哗啦啦消失了一大半。用自己的积蓄给自己发工资,摸摸脑袋,定了个每月两百,感觉也怪怪的。

起步时,我们只能给发行商打工。根据谈下来的合同,我们每编一期杂志,只得到两万元,开支稿费、工资、房租后就所剩无几。因为人家有资本,有市场经验和营销网络,我们就只能接受这种傍大款的身份。到后来,大款也傍不成了,因为人家要干预编辑,就像后来某些投资商干预拍电影一样,直接要你下哪个角色、上哪个角色,连大导演也顶不住。我们当然不干,但谈来谈去，总是谈不拢，我和同事只好收拾满桌的稿件，塞进挎包，扬长而去。那天我们携带一包稿子茫然地走在大街上，吃几碗汤面充饥，还真不知道自己下一步该如何活。

是否得灰溜溜地滚回去，乞求旧体制的收留？

这大概就是全国最早的一批"文化产业"试水。既不能走"拳头加枕头"的低俗路线，又要破除旧式"大锅饭"和"铁饭碗"。一开始就腹背受敌，两面应战——没有一个甜饼和鲜花的市场在等你。市场差不多只是有待拼争、格杀、创造的一种未知。为了活下去，我们这些书生只能放下架子，向商人学习，向工人、农民、官员等一切行动者学习。为了自办发行，我们派人去书商那里跟班瞟学，甚至到火车站货场，找到那些待运的书刊货包，一五一十地抄录人家的收货地址，好建立自己的客户关系。编辑们还曾被派到街上，一人守一个书摊，掐着手表计数，看哪些书刊卖得快，看顾客的目光停留在什么地方最多，看一本杂志在众多书刊密集排列时"能见区块"在哪里……这些细节都透出了市场的心跳和呼吸。

正是通过这种学习，通过各种鼻青脸肿的摸爬滚打，我们后来才逐步脱困，一本严肃的综合类文化杂志，终于扛住了低俗潮流，最好时居然能发行120万册（这个数字说给外国同行听，总要惊得他们两眼圆瞪）。受制于当时落后的印刷技术，我们每期杂志甚至要找三个印刷厂同时开印，才能满足市场需要。那时钞票最大面额是十元，当有些客户用蛇皮袋提着现钞来订货，杂志社所有人都得停下手头工作，一起来数钞票。更有趣的是，一位出纳员去海口市某区税务分局缴税，回头高兴地给我打电话，说税务局说从未听过这种税，账上没这个科目，要她把钱拿回来。我在电话里一时同她说不清，没工夫掰扯偷税就会有内伤、隐患、定时炸弹一类大道理，只是说：你理解要执行，不理解也要执行，哭着喊着也要把税缴了再说——那一次我们强行缴税20多万元。

税务部门中当然也有乱来的。有一次，在另一地，某官员要我们缴税七八万，把我们的财务人员也唬住了。我几乎一夜未眠，一条条仔细研究税法，最后据理力争，硬是把重复缴的税给抠了回来。

靠这种死抠,我们把一本杂志、一张周报、一个函授学院,通通办成了赢利大户,又活生生进一步办成了公益事业。杂志社曾给海口市福利院等机构大笔捐款。函授学院也按30%的大比例奖励优秀学员,几乎是只要认真做了作业的,就获得奖学金300至1000元,登上《中国青年报》的表扬公告——而他们每人所缴的全部学费只有200元。

其实,穷日子不好过,后来的富日子更不好过,一个成功的团队总是免不了外部压力剧增,须应对剽窃、举报、敲诈、圈套、稽查、恐吓信等十面埋伏,而且几乎必有内部的涣散和腐败冲动。按经济特区当时的体制和风气,我们是事业单位企业化管理,从无任何国家投入,因此收益就给人某种模糊的想象空间。有一天,头头们在一个大学的操场开会至深夜两点。无非是有人提出"改制",其实就是后来经济学家们说的MBO,即管理层收购,实现私有化的一条便道——只是当时还没有这些词。我大体听明白了以后,明确表示反对,理由是:第一,这违反了我们最初制定的全员"公约",突然在内部分出三六九等,很像领导下手摘桃子;第二,这扭曲了利润产生的实际情况,因为我们并非资本密集型企业,现在也不缺钱,由管理层"出资",实属多此一举,不过是掩盖靠智能和劳动出效益的过程真相。如果连"出资"这种合法化的假动作也没有,那就更不像话。

争到最后,双方有点僵,对方不愿看到我辞职退出,才算了。某些当事人的心结当然没解开。在海南以及全国当时那种"转型"热潮中,他们肯定觉得自己更代表市场和资本的逻辑,更代表改革的方向。自那以后,团队内部的消极、懒怠、团团伙伙、过分享乐等现象日增,根子就在这里。

难道我错了吗?为此我查过资料,发现瑞典式的"社会主义"收入高低差距大约是7∶1,而我们的差距接近3∶1,包括住房、医疗、保险、住宅电话等福利,都是按需分配结合按劳分配来处理。这在当时的市场化潮流中确实显得另类,似乎不合时宜。但由我设计的一种"劳动股份制",有点像我当知青时在乡下见过的工分制,还有历史上晋商在"银股"制之外的"身股"制,既讲股权这种资本主义的元素,也讲劳动这种社会主义的元素,确有点不伦不类,却也大体管用。比如凡是同我们接触过的人,那些做印刷、运输、批发零售什么的,都曾以为我们这群人是个体户,说没见过哪个公家单位的人会这样卖命干。既然如此,有什么不好呢?

让人不易明白的是,难道把团队财富都变成了领导的私产和私股,员工们就会干得更加心花怒放和热火朝天?

多少年后我在美国见到一位经济学家,他倒是对我们当年的制度设计特别感兴趣,对这个区别于资本股份制的"劳动股份制"特别感兴趣,一再要求我把相关资料复印给他,好像要做什么研究。

我很抱歉,这个不伦不类的新制度伤了某些人的心。根据内部公约,作为一把手,我在每个议题上顶多只有两次否决权,并不可随心所欲。但就靠这一条,也靠一些同道者支持,我多少阻止了一些短视的所谓民主,比如有人主张的 MBO,比如更多人不时嚷嚷的吃光分光——那意味着着眼于长远的设备投资根本不能搞,社会公益事业更不能做,国家税收能偷就偷,如此等等。我这样说,并不妨碍我肯定民主的各种正面功能,比如遏制腐败、集思广益、大家参与感强等。在这方面,民主其实是越多越好。

20 世纪 90 年代后期,海南的法规空间逐渐收紧和明晰,我开始参与省作协、省文联的管理。与此前的企业化管理相比,单位的性质已变化,"劳动股份制"是用不上了,但定期民主测评一类老办法还可延续,且效果不错。包括我自己,因为有一段时间在写作,好像是写《马桥词典》那阵,去单位上班少了些,出"勤"得分就唰唰地往下掉——群众的眼好尖啊,下手够狠,一心要修理我,根本不管我委不委屈。

这些故事大多没有进入过我的写作,但我日后在一篇文章里写道:"真理一分钟不与利益结合,民众就可能一哄而散。"这句话后面是有故事的。我在《革命后记》中写到"乌托邦的有效期",写到纯粹靠情怀支撑的群体运动,包括巴黎公社那种绝对平均主义的理想化模式,其有效期大概只能在"半年左右"。这句话后面也是有故事的。20 世纪 90 年代后期,我参与《天涯》杂志的编辑,收到温铁军先生的一篇长稿,标题大约是《现代化札记》。同作者沟通以后,我建议标题改为《中国的和人民的现代化》。之所以突出和强调"人民的",这后面同样是有故事的,有无限感慨的。

往事风吹云散，会不会进入我以后的写作，我不知道。其实，它们是否早已潜入笔下的字里行间，自己也不大清楚。

萤火虫的故事

在作家群体里混上这些年，不是我的本意。

我考中学时的语文成绩很烂，不过初一那年就自学到初三数学，翻破了好几本苏联版的趣味数学书。"文革"后全国恢复大学招生考试前，我一天一本，砍瓜切菜一般，靠自学干掉了全部高中课程，而且进考场几乎拿了个满分（当时文理两科采用同一种数学试卷）——闲得无聊，又把仅有的一道理科生必答题也轻松拿下，大有一种逞能炫技的轻狂。

我毫不怀疑自己未来的科学生涯。就像我的一些朋友那样，一直怀抱工程师或发明家之梦，甚至曾为中国的卫星上天懊丧不已——这样的好事，怎么就让别人抢在先？

后来我终于有机会进入大学，在校园里连获全国奖项的成功来得猝不及防。现在看来，那些写作确属营养不良。在眼下写作新人中闭上双眼随便拎出一两个，大概都可比当年的我写得更松弛、更活泼、更圆熟。问题是当时很少有人去写，留下了一个空荡荡的文坛。国人们大多还心有余悸，还习惯于集体嘁声，习惯于文学里的恭顺媚权，习惯于小说里的男女都不恋爱、老百姓都不喊累、老财主总是在放火下毒、各条战线永远是"一路欢歌一路笑"……那时节搞文学其实不需要太多的才华。一个孩子只要冒失一点，指出皇帝没穿衣服，便可成为惊天动地的社会意见领袖。同情就是文学，诚实就是文学，勇敢就是文学。宋代陆放翁说"功夫在诗外"，其实文学在那时所获得的社会承认和历史定位，原因也肯定在文学之外——就像特定的棋局可使一个小卒胜过车马炮。

解冻和复苏的"新时期文学"，在某种程度上很像五四新文化大潮时隔多年后的重续，也是欧洲启蒙运动在东土的延时补课，慢了一两拍而已。双方情况并不太一样：欧洲人的主要针对点是神权加贵族，中国人的主要针对点是官权加宗法；欧洲人有域外殖民的补损工具，中国人却有民族危亡的雪上加霜……但社会转型的大震荡和大痛感似曾相识,要自由、要平等、要科学、要民富国强的心态大面积重合,足以使西方老师们那里几乎每个标点符号,都很对中国学子的胃口。毫无疑问,那是一个全球性的"大时代"——从欧洲 17 世纪到中国 19 世纪(史称"启蒙时代"),人们以"现代化"为目标的社会变革大破大立,翻天覆地,不是延伸和完善既有知识"范式"(科学史家 T.S.Kuhn 语),而是创建全新知识范式,因此都释放出超常的文化能量,包括重新定义文学,重新定义生活。李鸿章所说"三千余年一大变局"当然就是这个意思。历史上,也许除了公元前古印度、古中东、古中国、古希腊等地几乎不约而同发生的文明大爆炸(史称"轴心时代"),还鲜有哪个时代表现出如此大的精神跨度,能"大"到如此程度。

不过,"轴心"和"启蒙"都可遇而不可求,大时代并非历史常态,并非一个永无终期的节日。一旦社会改造动力减弱,一旦世界前景蓝图的清晰度重新降低,一旦技术革新、思想发明、经济发展、社会演变、民意要求等因缘条件缺三少四,还缺乏新的足够积累,沉闷而漫长的"小时代"也许就悄悄逼近了——前不久一部国产电影正是这样自我指认的。在很多人看来,既然金钱已君临天下,大局已定,大势难违,眼下也就只能干干这些了:言情、僵尸、武侠、宫斗、奇幻、小清新、下半身、机甲斗士……还有"坏孩子"的流行人格形象。昔日空荡荡的文坛早已变得拥挤不堪,但仔细品一品,很多时尚文字无非是提供一些高配型的低龄游戏和文化玩具,以一种个人主义写作策略,让受众在心智上无须长大,可以永远拒绝长大,进入既幸福又无奈的自我催眠,远离那些"思想"和"价值观"的沉重字眼。大奸小萌,或小奸大萌,再勾兑一点忧伤感,作为小资们最为严肃也最为现实的表达,作为他们的华丽理想,闪过了经典库藏中常见的较真和追问,正营销一种抽离社会与历史的个人存在方案——这种方案意味着,好日子里总是有钱花,但不必问钱来自哪里,也不必问哪些人因此没钱花。中产阶级的都市家庭,通常为这种胜利大"抽离"提供支付保障,也提供广阔的受众需求空间。

文学还能做什么?文学还应该做什么?一位朋友告诉我,"诗人"眼下已成为骂人的字眼:"你全家都是诗人!"……这说法不无夸张,但玩笑中却也透出了几分冷冷的现实。在太多文字产品倾销中,诗性的光辉,灵魂的光辉,正日渐微弱黯淡甚至经常成为票房和点击率的毒药。

坦白地说,一个人生命有限,不一定遇上大时代。同样坦白地说,"大时代"也许从来都是从"小时代"里孕育而来,两者其实很难分割。抱怨自己生不逢时,不过是懒汉们最标准和最空洞的套话。文学并不是专为节日和盛典准备的,文学在很多时候更需要忍耐,需要持守,需要旁若无人,需要烦琐甚至乏味的一针一线。哪怕下一轮伟大节日还在远方,哪怕物质化和利益化的"小时代"正成为现实中咄咄逼人的一部分,哪怕我一直抱以敬意的作家们正沦为落伍的手艺人或孤独的守灵人……那又怎么样?

我想起多年前自己在乡村看到的一幕:当太阳还隐伏在地平线以下,萤火虫也能发光,划出一道道忽明忽暗的弧线,其微光正因为黑暗而分外明亮,引导人们温暖的回忆和向往。

当不了太阳的人,当一只萤火虫也许恰逢其时。

换句话说,本身发不出太多光和热的家伙,趁新一轮太阳还未东升的这个大好时机,做一些点点滴滴岂不是躬逢其幸?

这样也很好。

自吕梁而下

◎ 李敬泽

　　此山自黄土高原站起，左手按下去一个晋中盆地，越晋中遥指太行；右手隔黄河指陕西，黄河浩荡犁开黄土，奔赴壶口而去。

　　这是吕梁山，一山断秦晋，分出西北华北。

　　关于吕梁山，我知道什么？

　　我知道吕梁，儿时看过连环画《吕梁英雄传》，后来读过马烽、西戎的《吕梁英雄传》。

　　吕梁是山西一个地级市。

　　由《吕梁英雄传》，我知道，抗日战争中，这里是日军所抵的最西之地，在这里，吕梁英雄们拦住了他们，再不能向西。

　　马烽是文学史上山药蛋派的代表性作家，二十世纪九十年代初他自山西来京，任中国作协党组书记，我曾在不同场合远远见过他。

　　吕梁有好酒，汾酒。

　　有好酒处必有一条好水，汾水。

　　汾水之南有汾阳，现在是吕梁辖下一个县级市。

　　汾阳有郭子仪。郭子仪平安史之乱，立不世之功，功比天高赏无可赏，最后封了汾阳郡王。"好一条老汉他本是关中人，救唐王平天下他封在汾阳。"

　　汾阳姓郭的人必定不少，比如郭德纲，祖籍汾阳，不知从哪一代离了汾阳去天津，生了个小儿子就叫郭汾阳。

　　汾阳有贾樟柯。贾樟柯的电影里，汾阳是宇宙的中心，飞机、火车、长途客车、大卡车、小汽车、自行车，来来往往载着那些人在世上奔忙，自汾阳出走,向汾阳归来。

最后,我到了汾阳才知道,汾阳有个贾家庄。贾家庄本不是贾樟柯的庄,但贾樟柯现在以此为家,办一个活动叫"吕梁文学季"。此来正是为此。

这一晚,贾家庄里上演山西梆子《打金枝》。

广场上,黑地里站满了人,男男女女,指指点点,忽然风翻荷叶,笑成一片,有孩子骑在大人脖子上仰天看月。此情景仿佛贾樟柯的《站台》。《站台》里的野台子是在遥远的、无限遥远的20世纪之末,台上台下鼓荡着野地般荒凉的欲望和苦闷,眼下这台戏却已到2019年,鲜花烈火、富丽堂皇。

锣鼓起,大幕开,汾阳郡王把寿筵摆。

郭子仪今日庆寿诞,金玉满堂好儿孙一双一双上前拜,偏剩下小儿子形单影只名叫郭暖,却原来,郭暖的妻唐王的女儿寿阳公主她摆起了架子不肯来。

小郭暖,气冲冲,回宫找到公主说明白。说明白就说明白,天下事有黑就有白,公主道:君是君来臣是臣,哪里有为君的倒把臣来拜!

郭暖闻听气冲斗牛,没有我老郭家卖命,哪有你老李家的江山来!

——这个破韵押不下去了,总之,郭暖急了怒了,一抬手,打了公主一巴掌。

打老婆啊,这是家暴!下午几位女作家女学者刚刚在村里的另一个台子上讨论了女性地位和女性权利,晚上这个台子上就一巴掌打出了父权、夫权和男权的威风,郭暖这厮他是不是觉得他是个男人就比皇帝还大就比天还大,他这是要用一巴掌来宣布世界是他们的,归根结底还是他们的,他这是丧心病狂啊!他就是比封建皇帝还大的反动派!

但台子上下,戏照唱,戏照看。多大的事呢?神州不会陆沉,天下不会大乱,我们之所以在寒风中看戏,不是因为我们没看过,《打金枝》谁没看过呢?我们看的就是我们了然于胸的戏,人生如戏、戏如人生,我们就是要在戏里把我们熟知的人生温习一遍。

《打金枝》,根本要义就是三个字,北方话叫"和稀泥",南方话叫"捣糨糊",南北同心,天下同理,说的就是一个过日子难得糊涂。戏台上,郭暖和公主青春明亮照人，年轻，所以不肯糊涂，公主论君臣，郭暖讲父子，忠和孝针尖对麦芒；公主论名分，郭暖摆功劳，名与实如火如水，这日子过不下去了，这世界眼看就要翻车。谢天谢地，还有唐王，还有有郭子仪，年纪一大把胡子一大把，早知道这个理讲不清，这个架打不得，我大唐靠的是老郭家拼命冲杀，老郭家反大唐又得拼命冲杀，这个架打起来，就要从家里的坛坛罐罐打到山河破碎一地，一场安史之乱，总人口减少三分之二，难不成再减三分之二？于是，唐王骂闺女、郭子仪捆儿子，哄得小两口重归于好，从此后和和美美过日子，红红火火、地久天长。

此时月朗星稀，台上台下的人，最终都是笑了。这戏唱了几百年，从封建主义的明清唱到半封建半殖民地的民国，唱到了新中国。山西梆子唱、京剧唱，几乎所有地方戏都唱，唱遍了天下州府，所唱的就是时间中的智慧、老生老旦长须白发的持重稳当。

——倒也不仅是中国，自有人类大抵如此。山洞里走出一个人，一抬头，前边还有一个人，两个人往前走，前边又有一个人，三人围兔总好过一人逐兔，于是合作打兔子。但三人行必要吵架，打到兔子烤熟了必有四条兔腿三张嘴的分配问题。那就谈，比一比谁的功劳大，谈好了，继续一块儿打兔子，蛋白质供应充足。谈崩了，分道扬镳，各追各的兔子，忙几天各自追不到眼看要饿死，人类文明危乎殆哉。荷马史诗《伊利亚特》里，阿喀琉斯就狂怒了，宣布兔子不打了，自己要回山洞了，因为他作为强者未能公平地得到强者的报偿。这个郭暖，也是一个阿喀琉斯啊，打老婆当然是绝对错误，但是，他真正充满怒气地提出的问题是，郭家为王朝立下了如此巨大的功劳，我们是否得到了公平。年轻人的血气和冲动把这出戏把世界推到了悬崖边上：你要的是什么公平呢？莫非你要当村长当皇帝不成？唐王和郭子仪必须把这个悬崖上的问题糊涂到平地上去。所有胡子长的人包括孔子、柏拉图、亚里士多德，他们都站在唐王和郭子仪一边，他们接受世界的不完美，他们深思熟虑、老奸巨猾，他们通过《打金枝》宣传推广老年的、安静的德行。

戏散了，贾家庄的路上清辉如霜，路两边是高树，早春疏朗的枝杈印在幽蓝的天上。回到住处，是几幢仿建的老式洋房：徽因水坊、焕章别墅、正清金屋等等。徽因是林徽因，焕章是冯玉祥，正清是费正清，他们都曾来过汾阳，他们来过贾家庄吗？应该来过的吧。现在，吕梁山下，中国的肘腋之地，他们毗邻而居，可以开会了。

我本一俗人，当然希望住到林徽因家，白日里被人领着一路走来，一抬头，却是站在冯先生门前。我真的不想住在他家，我是文人书生，冯看不起我，地久天长、一夜安眠还是住在林家。1934年，梁思成、林徽因与费正清夫妇相偕来到汾阳考察古建筑，彼时伪满洲国已经成立，希特勒已经上台，五洲震荡，天下欲沸，他们却注视着那些老的、旧的事物，那些在岁月中经受磨损经历风雨、地震、兵火而依然幸存依然屹立的事物，那些不变的、具有长须白发的恒久品行的事物。而冯先生，很难想象他对此有什么兴趣。1930年，风云突变，军阀重开战，蒋介石一方，阎锡山、冯玉祥和桂系一方大战中原，阎冯战败，冯借阎一角地暂且容身。这个人注定不能在吕梁山下安居，他身上有洪荒之力，他的天命就是破坏一个旧世界：1927年北京事变，冯先生大闹一场，到最后撕毁1911年的《清室优待条例》，驱赶溥仪出宫。他对历史作为戏剧具有直觉的理解，通过这出其不意的"震惊"，他宣告：《打金枝》的戏已经唱不下去，不再有悬而未决，不再有犹豫留恋，不再有揖让和糊涂，从此后白刃相见、水落石出。这个民族意识到自己正身处生死存亡的危机，并在危机中把一切视为例外，更何况不过是一纸《清室优待条例》。

这座房子小了，这张床也小，冯先生会撑爆这间卧室。我不知道他的确切身高，但我看过照片，他比合影者高出一大截。他是巨人猛虎，他有一种身体的、血气的洪荒之力。这个人必对他周围所有的人形成威迫，他在乱世中啸聚起庞杂的大军，他会在暴怒或故作暴怒中狠抽部将的耳光，他的将军立正接受他的惩罚，然后他会命令将军在他的卧室外彻夜站岗。现在，我的房门外就站着这样一个倒霉的将军，对他来说，《打金枝》的世界无限遥远，他的心中野马尘埃，安史之乱正在展开。

忽然想起，多年前读陈公博回忆录。20世纪30年代，中国被日本逼上悬崖，汪精卫、陈公博等结成"低调俱乐部"，他们认为他们有"理性"，对世界大势了然于胸。他们断定中国无法与日本抗衡，中国太弱了，必须寻求妥协。但是,冯玉祥这个"莽夫",他坚决认为只有打、必须打。陈公博在回忆录中带着蔑视,带着秀才遇见兵的无奈写道,每次谈到中国所面临的种种不可能时,冯大爷根本不听,只有一句话:打!打到胜利!

——历史站在这高昂壮硕的血性汉子一边,把那群整洁消瘦、彬彬有礼、"体面""理性"的绅士扫进了垃圾堆。在危机状态中,历史由血气翻腾的激情和决断所写定。1924年,冯玉祥把溥仪轰出紫禁城,绅士们莫名惊诧,他们被冯的决绝鲁莽吓住了,胡适甚至说:这是民国史上最不名誉的一件事。后有鼠目寸光者看大事,以为没有当年的仓皇出宫,或许就不会有后来的伪满洲国,其实只要脑筋稍微转个弯就能想到,假如溥仪仍留在故宫北平,在日本掇弄下难保不会搞出更大的烂事。但在1924年,胡适见不及此,冯先生自己也没想那么多;胡适讲客气,冯先生则不管三七二十一掀了桌子。哪儿有什么地久天长,真要长久的话,皇帝现在还坐在官里。时间猝然提速,开着汽车、开着飞机,决心绝尘而去,现在,需要一个鲁莽无畏的人来解决这个问题,他一抬手就解决了它,顺便以绝对的轻蔑,宣布了那个长须白发、请客吃饭、揖让雍容的温良恭俭让的世界的完蛋。胡适吓了一跳,王国维吓了一大跳,吓得都不想活了,他们未必多么爱大清爱溥仪,他们只是深刻意识到了这件事背后的逻辑。

在这个太行与黄河之间、吕梁之下的村庄里,林徽因、梁思成、费正清和冯玉祥成为邻居,他们被博物馆化了,被从各自的世界中提取出来,各有各的故事,如安放在玻璃柜中的藏品,各自被灯光聚焦、照亮。冯玉祥从这幢房子走出去,在花园里,碰见了深夜未眠的梁思成和林徽因,他们会谈些什么?在1930年或1934年,他们或许无话可说,道不同不相为谋,话不投机半句多。但如果再过些年呢?比如1944年,林徽因千里流亡,僻居宜宾李庄,卧病在床,据说,她的儿子梁从诫曾经问她:如果日本人打进四川怎么办,林徽因说:"中国念书人总还有一条后路,我们家门口不就是扬子江吗?"

——此时这一腔血,林先生和冯先生是一样的。

再过五年,1949年,冯玉祥昔日的部将傅作义签署了北平和平解放的协议,固然是兵临城下、大势已去,但战场双方的商量何尝不是出于对这古都、这故宫,对民族生活的长久岁月和恒久价值的眷恋和珍重。而此前一年,冯先生已殁于黑海的船上,彼时,他正满怀憧憬地奔赴新的中国。

贾家庄里,梁思成、林徽因、冯玉祥,见那边遥遥走来一个童子,走近了,原来是马烽。1930年,马烽8岁,1934年,马烽12岁,1958年,马烽36岁,在贾家庄完成了《我们村里的年轻人》剧本初稿。1959年,电影在国庆10周年前夕上映——夜里,我在冯玉祥的房间从电脑上搜出了这部电影,那是60年前的中国故事,2019年,我来到了这个故事的根基所在:贾家庄。这吕梁山下的村庄,千百年来贫困、孤独,4000亩可耕地中2800亩是盐碱地,它在封闭、脆弱的生存循环中耗尽全部能量。一代一代人老去,时间周而复始。但是现在,时间挺直了,时间获得了方向,这里有一群年轻人,他们要打开这个村庄,劈开两座大山、跨越三条深沟,从远方引来清水,洗去盐碱,让这里成为流淌奶与蜜的地方。

在网上,我读到了两位山西学者合写的论文,他们敏锐地注意到了剧本中一个意味深长的现象,尽管片名是"年轻人",但在马烽的行文中,却始终贯穿着一个无姓名的、抽象的指称——"青年":"一伙青年正在锄地,一个个汗流浃背""青年们纷纷报名""歌声继续着,青年们在未打通的那段崖上和塌下来的巨石上打着炮眼"……在山西人的口语中,其实是不使用"青年"这个词的,这不是吕梁山和贾家庄的词,它来自北京、来自普遍性的现代汉语,从梁思成的父亲梁启超的"少年",到李大钊的"青春",到陈独秀的"新青年",青年是决绝地向未来、向现代而去,是血气、激情和梦想,是断裂然后创造,是旧邦的新命。必须是"青年",不能是"一伙年轻人正在锄地,一个个汗流浃背""年轻人们纷纷报名""歌声继续着,年轻人们在未打通的那段崖上和塌下来的巨石上打着炮眼",这将会使一切归入自然的生命周期、浸染周而复始过日子的气息,而"青年",这个使山西人、使贾家庄人感到陌生的、不自然的词,以它超出日常经验的光芒和强硬,喻指着、召唤着宏大的历史力量,将这个村庄向着未来和现代打开。

——忽然想起,我其实是很近地见过马烽的。1990年年底,我从被停刊的《小说选刊》调到《人民文学》,去八里庄鲁迅文学院的招待所和《人民文学》的主编程树榛见面。老程和马烽都是从京外调来,暂住招待所。马烽苍老,就是一个饱经风霜的老农,他和夫人正围着一个电炉子下面,山西人啊,想必是自己擀的面。他当然不认识我,像招呼一个来串门的年轻人一样,他说:"来一碗?"

我很后悔没有吃一碗马烽的面。

归去来兮,调到北京的马烽大部分时间仍在山西,过了几年终于彻底回去。这不是他第一次回去,中华人民共和国成立初期,他就在中国作协工作,1956 年终于在 34 岁时回山西,挂职汾阳县委副书记,从此,他在贾家庄有了家。这里不是他的家乡,他的家乡在吕梁地区的孝义,但汾阳、贾家庄离吕梁山更近。在一张 1980 年的照片上,我看见马烽走在贾家庄的乡亲中间,整个人明朗舒展,是走在他的风光、他的山川里。

天亮了,一群人去看马烽当年所居的小院,进得门来,迎面是马烽的坐像,他端坐在椅子上,依然老年形象。我忽然想,这是不对的,马烽在根本上是青年是新青年,他属于那种在 20 世纪塑造中国的青春洪流。22 岁的马烽和比他小半岁的西戎写出了《吕梁英雄传》,来此之前我专门找了一本带上,这是一本多么粗糙的书啊,但正是这种粗糙令人震撼折服,事件与行动、抉择与战斗,密如疾风猛雨,作者和读者都不能停留、无暇沉吟,必须奔跑,在混乱的战场上拼死和求生,没时间,也不应该把这一切编织成严密周详熟练得包了浆的故事,战争和危机中的书写不是绣花,是立即开枪。

但在这一切的底部,有一个根本的逻辑:生命、时间、历史的循环必须打破,为了使世界获得前行的动力,必须张扬身体的澎湃"血气",老成持重、深思熟虑是怯懦的,糊涂和忍让是可耻的,悬崖之上,只有搏斗,再无苟活。吕梁英雄们秉青春之血气,雷石柱、康明理、孟二愣,这些康家寨的年轻人,说服、带动、反抗他们的长辈,义无反顾地把这个村庄推入了滚滚向前的历史。当青年们和强行入侵的日本鬼子干起来的时候,他们也就把康家寨打开了,从此这个村庄进入了现代历史,奔向一个现代世界。

"青年"和"青春"由此不再是仅仅年轻,它们具有根本的现代价值和历史意义。直到《我们村里的年轻人》,决心创造新生活的高占武依然不得不与长须白发的高忠爷争辩。在后者看来,年轻人畅想的未来不过是痴人说梦。而在影片上映的 1959 年,黄河那一边的柳青正在对《创业史》第一部做最后的修改。年轻的梁生宝力图打破祖祖辈辈的命运循环,在此地,走异路,变成别样的人,他的身上却不仅是血气,而更多的是俄罗斯式的沉思甚至是马烽暮年的苍老……

静止的春天

◎ 王开岭

怎样才算拥抱过一个春天呢？

我觉得，有一个仪式不可或缺，它须在某个春日里发生，否则，你的春天即不合格，就像洞房花烛之于一桩婚事。

暮春者，春服既成，冠者五六人，童子六七人，浴乎沂，风乎舞雩，咏而归。

孔子师徒留下的这番话，在我看来，堪称春天的一道谕旨，亦是对"春"最美的广告和代言。它督促你，莫负明媚春光，到户外去，敞开身体，沐浴天泽，领取那一年一度的大自然福利。

惜哉，2020，我有负这天意了，不，不仅是我，我们都一样。

那是一场只能叫作"等待生活"的生活。

在一只鸟眼里，那春天并无殊异，山川依旧，星光依旧，杨柳依旧，仍堪称岁月静好，它唯一的好奇是：怎会这般寂静、这般空旷？人群呢？喧声呢？车水马龙呢？天上的风筝呢？

是的，人类第一次把自己关进了笼子里。除了房舍，人类把地盘最大限度地还给了野生动物。水里的鱼多了，林中的兽多了，天上的翅膀多了，曾见新闻视频：在欧美一些城镇，熊、鹿、獾、野猪们，大摇大摆地信步街头，那模样不像闯入者，倒像归来者，像合法业主在巡视自家的领地，在检阅自己治下的动物园。

看那些颤晃的镜头，感觉有点儿怪，后来醒悟：那是囚徒的视角啊！那是失去自由的人，在羡慕铁窗外的世界。

是的，这是一场仅限于人类的不幸。

对于人间，对于自负的地球文明，这是个怎样的春天呢？

一个寂静的春天，一个蒙面的春天，一个惨烈的牺牲的春天，一个彼此呼唤又充满敌意、同病相怜又相互诅咒的春天。

2019 年岁末，在圣诞福音和爆竹声响起时，谁也不承想，人类会开启这样一种极端的生活——

世界成了一座巨大的病房，无数的呼号、无数的惊悚、无数的悲鸣，从各个角落，从千万间紧闭的窗户里飘出……瑟瑟发抖的我们，无从辨识，只能把一切消息翻译成坏消息，翻译成梦魇和世界末日。

爱与恨一样多，祈祷与诅咒一样多，理智与癫狂一样多，悲剧与闹剧一样多。

我们前所未有地看清了时代的真相，它的虚弱、迷狂，它的撕裂和藏污纳垢，它的极端和自暴自弃……

我们目睹了人类最深重的愚蠢和昏昧，见识了语言所能织出的最丑的脏话与谎言，我们窥见了人性所有的褶皱和棱面，它的溃烂和闪光……

我们见证了伟大的良知和牺牲，那些扑火的白衣飞蛾，那些背负氧气和药瓶的逆行者，那些服务真理并清晰吐出每个字眼的人，那些值守病榻为临终者安魂的祈祷士……他们履行的是神职，是使徒的角色。他们以"保卫生命""保卫生活"之名，宣示着力量、道德和美。

我们挣扎，但不绝望。

想起了斯蒂芬·茨威格，那个高贵、敏感细心和忧郁的人，那个曾用尽全力和深情来生活的人。

那个春天，我又翻开《昨日的世界—— 一个欧洲人的回忆》，这是一本告别的书，一个人对世界最后的审美与幻灭。

他动情地追忆了自己的青春，20 世纪初的欧洲，那个以安逸与创造、自由与艺术为标签的时代，那是维多利亚的文明之巅，那是欧罗巴的迷人之夜，蓬勃、平和、温煦，这种气候和秩序，让一切理性主义者和浪漫主义者皆感舒适。"暖风熏得游人醉"，大家甚至开始厌倦这种恬静和柔腻……可谁承想，这竟是落日前最后的光辉，是断崖之上的峰顶驻足！接下来，两次世界大战，经济凋敝，贫困饥馑，政治瘟疫，意大利法西斯，希特勒神话，族群仇恨与暴力美学,纳粹集中营,国家主义的狼烟,排山倒海的民粹,疯狂地吞噬理性和肉体,绞杀自由与道德……

在那封深夜遗书里,他和夫人祝人类好运——对我来说,脑力劳动是最纯粹快乐的,个人自由是这世上最崇高的财富。我向我所有的朋友致意,愿你们在经过漫漫长夜后迎来灿烂的朝霞,而我这个过于性急的人,先你们而去了。

春,我知道它来了,它已悄悄爬上了窗台,那是灰白枝杈上的润青,那是流苏一样的杨树穗,那是越来越密的鸟雀啁啾声……

但它和我隔着墙,隔着护栏和玻璃,有些生分。

这不是我想要的春。

我要的是可触可染、耳鬓厮磨的春,是"出门俱是看花客""人面桃花相映红"的春,是"傍花随柳过前川""斜风细雨不须归"的春,是"春风十里扬州路""乱花渐欲迷人眼"的春,是"陌上花开,可缓缓归矣"的春……

身在茧房,你尽可"小楼一夜听春雨",但难及的是下一句"深巷明朝卖杏花"。

这两者合起来才是春:春之身,春之心,春之事。

我最饥渴的,其实是阳光。

东西向的楼房,最大困扰是光照,一天里,被太阳直射的机会只有两次——朝阳和夕照。

足不出户,对于小孩子来说,是一件残酷的事。

他在长身体,他需要晒太阳,他需要合成维生素 D……

每个黄昏,赶在太阳落山前,我打开后窗,叫儿子过来,让他踩上一只高凳,撸袖敞领,尽可能裸露肌肤,去追一天里最后的紫外线。

天冷,每天十分钟。

儿子兴奋地问:"这算不算夸父追日啊?"

自此,一个儿童踮着脚、抻长脖颈看夕阳的画面,就定格在了我的脑海里。至今,闻某地疫情封控,我第一个念头就是小孩子如何晒太阳……那幅画,像弹窗一样跳出来。

那些天里,我最羡慕的,是楼下门口的执勤大妈,红袖章,测温仪,别人坐着,她不,大踏步地折返走,大弧度地甩胳膊,阳光亲热地缠着她,虽蒙着口罩,我仍能看到她满脸的红润。

年末,在北京一场读书会上,主持人问嘉宾:2020年你最难忘的事是什么?轮到我,我说是4月的一天,在山东老家,在室内闷了三周之后,我做出一个决定:带9岁的儿子下楼去,去走马路!去晒太阳!去看春天!

那个午后,我们出发了。

一出户,明晃晃的光扑上来,人犹如撞在了玻璃上,眯起眼,一股暖流涌贯全身,我幸福得一哆嗦:啊,太阳神!

儿子冲着地面直跺脚,像踩着了什么稀罕玩意儿。

没有车,马路阔得惊人,像一条大河遗下的枯床,无声无息。忽想起2003年"非典"时的北京街头,也是春天,一样的冷寂,一样的空荡,一样的沉默……你坐过空无一人的地铁吗?是的,我坐过。17年了,本以为那样的春天和大街永远不会再有了。

除了主干道,所有巷口皆封,商铺闭户,公园自然也去不成。我们选了朝阳的一侧,慢悠悠,无目标地走。

空气清凉,风有微棱,父子俩挽起衣袖,摘掉帽子围巾手套,仰起脸,虔诚地,像朝圣者那样,把自己献给太阳。

儿子蹦蹦跳跳,他觉得很梦幻,整条大街都是他的,仿佛掉进了乐高城市……

忽然,不知从哪儿冒出一男子,迎面走来,他,脸上竟一丝不挂!你怔住,身子发紧,拉响了警报。和你一样,对方略有迟疑便做出了反应:提前"变道",像车辆紧急避险那样。

你捉紧儿子的手,疾步掠过。

那人的身影,也像是逃走似的。

儿子频频回头,似乎舍不下这路人。

"我能不戴口罩吗?"儿子跃跃欲试。

"不是每个人都有口罩。"你警告他。

你有点羞愧,为方才对陌生人的心思。你发现自己的目光变成了一名警察、一个审判者,不仅虎视眈眈,甚至有举报和指控的意味。

口罩是一层纱、一面盾,有时也是一堵墙、一座山。

你未曾料到,在不久之后,一具躯体对另一具躯体的戒备和敌意,将成常态。

在生物界,完全可信赖的,或许只剩下草木了。

沿着阳光导航的直线,我们走了很远,终于,在一个十字路口的拐角,激动人心的事物出现了——

红色!粉红!是桃花!

一声欢呼,父子风一样追上去。

红晕的枝条,像女子的纤臂,从松塔后懒懒地伸出。

一盏盏,一朵朵,一瓣瓣,那桃色,清澈,灼热,羞涩,像胭脂,像朱唇,像恋情。

情不自禁摘下口罩。

刹那间,一缕清风冲进鼻腔,那股消毒水、无纺布的味道没有了,那股在肺里盘踞了很久的化学味。

我张开嘴巴,大口地深呼吸。

儿子很兴奋,凑上前,贴住最近的一簇,贪婪地,使劲吸鼻子,那花瓣颤了一下,我几乎听到一声尖叫……

“哎,轻点,别把她弄疼了。”

“哦,留点儿花香,给蝴蝶,给蜜蜂……”

“村南无限桃花发,唯我多情独自来。”

这是今年我注视的第一株花,于她,不知算不算“初见人”。

这个春天,最寂寞者恐是野外的花了,没有目光和脚步,无人赏,无人宠,无人折……

人面不知何处去,春花无主向谁开?

告别她,我们继续走,在一处河畔,遇到了垂丝海棠,还有迎春花,还有两行绿水荡漾的烟柳……

那个明亮的下午，是我们的节日。

晚上，儿子写作文，提到了与花的亲热，我略改两字——

"摘下口罩，我闻见了春天的味道。

而春天，看见了我的脸。"

我说："儿子，你会写诗了。"

"瘟疫是如此残酷，它惩罚的竟是自由与亲密。"

整个春天，除了这句话，我没有任何写作。我把它发在了微博上。

这个蒙面的春天，你可曾遇见一张生动的脸？可有一份明灿的笑让你春意盎然？

这个牢笼里的春天，寂寞者，除了花开花落，还有女子的容颜。

网友笑曰："大街上终于寻不见美女了！口罩面前，人人平等！"

他不知道，这是春色最大的损失。

和花儿一样，没有爱慕，没有目光的饲养，容颜会枯萎。

据说女士们都懒得化妆了。

是啊，当无纺布成了人的另一层肌肤和表情，美貌即显多余了，她们被打入冷宫，犹如冰箱里的水果。

在平等面前，我们停止了对脸孔的想象与探索。

这是审美的灾难。

那个残酷的春天，最受虐的，莫过于情侣，尤其是异地恋人。

看到一组照片：在德国和丹麦的边境线上，隔着铁丝网，两位老人热目相对，手温柔地握在一起。老爷爷在德国，老奶奶在丹麦，两人恋爱已有一年，疫情暴发，边境封闭，老爷爷每天骑车八公里来此处，他们读报聊天听音乐，眼含幸福，直到夕阳落山。

网传，在一湾之隔的深圳和香港，有不堪相思的情侣，竟循着当年私渡客的足迹，攀上相邻的山头，来到最近的滩涂，对着依稀的人影，挥手呼唤，或在望远镜里相看泪眼。

又看到一位西方艺术家的画作：疫情下的街头，两个火热的年轻人忘情拥吻，而身体一侧，是两具搂抱着倒下的骷髅。寓意很明显：激情，在死神的注视下。

如果这幅画需要一个名字，我想称之为"哭泣的身体"。

是的，它们在哭泣，那些凋零的身体，那些失散在异乡的身体，那些在孤独中日渐憔悴的身体，那些在生疏中火苗渐熄的身体，那些被淡忘和失去信任的身体……

它们呼唤完整，呼唤热焰，呼唤欣赏和赞美……

是的，人类身体里的微笑正在流失。

自由、亲密，这世间最美好的东西，也是最后之际才不得不放弃的东西，再后，就轮到生命了。

我丝毫不敢嘲笑那些拼命活和拼命爱的人，那些奋不顾身去维系日常生活的人。那是一种不怕死的"贪生"。

那种不愿意同往常分手、与旧时光恋恋不舍的样子，多像一个孩子——他拒绝丢下自己的玩具！

我为之动容。

"生活"和"活着"，是两回事。

寓言或幻境

◎ 杨献平

唯有一双瞳孔是白的，虽然很小，但有神，走路一跳一跳，尖利的黑喙不住在路面上啄食，它吃到的东西当中有石子，也有草籽和其他食物。每啄食一下，它会抬起头，那只黑得叫人不明所以的脑袋一耸一耸地，左右看看，然后再低头啄食。这是一只乌鸦，黑得似乎只能照到它自己，要不是仓灰色的路面，它就和一块稍大一点儿的石头没有区别。它谨慎的样子叫我心生悲悯，可又觉得这种鸟儿及其形态有些诡异色彩，甚至玄秘的意味。

这是一条沙土路面，不宽。两边的茅草深厚，成行的榆树灌木被修剪得整齐划一，像极了我在巴丹吉林沙漠的日常生活。西北乡镇的冬天，如此的情境可谓司空见惯，在空旷的巴丹吉林沙漠边缘的戈壁及其稀疏的村镇内外，成群的乌鸦似乎无所不在的幽灵，它们以家族式的聚集，居高临下地占据了干枯的新疆白杨。

对于它们，我极其熟悉，中国北方的崎岖山地甚至平原上，冬天最多的鸟类，就是外表一派乌黑的乌鸦，当然还有麻雀、喜鹊和一种被当地人称之为"单工"的鸟儿。在我们南太行乡村，乌鸦被人们称为黑老鸹。"乌鸦当头过，无灾必有祸。"爷爷说，黑老鸹一身黑羽毛，就像孝子们穿的孝衣和袖章。当时我还幼稚地问，啥是孝衣？爷爷说，谁家的爷奶爹娘去世了以后，他们的孩子们都要披麻戴孝，埋葬了亲人以后，为了告诉别人自己在守孝，就在左手臂上，用黑布缝一个袖章，上面写着一个大大的白色的"孝"字。爷爷还说，乌鸦是鸟里面的大孝子，当它们的娘老得不能自己找东西吃的时候，子女们都会照顾它们一直到死，"母哺六十日，长则反哺六十日。"说的就是乌鸦。

爷爷还说，可黑老鸹也是不好的鸟儿，谁家附近的树上落满了黑老鸹，谁家就会有老人去世或者不幸的事情发生。对此，尽管我不怎么懂得，但也觉得其中充满悖论，而且与人的死亡有关：对于乌鸦，人们一方面强调它的孝义品质，另一方面又对它们携带的不祥信息充满了恐惧和厌恶。人们看重的只是乌鸦反哺的情义，从而将其作为楷模来宣传，而对乌鸦自身所携带的死亡预兆持抗拒态度。这种爱生恶死的观念，反映了人对自身宿命的恐惧感。

我至今还记得，曾祖母去世的那个早春时节，她屋后那一株巨大的柿子树上，不知何时落满了黑老鸹，远看，就像一个巨大的乌色云团。黑老鸹们不停在树枝上蹦跳，一边发出呱呱、哑哑的叫喊，爷爷奶奶，还有家族里的其他人，一时间都穿上了白色孝服，跪在一口黑色的棺椁面前，哭泣声高高低低，长长短短，整个村子都显得特别压抑和阴森。

这是我第一次目击人间的葬礼，而且是最为常见和普通的。一个平民的死亡，完全雷同一粒灰尘的消失，只对产生他们的地方和亲近的那些人有影响。时至今日，我印象最深的，还是那棵被乌鸦占据的柿子树，乌鸦及其所携带的诡异气息，虽然外在，但对我这样的一个目击者来说却丝丝入扣、入心入脑。

埋葬了曾祖母，这些不祥的鸟儿也都去了村外的树林里，每天清晨和黄昏，只能听到它们在村子远处的树林里呱呱地叫。那种声音，哑哑的、呱呱的，有一些冷漠和决绝的意味。听得我心尖发颤，脑子里充满了它们的黑色羽毛，而且很庞大和厚实。

爷爷还说，乌鸦也很有灵性，在老远的地方，就能提前感知人的死亡的气息；谁家要是有人即将去世，乌鸦们就闻到了那种气息，然后不约而同地聚集起来：乌鸦们也喜欢啄食其他动物的腐肉，和山里的隼和老鹰一样。

大致因为这个原因，曾祖母去世第七天夜里，我做了人生第一个有关乌鸦的梦。梦中的景象令人焦灼，更令人思想不透。具体情境是：一个穿黑粗布衣服的小脚妇女，高高的发髻上插着红色的木簪子，簪子上还飘着一缕红缨。她好像从很远的地方来，手里牵着一只白色小山羊。小山羊咩咩叫着,背上驮着两只还没成年的黑乌鸦。她看到我,伸出犹如铁钩的手指,一把抓住我的衣领,也把我放在小山羊的背上。其中一只乌鸦睁着白色的小眼睛,一跳一跳地盯着我,还不停呱呱叫着。另一只也开始扇动翅膀,飞起来,又落在我的头顶上,然后抡起它尖利的黑喙,开始啄食,好像在吃我的脑浆。我惊恐,大叫一声,猛地惊醒。

梦境可能是灵魂内部信息的闪电般的呈现,具有不确定性,但又特别顽固。直到我离开乡村,到城市去读书,虽然也经常看到乌鸦,但似乎并不在意了。城市人口和建筑的密集,使得乌鸦没了栖身之地,这种从不筑巢的鸟儿,比人类更加热爱旷野中的孤树和小片树林。1991年10月,落叶纷飞的南太行乡村,我带着高考失败的沮丧,以及对个人前途甚至一生命运的迷茫,在爹娘为我修建的房屋,就着月光睡着了的时候,两只乌鸦和那位穿粗布衣服的小脚妇女再次出现。不同的是,她牵着的不再是那只白色小山羊,而是一匹红色的骏马,两只马镫在马的肚子上摇荡,发出当当的响声,好像那铁质的马镫,直接敲打着马的骨头。到近前,她笑了一下,那笑容,我似曾相识。似乎曾祖母,那位我只见过一次,就与世长辞了的人,在我印象中,她就是一个小脚妇女,时常挪动着犹如锥子的小脚在院子内外走动。我正要喊祖奶奶——我们南太行乡村对于曾祖母的专用称呼,她却笑了一下,然后伸出一只手,抓住我的肩膀,飞快地将我放在马背上,那马一声嘶鸣,旋即飞入空中。我大叫一声,觉得一阵眩晕。再看,胯下的红骏马不知何时变成了一只巨大的乌鸦。

这样的梦境,我觉得蹊跷,第二天,我就说给了爷爷。爷爷说:"梦见你祖奶奶,那是她老人家在地下想你了,再说,你说不定快要出远门了。"我将信将疑,觉得爷爷所说的这些,不过是对这个梦境的猜测或者想当然式的自我图解,当时并没有在意。数天后,征兵工作开始,母亲让我去试试。对于远方,我早就充满了向往,欣欣然去体检。不久收到通知。1991年12月,也是在一个早晨,积雪的树上落着乌鸦,因为它们摇晃而掉落的积雪簌簌地又落在积雪上,这种情境,看起来简单,可细想起来,又特别有意味。我欢欣鼓舞且茫然地告别爹娘,和许多同乡乘坐火车,连续走州过县,两天后,在河西走廊的酒泉停下,然后又冒着敲玻璃的大雪,沿着弱水河畔的戈壁公路,到达一个名叫河东里的地方。因为劳累,又吃了一顿饱饭。洗漱之后的睡眠迅速而又深沉,浑然忘了这是一个崭新的容身之地。

我相信,人对地域和气候始终是敏感的。

临睡前,同来的战友说,这地方名叫巴丹吉林,是一个大沙漠,面积为世界第四,中国第二。我没有吭声,但脑子里却有一个疑问:巴丹吉林,这个名字,新鲜而又奇怪。它是一个蒙语地名,或者出自突厥语。具体是什么意思呢?还没来得及细问,我就呼呼睡着了,像一匹跑累了的小马驹。

好像不久,我又做梦了。梦中,一个身着黄布衫的男孩,手里提着一盏灯笼,独自走在一片阔大的树林里。树林的底部全是黄色的茅草。他抬头看到,身边肌肤雪白的新疆白杨树也是光秃的。唯有树梢之上的天空湛蓝,而且蓝得有些过分,看得久了,令人莫名其妙地恐惧。他还瞬间觉得,那天空犹如一口深不见底的大井,无数的星辰在其中,好像水面上荡漾的灯光。

"我该往哪里走?我为啥来到这里?"这两个疑问好像两根铁丝,穿着心脏,令人疼痛和焦灼。他走了几圈,然后在一丛灌木当中,看到一个人。好像是女人,穿着一件毛茸茸的大衣,头上戴着一顶类似影视剧中某个民族公主专用的毡帽,帽子正中,还插着两根紫色翎毛。她身边有一株沙枣树,枝干扭曲,落满黄尘,顶部的一根高挑的枝条上,居然还蹲着一只乌鸦,两只小小的白眼睛盯着那女人的手臂。他呀了一声,先前委顿的内心忽然有了铁弓一般的强劲活力。他大步向前,朝着那个衣饰华贵的女人。他脚下传来茅草折断的咯吱咯吱的声音,额头上的汗珠一瓣一瓣地打在灰土上。就在他走出树林时,忽然传来一阵哄喊之声,是一大群乌鸦,粗鲁而又坚决,好像在嘲笑,也好像正在惊散逃跑。

他再一看,那个女人还在原地,盈盈地,笑着看他,眼睛很水,还大得令人想起传说中的瑶池(其实是额尔齐斯河上游流经的淡水湖——斋桑泊)。个子也很高,只是嘴唇有些铁青。他抬脚,正要走近的时候,那女人却大声说:"异乡人,乌鸦树下的黑夜,一个人走路,要靠近河流和人……你这一生,总有一天会告别乌鸦,去到太阳神鸟的地方……"听了她的一番话,他停住,若有所思,再一抬头,那个女人却如一阵冷风,倏然消失不见。……他有些绝望的感觉,像是一只被羽箭射中的羊羔,或者小牛犊子。身体迅速瘫软了下来。正要扭头,却听到一声猩红色的断喝。

那个男孩是我,又不像我。再后来,是鼻血,热烘烘地,不断流出来,穿过面颊,堆积在枕头上。我醒来,在浓烈的腥味中,跳下十几个人的大通铺,去洗漱间,拧开从祁连山融化和产生,又穿过幽暗地底来到这里的水,洗了鼻子、脸,然后用掌心舀起冷水,使劲拍了拍自己的后脑勺。这个办法,是母亲教给我的。幼年时候,欢腾奔跑或者和其他人打架的时候,不小心撞到了鼻子,血流不止的时候,就用这个办法,几乎百试百灵。

第二天,我才知道,巴丹吉林这个名字,在蒙语里是"绿色深渊"或者"有水的沙漠戈壁"的意思。晚上,单位有人讲课。一个中年人操着浓重的山东腔,给我们讲了巴丹吉林沙漠的历史。他说,"禹分天下为九州",这地方便是古雍州所在,疆域包括今敦煌及青海湟水河流域等地。《尚书·禹贡》中说:"导弱水至于合黎。"其中的"弱水",就是我们单位旁边日夜流淌的黑河。"黑河"是后来的名字,佛家偈语"弱水三千,我只取一瓢饮"也是这个弱水。至于"弱水"的名字,《尚书·禹贡》中说:"水弱不能载舟,鸿毛不浮,故名弱水。"

这多好的名字!"弱水",诗意四溅,念之读之,口舌生香。古人之伟大,当然也包括对某地和某物的命名,恰切到了非此不可的境地。这种智慧,是人对于大地某一处文化和自然地貌的深刻理解,最重要的是,人对自己的生存之所始终有着敬畏与虔诚。

当夜,睡下之后,在众多的汗臭当中,我蓦然觉得自己也非常的神秘和英雄了。带着这样的复杂心绪,洗漱、就寝,窗外的戈壁上和天空下,朔风慷慨赴远、气势决绝浩荡。我翻了一个身,忽然传来一声粗糙的呱呱叫声,很轻、很浅,还有些曲折,其中夹杂着一种难以言说的悲凉与凄怆,紧接着,又是一声。如此一声,接着又是一声。我知道那是乌鸦,它们就栖身在我们营房背后那一片杨树林里。那片林子不大,其中,也都是刚栽不久的杨树。林子中铺满了干枯的茅草,其中有骆驼刺和红柳灌木,还有尚处在幼年时期的沙枣树,有一些乌鸦栖身其中,在大风狂浪的沙漠夜间,乌鸦及其叫声,传到我的耳膜里,从而引发的反应,却是丰富和神秘的。

这时候,我才意识到,睡眠是梦境的海面和前奏,是灵魂飞升的基点与孔洞。睡眠本身也是一个奇异的过程,甚至可以看作是短暂的死亡,但更多的人视之为漫长的休憩。很多年前,爷爷就对我说,睡觉这件事,是人的灵魂暂别肉体,进入到另一个神秘地方的时刻。

想到这里,我又开始做梦,梦境当中,还是一个身穿黄布衫的男孩子,手里提着一盏灯笼。这一次,他没有在树林里转悠,而是站在一块巨大的平地上。平地寸草不生,大小不一的卵石铺在上面,更多的却是厚实密集的粗砂。远处有一面海子,四周长着一些形似水杉的植物,很稀疏,一棵和另一棵距离很远。他知道,那该是骆驼草。他也知道,骆驼草上有许多尖刺,手一摸,会被扎得生疼,甚至流出血来。还有一些地方,很多骆驼草长在一起,好像一只只雨伞。

他正在走着,头顶传来剧烈的翅膀扇动的声音,鼓舞的气流虽然小,但那种声音令人惊悚。抬头,他看到一只硕大的乌鸦。他大叫一声,下意识奔跑,那姿势,似乎一只受惊的野兔,或者狐狸。一座座沙丘急速后退,他的奔跑变成了飞翔。他想极力摆脱乌鸦,可乌鸦不徐不疾,始终贴着他头顶飞行。

他焦灼不堪,使劲向前俯冲。下一刻,他发现自己竟然落在了地上,而且很清楚自己所在的位置,一大片芦苇举着白色芦花,有些牛羊在低头啃食着骆驼草,不远处有几顶帐篷。他不知道自己为什么要来这样的地方,心里只知道,走过这一片戈壁,就可以去到一片水草丰饶的牧场。这个牧场的名字叫古日乃,是内蒙古额济纳旗下属的一个乡。他隐约觉得,有一个人在那里等他。而且还是一个女人,就像他第一天晚上做的那个梦中的女人一样,或者干脆还是她。

他继续走,一步紧接一步,脚下的沙砾发出银子一般的声响,他甚至感觉到,自己的身体从脚底张扬出的那种向下的力量,正在与整个大地发生摩擦的关系。他低着头,像一个复仇者或者孤胆英雄,再或者一个毫无目的的流浪者。

走了一会儿，他明显地感觉到一种凉意，而且是来自天幕和众多星辰的。这一刻，他忽然明白了一个其实并不重要的真理，那就是天空，这个看起来冷酷、高远、博大和神秘的物体，其实也是有温度的，不像大地，随着季节的转换，温度也高低不一。也就是说，天空是恒温的一种存在或者说容器。

想到这里，他忍不住兴奋了一下，也不由得加快脚步，翻过了一座沙丘，面前出现更多的沙丘。一座座的沙丘，像极了堆积的乳房，结实、坚挺、饱满，无时无刻地体现着一种喂养天地的慈悲的力量。他兴奋，觉得巴丹吉林沙漠真美，看起来荒芜的瀚海泽卤，居然有如此之多的隐藏，而且都是美和美德。这太不可思议了。他站在沙丘的尖顶上，向前探身，张开喉咙，想呼喊，但却没有发出任何声音。

就在他回身的时候，脚下一滑，重重地跌倒在沙窝里，身子快速地向下冲去，这一过程中，他明显地觉得了来自众多沙子的柔滑感觉。一颗沙，进入眼睛，令人难受；一群沙飞起来，可以遮蔽一群人的行程和身体；而亿万颗的沙子堆在一起，就可以像水一样，把人的身体乃至其他事物作为船只来引渡。正在此时，那只巨大的乌鸦出现了，伸出同样黑黑的爪子，把我从沙堆中拎了出来，然后诡秘地叫了一声，又飞走了。

再次醒来，巴丹吉林沙漠依旧大寒地冻，沙尘暴在傍晚和清晨最容易爆发，就像性情不稳定的狮群或者某一个暴力军团，用急躁甚至摧枯拉朽的方式，对周遭的一切进行打击甚至毁灭。躺在黎明的床上，周围是此起彼伏的呼吸声，还有梦话。梦是没有疆界，也不讲任何章法和技巧的，也是不受现实控制，甚至神灵都无法左右的。也或许，这个梦境只是想说出这样一个道理：看起来丑陋甚至凶恶的事物，在某些时候也可能是唯一的拯救和救赎。

数天后，风暖起来了，吹在皮肤上，有一种温顺甚至肉体的香味。时序真是一个神奇而伟大的东西，它在给大地加温、改换新装的同时，也使得万物从中感受到了天地自身所具备的仁慈和公正。先是粉粉嫩嫩的杏花，再是桃花和梨花。榆钱也黄泠泠地出现在结满灰尘的树枝上。沟渠里清水荡漾，汩汩而行。这些清凉之物，当然也来自祁连山的高处和深处，不过借了弱水河之手，在地表，欢快地前行与润泽。此时的我，也再次被调整到了另一个单位。当然，这是一个阔大、严整的集体，其中铁血与梦想的味道升腾不已。可奇怪的是，此后，连续几个月，我没有再做梦，每个夜晚，除了呱呱的乌鸦的叫喊，就是犹如万马奔腾的风吼。再后来，乌鸦突然不见了，它们的叫声也随着它们的身体飞回了西伯利亚。在诸多的树林里，我看到了数十只乌鸦的尸体。是的，在过去的时间里，它们当中总有一些抵抗不住巴丹吉林沙漠的寒冷，被冻死，留下尸体，但我相信，它们的灵魂也一定附在其他同类的身体上，回到了西伯利亚。

有几次，在树林周边，我闻到了乌鸦肉身腐烂的味道，极其呛人。世间很多的味道和形状，其实都是为了唤醒，不论是怎么样一种形式的唤醒，都将是深刻的，也都是独一无二的。乌鸦及其尸体的味道想必也是。这时候，我又到了另一个单位，有些清闲，主要是参与技术工作，脑累身不累的那种。我很开心。也从这个时候开始，我逐渐熟悉了巴丹吉林沙漠。秦汉时期的烽火台、长城遗址等等，我都去拜谒过。其中有肩水金关、大地湾侯官府等，在这些古人建造的遗迹中，我没有找到任何鲜活的"古人"，只看到了人不能留下，唯有"物"堪与时间强势抗衡的证据，如残垣断壁、兵器的痕迹、马蹄印和诸多旧物的暗淡光泽等等。它们都是这沙漠中人类的遗留物，也是时间机器余下的骨头。

当乌鸦再次来临，冬天的巴丹吉林沙漠一直沉浸在风沙中，这时候我才知道，阿拉善高原从来就是沙尘暴的策源地之一。在暴风狂放的夜间，我听到的乌鸦的叫声里，充满了仓皇与凄怆。这些从来不建筑巢穴的鸟儿，或许是痛苦的，也或许早已习以为常。但在我看来，巴丹吉林沙漠的乌鸦，肯定不如我故乡南太行山区的那些幸运。然而，我的这种判断，肯定是多余的。对于乌鸦来说，任何栖息地都是它们自己选择的，只要被选择，就一定是适合它们的。

2000年深秋，到酒泉市区，我待了一天，又去火车站取了托运的行李，便又豹子一样扑进了巴丹吉林沙漠。下午回到老单位，刚进大门，我就又看到了一群黑黑的乌鸦，它们呱呱的、哑哑的叫声在楼房之间跌宕，弹跳的指爪使得大片的杨树摇摇晃晃,甚至发出不规则的呼啸声。这种情景,像极了我第一次来到巴丹吉林沙漠的时刻。乌鸦,落日,狭小的人居绿洲,无边的沙漠戈壁,充斥于每一寸空气的土腥味道。

再后来,我又被调整到了另一个单位,算是机关,因为宿舍紧缺,就暂时住在文化活动中心。那也算是一个新建筑。它的后面,是一大片果园。果园的四周,长着诸多的新疆白杨。收拾好房间,已经夜里十一点多了。我太累了,躺下就睡。我没想到,多年前的梦境居然再翻然来临。那个穿黄布衫的男孩子,依旧在夜里提着一盏灯笼,他身影孤单,但好像比多年前结实了一些,但却没有了头发。这头发,受之于父母,他却在世事中一根一根地丢掉了。这多么不恭敬?这一次,他走的是一片海子。海子的边缘,长着茂密的芦苇荡。芦苇荡当中有野鸭的唧唧唧唧的叫声,很弱小,也很稚嫩。

"所有可以用来比喻和象征的事物,都消失了。比如苍狼,你在沙漠这么多年,是不是一次也没见过?比如白狐,我是在告诉你,它们不是更隐蔽了,是已经绝迹了。你的头发是时间的剃刀割下来以后,送到了雪山顶上,那里有一些介于人神之间的人,用人的头发再造一艘可以容纳整个人类的船,用来把所有人的灵魂,带到更高的轨道里,便于我们人类在这个世界上不断地相见,不断地恩恩怨怨,生离死别。"

听到这里,他觉得这个声音异常熟悉,他的脑海里,又出现了那位衣饰华贵的女子的形象。他四处打望,可静寂的海子与芦苇荡中,除了他自己和一条船,还有可以照见骨头的月光,一无所有。他正在纳闷,不知所措的时候,头顶突然发黑,他看到一群乌鸦,呼啦啦地从天空飞过,其中一个特别巨大的,居然通体发红,眼睛金黄。

我倏然醒来,梦中的清凉弥漫全身,连肚脐也有些发冷。我坐起来,才发现,自己没盖被子,也没有关灯。午夜的灯光,比其他时刻更加明亮,照得房间好像空中楼阁。此外的一切,似乎都是乌有的。我起身,倒了一杯开水,正在缓慢下咽,忽然又传来乌鸦的叫声,声音很细微,好像婴儿的梦呓。

再次入睡之前,我忽然想到,这些年来,所有的梦境,无论前提和背景是什么,核心的东西仍旧是乌鸦,从民间的禁忌、亲人去世的预兆、迁徙和远行、人在异地的某些生命际遇、现实折射灵魂的反光……其中最精确的一次，居然预示了我父亲的死亡。那是 2009 年初春时节，父亲生病，我回到南太行乡村，居然看到我们家房后的板栗树上，也聚集了很多的乌鸦，像极了多年前，曾祖母去世时的情境。这使我惊悚，心有余悸。而刚才的那个梦境，又预示着什么呢？几个月后，我离开巴丹吉林沙漠，调到了成都。乌鸦不会朝着冬季气温不低于零摄氏度的地方迁徙的。可在成都十年了，我做了无数离奇的梦，再也没有出现过乌鸦这种核心意象。直到有一次去金沙遗址，看到太阳神鸟金箔的时候，忽然觉得，那造型，与高度变形的乌鸦尤其相像。

高处的翡翠

◎ 王川

在路边，我看到了扎起的灵棚，几个男人披麻戴孝跪在棚口，静如绵羊；从灵棚的开口往里看，身着戏装的一男一女浓妆艳抹，正一招一式地扯着嗓子演唱，仿佛一幕大戏的开场，颤抖的声腔努力表达着来自遥远时代的苍凉与悲戚，在抵达高潮的一瞬忽又变作了喜从天降般的亢奋与欢畅。是玉皇大帝派来的还是阎王派来的使者？似乎人一死去，天上地下都有了意外的收获。高亢嘹亮的曲调倏然穿过摇下的车窗，那透明的音色如地面虚虚蒸腾的热气，似有一种托举与覆盖之力，能将亡者的灵魂送入天堂，能把他的躯体埋入地下。

热气腾腾的集市刚刚散去，清澈的气流冲淡了人畜的气味儿，但路上仍有不少车辆和行人。有人停下脚步听戏，脑袋往灵棚里探着。路两边，铺排着一溜低矮的民居和杂乱的店铺，各种招牌、幌子、货架和嘈杂的声音交织在一起，晃眼晃耳，在这个出游的上午，让我多少有点儿意外地感到了几丝人间的亲切和杂扰。

车速缓慢，汽车一点点挪出村镇的街道。我将脑袋伸出车窗，好奇地前后观瞧。一片惨白的阳光从左侧上空倾泻而下，燥热地敷在脸上。抬眼时，我看到一只立在电线杆上的喜鹊正悠然地上下翘动着尾巴，但只与我对视了一眼，便呼扇了几下翅膀，仓皇而笨拙地朝相反的方向飞去。一只河北的喜鹊，叽叽喳喳的方言似与山东的没什么不同，硗薄而宽扁的男中音，是北方的山野产物，单调得犹如一个个不连贯的音符或顿号。对于人间世，喜鹊永远都是旁观者，但它们的好奇心总是如此短暂。其实，人的好奇心也并不比它们的更持久。

但我却十分好奇地问身边开车的马哥："这里有老人去世也要唱戏吗？

他们唱的是什么剧种？"马哥嘿嘿了两声，悠然地说："唱得很呢，一般要连续 7 到 9 天，唱戏的时候，孝子们都要在一旁跪着，每天好几个小时哩唱的都是晋剧，离山西近嘛。"难怪喜鹊没有耐心观看这人间的道场，孝道的充分表达需要漫长难捱的时间。这令我忽然想起古代官员们的丁忧"仪礼"，所谓"俱以闻丧月日为始，不计闰二十七个月，服满起复"云云，更漫长不说，且不能在丁忧期间喝酒吃肉、洗澡梳头、夫妻同房等。孔圣人去世，弟子们守丧三年，子贡独守庐墓六年，也不至于滴酒不沾、块肉不进吧？自打我记事儿起，凡参与的乡村葬礼，一律是在院子里扎上灵棚，也一律是在院子里支上炉灶，专门雇了厨子起火炒菜，八仙桌边的男人们更一律是大吃大喝，酒气灌顶，面红耳赤，大呼小叫，哪儿来那么多仪礼、规范？看来在生死这件事上，民间即使有所谓繁文缛节，也几乎都掺了"形而下"的"粗鄙"，即便有庄严、敬畏，也无妨以实实在在的大吃大喝贯穿始终，比不上官场那些无衣食之忧的虚伪"套路"：皇帝急着用人时可以"夺情"，官员则可祭起"孝道"的大旗明目张胆地"抗旨不遵"，互相演戏罢了，那是给天下人看的，于是进退便有了充足的理由。漫长的煎熬难耐之中，时间那更广阔的舞台上不知酝酿了几多人生与世事之变，也似乎在一个相当长的尺度内圈定了某类遗存、某种风范、某个标杆，它们叙事的尾音至今袅袅不绝，在偏远大地上雕琢出一个个民间样本，抑或似像非像的"拟态"，貌似旧时代的完美传承，实则已被艰难的生存围堵得枝蔓横生、端肃散尽，并时常让我这个不以为意者突如其来地遭遇到——不止一次，在距我居住的城市不远的封闭山村，葬礼上的唱腔一样高亢嘹亮，一样在悲痛与兴奋间让人不知如何安置自己的情感，庄严的跪拜后面是一曲欢畅淋漓的背景音乐，却呕哑嘲哳令人难以卒听。丧葬的礼仪符号，至今仍是千百年沉淀在底层社会的精神元素之一，哪怕只剩下一只空壳，也要强撑不倒、风雨不进。难说好坏，因为在更多的地方，在"移风易俗"的平原地域，小时候记忆中的场景已荡然无存，我甚至早就遗忘了当时令我像喜鹊一样好奇了一瞬间的奇景所包含的所有细节，想来心中竟有些许遗憾。人，真是个怪东西。

同样是在蔚县，我倒是沿着一条斜贯村庄的破败街道挨家挨户看过当地的剪纸艺术，我相信这条街道里的所有店面会在雨天泥泞时更加冷清。但屋子里却是一种喜气洋洋的温暖景象，不是人多，而是墙上、案板上、橱柜里，到处是火红的剪纸，大小不一，品类繁多，有的价格相当昂贵，仿佛在宣示它们终能够等来天底下热爱剪纸艺术的富翁们。富翁们小时候脑袋里储存的意象尚未褪色，甚或时间愈远愈被强化，他们便便的肚子里始终包藏着一颗文化传承的温暖心脏。但那一刻，我不能不感觉到屋子里的火热氛围只是一个脆薄躯壳。民间艺术已然失去了生长的土壤，市场的生态是决定性的，诸多愿望只是徒然而已。我盘桓良久，拿起一把把剪纸团扇把玩不止，因为便宜，最后，下定决心，大方地掏出两张"大团结"，然后抓着一把扇柄阔步出门，准备回去一一送给"大观园"里那些花枝招展的热爱着民间艺术的妹妹们。

不过，正暗自好笑自己这份得意的时候，一首古诗突然发声于脑际："拥毳入芳丛，由来趣不同。发从昨夜白，花是去年红。艳冶随朝露，馨香逐晚风。何须待零落，然后始知空。"

那么，空中草原是否也呈现为一幅幅终被我丢弃的画面？它们不过是在眼前一闪，就消失得无影无踪？至少是，我无力做到把它们一一从记忆的显影剂中湿漉漉地拎出来，让那些影子慢慢显现出模拟记忆的黑白效果。实际上，空中草原已经变形，轮廓与局部多已失真，当我在很久之后试图描绘她的时候，我早与她山河暌隔，南北两界。她，不过是偶然留在我心上的一道垂影，不过是——我通过她对失落记忆的一次回眸与捡拾，没有缅怀，也没有纪念。

但我并未忘记她。即使在几年后，穿越离她并不遥远的草原天路时，我还是无意间想到了她——空中草原。从大同看完云冈石窟，一路东行于崇山峻岭之中，竟然感觉离她越来越近了。如果在更早的一次，去崇礼的途中，从金河口而入，最终攀上小五台，我可能还会站在高处眺望她不知何处的所在……是的，她没有滑落到记忆的最深谷，没有像掺杂于生命中的那些尘渣缓缓落定、终于消失，在物来则应、过去不留的时光镜面上，她始终放射着一道永恒的光芒。

我记得,在离开她之后某个宁静的深夜,或者以后的多个时日(远远称不上岁月)里,我记录、描绘或想象了她曾经示现于我眼前的模样。我一直在揣测中坐立不安,试图重睹她的绝世美艳,而这般努力中,有没有过挪移、置换、替代与塑造,已无法判断,她遥远的存在需要我一点点地去"生成",但沮丧相伴而生——所有抵达真实的企图,在前行(实际是反向的追忆)的途中越发显示出其虚妄的本质,就像阿基利斯永远追不上芝诺龟一样;所有的磕磕绊绊,在无限接近那想要接近的目标时,或许是踏上了另一条路途、再造了另一个去处。存在先于本质。文字却无法描述存在,如对空中草原,我再不能切近那曾经的印象、风景与感觉:一缕风、一丛草、一道闪电、一场冷雨、一次旷世相遇。

　　词语的折光来自另一个时空,埋藏在生活过的日子里,隐隐地区分着明亮或晦暗——那明亮的斑点不过是极少的一部分,其中更少的一部分是:暂时的放下与暂时的逃离,包括跳脱郁闷生活的短时游历。然而,回忆是否也是一种自我囚禁、一个个放不下的执念,哪怕是一片逝去的风景? 记得在一部小说中,主人公试图忆起过往的所有细节,但他发现必须付出与经历同等的时间。愚念只能导致失败,但愚念却也导致了一种努力,尽管不可能,尽管无意义。类似于"人不能两次踏进同一条河流",写作者(或主人公)的努力终于落空,也许,他(们)仅仅是为了隐喻生命的悖论与悲剧,或在无意义之中呈现一种意义,类似颁布一道自己给自己的谕旨。

　　局限正是讲述与写作的魅力所在。张力、猜测与想象依赖于缺失、空白甚至错讹。一千个观众就有一千个哈姆莱特,一千个游客就有一千个空中草原。这使我增添了取出如下文字的信心,哪怕你进入它,待走将出来,印象仍是支离破碎、不得全豹,你也不会怨怼它的记录失当、逻辑混乱、文采阙如。但有一点你或许永远体会不到,那就是我的"物是人非"之感……

　　渐渐地,穿越一道大山的屏障——那只是从远处观看后的推断,其实我们是进入了那道漫无边际的屏障,乱石穿空,壁立千仞,山门忽闭忽启,道路忽仄忽阔,仿佛进入天堂漫长的入口。这是不是两千多年前东巡的始皇帝得病后让蒙毅拜祭祈福的神山? 蔚县的"神山"们改变了中国历史的走向。

做好一粒种子

◎ 沈希宏

一粒种子，改变世界。这一粒种子，叫作杂交水稻。

1973 年，袁隆平先生发明了杂交水稻技术，大幅度提高了水稻产量，而后迅速在我国南方推广开来，为解决我国温饱问题做出了重要贡献。记得在读高中时，就从课本上知道了我国有个"杂交水稻之父"袁隆平，内心充满了崇拜和敬仰。没想到后来，自己读了农学，也成了从事杂交水稻研究的一名科研人员。

作物品种杂交，其杂种一代往往表现出生命力强、生长旺盛、穗大粒多的特点，存在着杂种优势。而杂交水稻的原理，就是利用两个水稻品种之间的杂种优势。我们平时在稻田里，偶尔也可以看见有几株鹤立鸡群的水稻，那是作为自花授粉作物的水稻，同样存在着 4% 以下的天然杂交的结果。杂交水稻的研究能否成功，主要的问题就集中在怎样实现杂交种子的大量生产，使稻田里的稻子全部长成"鹤群"。

一个好汉三个帮。为了一粒好种子，科学家非常巧妙地设计了一个杂交水稻的三系配套系统。一种是雄性不育系，自己本身不能结种子，但它是最好的载体，如果它能找到两个相匹配的伙伴：一种是保持系，可以神奇地保持不育系的雄性不育特性；另一种是恢复系，可以恢复不育系的育性。一个恢廓大度，一个保持本性，就能让杂交种子大量生产成为可能，这正是杂交水稻的绝妙之处。

袁隆平老师带着他的助手，在这个国际遗传育种界公认为不可能的"无人区"孜孜以求。开始在南广粘 C 系里苦苦寻找不育株，结果并不理想。功夫不负有心人，1970 年，终于在海南岛发现了一株野生稻的天然败育株,成为杂交水稻研究成功的突破口,袁老师把它称为"野败"。后来的研究证明,这一株野生稻的天然败育株,是植物中细胞质基因与细胞核基因互相作用而成,想来真是造化神奇,踏破铁鞋无觅处,得来费了多少工夫。

袁隆平老师是我老师的老师。我的育种老师张慧廉先生,1994年从湖南调到了中国水稻研究所,这也让我有幸能跟着张老师下田学习杂交水稻。下田时间多了,我也慢慢了解到杂交水稻的精髓,怎么样把藏在基因深处的不育细胞质给挖掘出来,真是巧妙而又微妙。

张慧廉先生从1974年开始跟随袁老师学习杂交水稻,在袁老师发明野败杂交水稻的基础上,张老师也创新地从印尼水田谷栽培稻中发掘出一个新的不育细胞质,创造出一种新类型的杂交水稻——印水型杂交水稻。这一粒新的好种子,最成功之处在于大大提高了杂交水稻的制种生产产量,使得种子生产成本显著降低。在二十世纪七八十年代,我国还先后发明了多种来源于不同细胞质的杂交水稻,如武汉大学朱英国院士发明的红莲型杂交水稻、云南农业大学李铮友先生发明的滇型杂交粳稻、安徽广德吴让祥先生发明的矮败型杂交水稻、四川农业大学周开达院士发明的冈型D型杂交水稻等等,大大丰富了杂交水稻的品种和内涵。

更为神奇的是,1973年,湖北的石明松先生在湖北沔阳(今仙桃)稻田里发现了一个奇特的新水稻材料,这个水稻的育性随着光温变化而变化。利用这个特性,可以在低温下繁殖自交种子,在高温下生产杂交水稻种子。这样就不需要保持系也能够将原来相对复杂的三系,简化为相对简单的两系,真是一粒神奇的好种子。随着科学上对固定杂种优势不断的研究探索,1987年,袁老师系统提出了杂交水稻从三系、两系到一系的育种战略设想。

"喜看稻菽千重浪,遍地英雄下夕烟。"在袁老师的带领下,如今的杂交水稻研发领域,三系两系并举,一系杂交水稻也取得了初步突破。还进一步发明出了籼粳杂交稻、第三代杂交水稻等,使得杂交水稻的发展水涨船高,产量更高,品质更好。特别是浙江宁波农科院发明的籼粳杂交稻,这一粒崭新的好种子,理论基础是籼与粳的亚种间杂种优势利用,在试验和生产中,比一般杂交稻的产量进一步提高了10%到20%。

我国有 65％的人口以稻米为主食,而全球则有一半的人口以稻米为主食。杂交水稻推广到国外,一公顷稻田平均增产 2 到 4 吨以上,一时风靡东南亚和南亚地区,被誉为"东方魔稻",为世界粮食安全做出了卓越贡献。"发展杂交水稻,造福世界人民",是袁老师的一个"杂交水稻覆盖全球梦",也是他的心怀写照。如今全世界共有 60 多个国家引进了中国杂交水稻,主要包括孟加拉、巴基斯坦、越南、印度、菲律宾、印度尼西亚、缅甸、美国和非洲等国家和地区。我国的杂交水稻知识产权转让给美国,2000 年美国开始投放第一个杂交水稻品种,至今已占据美国水稻面积的一半左右,其增产优势达到 17％—28％。袁老师派出的团队在马达加斯加帮助发展杂交水稻多年,使当地水稻成倍增产,结果马达加斯加政府将杂交水稻的稻穗图案印在了最大面值的货币上。我自己也有一点在印尼推广杂交水稻的经历,看到杂交水稻在印尼的巨大增产优势,看到当地农民丰收的喜悦,看到他们跟你竖起大拇指,我心里比他们还高兴。

　　随着世界人口不断增加,从现在到 2035 年,全球主要是亚洲和非洲对稻米的需求预计还将增长 25％左右。作为联合国粮农组织解决世界贫困地区饥饿问题的首选稻种,杂交水稻研究在增加全球粮食产量方面,无疑将进一步发挥重要作用。这也激励着我们不断努力前行。

　　跟着张老师下田,可以聆听到许多关于杂交水稻的故事。隐隐就觉得袁老师也近在眼前,心里想着什么时候能见到袁老师,这位人民心目中的英雄。

　　2018 年初秋,机会来了,我跟几个同事一起去长沙参加杂交水稻国际会议,终于第一次在现场见到了袁老师。那时袁老师在台上做有关杂交水稻研究最新进展的报告,他穿着一件明亮的海南岛"岛服"短衬衣,第一次听到他讲"穗子像瀑布一样的"超级杂交稻,讲杂交水稻"三步走"战略,作为业内人员也觉得十分振奋。那天会议间隙,好不容易找到一个空当去跟袁老师合影,结果拍照师傅还没准备好,呼啦啦好几个同事都围了上来,硬是拍成了一个小合影。当然这也不赖。

　　后来也几次听过他的报告,有一次居然是在印度的一次国际会议上。

袁老师用英语做主题报告，看他 PPT 上的稻子由高变矮，又由矮变高，植株由弱变强，我都听得津津有味，由衷地佩服也因他而感到骄傲。台上一分钟，台下的路是不知道走了多久。会议那天晚饭，我和袁老师刚好是在同一个餐馆。等餐的间隙，袁老师和他的同事们在打牌，远远就听到他说："打错了咧，我想换牌！"一边直挠头，一股孩子气。一辈子，一件事；一粒种，一生情。我终觉得，赤子之心，才能散发出孩子气。从那以后，每每我听到他单位同事跟我聊起一些有趣的生活片段，讲到他打排球老想赢，讲到他会教导你说"good good study，day day up"，讲到他买衣服嫌贵就给夫人塞了一块山楂片，讲到他会逗学生说："小李子，喳！"我都能瞬间想到他那不时挠脑壳的模样。

袁老师他们研发的第三代杂交水稻，最近几年进展很快。有一次我在他单位院子里的试验田看到，个头矮矮的，穗头大大的，田里长得密密麻麻，壮硕饱满，一田低头的温柔。刚好遇到中国农科院的赵开军老师也来，他也很惊讶。去年 11 月，第三代杂交水稻测产好消息传到长沙，袁老师兴奋地说起了"雨夹雪"英文："我觉得 excited，more than excited。"也难怪，袁老师去世以前住院期间，他每天都还要问医务人员：外面天晴还是下雨？今天多少度？有一次，护士说 28 摄氏度。他急了，"这对第三代杂交稻成熟有影响！"他真的是一分钟也放不下他的杂交水稻研究。

我读到袁老师的文章《妈妈，稻子熟了》，他在文章里写道："稻芒划过手掌，稻草在场上堆积成垛，谷子在阳光中毕剥作响，水田在西晒下泛出橙黄的味道。"

记得有一年在三亚开杂交水稻项目会议，"杂交水稻之父"袁隆平院士，我国最大面积杂交水稻品种汕优 63 的育成者谢华安院士，"英雄母亲"珍汕 97A 育成者颜龙安院士，红莲型杂交水稻的开创者朱英国院士齐齐坐在一起，商讨杂交水稻发展事宜。我兴奋地发现前辈们的名字，俨然组成了一幅"平—安—龙—国"的英雄横幅。

袁老师说："我只是一个种了一辈子水稻的农民。"他完全活在人们身边，活在人民心中。

袁老师说:"人就像种子,要做一粒好种子。"毕其一生,他将一粒饱满的好种子撒在了广阔的田间,他也将一粒精神好种子留给了希望的人间。

　　袁老师,一路走好。风吹过稻田,我们会想你。

林老师

◎ 何 平

　　和大多数人一样，与林老师的交往都是因为《当代作家评论》。我记忆里的林老师应该也和大多数人一样，在中国各个城市之间飞来飞去。他的双肩包里永远是看不完的稿子，脑子里永远是想不完的选题。"飞"总被林老师的福建话读成"huī"，大家记得的那个林老师依然在"灰来灰去"。

　　我第一次在《当代作家评论》发表的不是完整的论文，只是硕士论文摘要。有一段时间，《当代作家评论》有个小栏目叫"学院传真"，专门发和中国现当代文学研究相关的学位论文摘要。不记得这个栏目是不是周立民主持的。2001 年第 5 期，我的名字第一次出现在《当代作家评论》上，至今已经20 年，这可以算作和林老师交往的开始吧。这篇硕士论文摘要是批评家汪政推荐的。2002 年，我离开原来的工作单位去南京师范大学读博士，博士论文做的是现代文学方向的选题。本来我做文学批评就比较晚，这样一来，和文学批评就更是渐行渐远了。2004 年，汪政老师给《当代作家评论》组过一个江苏作家的研究专题，我写过一篇《魏微论》。仅此而已，和林老师似乎没有私人的交集。

　　转机是在 2007 年的冬天，应该是寒假将至未至。那时候，我已经留校工作两年，同专业的何言宏和贺仲明老师都已经是有影响的青年批评家，我也从现代文学回到了当代文学批评。

　　2007 年，在一列从沈阳到大连行进于北方深冬的火车上，何言宏教授给我打来电话，说他和辽宁师大的张学昕一道，刚刚在沈阳和林老师一起商定，他要给《当代作家评论》做一个新栏目"诗人讲坛"。这个"诗人讲坛"，呼应的是此前《当代作家评论》与苏州大学王尧教授的"小说家讲坛"。至今犹记，想象中北方狂野呼啸的风声，和言宏教授擘画诗歌未来的热烈。是啊，大家一起做。后来我和林老师交往深了，会时刻感受到他那种能将研究者烧灼起来的热烈。而那一刻，应该正是言宏教授从林老师那儿接过了一把火种。

很快林老师给我派活儿了，是一篇范小青的作家论。我查了一下，这篇作家论发表在 2008 年第 1 期的《当代作家评论》上。后来听林老师说，这其实是一次考试。范小青是林老师交往很多的作家，他对范小青亦有自己的判断，他要看我怎么看怎么写。对文学的事，林老师并不因为熟人推荐，就预存了信任和宽纵，他要自己看、自己去验证。

这是我们真正交往的开始。这一年我在《当代作家评论》发表了 6 篇文学评论。也正是这一年，我开始进入林老师的文学活动圈。为什么不可以是"圈"呢？在我的理解中，只要出于公心，有时候"圈"就是一种态度、一种价值立场。事实上，林老师的杂志和文学活动都有他的圈，但这个圈不是狭隘的、私利的。

那时，林老师在给渤海大学张罗文学活动。2008 年邀请的有小说家阿来、李洱、尤凤伟、储福金和诗人徐敬亚、王小妮等。我和言宏教授先到的沈阳。在沈阳，林老师为辽宁诗人宋晓杰和哑地做研讨。他们当时都是辽宁有潜力的诗人。这是我们的即便不是第一次，也是印象深刻的初见。之后，我们一起到锦州的渤海大学。这也是"诗人讲坛"的第一场，我做了这一场的主持。可见林老师的放任。我也就初次见识了林老师文学活动的日常，有文学，也有烟火气。白日里放谈文学，夜晚则是万物皆可烤的锦州夜宵。大会散了，我、阿来、言宏等随林老师和嫂子去了张学昕教授所在的大连。在大连，我见识了林老师和嫂子的无微不至。一个细节：日常闲聊中，林老师和嫂子摸清了每个人孩子的身高、年岁，暗暗给每个孩子准备好一套衣服做手信。也因为张学昕教授，大连在我的记忆里是丰饶的、豪放的。

这之后，和林老师的交往应该是许多人都经历过的作为《当代作家评论》的作者和林老师之间朋友般的日常文学生活。他总是把作者做成刊物的朋友，以至于我在五六年的时间里，几乎只给《当代作家评论》写稿子。

说到稿子,也许外边的人看到的都是《当代作家评论》的熟人老面孔,看不到林老师私下的严苛。我自己就被林老师狠狠地教训过。一次因为给《美文》写专栏文章,被他狠狠地骂过不务正业,不好好写文章。和梁鸿说起,她说她也因为写梁庄,被林老师这样狠狠骂过。另一次是金宇澄的《繁花》,林老师做小辑,我交了一篇会议发言的整理文章,被退回重写。

我和林老师交往已经是在他做《当代作家评论》主编最后的几年了。林老师肯定也意识到他和《当代作家评论》之间的聚会终将散场。但他对中国文学的热力是需要散发的。2010年之后,林老师在江苏常熟开辟了他的新战场。现在回过头看,林老师的这次南下,既因为江浙沪有他的许多旧友新知,更因为地方官员的"蛊惑"。而后者的"蛊惑",直接导致林老师将他毕生的藏书、手札等等都搬到了沙家浜。因为离得近了,几乎和林老师一两个月就能够见上,我能够感觉到林老师俨然梦想成真的愉悦和活力四射。确实,常熟理工学院的领导许霆、傅大友和丁晓原等解放了林老师的潜力,他在这个学校做杂志做讲坛,不亦乐乎啊。多少国内一流学人因为林老师来到了常熟,而新创的《东吴学术》也生生地被林老师做成了一流刊物。然而,往往是好景不长,时移势易,物非人非,不知道林老师在沙家浜的那些书、那些字安好否?我隐约还记得,苏州大学范培松老师曾经多么反对他把毕生收藏搬到沙家浜。

林老师生病以后,居家整理一些资料,他在微信朋友圈说到我参与的《东吴学术》"学术年谱"。这个"学术年谱"在《东吴学术》开栏之前,我们在林老师家边的宾馆有过一次彻夜长谈。林老师是想在南方安放自己的下半生的。他在苏州园区边的小镇买了房,可是他最后还是回到了北方沈阳,回到了这个给他快乐和不快乐的城市。林老师还说到了他和云南大学李森教授的认识,他将此列为我的一大"贡献",我惶恐,不知能不能领受。李森教授其实是他的老朋友《作家》主编宗仁发的作者,林老师要做长春诗人任白的研讨,问我喊谁合适,我推荐了李森教授。可以肯定的是,云南昆明,又是他最后的学术战场。事实上,锦州、常熟和昆明,只要能够做他的文学事业,哪儿都是林老师热爱的地方。

念及云南昆明，已经是林老师的转折时刻。2013年，林老师和他的《当代作家评论》，深爱过，散了，结束了。最后一个活动，是圣诞节前后吧？去了很多人，给几个批评家颁了奖。至此，我也有八年没有给《当代作家评论》写稿子了。

　　2014年春天，我在日本早稻田大学访学时，曾邀请林老师和嫂子去日本走走。我没有意识到我们相处的快乐时日已经那么珍贵。日本风景是美的，我们相聚是美的。在东京，林老师执意要请南京朋友成秀虎在日本留学的女儿吃很贵的烤肉。后来林老师和成秀虎也成了好朋友。林老师和我几个做艺术的朋友都成了好朋友，尤其是宜兴做紫砂的张正中，一直到现在依然不离不散。这是令人欣慰的，因为我的几个朋友，林老师说起宜兴，总是非常愉快。再说那次日本之行，朋友的朋友，日本书法家菊山武士全程陪着我们走了京都和奈良，甚至去了很少中国人知道的日本传统的制墨作坊。我不知道，为什么从东北旅行社出境的，每到一个住宿的地方都要盖一个章回去交差。每次，林老师让人家盖那个章，都会孩子般天真地笑着。也是在京都，因为要做任白的活动，林老师给李森打电话。也就是打完电话之后，我忽然看到，林老师从椅子上起身的腿脚不太灵便。当时嫂子说，这样已经有些日子了。

　　这次回国后，王尧教授带林老师分别在苏州及上海的医院做了检查和诊断。然后，林老师也做了自己的选择。这一年元旦，我们在苏州还有一次聚会，张新颖从上海、张学昕从大连、我从南京过来，加上在苏州的王尧和叶弥等朋友。快吃饭时吴俊也匆匆从南京赶来，还带了一盒他夫人做的泡菜。这以后，林老师去云南多了，一住数月，和大家见得少了，这样聚会的热闹当然更少。再之后，林老师的消息就是辗转各地去治病了。

　　这几年，和林老师在南宁、沈阳还有可数的几次见面。眼见得那个"灰来灰去"的林老师成了被轮椅推着的林老师，成了静默而不能言者。最近的一次，在沈阳林老师家，他挣扎着要用手机连上电脑和我说话，但在他家的一个小时，他努力能打出的就是我的名字。我知道，他的心里，依然住着一个想鼓励我甚至骂我的林老师。

好久没见林老师了。听说这半年,他都是在医院度过的。春夏时准备经大连去沈阳,营口疫情波及沈阳。原本准备从南京飞沈阳,因为疫情,出不去。我看到阎连科老师在沈阳和林老师的照片。也许,至今,林老师的那些朋友都有一个美好的愿望:林老师好起来,忽然"灰"到他们的城市,出现在他们中间。

我自己和这个世界

——《喧哗与骚动》译序

◎ 李寂荡

> 我反复地讲述着同一个故事,那就是我自己和这个世界。

——福克纳

《喧哗与骚动》是福克纳第一部为他赢得世界声誉的杰作,是他的代表作之一。该长篇小说英文原名为 *The Sounds and Fury*,源自莎士比亚的戏剧《麦克白》,中文译本沿用了朱生豪的译文:"……我们所有的昨天,不过替傻子们照亮了到死亡的土壤中去的路。熄灭了吧,熄灭了吧,短促的烛光!人生不过是一个行走的影子,一个在舞台上指手画脚的拙劣的伶人,登场片刻就在无声无息中悄然退下;它是愚人所讲的故事,充满喧哗与骚动,却找不到一点意义。"其实,这部小说开始福克纳取名为《黄昏》,看了小说,其喻义不言而喻。该小说分为四章,后来又增补了一个《附录》。因此,《喧哗与骚动》有两个版本,一个是没有《附录》的,一个是有《附录》的。后者分四章和一个《附录》,第一章是班吉的视角,第二章是昆丁的视角,第三章是杰森的视角,第四章则是一个全知的视角,主要写迪尔西和杰森,而《附录》将杰森家族的历史及小说中的人物介绍了一遍,每个人物多则数千字,少则一句话,介绍最多的是凯蒂,可能想以此弥补她在前面的"缺席"。杰森家本来是四兄妹,三位兄弟都分别以专章来书写,恰恰就没有凯蒂的一章,这并不是说凯蒂不重要,恰恰相反,她是小说中的核心人物,她的命运在不同程度上改变了杰森家族三兄弟的命运,她是三兄弟的关切,甚至是依赖,物质上的,更有精神上的,她是神秘的存在,犹如命运犹如时间的神秘。各章不同的视角所讲述的人与事是有交集的,但并不是同一故事不同的讲述,每章侧重的是不同人物的命运和形象塑造。

班吉叙述的事情大约分为三个部分：童年、10 岁之后及现在，也就是威尔希、T.P 和勒斯特先后照看他的时间。而三部分的叙述都是以凯蒂为中心。班吉是一个白痴，到了 33 岁，还像一个婴儿，一方面他是弱智，不会说话，只会不停地号叫哭闹，另一方面他却有异常的本能似的感知能力、异常的嗅觉和听觉，他能嗅到死亡和美好的气息，听见暮色降临，像一个通灵者。这两方面形成了一个巨大反差，作家对这个反差的设计是有颇多思量在里面的，在他和杰森身上，或者是拿他与所谓的正常人相比，让我们多角度看到什么是聪慧，什么是愚蠢。班吉对凯蒂百般依赖，而凯蒂也是对他百般呵护，不离不弃——从中可见凯蒂不仅有美丽的外表，而且有美丽的心灵，富于同情，善良，正直。班吉这种依赖有对母性之爱的渴望和依赖，更是对漂亮异性本能的依恋。

第二章是昆丁部分。这是四章中篇幅最长的部分，也是最重要、最为复杂的部分——包括在艺术形式方面。福克纳说："我是《喧哗与骚动》里的昆丁。"福克纳这么说可能是因为在昆丁身上最能体现出自己的性情、人生观和世界观。在四兄妹中，他的性格是最为复杂的。他是哈佛的学生，是位知识分子，他思考的问题更多的是精神上的、形而上的，人生的普遍性上的，他是一个内心极为纠结的人。他反复思考"贞操""荣誉""时间""死亡"这些问题，他在思考中不仅没有释然，反而是作茧自缚，难以自拔，最后以自杀来解脱。他有两个"自我"—— 一个生活在现实生活中，另一个如影随形，时刻在打量着现实中的"我"，对其言行进行考量。昆丁像一个诗人（不要忘了福克纳最早是一位诗人），特别敏感——而人的脆弱往往来自敏感，正如有时人的坚强来自麻木，两个"我"很难协调时，矛盾剧增，便会产生撕裂，严重时，也许可以称之为精神分裂。他对妹妹凯蒂的爱恋是乱伦之恋，所以从一开始他便沉浸于矛盾之中：爱不能割弃，却又不可获得，同时还深怀罪恶感，并受内心道德的谴责。当他挑战凯蒂的情人达尔顿时，对方的粗犷和武力又让他自惭形秽，倍感羞辱和自卑（小个子福克纳也是一个自卑感很强的人），而又无可奈何。而凯蒂的失贞又让他感到家族受辱，荣誉扫地。即使他离开家乡进入哈佛,他仍然无法忘怀这一切,仍然纠结"贞操""荣誉"这些东西。他甚至幻想与凯蒂同归于尽,焚于地狱的烈焰,既洗清了罪恶,又能永远在一起。在昆丁生活的年代,正是美国南北战争之后,南方社会正处于一个历史的拐点,一个断裂的时代,过去的种植园经济正在瓦解,而工商业资本主义正在兴起。过去的社会是一种"农耕社会",正如费孝通在《乡土中国》中所说,这是一种"熟人社会"。人们依赖土地生存,世代长期生活在一起,彼此熟悉,靠道德伦理等维持秩序。而兴起的社会人是不断流动和迁徙的,生活是机械化的,价值观是唯利是图的。而且在过去的社会,白人——尤其是白人庄园主,雇佣黑人奴隶,生活养尊处优,是绅士的生活,唯我独尊的。而这种生活正在崩溃,白人——尤其是白人绅士的优越感正在消失,过去的伦理道德,包括作为清教徒的信仰也受到动摇。昆丁,用现在的话说,他是"一根筋",没有"与时俱进",还沉湎于过去的生活。小说中写到他在回乡的火车上,看到黑人大叔会觉得亲切,某种意义上讲,是他在黑人身上能找到优越感。即使在哈佛,贵族显摆的市侩风格也同样存在。他选择自杀,自然会思考生命形而上的东西,诸如"时间""死亡""永恒"等等。昆丁的纠结不仅在于性与爱,而且更在于时间。对他来说,时间并未成为治愈伤口的药方,伤痛并未随着时间的流逝而消失,时间的滴答声无所不在。他的死亡,和中国"五四"之后王国维的沉湖有相似之处,正如陈寅恪所评价的:"凡一种文化值衰落之时,为此文化所化之人必感痛苦,其表现此文化之程量愈宏,则其受之苦痛亦愈甚;迨既达极深之度,殆非出于自杀无以求一己之心安而义尽也。"

昆丁的兄弟,杰森,感觉是作家特意设计的昆丁的"反义词"。昆丁的追求是精神上的,苦恼也是精神上的,而杰森的追求是物质上的,苦恼也是物质上的。如果说昆丁是仰望"月亮"的人,那么杰森则是盯着"六便士"的人。这个人物是作家所厌恶的一个角色。在他身上,充满了邪恶,福克纳说,"杰森是我塑造的最丑恶的人物",尖酸刻薄,喜欢花言巧语,喜欢告密,喜欢欺骗。他对兄弟班吉是嫌弃的,竟然阉割了他,最后将他送去了疯人院。他对自己的母亲是欺哄,对于昆丁则是嫉妒,而对于妹妹凯蒂更是欺诈。

凯蒂没有专章来叙述,但她一直是小说的"中心"。作家说,"对我来说,凯蒂太美,太动人,故不能把她降格来讲述那些正在发生的事情,而从别人眼里来观看她更激动人心。"她忽隐忽现,左右着小说中其他人物的喜怒哀乐,甚至命运,有论者说她是逐渐走向"堕落"——最后给纳粹军官做情妇,过上奢靡的生活。但我认为她并没有堕落,一直没有,她是不断地"沦落",为生活、为女儿、为家族,她的悲剧是不断地深化,而我对她的同情也是随之在不断深化。

福克纳写人物,写人物的命运——包括厄运,往往带着一丝诙谐,笔端有点儿调侃,对人物的命运既同情又无奈,只能"听之任之",报以一笑,可能这也是他对人类处境的理解和看待方式。

关于《喧哗与骚动》的主题,有论者认为是关于"贞操"和"死亡"。对爱——畸形之爱的书写,对"贞操"纠结的表达,这些自然是该小说的一个方面,"贞操"是一种重要的文化现象,神学家圣奥古斯丁就认为,贞操乃道义之最。而昆丁对"死亡"的思考与自杀也自然是小说的重点。其实,"死亡"主题也可列入时间主题,我以为,文学有两个必要的向度:生命向度和审美向度。生命向度就要涉及"死亡",涉及"流逝"。小说中就有许多关于时间的叙写,关于钟表、影子、钟声和流水等。萨特说:"福克纳的哲学是时间的哲学。"授予福克纳的诺贝尔文学奖的颁奖词说道,福克纳的作品是在哀悼一种生活方式。我认为作为福克纳的代表作《喧哗与骚动》也不例外,他书写的是南方种植园经济逐步瓦解,传统社会秩序正在改变,过去南方生活虽有值得批判的地方,但对于在这种文化中成长起来的人,尤其是白人,种植园主,却是令人怀念的。我想对这个时期南方传统的失落与哀悼的书写应是此小说的主题之一。美国文艺理论家芬克尔斯坦说:"不仅是他对愚昧虚弱、正在消失的显贵的描绘,还有对旧日的南方本身的描绘,都带上了阴森森的安魂曲的调子。"宏观地看,南方的衰落,社会的变迁,关涉的其实也是一个时间主题。当然,这部小说也呈现了人性的种种方面,人的善良、痛苦、贪婪、忠诚,以及神秘的命运,等等。

福克纳的创作具有强烈的"地方性",其实很多伟大的作家莫不如此。

福克纳的"地域性",在很大程度上是美国的"南方性",他描绘了南北战争结束后南方的生活、人们内心的冲突。作品中的风土人情、人物的语言,都具有浓郁的地域色彩。我以为"地域性",以及"时代性",可以为作品获取独特性,形成作品的血肉、外貌,但地域性、时代性显然不是文学的终极目的,伟大的作品往往是通过特殊的地域性、时代性来获得写作个性,而仅有这样的个性是不够的,还要通过这种个性表达生命存在的一些普遍性的东西,只有这样才能构成伟大的作品。如果仅有地域性和时代性,就是"就事论事"的写作,而应该在地域性中表现出世界性,在时代性中表现出划时代性。前者只是"宇宙的基石"。在《喧哗与骚动》中,不仅表现了南方生活,更是对复杂幽暗的人性深入的揭示和对生命困境的探询,对存在与时间的思索。

美国诗人与小说家康拉德·艾肯说:"这本小说有结实的四个乐章的交响乐结构,也许是整个体系中制作最精美的一本,是一本詹姆士喜欢称作'创作艺术'的毋庸置疑的杰作。错综复杂的结构衔接得天衣无缝,还是小说家奉为圭臬的小说——它本身就是一部完整的创作技巧的教科书……"《喧哗与骚动》的确如此。对同一个故事,不同视角,不同的情感,不同的价值判断的讲述,形成"对话"状态,让我们对同一人物、同一事件有不同的了解,做出自己的判断,避免传统小说"一面之词"的单一与片面。自然,这样做只是使作家的主体精神更加隐蔽,但隐蔽不等于不存在。每个人物的叙述形成不同的声音,从而形成多声部,使小说成为所谓的复调小说。在小说中,尤其在昆丁那一章,大量运用蒙太奇、意识流手法,过去现在来回穿插交叠,以此表达人物复杂的心理活动,对过去人与事的纠结,近乎迷乱的精神状态。

《喧哗与骚动》中运用了大量的暗示和象征,福克纳创作之始是以诗人的身份出现的,但他却认为自己是一个"失败的诗人"。我认为他的诗歌写作对他日后的小说写作是大有裨益的——譬如,象征、暗示手法的运用,对景物诗意的描写。他运用象征、暗示来表达思想感情,以此深化主题,同时也是对应生命莫测的神秘性的一种表达方式。他还以此来发展小说中的情景和故事。在第二章,忍冬花就出现了三十多次,忍冬花暗示了人物的心理变化,它不仅代表昆丁乱伦的欲望,而且也是性欲的象征,是凯蒂性成熟的象征。昆丁无论置身何处,忍冬花气息无所不在。同时,它还象征昆丁的怯弱、对童年对故土的怀念,以及内心的纠结和苦闷。小说中还多次出现时间的意象,钟表、教堂的钟声、太阳和影子等。这些意象象征着时间的无法逃避,时间不可战胜,时间是"所有希望和绝望的陵墓"。这样的象征使得小说的主题得到了极大的升华。"一屋顶的风""阳光与花朵窃窃私语"这种诗一般的句子也俯拾皆是。

福克纳在写作手法上的精湛技艺还表现在他作品中采用"对位式"结构。"对位式结构"是从音乐的赋格曲的"对位"手法借用而来的。有学者评论,福克纳的对位既有时间的,也有空间的;既有人与人之间、物与物之间的,又有观点与观点之间的,传统与现实之间和形式与主题之间的。

福克纳在作品中大量使用《圣经》中的典故和古希腊神话传说。《喧哗与骚动》也不例外。小说故事就是以耶稣受难的星期为时间背景,即受难日、圣礼拜六和复活节。班吉那一章,即圣礼拜六,这也是班吉 33 岁生日,而这也是耶稣死时的年龄。典故与当下人物的故事形成一种互文性,让典故遥远的神性与当下世俗形成一种对照,从而生发出诸多意味,让我们一方面想到"神性"似乎沦落,但另一方面,人类的遭遇似乎是一种宿命。这种关联充满了象征意味。

《喧哗与骚动》在语言表达方面也堪称丰富多样。在班吉一章,短句甚多,这和班吉是白痴有关,他还像孩子,所以对话、描述都很简洁;而第二章昆丁部分,因为昆丁是一位苦苦思索的知识分子,而且精神处于紧张状态,所以句子多长句,尤其是其内心独白,有时是从句里面包含从句,修饰里面还有修饰,语言形态极为繁杂、晦涩,甚至有炫技、辞藻堆砌之嫌。而杰森一章,因为杰森是一位理智的满腹怨气的生意人,所以语言变得平实、尖酸;第四章回到传统小说模式,语调较客观冷峻。小说中用了大量南方的口语,还特意表现黑人英文的不规范。他小说中关于各种各样的"说话",都用"say"(said),人们、他们、别人几乎一律用"they",这是他有意为之的,有意将"说"和他者模糊化。

福克纳创作的十九部长篇小说,有三分之二是"家庭小说",这是他对美国南方文学的继承和发展。以家庭或家族来写社会,这种写作方法是福克纳的又一个特色。这种写法,包括多角度的叙事、意识流,都对后来的作家产生很大的影响。博尔赫斯被认为是"作家中的作家",我以为福克纳也可如此评价,因为他们都是对作家——全世界各语种的——产生深远影响的作家,他们都是许多作家的导师。这么说,是因为他们在写作形式、主题、题材等方面多是有所开拓的作家。

大家一直都以为福克纳是一位前卫作家,在我看来,他是一位既前卫又传统的作家。说"前卫",大家自然会想到他小说写作中的"复调结构""意识流",他对美国南方社会生活"家庭式"的、"世系式"的书写,他对"地域性"的强调。但我要说他还是一位传统的作家,因为他仍然强调并且也显示出传统作家的功力和追求。正如一位现代派的画家,尽管开创了抽象、变形、夸张的手法,但同时也是具备扎实的写实能力的。福克纳仍然重视人物形象的塑造,而且也擅长于此。他对世俗人心,三教九流人物的德行了然于胸,往往几句对话,对人物外貌寥寥数笔的勾勒,一个人物形象便跃然纸上。几句描写,一幅景物便浮现于眼前。其笔下人物众多,却都个性鲜明,甚至一些极次要的人物亦如此,譬如,小说中那个意大利小女孩,她的饥渴,又大又黑(忧郁)的眼睛,钓鱼、洗澡的那几个少年的顽皮、自负,黑人小子的狡猾、阳奉阴违,牧师布道时的激情澎湃,都给人印象深刻。

我与树与花

◎ 止　庵

　　我家院子里的一棵紫薇树死了。整个冬天，它的枝头不见一个芽苞。开春以后，别的树陆续发芽、长叶、开花，只有它是例外；用指甲抠开树皮，倒还有些许绿色。于是给它浇水，用塑料布把树干裹上，照样毫无动静。前些时请人从小枝锯到大枝，再锯到主干，断端都已干枯了。

　　这棵树原本有一丈来高，是大前年秋末移来的。翻看 2020 年的日记，7月 8 日："院里的紫薇树开了很多花，引得小区的保安都来照相。还记得四五十年前背诵的白居易《紫薇花》——虽然他看的大概是灌木的而非乔木的紫薇：'丝纶阁下文书静，钟鼓楼中刻漏长。独坐黄昏谁是伴，紫薇花对紫微郎。'当初很喜欢末一句，现在却觉得趣味并不甚佳，正是昨是而今非。白居易另有同题七律，首联云'紫薇花对紫微翁，名目虽同貌不同'，可见他还很喜欢这种说法。"10 日："昨夜大雨。紫薇花朵上沾满雨水，变得很重，压得好几个枝条都弯了。"11 日："夜又大雨，紫薇的枝条垂得更厉害了。"14 日："紫薇花开得过于茂盛。接连几场大雨，花朵浸满雨水，压弯的枝条予人力不能胜之感。或许开这么多花，正是不自量力或得意忘形。天气转晴，才逐渐恢复原貌。"当时我正在和责任编辑一起细细打磨长篇小说《受命》的稿子——我们戏称为"优化"，书里 Apple 家门前也有几棵紫薇，虽系灌木，我还是补了一两句开花遇雨的描写。我家这棵树简直是去年花开得太多把自己给累死了。它好像不懂这一辈子且还得活呢，应该悠着点儿。

　　我想起古今那些才华绝世，却又短寿促命的文学家、艺术家和思想家，譬如只活了 20 岁的雷蒙·拉迪盖，活了 23 岁的王弼，活了 26 岁的李贺，活了 28 岁的埃贡·席勒，等等，其间不无相仿之处。废名悼念早夭的梁遇春说："秋心这位朋友，正好比一个春光，绿暗红嫣，什么都在那里拼命，我们见面的时候，他总是燕语呢喃，风度翩翩，而却又一口气要把世上的话说尽的样子。我就不免想到辛稼轩的一句词，'倩谁唤流莺声住'，我说不出所以然来，暗地叹息。我爱惜如此人才。世上的春天无可悼惜，只有人才之间，这样的一个春天，那才是一去不复返，能不感到摧残。"（《〈泪与笑〉序》）如今我所感伤者无非如此。当然紫薇死了也许只是因为 2020 年冬天特别冷，我们没有做好防冻措施。院里死了的还有一棵种了十几年的石榴，去年也结了比往年更多的果实。听说我们这一片儿，这两种树有不少过冬未能存活下来。

　　我说这些，或许难免多愁善感之讥。但由树联想到人，亦不乏先例。《世说新语·言语》即云："桓公北征经金城，见前为琅邪时种柳皆已十围，慨然曰：'木犹如此，人何以堪。'攀枝执条，泫然流泪。"只不过我悲哀的是夭亡，桓温叹息的则是衰老罢了。然而同为此等生命现象所触动，也可以说是一回事。关于人与树，美与毁灭，还可提到大岛渚导演的电影《御法度》：新来的武士加纳惣三郎（松田龙平饰）的美貌，竟使得新选组人心涣散，整支队伍都垮掉了，而他其实非常无辜。影片末尾辅佐首领的武士土方岁三（北野武饰）高喊"魔鬼！魔鬼！"，对着银幕挥刀将一株盛开的樱花树拦腰斩断，是非将他处决不可的意思吧。

　　记得作家史铁生去世两年前我去他家做客，看见书都被拆成一个个印张，以便阅读，整本书他拿不动。他还指着桌上的一袋花生米说："现在我的血管状况忌食花生衣，假如一下把这些都吃了，就没命了。"后来我讲给在国外的一位我们都认识的朋友听，朋友说，你讲的这两件事比读他的作品更令人对生命的状态有所触动。虽然我写在这里，并不关乎本文这个题目。

　　史铁生与我母亲是同一年去世的。我在《惜别》里写到母亲养花的事情。母亲生前养的花，有几种如今还在。岑参《山房春事》有云："梁园日暮乱飞鸦，极目萧条三两家。庭树不知人去尽，春来还发旧时花。"我在给这些花浇水施肥时也想，它们照旧花繁叶茂，却早已换了别的人来照管；它们不知道，那个曾对它们念兹在兹的人，永远不存在了。

《受命》出版后，有读者问我为什么要描写那么多植物。这些年北京很多地方拆除重建，原来的房子、院落和胡同都没有了，只剩下几棵老树，幸存于新建的楼群之间，抑或宽阔的大街一侧。尽管这也是出诸人为的安排，却每每令我感到只有它们才能超越人世的一应变迁，成为过去年代唯一有生命的延续。而无论老树新树，乔木灌木，乃至花花草草，一年四季变化自有规律，仿佛与我们分属不同的世界。前引岑参的诗，还有韦庄的《台城》："江雨霏霏江草齐，六朝如梦鸟空啼。无情最是台城柳，依旧烟笼十里堤。"讲的都是以人的眼光去看这些人世之外的东西；那么假如有一副人世之外的眼光来反观呢，看到的大概就是《老子》所形容的"天地不仁，以万物为刍狗"了吧。"天地不仁"的意思不是说天地不好，是说它无所偏私，对什么都一视同仁。我在动笔之前写过一年多植物日记，记录每日在院里和街上所见植物的种种变化。在小说中描写这些植物，是想给人物和故事设置一个更大的背景，在那个背景里一切都依循自然规律，不为人物的意愿和努力所左右，以此反衬我写到的人间的悲欢离合。

　　前些时整理父亲留下的笔记本和书籍，偶尔看到他当年夹在里面的一朵蜡梅，一瓣玉兰，或一片枫叶，全都枯为褐色，纸上也留有痕迹。父亲去世已经27年了。他是诗人，对大自然特别有兴趣。他曾告诉我，有一次在香港赶上刮台风，自己从未经历过，就到西环海边独自抱住电线杆子体验一番，直到能够离开。附带说一句，《受命》采用的是贴近主人公的第三人称写法，他也想写诗，看待世界的眼光掺杂了诗的感受，所以特别注意到那些植物。父亲留下的一花一叶似乎凝聚着故人的情思，又是曾经的时光的缩影。然而对我来说已经遥远得难以企及了。

武满彻的脸

◎ 王晓莉

　　微信上偶然听到李健新出了一首歌《三月的一整月》，很好听。查资料才知道其实不是新歌，是李健对一首日文歌的翻唱，只不过新填了中文词。翻唱有点类似于作家对诸如博尔赫斯、卡尔维诺等的"仿写"，都是对原作的大致敬哪。于是又搜日文歌原作来听——一听之下忍不住要在心里感谢李健——就听见一开始是"咚、咚、咚"的打击乐，足有半分钟，是扎实然而缓慢的节奏，像武林大会前夕，又像在积雪很厚的地面艰难行走，有点像要发生什么大事前的宁静。我本来刚洗过头，电视也开着，一切都有点儿乱糟糟的，这略带紧张的、有节奏的开头音乐把人的心一下就打安静了。一个男声开始了吟唱。他用的是像在和朋友叙述一般的口吻，不急不躁，娓娓道来。中间又夹了口琴与小提琴，以及轻微的女声和声。歌儿唱的是早春吧，歌词简单极了，"我弃花而去/在万物萌芽的三月/我弃路而去/在孩子们开步奔跑的三月/我只怀抱爱而去/与喜悦与恐惧与你/在你欢笑的三月"。

　　歌很短，只四分半钟。然而余音袅袅。电视、家人说话的杂音一瞬间于我都不存在了。仿佛是早春，蓼碎碎地开，远处江心有只空船在漂。而辽阔的大地上，一个看不清楚面容的人在行走，他风衣一角卷了起来。是有这样的画面感。是这样简单的，然而又万物苏生、值得忆念的三月。

　　我有很久没有听过这样的配器与配乐，没有见到过这样由音乐衍生而出的画面了。真有点儿不知所措。遇到好的、优美的、十分想要立刻去回味的东西的时候，我们都会有点儿这样不知所措。同时我还有点儿说不出的难过，因为美的东西是那样少，要沙里淘金一样才淘得到。

　　歌的链接上，作曲的人写着"武满彻"。武满彻是何方神圣？我赶紧到网上去搜索。一下就见到了网友上传的武满彻照片。或者更具体地说是武满彻的脸的照片。

那是一张初看有如僧侣一般的脸。好像一直是在修道院里生活的,安静着,不理尘世。随后从他微皱了的眉头里,会感觉到他并不平静。当然那皱眉并不是厌倦而是透出十字架上的基督一样瘦削、神性的忧怀;他有一个宽阔的额头,仿佛积攒了太多的才华与沉思,并且已经盛装不下了,那些非凡的物质或非物质仿佛要从自己的面部凸出去。这令他的样貌一看就很高古。他用双手托着自己的脸,结果托出了眼角和鼻翼四周的许多皱纹,然而他不以为意。他的眼睛紧盯着人。在他的眼睛里没有很多从事艺术者常有的对自我充满眷恋的眼神。他的眼睛里满满地都是"他者"而非"自我"。

即使没有听他的音乐,我也会被这样一张人的脸震动。我想一个人怎么会长这样——如此纯粹,如此孤独,却又如此自足。我的心突然像一个鼓的鼓面,先是定定地静着,随后便被一把无名的鼓槌一下一下地敲。咚,咚,咚,就像他的音乐。

借助网络,得知武满彻的生平。除音乐之外,这个日本 20 世纪最伟大的音乐家一生没有从事过任何一种别的职业,完全就是为音乐而生。起先并不顺利,没有人认可他的作品。直到 1957 年,世界知名的音乐家斯特拉文斯基访问日本,偶然听到武满彻一曲《弦乐安魂曲》,大为激赏,武满彻才为世人所知。武满彻一生不懈于对日本古典音乐的继承,并使之与西洋音乐结合,终究成为日本音乐魁首。武满彻曾为 90 多部日本电影配乐,合作的人物包括黑泽明、敕使河原宏等大师级导演。他几乎影响了日本乐坛所有的后辈。网上有资深乐迷评论说,"武满彻之后,日本无音乐"。就连久石让也说,"我们应当摆脱武满彻老师的阴影"。

原来如此。一个在作曲时完全不搭理任何人,浸淫其中有如空气的人,当然会有那样孤独到死的眼神;一个二十几岁就染上肺结核被医生宣判只有几年寿命的人当然会有对时光的忧伤;一个完全自学作曲,终究独步江湖的音乐大师,当然要配一张那样高古的脸。一张明明确确的高手之脸。

说起来,日常生活里,脸其实是跟我们自己距离最远。我们不能用脸来单独完成一样任务或工作。我们用手吃饭，取物，敲击键盘，牵爱人的手；我们用脚奔跑，前往目的地，爬山，丈量每一寸落差。我们用肺呼吸，用心脏感应。总之每样器官都是有实用价值的。然而一张脸呢？当然，脸上的眼睛、鼻子、嘴巴等也是各有用途。但当它们组合为一张脸，脸就成了某种独立的东西。脸是长给别人看以方便别人辨认的。世上如果有两张一样的脸就乱套了。幸好没有。连孪生的其实也完全可以区分。

然而人的一切又都落到了自己的这张脸上。一个人所居的时代，他的父母，他的欲求与忧患，他承受的他向往的，通通都可以由他的脸透露。

"他就长了一张那样……的脸。"描述一个人的时候，我们通常这样开头。善意的脸，吝啬刻薄的脸，柔情的脸，刚愎自用的脸，去地狱里走过几遭的脸，以及，武满彻那样高古的、柔弱中蕴涵坚强的脸……尘世浩大，人脸无数。我21岁刚开始工作那年能记住的脸还不算多。家人的脸，同学的脸，仅此而已。在第一次参加的一个笔会上，我看见一个样貌奇特的外地作者。他根本谈不上漂亮。只是奇特。像一堆平面画里夹了个立体石雕，太显眼了。我偷偷盯着他的脸看了几回。后来与同一个办公室的老同事讨论。同事说，他这就是异相啊！他这样的脸一看就能写出好作品。他即使不写作，也能画出好画；他即使去修行，也比一般人要修得好。

虽不认为老同事的话全无道理，但要当时的我理解话中之义还须等待。等到也看了无数张脸的我的现在。是的，现在我已完全弄通了老同事话的含义，也和老同事一样可以从人群里辨识出一张高手之脸，一张武满彻那样的脸。它们有着一些易于辨别的，却又难以言传的特征。你能意会到的就是：简单、纯粹、专注。就是这些。

当你在一个人脸上看到这些的时候，你几乎就可以像案犯指认现场一样，指认他为他那个行业的高手。无论是一个大画家，一个纺织厂女工，还是一个城郊的环卫工人……都是。你基本可以断定他的画作会更近于艺术的本质更直指人心，她织的布面会更为绵密与均匀，他扫的街道会更为清洁更赏心悦目……是的，脸容千奇百怪，无一重复，脸下的灵魂，却有可能相似度极高。那是因为高手一生的专注，他对技艺的专精，他视技艺为"唯一"恋人的心态,均凝结为他脸上的简单与坦诚。他没有什么可掩饰的。他与天地、与众生、与自己的关系,在他脸上写得清清楚楚。

而大多数人,要掩藏的东西太多,一张脸因而也是像黄昏暮色一样模糊不清。财富、声名、情色……人追逐这些就像不停喝盐水一样啊。到哪里去找解渴的水!故而人脸上的犹疑,即是心的犹疑;脸上的暧昧,即是心理的暧昧;脸上的狡猾,即是心内的狡猾。故而在一张圆滑的脸上,纯粹就消失了;在一张恶俗之脸那里,简单是不存在的;而在一张算计之脸上,专注?那不可能。

我把武满彻的代表音乐,《十一月的脚步》《秋庭歌一具》等等循环播放着。我并且边听边想着武满彻的样子。他献给世人的,就是一座音乐的花园,花园的光线,格子窗下的流水,叶子在风中打转的节律,无不美轮美奂。无不是在述说传统与现代的联系,无不是在揭示大自然有与无的奥秘,无不充满禅意。

曾经有一张那样的脸在世间存在过。并且,毫无疑问只有这样一张脸,才创作出这样的音乐。

打结的流水

◎ 鄞 珊

街尾，我们说的街尾并非街的尽头，恰恰相反，正是街的中央，而这一段基本熟稔的街段，在我们心目中才配得起整条街堂皇的名字——家汇街。家汇街中间被几条大的小的巷子打岔，打岔之后的街，依然完满。只是双臼巷子打断之后，续后的街段与这边格格不入，我们从没把那段灯火散落的街段计算在内，虽然它们依然门前开花，可显得很遥远，彼此见着都隔着一条街，大多连招呼都省略了。

所以老九家理所当然被我们列为街尾，他的家已经接近蛇行冒出头的双臼巷。

我一直没问，也不晓得怎么问，老九家怎么那个样子呢？那样怎么也算是一个家呢？这条临街的铺面作为居家的屋子，只有到了他家这里，一统天下，整个大间空荡荡的，作为"家"的整片空间都呈现给路人看，虽然他家是开药店的，但药柜子不就占用墙壁那么丁点的地方吗？看到右墙的一个个药抽屉，更觉得他家的空空荡荡。

老九家有很多兄弟姐妹，老九是不是排行第九？我掰着手指怎是数不出他有八个哥哥姐姐。我曾问母亲，从他那个已经嫁出去的大姐开始算，老九好像也没有排到第九呀？在门口晒太阳的外婆转过身子，白了我一眼："就你喜欢多嘴！"

外婆跟他们家很要好，虽然外婆跟谁都要好，但我知道外婆心里面那根线，通连的是他们家的心。外婆为什么跟距离最远的他们家贴心，外婆白了我一眼，她总觉得我多事。没有原因，没有理由，就像她告诉我，我不能吃白菜萝卜，我问为什么，她也嫌我烦：不能吃就不能吃，哪来这么多问？

外婆不用给个理由，其实我也是打心底里喜欢他们一家，不是因为老九跟我一年级同班，那跟他家没关系，我在班里连看都没看他一眼呢。老九一跟我说话舌头就打结，结结巴巴，口说不清言语了，但他的眼睛很明亮，纯洁澄明，只是心智和口舌鸿蒙未开而已。在这街尾的陋屋，他们一家的笑容灿烂了一条街。虽然他们家连把像样的椅子都没有，我去到他们家，他们的热情都超乎家里的承受力，他们全家人都是一副见到谁都乐呵呵的样子，没有椅子，还是拼命地在床铺底下搬出小凳子，他们的笑容会传染人，原始纯真，没有尘染，我也不好意思地笑着，告诉她外婆要我来抓几样药。阿九爸爸连连说好，一边伸手拉开那些写着药名的小抽屉，一边还转过脸来探问我外婆怎么样。

阿九妈妈嘘寒问暖，告诉我要吃胖点儿，虽然看起来他们整家人都很瘦。阿九遗传了他爸的高身躯，更显得像豆芽般的弱。阿九妈妈在药柜底下找出一颗糖硬塞我手里。连阿九都没法吃到的糖，阿九父母却这么慷慨舍得！我已经有着这个年龄不该有的谦让，我知道他们家的孩子更多呢。

他们家比所有邻居家都空荡，家徒四壁说的就是他们，外婆说阿九家很难，一家十多口，吃饭都紧。就他们家那点儿不上档次的药，根本不像药店，我自始至终不知道他们家还有其他什么营生。可有的人天生自带笑意，阿九父母每天的笑容，足可冲淡一切烦忧。楼下是他们一天的活动空间，有人来抓药，阿九父母就得忙碌，可是来抓药的人不多，他们的药也不多嘛！街头就有正规的药店，药材堆得上了屋顶，一股中草药的味道溢出很远。

我们都在琢磨，阿九家楼下没有房间，那么楼上一家人是怎么住的？阿九的母亲每天把一大锅粥煮得特别的稀，就着一大盆青菜，一家人瘦高瘦高地带着菜青色。

人是活的，门口的小溪有很好的牙祭。阿九的哥哥们经常在溪里抓鱼，他们没有捕鱼工具，就是最原始的手脚和脸盆铁桶，姐姐们边洗衣服边接应。巴掌大的鲫鱼多得是，有时会抓到大草鱼。她姐姐眼睛很尖，有一次洗衣服时，看到水里有一大块黑色影子，她示意大家不要惊着它，悄悄拿起边上盛衣服的脸盆，往水里猛地一兜，竟然打上来一大条活蹦乱跳的草鱼，足有七八斤重,把邻居都给羡慕死了。虽然每天洗衣服都能看到水里的鱼,但它只是引诱你,说不定要拉你下水呢!

门前的溪流每隔一段有一个缺口,用麻石拼成的几级台阶扭扭捏捏直通到溪面。沿岸来到我家门前这个缺口的台阶最大,是这个镇的一个老码头。经常有船只在大树下卸货上货,这是镇里的一条运输通道。所以,这个码头的石阶最规整,因着人流,又少水草,鱼儿也少在这里停留。阿九家门口那一段台阶不一样,就是他们一两户人家洗衣服挑水而已,那段的溪边有好多石头和水草,鱼儿聚集多,那边的水草甚至能作为游泳换衣服的遮蔽处。

夏天,阿九家的男孩子齐刷刷地从门前溪边的码头溜进水里,大半天浸泡水里,顺便摸几条鱼儿上来,水蛇鳗鱼泥鳅等河鲜都在溪里欢畅着呢。

这个活儿,油漆婶家的阿凯只有望洋兴叹了。每天在人家屋里干油漆活,他白白净净的皮肤,即使偶尔有空在溪里边浸泡,也没有那样的身手抓住鱼儿。

阿九姐姐用脸盆兜起那条大鱼,阿凯闻声兴奋得围观过去,又"啧啧"称赞,又估计着鱼儿的斤两,"应该有十斤吧!"他斩钉截铁地说。

最后究竟有多少斤,我们都不得而知,阿九妈妈很快把它变成两道菜:鱼头鱼尾滚萝卜汤,椒盐鱼肉。

一桌子的美味都飘到街头来了。

我们满脸羡慕,满心遗憾,并非没有吃过草鱼,而是这么大的一条草鱼,没让自家的脸盆给装上。为了溪里面的鱼儿,我宁愿换个远一点儿的码头,就因为那里有水草,鱼儿多,好几次都看着它们在我周边游,就是与我捉迷藏,满是青苔的光滑石板,我必须小心翼翼,溪水极深,谁都怕不小心掉了下去。

阿九家门前的这段溪流,他们都非常熟悉,阿九哥哥姐姐总是在下午以后,傍晚时分,来到属于他们家的这段溪流,他们家务和娱乐都在溪里。这是他们家热闹的时分。

阿九妈妈在洗刷锅盆,姐姐们在洗衣服,哥哥在溪里游泳,同时清洗他们的竹竿等工具。

溪底有的地方很深，溪流会带着漩涡，我们蹲在岸边，看着流水打着一个个结，然后又裹挟前行。

阿九的四哥，没人注意他怎么就没了。阿九妈妈每次都叮咛姐姐，要看着玩水的弟弟，姐姐们边洗衣服，还要不时盯着戏水的弟弟。这溪，近岸边安全点，可溪底都是陷阱、暗流，相差一两步，人就会踩空，水随即没过头顶。这溪本来漩涡多，加上水深处高低不平，水流急，一直有危险潜伏。阿九的大姐二姐像保姆，每次都听到她们斥责弟弟的声音："快回来，别再去了！""还不听话！等会儿上来看我不打断你的腿！"她们会凶巴巴地威胁不听话的弟弟。阿九最听话了，他还不敢游泳，只好待在姐姐屁股后面玩水草，偶尔往水里面扔几颗小石头给三哥四哥。

四哥阿宽也就大阿九两岁，早就跟着大哥二哥等在水里嬉戏。白天太阳毒辣辣的，到了下午四点钟以后，日头西斜，树荫下的溪水一片凉爽，大人们开始往溪边跑，他们几兄弟早就憋不住了。几个人正嬉戏着，水花四溅，突然阿宽姐姐大喊，几乎带着哭腔："阿宽呢？"

一下子台阶的两三个人齐刷刷放下手里的衣服，站了起来，朝水里巡视。

水里的几个男孩儿也站起来，四下张望。

姐姐脸色和声音突然变了，大喊大叫："刚刚还在这里，喏！就两手臂的距离，刚刚，我低头搓了会儿衣服，抬头就不见了。"

这下，溪边的人都喊起来。

阿九父母从屋里跑出来。

邻里闻风而至，整条街震动起来。

有声音喊着："快！快！绳子！"

有的已经跑进屋里搬出带耙子的长竹竿。阿凯他们家几个男孩儿都出动了，一下子十来个壮年男子脱衣服，陆续下水。溪流因着人多且众也胆怯而缓慢了。

阿九家的姐姐们哭喊着，阿九母亲奔了出来，已经瘫倒在岸边，油漆婶她们扶着,不让她靠近码头。

这段溪流,被整条街的汉子围堵着,不一会儿在不远处便捞出了他,阿宽湿漉漉的身体被放在岸边,地上都是水,年长者指挥着,倒出他肚子里的水,撬开他的嘴巴,掏出泥土,人工呼吸……人们想尽各自办法急救,只是回天无力。

悲痛声已经传遍街头巷尾,竹篾婶、油漆婶忙拉着阿九母亲,不让她靠前,说孩子听到母亲的哭声会难过,尸体会七孔流血的。

死人有活人的耳朵。

阿九拿着阿宽的衣服,从街头走到街尾。边走边哭,我们站在门口,默默地看着他走过。阿九要去哪里呢?他又从我们门前走过。

阿九自己也不知道要去哪里,他捧着哥哥的衣服,从街尾走到街头,从街头走到街尾,边走边哭……

宇宙小镇

◎ 韩浩月

　　我不能暴露宇宙小镇的关键信息，因为一旦说出，所有人都会立刻知道它在哪里。几年前和几个朋友一起吃烧烤，喝酒时他说了一句话："你知道吗，那谁，都混到宇宙小镇去了。"当他意识到我也在那里居住时，有了一个下意识的捂嘴动作，意思是自己说错话了，不应该。其实没必要，我们这些住在宇宙小镇的人，平时也不大爱说自己住这里，大家都喜欢隐姓埋名，没准内心还有种感觉，错认为自己是远离江湖的"侠客"。

　　为什么把这个地方称为"宇宙小镇"？现在不是流行这样的说法嘛，大家都爱调侃自己居住的城市，比如"魔都""帝都"什么的。有个叫李雪琴的脱口秀选手，她说她妈认为"宇宙的尽头在铁岭"，那铁岭就成了宇宙当中一个重要的地方。我们没法说宇宙的尽头在我们这儿，更不能说宇宙的中心在我们这儿，但有一点可以确定无疑的是，小镇是宇宙中的一粒尘埃（可能连尘埃都算不上），但架不住它住的人多，住的人多了，说法就多，就杂，就乱，一个"宇宙小镇"可以统一说法，平息纷争，您都"宇宙"打头了，别人还能说啥？

　　我是 2016 年住进宇宙小镇的。在此之前也来过，从距离这儿不到二十公里的某个城区来，开着车，带着两孩子，来这儿的游戏厅打电子游戏，一百元两百个币，痛快地玩一整天，玩累了吃完晚饭再赶回去，权当去乡下度个假了。过去没想过自己会住这儿，倒是有人提议过，大约是 2004 年的时候，说这儿房价便宜，八百元一平方米，零首付，开发商还送两千元的代金券，我严词拒绝了，说，谁去那鸟儿不拉屎的地方啊。

　　十年之后，2014 年的时候，我那学习成绩不咋样的儿子，中招考试失利

（跟我经常带他打游戏脱不开干系），公办的高中没一家能进去的，我都去邻县的七中问了，说这个分数，没法要。没办法，只能选择上私立，私立也要求分数，那段时间四处带他"赶考"，来宇宙小镇就是在"赶考"过程中，一个同样带儿子"赶考"的大姐告诉我的，去宇宙小镇呀，那里有所学校特别好，不看分数，交钱就能上。于是，2014年秋天，我开车把儿子扔在了宇宙小镇之后，绝尘而去。

没承想，到了2016年的时候，女儿的幼升小，也遇到了难题，她可不是因为成绩不行上不了学，而是遇到了别的难题。有了前边的经验，这样的难题已经难不住我了："走，去宇宙小镇，成为你哥的校友，用好成绩，一雪咱家前耻。"

女儿移驾，这就是大事了，于是便张罗买房。那时候宇宙小镇的房价正是史上最高，我积攒了一二十年的银行卡里的数字全部清空，还得再贷款十年。这个时候的宇宙小镇，已经不是你看得起看不起的问题了，而是不贷款铁定买不起的问题。秋天的时候，女儿如愿上了小学，我们也在宇宙小镇的北部边缘安下家来。我们这些边缘人有个特点，走路爱靠边，选住的地方也爱靠边，这几十年，都是这么过来的。

纽约有个长岛，在20世纪20年代的时候，长岛的西端成了富人区，建了不少的豪华别墅，住满了权贵、明星、有钱人，而东端则杂乱无章，尘土飞扬，是底层人的地盘，菲茨杰拉德以当时的纽约市与长岛为背景，写了本《了不起的盖茨比》。当我住进宇宙小镇，开车行驶在必须要打开汽车空调内循环才能阻止土味扑面而来的道路上时，总是忍不住想起这部小说。

隔着宽阔的海岸，西端的盖茨比经常在夜晚的时候，凝望着东岸照过来的灯塔光线，他觉得那光线，宛若他日思夜想的前女友黛西的炽热眼神。碰巧的是，宇宙小镇与隔壁城区中间，也隔着一条河。只不过与长岛的状况不一样的是，居于东岸的宇宙小镇沿河长八公里，修建了一栋栋高楼，每当夜晚来临，所有小区都亮起灯的时候，灯火通明宛若天上的银河。而西岸，则是一片沉睡的乡村。

那一排沿河而建的房子，满足着写进人们骨子里"临河而居"的渴望，尽管那条河在十多年的时间里几近干涸，只能算是一条宽一点儿的臭水沟。房子有欧式的、美式的，就是没有中式的，小区的名字多以"维多利亚""曼哈顿""世纪罗马"等打头，第一次来的人，会误认为进入了联合国。

那一排名字洋气的高层洋楼，是宇宙小镇的脸面，向西打开着，搽脂抹粉，仿佛在展示着什么。而向东，则是宇宙小镇的本来面目，路面坑坑洼洼，隔离栅栏歪歪扭扭，电动三轮横冲直撞，平均每天三起车祸，偶尔还能看见驴车，驴子边卖力蹬着柏油马路行走边排泄驴粪……这个小镇的神奇之处就是，走到它的内部，就像走进科幻片里的某个城市，一二三四五六七线的城市特征，均能不同程度地在这里找到对应，所以它才有莫名其妙的魅力，莫名其妙地吸引着那么多人主动地投奔而来。

十多年前，我曾拜访过一个住在这里的导演朋友。他算是最早住进来的首批小镇居民，偌大的小区里，他家在最后一排高层楼房。他买了顶楼，顺着盘旋楼梯爬上去，是一个像极了教堂的阁楼。在阁楼里，他给我放他拍摄完好几年还没拿到公映许可证的电影，电影讲的是发生在乡村的一个特别文艺的爱情故事，简单说来就是《乡村爱情》与《了不起的盖茨比》的合体，看完之后我觉得特别的恍惚与惆怅。

宇宙小镇是个人挺多的地方，一天当中特殊的时间段里，用人头攒动来形容也不为过。但人在住进宇宙小镇之后，似乎又变得特别自觉——不爱聚会（包括聚餐），不爱说话，不爱与别人联系，甚至不爱说自己住这儿，大家都一副懒洋洋、爱谁谁的样子。有时候在外面的场合遇到，说话不小心透露了住址，也多是打个哈哈，原来你也住宇宙小镇啊哈哈，回去没事咱们喝酒，一个电话骑自行车十来分钟的事。这样的场景，往往会在对话双方一年之后见面时，再重复一次，仿佛一年前，他们没有见过一样。

在宇宙小镇，你不去找朋友，朋友也不会自己找上门来，所以住在这儿你得适应自己始终是这里的陌生人。是陌生人，也好，大家都按照已知的、既定的规则行事，恪守着原则和界限，保持着彬彬有礼，不知道是因为住在小镇里的人素质比较高，还是经受了某种教化的结果，我宁愿相信是前者。

有一次我从隔壁城区回小镇，那是晚上六点左右，正是下班的人要回小镇的高峰时期。我从一条小道拐上主路的时候，开了差不多两三百米，遇到一个公交车站。平时经过这里，在保证安全的前提下，都是一脚油门匆匆而过，但那天不知道为什么我油门松了一下，车子有了缓缓停驶的趋势，于是就看见好几个人跟我招手，隔着车窗玻璃，远远地听到他们在喊："师傅，宇宙小镇，走吗？"

那阵子流行拼车，空车能拼四个人，刚好够回小镇的油钱和过路费。小镇专门有人（黑车司机）接这样的活儿，当然，更多的是住在小镇的人捎把手彼此互助。他们肯定是把我当成拼车司机了。我把车停了下来，释放了锁车键，四个人分工明确，非常轻巧熟练地拉开车门，并用合适的力度关上了车门，在这个过程中，三个男青年还颇有礼貌地请唯一的女青年坐到了副驾驶座上。

一切奔着讲效率、少啰唆的目的，一切都是为了节省时间，这正是宇宙小镇的优良作风。我也是第一次成为拼车师傅，内心有些激动，也有点儿莫名其妙的甜蜜——终于可以为小镇人服务一回了。但不可避免的慌乱，一是车里一下坐进来这么多陌生人，不大适应；二是担心半道上被查车，被当成非法拉客的黑车处理。既来之则安之，人都上车了，除了把他们安全地一个一个地送到家，还能怎么办呢？

我调低了一下空调温度（那是夏天），打开了车载 U 盘里的音乐，刚好播放的是我喜欢的鲍勃·迪伦的歌，为了避免打扰到乘客，又把音量旋钮往声音小的方向转了半圈儿。车里很安静，乃至于有点儿尴尬，于是我问："大家都到哪儿啊？"他们四个人挨个地报上了小区名，不错，都在一条路上，顺道，那个女生在说完小区名后问了一句："师傅，咱拼车多少钱？"

我说："不要钱。"我不常离开小镇，当拼车师傅的机会很少，能有机会拉上同住小镇的乘客，这是缘分，怎么能要钱呢？这些是我的心理活动，没说出口。但我说出口的"不要钱"三个字，显然让他们感觉到不安了，车里微微地有一些躁动，但瞬间又恢复了安静，没人再说话。

四位小镇人，下车的时候，纷纷向我扔钱，一看就是提前准备好的十元纸币，放进了车内扶手架的储物盒里，我只说了三个字"真不用"就闭嘴了。

因为如果再继续说的话，没准儿他们会把我当个怪物，能花钱解决的事情就绝对不要欠下人情，这是小镇人的规则之一。只有最后那个女孩下车的时候，说没有零钱要扫我的微信，我说不用了，我手机没带，她哈哈笑了一声说："师傅您真好，再见。"

我也当过别人的乘客。那是住进小镇的第一年，我从外地出差回来，拖着行李箱在隔壁城区准备打车回家。那会儿正是网约车最火的时候，正规的出租车都不知道跑哪里去了，于是我也用网约车软件叫了一个单，没多久，一辆价值上百万的大奔停在了身边，开车的是一个女司机，我一时不知怎么办才好，眼看天色将晚，只好硬着头皮上了车。

女司机是个好看的女性，怎么个好看法呢，就是那种你觉得她不会是明星，但经常会被误认为是明星她也习惯了被这样恭维的人。她穿着半职业半休闲的裙装，副驾驶座位放着一个精致的手提包——我能观察到的就这些了，再继续观察下去就不礼貌了，于是简单地确认了一下打车信息后，我在汽车后座上开始刷手机。

回小镇要走一条大约十公里的高速公路，傍晚的晚霞很美，后视镜里折射过来的影像，是越来越小的城市建筑。或许是车里太静谧了让女司机有些不安，她用手机呼叫电话，开口说的是："老公啊，我在回家的路上……"社交规则中写道，如果一个女人在陌生人面前开始打电话这样说的时候，一般会是一种含蓄的警告或者友好的提醒。

于是我认为自己不能再沉默下去了，便放下手机没话找话，从开这么好的车为什么要搭载顺风车客人开始，到她是从哪一年住进宇宙小镇等等，搜肠刮肚把我能问到的但又不至于让人产生冒犯感的问题都问了。车到宇宙小镇的时候，她已经完全放松，觉得后座的乘客就是个不善言辞的老实人，才露出了东北人大大咧咧的本色。当我请她把车停在红绿灯这端不要通过十字路口的时候，她不怀好意地说："怕被媳妇看见有美女送你回家对吧，哈哈。"我赶紧就坡下驴，说："嗯嗯，对对。"我说："给您微信扫码付车费吧。"她说："不用，不靠这个，就是想顺道带个人回小镇。"

在小镇住久了，知道这里住了不少算同行的人，他们是导演、编剧、编辑、记者、自由撰稿人、诗人、影评人、画家……慢慢地，我们也有了一个名字叫"宇宙小镇吃货群"的聊天群，里边人不多，都是以前比较熟悉的老朋友，或者是老朋友的老朋友，人不熟悉但名字知道。老朋友来到宇宙小镇之后，联系得并不算密切，这也好，俗话说"远香近臭"。

"吃货群"名不符实，一年当中顶多聚个三五回，而且多数时间还是到一位在电视台工作的朋友家里"打秋风"。有一阵子"吃货群"很热闹，是因为群里的一位诗人，说没事的话咱们大家开始写诗玩吧，写多了可以众筹出版一本《宇宙小镇诗集》，新年的时候可以搞一个跨年朗诵会，这个提议引起"吃货群"一阵骚动，写过的和没写过诗的，都开始动起手来。我在最热闹的那段时间，每天早晨醒来，第一件事不是去上厕所和洗漱，而是拿起手机写诗，有作品为证。

这首蹩脚的诗藏着不少故事，首先"冬季到台北来看雨，夏季到宇宙小镇来看大海"这个说法是真的。有一晚大雨，深夜十二点的时候我下了高速公路进入小镇道路，脑海里便闪过这个传说，但看路面积水并没那么多，便抱着试试看的心态往前走，走着走着，积水越来越深，雨水越来越大，刮雨器已经不顶什么用了。前边一个黄色的小车突然水中熄火，我也只能无奈地停在了后面。马路对面一辆嚣张的卡车碾水而过，飞溅过来的大波浪兜头浇在机器盖子上，发动机熄火了。

整条街道都是汹涌的"海水"，路灯仍然闪烁，但见不到什么人，能感觉到车在飘，像船那样，东扭一下，西扭一下。这么重的铁家伙，浮在水上居然像纸船那样。这么晚的时间，呼叫拖车基本上是不可能的了，我从驾驶座翻到了后排座椅上，打算不管怎样今晚就在车里过夜了，总不至于顺着"海水"漂流到太平洋。躺着的那会儿，心里无比平静，比日常生活里的心态要平静十倍，毕竟是宇宙小镇啊宇宙小镇，一个非常适合体验派居住的地方。后来，有人敲窗玻璃，这无异于飞船在太空遭遇危机，有人在敲击飞船的舷窗，我得救了。

至于诗人的故事，是这样的，他年轻时风流倜傥，中年结婚后相妻教子，成为比好男人还要好十倍的好男人，他媳妇儿或许总是对他年轻时的那点儿事儿念念不忘，总是时不时地拿出来敲打敲打，本就个头儿不高的他，在家庭里的地位也越来越低，直到媳妇儿第 N 次对他动手的时候他高喊了一句："让人进出的门为何紧闭着，离婚！"哪知道正中媳妇儿下怀，他净身出户，被扫地出门了。

刚离婚那段时间，诗人特别崩溃，为了安慰他，我们提高了聚会频率，为的就是让他借酒浇愁，走出伤心。不知道他是真的爱媳妇儿，还是情难自禁入戏太深，经常在喝点儿酒之后一次又一次重复他与媳妇儿的爱恨情仇，我们听多了忍不住劝他："你啊，为情困了一辈子，苦了一辈子，老了老了，离了也自由了，认命吧。"没想到，听完这句劝，诗人落了泪。

忽然有一天，诗人把宇宙小镇的几个吃饭群、写诗群、拼车群等都退掉了，原因是他与另外一位写诗的朋友起了争执，他给另外一位诗人写的作品提了点儿批评意见，另外一位诗人不太认同他的批评，话赶话，两人就吵了起来。先是群里吵，后来吵到了朋友圈，以互相拉黑删除了事。几个月后，诗人打电话跟我说："要不你组个局吧，我那段时间刚离婚不久情绪不好，确实不该孩子气。"于是我遵嘱请了"宇宙小镇吃货群"喝了顿酒，大家一醉泯恩仇，实现了大和谐。

我刚住进宇宙小镇的时候，这一片还是一堆孤零零的蓝色玻璃商住公寓，几年之后，南边的跨河大桥终于通车了，北边的高速公路也通了，荒了好几年似乎会一直荒下去的那片地，也像搭积木一般，搭出了一个拥有大型超市、电影院、咖啡馆、面包店等的商业街区。

在等待这个街区开业的那几个月里，我脑海里时常生出一个奇怪的念头：一定要好好活下去，要看到这个街区正式开业，要去喝一杯咖啡、看一场电影，所以千万不能出意外啊。那段时间过马路我都很小心，不但左右看，还前后看，确保安全了才通过。

这等惜命，在我四十多年的人生里还是头一回，其产生的动机，竟然是为了一家和自己关系并不大的区区一商场，我得弄明白其中的玄机。想来想去，浮现出来的一个想法让我大吃一惊——我怕不是爱上宇宙小镇这个地方了吧？

爱上一个人,就有可能被爱上的这个人伤害,像我的那位诗人朋友一样。而爱上一个地方,就有十分的可能,你会被这个地方囚禁,失去继续奔波的劲头,不再有折腾的念头,在这个地方只想毫无力气地躺倒——这个地方,就成了你另外一个意义上的"故乡"。

　　我真把宇宙小镇当成故乡了?我可真不拿自己当外人啊。当这个念头处在含糊不清、暧昧不明状态的时候,我四处和遇到的很多朋友讲:"给你说一个笑话,我把宇宙小镇当成老家了。"说完了自己忍不住先笑,然后朋友们和我一起哈哈大笑。

　　当我真的回到出生地,躺在故乡温暖的怀抱里的时候,想起宇宙小镇,觉得它真的那么遥远,遥远得就像它在外星球一样。

望炊烟（节选）

◎ 羌人六

在断裂带，天神木比塔的女儿木姐珠为爱下嫁凡间斗安珠的故事妇孺皆知。

传说，木姐珠出嫁前母亲准备了丰厚的陪嫁，其中有圣洁无瑕的白石、各种粮种菜种、八种禽畜及百余种飞禽走兽。"临别时一定要面带微笑，不能频频回头望家里。"然而，出嫁的木姐珠没有牢记母亲的嘱咐，半道上恋恋不舍的她"不由自主回头望故居"，使得百余种飞禽走兽受到惊吓，从此永远逃入深山老林。至今保留在民间的姑娘出嫁不许回头的婚嫁风俗，即是由此而来。不久前，因工作正式调离家乡，虽说不是出嫁，但木姐珠出嫁时那种复杂的心情，我却能够感同身受，也体味颇深。其实，无论身在何处，人在生活的很多方面都是类似的，我想，这个"类似"就像勤劳的母亲每天打开鸡圈时必然见到的情形——遍地鸡毛。对我而言，唯一的区别就是此处或彼处罢了。

于刚刚离开家乡来到成都这座城市的我而言，心中的景致似乎还没有完全替代我到来之前的地方，仍是家乡的山山水水、乡亲父老，仍是断裂带——我的血脉之地，人生之初的根据地，给予我许多成长和人生教诲的那个"荒野小站"。五月，带着正式的调离手续，开车从平武县城出发，顺着涪江蜿蜒而下，随季节辗转的日月星辰、花草树木、鸟兽虫鱼、青山绿水在车窗外飞速滑向身后的场景，仍然历历在目，想起依然和土地紧紧拴在一起的乡亲父老、往事点滴，我不可避免地陷入感伤，顾影自怜。

此去经年，在岁月的洗礼和剥蚀下，家乡的面孔早已不再是最初的样子。隔着时光，填充着过往的人事不断被氧化和锈蚀，有时甚至模糊不清，难以分辨。形如儿时，那扑面而来的贫穷与饥饿总是不时在那小小的四口之家亮出它们狰狞的嘴脸，模糊羞耻和尊严的界限。有时，我想，对血肉之躯已然远离的断裂带而言，在岁月走廊上辗转奔波的我，像是一缕挣脱土地枷锁独自飘远的炊烟。

每次回断裂带，回到我从小长大的那个村子，望着城里不见踪迹而仍在家乡的天空生机勃勃的炊烟，想到它们日复一日年复一年地陪伴着这片土地，忠心耿耿地扎根在这片土地，我总是为之动容、为之感慨。

毫无疑问，炊烟是扎根在断裂带上的一道护身符，断裂带人祖祖辈辈的血脉在炊烟下生长、延续、轮回，命运在那些角角落落的屋檐下潜伏，似曾相识的日子在生活的手心里循环往复。

是城市拒绝了炊烟，还是炊烟避开了城市？置身于早年影子洒满角角落落而今彼此一年见不了几次面的家乡大地，目望炊烟，感觉自己就像被她遗忘的一片小小的叶子，自生自灭的叶子，无依无靠的叶子。唯一可以信任的是炊烟的活力与生机，是这片土地的活力与生机。基于焕然一新的感受，麻木已久的身心会在炊烟的引领下变得舒缓，它引领我归于熟悉的生活，归于自己的内心。人，永远到不了的地方就是过去。

于我而言，偶尔眺望一下炊烟与炊烟下的亲人和风景，已经足够。

"望炊烟"的念头和行为实际上并不存在诗意，或许只有一言难尽的象征意义，类似于一个美国作家的比喻：你站在牧场的外面看牧场，兴许会感到风光无限好，然而，当你走入其中，就会发现里面等级森严，层次分明。

"在那件事到来之前，每天早中晚，三顿饭的前后，是我一天中最煎熬最担心的时刻，心神不宁、慌里慌张，脑袋无可避免地陷入一种紧绷绷的难以克制的焦虑状态，双腿就像地震来了一样，就像长着自己的脑袋一样，总是不由自主地奔向屋外，然后稻草人似的站在院里，隔着公路望你大伯家的门是否开着，烟囱在不在冒烟。如果门开着，如果屋顶上有炊烟升起，说明你大伯还好好的，一切如常，至此，我心里那块石头才会落到地上。"这番文采飞扬且思维缜密的话语源自我父亲的姐姐，断裂带上，那个被我喊作大姑的人之口，提及已经过世的大伯生命最后那段时光，年过花甲依然精力旺盛的大姑,哀其不幸、怒其不争的惋惜怜悯之情仍然溢于言表。她眉头紧锁,表情凝重,娓娓道来的同时,为缓冲自己沉重的讲述,还辅以轻盈的肢体动作来减轻语言的负重——她先是一只手轻轻地捂住隔着厚厚外套的胸口,仿佛是在捂着心里呼之欲出的剧痛,继而手搭凉棚望着远处,重温自己几年前烂熟于心的这个动作,眼底射出的光线化作一只无形的手,似乎真的在哪里摸索到了似曾相识的一扇门、一缕炊烟。

大姑,父亲的姐姐,亦是我大伯的姐姐。加上我父亲,他们以及其他几个兄弟姊妹,都在断裂带紧挨河畔的那个姓刘的屋檐下长大,渡过艰难的童年,又在岁月的长河中化作一盘散沙。按常理,有着一样血脉的亲人,属于世界上关系最亲最铁的人。然而,事实并非如此,就像断裂带其他兄弟姊妹众多的家庭一样,在长大成人、各自成家立业生儿育女之后,所谓亲情,也是人心隔肚皮,貌合神离,大多时候,不过是精神或言语上的摆设。如此直言不讳,并非混淆视听,也没有丝毫恶意,只是摆出事实。造就这种局面的原因形形色色,很难归一。大姑在生活之余,对众叛亲离、茕茕孑立的大伯有如此的关心与守望,已经实属不易、难能可贵了。

2019年夏天的一个夜晚,大伯在家里将一瓶散装白酒喝得底朝天之后,用一截棕绳套住自己的脖子,去了另外一个世界。这件事震动了村里所有的乡亲父老,不过,在熟人们看来,大伯的死,不过是早晚的事,是预料之中的事。那段时间,大伯已然病入膏肓,身边又没个亲人照看,灰烬里的火苗,无人吹燃,众叛亲离的大伯,死于内心的孤独,死于生前尤其是年轻时对妻子(伯娘)、儿女(堂哥堂妹)的家庭暴力。据说,大伯生命的最后几天,有天半夜,他汗水淋漓、惊魂未定地跑到大姑家敲门喊"救命"。大姑和姑父开门,大伯脸色煞白地说,听到河边有人在喊他的名字。隔天,他又跑到我们家门口,跟我兄弟说:"侄儿,帮我去河里问问那几个人,为啥子事在那里骂我?喊他们不要骂了!再骂,老子要收拾他们!"然而,事实上,除了几只聒噪的乌鸦在那里,河边上没有一个人影。死亡,是一些黑色的鸟。生命的最后几天,大伯已经精神失常了。

最先预知大伯"出事"的人,就是他的姐姐、住马路对面整天都会望炊烟的大姑。大伯出事的那一整天，她的心都是悬着的。直到黄昏降临断裂带，大伯家的门一直关得死死的，也没有望见他家房子上挂起炊烟。"去看看吧！"大姑对自己的丈夫说。"去看看吧！"大姑的丈夫对自己的一个侄儿（我弟弟）说。两人花了很大力气终于推开大伯家的门，堂屋里、卧室里都不见人影。弟弟后来描述当时的场景说，屋外，落在断裂带的阳光依然强烈而耀眼，屋内却是一片昏暗、死寂和冷清的感觉。两人一无所获，正在纳闷之际，陡然望见昏暗的楼梯间坐着一个模糊的人形。走近一看，大伯一动不动坐在那里，睡着了似的，脑袋耷拉着，一个空空的酒瓶搁在身边，一截棕绳缠绕在脖子上，像他早年在家里打死的一条家蛇。

大姑的担心尘埃落定，大伯家房子上没有炊烟，是因为大伯已经走了。大伯，用生命的最后一点儿精力，让自己在活了一辈子的断裂带上，拥有了一块小小的坟地。大伯为自己换来一块小小坟地的同时，也用个人的死亡，赢得了许多村里人的同情，更让他的儿子，一直远在上海工作生活的堂哥，远远地收获了逆子的名声、白眼狼的名声、书呆子的名声……写到这里，我想，其实，很多本地人无法真正理解大伯一家人的生活。正如他们忘记了他的另一副模样，酗酒、贪小便宜、好勇斗狠且性格残暴，经常酒后为一点儿芝麻小事就在家里殴打堂哥堂妹，殴打给他生儿育女、洗衣做饭的伯娘，这几乎是我们这些和堂哥堂妹一起长大的晚辈记忆中司空见惯的事情。

自以为是并且唯我独尊的大伯的拳头不曾收敛，这个狠人，好像忘记了拳头和人也会随着时间变老这个事实。几年前的一个除夕，忍无可忍的堂哥、伯娘还有堂妹三人一起将酗酒后撒酒疯的大伯摁在家里一顿暴打。"等他死了，我们再回来！"当天，堂哥带着已经不可能在家里继续待下去的伯娘去了上海，临别前丢下这样一句话。从此，陷入众叛亲离境地的大伯开始独自生活，短短几年时间，生命便戛然而止，匆匆画上句号。对于大伯而言，死亡并没有对他动刑，动刑的是他自己。

堂哥兑现了他的承诺，大伯死后，逢年过节都回断裂带待上几天，走亲访友，过往的不堪如同他家屋顶上早已不见踪迹的炊烟。今年春节，堂哥一家从上海返回断裂带，刚到自家院子，一个车轮就死死卡进了门前的排水沟。一个亲戚很快将这个确实有点儿诡异的小小事故，改编成一则故事："怕是老大爷给的下马威！"好在事情很快得到解决。原本干瘦如柴、唯唯诺诺的伯娘变化很大，用我母亲的话来说："就像换了个人似的，长得白白胖胖，手上戴着金镯子，颠得路都走不稳啦！"

堂哥一家归来，炊烟再次升起，家便有了生气。炊烟飘过屋顶独自悬在空中，像死去的大伯。望到大伯家炊烟再次升起的人，不止大姑一个。惭愧的是我不能亲口告诉堂哥，根据我个人的经验和观察，其实，在家乡熟人眼里，他无非是个过客，只是个过客。话说回来，芸芸众生，皆是过客，时间里的过客，他自己的过客。

深夜，窗外，一片灯火通明的成都平原。我在租住的公寓，透过文字的缝隙，想象几年前曾在断裂带上望炊烟的大姑，内心炊烟般升起了忧伤。这种忧伤，和大伯没有丝毫关系，只是因为那些炊烟，那些仍然挂在断裂带的日复一日的炊烟，祖祖辈辈挂在乡亲父老一日三餐之上的炊烟，它挂在我活着的亲人们中间，也挂在我死去的亲人们中间。什么是"生生不息"？这就是了！大地古老而年轻的皮肤上，遍地开花的岁月走廊，命运铁轨一样延伸、交替、重叠、反复，就像理发师剪掉的头发，就像农人用汗水灌溉的一茬茬庄稼，就像草木每年重新长出一遍的叶子。这，是我隐秘的慰藉。在断裂带，潜意识里，我已然将大姑的壳穿在了自己的身上，变成一个望炊烟的人。并且，早已成为过客的我，就像断裂带的炊烟一样，在秘密中，在文字中，观察村庄和村庄里的亲人，观察他们全部的感情和思想。这并不是什么好玩的游戏，只是生命中的一种属性或者宿命，亦是无法挣脱的枷锁。

炊烟并不适合在城市生长。在没有炊烟或者看不见炊烟的成都，即便是晴天，我的眼睛和心绪也总是塞满迷雾，总是变得迷迷糊糊，并且杂乱无章。也许是尚未习惯，距离断裂带几百里远的成都，对于这个我个人世界里的新环境而言，我始终有着一种无法言说的陌生。或许，我可以切换视角，把那些高大的建筑想象成家乡秀美的高山，把大街小巷出没的人群想象成自己的亲人。然而我其实没有这种能力，我在喧闹的人群中认识到自己作为一个普通人的局限、可笑和"偏僻"，因为我脚下只有城市，望不见炊烟。

目光越过喧嚣，回望自己的过往与改变，一些话也会炊烟般浮现在脑海。

唤醒那些沉睡的句子，让它们再次穿过脑海，就像炊烟再次升起。断裂带，尔玛人流传至今的口头文学内容丰富、博大精深，这些非物质文化遗产，以声音的形式，储存着一个古老民族珍贵而生动的生活记忆、文化记忆。在如同断裂带群山般绵延、河水般流淌的字句中间，有这样一句无论说起、写下或者想起时总会心头一亮的箴言："古花古谢，今花今开。"无数春夏秋冬的冲刷洗礼，经由祖祖辈辈斟词酌句才如此简洁明了的话语，很容易就记入脑海。古花古谢，今花今开。毫无疑问，看似毫不起眼实则通透至极的箴言，早已在不断生长的岁月中抹掉了祖先在日子中有过的艰辛与磨难，穿过当下时已经没有半点儿赘肉，没有半点儿多余的水分。人们不会雾里看花，只要细细咀嚼一番便心领神会，"当下"这个蕴藏在句子间隙的清晰指向立刻呼之欲出，而"活在当下"这种生存的智慧或者生活的真谛，也就更容易理解了。话语的意义充满终极色彩，但属于个体的生活并非如此，它们只是死死地缠绕在这个句子的内部，缠绕在人们具体生活的内部。与这句古话类似的，还有一句辗转于断裂带乡亲父老们日常生活中间的口头禅："活鱼是要在水中看的。"

当下，人类尚未发明任何能够阻止时光飞逝的方式，因此在我理解，"古花古谢，今花今开"，这句话所契合的只能是个体的命运、心态、胸怀、境界，而"活鱼是要在水中看的"，则在指向当下的同时，还多了一层审视的目光。"活鱼是要在水中看的"，我也经常以这个句子里夹杂的目光来审视自己，审视自己"充满折腾"的生活，审视这些年来一直渐行渐远的家乡——那一处在我粗笨、愚钝的文字里，一直呼作"断裂带"的家园。活鱼是要在水中看的。

炎炎夏日刚刚拉开序幕的 6 月，搭乘绵阳通往成都的高铁，我来到久违的成都平原，除了简单的行李，还有奥尔罕·帕慕克的长篇小说《新人生》。不出意外，我接下来的生活，是在这里工作到退休。断裂带果梅成熟的6 月，乡亲父老们仍在那片土地上为丰收而汗流浃背的 6 月，经过两个月的奔波，我顺利办完调动手续，正式到省城的单位报到。

临时租住的公寓就在春熙路附近，省城的心脏位置，上班只需五分钟路程。每天在人流中穿梭，父亲当年说我的话再次响起，他说："菜籽落了海啦！"只不过，在当时，这可不是一句什么好话。"菜籽落了海"，始终刻在我脑海里的这个句子，始于21世纪初的某年夏天，那时，我的脸孔还是少年的脸孔，血管里涌动着青春的激情与梦幻。此去经年，句子并没有因为风尘仆仆的岁月变得尘埃累累，它和我如影随形。奇怪的是，每次想起这句话，我都会不由自主地想起父亲，我再也爱不动什么的父亲。

21世纪初的某年夏天，已然琥珀般冻结在岁月岩层里边的夏天，翻过无数白天夜晚款款而来又翩然而去的夏天，滑过断裂带的皮肤也滑过这片天地苍生万物的夏天，阳光把草木的叶子、花朵和知了声晒得焦干，而遍地形形色色的石头、蛛网、姓氏、墓碑、村庄、河流、乡亲父老的脸颊以及我的皮肤因为长久暴晒而隐隐作痛的夏天，就像撕破土壤的种子那样撕开记忆、撕开岁月，满载着过往的片段与细节，赶集似的慢慢回到我的身边。恍惚中，我仿佛再次看见一张青涩的脸。断裂带漫山遍野的果梅，这是走向成熟走向收获的季节。空气中，果梅被炕干的酸涩气味弥散在我和父亲沉默的呼吸之间，而苍蝇翅膀拍打的声音与聒噪的知了声铺天盖地般响彻耳际。在我家青瓦房的堂屋中间，父亲威风凛凛地坐在破旧不堪的单人沙发上，嘴里叼着烟，面无表情地望着穿过屋顶的亮瓦透进堂屋的一小块阳光。在家里，在屋外，父亲的表情永远是枯燥的。20世纪80年代挣脱农民身份在东北服役数年最后乘坐绿皮火车回到断裂带，回到家乡，回到我们身边继续在庄稼、农事中摸爬滚打的父亲，额头上的皱纹诉说着他的辛劳，正如一种贫寒的气息环绕着我们这个四口之家。黝黑的父亲用他武断粗暴的肢体动作配合着他的不耐烦，兴许还有鄙夷，指着我的脑袋说："菜籽落了海！"

好吧，事与愿违。好吧，期待落空。

本来，我只是想把自己发表在一家刊物上的作品拿出来在父亲面前显摆一下，分享自己的喜悦，同时期待他的认可。我满心以为，自己会得到他热情洋溢的表扬。然而，我迎来的不是期待本身，而是一盆冰凉凉的冷水。"菜籽落了海！"通过一个成年人（父亲）的喉咙并且裹挟着他恨铁不成钢的唾沫与鄙夷，在空气里扯出一道缝隙或者敲了一个洞似的亮出自己的话语，探出臂弯扑向我瘦削、沉默、充满等待和期盼的人形，牢牢植入我似乎永远吹着穿堂风的耳膜，就这样近乎绝情地闯入我不知天高地厚的生命册页。总而言之，父亲就是那样说的。我羞得无地自容，落荒而逃。被父亲泼了冷水，我心里想的却是"鼠目寸光"之类的成语。在我孤独而又贫乏的成长岁月，父亲就是这样的，对我，从来没有一句好话。

"菜籽落了海！"多年以后，父亲的话在我身上得到应验。在成都，在汪洋般的人海中，我唯一能将自己与其他人区别开来的，就是一颗菜籽般的心脏，一种对渺小与落入人海的恐惧。"去看看你爸。"每次回断裂带，母亲都事先准备好香蜡纸钱。父亲去世多年，母亲仍在使用父亲的那个手机号码。事实上，当年，在"菜籽落了海"的脚后跟，我就下定决心、鼓足勇气，要在沉默中以行动反抗父亲，直到他收回自己的冷嘲热讽。

"菜籽落了海。"父亲仿佛仍然在说。

岁月在走，人也在走，这句话与我如影随形至今，仿佛我就是从这句话里边生长出来的一个带着躯壳的魂灵。现在，这句话虽说足以概括我在城市的感受和状态，却于我无损，再也无法伤害我。并且，我不再是那个怯懦的家伙，不再因为别人的话而自卑或者忍气吞声。我也不怨恨父亲，我早已释然。父亲出事的 2010 年秋天，我已经在廉价笔记本上写下大量习作。但父亲的离去不是练习。某天傍晚，不知是在一种怎样的心情下，我一把火烧掉了那些作品，就在距离父亲坟地不远的梅子树下。

一切破碎，一切成灰。

古花古谢，今花今开。

我想告诉远在天国的父亲："即便菜籽落了海，也仍然是一颗菜籽。"

我更想告诉父亲："正是你当年的冷嘲热讽，让我走向了今天的自己。"

沙堆里的城隍

◎ 梁　衡

西方的神话中都是些离人很远的酒神、爱神等等，哪怕帮人找对象，也是派个天使躲在暗处远远地射上一箭，类似现在的动物学家在密林深处手持麻醉枪向老虎或梅花鹿射去，对方就软软地倒下。而在中国的神话里，神总是在人的身旁，如影随形，朝暮不离，无时不在护佑着你。你需要谈情说爱，就出现一个月老来牵一根红线；你要做生意，就有一个财神爷站在商店门口；你要做饭，灶王爷就贴在锅台上；天黑了你要睡觉，门口就有两位门神站岗。人舒心，神也温馨。

让我没想到的是，在遥远的长城脚下、大漠之边，也有一个神与人同在。2021 年 9 月，我到陕北采风，听说靖边县正在出土一座城隍庙，便立马赶到现场。

全世界闻名的万里长城在榆林一带被当地人轻松地叫作"边墙"，听起来就像两户人家之间的一堵短墙。沿长城的县都被冠以"边"字：靖边、安边、定边。远在天边有人家，墙里墙外胡汉两大家。从秦汉至明朝，这边墙内外故事连连，有时狼烟滚滚，烽火千里，有时又开关互市，交易粮食、茶叶、皮毛、牛马——因为不管胡人汉人，总得居家过日子。于是这边墙就有了两个功能，战时为军事工程，平时为通商口岸，类似现在的海关；亦军亦民，忽战忽和，千百年来恩恩怨怨，可谓一道奇异的风景。

为适应这种状况，明代沿榆林一线的边墙修了 36 个堡子，既是藏兵御敌的工事，又是开关互市的场子。慢慢地，堡子里聚集了人口，变成了一个小城镇，于是要请一尊神来主事，最实用的神就是城隍。城隍无关发财，也不管谈情说爱，是个最基层的综合之神。说小点儿是个虚拟的村主任，说大点儿是个虚拟的区长、市长。它在乡下的办公处叫土地庙,在城镇则叫城隍庙。现在正挖掘的这个堡子名"清平堡",始建于明成化年间,周长不到两公里,里面也设了个城隍。随着历史的变迁,整个堡子渐为风沙所埋,现沙面上已固化为耕地、草坡、灌木林,间有大树,城隍爷就埋在下面。我估计这是中国最北的城隍了,因为再往前走一步就踏出"墙"外,一片茫茫的草原,无城当然也无"隍"了。

一般古墓、古城的挖掘是平地挖坑,考古人员要十分小心地沿台阶层层下探。遇有重要处,为防踏毁文物,还要搭吊板俯身悬空作业。这次只需将沙堆层层剥开,就渐渐露出了庙墙、院落、廊房、殿宇,就像意大利从火山灰中挖出了一个庞贝古城。我们从容地迈步进院,穿堂入室。

最可看的是北边的正殿,城隍爷端坐高台之上,身为文人而一身戎装,双耳垂肩,白脸红唇,身威而面慈。他宽袍大袖,右手握拳支膝,左手微张成接物状,目视前方。廊下的武士则高鼻深目,昂然挺身,一看就是个胡人,做狰狞状以驱恶鬼。武士双手虚握,估计手中原有兵器,年深日久已经朽去,却仍不减威风。这些塑像,或坐或立,并没有全部露出沙外,考古人员只是大概地清扫出他们的轮廓,为防风化正准备以塑料蒙面处理。我们正赶上将蒙未蒙之时,难得一见的佛光乍现的这一刻。城隍爷和众文武的红袍、黑靴、蓝袖口,甚至金腰带上的云纹都历历在目。只是犹裹沙土半遮面,有的刚露出一个头,下身还是一个大土堆,有如埃及的狮身人面像;有的半边身子钻出土外,目光炯炯,刚从古代穿越而来。总之,甩脱了 600 年的风沙,都掩不住重见天日的喜悦。我也如见故人,想不到从小遍读史书、神话,今日与诸神相见却是在这蓬蒿、沙柳丛生的长城脚下。

中国土地辽阔,各地风俗信仰不同,但城隍无分南北,是一个普遍之神。县官不如现管,他最大的特点就是按辖区工作,保佑百姓平安,类似现在的网格化管理。凡神都是人造的,因此习惯上总要拿一个现实的人来做躯壳,就像写小说要有个原型。比如关公被推举来作财神,秦琼、尉迟恭被选来作门神。至于城隍的替身,并无统一规定,由当地百姓自己选举产生。我在网上查了一下,一般都是品学兼优、政绩卓著、可以信赖的人物。比如杭州曾是南宋都城，它的城隍就是宋代的民族英雄文天祥，其天地正气足以保民永远平安。那么，这座长城脚下的明代小城堡，该选谁来任城隍呢？这一线史上最出名的人物要数范仲淹。

北宋与长城外的西夏常年对峙，屡遭败绩，守边武将畏敌如虎，皇帝就把文臣范仲淹派去带兵。范保家卫国真是赤子忠心，他带着自己16岁的长子，亲自上阵，一夜之间筑起了一座土城。又大刀阔斧地改革兵役制度，重用本土将领，连打了几个胜仗，终于使边防巩固，人民安居。宋仁宗说，有范仲淹在前线，我可以睡一个安稳觉了。范常年在这里风餐露宿，枕戈待旦，有他那首著名的《渔家傲》为证："塞下秋来风景异，衡阳雁去无留意。四面边声连角起。千嶂里，长烟落日孤城闭。浊酒一杯家万里，燕然未勒归无计。羌管悠悠霜满地。人不寐，将军白发征夫泪。"他彻底实践了自己"先忧后乐"的思想，至今还坐在这个小庙里。我仔细端详眼前的这尊城隍，他方脸圆腮，一个冬瓜式的面形，还真像史上留下的范公画像。说来有趣，范仲淹这一族，至今家谱不绝，还有一个范氏宗亲会每年都有活动，我因学术故忝列为顾问。每逢聚会，我就奇怪范家的基因怎么这样强大，虽时过千年，仍一个个阔脸大耳，酷似先祖。今天见到的这个城隍也是此貌，难怪一进门就似曾相识，如遇故人。

我仔细研读出土的碑文，它先交代城隍的设置："城隍有祠，遍于环宇，非只大都巨邑而也。虽一村一井，莫不图像而禋祀之。"古之帝王"张刑罚以禁民之恶，立天地百神之祀，使民不教而自劝，不禁而自惩"。又说明城隍的作用："设官，以治于治之所及；设神，以治于治之所不及。上天为民虑者深且切也！"原来，古代的政治家早就明白，单纯的行政管理不能解决所有的问题，既要依法治国，也要依德治民。"治之所及"是什么呢？政治、经济、社会、生活等现实的方方面面。"治之所不及"是什么呢？就是各人心中所想，他们的世界观。这才是一片无边的天地，一股巨大的潜在力量。一念之善，春风化雨；一念之恶，翻江倒海。所以康德说有两种东西，总是让人敬畏，那就是头上的星空和心中的道德。而在古代中国，遍布于城乡的城隍，就是这种道德普及的最后一公里。你不能不说这是古人的伟大发明，且能寓教于美，托人塑形，以艺术的方式呈现于民，流传于后。你看那些泥塑人物多么生动，600年仍衣带如水，神清目明。城隍不只是劝人行善，还导人审美，亦是一尊美神。

在中华五千多年的文明史上，明清时期的一个小城堡算不上多老，但正因其平常、普通，清平堡才典型地代表了那一段历史，勾勒出这一带河山的变迁。我们立于这土堆之中，看到了一个历史的活标本。你看那城墙、城门，特别是专门用于伏兵杀敌的瓮城，仿佛重现了当年城头的呐喊和刀光剑影。我不禁想起那篇著名的《吊古战场文》："浩浩乎，平沙无垠，敻不见人。河水萦带，群山纠纷。黯兮惨悴，风悲日曛。蓬断草枯，凛若霜晨。鸟飞不下，兽铤亡群。亭长告余曰：'此古战场也，常覆三军。往往鬼哭，天阴则闻。'"长城这个中国最大、最老的战争工事从秦汉一直修到明代，从没有消停。直到清代出了一个康熙皇帝才宣布永不修长城。他说："秦筑长城以来，汉、唐、宋亦常修理，其时岂无边患？明末我太祖统大兵长驱直入，诸路瓦解，皆莫能当。可见守国之道，惟在修得民心。民心悦则邦本得，而边境自固，所谓'众志成城'者是也。"他不但弃修长城，还开边利民。清王朝开国初期为避免蒙汉矛盾，曾将长城内外划出五十里宽、一千里长的缓冲地带，俗称"皇禁地"。康熙下令开放，并以儒家经典的"仁""义""礼""智""信"五字命名，设了五个城寨，这可以看作是最早的经济开发区，从此开始了"走西口"的民族大融合，也为后来发展成多民族的国家奠定了基础。他懂得，不能靠砖石长城而应靠民心"治于治之所不及"。于是由战争而和平，由军事而经济，清平堡从此永远清平，城隍做证。

在中国960万平方公里的土地上，这个周长两公里的堡子只是小小的一个点，但它是长城、塞外、沙漠的交集，代表着一种地貌、一种气候、一段自然生态的轮回。你只要看看脚下被深埋着的这一座城、一座庙、一个神，就知道这里曾经是怎样的沙尘肆虐。当地传统说书节目中有一个代表作《刮大风》："风婆娘娘放出一股风，刮得天昏地暗怕死个人。刮得那个大山没顶顶，刮得那个小山平又平。千年的大树连根拔，万年的顽石乱翻滚。刮得碾盘掼烧饼，刮得那个碾轱辘滚流星，哎呀呀好大的风。"远的不说，40年前我在这一带工作时，一夜醒来，风刮沙壅都推不开门。下乡采访，起风时一片昏暗要开车灯。可是现在呢？高处一望，绿满天涯，蓝天如镜。新华社2020年发文，宣布横跨长城内外的毛乌素沙漠已经消失。来前，我曾拜访已70多岁的治沙英雄牛玉琴。她一嫁到这沙窝深处，便在家门口一棵棵地栽树，直到栽出一片绿洲，因此被请去联合国做报告。当地人戏称她"种树种到联合国"。这样的治沙人，一代一代数不清有多少。600年啊，城隍在深深的沙土下做了好长一个梦，直到有一天考古队员把他轻轻推醒，他蒙眬中看星汉摇落，旭日东升，浩浩乎绿海无垠。

　　走出开挖现场，我有了一个小小的遗憾。土坑旁堆着一大堆刚挖出来的老树根，虬曲缠绕，须乱如麻，根部已有一抱之粗。原来，这城隍庙里与正殿相对着还有一个戏台，这些树就长在戏台上的沙土里。它们顽强地与风沙搏斗，沙埋一分，树长一寸。就这样，屡埋屡长，终于没有窒息，没有死亡。清理遗址时工人嫌它们碍手碍脚，就通通锯断挖去。我扼腕顿足，大呼可惜。古庙古，古树也古啊，它们同是我们民族的记忆，更是一段乡愁！试想，当年这荒僻之地，常年草盛人稀，鸟飞兽亡，军民无以为乐，只有逢年过节时庙里才给城隍爷唱一回戏，胡汉交易，人神共乐，喧声满院。这些老树也于黄沙中吐出绿叶，抚慰着守边人苦寂的心。何不留下这些古树，把整座庙宇开辟成一个旅游场所，城隍归座，武士扬眉，绿树遮阴。让外来的游人在土堆上吼一阵信天游，再邀城隍爷同坐喝一壶马奶酒，唱一首《出塞曲》，看一出600年前的地方戏，那该多有味道！

盲者

◎ 周齐林

　　把记忆的望远镜聚焦在 1994 年盛夏的那个黄昏，我看见 10 岁的自己正在操场边围观一场篮球比赛。晚霞染红了半边天，不远处炊烟袅袅，倦鸟归巢的声音不时从竹林里传来。这个看似普通祥和的黄昏很快就露出它狰狞的一面。比我大三岁的表哥已人高马大，他拍打着篮球娴熟地越过障碍，围观的人群不时传来欢呼的声音。比分正僵持着，关键时刻，表哥越过人群，运转篮球，即将投篮的那一刻，忽然人仰马翻，重重地摔倒在地。四周一片哗然。他的头磕在坚硬的水泥地上，渗出血丝来。我被这突如其来的一幕给吓住了，慌忙跑过去把他扶起来。他摇摇晃晃地走了几步又摔倒在地。"我怎么看不见了，弟。"表哥下意识地回头，满是惶恐。多年过去，表哥脸上恐慌无助的表情依旧回荡在我的脑海里。

　　薄暮下，那条从学校通往家的小路忽然变得漫长起来。我搀扶着眼前一片模糊的表哥往前走，走了几步，他忽然一把把我推开，大跨步向前走去。他跌跌撞撞地走着，很快摔倒在地，险些栽入水波荡漾的池塘中。

　　夜幕降临，我看见摸索着在屋子里行走的表哥撞翻了木凳子。凳子摔倒在地的声音让他手足无措。闻声赶来的姨妈把他揉进怀里，他伏在姨妈身上哭泣着，不停地喊着："妈，我怕，我怕。"深夜，一墙之隔，我隐约听见表哥哭泣的声音。哭声回荡在苍茫的夜空里，直至哭累了，他才昏昏沉沉地睡去，眼角满是泪水。

　　突如其来的变故如一记重拳把姨父打倒在地。他对表哥所有的希冀顿时化为泡影。孩子是他余生的盼头，现在一切似乎都失去了意义。一夜之间他苍老了许多。他放下手中的木工活儿，寸步不离地守着表哥，生怕他再有

087

什么闪失。黑夜织成的网束缚着一个人的脚步。

　　几天后，在湖南长沙湘雅医院，医生充当着宣判者的角色，表哥被诊断为视网膜色素变性，这种病被称为不是癌症的癌症，它是一种良性退行性病变，视力会如徐徐消失，直至黑夜降临。

　　为了省钱看病，姨父和表哥舍不得住旅馆，他们租住在医院附近旅店几元的地下室里。从医院回到地下室，医生的话不时回荡在姨父耳边。看着孩子无助的样子，姨父紧抱着表哥痛哭起来。

　　次年春天，表哥的视力降低到 0.06，我把巴掌放在他的面前，他只能看到模糊的影像。疾病的猛兽，早已隐藏在他眼中。

　　上帝闭上眼帘，黑夜的帷幕迅速落下。表哥面色恐慌走起路来颤颤巍巍的样子映射出集聚在他内心的恐惧。姨妈经常补偿性地给表哥做好吃的，看着他吃得津津有味的模样，温暖的阳光下，表哥端着饭碗，手捏着泛着油光的鸡腿贪婪地啃食着，而不远处，小姨的眼里蓄满辛酸的泪水。

　　通往学校的路变得漫长而艰难，姨父把带表哥上学的任务交到了我身上。曾经，我和表哥飞奔在那条通往学校的小路上，五百米的距离，不到几分钟就跑完了。现在我牵着他的手缓步在小路上，不时有熟悉的同学从我们身边走过。"瞎子算命。""瞎子算命。"他们看着我们走路的滑稽模样，捧腹大笑起来。笑声如锋利的针刺痛着表哥，他顿时面红耳赤，久久地咬着唇，停下脚步，蹲在地上哭起来。表哥的哭声让我手足无措。一直站在门槛前望着我们的姨妈循声赶来，一把把表哥抱在怀里。这天黄昏下课后，我疾速跑到表哥所在的班级，却不见他的身影，教室里空无一人。我一下子慌了，疾速跑出校门，四处搜索着表哥的身影。跑到半路，远远地我看见一个模糊的人影在泥泞的稻田里挣扎着，身上满是泥巴。稻田里满是泥泞，表哥走了几步又滑倒。我一把把他从稻田里拉了起来。为了不让人耻笑，表哥一下课就摸索着往外走。

　　书读得异常艰辛，坚持了半年，随着视力一点点消失，表哥在那个蝉鸣的夏天退学了。

　　从跌入黑暗那刻开始，姨父就早早地给表哥安排好一生，他打算让他

20岁就结婚生子,孩子由姨妈和姨父抚养成人,等孩子大了,就有人给表哥养老送终了。他们想往黑暗中注入阳光,让微弱的光芒穿透这浓浓的夜,让黑暗的浓度越来越淡。在上帝这双巨手的操控下,一切仿佛弥漫着宿命的味道。而表哥,从几近失明的那一刻开始,从小姨对他长达一生的安排和设计里,宿命的色彩愈加浓厚。失明,仿佛意味着生命的灯盏熄灭,沉沉的黑夜潮水般涌来,把人淹没,令人窒息。

稻田干涸,皎洁的月光下,姨父正为放水的事而与村里人发生争执。"你这种人,难怪儿子要瞎。"村里人突然从嘴里蹦出的这句话仿佛一把尖刀刺在姨父的胸口,他一时青筋暴露,拳头挥舞在半空中,最终又落了下来。仿佛身受重伤,我看见姨父一连多日沉默不语。

生性活泼的表哥开始足不出户,一整天待在家里。无边的黑暗束缚着他的脚步,他不敢出门。他怕摔倒在地,更怕路人异样的目光和嘲讽的声音。那些他曾经熟悉无比的事物都成了他前进的拦路虎,一棵树、一块石头、一口水井、一片菜园,他记得它们的气息和模样。

他眼前一片黑暗,那抹黑暗仿佛一瓶打翻的墨汁,潮水般在他心底蔓延开来。寂静的午后,我们一大家族人围坐在庭院里,为表哥的未来出谋划策。三言两语之后是长久的沉默。院落里弥漫着桂花香,表哥坐在桂花树下沉默不语。

在众人的目光里,表哥拄着拐杖缓步走出了院落。看着表哥胆怯的步履,我不由拳头紧握,心跳加速起来。他循着记忆里村庄的模样一步一步往前挪,紧握拐杖的手微微颤抖着。姨父表情凝重,姨妈因长久的哭泣双眼通红。表哥慢慢往前走,他走过那棵高大的梧桐树,慢慢朝石板桥走去,一片被虫咬成锯齿形的叶子掉落在他的头上。记忆中的村庄永远不变,现实的路径出现了偏差,表哥走偏了方向,几步之遥就是一米深的沟渠,水流湍急。我夹杂在亲戚们中间,屏息望着他。手中试路的拐杖把表哥重新带回小路。这原本是一次成功的尝试,但表哥返回院落的途中,一辆自行车疾速驶来,丁零零的声音不时响起,像是不断发出催促的声音。午后风驰电掣般的自行车呼啸着从表哥身旁驶过,险些把他撞倒在地。急促而密集的车铃声让表哥乱了阵脚，他慌乱地走了几步，一下子摔倒在地，大哭不止。仿佛只有紧贴大地，他才会感到无比心安。

姨妈和姨父的目光仿佛监控般时刻关注着他的一举一动，生怕他磕着碰着，摔倒在地。每次表哥出门，邻里和许多小伙伴的目光纷纷朝这里聚集，目光织成的网让表哥无法摆脱。越来越敏感的他轻易间就捕捉到了那些窃窃私语和扑哧的笑声。

表哥失明的消息迅速传遍了巴掌大的村庄。落雨的黄昏，村里算命的瞎子阿炳敲打着拐杖走进了姨妈家。瞎子阿炳是方圆十里有名的算命先生，许多人慕名而来，手提贵重礼品，恳请他算一卦。"嘚嘚嘚"拐杖敲打地面发出的声音在姨妈和姨父耳边响起，昏黄的灯光下，姨妈正在厨房里忙碌着，姨父在稀薄的夜色里抽烟。看着站在门前的瞎子阿炳，还没等他开口，姨父就猜出了他的来意。面对这个不速之客，姨父的脸瞬时冷了下来。"我看这孩子聪明伶俐，颇有天分，是算命的好料子，我想收他为徒，不知你们同意吗？"夕阳的余晖映着瞎子阿炳那张沟壑纵横的脸。瞎子阿炳等来的是闭门羹，他刚说完，闻声赶来的姨妈拿起扫帚一把把他赶出了家门。

从未受此驱赶的阿炳气得直哆嗦，他颤颤巍巍地回到家中，满腹憋屈。方圆十里欲拜他为师的人甚多，他都不愿意，如今自己放下脸面亲自登门，却不料吃了闭门羹。瞎子阿炳放出狠话，说此儿命薄，以后恐怕吃饭都成问题。瞎子的话传到表哥耳里，他暗暗紧握拳头，仿佛把命运紧紧地攥在了手里。

为了远离这些异样的眼神，姨妈把表哥带到了一百多里外的市区。她租了一间房子，在市区的菜市场卖菜。表哥帮着姨妈守摊。每天凌晨三点半左右，姨妈推着板车去批发蔬菜，二十几分钟的路程。表哥紧跟在后头，同去进货和帮忙。姨妈时刻想把他带在身边，她担心他独处时会发生意外。有一回表哥坐在板车上守菜，倦意来袭，竟睡着了。姨妈见他在寒风中酣睡的模样，笑着说："看你，叫你守菜，菜被人偷了都不晓得。"

他的世界并非寂静无声。姨妈买了一个收音机给他做伴。他每天抱着收音机，借助灵敏的听觉触摸着这个世界的一草一木。

"弟，我估计一辈子都娶不到老婆了。"表哥一脸哀伤地说道。当我初尝暗恋的甜蜜时，19岁的表哥正深陷在相亲所带来的苦闷里。命运剥夺了他自由恋爱的权利。姨妈和姨父给表哥安排了几次相亲。一个因车祸而丧失右臂的女孩进屋后，见表哥近视低至几近失明，扭头就走。姨妈和姨父事先只敢说表哥眼睛有点儿问题。但女孩很快就觉察到了表哥失明的真相，无法隐瞒。几近失明的残酷现实掩盖了表哥心地的善良和纯真，没有一个女孩愿意耐心倾听他心灵的声音，接收他心灵的目光。几次相亲失败后，表哥变得更加沉默寡言。眼神是无声的语言，失明的表哥只能通过对方的声音蕴含的信息量来明辨情感的真假。

一年后，我入读隔壁小镇高中那年，表哥去了青岛一家盲人学校学习按摩推拿技术。在市区帮母亲卖菜的时光，收音机成了他唯一的朋友。他晚上把收音机放在枕边，听着收音机缓缓入睡。多年后的今天，他依旧记得那个晚上，他在收音机里听到一个盲人朋友讲述自己在青岛盲人学校学习按摩推拿技术，毕业后创业开按摩店的故事。这个故事深深打动了他，仿佛一缕微光照亮了他幽暗的内心世界。他匆匆摸到一旁的铅笔，记下了学校的电话号码。

暑假，烈日的暴晒下，我和姨父陪着表哥来到了市里的火车站。火车呼啸的轰鸣声不时在耳边响起，不远处的铁轨蜿蜒着伸向远方。一旁的表哥额头上布满细腻的汗珠，脸上却满是兴奋和期待。铁轨给人以希望。坐了一天一夜的火车，我们终于到了青岛，按图索骥来到了盲人学校。进校第一天，听到身边有那么多视力比他还弱的同学的欢声笑语，他颇为触动。这些年来，黑暗几乎要把他淹没，他总感觉自己是家里的累赘，日子暗淡无光，未来毫无希望。以前是他独自一人面对这沉沉黑夜，现在是一群与自己同病相怜的朋友一起面对。年幼时收割稻谷的一幕忽然浮现在表哥脑海里，尚未收割前，稻田里一望无际的稻谷聚集在一起，一起面对着沉沉黑夜的降临。收割后，被遗忘在田野深处的那几株稻谷，只能独自面对着属于自己的寂寞与恐慌。多年来，他感觉自己就是那株被遗忘的稻谷。他被他们发自内心的笑声深深感染着，多年来郁积在胸的孤独与恐惧也随之烟消云散。

他开始废寝忘食地学习盲文,学中医推拿。他感觉自己生命的屋子开启了另一扇窗,不再那么阴暗潮湿。渐渐他便懂得了许多知识,学会了推拿和针灸。

在青岛,在一个朋友的介绍下,表哥结识了一个叫琴的女孩。起初,未曾谋面的他们每天在电话里聊天。琴被表哥爽朗、幽默的性格深深吸引着。而表哥则被琴温柔贤惠的声音触动,他只能通过旁人的描述,按照记忆里的参照物来想象琴的模样。

每次放下电话,端详着照片里帅气的表哥,她感觉自己掉进了蜜罐里。这种喜悦随着见面而戛然而止,当这个叫琴的女孩发现表哥视力只有0.06时,她犹豫了,踏出的脚步又缩了回来。她不敢想象把自己的一生交付给一个几近失明的人会是一件多么冒险的事情。表哥拿出自己的五千元积蓄让琴离开这里,回去好好找一份工作,找一个好人嫁了。

挣扎多日,这个叫琴的女孩做了一个惊人的决定,留下来,接纳表哥。表哥把她紧抱在怀里,心底暗暗发誓这辈子一定要好好爱这个女人。

次年春节,怀有身孕的琴鼓起勇气带表哥回家过年。辗转颠簸十多个小时,火车到站了,琴的母亲已在火车站等候多时。

出火车站,还需走两个多小时的山路。山路崎岖,琴和她母亲紧紧挽着表哥往前走,一路磕磕碰碰,走得筋疲力尽。最后要蹚过一条低浅的河流才能到家。身怀六甲筋疲力尽的琴叫来了她堂哥,才把表哥背过去。

这一晚,回想起来路的艰辛,表哥深感内疚和不安。崎岖的山路带着隐喻的色彩,它无时无刻不在向表哥提醒着他们未来日子所要面对的比常人多数十倍的艰辛与无奈。

次日,准岳父叫表哥杀鸡。第一次杀鸡,表哥拿着锋利的菜刀提着鸡脚,眼前却一片模糊,他只能使劲地往下剁,由于用力过猛,刀锋一偏,被他剁进了厚厚的砧板里。紧握鸡脚的手一松,鸡跑走了。

一旁的准岳父看着这一幕,心底一惊,眉头紧蹙,颇为担忧地问道:"你的视力这样,你们以后可怎么生活?"准岳母也跟着说道:"你们可要想好了。"一旁的琴听了,斩钉截铁地说:"您不用担心了,他人很好,应该没问题的。"表哥也自信地说："只要我有口饭吃,定能琴有饭吃。"他虽然目光缺失,但他斩钉截铁的声音却顿时把她们镇住了。声音里流露出爱的信仰。两个老人看着女儿与眼前这个男孩如此相爱,便也没再多说什么。

琴就这样成了表哥生命中的拐杖。她是他的眼神,是他的目光。在喧嚣的尘世,爱情的灯盏温暖着他前行的路。以前的日子,他几乎不敢横穿马路。每次过红绿灯,他都战战兢兢。他随着一大片模糊的人影走。恐惧的气息让他不敢轻易迈出脚步。现在,她带他去逛街、去游玩,寸步不离地牵着他的手。他从没有过如此幸福踏实的感觉。

从青岛毕业后,表哥在广州白云区的一家盲人按摩店做按摩。

店里只有老板和他两个人,老板自己也懂按摩。出门时父亲给他的一百多元,除了坐车,身上仅剩几十元钱了。冬夜,屋外寒风呼啸,表哥躺在店里窄小的床板上,紧紧蜷缩着身子。所有的衣服都成了救命稻草。此刻,他把所有的衣服都盖在身上,依然抵挡不住彻骨的寒意。他穿上衣服起床,在屋子里不停地走着,以此来汲取一丝温暖。他想着撑着到月底发工资就可以。半个月后,心思敏感的老板发现他的困境,他才有了一床过冬的被子。多年后,表哥回想起这一幕,他说那一晚,紧抱着被子,像幼时躺在妈妈温暖的臂弯里。姨妈在得知这些事情后,眼角溢出一滴辛酸的泪水。

几经筹措,表哥终于开了家按摩店,经营举步维艰。

静谧的灯光下却暗藏危机,那天一个年过五旬的顾客心情不好,把气都撒到了按摩师傅身上,他故意刁难店里的盲人师傅,问他到底吃饭没有,怎么手按在身上毫无力度。待师傅加大力度,却又说把他按疼。两人迅速争吵了起来。表哥循声摸索着走过去,推开门,说了客人几句,不料客人一巴掌打在他的脸上。只听"啪"的一声,一个鲜红的手掌印留在他脸上。这突如其来的一巴掌顿时把他打蒙了。他咬着牙,试着让自己安静下来。他默默忍受下了这一切,叮嘱师傅不要告诉他家里人。

一天,表哥店里一个叫梅的员工忽然尖叫着从按摩房间里冲出来,领口的衣衫凌乱,一颗扣子掉落在地,两只丰满洁白的乳房冲破衣服,呼之欲出。她惊慌失措,一脸委屈地从房间跑出来,脚步迅速,双手扶着墙。一整天，我看见她坐在休息室墙角的小板凳上，眼神呆滞，沉默不语。对梅图谋不轨的是一个年逾六旬的老者，店里的人愤愤不平，他们惊讶怒骂一只生满老茧肮脏的手竟伸向一个刚刚走向成年的女孩。店里，我看见一直默默喜欢着李梅的小辉紧握着拳头站在门口，他忽然急匆匆想跑进门去揍那个老头，表哥紧抱着他，把他拦了下来。那次惊吓之后，梅精神有些恍惚，按摩时男客人正常的肢体碰撞都会让她轻易陷入恐慌和焦虑之中。像一只失明而又受伤的羊羔置身于荆棘密布的丛林之中，她时刻担心着觊觎许久的老虎，会突然扑到眼前，张开铺满锋利牙齿、弥漫着血腥气味的虎嘴。

每个人的一生都会被好的目光环绕温暖或被恶意的目光袭击。失明的梅让她陷入困境，周遭危机四伏，而视力正常喜欢他多年的辉则渴望充当梅的探雷针，为她扫除生命之路上的障碍。就如我的表嫂，她成了表哥生命中强有力的拐杖。

目光所至的地方随着成长的步履而不断变幻着。在生活这头巨象面前，每个人都充当着盲者的角色。人到中年，当身边朋友的目光迷失在欲望的陷阱里以致家庭濒临崩溃的边缘时，表哥的目光总时刻聚焦在年迈的父母和年幼的孩子身上，心无旁骛。她们的一举一动都让他心生牵挂。

年幼时，姨父和姨妈环绕在他身上担心的目光在时间长久的酝酿下结出幸福的花朵。失明的表哥用自己的双手筑起一座幸福的宫殿。他的目光没有消失，而是隐匿在他的一言一行里，弥漫在他的每一句话每一滴汗水里。

"监控是整个身体的情感设置，是围绕着身体产生、延伸出来的东西。一个怀孕的女人对自己的身体，母亲对孩子的监控：身体能感受到一种光环、一种波浪在传递，没有一种感官不是激活的、清醒的。"

2015 年寒冬，村里年过八旬的凤娇婶深夜打点滴回来，心脏病突发，猝然离世。去世那晚，没人在她身边。她唯一的孩子在南昌工作，她的爱人前些年因急性白血病去世。凤娇婶的死敲响了村里人的警钟。表哥在千里之外的老屋安装了监控，工作之余能时刻看到姨妈的一举一动。她虽孤身一人在家，但背后却有无数双炽热的眼神在关注着她的一举一动。

命运的刺客早已潜伏在暗处,准备伺机而出。那日姨妈去菜园子里栽种完辣椒苗,起身的刹那,眼前的事物忽然模糊起来。她顿觉天旋地转。她紧紧拽住一旁橙子树的枝丫,才没有晕倒在地。她闭上眼睛许久,才缓缓睁开双眼。当世界又清晰地呈现在她眼前时,她那颗悬着的心才落了下来。

随着时间的流逝,她的视力越来越弱,她总以为是年纪大了,视力自然就会下降,就像日渐残缺的记忆力。直至两年后的一个午后,一觉醒来,她眼前一片漆黑,她才彻底慌了起来。她不停地睁开眼睛,却看不到一丝光亮。眼睛早已不听使唤了。她想起年轻时,有时自己微微闭眼,柔和的光线依旧能透过缝隙投射到她的心海里。

她摸索着起床,凭借着记忆往屋外走去。但只咔嚓一声,她的膝盖撞击在坚硬的板凳上,一个趔趄,她摔倒在地。她躺在地上,脑海里回荡着的是当年自己的孩子失明,因为眼前无边的黑暗而不断哭泣的场景。此刻她也深陷在黑暗中,但想起失明的孩子多年来的遭遇,她内心的恐惧就消减了许多。

摔倒在地嘴里流出一丝血丝的姨妈大声呼救着,屋外却无人回应。左邻右舍都常年大门紧闭,他们都外出去大城市谋生或者帮儿女带小孩了。

紧急时刻,打开视频监控的表嫂,看到了在地上挣扎的姨妈。她痛苦挣扎的样子让她的双手禁不住颤抖起来,她迅速打电话给表哥。

半个月后,当在人民医院做完白内障手术的姨妈揭开纱布的一刹那,窗外那一棵在微风中摇曳的梧桐树重新清晰地出现在她眼底。看着病床边紧握着她双手的表哥,姨妈眼角禁不住溢出一滴浑浊的泪珠。

出院后,在表哥的不断劝说下,姨妈终于愿意跟随他去千里之外的按摩店。上车的那一刻,姨妈久久回望着她生活了大半辈子的老屋。老屋就这样一下子空荡荡起来,亦如被掏空的村庄。

鸡犬相闻,炊烟袅袅,这是记忆中美好的乡村图景。记忆中故乡的模样已面目全非,那些密集的目光早已散落在异乡的各个角落。

清明前夕,我和表哥携妻儿回到了熟悉而陌生的故乡。在百年老屋,落日余晖的映射下,他拿着一支铅笔,凭着记忆在白纸上歪歪扭扭画下二十多年前故乡的模样。房屋、菜园、池塘、小路依次罗列。"爸爸,只剩这条小路没怎么变,其他都变了。"表哥的儿子一脸稚气地说道。表哥眼底故乡的模样还停滞在他失明那年。

晚风轻拂,我们走出老屋,缓步在那条通往小学的小路上。"路旁边是池塘吗?"表哥问道。

"不是。池塘几年前早已填平,现在盖了好几栋洋房了。"我说。表哥哦了一声,不再多问。

"爸爸,这里是水坑,你小心点儿,往这边走。"表哥 12 岁的儿子走了上来,紧紧牵着他的手,关切而深情地注视着他。

夜幕降临,我们缓缓朝家的方向走去,落日的余晖照耀在我们身上。

许多年过去,路还是那条小路,当年路上的哭泣与无助映射出此刻的温暖与幸福,也映衬出村庄的寂静与虚空。

一点一滴在苍穹

◎ 林 混

一点一滴在苍穹

以前，我不吃肉。

马尔克斯说，生活不是我们活过的日子，而是我们记得住的日子。

回头看走过的路，有的人有的事早已忘记，如果不是有人提及或者其他事物引发记忆，不由得怀疑是否有这么一个人、这么一桩事。

我曾经不吃肉，这在一定程度上不利于我的成长。吃素那时我奇瘦，体重九十斤，有人讥笑我：风吹倒怨天爷。

我不吃肉的原因，是受一位老人的一番话的影响。这位老人说，多年前的一天，他闲来无事去街上转悠，突然遇到了奔跑的人群，他退避不及，很快被裹挟了进去。人群排山倒海，他只能跟着奔跑。耳旁有子弹呼啸而过。一个人倒下去了。又一个人倒下去了。他顺手抓起路边一辆自行车，使出吃奶的劲蹬着往前跑。嗖嗖，嗖嗖，身边的人继续扑倒。子弹似乎和他是亲戚，就不往他身上射，让他居然毫发无损地逃过劫难。那些被射杀的人的尸体横七竖八躺在街上，血迹，抽搐，从此就留在了脑海中，无法忘记。

他说假如这些死去的人是羊的尸体，人们不但不恐惧，还会吃了这些尸体。他的结论是吃肉就是吃尸体。他说这不是偷换概念，这在逻辑上是成立的，食人族就是佐证，也是他不吃肉的理论依据。

老人这么一说，我有些晕，看到肉菜就不由得联想到了尸体，慢慢也就不动荤腥了。

我没有老人如此惊心动魄的经历。我的人生，无论荣辱和悲喜，都是生活的赐予，那要感谢上苍，照单全收。

年轻时，有人给我介绍了一个对象，基本对上眼了，要去她家里。都说丈母娘看女婿娃，越看越好看，轮到我就不是这么一回事了。

到准丈母娘家后，吃饭时端上来的是羊肉馅的饺子。除了上述老人那个理论，我还真讨厌羊肉的膻味。但我对姑娘没有说自己不吃肉这个事。我刻意隐瞒了，怕人家嫌弃我的生活习惯而节外生枝。我为此甚至撒了谎，我知道姑娘喜欢吃羊肉，我便附和说我也爱吃羊肉。我的算盘是，等成了家，她总不会嫌弃我不吃肉离婚吧。而且，根据嫁鸡随鸡嫁狗随狗的理论，婚后她也许会迁就我，改变她的饮食习惯。

她的家人热情地把一大瓷碗羊肉饺子塞到我手里时，我傻眼了。人家也许因为我说过喜欢吃羊肉才包的羊肉饺子。第一次上门，就盐咸醋酸地，有点儿不礼貌。我想了一个办法：一边喝水一边吃饺子。水没有压住羊肉的膻味，我喘不过气了。我忍着，忍着，小不忍则乱大谋。赶紧端起杯子又喝了一口水，"咕嘟"一声响，眼泪差点儿出来了。我的准岳母见状忙说消停吃，别烫着。我笑了笑。是含着泪花的、扭曲的、变形的那种笑。

这个吃法不行，弄不好得吐，那就把人丢大了。有个成语叫囫囵吞枣，我何不来个囫囵吞饺子。只是这饺子个头大了点儿。我不能让他们看出我是在囫囵吞吃。我用意志扩张开嗓门，饺子开始往肚子里滑。饺子有点儿烫，从嗓子滑到肠胃，烫了一路。我的眼里又汪出几朵泪花。

接下来吃饺子时，我吸取了教训，把饺子夹在筷子上，这边吹一下，那边吹一下；上边吹一下，下边吹一下。脖子一抻，饺子直接跌进肚里。

我把一碗饺子公鸡打鸣似的脖子一抻一抻地吞咽了，咕噜咕噜，我的脸上一定像上了一层油漆。姑娘一家人提心吊胆地用眼睛觑我，我的吃法明显把姑娘一家人吓得不轻。准丈人随时准备离开饭桌；准丈母娘把头扭向了一边；姑娘则一脸愠怒。

我心想这事儿八成要黄。果然，碗筷还没有收拾下去，姑娘就把我打发出门。之前和我说好要去县城，这时，她已不挪半步，冷冷地说："你赶紧走吧。"

介绍人被姑娘家数落了一顿，埋怨他介绍了个脑子不整齐的人，纯粹是个傻子，吃饺子都是囫囵咽了下去。

我说我难受,吃不下去啊!

后来,由于我的身体出了问题,在医生的告诫下,我慢慢开始吃肉了。现在如果没有肉菜,觉得这顿饭是没有味道的。我的体重也增加到了一百二十斤,那曾经的一点一滴已被时间无情地吞噬在苍穹。

岁月流逝,我早已不去想那些镜像了,我都已经忘记了。

这般模样的生活

我和同学小韩闲来小酌,几杯下肚就勾起了他的陈年往事。这是他的老毛病,每次喝酒都是这样,总要给我复述一遍我耳朵听出了老茧的他那往事。姑妄言之姑妄听之,我习惯了。

其实,每个人都有这样那样的往事,只不过随着岁月的流逝,有的人把往事压在心底,不想往外翻腾罢了。

小韩曾和我在同一所学校读书,我知道他和他的一个女同学的故事。这样我就成了他的一个合格的听众。

多少次了,多少次我已经记不清楚了。每次总要让我打听他的这个女同学的电话号码。他的这个女同学我不认识,无从打听。幸而这次问到电话号码了。

我把电话号码告诉他,可他没有勇气打过去。他说,这会儿即使打过去,也不知说什么,已经20年没有见面了啊。

20年了,我不由叹了一口气。一个人把另一个人默默牵挂了20年,这是多么不容易,这是要让人泪目的。

小韩一再要求我把电话打过去。

借着几分酒意,我用我的电话拨了过去。其实,好多醉酒的男人都有这样的经历,喝上几杯酒,就开始胡乱打电话。这个时候的电话,也是男人最想表达的,也可能是最真心的话。电话嘀嘀响着时,我也有几分替小韩紧张,心跳在加速,看着灯泡都在使劲地晃动。

我看着小韩,小韩看着我,谁也没有说一句话。

手机在免提状态,我们共同期待着一个声音。

电话接通了，我结结巴巴地说了声："你好。"一向伶牙俐齿的我，这个时候说话显得有些词不达意。

那边也说："你好。"

我说："老同学，我是韩××。"

我模仿着小韩的声音。

那边一听是小韩，似乎有点惊喜。这也是我们热切盼望的结果。否则，就是热脸贴上冷屁股。20年啊，如果思念的对象变成一块冰冷的石头，我接受不了，小韩更接受不了。

我冒充小韩，和他的那个女同学说话，她居然没有听出我是一个陌生人。我想，20年了，好多事情都已物是人非了，了无痕迹，听不出来声音也是正常的。

问询了各自的情况，又问了孩子的情况。我对小韩的家庭情况一清二楚，我便实实在在地说着。

话到这里，我觉得也该结束了，再说下去就会露出破绽。我便说："这么多年没有见到你，有时间了出来见见面。"

小韩的那个女同学很爽快地答应了，说今天已经晚上了，明天出来。

事已至此，我把小韩推了推："这下你的好事来了。"

小韩好似从睡梦中醒了过来，一头雾水，神情呆滞。他听到了女同学的声音，这声音他等待了20年。20年，什么都已改变，小孩变成了青年，青年变成了老年，老年变成了鬼，他还能听到她的声音，那是幸运的。只是，他感到美中不足的是她没有听出冒充者的声音。

小韩第二天没有去见他的那个女同学，坐车回到了六十公里外的家里。

我说："那人家把电话打过来怎么办？"

小韩说："你是笨死驴那一年生的吗？你不接电话就是了。"

果不其然，小韩的女同学把电话打过来了，第一遍没接，第二遍没接。

时间不长，电话又打过来了。我觉着不接也不是个办法，接通之后我说："昨天酒喝多了，这会儿在回家的车上睡着了，不好意思。"

那边有些急切地说:"你不是说好今天见面吗?"

"家里有事,没有办法,有时间了见面。"

我决定把戏这么演下去,这样也能给小韩留有余地。

电话挂断之后,我有些惊讶,她已经真的听不出小韩的声音了。那一刻,我想到的是我们曾经就读的那所学校,在移民搬迁中,先是变成了一座废墟,后来拔地而起一座座高楼;可是没有人,现在已变成了一座空城。

可她哪里知道,我只是一个陌生人而已。她的手机上存留的那个电话号码,也是一个陌生人的号码。

没想到生活变成了这般模样。我望着远方。时间早已掏空了一切,我一个人走在这座空城里,有些漫无目的。

在美院的日子

◎ 陆春祥

夏天的飞鸟,在我窗前歌唱,又飞去了,飞到我生命中曾经的美院。

所谓美院

1984 年的 7 月,我从"牛经大学"(戏称,浙江师范学院,学校处于金华高村,牛要经过的地方)中文系毕业,一脚跨进了美院,一待就是七年。

那年 7 月,记不得有多热了,我的心却是冰冷冰冷的。两只箱子,一只木头箱,一只纸板箱,它们从金华汽车站托运到建德白沙汽车站,再辗转托运到桐庐汽车站。两只箱子,暂时寄存在李增强家。他母亲和我妈同村,我喊她娜娜阿姨,她家就在汽车站边上。

两只箱子暂时寄存,是因为我不知道被分配到哪所中学,我想,要是桐庐中学也不错,上届两位师兄就被分配在那儿。夜晚,我去胡家驹老师家拜访,他是教育局局长。我在百江中学就读时的化学老师,是他夫人洪老师,也是我们的英语老师。我们聊了聊学校的生活后,胡老师说:"人事科已经分配你去毕浦中学。"我一愣,想起我的修辞,随即不甘心:"有没有可以边教学边搞研究的地方?比如教师进修学校、电大之类。"那时,我已经知道《浙江师范学院学报》将择期刊出我一万多字的毕业论文,我也开始写研究王蒙小说语言特色的长篇论文。胡老师笑笑,语气里有种不可能更改的坚定:"你刚毕业,情况可能不了解,县里面有不少老教师,他们都需要照顾。毕浦中学也是县属中学,那里有位语文老教师,今年调桐中,你去顶他,基层可以锻炼人的。"

我爸在罗山公社当了两年书记后,调百江供销社当书记。彼时,因为妹妹要顶职,他已经退休,本来就不会求人,自然,我分配的事,他也帮不上什么忙，我只能听天由命。想是这么想，心里还是有点儿埋怨，爸爸的不少同事，都在县城机关任职，要是他在县城工作，至少，我也有个落脚的地方。

汽车沿着天目溪方向一直往西开，大约一个小时，到了阳普村。毕浦中学就在山脚下，学校前面有大片农田，稻禾正金黄得垂下了头，不少农家散落其间，红砖厂的一根烟囱在高空耸立。烈日下，青烟袅袅。我拖着两只大箱子，在知了的激烈鸣叫声中，艰难地进了学校。

20世纪70年代，中国美术学院为更好地结合工农，特地选择此地办学，学校搬走后，美院要求桐庐县政府办一所县属高中。这里是毕浦公社所在地，于是就称毕浦中学。公社还有一所初中，以前也叫毕浦中学，外地人分不清楚，当地老百姓却有明确所指，县属毕浦中学一直沿用其老称呼：美院。毕浦中学的老师们也很喜欢这个名词，美院嘛，高大上呀。

中国美术学院搬走时间不长，我进毕浦中学的时候，还有不少美院留下的痕迹。综合楼的某个房间，堆着一些白色的雕塑，维纳斯、大卫什么的，不过大多缺胳膊少腿。我住进了教工宿舍的三楼，单独的房间，应该有二十平方米，宽敞得很，到底是大学老师的住房呀。别的学校新教师，多是安排两人一间。

终于打开了那两只箱子，纸板箱没什么问题，都是书。木头箱其实大部分也是书，它装了我认为比较贵重的书，比如辞典和我的一些读书笔记，还有数千张文摘卡。虽然装得很扎实，却依然出了问题，箱子里有两小瓶橄榄油，渗出不少，将我的四册许国璋英语书弄得面目全非，我到现在也没想明白，为什么会放进两瓶油？或许是哪一位同学送的（毕业大多送笔送书），或许是食堂饭菜票多余换的。总之，完全想不起来。英语书放进木头箱，是有打算的，再努力拼一拼，考个研究生，改变自己的人生。那种想法还很强烈，专业课我不怕，只是英语实在太差，那时研究生的英语很难，许多信心满满者都止步于此。

站在窗前看风景，前面是块空地，中间拦着网，应该是教师们打羽毛球用的。空地周边，一排粗壮的石榴树，树上的果子已经开始饱满，再下面，是红砖屋顶的大礼堂，食堂就在大礼堂的另一端。转身看看那两箱书，只能安慰自己，都为人师了，没有人可以依靠，一切都得自己打拼。

汉良哥哥是我在阳普的第一个熟人，他是堂姑的儿子，我们从小一起长大，因为是居民户口，高中毕业就被分配到桐庐油灰刀厂工作，老工人了。阳普这地方，单位也不少，除了公社机关、公社中学、汉良工作的工厂外，还有桐庐水泥厂、阳普医院、供销社、信用社、粮站、中心小学等。一个人的日子也是日子，汉良陪我去阳普供销社买生活用品。我们径直前往百货柜台，买脸盆、铅桶、牙膏、肥皂、毛巾，买什么东西都听汉良的，我只是低头在看，甚至都没注意售货员。实在没什么兴致，胡乱买点儿就可以。忽然一抬头，是被声音吸引的，那个拿东西的姑娘，齐耳短发，个子高挑，柔和流畅的鹅蛋脸，莞尔一笑，她居然讲着和我一样的本地话，是老乡吗？我试着问她，不是，她说是毕浦本乡人。没有更多的交流，但心里突地动了一下。她的笑容虽甜，却不能一下子消融我的沮丧。

语文组

相比桐庐中学、分水中学等，同样县属的毕浦中学，规模不大，一共十二个班，从初一到高三，都是平行班。如果我没记错的话，我进语文组的时候，组里有七位老师，初中四位，高中三位。

老教师乔国根，那时喜剧《乔老爷上轿》刚解封，很红，我们都称他乔老爷，比我早来两年的陈金国和早来一年的刘根美，还有一位林碧清，中年人，他是学校党支部书记，兼着一个班的课，他们四位都教初中。高中组三位：老教师汪秋泉、李建华和我。汪老师教高三，祖籍淳安，"文革"前上海师大毕业，老中文系，中等个，玳瑁眼镜，头发永远梳得整齐，口音里夹着比较重的淳安方言，整天手指夹着根烟，笑眯眯的。李建华比我稍长几岁，教高二，他从分水中学调来，老家合村，我们都讲普通话。我是新人，教高一。

教学大楼一楼最东端的长条形办公室，就是语文组。窗外一片山地，有茶树和杂树生长。冬季，藤枯枝萎，有时，正批改着作业，窗外草窝子里，突然"噗噗噗"飞出一只或数只野山鸡，"咯咯咯"大叫几声，我们一下子就被吸引了，于是不再专心批改，开始闲聊。后来我想，中国美术学院当初选择此地，似乎也有些道理，风景就在人迹罕至的地方。

学校并没要求强行坐班，但对我们新教师，抽查教案，督班听课，学生家访、督查等,管得还是挺严。印象中的语文组,老师们大多来去匆匆,大家碰头交流的时间并不多。我上一二两节,他上三四两节,备课和批改作业大多在宿舍。互不搭界还有一个重要原因,就是平行班,每人教的课都不一样,几乎无法讨论。

老教师有多年的套路,新老师只能自己摸索,不说黑暗里摸,和盲人摸象也差不了多少,因为发下来的只有一册课文和一本教参,还有就是我在海宁硖石中学两个月的初中教学实习经验,真是可怜了那些学生。

过了两年,陈金国调回杭州,林碧清也调走了,来了王域明、程黎明,还有江子龙。我临调离前一年,来了詹敏,他是从本校高中毕业后考进杭州师院,又分配回来的。1991年8月,我调浙江省委宣传部。至此,语文组的日子结束。

乔老爷退休后,住杭州女儿家,房子就在杭州日报社附近,他有时会摸到我办公室坐坐,精神得很,每天去黄龙洞爬山。王域明、詹敏后来从政,官都做得顺畅,刘根美、李建华偶尔见过两次,汪秋泉老师一直没见过,应该八十多岁了。至于那个江子龙,几乎没有印象,后来结识了著名作家蒋子龙,才想起,以前在语文组,也有一个曾经叫子龙的同事。现在想起来,语文组真是一个特别安静的地方,几乎没什么故事,还想得起来的一次聊天,主题好像是夫妻吵架的处理方法,乔老爷说,他吵了架常常生闷气,然后跑出去清静一下,过几天再自己找个台阶下。

我书房里有四个版本的《辞海》(缩印本),1986年买的扉页上这样写着:生命的全部意义,在于创造有价值的东西留给社会。对于价值,脑子里还是迷迷糊糊,但爱因斯坦有句话我却牢记,今天依然记着,他告诫我们:人与人的差距就在于业余时间。

每天都有课要上,有作业要批,有作文要改,一堆杂事,不,作为语文老师,应该是正事,向学生传授中国语言文字的规律和妙处,这是正常的授业,但依然有大量的业余时间。在语文组的日子,阅读和研究成了我课余最重要的事情,虽没有惊世之作,但《语文开眼界》《中国语文系列表》(和人合作)两本语文专著,还有在《语文学习》《阅读与写作》《学语文》《中文自修》等杂志上发表的大量论文,都是语文组开出的花朵。

眼睛里有鹰的人

◎ 南泽仁

尔古背对着太阳蹲在平石板上，他在自己的影子里看一本泛黄的书，许久才翻动一页，不久又将它翻回来，因为那是风在替他翻动。

木呷背着手来到平石板上，他看了一眼，见到尔古在看书，便不作声，像懂得读书人的奥秘似的。木呷坐在尔古边上，闻到他身上散发着一股令他感到极为舒适的味道，后来他确定那是一包高级纸烟的香气。他就从挂在腹前的皮革烟兜里取出烟斗，摁进一撮兰花烟丝，用打火石点燃烟丝后开始吸烟。从他口中吐出的烟纹还没有升起就被微风吹散了。他吸得恣意的时候，烟管也发着吱吱的声响。一斗烟快要吸完了，木呷转头去看尔古，他依旧在低头看书，他与那些书上的字一样，一动不动的。木呷怀疑尔古在烈日的炙烤下，在兰花烟的熏沐下睡着了。他的头朝着尔古稍微倾斜，听到尔古的嘴巴里反复嚼着几个字，细听，又无声了。木呷感到是自己困了，他站起身来，从尔古身边经过，他看见烈日使尔古黑亮的头发更加卷曲了。

尔古没有察觉到木呷的来和去，许是感到身边来过人。他们一走进那份安静里就成了一棵树，风才能使他们发出说话声。在木呷眼里，书本上的字就像一群沉睡的蚊虫、蚂蚁，只有尔古这样的人才能将它们一一唤醒。

吉布放学归来，远远看见平石板上的人影，像一截木桩子，走近才看清是一个在看书的人。他凑上去看那本书，书上的字像甲骨文，他一个也不认识。他看了这些字又去看尔古。尔古对着书本发出了一串窸窸窣窣的声音，嘴角闪着被太阳照亮的口水，仿佛那些字是发着香味的黄杏子、红苹果和青李子。吉布好奇地低下头去嗅闻书本，它带着一点汗味和油墨味。吉布的后脑勺遮住了尔古看书的视线，他的眼睛离开书本去看吉布。他看得那样仔细，吉布仰头的那刻，他感到吉布是从那本书里诞生的孩子。尔古看着看着，他弯曲右手食指去摩挲高挺的鼻子，同时他那双细长的眼睛和嘴角都露出了笑意，像窥探到了吉布内心的秘密。

"你是毕摩？"吉布疑问。

"我是诗人。"尔古说着从平石板上站起来，身后全是蓝天。

"就是看到一棵树，就能想到树上有鸟，在一心一意地筑巢。"尔古补充道。

吉布回头望了一眼地边那棵参天的水柏树，尔古对他笑了笑，眼神深处闪过一丝忧郁。

吉布说："你的眼睛里有鹰。"

"你也会成为一个诗人。"尔古赞赏吉布这句话。

吉布听后，露在外面的小胳膊霎时被一层细风轻轻地抚摸了一把。他感到了风的微妙。他低头看了看自己的鞋尖，露着一个破洞，里面的脚拇指从看见尔古眼睛的那刻就缩回到鞋子里，一直谨慎地深藏着。

尔古从衣兜里摸出一个笔记本，舔了舔食指去翻动，每一页都落着几行字。翻到第七页，后面就全是空白了。他就撕下第七页，递给吉布，说："送你一首诗，关于月亮的。"吉布接过那页纸，上面有短短的三行字。吉布感到，它们是在告诉他月亮有上弦月、下弦月，还有满月的道理。吉布曾躺在秋收后的苞谷秆秆架上看过月亮，它能让鸡飞狗跳的村庄静寂下来，让人有梦。

吉布从书包里取出课本，把那页纸郑重地夹在了里面，接着把小胳膊伸向尔古，他们的手就握在了一起，像从此就有了某种奇妙的联结。

几天后，吉布又在平石板遇见了尔古，他没有看书，而是双手抱膝坐在那里。他的眼睛凝望着白岩子顶上的那片夕阳。吉布也去坐在平石板上，与他一道望那片夕阳。

尔古头也不回地说："我在等你。"

吉布说："你写诗了。关于太阳？"

尔古摇了摇头。

他说："我有个酿酒的朋友,在桃林埋了一坛荞子酒,今年已有七个年头。他邀请我去喝那坛酒,我想带上你。"

吉布像个成年男人那样犹豫,他的脚尖轻叩着平石板边上的一撮草,一只瓢虫慌忙从草梢飞走了。吉布知道小孩是不能喝酒的,但最终他还是跟着尔古穿过村庄,走向了干涸的金家沟。沟边上有座阴山,他们向着山上的小路攀缘,潮湿的木叶里四处盛开着独蒜兰,淡紫的花心里缀着星星点点的白,像山中姑娘质朴淡雅的品质。尔古很快站在了山坎上,他背对着村庄。吉布觉得他站立的姿势本身就是一座山。他转过身来,见吉布像一只獐子那样快速地攀爬着,快接近他脚边时,他把手伸向吉布,一把将他拉到了山坎上,或者说是提到了山坎上。

他们一高一矮站在山坎上望去,三四个村庄散布在一条河的两岸,近处有一片桃林,其间有一座瓦板房。尔古捧起双手,嘴对着一对拇指间的缝隙吹出了骨埙一样悠远的音乐。瓦板房门口很快就走出来一个白衣人,他像一片云。

尔古说:"他就是酿酒人。"

尔古领着吉布走向那片桃林,他的头偶尔会高出那些桃树。一根桃枝还是挂住了他卷曲的头发,他的头就低得更深了。吉布走在他的手臂下能听到他的心跳声。

"族谱上记载,我的前世是一棵挂满雨滴子的树。去年,我用了数月的时间去穿越一座原始森林,寻找我前世里的那棵树。途中,我遇见了许多稀奇古怪的动物,它们无意伤害我。我以为我就是一棵树,它们以为我是同类。在丛林中,我还迎面遇上了一头凶猛的豹子,它没来得及张开大嘴,就遭遇了我落魄的眼神。我们对视良久,它转身默默地走开了……"

吉布正听得认真,头陡然撞到了一个柔软的东西。抬头,吉布看见是一个穿白披风的人,他双手捧住吉布的头,眼睛与尔古对视后,黑亮的眉毛和胡子都向上动了动,他在由衷地表达对尔古的欢迎。酿酒人牵住吉布的手,引他们朝那间瓦板房走去,向后掠起的披风使他和吉布都变得坚定而有力。瓦板房里面摆满了大大小小的土罐子,上面落满了灰尘。吉布走向那些土罐子,他没有闻到酒气,倒是闻到了一股苔藓的湿气。

酿酒人打开屋子的后门出去了,一道光照进屋子里,吉布眯着眼睛去看门外,明亮的光线慢慢呈现出一片草滩、一湾河水,几头黄牛在河边上缓缓移动。吉布从未见过这般恬适安静的耍处,他想看得更远。酿酒人吃力地抱着一个土罐子回来,顺势用脚关闭了后门。他把土罐子平稳地放在屋子中间,拍了拍手,他看着尔古,头朝肩头点了点,他在邀请尔古去亲手开启酒坛。尔古走到酒坛面前,他蹲下身去,双手扶着酒坛,像在与它默默交流。而后,他的手指紧扣在坛盖上一使劲,吉布顿时就闻到了一股清香甘甜的气息,弥漫了整个屋子,使那些落满灰尘的土罐子也鲜活了。吉布的舌头下早已浸满了一洼清水,他像吃酒那样把口水咽了下去,他的喉咙发出了"咕咚"一声快乐的声音。

酿酒人用一只杯子舀起酒液,尔古叠起双手呈凹状,杯子里的酒清亮地流进了他的手心里,他低头对着掌心饮下了那些酒,脸上就升起了五谷丰登的表情。酿酒人感到了欣喜,他的眼睛在那些高高低低的土罐中探寻吉布,并向他招了招手。吉布就走到他跟前,也学着尔古的动作凹起手心,酿酒人又舀起了一点酒,像雨滴那样落下几颗在他手心里。

"甘露敬童子,雨水润草木。"

酿酒人对吉布说出这句话的时候,像在对着一只灵物庄重祈福。

吉布用舌头舔了那点酒液,就在这一瞬间,他就感觉自己独立完成了一场祭祀。酿酒人看到吉布不动声色的表情,他在那间瓦板房里笑出了一阵清亮快乐的笑声。

这时,后门轻轻打开了,一道光里走进来一个穿黑披风的人,反手关闭了门,他就变得清晰了。他笑眯眯地看着屋子里的人,皱纹在他脸上细密地舒展,像一片逆光的树叶那样深透自然。酿酒人舀起一杯酒敬在他脚边,他就与他们一道席地围坐在那杯酒周围。老人端起酒杯,咕咚一声吞下一口酒液,像一尾鱼忽而游进了深井里。酿酒人靠近老人耳畔说了几句方言,老人微微点头,接着从怀中摸索出一个焦黄的竹筒,他抽出两片薄薄的竹片,靠在唇前,用呼吸鼓动竹片,手指配合拨动,屋子里顿时萦绕起灵动的清音来。酿酒人伴着音律开始低吟彝族方言。尔古轻闭双眼,身体微微晃动,手指在膝上打着节拍。酿酒人一句吟罢,尔古用汉语接着译唱:"日日深杯酒满,朝朝小圃花开。自歌自舞自开怀,且喜无拘无碍。青史几番春梦,红尘多少奇才……"

他们一前一后、一起一伏地吟诵,让吉布觉得进入了一场梦境,并为此深深欢愉,仿佛他还会用第三种语言跟着吟唱下去。

秦岭的绝响

——读《秦岭记》

◎ 马　语

读一本书，其实是我们走进它的时空。《秦岭记》的开篇，就让我领略了那顶天立地的气势："大地之脊"——是天上诸神、百兽精怪、万花仙子们路过的"大地之脊"。又写"海动七天"……

进秦岭的，多有寻找"灵芝""仙丹"奇花异石者。

贾平凹走的是这样一些路。半坡上曲里拐弯的小路，两边都是一尺高的狗尾巴草，在风里摇晃……曾有金丝猴拦住他要吃食。在村前也和傻子拉过呱，傻子说："溪水溅起来像沙子一样一粒一粒的，会不会就流不动了呢？鸡叫天就亮了，鸡不叫天怎么也亮了？"先生说："咦，你是个诗人嘛！"傻子说："我不是死人！"先生抚摸着傻子发爹的头发，像刺猬，一根一根的又像天线，又说："傻子与神近啊。"

为了一股山泉，都是要走半天，攀爬到山顶。草花山顶上的草甸上有两眼碗大的泉水，日夜发着噗噗声往出吐水泡，两眼泉只相距几十丈，一眼泉的水往南流下山，进了长江流域，另一眼泉往北流下山，去了黄河流域……

秦岭里梁峁沟汊、云端海边，几十年间留下先生无数的脚印和身影。是谁家的牛站在院畔上，伸嘴去吃酸枣树的刺，是图扎啦？酸枣刺是牛的调料。又一处院子，狗卧在门道上一直在啃一根骨头，狗不在乎有肉没肉了，它好的就是那味道。镇街屋檐下吊着的那些茶、酒、饭馆、客栈招牌、旗子在摇晃，哐当哐当声响起，镇子上的人家开始抽门关，卸下木门板往出摆货摊。街东头的铁匠铺子叮叮咣咣，镇西边弹棉花店里一直在嗡嗡作响……

小镇山上的寺庙是太小了，两间屋的大殿，东西各一间厢房，院墙随势而垒，弯弯扭扭。云来了，盖了寺，也盖了小镇……每天的日出前，老和尚都要扫寺门,沿着六百二十八级台阶,一直扫到山下的村前。老和尚扫的不是尘,是云……

每进山中,都可遇上未曾见过的鸟兽。

"生在秦岭,长在秦岭,我不过是秦岭沟沟汊汊里的一只蝼蚁一棵小树。其实,我通过《秦岭记》看到,先生就是秦岭深山中的"灵芝""仙丹"等奇珍异物。

这话还得这样说,还有谁这样读秦岭?

一场雨,不归人掉落纽扣的地方长出了一朵野菊。又数年来了,整个崖头、坡上,都有了野菊。

也为广货镇上那家魔术馆着迷。口里吐出一股烟,烟变成了云,云又变成纸,将纸揉着揉着又飞出一只鸽子……口吹纸屑,变为花朵,整个台子上铺了一层……能持竹竿在台子前的人群里钓鱼,鱼竟活蹦乱跳……

也读山中的各样的人。宋家那个孩子,模样像村口蹲着的石狮子。他坐家里,知道娘被蜂蜇了,从地里锄草回来的娘,被蜂蜇的头发里那个包还没下去;知道他家房屋后墙根石头缝里一条蛇在脱皮,那是件花衣服,不要了;知道了屋檐前飞过一只蜻蜓,其实是两只,一只背上趴着一只;知道了那个小女孩在她家打麦场上踢毛毽子,踢累了,就在草垛里睡着了,她的梦是五颜六色的。有一天狮孩子突然地喜欢上吃墙土,那些门窗下的、灶台上的墙土,嘴里全是泥土。墙土为什么那么香呢,庄稼是吃土长,人也能吃土活?狮孩子常仰头看天,天是什么呢?就是刮风下雨,云来雾去。他不解的是这日子一天一天过去,树落叶子在树下堆那么厚,走过去的日子堆在哪儿了呢?村里老人一茬一茬在死,人死什么也没了,为什么还能想到他们,他们常会出现在村人的梦里呢?

爬到秦岭深处的一座高山顶上,拜访那个老人,老人说是他父亲传给他的话,那时候,山中军行不得鼓角,鼓角则疾风雨至。

还有那个脑子里似乎冒泡的孩子,咕咕嘟嘟,有了各种色彩、声音和无数的翅膀,一切都在似乎着。后来钻研写文章,仓颉在这山中创造的文字中写出秦岭最好的句子。但在一次又一次的大钟响过后的寂静中,他似乎理解了自己的理解只是似乎。他坐在启山上,望向远远近近似海涛一样的秦岭,成了一棵若木、一块石头,直至大钟再次响起……

这些"无从测知的流云山风",弥漫整个《秦岭记》。

一生一世读秦岭,也写了一辈子秦岭。

一句话,就成一幅风景——当地人把湫池叫作海,二道梁的湫池大,大了就是爷,因此这湫池也叫爷海。从爷海往南是白鹤山,山上终年有雪。翻过白鹤山就是青龙河,河湾里有个古驿,现在是镇子,镇前的崖壁上刻着四个字:山海经过。

几个句子连在一起,可以听到虫鸣鸟叫、花开的声音、风拂过树木及人家院落的声音、溪鸣河湍……"现在,风和日丽,他们吆着牛去河滩吃草了。牛在吃草,他们会坐在河里的白石头上,相互很少说话,坐着坐着就打盹了,脑子星却追溯着以前汶河的景象。那是满河的水啊,汹涌而下,惊涛裂岸。风在水上,浪像滚雪一样。空中鹰隼呼啸,崖头的树林子里猿声不断。他们常常从上游往下运木料,木料用葛条结成排,也有竹排和柴排,上面载着收买到的瓮装的苞谷酒、腊肉、核桃,以及成捆成捆的龙须草和榛子,还有猎来的黄羊、果子狸、野猪,野猪是杀了的,那颗肥头的鼻孔里插着两根大葱。木排、竹排、柴排随波逐流,两边的沟壑大起大落,闪过的是一层层梯田……"

这样的句段,是一辈子读书、写书才能磨炼出来的:"站在了拔仙峰,看群梁众壑远近起伏,能体会到山深如海。正是清晨,所有的谷底沟畔便有了云堆,或大或小,像是无数的篝火在冒烟,烟端直上长空。太阳要出来了,先是一个红团,软得发颤,似乎在挣脱着什么牵绊,软团就被拉长了,后来忽地一弹,终于圆满,随之徐徐升起。而一起长上来的云,这时候分散成块,千朵万朵的,踊跃着,开始了欣欣鼓舞的热闹。这样的场面可以维持十多分钟,有时甚至半个小时,云又弥漫,再又叠加,厚实得以铺上了一层棉,棉上的阳光一派灿烂。"

一辈子读书、写书能磨炼出这样句段的又有几人?

这些文辞句子,一如秦岭那流水、草木、雀鸟、雨雪……还不如说,这些文辞句子的质地,就是秦岭的流云飞瀑、正开的花、明丽的鸟啼、细雨和飞雪……

《秦岭记》是又一本摆上我写作案头的书。它让我想起来与贾平凹老师的那次交往。其实,这么多年没再见,又何曾忘记过呢?

2010年初夏的一天,我从榆林下西安看望在西安铁一中读书的孩子。那一次到上书房拜访了贾平凹老师。那次吃饭,记得特别清楚,是在贾老师的文化艺术研究院,还有王立志和马莉。我和贾老师坐在一个沙发上,吃饭前,贾老师先给一摞夹着人名字纸条的他的书签名。我此次是来给贾老师送我刚出的一本散文集的,来时拿了两本我的书,一本是送贾老师指正,一本是想让贾老师给我题几句话。看贾老师签完名,我忙递上我的书。贾老师说:"给我签个名嘛。"我第一反应说的话是:"我不会写字。"这时贾老师已把他刚给人签名的那支笔递过来了。现在已无法记起我当时到底写了怎样的字。贾老师在我散文集上题赠我的那句话,我从未忘记一个字:"马语生在陕北长在陕北,为陕北立传,写出真正的陕北精神和味道。"还有那顿饭,我记得特别清楚,面条里放了菠菜、玉米仁、豆子……

那时,我才刚出了第一本散文集。那次回来,几乎再没有离开陕北。读《秦岭记》,秦岭之子,用一生的时光在秦岭中行走、读写,写出了秦岭绝唱——《秦岭记》。

几十年蛰伏陕北,脚步走遍了黄土高原千山万水,我不能退下来,肯定得写完这部《黄土高原记》。

到村小学念书前,我就跟着大点儿的孩子们到村外放羊,听老祖母说,我五岁的时候,在村外放羊,山羊看到一个土塄坎上一丛青草跳上去吃,我也拽着缰绳爬上土塄坎,山羊跳下来时,我却下不来了。上一年级前,我就爬在村小学校园围墙上听里面的孩子背课文,比窑洞里的孩子还背得快……

到镇子上念初中时,我就和几个同学赤身横渡黄河,那是一个夏日星期天的中午,那回还上到对岸人家的菜园里偷摘了一抱黄瓜、西红柿,又游回来。

刚参加工作那阵,我曾坐着突突冒烟的三轮车下乡,在陕北高原那些梁峁、村庄间。我也坐过豪车，从绵延几百公里的神府矿区走过，呈现在车窗前的是荒山秃岭；让豪车停在公路边，步行至那几户人家，人去村空，仿佛遭受过一次地震，从残存的墙壁上看出，这曾是一个叫"秦家燕湾"的村庄的旧址……

这部百万字长篇小说的创作，除过关门写作，作为挂职干部我也要不断地出去调研，到米脂的山村，看望过一个老农。是在一个酒席上，听到一个老人，九十六岁了还下地干活，不几天就出发去拜访。到了老人家院畔上的时候，老人从边里一孔空窑出来了，抱着一些喂驴的草，两腿向前弯曲地走着。九十六岁了呀，村人说他现在是坐着驴车才能到山头上的庄稼地里干活。不过完全可以看出，九十岁以前，老人一定是一位行走自如的庄稼地里的劳动好手。即使现在，耳不聋，可以和我们自如交谈；眼不花，院畔对面山坡上的庄稼都看得清楚。

在这片生养自己的土地上，摸爬滚打，哭笑奔走。许多的眼泪没有掉下来。记得哭得最汹涌的是二十年前那个冬天的午后，老祖母在大雪封门后的一天夜里离开了这个世界。我到村庄底下石沟畔担水，两棵高大的枯柳长在崖壁上，大柳树里边就是全村人吃水的一口古井，在崖岩下筑了一面石头墙壁，留了井门，我靠在石头井门边上突然哭开了，情绪完全失控。微红的斜阳打在古井的石头墙壁上……

用一生的积累，写一部书。路遥在创作完《平凡的世界》后，写了《早晨从中午开始》。我已想好自己"创作记"的书名《握笔在陕北高原上挖矿的人》。

为写作这部书，这多年书未离手，相比之下这样说并不过分。在创作这部书的这七八年间，更是要读书、读好书。除过千淘万漉的那些经典，放在写作室和家中床头前的书架上，有一些也会长期摆放在写作的桌子上，可能会随时翻看一下。至少随时都能看到它们。

《秦岭记》，写了一辈子，到现在贾平凹才拿出来。其后记中有这样一句："秦岭仍在云雾里，把可说的东西没弄清楚，把不可说的东西也没表达出来。"

那次回到陕北，没多久，我真还像贾平凹老师题赠的寄语所说，开始

"为陕北立传"！我也一直记得柳青说的那句话："文学是愚人的事业。"这么多年，特别在这部长篇的写作期间，我每天早上只刷个牙就往单位写作的办公室跑，刷得太快常常把牙膏刷在腮帮子上。到了单位，没有特别的事，不外出调研，中途就不下楼。

那是在榆阳区政府挂职写这部书的时候，紧紧地抓着台历上的每一天。每天走进办公室，连电话都不敢打，陌生电话不接。不太会上网买东西，就让周围的年轻人代办，时有差错。后来，遇到好的书，就试着在网上亲自办理，只得填写自己的手机号码。盯着手机上陌生的来电，接了，果然正是快递。那是必须下去取了，上午十点多，走出办公室，下了楼，来到院子里，那清朗的太阳，那清冽的冬风，甚至是那喧闹的市声，多美啊！可不敢多享受，此时又是文思泉涌，拿上自己心爱的书本，还是急急地回了楼里，进了写作的办公室，把门反锁了。

这个入伏天，近四十摄氏度的高温热浪。一个星期六的下午三点多，在新挂职的榆林高新区管委会的楼下院子取快递送来的书，回到大厅，那个熟悉的保安队队长问我："办公室里凉凉的，你不坐着享福，到外面跑什么啦？"保安队队长是无法知道我内心的感慨的，要是从享福的角度，我不愿坐在那凉凉的办公室里，而宁愿到这热浪滚滚的外面去走动……

今读《秦岭记》，看到后记里写着："不谙世事，闭门谢客，每天完成一章。"又翻《山本》，后记中写道："修改已是 2017 年。2017 年是西安百年间最热的夏天啊，见到的狗都伸着长舌，长舌鲜红，像在生火，但我不怕热，就在屋里写作。写作会发现身体上许多秘密，比如总是失眠，而胃口大开；比如握笔手上用劲儿，脚指头却疼；比如写那么几个小时了，去洗手间，往镜子上一看，头发竟如茅草一样凌乱，明明我写作前洗了脸梳过头的，几小时内并没有风，也不曾走动，怎么头发像风怀其中？"

这是一部与秦岭一样高拔、厚重的书——翻开《秦岭记》，雨落雪飘，花开草长，鸟啼虫鸣，人烟喧闹，日出月升，万山回响……

累积一辈子，才出的《秦岭记》，这本并不厚的书，大到极简。

读了几遍，我读出的是秦岭的山河世相。描绘世相，贾老师不是就只着眼贪欲、权势、势利、沧桑、芜杂。他更多的可能还是注重所写物事及故事情节的生命力和流传性。

书中读到的这几个短小的故事，足以抵我读过的一些书许多的章节。当然我只是把生动、精彩的故事摘取一点儿略述了一下。山里的一个村，在一片地头扎着两个稻草人，做稻草人的头画葫芦时，一个的嘴大，一个画眼睛没画对称，大家说嘴大的像多年前死了的支书，眼睛大小不一的又很像死去的村主任。村主任看不惯支书的做事，后来两人严重不合作。村主任因心肌梗死先死了，支书老伴儿说咱是不是去给村主任送个挽幛，支书说不送，他都不给我送。经过了一年四季，两个稻草人间老发出一些怪声，先以为是风吹得破衣响，后来细观察，不刮风还是发出怪响。村人就想到了，真的是支书和村主任，他们生前吵，做了稻草人也吵。

山中多寺院与庙宇。这个寺小，连院门都没有，来云了被云封着，没云了就是些反射来的河光水汽的幻影。到夜里院里都有响动，老和尚知道是些狐狸、山兔、獾，可能也有没见过的野物，它们说些什么话，他听不懂，也不起来，翻身又睡去。天明后用扫帚扫了那些奇形怪状的蹄印。如果下雨，和尚坐在西厢房的土炕上缝补袈裟，隔窗能看到东厢房檐下、殿前站了人，只是那些人脚都没有踏在地上，他知道那是些鬼。寺庙不就是为活人和死人的魂灵而存在的？和尚知道鬼魂怕痰，便不咳嗽。

寺离村远，没有生死病痛，不遇过不去的坎，村人一般不来烧香，更是没有老板捐钱。寺院墙皮斑驳，墙头的瓦多半破裂，大殿后檐也塌了一角。多年间，寺好像就是和尚，和尚好像就是寺。

一个夜里，八十多岁的老和尚是在厢房的土炕上，睡到半夜死去的。直到有人路过发现，把和尚装入一只长木匣埋入寺旁的一棵古柏树下。各种事儿在发生，山寺没有了磬声和香烛，夜里常有鬼哭鸮叫。一年后，新的和尚来到山寺，要给老和尚修墓，修在了大殿后。移尸时，被虫蚁噬去不少的那只长木匣里躺着的是一块石头。

这样出神入化、千万里搜寻到手的故事情节，随便翻开哪一页可能都是。

举一生之力,给秦岭写志立传,《秦岭记》的封面上只有书名和作者名,大大的"秦岭记"三个字,小小的"贾平凹"三个字,再没有别的文字。近年来,越来越多地能见到那些书封面上,赫然印上:"一段隐秘而生动的家族史(也有写民族史)""时代舞台上众生面貌的幽微(也有写宏大)书写""关联乡土中国的现代历史进程,见证社会生活的沧桑巨变"。旁边还要加挂一堆大家名字。也正是借着这些字句,还有名家、大家的脸面,好些回买了书,好些回翻开那些书,读不下去。这才看清,名家、大家不像是给读者荐读好书,更像是在给作家站台。"民族命运和个体命运的深入探索""真正具有思想艺术深度、与伟大时代相匹配的史诗性经典"这类词句,只是捆在书腰封上的句子而已。

　　最后写下这一句:"秦岭最好的形容词就是秦岭。"它是安放在《秦岭记》封底上的一句话。不是智缺词穷,不是望洋兴叹。若那些在秦岭深山中寻灵芝、探仙物的人。又不是。贾平凹老师是在秦岭深山里行走、观望、揣摩了一辈子,才寻找到这句话。"山深如海"啊,"万物生于其中"。秦岭之子,用他的一生,在时间深处探寻出这部《秦岭记》。登上华山之巅,你就会知道天崩地裂。小说在第二十二章开篇写道:"秦岭中段多地震,当地人说是走山。最近的一次走山是 1995 年,火神崖没有了,羊角山向北缩短了三里,而羊角山东边的屹甲沟,两边的梁四分五裂,沟里的纸坊村完全被泥石流压埋,后又形成堰塞湖。"河流枯竭了,石山崩裂了,《秦岭记》的文字、故事,会永恒留在时空与世间。

蜀葵花飘香

◎ 秦湄毳

我的小学，跟别人不一样。

天边的朝霞都去上学了，我还没有学上。

我在大院里溜达，光光的细长脖颈上挂着一把钥匙，一枚像树叶一样的白色钥匙，那时我还不知道有金钥匙之说，也不知道有开启人生和命运的金钥匙。许多年之后，我认为，我脖颈上挂的那枚孤零零的白钥匙，就是开启了我人生和命运的金钥匙。那一年我7岁。

夏天过去了。因为墙角的蜀葵花开到了顶了。

我听到院里大山子的妈妈在嫌大山子淘气得没边的时候，使了全身的力气冲他吼，等到蜀葵花开到顶的时候，你就应该要上学了，你还是狗屁不通呢！她的吼声，全院的人都听得见，只有大山子听不见。

妈妈说，大山子玩疯了。墙角的蜀葵花开得灿烂，妈妈也说蜀葵花开疯了。

她也瞅着蜀葵花和爸爸说，真是，等到今年的蜀葵花开到顶的时候，毛丫也应该去上小学了。他们说着，看着我的头顶，好像我也是一株蜀葵花，看看我的花是不是也开到头顶上了。我又不是蜀葵花，我是我呀，是一个人。我只顾切了西瓜，一牙一牙地把脸放进西瓜里吃，为了吃出更多的西瓜子。已经吃撑了，还在吃，就是为了拥有更多更大的瓜子。其实，我早洗好了一大把黑亮亮的西瓜子，放在门前摆好的一排矮砖头上晾晒着，干了收起来，我收起来的西瓜子比蜀葵花要多哩！我要送给姥姥，我想念我的姥姥，就给她晒瓜子，要晒得多多的，带给住在乡下的姥姥。

唉，如果不是因为上学，我也不会离开姥姥。爸爸一次一次没有遍数地往乡下跑，就为把我接回城里来上学。有时候，我藏在村口草坡下，望着爸爸一个人离开村子；有时候，小伙伴陪着我躲到了西地打麦场上的麦垛里，瞧着爸爸一步一回头，四处张望着我在哪里，然后自己泄气地往县城的方向去坐车；还有时候，我让小伙伴把我挡在坑边的大槐树洞里……最后，没办法了，爸爸把我和姥姥一起接回城里。然后，在一个早晨，姥姥在我的耳边说："毛丫，姥走了，回家了，你留下来，要上学了，好好学习……"我以为是做梦。太阳升起来的时候，我醒了，才知道姥姥真的回乡下去了，去和我的白云、草地、凤仙花在一起了。

老家的豆秆地里，我喂了一地的蝈蝈，爸爸妈妈说，姥姥是为我回家喂蝈蝈去了。其实，哄谁呢，我的蝈蝈也是我用来哄你们的呀，天底下哪有那么多的蝈蝈呢！那是我哭天抹泪的时候找的理由，我说，我不去上学，我还要喂蝈蝈，一地的蝈蝈——一地的蝈蝈在我心里叫了一路，我还是跟姥姥一起，被爸爸领进了他和妈妈上班的城市里。姥姥却撇下我自己回去了，回了乡下的家。我说过的，豆秆地里那一地绿油油的蝈蝈跟着我一起哭，哭得昏天黑地，在梦里，很长的梦里，哭了很长时间。

上学吧，上了学才能成人。这是姥姥给我留的话，她让我好好学习。说得嘴皮都磨明了，磨得要起泡了。是吗，姥姥？这是你说的。想起我和姥姥嬉戏时的情景我就想笑。可还没笑起来，蝈蝈就又在心上开始叫，一天一地没边没沿地叫。我想姥姥，却不得不在城里留下来，因为我该要上学了。

蜀葵花开到顶的时候，西瓜渐渐少了，我存的西瓜籽却多了。我知道，快要上学了。

上学是做什么呢？我在乡下的时候，只见到过有一天，村口会出现一群拉着板凳回来的半大孩子，说是放假了。他们是上学的孩子。吆五喝六的，很快乐。

我也要上学了，是什么样的学呢？学是什么呢？为什么要上呢？不知道。

有时候在大院里的凉棚下玩，天热的时候，好多人端了碗在棚子底下吃饭，边吃边聊边乘凉。我有时候也在一边玩，看人们吃饭，听人们说话——听不懂的大人话。小孩子很多，跑来跑去。有一天大棚子底下人不多了,说起来马上就要上学的孩子都有谁,人们掰着手指数。有正在旁边的好几个孩子,大山子、小柱子、春花、杏花、枣花、花花牛……

有一个人说话慢,声音还不大,他跟别的人不一样,穿戴整齐,还戴眼镜,怎么说着说着说到了我的名字,他叫着我,毛丫这孩子,肯定会写字,会数数。他说着,掏出钢笔来,放下吃了一半的饭碗,搁置在一边,招呼我,过来,过来,毛丫!我还真走过去了。写你的名字、写你的名字!他说。我摇头,不写不写。我不会,就是不写。他还是说,这孩子聪明,肯定会写。

我坚持着不写。其实,我是真的不会写,也不会数数。我只是印象很深,他为什么夸呢?无端。真不知道为什么这么说。长大以后,我也奇怪,怎么就能笃定地认准我会呢,我是真的不会。想起来,仿佛辜负,就心生惭愧。

后来知道这个人也姓秦,跟我家一个姓,是这个学校的校长。在我上学后,玩耍时跑过他的门前,他叫住我,我正奔跑得气喘吁吁,于是屏息立在他的办公室门前。他问我话,还是温和的样子,毛丫你评上三好学生没有?我还是摇头,说我不知道。他于是说,来,我给你查查名单。他进屋去,拿起一个本子还是一页纸,低头看,找到了,指给我,上面有我的名字。他说,看,毛丫,你是三好学生。他又把奖品拿给我看,这一回我看到了,在一边桌子上,放了高高的两摞小画书——《中国古代科学家的故事》,他让我看。我接过来一本,摸一摸,看一看,翻一两下,又还回去,他又放回原处。喜欢不喜欢?我点头说,"嗯。"成年后,我还是习惯把"是的"回答为"嗯",这是我印象深刻的一个"嗯"。

我不会写名字,也不识字、不会数数,只记得在来小城之前,因为村里谁会写阿拉伯数字,我的舅舅不知是出于攀比还是自悟,拉着我蹲在地上,用小木棍教写过"1像棍,2像鹅,3字尾巴奤拉下,4字像个小小虫"。舅舅只心血来潮教过那一回,也不记得教到数字几,只记得我的手硬得跟棍子一样不听使唤。这样的我懵懂无知,校长的评价听来莫名其妙,实在迷糊。多年后想来,还是无端,无比感慨,莫名感动。回首一路走来,想是大家认为我好,我才好的。二年级的时候,语文数学考试双百分的机会很少了,那是夏天的期末考,语文考完,老师们就迅速把成绩判出来了。年级有两个一百分,班主任张老师在班里公布了,然后在课堂里就问我,数学还能再考一百分吗?我坐在座位上,迷迷糊糊,什么也没说。班主任有点怒其不争似的,说人家二班那个谁谁就说了,数学还考一百。说着这话,又扫我一眼。我更不敢吱声。事实上,随后的数学考试,年级里只有一个人是一百分,还是我。班主任说,年级就这一个双百分,还不敢说自己能考双百分。班主任嘟哝着。之后很久我都没敢告诉教数学的她,乘法口诀我没背全,我的乘法是用加法计算出来的。

我就这样。姥姥把我交给妈妈之前很不安,她叮嘱我要听话:"你的娘是个急脾气,姥姥总担心她会打你!"我想我就是听话了,才把乘法当加法计算完整,又做对了。是不是呢?我不知道。人生里,总有很多我不知道的东西。

那时候的我,小小的,呆呆的,看着蜀葵花的秆,数着花瓣,慢慢把姥姥的脸放在蜀葵花里头去看、去想。想姥姥了,就看门前的蜀葵花——快要上学了,所有花秆上,浑身上下左右披着的和头顶上顶着的花骨朵儿,炯炯有神得都要开了,姥姥把我交到爸妈这里,就是让我来上学。

四下里空空荡荡。天底下,地面上,似乎有个夹层,没有人影,很空、很寂寞。蜀葵花似乎也不看我,像是看不见我。我看见它,它却看不见我。我走来走去,没有慌,也没有着急。就是走来走去,晃到这儿,晃到那儿,哪哪儿都不见同年龄小孩子的影子,大孩子也没有,大人也没有。闲着的人都不见了。我就一个人走来走去,只有脖颈上的钥匙晃着,跟我一样,空落落地晃荡。不知道什么是什么,也不知道什么不是什么。树梢在天上,白云在树梢上,偶尔有小鸟飞过去,也是一两只,不像以前一样成群结队的。

我给姥姥晒着的西瓜子,一大片摆在平铺的砖块上,一粒一粒,很寂寥。可能是因为想念,一直还没有晒干,摸一摸,潮潮的。风吹不散它们壳里的湿。

春花崇礼

◎ 龙 一

崇礼县在河北省张家口市以北,与内蒙古大草原接壤。

张家口原本是畜力运输时代中国与俄罗斯的贸易集散地,那种茶叶、口蘑、丝绸、瓷器、香料堆积如山,紫貂、海龙、猞猁、水獭、狐狁等皮货盈千累万,驼队川流不绝,客商雄心万丈,金如山银如海,关税直输国库的好日子,随着铁路与海运的发达迅速衰微了。此后,崇礼县从外贸中心的后花园,退回到农林牧畜的田园生活。然而今天,好机会又来了,已有的高速公路、铁路,将崇礼县变成了首都北京的后花园。

这里山高坡长,谷深水澈,空气清新,交通便利,冬季是滑雪胜地,气候和设施与欧洲的达沃斯、索契不相上下。这里的雪季也长,每年3月下旬,滑雪场仍在开放。然而,一到4月,雪还没有完全融化,山坡、原野、谷地里的野花便争先恐后地开放了,中国北方绝大多数野生植物都能在此地自由自在地生长。

因为地高天寒,当此地的桃花大梦初醒般舒展开粉红色的花瓣时,张家口以南各地的桃树早已红碎满地,翠叶披离了。与桃花绽放同时,沟边、湿地的粉报春苏醒过来,这类矮小卑微的植物,必须得在高秆植物长成之前,抢先宣布自己的存在。于是,它那矩圆披针形的叶片,在边缘处狰狞着稀疏的细小牙齿猛地蹿将出来,紧随其后的是纤细的花莛,挺举出浓密茸毛包裹着的伞形花序。而另一种名叫"白花点地梅"的谦卑植物,冬季只是路边和林缘的一簇簇小小的莲座状褐色枯草,它先是小心翼翼地伸出几片毛茸茸蜷缩成枝状的细叶,像是在试探空气的寒暖。当它的叶子放心地舒展开后,小家碧玉似的花莛这才出现,长到两厘米高时,猛地绽放出三四朵半厘米大小,喉部紧缩的白色或黄色花朵。它的花色并不纯净,花蕊或红或黄,颜色浸染到花瓣上,像是被洗花的衣裳。"白花点地梅"就像那种绝不肯放弃自身的一点点美丽和才华,一定要参与到轰轰烈烈的嘉年华中的小人物,它深知自己命中注定就是春天之子,即使被忽视,被践踏,仍然要完成报春的使命。随后,粉报春的花莛上也开放出了七八朵顶花,花瓣的颜色像是稀释的胭脂水中落入了小小一滴群青,与明黄色的花蕊相映,可称俏丽。它将花瓣安置在长且稍显肥大的花萼顶上,好似幼儿玩耍的小喇叭,为春天的到来鼓噪出了几分热闹。

接下来,马兰花、苦菜、蒲公英长出嫩叶。崇礼县高家营的绿皮李子绽放出它的白花红蕊,山坡、村边娇嫩得令人心疼的梨花也开放了。这两种白色花朵如云似雪,背负着汉文化中感伤的隐喻意味,它们的绽放似乎只是为了等待春雨到来的那短暂一瞬,便如病美人般香销玉殒。因此,赏梨花和李花都要趁早,这就仿佛人生中珍稀的浪漫感觉,如拳中这沙,转眼便消失了。

通常年景,榆钱初绿的时候,苦菜的叶子刚刚展开。在农耕时代,春季最艰难,去年的粮食即将食尽,今年距收获尚远,因此,植物初生可食的芽叶,便成为农民果腹的珍品。如今经济繁盛,交通发达,人们再不必担心"春荒"的出现,于是,农耕时代艰辛且无可奈何的充饥之物,便被改造成为应时节令的时髦美味。

需要特别说明的是,榆钱是榆树的花,先花后叶,在前一年的叶腋一簇簇生长出来,圆圆的像是中国的古钱币,人们也喜爱它的谐音"余钱",借以祈求富足。榆钱的颜色鲜嫩得仿佛汪着一兜绿水,令人心痒难耐,中央凸起处隐藏着榆钱的种子。我生长在城市中,榆钱很难见到,要想一尝此味,只能到崇礼县这等物种保存良好的山区。榆钱最传统的做法是蒸食,将榆钱洗净沥干,拌上烫熟的玉米面和少量的面粉,捏成上尖下圆中间有孔的窝头形状,上笼屉蒸三十分钟,配上一碟炸虾酱,便是十足的山野风味。当然,用榆钱煮粥也很适宜,煮大米粥或小米粥将熟时,放入榆钱,用葱油和盐调味,可谓香滑鲜美。有时我会突发奇想,如果将蛋液、面粉打成薄糊,加入榆钱后,在平底锅中摊成又薄又软的蛋饼,然后卷芝士吃,应该算是中西合璧,别有风味吧。明年再来,一定会带上芝士。

苦菜花开了,颜色鲜黄。这种随处可见的多年生菊科植物,大约是人类文化史上"贫贱"的代名词。然而,凡贫贱之物必有贫贱之用,苦菜本名"败酱草",六七十年前,它是饥荒之年的"救命草",因此它在各地有许多名字,如野苦荬、苦荬菜、取麻菜、苣菜、曲曲芽等,而这每一种卑贱的名字,都与它的食用功能紧密相连,都叫"菜"或蒸或煮,或凉拌或做馅,既是蔬菜,也是粮食。

如今大是不同了,品鉴野菜已经成为最时尚的举动,类似于美食的行为艺术。经过多年选育改良的苦菜再没有粗粝的口感,而是变得脆嫩多汁,与沙拉酱、橄榄油或葡萄醋调味汁居然像是天作之合,格外相宜。

在崇礼县,春末夏初,我可以坐在农家的院子里,一边品着枣茶,一边等候主妇备餐。院门外紫丁香细碎稠密的花簇开放了,香气翻墙而入,是汉文化中最高妙宜人的"药香"。几株毛茛从鸡窝后边探出头来,像是羞于自己虽不合时宜却也无可奈何的命运,没能理直气壮地与同类在旷野之中招风引雨,反倒混进鸡粪,生长在院中,于是便开出几朵鹅黄色小花,讨好地向饮茶的宾主摇摇摆摆。

农家主人面如重枣,自豪道:"北京申办冬奥会,滑雪项目就在我家对面。"我抬头望去,山坡上原本应该是雪道的地方开满了野花,仿佛手工最为繁复的地毯。我道:"可惜他们来得太早,没有我的眼福。"于是宾主拊掌大笑。

农家饭简单,一凉一热,凉菜是苦菜嫩叶蘸酱,酱是一份芝麻酱与两份甜面酱调和而成,咸香微甜,既激发出苦菜的苦香味,又恰到好处地遮掩了野菜的生涩。热菜是苦菜炒肝尖,猪肝切成三角片,先用酱油腌渍一下,再用淀粉上浆,等油温七成热时将肝尖入锅滑散,捞出沥油。然后另起油锅爆蒜米,出香味后放入滑好的肝尖,翻勺后加苦菜和生蒜米,用手勺拨散,放少许盐再翻勺,最后烹几滴陈醋出锅。这道菜是苦配苦,蒜香浓郁,必须趁热食用,时间稍长,滑腻的肝尖会变硬,苦菜也会过熟塌软。农家主人送上一壶北京名产"莲花白",主食是玉米面和黄豆面为皮,苦菜与五花肉丁作馅的菜团子。有此好春光,有眼前美景,有这等美酒美食,更重要的是有此番闲适,可比陆地神仙。

由此我不由得想到,有幸出生在和平、富足之世,应当"惜福",不能因傲慢和贪婪而浪费滋养生命的诸般美好。就像《旧约·何西阿书》中所言:"他们为立约说谎言,起假誓,因此,灾罚如苦菜滋生在田间的犁沟中。"人生须有所畏惧,才不敢胡作非为,这就勉强算是苦菜的启示吧。

每到春末,常被农家种作篱墙的蔷薇科灌木土庄绣线菊便挂满耀眼的白色花簇,而邻家纺织墙篱的蔷薇科灌木山毛桃,也立刻像浅薄的暴发户,炫富般地将俗艳的红色花朵铺满树冠。这样一片片红、一簇簇白,农人下田劳作,母鸡咯咯哒叫个不停,狗儿沿街边踱步,村庄便有了活力。

每年我都期待春末夏初这一刻,因为马兰花要开了。从个人审美的角度出发,中国北方的野花当中,我偏爱马兰花。我此处所说的不是浙江名菜"豆干凉拌马兰头"的菊科植物,而是中国北方的鸢尾科植物,中文名叫"马莲花",俗名马蔺或蝴蝶兰,花期长达七至十天。我总觉得,简单地用蓝色定义马兰花太过粗陋。其实,深色的马兰花更像是靛青与朱砂调配而成的庄重的深紫色,只不过冷静的蓝色调压住了热情的朱红,仿佛成熟、理性,却在内心之中燃烧着炽热火焰的女教师;而浅色的马兰花则应该算是雪青色,干干净净,整整齐齐,娇而不羞,如同成绩优秀的女高中生。

欣赏马兰花的方式很多,随赏花人的心境、见识各有不同。当你走在向阳山坡的小路上,不经意间,便有可能看到石缝沙砾中几枝马兰花刚刚开放。或是你在沙质土的野地、林缘散步,马兰花会杂生在其他植物中间,但很容易辨认,因为它周围的草本植物多半花期已过。这等偶然的相遇,最容易引发赏花人浪漫的怦然心动,或是对一见钟情的追忆。

我不反对采摘马兰花,但看到有汗津津的肥手紧握着马兰花的花茎,以至于有些花茎弯折了,花朵东倒西歪,便让人不由得"怨从心头起,恶向胆边生"。马兰花虽然是野地里的无主之物,但无节制地采掠回来,却又不珍惜,这等人在任何地方都不会招人待见。

采摘马兰花最好是用日本花道中的"投入花"法,选取初放的花朵,一枝就够了,将花茎齐根斜剪,迅速插入水中。插花的器具不必珍物,农家瓦罐、陶瓶之类的最多,实在不行,剪开一只矿泉水盛水的容器,外边套上麦秸编织的破旧草帽当装饰。单单一枝马兰花算不上插花艺术,最好是给它配上一枝本地的白桦树枝,于是,这品插花似艳实素,是绝好的案头清供。随着日间的光线移动,正午时马兰花明艳动人,蓝紫色的花瓣依偎在白桦斑驳的枝干上,如热恋,似重逢;傍晚时分,马兰花的颜色在阴影中渐渐深沉起来,白桦枝上的褐色裂隙也如铁线般老辣,这会让人联想到历经世事磋磨的夫妻,譬如《日瓦戈医生》。

"林花谢了春红,太匆匆。"从今往后便是夏季,只需有心,人们还有更多机会领略山林间玄妙的逸趣,透过野花参悟那些看似烦琐实则简约的人生况味。做个赏花人吧,不解闲情,人生便无趣啊。

两株牡丹（外一篇）

◎ 张道德

　　家乡张集那里，有一家刘氏祠堂。这么些年，之所以对这家祠堂念念不忘，源于两株花儿。一株是牡丹，还有一株，也是牡丹。

　　这两株牡丹植株庞大，枝繁叶茂，目测铺地面积各有约十平方米。牡丹家族庞大各有名称，眼前的一黄一紫，黄的据说为花王，紫的为花后，简称"姚黄魏紫"。

　　说来惭愧，我不识花，也不会侍弄花。

　　记忆里与"牡丹"沾上边的，都是影视谍战剧中"黑牡丹""白牡丹"类代号，往往都是一副冷艳的女特工形象。到后来，还有《牡丹亭》里的那句"牡丹花下死，做鬼也风流"，似乎英雄美人浓妆艳抹、花大色艳、勾人心魄等，纯属表面概念罢了。

　　说起与牡丹有缘的城市，山东菏泽、河南洛阳、四川彭州等闻名遐迩，是谁分明在说：哪有一个张集刘氏祠堂说话的份儿？可我，偏偏想要争个面红耳赤。

　　这里的两株，咱先不说规模和名气，咱说的是年头。时光回溯到170年前，这两株牡丹，自有其独特之处。

　　一说，生长环境特殊。这两株牡丹不是生长在花园的众香国里，有专业人士侍弄，而是根植在刘氏宗祠的厅堂之内。偌大厅堂，足有几十平方米，然而只能盛放这两株牡丹，一左一右，各占一个大花坛。看起来是植物，却也有龙盘虎踞之势。每年清明前后竞相开放，每株一柄大伞般撑开，有细心过客数过花枝，最多的一年，开花近二百朵，争芳斗艳，来来往往的哪个不说道一二？

二说，生命力顽强。此花自 1853 年从洛阳引种而来，跋山涉水风尘仆仆，最终以 170 年花龄高寿，享誉"国家三级保护古树"之名，算是明星级别。这 170 年间，兵荒马乱占了大半时光，而她们既没受到兵燹，也没遭遇破坏，且被完好如初地护理存活，岂不美哉？

三说，具有深远的历史渊源。这两株牡丹，好歹也有来头。据县志记载，此乃晚清重臣李鸿章 1853 年于洛阳相中之后重金所购，作为赠送给亦师亦友的江淮名儒刘福庆先生 60 岁大寿的贺礼。1862 年，刘福庆主持修建刘氏宗祠，将此牡丹由家中移至祠堂，从此根植于此。

如此说来，原来，这两株偏安一隅的"落魄贵人"，还是个有故事的主儿。

遥想 170 年前，李鸿章寂寂无名渴望宏图大展，未曾得势之初，先是与父亲李文安奉旨回乡办团练，在家乡周边与太平军、捻军周旋。那时的李鸿章，处于仕途爬坡初年，江湖险恶自然战战兢兢，如临深渊，哪一天有过花前月下的心情？然乡邻眼里的李中堂，南人北相不可限量、北人南相前途无量。古之成大事者，泰山崩于前而色不变，麋鹿兴于左而目不瞬……哪里还忌惮什么潜在的处境艰难？即使是战火倥偬之片刻小憩，师恩岂能懈怠？两株牡丹为礼祝寿，足见其虔诚之情。

这以后，这位从家乡走出的中堂大人，大力开展洋务运动，并在风雨飘摇的晚清中独撑江山危局多年，被慈禧视作"再造玄黄之人"，且因代表清政府签订了一系列不平等条约，招致国人皆骂，可谓"权倾一时，谤满天下"，实在令人心生感慨。

中堂大人的魂魄，早已追随晚清暮气而散，其死后百年也未能"盖棺定论"，然其赠送刘福庆老师的牡丹绽放热烈，光彩夺目。当我的目光与姚黄魏紫对视之时，仿佛那花王之后，隐隐站立着的，是一百多年前叱咤风云的两江总督，只不过这位迟暮英雄为何噤若寒蝉，静默许久欲说还休，却也不上前与我对语一声？

莫非，只有春风吹来，牡丹才会诉说自己苦熬苦盼的那份凄苦？

牡丹终究是众人皆赞的美艳之花，爱之惜之皆是自然之道。而家乡的这两株牡丹甫一盛开，便招来八方宾朋，文人墨客悉数登场，且乐此不疲，流连忘返。想必不仅因为其有绝色之美，更因为有她自己独特的身世魅力。毕竟一百七十度春秋漫卷而去，此树此花纵然活成老妖，妩媚也不减当年豆蔻！

三座粮仓

粮仓，农家昔时多称之为粮站。

小时候，曾与家人拉着板车一趟趟地去粮站送公粮，年年如此雷打不动。粮站离家有七八里路，大热的天，我们像极了纤夫，肩膀上套着背带，上半身贴着大地低空前行，汗珠嗒嗒地滴落在送粮的路上。到了粮站，还得排着长长的队伍，等候质检评判的时候，少不了还得看质检工那张阴沉不定的脸。顺利的话，抽检质量合格，然后过磅，自己扛着那一袋袋粮食，费劲地倾倒在越来越高的粮仓里。那时的粮仓像大山一样高耸着，倾倒下来的几袋粮食，眨眼间无影无踪。

印象深刻的，则是那些不顺的时候，比如抽检质量不合格，不是水分大了，就是杂质多了，需要再晒几个日头，或者用吹风机清除杂质。有的庄稼汉子执拗，汗珠子摔成八瓣地弄来这么一堆，一颗颗的宝贝谷粒居然不受待见，嗓子立马炸了膛子，既不愿就地晒干，也不愿让吹风机吹，而是不顾一切地原路返回，一路牢骚通天，哪怕汗水再次淹了眉毛，也只得自己受着。

这人世间，怕是再没有什么人比农民更懂得用劳动换来土地的感恩。土地离我们饥肠辘辘的生命最近，离我们对田野的倾诉最近。

参加工作后，第一份差事，是在粮站结算窗口开农业税发票，收取农民缴纳的各种税费。大致程序是：农民卖了粮油，持着发票挤着汗津津的身子前来结算现金；我先把该户的农业税任务数直接抵扣——如果有多余的再结算给农户，如果所得款总量还不够任务数，意味着农民只能持张"白条"而回。"白条"是那个历史阶段的"粮站特供"，后来被改革开放之风吹得片甲不留。然而三十年前，我在粮站窗口拨拉算盘，默念"三下五除二，四下五除一"的珠算口诀和给农民结账的历史，却被我认真地收录在记忆的仓库里了。

2006年,国家取消农业税费及粮油棉征购任务,延续几千年的"皇粮国税"就此作古。从此,每年夏秋二季,排着长队到粮站卖粮油的场景渐行渐远。粮站,从门庭若市渐至门可罗雀。又经过几轮乡镇合并以及粮食系统的机构改革后,有些规模较小的粮站只能陆续关门。

关门歇业的粮站,只剩下几座空洞的粮仓。没有粮食的粮仓,连老鼠也不会光临了,时间一久,只能沦为麻雀的天堂。随着城市、农村双向流动趋势形成,乡村旅游在资源条件较好的地方渐渐有了模样。仅仅几年,巢湖北岸的肥东县长临河镇先后就有多家乡村旅游项目扎堆呈现,而把多年废弃荒芜的老粮站盘活改造的例子仅此一家——"1952·粮仓"。

这里现有三座粮仓,呈H形态坐落,其中建成最早的一座粮仓落成时间为1952年。粮仓虽然空置已久,但肌理尚存,较为完整。

第一座粮仓体量较小,是H的那一"横"。走进门里,七条U形钢筋突兀在眼前,它们自下而上,间隔二十厘米左右,紧紧地钳在墙壁上,一直接近粮仓顶部,或许是方便工人上下而焊接的搭步阶梯。粮仓墙体全部刷白,四周挂满各类画作,尤以山乡村居为背景的画作最多。偌大的粮仓库房,赫然摆放着一张巨型木桌,长约五米,宽近两米,且是一块整板木料制作而成。不知此树生于何时何地,想这棵大树当年站立于世,该是何等威风!

第二座粮仓,库容量大于第一座。墙以石头和砖垒砌之,足有三米多高,高处一字排开数个黑黑的通风口。白石灰的勾缝像是被雨淋了一样,红砖、青砖、黑砖在浓淡不一、长短不等的白石灰的随意涂抹下,似乎成了一幅油彩画。铁皮大门庄重严肃,铁门闩虽已锈迹斑斑,但四个小铁环却仍在牢牢坚守阵地,忽地一拉,哐当哐当。四面墙壁所见之处,都是画作,艺术之花悄悄绽放。据项目负责人介绍,这里不仅举办画展、石展,还有新车发布会、时装秀活动,俨然是城市生活独特的"艺术之角"。只是谁能想到,这样的活动不在高楼大厦,而是"下凡"到了荒芜多年的粮仓,莫不是为了化腐朽为神奇,变物质储备为精神培育?或者,还有了些穿越时光的感觉?

第三座粮仓外形改观幅度最大。除了原有框架保留,外立面和内饰俨然一副现代派建筑面孔。粮仓被分割设置成了十三个独立住房,生活设施一应俱全,供艺术家居住、创作。

三座粮仓总体上设计成以文化创意、作品展示以及活动举办、创作基地等为主要内容的艺术基地。昔日粮仓的功能被重新定义、设计和改造,历史仓房与时尚文化之间进行了有效嫁接式的对话。

粮站的空地处,一栋清朝中期官宅被整体迁移扎根于此,用作藏品展示和长期展列。古旧的沧桑弥散开来,历史的回廊隐约呈现,让人感受到两百年前的温度。

紧邻粮站西南侧,别有洞天。这里规划设计了农场区和民宿区。长临河镇是安徽省唯一的侨乡,一百多年前,这里曾是叱咤风云的淮军摇篮,涌现了以吴毓芬、吴毓兰为代表的一大批淮军将士。甲午战争中,"高升号"全体将士拒绝投降,800江淮子弟壮烈殉国。据考证,这些殉难者多是长临河六家畈一带人。此地因毗邻巢湖,沃野湿地遍布,鱼米之乡物丰人盛。此地打造现代农场、投资民宿,与"1952·粮仓"形成连体效应,每个细节都注入了当地人文、自然信息,显得独具匠心。

一艘小渔船,竖起来就是一个酒柜,裁成两节,就成了一对床头柜。几副搅动湖水的船桨,摇身变成椅子靠背。小小竹排,站成了一堵墙的模样。湖岸边的蒲草柔软了腰身,化为极富弹性的凳子。每一盏灯具,都套上了鱼篓状的外衣,似乎自湖面破雾而来。窗棂外,一枚枚绿叶探出头来,与你亲密对视……

粮仓与农场、民宿,通过一条条青石小路或是花径相互连接。置身创作室内,抬眼绿畴沃野,粮食蔬菜。走出粮仓,扑面而来的是竹林小院、粉墙黛瓦和幽深小巷,老时光、新朋友,在这里可以放慢了脚步,感受着沧桑巨变。

于是,万千思绪融化于心,可作画,也可作文。

西湖边，有这么一个小院

◎ 劳罕

　　真没想到，竟犯了"灯下黑"的错误：杭州环城西路二十号——我在这里工作生活超过了十年，却不知道这个院落有着如此了不起的过往！这是一个不大的院落，呈东西向横跨于环城西路与龙游路的交界处。往西，穿过马路就是西湖。往东那面，是条窄窄的石板小巷，称龙游路。龙游路的尽头连着孩儿巷，陆游曾寄寓于此，"小楼一夜听春雨，深巷明朝卖杏花"就是在这条小巷里写的。环城西路二十号的主体建筑，是一座不起眼的灰色楼房。坐在办公室里，西湖风光尽收眼底。我的办公室在四楼，写稿累了，泡一杯茶凭窗而坐，有一搭没一搭地看看湖上的粼粼波光和点点舟影。天气晴好的时候，白堤上联袂的行人清晰可见。有时候，夜半写稿，能隐约听到湖对岸净慈寺传来的悠悠钟声。杭州城的地理特点是三面环山一面城，而净慈寺的位置正处于"罗圈椅"的 C 位，所以，山体拱卫下的钟声有着悠长的共鸣。共鸣的钟声掠过富含千万沧桑故事的西湖，听起来，便满满都是禅意。那时候，互联网还不发达，往来沟通大多靠信件。地址一栏，"杭州环城西路20 号人民日报浙江分社"，在笔下不知出现过多少遍。从没想到去探究它的前世今生，只觉得它就是西湖边一座普通的院落。直到调回北京后，有一天在网上查资料，偶然看到了一篇文章，竟是介绍这个院落的。迫不及待一口气读完，一下子愣住了，脑子空白了很久，负疚感渐渐涌上心头：慢待这个院落了，慢待这里的一草一木了！我要给这个院落深鞠一躬，给曾经生活在这里的人们深鞠一躬。

　　这个院落，曾涵养过一批真正称得上国士的文化泰斗，在这些泰斗的掌舵下，中华人民共和国浙江省的文物保护、文物考古事业，从这里破浪远航。这个地段最初的主人是谁,遍查资料,没有记载。院子落成后的第一位主人,叫蔡竞平。如果要给蔡竞平一个确切身份的话,应该称他为"学者型实业家"。他祖籍浙江省吴兴县双林镇,1915 年毕业于清华学校高等科,1916 年以"庚子赔款"留学生身份留学美国,1919 年获哥伦比亚大学经济学硕士学位;1920 年执教复旦大学,任商科首任学长(即教务长),后又任清华大学教授。现在,清华大学校史馆里有关于他的介绍。1929 年,蔡竞平受邀筹建杭州电厂,并担任了杭州电气股份有限公司经理。

"乱花渐欲迷人眼,浅草才能没马蹄。最爱湖东行不足,绿杨阴里白沙堤。"据后人考证,白居易笔下的白沙堤,其实并非现在的白堤,而是湖东环城西路 20 号一带。一定是被这里的旖旎风光所吸引,1936 年,蔡竞平开始倾尽全力营建环城西路 20 号这个安乐窝。建成后,他从妻子和自己的名字中各取一字,将院里的小楼命名为"平英阁"。

谁知,刚搬入爱巢,抗战爆发了。穷凶极恶的日寇兵临城下。身为电厂经理的他,奉命炸毁电厂。

那一刻,他一定是泪流满面。

好不容易盼来了光复,蒋介石的倒行逆施,使兵燹再起。当人民解放军百万雄师隔江竞渡时,国民党再次下令炸毁电厂。这一次,蔡竞平拒绝了。他带领工人日夜巡逻守护电厂,最后,把这座具有一万五千瓦发电能力的发电厂,完完整整地交到了人民手里。

我在浙江档案馆曾看到过一封陈立夫 1948 年写给蔡竞平的求助信:

> 竞平吾兄大鉴,杨本为故友杨云谷先公郎,云谷随弟多年,一生谨慎,不幸物故,遗孤多人,生活艰窘,查其文笔,当可做事亦当知努力……

信的末尾,陈立夫恳求:

> 恳于无可设法之中赐予一栋之楼,营业展布多延一人,似当不致

过分困难也……

　　陈、蔡是吴兴老乡，又同在美国留学。为了私事，陈立夫能向蔡竞平求助，说明两个人的关系非同一般。陈立夫位列"四大家族"，又是国民党"CC系"首脑人物，他不可能不对蔡竞平施加影响。可见，在大是大非面前，蔡竞平头脑非常清醒！这座院子，中华人民共和国成立后成了浙江省文物管理委员会的办公场所，一批拥护共产党领导、不愿随国民党撤到台湾的知名学者走了进来。浙江文物事业肇始于20世纪20年代后期。1928年，文物保管委员会在浙江设立分会，但未开展实质性工作。中华人民共和国成立后，文物保护迎来了春天。1950年5月，浙江省人民政府颁布文件，要求"军队、机关、团体、人民对于所在地具有历史意义之文物，均需给予保护，不得毁损"。只要听听文物管理委员会这些大师的尊号，你就一定会热血沸腾：邵裴子，被任命为文物管理委员会主任；黄源、吴山民、郦承铨为副主任；朱家济、沙孟海、陈训慈、张仁政为专任委员；张宗祥、潘天寿、彭海涛、任铭善等为委员；顾问为马一浮、徐森玉。邵裴子是中国近代史上数得着的大教育家，也是知名的书法家、篆刻家、金石学家。他的书法沉雄清灵，自成一体。他出生于浙江杭州，19岁考中举人，后又躬身新学，考入上海南洋公学，与李叔同、谢无量等成为同学。1905年，邵裴子以优异成绩获官费资助，赴美国斯坦福大学攻读经济管理，获学士学位。学成回国后，被任命为首任浙江大学文理学院院长。1928年11月，浙大校长蒋梦麟去南京就任教育部长，邵裴子主持校务，不久被正式任命为国立浙江大学校长。在执掌浙江大学期间，他注重教学质量，强调大学教育之目的是以培养通才为主。当时浙江大学文理学院的学制为四年，四年内学生必须读完120学分，有必修课，也有选修课。一二年级着重基础课，三四年级着重专业课。这些教学理念与方法，一直沿用至今。邵裴子还注重学生人格砥砺，崇尚"士可杀，不可辱"，要求学生要独立思考、不人云亦云。他自己就是一个很有气节的人。蒋介石视察浙大时，亲自动员他加入国民党，他拒绝了。于是，国民政府用各种理由克扣办学经费，"CC系"也派特务暗中捣乱。1934年，邵裴子愤而辞职。《浙江大学校史》对邵裴子做出这样的评价："邵裴子的办学方针显然与蒋介石实施法西斯独裁的宗旨是不合的,处在这样的时代,当然难展其抱负,只得辞职。但邵先生是当时浙大师生怀念的一位好校长。"后来,邵裴子殚精竭虑投入文物保护事业,并倾力提掖后学。1957年5月,龙泉县拆毁古塔去铺一条道路,他闻之,提出了严厉批评,认为"这是旷古未有的荒唐之举",并在浙江省人大会议上强烈呼吁对文化遗址、古墓群、古建筑、碑碣等加强保护。每批年轻人入职后,他都亲自授课,主讲龙泉青瓷知识。他培养出的牟永抗、王士伦、周中夏、朱伯谦、汪济英等青年才俊,均成长为考古工作的佼佼者。他一生爱书如命。由于不和国民党同流合污,曾一度生活困窘。有一年过年,朋友送来100银圆应急。年货还没来得及买,他在书肆发现了一套善本《诗经》,毫不犹豫花80元买了下来。爱国,始终是他生命的主轴。临终前,他立下遗嘱:将所有收藏悉数捐献国家。

黄源、吴山民均是学养深厚的"老革命"。黄源,1905年出生于浙江海盐,与作家茅盾是中学同学,后留学日本;回国后,在上海从事外国文学编译工作。1938年,他赴安徽参加新四军,曾任《抗敌报》主编。1941年皖南事变时,他奋力突围,抵达江苏盐城,任鲁迅艺术学院华东分院教导主任、中共中央华中局机关报《江淮日报》副总编辑,后来,出任中华人民共和国华东军政委员会文化部副部长,不久,调任浙江。吴山民,浙江义乌人。出身书香门第的他,自幼饱读诗书。大学读书期间,即开始接触马列主义,自此,他将自己的命运与国家、民族的命运紧紧联系在一起。1929年,他出任浙江省定海县县长,因不愿镇压农民暴动而被解职,经人推荐担任陈果夫秘书。在此期间,目睹了国民党统治集团内部的钩心斗角和腐败堕落,看到许多有关中央苏区红军的资料,经过比较,他醍醐灌顶:只有中国共产党才是中国人民的希望,于是设法脱离了陈果夫。抗战爆发后,他回到家乡,拉起抗日队伍,建立广泛的抗日民族统一战线,一时间,义乌成为浙江民众抗日的典范。1945年1月,四明山浙东抗日根据地召开各界人民代表大会,吴山民当选为浙东行政委员会委员,出任浙东行署副主任。他曾担任中华人民共和国上海市军管会及上海市人民政府办公厅副主任,因对浙江情况熟悉,奉调回到浙江。

文物管理委员会的几位常务委员,也都是名满天下的文史大家:朱家济,祖籍萧山,出生于书香世家,家学渊源,高祖朱凤标曾是清道光年间大学士。朱氏几代都是国内顶尖的文物鉴赏专家。1925 年,故宫博物院成立,他的父亲朱文钧成为首批专门委员会委员,24 岁的朱家济跟着父亲一起为故宫工作。抗战期间,朱家济曾千里护送故宫宝物南迁。陈训慈,精研史学,是版本学方面的顶级专家,其胞兄陈布雷曾是蒋介石的"文胆",他自己也做过蒋介石的侍从室秘书。沙孟海的大名,大家就更熟悉了。沙孟海是浙江鄞县人,除了书法外,他于语言文字、文史、考古、篆刻等方面均有很深造诣,有论者认为"纵观 20 世纪中国书坛,真正凭深厚书法功力胜出,达力可扛鼎境界者,要数康有为、于右任、李志敏、沙孟海等几人"。沙孟海的书法造诣是被生活逼出来的。沙家兄弟六人,他行一。少时家境窘迫,诸弟相继辍学,为了让弟弟们能读上书,沙孟海赴上海过起了鬻文卖字的生涯。他的字真气弥漫,富室大户争相求购。靠着卖字,沙孟海资助兄弟几个接受了良好教育,并引导大家先后投身革命:老二沙文求是大革命时期的广州市委秘书长,广州起义时与陈铁军烈士一道壮烈牺牲;老三沙文汉是共产国际的红色间谍,"重庆"号起义、第二舰队起义都倾注了他的心血,中华人民共和国成立后出任浙江省第一任省长;老四沙文威是李克农、潘汉年麾下的悍将, 以国民党专员身份在敌营隐匿十八载……蒋介石一直想把沙孟海延揽到身边,曾邀请他重修《武岭蒋氏宗谱》,蒋介石故居丰镐房报本堂楹联也是蒋介石请沙孟海撰就的。不仅书法绝伦,沙孟海还写有一手好文章。抗战时期,日本军部派间谍川本芳太郎赴北平,敦促吴佩孚出山。为了便于接触吴佩孚,川本拜其为师,动辄就长揖跪叩行弟子礼。起初,这个狡猾的家伙绝不谈政治,经常向吴佩孚请教孔孟之道,一副尊师重道的学生模样,暗中却怂恿汉奸王克敏、齐燮元、王揖唐、殷汝耕等"拥吴出山"。看到时机成熟,他立即撕下面具,对吴威逼利诱。在此紧要关头,蒋介石令朱家骅以中央委员会秘书长的名义给吴佩孚发电报,晓以大义。起草电文的任务落到了沙孟海肩上。沙孟海俄顷挥就一篇 500 余字的四六骈文。朱家骅对电文非常满意,令人急速发给吴佩孚。吴佩孚接到电文后,反复诵读,并拍回电报:"仆虽武人,亦知大义,此心安如泰山。"此后,不管日本人使用何种伎俩,吴佩孚始终坚守了民族气节。

瞧瞧,环城西路 20 号这座小院,一下子汇聚了这么多大师,那是何等的盛况!

东岸的黄昏

◎ 雷平阳

　　湖水拍岸的声音穿过水杉、芦苇和水烛传过来，水本身的潮湿与柔软已经被过滤殆尽，很像是什么不安的神灵在这些植物的背后反反复复地倾倒着同一篓玻璃垃圾。那声音是如此的单调、枯燥，其中饱含的耐心与韧劲，远比夏日时光中折磨人心的燠热与空洞来得猛烈，而且更加恒定绵长。腐殖土在湖荡边填充而成的一块块方形田地上，已然没有了记忆中清一色的水稻或者白菜，获得了种植自由的不同地块的主人们像比赛一样把这种到手的自由发挥到了极致——第一个他种植葵花，第二个他就种植芥蓝，第三个他则种植豆荚，没有一个他重复另一个他，所以在这片大格局上由白茅草和鬼针草围起来的几百亩土地上，我们知识范围内的农作物基本上都能看见，类似于并无什么历史价值和美学价值的乡村博物馆，展出的藏品均是常用的俗物，核心是实用，无非是在实用之上添加了一丝"我的"和"我执"的元素。

　　各自独立的地块之间，有着很多突然出现又突然消失的水泥路，上面停着拖拉机、电动自行车和自行车。路两边的地沟里常常堆着人们拉到集镇上没有卖出去又拉回来的已经变质的蔬菜，腐烂的气味令人作呕。有一块地，一直荒着，尽头上的三棵柳树下却摆放着两张单人沙发，而且明显有人经常坐在上面喝酒聊天，大理牌啤酒瓶堆在树根之间，烟头扔得一地都是。我每次途经那儿，也会把自行车停靠在树身上，用手套掠走沙发上枯黑的柳叶，一屁股坐下去。哦，大地的客厅，水声从不中断，像背景音乐，眼前的地块上杂草静止或摇曳，是一座自然主义的舞台，有戴胜、黄臂鹤、麻雀在其间飞升或下降，叫声一点儿也不排外。蚊子出现在薄暮中，成团成团地移动在草尖上面,有时看起来像一条条满是针眼的黑纱巾,有时则像残留下来的烧荒的黑烟。旁边的地块上,不是作为食物而是作为鲜花的葵花,茎秆笔挺,高举着的花盘欲开未开。它们的花盘只有拳头那么大,甚至还要小些,所以,当它们作为鲜花而又卖不出去时,往往就会被弃置在地块上,直到枯死。往年的秋天,我看到过成片成片枯死在地里的葵花,因为不结籽,没有收获的价值,而它们又是耕作的地块上植物中的庞然大物,一个个花盘黑黝黝地伸入空中,仿佛一只只被绑扎成团的乌鸦,好像在挣扎,又好像早已经死了。它们的叶片不曾被修剪,倒是长成了普通葵花的叶片那么阔大,主要的茎脉还保持着不死的绿色,但从茎脉开始,绿色越来越少,渐次多起来的是枯黄,直至变成统一的死灰,一张张的悬垂着,让人想起成片的垂下、露出秃顶的一颗颗脑袋。在夕光燃烧时分,那占据了最大比例的死灰和深黑,会让我们诧异地发现:当有些颜色行进到它们的终点,再浓烈的红光也无法使其回暖,也无法将它们送到另外的鲜活空间——除了即将降临的夜色,任何色彩它们都拒绝配合,尤其是观念上的咬牙切齿的拯救。

坐在野外的沙发上与坐在一块石头上或一根倒下的树干上相比,人的感觉和想法是不一样的。十年前,我曾主持过一本艺术类杂志的编务工作,当时准备做几位艺术家和诗人的访谈,根据对访谈对象的研究,我设计了几个采访现场:第一,把两张沙发搬上昆明四周最高的梁王山山顶,两个人对谈;第二,找一艘民用的铁皮船,搬两张沙发进去,两个人在滇池上对谈;第三,子夜时分,在昆明的某个十字路口放两张沙发,两个人对谈;第四,中午,有着炽烈的阳光,在屋顶白茫茫的太阳能电池板之间摆两张沙发,两个人对谈;第五,雨天,撑着黑伞,在城郊堆放共享自行车的垃圾场上放两张沙发,两个人对谈;第六,一堵断墙的两边分别放一张沙发,两个人隔着墙对谈……这些设计的现场,后来我都没有去执行,因为担心没有足够分量的内容去对应这些仪典式的形式。正如那一刻,当夜色进一步变黑,坐在沙发上,面对着我能预知其命运的那一片葵花,"对话"的可能性越来越大——而且它们以隐身、沉默、固执的方式已经为我挖好了陷阱,有一个万丈深渊正在慢慢形成——可我的孤立是显而易见的,水声以及杂乱的虫鸣,不时从头顶飞过的暮鸟,身后的三棵柳树,另外的地块上生长着的芫荽、豆苗、莲白,似乎都是它们的一部分。一阵风好像是从空中垂直吹下,将浓密的柳枝中间的黄叶找了出来,抛向我的头顶。枝条上下弹跳,想拉长自己,以便抽打到我的身上。我们所说的"大地",已然失去了它平坦或倾斜的原貌,它混杂了植物芳香、沟底臭味和形形色色的万千滋味的湿气正在升腾,泥土因此膨胀,一个个地块站立起来,以我从未见识过的群岛航行般的形象,在我的身边穿梭,互相依靠也互相撞击。想象令我疯狂,想象中的事物则因为其疯狂的本性得到了发泄的机会而越加疯狂。所以,这种状态下的对话,即使只是我的独白,任何语言都难以及物,难以在这样的现场找到某个有意义的话题并使之成为绝响。我可以强调自己的孤单,也可以以发现者的身份站在葵花地的中间,陈述只有在疯狂的状态下才能触及的地块上植物及土地本身的人格化的命运,可这样的言说终归是苍白的,同时对我个人来说也是凶险的——它将是一种杀死语言的行为,会让语言之光照亮过的事物重新回到无端的误解之中。而沉默意味着我的逃亡和对话事件的不可能发生,世界得以安顿于它的现实之内。

从沙发上起身,我知道,个体的闹剧应该结束了。而且,当我把自己逼入幻境时,其实并没有任何动植物领我的情,我所调动的不是它们之于自身命运的惊醒而是对我的敌意。月亮现身于水杉林的上空,它的光一如既往地轻柔、安全,于我与身边之物都是一种安慰。骑行至湖边新筑的一条石径上,我回头看了一眼刚才所坐的地方,第一念头:如果以后再到这儿来,应该带上一瓶酒,约上一个朋友,一个人总是在类似于舞台的地方迷路,两个人则不会,尤其是当我的"我执"难以消除的那一刻。

大多数芦苇荡里的路都算不上是路,只是芦苇被人动过的痕迹暂时留了下来。也可以说是芦苇荡中隐藏的池塘提供给人们一个个飘忽而又有迹可循的入口。当然,这些入口很少有人涉足,即使是猎奇心很重的人,也免不了会担心在风中摇摆不止的芦苇下面肯定有沼泽或者蛇类,而且,如果没有什么特别的诉求,谁愿意只身深入芦苇荡呢?日常生活中总有无数人们视而不见的渊薮,总有无数的渊薮貌似人们习以为常的生活场景,它们明明白白地存在于人们身边，可人们未必了解它们，而它们似乎也从来不会以渊薮的身份伤害人们。住在东岸上的人，谁不知道芦苇荡呢？风景，湖岸柔韧起伏的毛发，虫声的发源地，鸳鸯、黑鹳和鹭鸶的栖身之所，土地与水的分界线，陆地上的水或水中的陆地……但真的没有多少人违背日常生活原理进入其中。古滇人言及鸟禽流徙与灭踪，说到芦苇荡，称其为"漂泊地"，是渡来之鸟的驿栈。《滇海虞衡志》中说到芦燕："栖滇池芦荻中，池人捕之以贸于市，炙而荐酒，味甚美。夫其畏人也，不袭诸人间而避诸海上，以为远于人患也，卒相与俱糜，非失其托也哉？"芦燕抑或芦雁，古人的命名很多都难以对应那些荻间出没的具体鸟类，而捕鸟之人更是消逝在了芦荻深处。段成式《酉阳杂俎》中记载的产于昆明的"吐金鸟"，天启《滇志》中称为"嗽金鸟"："魏明帝即位二年，起灵禽之园，昆明国贡嗽金鸟。人云其地去燃洲九千里，出此鸟，形如雀而色黄，羽毛柔密，常翱翔海上。罗者得之，以为至祥，闻大魏之德被于遐远，故越山航海来献大国。帝得此鸟，饴以珍珠，饮以龟脑，鸟吐金屑如粟，铸之可以为器。"如此奇异的神雀产于不知为何地的九千里外的燃洲，自然也不会把芦苇荡作为"漂泊地"，所以，我所见的那些芦苇荡中的路，通常是行踪飘忽的钓鱼人留下来的。鲜为人知的是，这种路的每一个尽头毫无例外都会是一个大小不一的池塘。路的尽头，芦苇丛的边沿，常常有一个钓鱼人或蹲或坐或躺在那儿，一根两根三根鱼竿伸在池塘里。

每一条路的终结点上都只有一个人，这就证明是他们分别开辟了身后的那一条路。在宝象河北岸那片千余亩濒湖的芦苇荡里，这种通往池塘或直接通往滇池的路我曾经发现过几十条，有时候是因为那路现身于沼泽，脚印清晰可辨，泥水尚未变清洁；有时是因为空蒙寂静的芦苇丛里突然传出咳嗽的声音，而我与那声音之间的芦苇丛又的确被人动过；有时则纯粹因为我在芦苇间漫游时，四下无人，几十米外偏偏就会有一个人头伸到芦苇之上，朝着我这边移动；但更多的路被发现，还是因为我无主的走动，至某刻，至某个隐秘的点上，一下子就看见了芦苇间的一个人，自己竟然走在了他们各自独立的路上。除了垂钓的身份之外，我对这些钓鱼人真实的身份一度非常着迷,他们几乎每一个人都是一无所获,金属桶中或放在水中的网兜里什么也没有,甚至水面上的鱼漂从早到晚从来也不曾动过,但他们一直守在那儿,四周的芦苇波涛汹涌,他们一动不动,像水神从池塘中抛到岸上的一块块顽石。2021年10月26日下午4时,永昌府著名青年诗人杨清敬在大浪坝村找了一个穿衣镜那么大的小水塘,头戴草笠,眼罩墨镜,手执无线的木棍,蹲在小水塘边钓鱼。小水塘里不会有鱼,但他的盆中装着一条条新鲜的鲫鱼。杨敬清的"行为艺术"可以当成这些钓鱼人的反证,都是在从空无中捕捉,超验的虚与实,唯钓鱼人知其真相,旁观者的心中之鱼游不到他们的鱼钩上,而我始终不敢相信这东岸辽阔的芦苇荡里真有如此多的以钓修行的隐逸者。

在海丰村西侧,有一片南北向呈长方形的湿地,按规划它应该会被修建成一座湖边公园,原来稻田灌溉的沟渠新砌了石挡墙,田埂拓宽了不少且铺上了煤渣,几个池塘上甚至建起了观光的铁桥,绿色的铁栅栏把湿地平分成了几块,但工程就此打住,许多没有运走的建筑垃圾、成堆的黑色塑料管、推土机推出来的土丘之间,疯长的芦苇中间,夹杂着同样长疯了的斑茅、鬼针草、水烛和红蓼。因为是废墟,这片湿地比普通的湿地显得更荒凉,除了钓鱼的人而外,很少有人光顾。有一次,我比平时出门早了两个钟头,原计划是骑行前往江尾村一座消失了的寺庙原址。人们说,那座寺庙曾经无比宏大、庄严,连五百罗汉也是铜铸的,是滇边梵刹中的海市蜃楼,我一直想去那变成了耕地的原址上坐坐。可上路不久,天上的黑云越聚越厚,也越降越低,一场倾盆大雨随时可能降下,我便就近行至了这片废墟上的湿地。为了防雨,到达湿地中央的一座抽水站我就停了下来,它的屋檐可以作为我的庇护所。站在抽水站的墙边,我能够看到原先还有着的从云间射出的一束束光线很快被收走,一阵大风甚至把一块黑得吓人的云朵吹到了抽水站的屋顶上,被风惊起的几只红鹭也只能顺着风向快速地朝着还残留着白光的远山疾飞。所有的植物就像跟着指挥棒在运动,齐刷刷地伏下,又猛然地伸直,又伏下,又伸直,身体里的弹簧呼呼直响。几块丢弃在草丛里的锌皮被卷了起来,砸在土丘或者沟渠的挡墙上,嘣嘣之声中又发出金属自身扭曲的唧唧唧的鸣响。如果没有这锌皮带来的几块白色，那就无法分辨黑云与风暴了，而且我在那一刻已经认定黑云与风暴融为一体了，湿地尽头的几棵桉树所作的剧烈摇摆根本不足以让它们分开。奇怪的是，这一阵持续了十多分钟的暴风没有按照我的想法吹拂，它没有带来雨水，最终却把天空的黑云吹走了，湿地以刚才的混乱作为新秩序的出发点，归于午后由众多惊魂组成的平静世界。

倾斜的阳光照耀着芦苇，有一片芦苇竟然向上投射出亮闪闪的反光。从泥土的肌理和芦苇的长势进行分析，我知道反光之处应该有一个小池塘，所以就沿着一条似是而非的田埂朝着反光走去。可就在快走完这条被风弄乱的路时，我马上退了回来：路尽头的池塘边，一个老太太斜靠在一个塑料软垫上，似睡非睡，一位老先生则以她侧卧的大腿为枕头，同样斜躺着，目光盯着伸向池塘的鱼竿，看不出刚才的暴风和黑云对他们产生了什么样的影响。我一度怀疑，他们也许是建造公园的人在那儿安放的由云南艺术学院的雕塑家创作的一个作品。也有一种可能，我看见的是幻觉中的景象，风暴后的无路之路的尽头什么不曾有，世上就不可能有一对年老的夫妇可以在废弃的公园里，以斜躺的姿势度过一场黄昏前夕的风暴。

钓鱼人是单独行动的，在日落之后于水岸上碰到的人也鲜有结伴者。巨石上，树影下，土丘顶，残垣边，我以为无人的地方，常常会有一个黑影对着湖水默默地抽烟。

除此之外，另一个日记中，我详细地记录了自己与多个单独的陌生人擦肩而过之后，"怀揣着喊他一声的念头"时的不安与惆怅。"水声似从无限遥远的大型动物的骨骼间传来，闷响，腥味浓稠。"我朝着月亮的方向或夜鸟乍鸣的草间继续低头慢行。要去哪儿？自己从不设定，因为不知道我会在什么样的奇观面前停下。要走多久？自己也无法预知，因为不知道我什么时候突然就不想无主地行走了，尽管在这片荒野上我从没有因为胆怯而中止过行走，尽管在行走中唯一可令人心生胆怯的就是自己越来越响的心跳，以及让心跳声越来越响的死寂。如果我走到了某个湖边死角，自己强迫自己说出可能让我产生恐惧的将会是什么东西，我觉得应该是一个个比我在湖边坐得更久的人，在一场场与他们潜意识的较量中敢于坐在无底洞的底部的人。对这样的人，我不会产生喊他一声的念头，只会担心他不知何故突然喊我一声。

"来喝酒！"有一天晚上，喊我的声音来自一个拆毁了的村庄的残垣断壁之间。我停住脚步，扭转着脑袋东张西望，以为无人的地方高耸着倾斜的屋顶、扭曲的横梁和状如死鲸一样的墙体。"别乱看了，我喊的就是你！"声音笔直，散发着浓烈的酒香。我循声而往，小心翼翼地避开恣意斜插而出的钢筋和混乱的砖头，才看见废墟中尚有一栋小楼还没有完全拆毁，一个人正坐在屋外的沙发上独酌，灯光较暗，可还是能看清他的一张红脸。仔细再看，红脸背后的门框上贴着孝联，门上则贴着一个大大的奠字，满地的鞭炮纸屑还没有清扫，显然这屋子刚刚做过灵堂。搬迁外徙的老人死了又返回原址祭奠、做法场、举行葬礼的事之前我曾远远地见过几次，倒也不太避讳，可这夜里被一个声音唤至现场，我还是倍感惊悚。正想着要不要转身走掉，那人已经站起身来，几步移至我的面前，抓住我的手，将我硬生生地推搡着按进了沙发。他古怪的热忱、不合时宜的粗鲁，与当时所处的环境相匹配，我想到的是小泉八云《无耳芳一》中对盲琴师的"武士之邀"，怀疑我将在奇异的蛊惑之下，站到某个集镇热闹非凡的广场上，对着密集攒动的人群进行高声、动情的朗诵——我诗歌中那些关于故乡的篇什将会因为受到一种着了魔的情绪的渲染和忘我的升华而呈现出"泣鬼神"的艺术效果。黑压压的听众跺着脚，击着掌，与我一起歌颂故乡，以哀号的方式悼念故乡的丢失，气氛一再推至白热化，这个集镇陷入了癫狂的旋涡。同样，当演出结束，再受到某种超验之力的接引，从蛊惑与魔力中脱身，我才发现自己竟然在一座废墟上手舞足蹈地嘶吼，根本没有什么广场和听众，也没有灵堂前独酌的红脸人。但事实一反小泉八云的故事框架，我还没在沙发中坐好，红脸人已经把一碗酒递到了我的眼前。他不是来自隐形世界的使徒，而是房子的主人，因为不满意拆迁赔偿标准仍然滞留于此。家里所设的灵堂，也不是他的哪一位亲人刚刚亡故，而是整个村庄拆毁后，外迁的人们死了又要回来举办葬礼，在人们的鼓动下，他把房子改造成了灵堂，出租给死者和未亡人。在一场接一场的葬礼中生活，他觉得唯有酒可以让他心安。在我们喝到双方都有很多话要说的时候，天已经快亮了，我醉眼惺忪地望着几根断梁上的那轮苍白的月亮，听他大声地模仿鼓声、锣声、法号声、幡动声和和尚诵经的声音，以及人的哭声，仿佛月亮上正在举办一场葬礼。

库车山辉煌影子

◎ 孤　岛

　　当你经过长途跋涉，终于站在南疆库车的山的面前时，你却愕然了：光秃秃的荒凉、巍峨、尖峭、神奇，你不得不迷茫、惊叹，那无数的苍凉和无数的寂寥……你不知道如何开口，不知道该说些什么，甚至不知从何说起。因为这样的大山不蓄养青草、树木，更没有鲜花与云雀簇拥在它们身旁，不断喷吐着芬芳，或者歌唱着甜蜜。

　　库车的山没有修饰，似乎也不需要修饰。库车的山是赤裸裸的，是古老而充满沧桑的。它峥嵘、神奇，让人可敬可畏而不可亲。面对库车的山，你只能仰望和惊叹，它的雄奇、它的傲慢、它的冷峻、它的壮丽与诡谲，以及它的无言与怆然……

　　库车的山，是阳性的山。湍湍的子母河流过的那个巨大的峡谷（"天山神秘大峡谷"只是它的一个小子谷），在被洪水年年切割的河的两岸，耸起形形色色的荒山秃岭。我坐车沿峡谷的路逆流而上，不断看到堆垒着巨型石块与泥石的石头山，犹如龙马群奔的沟壑群、现代高楼拔地而起的西洋城市建筑群、巍峨壮丽的古典皇宫、嵯峨参差的红色石林、曲径通幽的一个个峡谷……像电影镜头一样从我们面前一幕幕闪过，目不暇接。这些荒山秃岭有着绝顶的荒凉，却又是那样千姿百态，色彩缤纷。

　　没有绿意，没有矫饰，只有光秃秃的山、光秃秃的岩石垒筑起一种高高的尊严，在寂寥与怆然中，默默地起伏。仿佛是古代劳动神，被惩罚似的暴露着晒红晒黑的皮肤，站在那里顶着烈日劳作。

　　劳动神，呈现着一种泥石的本色。乃至劳动者的思想与意志，也展示着一种本色。真理也常常是这样，无可奈何地在世风、尘嚣、炙日与淫雨的打磨里，呈现出一种坚固的本色，一如从龟兹传到今日库车的山。鲜花与绿色构成的天山风景不在这里。鲜花与绿草在北天山一带，以它的秀丽和芬芳迷倒了更多的尘世脚步。

而从龟兹时代传至今日库车的山，依旧是光秃秃的，耸立在天山以南。这里没有女性的气息，连荒山上的石头都是公的；沙土也一样是公的，孕育不了一点儿绿意。赤裸裸的荒山群，却雕刻出一种尊严、傲骨的威力。这里有大美。这种大美，表层上看，充满了痛苦，溢满了悲愤。你来到这里，不知不觉地喉咙中被一种东西充塞，让你喊不出来。

我不知道是哪一批海水剥去了它们的衣裳，不知道是哪场地壳运动让它们这般嵯峨横空地出世！从造型、肌理、光色、气势上看，库车的山是那样的超绝、那样的非同凡响。

这里的人也常常与山一样。孙文生便是一位。这位曾当过小政委的老兄，在这里练就了一副铮铮铁骨和一腔豪气。他自吟道："自幼崇拜大将军，十七披挂守边疆，二十一年无一仗，枉读兵书数百章，如若早生五十年，十大元帅我为长。"

他是一位"武诗人"，到库车生活了三十年，有了山的性格和傲骨。他这位昔日的"陕西娃"，在阅尽库车山的险峻奇崛后，感到十分骄傲，以诗赞道："略看库车山几峰，便知五岳少峥嵘，不是天高皇帝远，哪来泰山受禅封？"

东岳泰山、北岳恒山、中岳嵩山、西岳华山、南岳衡山，古称"五岳"。这五岳乃是我国五大名山，千年以前，就以它们的神奇、俊秀而闻名天下。在这五座名山上，催生了多少武侠剑派和武林豪杰，哺育了多少道仙高僧，将大道大德、大志大行以及武林种种纷争深藏其中。然而，孙文生这位有着英雄豪气的"将才"，却独独推崇库车山的奇崛苍凉，而看轻五岳的神秀与灵慧。

他这样比，也许有失偏颇。库车的山的确充满了悲剧色彩的英雄主义精神，漫山溢出那种悲壮的东西。无论是离库车县城不远的片石"刀山"，还是子母河两畔的大峡谷群峰，乃至渭干河畔克孜尔千佛洞对岸的崇山峻岭，都以那种绝世的荒凉与神奇的造型令人惊叹，都有一种傲立天下、不可一世的狄俄尼索斯的狂态，以它们嶙峋的脊骨、旷野的气势、至刚的荒凉让我惊叹。

在北疆的准噶尔盆地边缘，也有一些奇山怪沟，如克拉玛依魔鬼城、奎屯河谷的荒山群、博乐的怪石沟，蛮荒险奇，造型千姿百态，但大多只是风蚀或洪水切割而成的，不仅低矮，而且也常呈现圆柱状或波涛形的，有一种温柔的旋律在流动。其山形没有库车山那么巍峨，色泽也多有雨浸的暗青色，它不像库车的山有火焰般燃烧着热烈的激情与深沉的焦虑。南北疆大荒山最大的不同是：北疆的荒山峻岭多有波涛状的圆润轮廓，阳刚的粗犷中旋转着"温柔"的女性气息；南疆的荒山峻岭却高耸、尖利，唯有雄性和野性的格调。

库车的山不仅高峻奇险，是南天山的一部分，而且看不见温柔的造型，辨不出阴柔的起伏旋律。这里的山不仅高耸入云，而且粗粝无比，尖形的、方形的、锯齿形的、斧形的，常有一副"刑天舞干戚"之状。

然而，从中国传统地理风水上看，库车的山不是好山，更谈不上灵山神山，而是另一种的穷山恶水。

这般荒凉奇崛的山，带给陌生的审美者一种可以惊叹的大美，但这种不毛之山带给当地更多普通生存者的是荒芜、焦虑与浮躁，身刚性烈而魂无依归。这里缺乏母性的宽仁与再生力，缺乏智者的灵秀与祥光，难以汇聚天地之气——无论是生气、灵气，还是慧气。

若再往深层次看，以地狱、炼狱（又称净界）、天堂三境界来辨识：库车的山处于炼狱境界，神火正在冶炼着库车群山的质地和精魂。由此类推，吐鲁番的火焰山也可归入这一境界。人需要修炼，山川也需要修炼。

天、地的灵光与人的灵光，一旦三者合一，就会迸发巨大的能量，形成不可抵挡的大磁场。"天人合一，物我两忘"是一种很高的境界。孙文生不理解"泰山受禅封"的缘由，是因为将才的英雄气太浓，不愿意去了解。如果他能够向更高的境界——入世的圣王圣相或遁世的仙圣佛之方向迈进，他可能心胸更为宽大，能理解更多的东西。而今天，他看见了他所看见的，他看不见那些他永远无法看见的东西。

一座山，犹如一个人，首先显现的是外表，接着是形骨，再次是精气神，最后是智慧与灵魂，越往后潜藏越深，越难以进入……

无智无勇者，只能看到外表，看不到形骨；有勇无智者，可以看到形骨，却不问精气神；大勇少智者，能够透过形骨感受到精气神的状态，但也仅仅如此而已。只有大智大勇者，方能穿越一道道"墙垣"，进入山川的密室——"神"隐藏的地方。

从这个意义上说，古代帝王选择日出的绿色泰山这一日月、山水灵气聚积地，祭祀宗庙社稷，是有自然地理上的缘由的。

坐着库车的山，我似乎来到了净界山。

这荒山群正是一个苦修佳地。这个多奇山多怪河的地方，因为历史上有了一群群苦修者凿洞坐禅，才出现了龟兹国一度的香火旺盛、一度的辉煌幻化的盛景。望着克孜尔千佛洞、库木吐喇千佛洞、森木塞姆石窟、克孜尔尕哈石窟、昭怙厘佛寺……以及近年发现的、深藏于"天山神秘大峡谷"中的阿艾石窟，我脑海里翻腾出一代代苦修的僧人，远离尘世的喧嚣，坐于冥冥暗洞里禁欲坐禅，在炼狱之山中寻求顿悟与解脱，寻找极乐福天之门。他们的灵修穿透形与神，沟通了天与地、光与影，使无生命的龟兹山（即今库车山）充满了生命的灵气，让红土褐岩有了勃勃生机。

佛教最兴盛的年代，也是龟兹诸侯国王朝最兴盛的时期，数百年的灵修给大山与洞窟注入了灵魂，也带来了宇宙以外的玄想与哲思，并最终给后人留下了展示学佛、修佛精神的壁画艺术与文化。

数百年后的今天，库车的山依然很庄严肃穆、雄奇旷达，但看上去像古代的城堡，像一群土石建筑，独留着过去年代的辉煌影子与艺术壁画形式上的瑰丽。

人际江湖（外二篇）

◎ 黄桂元

这个地球，有人迹，就有人际。人际是一张无形的网，纵横交织，互为依存，人世的欢愉与凉薄，尽在其间。人生的诸多快乐与无数困扰，也都与此有关。

海德格尔曾用一则神话说明，人活在世上，就会"操心"。这是出于生命本能，虽有些无聊，却有积极的意义，故此可以表述为"深刻的无聊"。在这方面，中国人最有心得。用费孝通的说法，乡土中国是熟人社会，每个人以"己"为中心，像一枚石子投入水中，涟漪一圈一圈推出去，愈推愈远，愈推愈薄，形成一种"差序格局"，诸多难以厘清的人伦问题，皆可从中找出答案。

人际关系是一门学问，古今中外，没有谁敢不当回事儿。封建社会，三纲五常，君君臣臣，父父子子，伴君如伴虎，把人分成三六九等，尊卑贵贱、等级分明，沿袭至如今的"酒桌文化"，座位排序，仍不敢含糊。常见好友之间提醒，此人得罪不得，否则你就死定了。于是人们活得越来越小心谨慎。

曾几何时，"情商"一词横空出世，被现代人包装成"葵花宝典"，处世中拿捏利弊得失，四两拨千斤，其功效和魅力远高于智商。以往，社会各层缺失契约意识，有不少政策空子可钻，以至于正门不如后门管用，成为滋生"公关弄潮儿"的沃土。我认识一个朋友，在商圈以公关能力著称，所属公司一旦遇到项目审批一类的难题，委派他去要害部门跑几趟，一般都可迎刃而解。他恍然大悟，所谓经商，就是经营人际关系，遂毅然下海，所获不菲。

时下，服务行业很在乎投诉和差评，领导考核很注重民意测验，这种监督压力，也"造就"了越来越多的"人精"。林语堂曾把某些"老猾俏皮"之士视作"中国人的消极力量"，一个人经历了许多人生况味而变得油滑，或装傻充愣，或自黑一把博人开心，却是"发展了低飞的天才"，这也是"许多老头儿能诱惑小姑娘的爱慕而嫁给他们的秘密"，他认为那种有企图的俏皮，与托尔斯泰、史蒂文生、巴莱那样的天真可爱的老顽童，怎可同日而语。

人际支撑着社会，由于环境、气候、风土、习俗各异，一方水土养一方人，人际形式也会不同，入乡随俗，读懂人，就成了一门必修课。"人熟是个宝"，市面上有许多书，都是给关系学献计献策的。就连收藏家马未都也来跨界支着儿，处理人际亲疏，应掌握三个要点：亲人要生，生人要熟，熟人要亲，据说通俗实用，百试不爽。

人们认定，人最大的聪明，是揣着明白装糊涂，且不见任何痕迹，如此闯荡人际江湖，不在话下。在被贾平凹称为"大码头"的天津办事，叫一声"大姐"，基本好使；单位共事，"张姐""赵姐"不离口，人缘就不会太差。在内蒙古大草原，与当地人打交道，大块吃肉大碗喝酒，痛痛快快把自己灌醉放倒，剩下的，就都好办了。日常生活中，大家谈起某人，只一句"人缘很差"，无须多言，皆可意会。好人缘类似无形资产，"人见人爱，花见花开"。有的人本事不大，仅凭人缘，就可以在一方天地混得风生水起。

民国时期的曹锟，出生于天津大沽口一个普通船工家庭，外号叫曹三傻子，发迹前是个布贩子，老实巴交，憨态可掬，最大的本钱就是傻人缘。他20岁从戎，后来赴小站投新建陆军。别人拿他找乐也从不计较，一朝得到袁世凯器重，命运大变，飞黄腾达，竟坐上了大总统宝座。也因此，有历史学家认为，曹锟实在是一位被"傻人缘"托上去的"福将"。

常听身边有人抱怨"活得累"，人人疲于揣摩对方心思，投其所好，焉能活得轻松。一些人由此产生社交恐惧症，对与陌生人打交道视为畏途，如张爱玲说的，"在没有人与人交接的场合，我生命充满了欢悦"。有的人躲避同类，却喜欢养小动物，是因为关系单纯，彼此不用提防。

萨特的戏剧作品《禁闭》，讲述了三个灵魂被拘禁在一间封闭屋子里，里面没有镜子，若想知道自己啥样，只能通过另外两人，这就很容易在别人的评价中迷失自我，萨特因之感慨"他人是地狱"，《诗经》中"人之多言，亦可畏也",唏嘘之语,异曲同工。但无论如何,这不应该是人类关系真相的全部。活在这个动荡莫测的星球,作为个体生命过客,人际江湖是我们别无选择的家园,归宿即以诚相待,命运与共。

半途

人生之旅,本是没有预设,更无导航的漫长途程,其间充满了种种不确定性。不管你是否愿意,人生无常,半途生变,当是屡见不鲜的大概率事件。"一条道走到黑"的现象,某种情况下,也只能算是个案。至少,大千世界,红尘滚滚,人生若删除形形色色的"半途",日子将是怎样的无趣、乏味。

"行百里路半九十",一个人无波无澜、不离不弃地走过全程,当属于可遇不可求的幸运。这个过程中,各有各的运行轨迹,彼此交集是阶段性的,变数是必然的,"走着走着就散了"。

我的中小学读书生涯中,半途常常是不速之客,横在我的面前。这与本人的特殊境遇有关:6 岁丧父,9 岁失母,若说年少的我还有一点点优越感,那就是"老红军遗孤"的小小亮点。我的中小学生涯不足 7 年,却经历了 4 次转学。那段日子,我觉得自己仿佛不是学生,而是一个背着书包和行囊,在半途中不停转身的少年过客。人在变幻不定的半途,来得匆匆,去得匆匆,懵懵懂懂,身不由己。每个半途都很短,老师刚刚对上号,同学间稍有了解,便毫无征兆地结束了。行踪不定,给人的印象就比较模糊,情窦初开,命定夭折,无疾而终。半个世纪后,当微信年代把我引入一个个不同的校友群,昔日的少男少女,皆已步入花甲。

改变主意往往都是在半途。半途是个挑战,就像《淮南子·说林训》中说的:"杨子(朱)见逵路而哭之,为其可以南、可以北……"对于许多现代人,半途却充满了诱惑,游子出门,眼界大开,明知在异乡打拼千般艰难,也不惜斩断根脉,离开故土,扑向新的生活。

有时候,半途是不可解的怪圈,令人无语。二人世界,本已山盟海誓,说好了比翼双飞,白头到老,一方却毫无迹象地半途抽身,不再同路。李叔同在日本与雪子姑娘相爱成婚,先在东瀛生活 6 年,又携妻回国,定居上海 6

年，日子风平浪静，不料李叔同突然决意出家，隐在杭州虎跑寺受戒修行。雪子携幼子跌跌撞撞赶到杭州，她实在想不通，12年的山川异域相濡以沫，何以换来爱人的不辞而别、默然离去。她苦苦哀求爱人，终于得到相见一面的应允。西湖碧波中，两人各自立在一条船的船头，雪子泣泪呼唤："叔同！叔同！"得到的回答是："请叫我弘一。"这一头肝肠寸断，那一头心如止水。李叔同的人生半途究竟发生了什么，也只有弘一法师自己清楚。

古今中外，倒在半途的悲壮场面，不一而足。三国时期的诸葛亮，"出师未捷身先死，长使英雄泪满襟"。加拿大医生诺尔曼·白求恩，远赴中国援助抗战，在涞源县抢救伤员时以身殉职。彭加木带队在罗布泊腹地进行科学考察，途中寻找水源，失踪不见，留下永久谜团。解放战争岁月中，旌旗飘扬，胜利在望，倒在黎明前黑暗中的勇士，更是难以计数。

半途，隐伏着种种意外和未知，也会带来无限的可能性。半路出家，资质受到质疑，却未必不能成就一番事业。半路杀出个程咬金，常常使故事的悬念骤增。半路搭车，运气不错，或许就是其一生转折的亮点。半途入伙，临危受命，方显出勇于担当的可贵。素昧平生者半途相识，常常为小说、影视、戏剧等叙事类艺术形式提供想象空间。半路夫妻，听来无太多诗意，与结发伴侣相比，也仿佛先天不足，如果属于千年等一回的真爱，未尝不是幸福归宿。半途也有可能是一段弯路，权衡后再度回归，或许不失为坏事变好事。

清代学者李密庵的《半半歌》，可以看作有关半途的"葵花宝典"，他的结论是"看破红尘过半，半之受用无边"，值得回味，但其另一面，也不能无视。长跑和竞走项目，半程最考验运动员的成色，半途而废，功亏一篑，最煞风景。有人喜欢说半截话，让人费猜想，效率也打了折扣。朋友小聚，酒过三巡，无论半途才来，还是中途告退，都让人扫兴。"黑出租"载客，行至半途，前不着村后不着店，漫天要价，为人唾弃。半途另寻高枝，扔下半拉子活儿，关键时刻掉链子、撂挑子、出难题，但对于强者，还谈不上"世界末日"，用时兴的话讲，办法总比困难多。

某种意义上，半途是隐喻，却没有那么玄奥。人毕其一生，身上落满尘与土，终归都是"在路上"。

梅韵

◎ 胡容尔

非寒不开,非冷不见,梅花是有意思的花。有意思,就有了意味,再往深处说,就有了意境。梅,是有意境的花朵。

我与梅花的渊源,现在能记起的,得从童年时看露天电影《家》说起。那时也就八九岁吧,只觉得银幕上的梅表姐在发光,陪衬她的朵朵梅花也在发光,一闪一闪,比头顶上的满天星辰还亮。有时她站在梅树下,有时她站在梅花旁,一颦一笑,楚楚动人,跟下凡的仙女似的。最后,梅表姐闭上了眼睛,一朵寒梅无奈地凋谢在乱世中,把冷香和痛楚留给相爱却不能相守的觉新,让我难过了好些日子。从那时起,我就想,我可不学逆来顺受的梅表姐,长大后我要自由恋爱,嫁给我的意中人,谁也别想替我做主——甚至嫌日子太慢,恨不能快点儿长大。谁能想到,一个比板凳高不了多少的小女孩儿,从此有了人生的秘密使命,怀揣着对爱情懵懂的隐约期待。

一沾上梅韵,人也好,物也好,仿佛便格外好看好听。京剧国粹,我喜欢梅派。梅派唱腔,圆润柔曼,平和大方,舒展典雅。婉转悠扬的腔调,一字一句兜头盖脸落下来,宛如瑶池仙乐降临人间。

梅派名段《贵妃醉酒》,四平调,旋律婉转悦耳。服饰华美,水袖飞扬,云卷云舒。梅先生与杨贵妃浑然一体,手持一把折扇,时而挥动,时而遮面,舞蹈动作绮丽多姿。大段的唱词唱腔,缠绵缱绻,只觉莺啭芳林,华丽绝伦,醇香似美酒——话说唐玄宗李隆基与贵妃杨玉环有约在先,同去百花园饮酒赏花。但时辰到了,李隆基却抛下杨玉环,去了梅妃处。杨贵妃在百花亭等呀等,等不到人,就独自郁闷地喝起了酒。回想往日你侬我侬千般恩爱,现时的杨玉环顾影自怜:莫不是此后就这样失宠了?你看,君王的恩宠,昨天还在，今天就不在了。他有六宫粉黛，众嫔妃角逐一个国宝级的枕边人。他多么忙呀，指望他专宠你一人，你当后宫的其他女人是榆木疙瘩吗？

说到底，还是戏外的梅妃江采萍，梅花一般高雅娴静的女子占了上风，可惜这点上风也是转瞬即逝的——相传江采萍容貌秀美脱俗，才情出众，为帝王后妃八大才女之一。诗赋、歌舞、琴棋书画，样样拿得出手，在杨玉环之前，她曾得玄宗独宠十年。因她酷爱梅花，李隆基封其为梅妃，戏称其"梅精"，为其在宫中广植梅花，并修建梅亭梅阁。两人也曾浓情蜜意，踏雪赏梅，诗酒歌舞度年华。可叹新人换旧人，素洁高傲的她，哪里争得过善于撒娇撒泼的杨玉环呢，以致被贬入冷宫。最是无情帝王家。梅妃也好，杨贵妃也罢，幸与不幸，荣与不荣，皆系于君王阴晴不定的一念之间，难逃宫廷女子必然的悲情命运。

清人沈复沈三白，号梅逸，可见他对梅花颇有好感。从他所著《浮生六记》中，我们也可看出些许端倪：

> 芸为置一梅花盒：用二寸白瓷深碟六只，中置一只，外置五只，用灰漆就，其形如梅花，底盖均起凹楞，盖之上有柄如花蒂。置之案头，如一朵墨梅覆桌；启盏视之，如菜装于瓣中。

日常所用食盒，选了梅花造型，就像从梅瓣中取食，令人口舌生津；又说到布置园亭楼阁、套室回廊中的景致，"篱用梅编""编易茂之梅以屏之"，就是以梅树做篱笆，以枝条茂盛的梅树做屏障遮挡；又提到插花，数宜单，不宜双，每瓶取一种不取二色。这是夫妻二人在俭朴甚至贫寒的日子里尽力营造的生活雅趣。沈复一生没参加过科举考试，并非当时社会认可的正统文人。但他能诗善画，散文写得漂亮，笔底生花，总还是有一份文人的架势和情怀在身。

元人王冕，自称梅花屋主，以画梅著称，人称"画梅圣手"。本是农家放牛娃的他勤奋苦学，后成为学识过人的儒生，成了通晓诗词、天文、地理和经史等多方面知识的人才，为他的绘画提升了格局。他拒绝入仕，隐居山林,靠耕种和卖画为生,甘于清贫。

他的绢本墨笔画《南枝春早图》,一眼望去,丛丛簇簇梅花摇曳,气势酣畅,携一股不可阻挡的生命力量,破空而来,冲出画面。中国文人画,画画,其实是在画气。这气,就是生命的内在气韵。有了气韵,笔墨构建的艺术世界就活了,就灵动了,生机勃勃。构图是经典的“之”字形,底部的一枝老干横斜而出,托起上扬的大小枝条。枝上缀满花朵和小蕾,仿佛千万朵雪花笼盖,白玉生烟。远近、上下、前后、左右的枝干与花朵,参差高下互相照应,花姿、聚散、疏密多变,穿插有致,生动自然。双勾所绘白梅,花瓣洁白清透轻盈。老枝盘虬卧龙,嫩枝挺拔洒脱。以书法笔意入画,线条质感劲健,见力度,转折顿挫,运笔自如严谨。

他传世的另一幅纸本水墨画《墨梅图》,采小写意画法,兼工带写,水墨苍润,焦、浓、重、淡、清,五种墨色变化丰富,凸显高雅美感。一枝墨梅横亘在画面中,仿佛山中探幽、水上临风;长枝花疏,起伏从容;短枝花密,错落有致。花瓣用没骨技法,浓墨和淡墨交织晕染,显得尤为清气秀润。枝干双勾,见笔见墨,湿笔取韵,枯笔取气,元气十足。画面的左上方,有他那首著名的咏梅诗:“吾家洗砚池头树,个个花开淡墨痕。不要人夸颜色好,只留清气满乾坤。”一纸诗情画意,寸心千古芬芳。此作意境清逸古雅,似乎营造了一个极尽幽渺的世界:生命苍茫无际,时间于此静止;永恒不朽的梅,一直开,一直香,没有止境。梅花题材的国画,完成从工笔到写意的突破,这是一个新的高度,是王冕对中国画坛的突出贡献。

清人朱方霭在《画梅题记》中说:“宋人画梅,大都疏枝浅蕊,至元煮石山农始易以繁花,千丛万簇,倍觉丰神绰约,珠胎隐现,为此花别开生面。”王冕画梅,开创了繁花茂枝密蕊的画法,对明清画坛影响深远。明徐渭、刘世儒、陈宪章、王谦以及清扬州八怪之金农、李方膺、汪士慎、罗聘等人,都对他备极推崇。

“画梅须有梅气骨,人与梅花一样清。”他画的梅花,跟他的咏梅诗一样,托物言志,以物喻人,挖掘了梅象征的生命境界,代表了隐士坚强不屈、傲岸高逸的精神境界,开拓了花鸟画的新意境。这也正是吴敬梓敬仰他是儒林第一人,把他作为文人样板,放在《儒林外史》首篇的原因所在。

冬至后,日色短,夜色长。天凝地闭,风厉雪飞。每日早晚,我都会出门殷勤地探看梅之消息。踮起脚尖,在树下观察半天,哎呀,怎么还没动静呢?这心高气傲的主儿,还真沉得住气。小寒时节,池塘结了一层透明的薄冰,天气冷得没有那么实诚,好像举棋不定,没想好该小冷还是大冷,漫不经心的样子。褐色的枯荷叶子冻在冰层里,脉络清晰可见,像凝固的琥珀。眨眼之间,黄梅、红梅、白梅就呼啦啦绽放了:琼枝玉砌,俨然镜中女子的朱颜。想起一句诗:"辛苦孤花破小寒。"是范成大写木芙蓉的句子,但怎么品怎么觉得应眼前的景。深冬时节,孤花独步破寒,正是精气神十足的梅啊。

一岁始。天地吐故纳新。烟青色的梅瓶里,一剪红梅嫣然,香息清幽。时间偃旗息鼓,敛起迫人的锋芒——这一段温柔的好时光,就留给尊贵的梅了。

在平原

◎ 秦羽墨

世界是一条飞毯,由翻滚的稻穗织成。稻穗金黄,在晴空下闪着耀眼的光芒,我们的车开得很稳,可当车里人把目光投向窗外时,却感到身体的剧烈起伏,这完全是风吹稻浪造成的错觉。汽车进入原野之后,一车人也随之进入悬空状态,有那么一瞬间,我甚至感觉汽车根本没动,是稻浪在驱使它前进。宽广无边的飞毯,只见它的起伏,看不到尽头所在。庞大而持久的波动制造出一种晕船效果,阳光从稻穗上反射过来,炫目异常。我已经找不到方向,像一只迷失在稻浪中的虫子,直到大风停息,才看清平原的本来面目。

大地无垠,站立着的稻子整齐有序,它们在秋天的阳光下散发出粮食特有的清香。从钻入鼻腔的香味浓度可以判断出,稻子已经完全成熟。阡陌交通,公路陷在稻田深处,汽车又陷在公路深处。那种乡村的车辙很深的公路,像两条深嵌大地的铁轨。道路两旁不少田垄已经收割完毕,现出裸露的泥皮,更多的稻子在秋风中倾斜着身体,一副不堪重负的模样。我也不堪重负,被收获的满足感压得喘不过气来,仿佛我也是这土地的主人。事实上,我只是一名放逐者,无从选择,被迫来到此处,跟发配边疆没什么区别。

2008年夏,发生了三件大事:北京举办奥运会、父亲去世、我大学毕业。前一件,人所共知,后两者,仅是对我而言——不管它们多重大,别人都感觉不到,个人的沉重遭遇撼动不了世界的皮毛,而他们的狂欢,我同样也无法感同身受。

那年秋天,走出校门的我,没找到满意的工作。事实上,连找工作的资格都不具备——我虽然大学毕了业,却没能拿到毕业证。因为助学贷款没还清,根据规定,毕业证和学位证得暂时扣押。时至今日,我依然不明白校方这么做的意义。既然贷款读书,说明家里经济有问题,在参加工作,领到薪水之前,又怎么可能还清贷款?扣押毕业证,学生如何出门找工作?好在天无绝人之路,一番辗转,一家农业公司收留了我。

父亲因病去世,留下一屁股债,我又被迫去干一份并不很适合自己的工作,这让本来就内心幽暗的我产生了强烈的末日情绪,那种难以言说的感受至今历历在目。让一个失意者去面对大地收获的场景,不知道是命运的不怀好意,还是精心安排的磨砺?又或者是走投无路者的一场治愈之旅?现在回想,当时的那种被迫放逐,更像是命运的眷顾和恩宠,因为它在我最艰难的时候,为我提供了一个栖身之所。尽管待遇一般,安排的岗位也不尽如人意,我还是感恩戴德、心满意足地去了。我想好了,计划用大半年时间,尽可能把工资攒下来,以赎回自由之身。公司想必也清楚这一点,所以使唤起我来如同牛马,什么脏活累活,毫不顾忌地往我身上摊派,就算下乡也是最远的地方。

第一次看见这么大片的田野和如此集中的粮食,我被吓坏了,深不见底的平原,让人生出对幸福的恐惧感。在洞庭湖,我切实领会了"平原"二字的真正含义。这片区域,最高海拔不过几十米,放眼看去,一望无际,我们的车开了一两个小时,窗外景象依然如故,温暖而锋利的光芒照得每个人脸上像施了金粉。很多东西要具备一定规模才显得美,比方说土地,比方说土地上的庄稼。一抔泥土上的稻子可能弱不禁风,几百几千亩的稻田,则是一个大型的审美现场。

我没有心思欣赏田园风景,心里更多的是忐忑不安。

这里是洞庭湖腹地,我被安排到某片区域监督收粮。这份工作既与我所学的专业相悖,也与公司设置的岗位没有关联——我是办公室文秘,他们却让我去当质检员,掌管很大一块地方。粮食行业,收购是第一道关,兹事体大,可决定一家企业的生死。作为一名新员工把守如此重要的岗位,我有些受宠若惊,又有点儿摸不着头脑。质检员有很大的自主权和独立权,行动自由,脑子灵活的能捞不少好处,只要不出大的纰漏,面子上过得去,部门领导通常是睁一只眼闭一只眼，这是人人都知道的事。

后来听说，公司之所以如此安排，当中含有深意。我是外地人，初来乍到，跟当地商家、农户都不熟，尚未形成裙带关系（过去发生质检员和农户勾结的事，将不合格的粮食偷偷往仓库里塞）。更关键的是，我单身，没有结婚，连女朋友都没找，这趟活儿得持续两个多月，吃住在乡里，拖家带口的人干不了。

谷粒堆成的山峦连绵起伏，太阳跟月亮守在东西两端，当两者都消失的时候，星星就出来了，它们在高处闪烁，是携带光芒的另一种粮食。白天挥洒汗水，一蛇皮袋一蛇皮袋挨个抽查质量，晚上头枕稻草，靠月光和星辰充饥。当我的肚囊被水乡食物填满时，精神之胃格外饥饿。没有星星和月亮的晚上，在一屋子幽暗中怀想千里之外的故乡，想那个死去不久的父亲和独守旧宅的老母。她在乡下寡居，收拾几亩薄田，她的收成在这些山头面前不值一提，正如她的命运一样，卑微而渺小。我躺在数不清的粮食中间，被群山环绕，如此富有，又如此孤独，远处是犬吠，身边是走来走去的鹭鸟，它们瘦长的脚踢中我的额头，我醒了过来……

多年以后，我还时常陷入这样的梦境，那些梦境，让沉重的日子有了稍许轻盈感。事实上，那不是梦，而是真实的存在。

根据区域划分，我负责大龙站、镇德桥两片地方，住处安排在白鹤山粮站，将会议室的办公桌拼在一起当床铺。早上在白鹤山吃一碗粉，坐车去大龙站和镇德桥，那两个地方公司修了定点仓库。中午在农户家吃一顿派饭（钱由公司出），到傍晚，坐车回来，住在白鹤山。在白鹤山粮站，我也有吃饭的地方，公司在粮站食堂给我交了人头费，可以跟粮站工作人员趴在老八仙桌上共同用餐，在粮站上班的是些老人，跟那张八仙桌一样，有了足够的年纪，表情木然地应付一切。吃饭时，我很少言语，他们也不问我什么话，就连饭菜是否合胃口都不问。我们公司跟粮站的关系，是纯粹的雇佣和被雇佣关系，租用他们的仓库存放粮食，仅此而已，人员之间没有任何牵连。农业税取消后，农民也不交公粮了，粮站形同虚设，失去了原有功能，但还有几个老员工要养，我们是大公司，他们乐于将仓库长期出租。他们只管收钱和看护,别的事概不过问。

　　下乡的日子,饭量与日俱增,每天出汗若干,躺下时胳膊多少有些酸痛,但睡得踏实。被长期失眠折磨的我,再次感到了身体的美好。它不完全是囚禁自己的牢笼,我也是灵魂栖息地,适度的疲惫令人享受,差不多每天都在寂静的虫鸣中睡去。告别电脑,不用坐在办公室里面对枯燥无味的文字材料,虽然工作强度比办公室大,但人自由,心也自由。刚参加工作,面对各种条款规矩,很不适应,这种室外生活让我如获至宝。整天跟面目黧黑、言语直率的农民打交道,眼前大地无垠,深呼一口气,胸腔里尽是泥土和稻谷的芬芳,心底随之生出一种亲切感。终究还是喜欢天然的事物,他们原始粗粝,本真本质,即便偶尔耍点儿小聪明,也会不自觉露出满脸羞涩,不像在办公室,千篇一律的表情,每个人都似是而非地忙碌着,心里装着各种尔虞我诈,他们明知道我不可能待多久,还是高筑心墙,小心防备着,这就是所谓职场。

　　农户们大多驾驶农用爬爬车和小四轮来交粮,嘴里叼着烟,把皮鞋当拖鞋穿,趿拉着鞋,呼哧呼哧开过来。也有专门雇人用东风牌汽车拉的,一车抵两车。他们抽的烟都很高级,基本是芙蓉王,很少有软白沙。这里是湖区,他们又是种粮大户,经济能力比湘南山区高了一大截。每个人都笑容满面,喜悦是发自内心的,表情跟我的叔伯兄弟别无二致。不管哪里的农民,都还是农民,都还是熟悉的亲切模样。

　　我很快适应了自己的角色,也适应了眼前的生活,甚至适应了所处的困境,说服自己安此现状。劳动使人麻木,与人打交道又让人暂时忘却杂念。只不过,每天做同样的事,早晚准时赶班车、繁复的抽查检测、连车带货过磅,一切熟练之后,工作开始变得乏味。我早已不是一个农民,也不是纯粹的职场者,而是一个文艺青年,随身携带严重的酸腐和相当的理想主义气质,内心永远躁动不安。

　　一个残存的理想主义者,文学成了我唯一的避难所。每天晚上,忙完事情,我会躲在会议室的小床上看小说(即便下乡,也随身携带两本书),仓鼠一样,在谷堆里钻个洞,吃饱喝足,不知今夕何夕。

一连几天，吃过中饭，到野外游荡。芦苇荡栖了各种南来的候鸟，它们来此过冬，以类相聚，组成一个个小团体。据说，这些鸟只作短暂停留，多数还要继续南飞，从洞庭到鄱阳，那里才是它们最终的落脚点。天空偶尔有成排的大雁飞过，千百年来它们一直保持这个方向。大雁飞得很高，样子很笨，路线固执单一，通常飞得高而远的，都是些笨重的家伙。多好的季节呀，再没有比秋天让人喜爱的了，世界呈现自由之态。站在平原中心，我又想起那个大山里的故乡，想起每天早上炊烟把大地摇醒的样子，这些年在城里，只见雾霾，不见炊烟，这让我对眼前的景象，生出一种新鲜感。

与大海最亲近的方式

◎ 盛 慧

　　对我来说，与大海最亲近的方式就是吃海鲜。小时候，我吃过的海鲜极少，印象中，似乎只有带鱼、剥皮鱼和海蜇。初二的英语老师是城里下放的知青，见过不少世面，他曾用不容置疑的口吻告诉我们，海鲜与江鲜的味道完全不同，喜欢吃江鲜的人，绝对不可能喜欢海鲜的，反之亦然。对此，我一直信以为真。到广东生活以后，我才发现，这话说得过于绝对了，两者皆爱的大有人在，我就是其中之一。

　　说来也真是惭愧，我是到广东之后才在惠州巽寮湾第一次见到大海，也是在那里，吃到了平生第一顿海鲜大餐。海面上漂浮着一片片的渔排，是渔民们的"海上牧场"。晚上，我们在渔排上用餐，海浪起伏，渔排也如摇篮一般轻轻摇晃，走起路来，歪歪倒倒，像喝醉了酒一般。几只海鸥在海面上觅食，我的心情也像这海鸥一样，在海面上自由地飞翔。晚餐非常丰盛，有清蒸鲳鱼、葱姜炒螃蟹、椒盐虾、白灼花螺、粉丝蒸扇贝、炒花甲，还有汤色奶白的杂鱼豆腐汤。海浪的声音不停冲刷着我的耳朵，像是来自天堂的音乐，空气中充满着海水浓郁的咸腥味道，一边听涛观海，一边享用海鲜，让我有一种神骨俱清的美妙感觉。也正是从那一天起，我完全在海鲜中"沉沦"，再也不能自拔了。吃完晚饭，天早已黑透，老板用快艇送我们回酒店，风从耳边呼呼刮过，黏稠的漆黑无边无际，我感觉自己像萤火虫一样渺小。

　　岭南地区有着长长的海岸线，海域辽阔，海产丰饶，其丰饶程度，从唐人刘恂的《岭表录异》中可窥见一斑。书中记载了粤人先民一种独特的捕鱼方式，谓之"跳艇"。仲春时节，渔民站于高处观察，看到阵云般的鱼群到来时，划小艇迎之，无须撒网，鱼儿就会争先恐后地跳上船来。不过，回程的时候,千万不能从鱼群中经过,否则,渔获太多,有沉船之险。

读到此处,我兴奋不已,因为,这样的美事,我小时候曾目睹过。具体是哪一年,我已经记不清了,只记得是一个夏天的傍晚,我和父亲坐船去外婆家。岸上的人和风景,都像在戏台上一样。河埠边洗菜的老人,路上行走的人,还有那些草垛、破败的小院,虽是寻常的景象,却让我感到无比新鲜。快到外婆家时,天色已暗,暴雨将至,天气闷热无比,我的身子黏糊糊的,就像是裹了薄芡的排骨。天色渐暗,昏暗的河面上,不时闪过一道道白光——鱼儿不断跃出水面,好像正在举行跳高比赛。我心里暗暗地想,如果有一条鱼正好跳到我们船上就好了。可是,奇迹并没有发生。船慢慢靠岸了,我仍心有不甘,慢腾腾地起身,就在这时,奇迹发生了,我的眼前闪过一道白光,船像撞到了大石头,猛地摇晃了一下,一条傻乎乎的大鱼跳进了我们的船舱。鱼的身子比我还长,大人们说至少有二十斤重。当晚,我们就将鱼拖回家红烧了,从天而降的鲜美味道,令我永生难忘。

俗话说,靠山吃山,靠海吃海,制作生猛海鲜历来是粤菜师傅的拿手好戏,在很多外地的朋友眼中,粤菜几乎就等同于海鲜。

海鲜之中,首先要说的当然是鱼。我最爱的是石斑鱼,它们常年生活在石缝中,以吃鱼虾蟹类为生,肉多刺少,味道鲜美。一般以清蒸的方式保留鲜味,完美呈现清、鲜、嫩、滑、爽的特点。

我吃过很多次石斑鱼,有三次印象颇为深刻。一次是粥底浸石斑鱼,爽滑甘美,粥水赋予石斑鱼丝一般的柔滑,上等的陈皮切成细丝,为鱼肉增加了悠长的甘香。一次是吃朱砂斑,肉质细腻,味道鲜美至极。以前,我们只在吃牛扒的时候才用刀叉,可吃朱砂斑也要用刀叉,因为它皮质非常坚韧,吃到最后,我连鱼骨架都不肯放过,直接拿在手里啃,样子狼狈至极。还有一次是吃龙趸,三十斤以上的石斑鱼称为龙趸。鱼皮厚韧腴美,鱼肉紧致鲜香,鱼肉以蒜蓉清蒸,鱼头煎焗,鱼骨煲成的粥鲜美到令人难以置信。我一口气喝了三碗,一打嗝,满嘴都是迷人的香味儿。

除了石斑鱼,还有几种鱼让我念念不忘。

黄皮头,学名狮子鱼,因其细鳞金黄、头大而得名"黄皮头"。它看上去不是很和善,牙齿尖利,像一个脾气暴躁、正在发怒的老太太,但肉嫩刺软、肉质细腻,味道鲜美,一般清蒸或蒜蓉蒸,如果香煎,煎熟的鱼肉呈蒜瓣状。初夏时分食用最佳,烹煮时切不可穿肚,否则鱼油流失,味道也将大打折扣。这种鱼在江门台山、深圳大鹏、东莞虎门、广州南沙等地都能吃到,虎门人尤其珍爱它,称其为"虎门第一鲜",喜欢加入豆豉酱蒸之,奇香无比。虎门名菜"蒸三干",便是将麻虾、黄皮头、蚬干一起蒸,鲜上加鲜,无与伦比。

甲鲹鱼,个头不大,却甚鲜美。细小的甲鲹鱼可用煎焗做法,入口香滑鲜嫩。大黄鲹可用榄角碎蒸,清鲜入味。吃完以后,有一种被春光照亮的感觉,轻盈而又幸福。

飞鱼,通体湛蓝,几乎与海水同色,如蓝宝石一般,胸鳍有着美丽的花纹,宛若蝴蝶,特别发达,像鸟类的翅膀。它一会儿跃出水面,一会儿钻入海中,好像真的在"飞翔"一般,一般做成刺身,甚为鲜美。

针鱼长相奇特,嘴如同一根细长的针,身材颀长,因此命名为针鱼。这种鱼性情凶猛,香煎,爽中带甜。

乌头鱼,又称"新鱼",肉多骨少,以肥美著称,东莞虎门人一般用柠檬蒸乌头鱼,或者盐焗乌头,滴上柠檬汁,焦香、鲜甜。鱼卵可干制成乌鱼子,俗称"乌金",为台湾人的最爱。

除了鲜鱼,广东人还爱吃咸鱼,民间就有"咸鱼贵过鸡"的说法,最常见的咸鱼肉饼,本地人视若珍宝,外地人却不太吃得惯。

生活在粤西地区的阳江人,几乎和法国人一样浪漫,他们给食物取的名字,总是让人浮想联翩。其中,最有特色的是"咸鱼三味"。这三道以咸鱼为主角的菜,名字起得都很有趣,一道叫"一夜情",一道叫"生死恋",另一道叫"干柴烈火"。

"一夜情",是指腌制一晚的鱼。"一夜情",原来叫"一夜埕",以前的渔民打鱼不是当天往返,又没有冷藏设备,为了保鲜,便将渔获放入装着海盐的埕中。现在的工艺是放在埕里腌制一夜,第二天拿出来晒干。采用这种做法的鱼,主要是红杉鱼,做成的菜品,咸、香、鲜、嫩;除了单独蒸,还可以与猪腩肉一起蒸制,有了猪肉的助阵,香味更加悠长。

"生死恋"则是将咸鱼与鲜鱼放在一起煮,做法很简单,把切好片的梅香咸鱼和新鲜海鱼一片片交叠,配上少许姜丝,两种味道口感相互交融,产生出别样的风味,清香绕舌,咸鲜无比。

　　"干柴烈火"其实就是葱爆盖苏文。盖苏文是一种深海鱼,皮似鳄鱼,肉质鲜美,纹理为条状,很难捕捞,出水即死。因此,渔民们只能将其腌制,吃的时候用大火爆炒,肉质又干又硬,嚼劲十足,余香满口。

　　除了鱼,岭南人的餐桌上还少不了虾的身影。他们吃虾,一方面是眷恋虾的鲜美;另一方面,在粤语中,"虾"与"哈"同音,有"哈哈笑"的美好寓意。

　　上汤焗龙虾是粤菜宴席菜的经典之一,也是中西合璧的典范之作。一般用花龙虾,高汤则是用龙骨、整鸡、鸭、金华火腿熬制八小时而成。该道菜将龙虾的鲜美与上汤的醇厚合二为一,洁白如雪的龙虾肉口感脆爽,吸收了高汤的鲜味后,鲜美无比。也可以蒸水蛋,水蛋尽情地挽留着龙虾的鲜味,柔嫩、鲜美,每一口都无比惊艳。此外,还有"芝士焗龙虾""龙虾刺身""龙虾汤"等。老食客认为,雌性龙虾比雄性龙虾味道更胜一筹。

　　湛江硇洲是一座小岛,这里自古就是丰饶的渔场,出产的小青龙非常有名,肉质爽口,肉汁浓香,用白胡椒来焗,味道尤美。开片后,加入蒜蓉粉丝烤,也非常美味。

　　蒜蓉与龙虾常常如影随形,香港的大厨们脑洞大开,又在中间加入了一位神秘的嘉宾——水蜜桃,做成了水蜜桃蒜蓉龙虾。极品的水蜜桃体形硕大,汁水丰盈,简直可以和灌汤包媲美。将龙虾开片,把蒜蓉和水蜜桃捣成酱,涂于龙虾表面,加火烤制,蜜汁渗入龙虾肉,吃起来,有丝丝缕缕的水蜜桃的慵懒甜味,满口生香。

　　濑尿虾又叫"皮皮虾""虾菇",据渔民们说,它离水时,身上总有一股水会流出来,好像婴儿撒尿一般,故得其名。有一年,我和一帮朋友在珠海万山租船打鱼,鱼没打到几条,却打了十几斤濑尿虾,大的有小手臂一般粗,小的则细如手指。中午,在船上吃饭,船家的做法是白灼,清甜鲜美。剩下的几斤濑尿虾,我们带回酒店,让大厨代为加工。大厨用椒盐炒制,肉质爽脆,特别香口,回味时,似乎还吃到了咸蛋黄的绵长酥香。爆膏的濑尿虾是最堪回味的,虾子饱满紧实,入口一咬,香味四溅,感觉很像台湾的烤乌鱼子。濑尿虾虽然好吃,但吃的时候需要一点技术,否则会戳破手指,我的方法是先给它松一松骨,然后将筷子插入颈部,用力一扯,盔甲完全脱落,露出鱿鱼丝一般长条的肉,吃起来有一种说不出的快感。

　　岭南地区的虾,品种甚多,最常见的是九节虾、罗氏虾、基围虾和白虾,厨师们一般用来白灼,有时候也爆炒。上海的新雅粤菜有一道名菜,叫西施虾仁,用牛奶来炒虾仁。惠东有虾干粉丝焖南瓜的做法,十分独特,别处没有。有一年,我去惠东采风,当地文联的领导很客气,给每位作家赠送了一袋虾干,每只虾干的个头足足有半只手那么大,空口即可食用,吃完之后,居然连喝白开水都是鲜的,像是喝高汤似的。

　　油泡虾仁是一道不可多得的美味,这与它的制作方式密不可分。把鸡蛋清、味精、精盐、干淀粉、小苏打一并放在碗中,搅成糊状,放入干爽的虾仁,入冰箱冻腌,这个步骤不仅让虾仁入味,还可以提升它的脆爽口感。旺火烧锅,加入猪油,烧至微沸时,让虾仁泡入其中,不停搅动,以免粘锅。半分钟后捞起,滤油,勾芡。尝之,清鲜爽口,唇齿留香。

　　胡椒焗虾也别有风味。将虾腌制入味,用白胡椒焗之,在水分散逸的同时,虾肉贪婪地吸收着香料,最后几乎变成了虾干,口感结实,每一口鲜甜的虾肉中,都充满浓郁的胡椒香味。厨师告诉我,一定要用海南白胡椒,香味才够浓郁。

　　海胆是许多食客心目中的极品珍味,它浑身长刺,样子很像板栗。初到广东时,我对海胆还不甚了解,只闻其名,未见其身。记得有一年盛夏,一帮好友相约去深圳小梅沙游玩,下午灼热,滚滚的热浪让人望而生畏,大家都躲在酒店的空调房里呼呼大睡,一个个懒洋洋的,像炖烂的海参。从窗户里望出去,路上行人稀少,偶尔出现一个,也眯着眼睛,愁眉苦脸,像遇上了什么棘手的事似的。太阳落山以后,幸福的时刻也随之到来,人们从四方八方拥向了海滩。我们去海滩边吃晚餐,蒸腾的暑气已被一扫而空,凉爽的海风像鸽子一样钻进衣服,不停拍打着翅膀,让人心情舒爽,胃口大张。除了各式海鲜之外,我们还叫了一份蛋炒饭,这炒饭绵软适口,香味要比一般的蛋炒饭浓郁得多，大家你争我抢，很快就被一扫而光。后来，又叫了一份，同样如风卷残云，前前后后，竟然一共叫了四份炒饭。等到结账的时候，不禁吓出了一身冷汗——一顿普普通通的夜宵居然吃掉了一千多块。以为被人当成了"水鱼"，再仔细一看菜单，那炒饭原来不是普通的炒饭，而是海胆炒饭，每份要一百二十元。从那时起，我对海胆的印象便深刻起来。再后来，我才知道，海胆还可以做成刺身，冰凉爽滑，吃上一口，便可品尝到暗藏于大海深处的鲜美味道。无怪乎美国著名美食评论家露丝·雷克尔曾这样赞叹："一堆堆柔软橙色的海胆卵肥美多汁，芬芳如熟柠果肉。"

生蚝甘美柔软，有"海底牛奶"之称。深圳的沙井蚝，尤其出名，色泽乳白，肥嫩爽滑。沙井蚝之所以特别肥美，与养殖的方法密不可分，当地人称为吊养。原来，在两百多年前，有一艘载满缸瓦的木船，在沙井附近的海面上被台风打翻，船上的缸瓦全部落到海里，后来当地的人们惊讶地发现，海底的缸瓦片上都寄生了又肥又大的蚝。从那时起，沙井人就开始利用海区养蚝，并特意在收蚝前把生蚝搬到海水较深、饵料特别丰富的"肥育区"去"寄肥"。吃蚝要讲季节，冬前最合时宜。在沙井，生蚝有超过一百种吃法，其中有一种"蚝豉蒸腊肠"，最令我神往。

台山汶村蚝、珠海荷包岛蚝也很出名。阳西程村蚝的特点是体大，味道鲜甜，色泽光洁。我在珠海横琴吃过一次全蚝宴。印象最深刻的是芝士香蚝，肥柔味鲜，感觉不像吃海鲜，倒像是在吃甜品一般。

灵猴

◎ 傅　菲

　　放下铳的一刹那,旦春傻眼了,只见一只短尾猴跪在地上向他作揖。一溜肠子血糊糊地从裂开的下腹淌下来,血水不停地往下滴。短尾猴把肠子撩起来,塞进腹部,继续对旦春作揖。旦春匍匐在大石墩上,感到有一股血腥气从喉咙冒上来,冲溃了堤坝的河水一样冲出了自己的口腔鼻腔。他狠狠地扇了自己两耳光。

　　这是一只老母猴,头发稀疏,脑壳露出红红的肉斑,宽阔的脸廓盖了一层紫红色,两道眉脊凸起。它的眼睛通红,血冲涨上来的红。它眼睛眨也不眨,怔怔地瞪着旦春。它的眼睑薄薄,如瓜片奄拉下来,很让人哀怜。可以看出它来自良善的族群。它的耳朵大而薄,如两把小蒲扇插在头部两边。一撮短短的尾巴缩在臀部。它身上的毛淡黄色,荻草经秋霜后的那种淡黄色,淡黄中有泛青的白。它扁塌的鼻子皱起来,可能因为恐惧和惊吓,它的嘴唇在抖动。空气里还弥漫着炭硝的刺鼻味。硝尘发白,一丝丝往树上绕。猴群往后山跑去,边跑边吱吱吱地叫着。

　　旦春放下铳,往树下走过去,想抱起它。老猴子龇起牙齿,吱吱吱地叫。小猴子缩在老猴子后面,吱吱吱叫。旦春和它对视着,想以眼神震慑它。他父亲曾对他说过,兽最惧怕的是人的眼神,而不是人的拳头或手上的刀具。眼神会露出人的胆魄和心智,眼神是人精气外泄的一道光。和兽对视,得凝精聚力,凝出刀具的锋芒。老猴子的眼睛滑下了泡泉一样的液体。老猴子侧过身,把小猴子抱在胸前。

　　血水还从它的下腹淌下来。老猴子望着他,以哀求的眼神望着他。

　　他扭头跑下山。他的心针扎一样痛。他杀过多少野猪、多少兔子、多少果子狸,他记不清楚了。每一次猎获回来,他都扬扬自得。他曾多自豪啊,他是方圆三十里最好的猎手。没有他杀不了的野兽,没有他辨不了的兽迹。

在十七岁那年,旦春第一次独自杀了一头野猪。在灵山以北山区,哪个大山坞没有野猪呢? 野猪成群结队来到山边的瓜田,一夜糟蹋,瓜瓢四裂。乡民种下的花生也被野猪糟蹋。他父亲斜吊着眼睛,睥睨他,对他说:"毛湾坞有一大块番薯地,野猪肯定会去吃番薯,旦春啊,你有没有胆量去杀野猪啊。"

在父亲眼中,旦春一直是个胆小的人。他多年跟随父亲上山打猎,每次都是父亲开铳杀猎物。他父亲背一杆散眼铳,斜挎一个黑色麻布硝弹袋,腰背插一把弯口砍刀,穿一双高帮帆布鞋,低弓着身子走路。

他父亲走路快眼力好,在山中转十几个山头,也不气喘。在路上遇见动物粪便,他父亲蹲下来,捏起粪便,慢慢摩挲,微微一笑。他父亲知道是什么野兽在什么时间来到了这里。他父亲在草径寻找野兽足印,一路追随。有时追随了二十余里,足印没了。他父亲默默地站着,看四周的山形、森林形态、溪涧流向,然后往森林里钻,把野兽猎杀回家。

大多时候他父亲空手而归。

毛湾坞是偏远的一个山坞,有一块黄泥地,种了十几担番薯。霜降前后,番薯甜熟。这个时节,野猪每年都会来拱地。他父亲睥睨的神态,让他受不了。他说,杀死一头野猪有什么难呢? 山里的男人杀不了野猪就成不了男人。

旦春背上铳、硝弹,手上捏了一把砍刀,一个人上毛湾坞了。他在草蓬坐了一夜,也没等到野猪出来。野猪大多在夜间或凌晨出来活动。

他父亲见他垂头丧气地回到家里,说:守猎物就是磨耐心,练胆子,没有耐心和胆子,当不了猎人。

在毛湾坞守了十三个晚上,旦春才守到野猪出来。这是一个野猪群,有三十多头,在溪涧喝足了水,穿过一片灌木林,进入番薯地。旦春从没见过这么大的野猪群,大野猪在前面带路,小野猪在后面哼哼哼地叫。野猪分散在番薯地,肆无忌惮地拱地。旦春端着铳,不知道如何下手。野猪是十分精明的动物,听觉尤其敏锐。旦春紧张地在草蓬站了几分钟,悄悄地爬上草蓬边的乌桕树。受伤的野猪会发怒、疯狂,对人发起攻击。一枪毙不了野猪的命,自己的生命会受到很大威胁。

野猪拱着拱着,拱到了草蓬这边。一头三百多斤的野猪拱着地,时不时地仰起头,昂昂昂地轻叫。旦春把铳架在树杈上,扣了拉栓,砰砰砰,硝弹飞出,大野猪脑壳炸裂,当场倒地。野猪群四散,嚎叫着逃向树林。旦春站在树上,脚一直在打战。他感到自己的身子都发软了。当他看到硝弹轰开野猪脑壳,他又有一种无比的兴奋。庞然大物在自己面前轰然倒下去,那是一种什么感觉?

这种感觉,他从来没有体会过。他随自己父亲打猎,很多次目睹大野猪被射杀,但体会不了征服大物的感觉。只有猎杀者才可体会。一个卑微的平凡人,猎杀了大物,突然感觉自己成了征服者,成了悍然主宰大物生死的人。他觉得自己是山林之王。

现在,旦春颓然地坐在门前的石阶上,双腿忍不住地发抖、酸痛。他使劲地搓揉双腿,也缓解不了那种酸痛。

吃了饭,旦春坐在门前的无患子树下,遥望着对面的灵山。灵山由东向西横亘,如一簇抛起的巨浪。晚暮的云层飘飘浮浮,遮盖了山峰,青黛色的山峦如鼓胀的马臀肌肉。鹞子在屋前山坳盘旋,一圈又一圈,嘘嘘嘘地叫。

无患子树簌簌簌响,树叶被风翻动。树叶半青半黄。风翻动一次,树叶飘落几片。叶落在旦春头上。旦春感到浑身乏力,他从来没有这样疲倦过,便早早进屋睡下了。

可入睡不了。他想起了老猴子作揖的神态,那是一种无望的哀求,似乎在对他说:放过我吧,放过我的家族吧,放过我弱小的孩子吧。老猴子把肠子塞进腹部、抱紧小猴子的那一刻,旦春在溃败,像马蜂飞出捣烂的马蜂窝。他强烈地想自己的母亲。他活了四十余年,母亲仅仅是一种称谓。

在他四岁时,他母亲因车祸走了。他对母亲毫无印象。除了一堆泥土坟,他母亲什么也没留下,照片也没留一张。十六年前,他娶了老婆,他父亲入赘了山下的张家桥头李氏。他父亲对他说:"我们山腰人家谋生不容易,来不了钱,打个短工还找不了东家,以后你也来山下安个窝。"

父亲下山了,把铳交给了他。这是一杆八尺七寸长的长铳,铳眼直径三厘米,铳管两尺一寸长,铳托是棠棣老木刨出来的,有两条深黄色的溜肩。他父亲喜欢这杆铳,他也喜欢这杆铳。因为多年的油布擦洗,棠棣老木溢出了松脂色的包浆,铳管是生铁铸的,乌黑发亮。旦春每次摸铳管,似乎能听到硝弹在里面发热、呼啸。

他在床上翻来覆去,想着下午的事。为猎短尾猴,他准备了半个多月。这是一群迁移来黄茅尖的猴群,有十几只。

旦春还没看过野猴。他去了黄茅尖。黄茅尖是一座高山的尖峰,野路都没有一条。在山上寻迹了半天,他才摸到猴群的行踪。猴群在丛林活动,以一棵高大的栲树为中心,在树林中跳来跳去,在崖石上嬉戏追逐。

他去了三次黄茅尖,还蹲守了一天。

第四次,他背上了铳,拎了半蛇纹袋玉米棒,上山了。他把玉米棒撒在涧边的一小块空地上,然后隐藏在一块石礅背后。他戴着树枝编的帽子,等猴子下来捡玉米棒吃。等了两个多小时,一只猴子下来,捡了一根玉米棒,往大栲树跑去,吱吱吱地叫。叫了几声,猴群下来了。有的猴子荡着树枝下来,有的猴子小跑着下来。猴子捡了玉米棒,扎堆地蹲着掰开吃。

旦春站直了身子,举起铳,瞄准了猴群。旦春想,这一把硝弹放出去,至少可以杀三五只猴子。

这时,一只老猴子发出了吱吱吱的叫声。它警觉到了危险迫在眼前。它站了起来,发现了旦春。它举起了前肢,拦在了猴群前面。砰砰砰,铳响了。硝弹散射而去,击中了老猴子腹部,还击中了一只小猴子的前右肢膝盖骨。

其他猴子在四处张望,铳声突然响起,它们惊慌失措,四处乱跑。旦春拉开铳管,往里面灌硝弹,推实铳管,举起铳瞄准。他惊呆了。老猴子在作揖。它多皱的脸在痛苦地扭曲,嘴角往两边拉动,不停地拉动,露出粗粝的尖牙。

红肋蓝尾鸲咕哈哈鸣叫了。天麻麻亮,山脊翻出如絮的白云。旦春从迷迷糊糊中醒来。他吃了碗泡饭,握了一把柴刀,上山了。他去黄茅尖,去找那只老猴子。假如那只猴子还活着,他要抱它去医院,缝合伤口,医治它。人有冤孽。有时候犯下的冤孽,自己还不知道。像他这样杀生重的人,犯下的冤孽更重。他是一个猎人,他的职业就是杀生。见生杀生。

他的胸口在隐隐作痛。猴子怎么会像人一样作揖呢?它没法说出人话,没法和人争辩。它没有铳,它只有作揖。它用它的身子挡硝弹,它期望用它将死的肉身换取族群的生命,它只有作揖。它用它的命在哀求他。

在黄茅尖不见猴群了。旦春不知道猴子去了哪里。他找了方圆五里的尖峰也没看到猴群。他也没找到受伤的老猴子。

他老婆见他垂头丧气的样子,脸色如打蔫了的菜叶,说:丢了魂的人也没这样难看的神色,你杀它又要救它,何苦呢?

旦春扔下手上的事,又去黄茅尖。老猴子跑不远,应该是躲在一个不容易被人发现的地方。再不施救,它会死去,那么大的创伤面,血一直在滴,它熬不过去。还有,那只受伤的小猴子去了哪里呢?他心里这样想。

去了泉水潭,他仔细地察看了四周。四周是一片葱郁的灌木林,在林下有一棵粗壮的苦槠树,树冠如席。这是一棵几百年的老树。旦春穿过灌木林,一股腐肉的气味冲了过来。他忍不住捂住了鼻腔。

苦槠树根部有一个笪箩大的树洞,老猴子斜躺在树洞里,腹部溃烂,流出白白黄黄的腥水。小猴子伏在老猴子的头上,干瘪的身子有蛆虫在爬。小猴子可能是饿死的,它的脸塌陷在颧骨下面。它守着老猴子而死。它的手(前肢)抱着老猴子的脖颈子。

旦春在泉水潭边掏泥,用柴刀掏。泥是黄泥,抱在手上有黏湿感。他脱下劳动布外衫,包着泥,埋在洞里。他一包包地拎下去,封住树洞。他的衬衫盖在猴子身上。

在苦槠树下,他坐了一个中午。他有一种虚脱感。他已打猎二十多年了,他的铳声震动山野。他凭一杆铳在山林行走。他从不给猎物下套子,他鄙视以套子或陷阱狩猎的人。他有力气有胆识有脚力有耐力。

在看到老猴子下跪作揖的那一刻,痛苦袭击了他。

旦春泪流满面地回到家,取下铁锤,颓然地坐在门前石阶上,狠狠地砸铳管砸铳托。砸了十几下,铳砸烂了。他看看自己的手,摸了摸,把右手食指压在石头上,左手举起铁锤,狠狠地砸下去。"嚓",指骨碎裂了。该死的扣扳机的手指。

远方

◎ 习 习

三棵树

那棵臭椿长在我家小院。小院是工厂家属大院的一个犄角。

上学时，才知道臭椿还有个模样相似的姊妹，叫香椿。臭椿和香椿，让我想起小时候看过的朝鲜电影《金姬和银姬的命运》，金姬和银姬，一对孪生姐妹，因为生活在朝鲜半岛的一南一北，命运截然不同。树因为气味迥然，也有了命运的况味。香椿的香主要关乎人类的味觉，是实用主义的香。香椿刚发芽，叶子还稚嫩到无力伸展，很多枝丫就夭折在人们手里，满足人的口腹之欲。

这样看来，臭椿好像用"臭"保护了自己。

那棵粗大的臭椿立在我家小院中间，在我幼时，陪了我很多年。

它第一时间带来季节的信号，西北灰蒙蒙的长冬过去，到四月末，它撒下一地小米粒的黄绿花，那种浓郁的特别的"臭"味就是小碎花散发出来的，这时房檐上父亲压在大花盆里的白葡萄枝还没有丝毫醒来的迹象。漫长的夏秋，臭椿一身浓绿，阳光照过它的枝叶，洒下一地光斑。我和姐姐跳皮筋，老是缺一个人，就让臭椿在那一边抻着。有一年，臭椿要压到屋檐上了，父亲搭着梯子，锯下过于茁壮的枝叶，好让屋子里进来些阳光。冬天，叶子落尽，臭椿枝条上剩的是一簇簇由金红变成枯黄的豆荚，它们簇拥成一团一团，到下一年开春时还结实地挂在树上。包着种子的豆荚，学名叫翅果。豆荚像长了翅膀，可以带着种子到处飞，所以，我家后墙外水沟边的坡地上，歪歪斜斜站着的多是臭椿。翅果落下来的样子很好看，竖着身子，轻飘飘、一扭一扭的。

大风刮起来，臭椿枝条翻飞，带着风给的力气，看起来有些可怕。父母在工厂上夜班，风雨天的夜晚我不敢独自回家。大院的孩子说："你家院里树上住着鬼，绿头发绿牙齿，大风一刮就把它刮醒了。"远远望去，它的粗枝大叶，乖张地上下俯仰，哪里有一点儿平日的文静。

人总是陪不过树，后来小院里的屋子，在一场电闪雷鸣的暴雨中，后墙坍塌。我们被迫搬到了别处。

此后，那个臭椿下的小院和小院里的家，常进到我的梦里，给我们喝羊奶的母羊还是拴在树上，端午节前一天母亲下了夜班做的一大盆红枣糯米年糕还是晾在树下。

其实那棵臭椿不一定很茁壮高大，只是因为我年幼。就说我在上小学时，下课后，我一溜烟儿从二楼扶梯滑到一楼，伸开两只胳膊，感觉像鸟儿一样轻快地飞了好久。多年后，我路过小学，进去一看，楼房低矮得像佝偻的老人，扶梯短促到根本没法滑行。

一棵和你生活久了的树，怎么能把它忘掉？你想在纸上画出记忆中那个简陋的家，那个伸着屋檐的土坯房子，玻璃窗户大睁着眼睛。画纸上，树一定站在屋外，枝叶挠着窗户。如果坐在屋里的炕上，抬眼看窗外，第一眼看到的还是那棵树。冬天，它像睡着了，很安静，但稍大些的风吹过，那些簇拥的豆荚就发出干燥的推搡声——沙沙沙——今天还能听见。

另一棵树，还是臭椿，长在大院里。大院畅快，没有拘囿，那棵臭椿应该比我家小院那棵蓬勃高大很多。到现在我还记得围着这棵树排列过去的各家各户：兰兰家、玲玲家、莲娃家、菊梅家、大红小红家、长生家……那时，不知为何，大人们在树干上绑了一根长长的铁棍，我们攀着铁棍蹿上蹿下，把它蹭得滑亮，慢慢的，它几乎长成了树的一部分。晚饭后，我最爱做的事就是蹿铁棍。两手紧抓铁棍，双脚抵着树，几乎横躺着，飞快地蹿到树杈上，很多孩子也喜欢蹿铁棍，但都没我快。我热爱那种感觉，那一刻，我仿佛一个实实在在能够上天入地的女英雄，没了日常的羞怯。其实，那是蛰伏的另一个我。

臭椿在大院撒下一地绿碎花时，树下面像铺了一张毛茸茸的毯子。大人们嫌弃它们，咯吱咯吱，踩坏它们也不心疼。过于静美的东西，我总舍不得破坏。就像大雪后的清晨，一地厚墩墩新鲜的白雪，怎么都不知道把第一脚伸到哪里。所以，如果你听说，有人还没踩到雪，就好端端地被雪绊倒了，大概就是这个缘故。

很多年以后，我才知道臭椿的学名叫"樗"。我很爱这个字，看见这个字，就立刻觉出了它挺拔入云的样子。

还有一棵树，也在时间的远处，叫秋子树。它长在与大院一墙之隔的木器厂的两排车间中间。秋子树结的果子叫"秋子"，不成熟的秋子淡绿色，味道极为尖酸，在滋味匮乏的时代，这种极端的味道很解馋。秋子长到刚刚能入嘴的时候，我们疯了似的想尽办法混进工厂。那棵果实丰饶的秋子树，就那么玉树临风地站在人字形顶棚的车间旁边。它很高，怎么摘到秋子呢？须得上到车间房顶，从低一点儿的房顶爬到高一点儿的，直到能摘到秋子。口袋一定不够装，就直接从领口塞进衣服，或者脱下外衣，扎住袖口，把秋子装进两只袖子。收获满满，一身鼓鼓囊囊，混迹在下班的工人里，出厂门回家，把秋子倾倒在炕上数："一五、一十、十五、二十……"成熟的秋子是什么颜色？金红金红，树像顶着一片火烧云。深秋，树尖上那些金红的秋子就那样烦人地高高挂着。你想发脾气，往树身上狠狠踢几脚，疼的是你，树和那些金红的小果子纹丝不动。

秋子树多么美好啊，只是，在我们城市里我再没发现过第二棵，说到秋子果时也无人知晓。木器厂后来渐渐消匿在城市的楼群里了。很多时候，我以为我早忘了那棵秋子树，就在去年盛夏，我在公交车上，路过先前的木器厂时，在一片新开的工地旁，突然看到了那棵满身浓绿的秋子树，眼睛猝不及防地湿了。原来秋子树还在啊，在这个人潮拥挤的世上，我多么感激让它活下来的人们。

薄如蝉翼

◎ 朱以撒

　　一年来，阿黄送了我不少东洋纸，丰富了我藏纸的种类。她自己不谙八法，却对纸有一种过人的嗜好，即便价格不菲也解囊收入。有时人的爱好就是如此，收藏了欣赏或赠送朋友，自己是不使用的，由于不谙八法，一下笔就可惜了。那只能是把玩一张纸的色泽、纹路，还有从中沁出来的幽幽香味——纸香在众香中是十分独特的，和书香相比，它没有油墨于其中，就更淡逸和细微。有时一个长卷打开了，发生与众不同的声响，绸缎般地舒展开来，像时日那么悠长。一个人喜好藏纸，藏而不用，让人想到不少藏家的身后——后来者对藏品毫无兴致，连打开来欣赏也不愿意。人的趣好相差太远了，一代代人的繁衍可以接续，延伸到久远，使子孙万代串联起来。彼此虽不曾谋面，但持同样一个姓，说话都会多上几分亲切。兴趣则异于繁衍，如口之于味，不能强求。上一辈的兴趣之物堆了一屋子，到了下一辈则想着如何清空，给自己兴趣的另一些品类腾出地方。好在阿黄在这方面及时地出现了接班人，她的女儿考上了大学的书法专业，这些纸才有了使用者。

　　物尽其用——我常怀这样的想法，能在有生之年将自己使用的一些消耗品用罄，或者所剩不多，最好，也遂了作为物的愿望。如果是尤物就更不一般了，通常有灵性于其中，应对同样有灵性的这个人或者那个人，就像神骏，不是任何一个骑手就可以翻身上去，它一定在等待那个人的出现。如果有幸，那个人出现了，这匹骏马的价值才上升到顶峰，否则，一辈子晾在马槽上。好纸可以当摆设，像神那般地供着，说是唐伯虎那个时代的，或者康熙年间监制，让来者看一眼。如此，还是浅薄。晋时阮孚说"一生能着几两屐"，可见人生苦短，不可矜于物，如果不能放胆用屐，而让自己赤着脚走路，那屐的作用真是抓瞎了。人常有悯物之心，舍不得用，小心翼翼地用，悯物过头就不能充分地显示出自己对物的尊重。

赠人以纸，说起来是很风雅的。当年王逸少一次就给了谢安石几万张纸，传为美谈，这比送脂粉、五石散有着更多的文气，让人联想到澄澈、玄远，也联想到一个人的笔墨情怀如此倜傥。一张纸比人情单薄得多，但几万张纸，这个人情就不是俗常之谓了，是精神方面的必须。送纸是危险的，敢于送纸也说明了对对方的一种识见的无误，双方由于这一张张单薄的纸而相互欣赏。赠送者认为送对了，被赠送者也认为太合心意。那么，接下来的畅谈，完全可以从纸开始说起。风雅不及实在，俗常日子是实在过去的，真能如王逸少、谢安石这般锦衣玉食，送纸才能成为后世谈资，真是俗常人家，他们的需要则如亦舒在《喜宝》中说过的："如果有人用钞票扔你，跪下来，一张张拾起，不要紧，与你温饱有关的时候，一点点自尊不算什么。"亦舒此说还是很诚恳的，在生活的现状里，对这么一张张纸所持有的态度，不必以嘲笑的态度待之。

对于文士而言，能用上与自己情性相契的纸自然快慰之至。笔墨生涯，越往后对于纸的选择就越讲究，讲究的尽头就是挑剔，面对一张纸的态度说一些别人认为是玄虚的感觉。即便要订制，也难以表达清楚，便难以与人说，觉得说了也不知所云——真能说清楚就不是感觉了。难言之隐——往往是隐于感觉之内，不能量化，说出来不能达意，也就欲说还休。四宝堂里总是陈列无可计数的宣纸，供喜爱者挑选。有人进来，挑贵的买，作为礼品，物贵则宜。有的则认品牌，以为品牌为立身之本，必然不会离本太远。我则靠手抚，在纸面做一个轻轻推送的动作——即便同一批次的宣纸，手抚起来也未必同一种回应。毕竟，作坊里那么多人，重复那么些动作，不是每个人的心绪都能深婉不迫。有时我也把纸摊开，像《风声》中的听风者听听抖动中的声响。清脆的、挺刮的声响肯定不宜于我。一个人在道行渐深的往后，心思越发细密如牛毛，有了挑剔的资本，什么都要求合乎自己的性情，就像善于品尝的口舌，绝没有饥不择食的迁就。这个要求不能说高贵，只是自适而已。文士雅集的机会总是有，总是要墨戏一番。轮到了，站起来，把主人准备的宣纸摸遍了，觉得都不适手，更不适心，便不写，转回来坐着，继续喝茶。主人见状，便过来劝他随意一点，逢场作戏嘛——如果早二十年他一定不扫主人的兴致，但此时，他摆了摆手，决不将就一张纸。一张纸不将就，俗常日子里的不少方面也都不将就。将就了别人会高兴一些，但自己会不高兴，他不愿意自己不高兴——记得苏东坡也是如此说，自个也是很需要开心的啊。后来在场面上就很少看到他了。他的书写总在自己的书房里，面对自己熟稔的亲爱的宣纸们，觉得此时甚好。

　　南方的潮润使不少宣纸都起了霉点，失去往日脸面上的洁净。笔在纸上行如在黄昏里。有的人便拿到装裱店去美容，使恢复到如新状态。有时为了怀旧，打开自己三十年前写的作品，都是满目昏黄。潮气无声潜入，不分昼夜，没有什么可以抵挡，放在箱子里的，搁在橱子里的，外边还做了包裹，无一幸免。时日在上边留下的痕迹，或深或浅，或多或少。南方生活的细腻清新，即便有机会去北方长居，而不愿动身。却不知在听着苦雨芭蕉的滴沥，看着桨声灯影中的涟漪，卷轴正悄然侵入了润泽。水如此之多，灵气是从来不缺乏的，以至南方多名士，玉树临风，新桐初引，端的倜傥自任，有一些小小的傲气，施于纸上，都是未干墨迹的诗草。寻常人对日渐霉斑的一张纸真是束手无策，只能交由资深的装裱师傅，请他抹掉这些时间之痕。这比装裱一幅新作费时费力多了。装裱师傅喜欢和旧日纸张打交道，虽然要拿出全身本事应对，毕竟所收费用不菲，同时成就感也大大增加。取件的时日到了，这是装裱师傅最得意的时刻——卷轴徐徐打开，如同徐徐打开一个新的世界。主人脸上抑制不住的欣喜，好像不认识这件自家的宝贝了。装裱师傅知道成功了，人们见识了他精湛的功夫，还有细密的心机。过了几年，又过了几年，这些作品又敌不过梅雨潮气，霉点又一次上脸，他又开始了一轮又一轮的劳作。忽一日照镜子，看到白头发多起来了，皱纹叠着皱纹，还有一些如同宣纸上的黄斑了。想着自己有能力几次把纸上的时光痕迹抹去，使旧作宛如新制，而对于自己日渐苍老的容颜，却无能为力。他只能无奈地笑笑，冲着镜子，做个鬼脸。

　　俞先生去世前给了我一沓花笺。他收藏它们已经有一些时间了。在他众多的学生里，把花笺送给我最为合适——礼物送人也需要考虑与之相适应的对象，使礼物倍显珍贵。花笺是宣纸中的娇女，和六尺、八尺宣相比，它是那么小巧雅致。淡淡的底色，使它生出几分阴柔，捧在手上没有感觉似的，生怕突然有一阵风来吹落。藏的时间久了，火气尽消，如同俞先生和我说话时温婉平和的神情。一个人老了，还是会想到如何处理自己的藏品，尤其是纸、纸本，那么脆弱怕水怕火，就是一个雨点也可以洞穿。那么，一定要托付给适宜的人，那个人眉目清秀，举止舒缓，斯文中透着清高。那么，他一定会妥善对待这样的纸品的。我想俞先生把花笺赠予我，肯定也把其他类型的藏品赠予师兄弟们。品性不同，受物不同，人与人的交往深度，可由此见出。几年过去，我把俞先生送的花笺都写光了。之所以写了几年，是因为我用小楷，抄些古诗词，也自己撰文，很细腻地写，在好心情的时候。如果在大宣纸上写，我会任性一些，写坏了就揉了，并不可惜。可是于花笺，我有一种怜惜，觉得不斯文以待，就愧对时时萌生的怀旧幽思。有人说这些花笺有不少年头了，你不留着，反而把它们都写光了，真不知作如何想。我是不想把它们再送下一个人了，许多纸在我这里就不再传送，戛然而止，消失在我的笔下。如果都不使用，作为礼品承传，又如何知道其中滋味。我于细小之物特别倾心，它们是不震撼的、不大气的，如花笺，如此之小，三行两行，长句短句，以无多为旨，便清旷疏朗，有如私语窃窃。想想古文士如此喜好花笺，在上边写个不停，许多隐微的心曲都在上面。倘不居庙堂之高，不处江湖之远，一个与世无争的文士，在小小的花笺上写写自己小小的悲伤、小小的爱慕，使如此单薄的花笺沉着起来。

少年时常听善笔墨者长寿，还可以举出一大串人名来。就像文徵明，他同时代的文人都不在了，甚至连他的学生有的也不在了，他还精神地活着，又写又画，真是艺坛上的老祖父了。据说去世前他还在为人写字，和纸亲近，这是一个最热爱纸、在纸上不懈驰骋笔墨的文士，作为盟主当然无可非议。这也就使人多有联想，觉得纸上太极足以使人长寿，足以抵挡个人生命的消耗。事实是，一些人远未及老就谢世了，究其原因，实则无多少时日于书斋静坐修身，好好写字，多半在场面上，接迹有如市人。守不住对一张纸的敬畏，笔起处尽是躁动之气。一个人没有安和心境去敬惜一张纸，也就称不上在纸上有何托寄。一张纸的寿命比一个人要长久多了，把它铺张开来时，看到了它的清畅大方，卷起来时又如此敛约和婉转，皆韧在其中。如果一个人善待一张纸，看到一张纸的前世今生，眼神也会更谨慎一些。那种胡乱下笔，对一张纸带有亵玩倾向的做法，我向来鄙夷——一张纸落在这样的人手里，只能说运气糟透了。现在到处都可以看到《兰亭序》，一张纸承受了如此的美妙，是王羲之写的，还是谁作伪的？好事者还在争辩无休，但从纸上的笔迹看，都会让人想到书写者的教养——一个人的字和一张纸如此协调地结合在一起，此纸长寿，此人当年也应当长寿。

一张纸无足，却可以走遍天下。有的从北方来到南方，有的从南方来到北方。或者从国内去了国外，再从国外回流国内，出现在各种拍卖场面上。拍卖前总是要举办一个展览，让人心中有点分寸。许多人在一张张纸跟前走过，大放厥词，说纸上的墨迹是真的，或者是伪的，谈论纸的年头是不是到了，或者根本与那个年头不符，由此判断可靠的程度。有时，打假的人来了，整个场面有些失控，那幅被指责的纸安然不动。人的眼光相差太多了，看不透一张纸的承受之重，只能指指点点，大声小声。一张纸再贵也不会天价，可是某个大师在上面写点画点，一张纸的身价就如日之升，接下来就有人使心计运手法作伪了。如果一张纸有灵，它会知道在上边写写画画的人是不是伪造者。但作为纸，从来是缄默无声的。《吕氏春秋》说出了人生在世的一个大苦恼："使人之大迷惑者，必物物相似也。"纸上墨迹就是如此，真耶伪耶，众说纷纭。科学的昌明，一架仪器可以测量厚重地底的蕴藏，却没有一架仪器可识辨纸上真伪，只能靠人的眼力。眼万千殊异，除了看到一张纸，还要看到纸背后的世道、人情。淮南王刘安说"天下是非无所定"，对一张纸，也可做如是说。许多带有墨迹的纸在拍卖场上被人吆喝着——主人不需要它了，它被新主人接受了，交易的背后是银两。新主人也不想久藏，待到行情看涨时，又毫不犹豫地把它推出去，换更多的银两回来。让人兴奋的是一张纸在家里酣睡，上边的尺寸不长一分不短一厘，文字不多一个不少一个，门外的世界却在变化着。行藏由时，主人的薄情寡义，使它不停地辗转着,不知下一次沦落谁家——除非,它们有《平复帖》的命,张伯驹把它捐给了国家,如今它躺在那个极为严密的空间里,不见天日,它的漂泊生涯才算终结。

一些纸留存到现在,为我们有幸见到。更多的纸灰飞烟灭,无从找寻。人、物有命,何况一张薄纸。要穿过久远的烟水来到我们的面前,如同骆驼穿过针眼,只能说幸甚幸甚。那时节的人每日都执毛笔书写,可以想见写尽多少纸。纸不怕多,传下来就是宝贝。苏老泉曾说自己把往日写的几百篇文章都放火烧掉了——他觉得和圣人贤人的文章相比,自己的纸上文字只配付之于火,便采取了极端的做法。其实,烧它作甚,烧了之后就能写到圣人、贤人的份上? 人生每个阶段都有自己的表达,不必傍圣人、贤人,只要真实地待了一张纸即可。一些文士,名字留下来了,却无一丁半点纸片,就使后人在言说时枯索得很,无从援据。像李太白写了那么多,只有《上阳台帖》留下来,虽仅二十五个字,却让人欢呼雀跃,以为不特李太白一人之私幸,也是后人之大幸。当然,纸上的书写也有它的危险性,白纸黑字,让人难以申辩。苏东坡总是爱在纸上写,把情绪都写进去了,把危险都招来了。写了又给人看,推到更广大的空间,结果自己遭殃,又连累朋友、兄弟。平息后他还是爱写——一个文士是不能舍弃纸的,宦海浮沉,世道艰辛,也只有在纸上写,会带来一点点宽慰。李渔和苏东坡相同之处也在于写,他说自己从小到大、从大到老都是不快乐的,还好老天眷顾,他喜欢上填词、制曲,便一一写去,以为富贵荣华也不过如此。我能理解枕腕而书这个动作,这个动作足以使人眉目舒展,不知今夕何夕。写有两个目标,一个是给很多的人看,如柳词,虽草野闾巷亦能歌咏。一个则是相反,给极少数的人看,甚至就给一个人看,诡秘得很。看过的人记熟,顺手就着煤油灯让它化为一片乌云;或者咽入口中,让它烂在自己的肚肠里。许多的谍战片都有如此雷同的设计,不厌其烦地显示一张纸与死生的关联。想想也是,不知有多少人命丧于纸上。

每日,我都花了时间来消费这些好纸。书写使人开心起来,是良好的物质材料优化了人的心境。想想从五六岁始习书,到现在有多少纸在指腕间流过。此时窗外青山妩媚,白云游逸,笔下更是明快。若到夕阳昏黄,风起于芦苇之梢，满山迷蒙，纸上就有了更多的信手和慵懒气味。如果一位书法家在他的终了，能够把贮存的好宣纸都挥洒得差不多，那真是一件幸事。人将了，物亦将了。

　　一张张薄如蝉翼的纸在时日的过往中渐渐堆叠起来，走向厚重，我想，这就是此生了。

静默的石头

◎ 十　渡

大建筑

凡间的石头屋弥漫着的烟火,熏染了石头,神也有了人间的样子。它们化为简陋的石头房子。房子里住着的是终生与石头为伍的人。眼睛稍稍往上,就能看到石头屋写着的神界与永恒。那些大建筑,尽管在人间,却是神的下凡。

听人介绍石头被塑造的历史,这只是它的微不足道的部分。它被任意地塑造,并不改变自己的本性。或者说,所有的塑造,都是依着它的肌理的描摹。在石头上适合刻画伟大的心灵。石头说话的时候,喧哗的众生、琳琅的万物都闭上了嘴巴。用石头建造大屋者,内心是宏大的,他们也是有野心的。他们把自己的梦想筑进石头,他们想表达不朽,或者幻想自己永生不灭。他们也成了石头,或者说他们在坚实的石头里长久地思想着。

石头墙被摸得光滑。凉凉的石头墙给人舒适的感觉。巨大、沉重的石头给人踏实的感觉。走过的人们无不用手去摸一下石头,摸它的纹理,摸它的体温,摸它的孤独,摸它的历史,摸它的广度,摸它的硬度。厚厚的石头,没人看得出它的历史。它的历史,不是人需要知道的,犹如神的历史,只是人的想象与猜测。石头作为建筑,是人对神的具象,或者接引。石头建的大屋,坐落凡间而超越凡间。它是永恒的另一种写法,尽管它一次次被毁掉或者倒塌,也没人在历史记载中找到过它的永恒印记,但人们依旧相信它的永恒。

石头的建筑是尊贵的,我说的是教堂。教堂里供奉上帝,属于神话,是人的精神的部分。冰冷的石头,简洁、克制,适合表达高高在上的神。教堂里的神,也如石头,是冰冷的,可远观,可仰视,可膜拜。见到石头的神,就如见到真神,内心会有莫名的战栗。石头的教堂里,威严、高大的石头神俯视渺小的信众。信众仰望石头,他们并不以为这是冰凉的石头。这是神,是上帝,他们有思想,有一颗宽博、仁爱的心。我们抬头就能看到他们。但他们并不近在我们面前,他们在天上,在神界;而我们在地上,在尘世。这看不见的距离,却能感受得到。会想到巴黎圣母院,这座石头的圣殿里,光洁的石头上泛着神的光芒,每一块大石头都是神的存在。圣母院的内部并排着两列长柱子,柱子高达二十四米,直通屋顶。两列柱子距离不到十六米,而屋顶却高达三十五米。在狭窄的空间里,目光顺着高耸的石柱仰望上去,方觉得一个人那么小,小得自卑到极点,抑或忘掉自己;又感觉自己如婴儿,被圣母的巨大怀抱包裹着。主殿四周,连拱廊上方是一带双层窗户的走廊,在它之上是大窗子。透过这些大窗子,一束束阳光宁静地射进堂内,看到这阳光,就能感受到圣母的手的爱抚。进入这宏大的石头房子,没人敢乱说话。在神的住所里,内心诚惶诚恐、战战兢兢,外貌肃穆、安宁。静默下来,让自己也有神的样子,就如圣殿里一直默然的大石头。

教堂里,大石头无时无刻不在聆听上帝布道。这是最忠实的教众,它们谦虚的样子令人感动。日夜浸染,它们也有了神的样子。上帝谕旨的时候,石头全神贯注。信众离去,唯有石头还在陪伴上帝。无声的教诲,只有石头听到。上帝是耶稣,圣母是玛利亚,他们都是神。然而这只是基督,或者天主。我们对神有着矛盾的理解,偏狭而宽泛,源于神就是内心的种子,我们敬仰什么,什么就是内心的神。教堂里,高高在上的神,或肃穆,或和蔼,信众或敬仰或亲近。高高在上的,从不曾落入凡间;和蔼的,是尘世的父亲,或母亲。父亲、母亲的伦理,也是神的部分。教堂里,唱诗班诵经的声音一次次打在石头上,唱给信众,也唱给石头,但最久的听众唯有石头。听久了,石头也成了神。静默的石头白天里听信众诵经,黑夜里自己诵经。一块块石头有母亲的安详,因为它们天天仰望圣母。这就是我们见到的教堂里石头的样子。

对于石头,我们都有无须解释的理由将其视为高贵之物。它冷的一面,只是它保持沉默与高贵的证据。石头早就在那里了,所有的巧夺天工只是把它里面藏着的东西找出来而已。在印度北部亚穆纳河转弯处的大花园里,工匠们在一块块的石头里寻找爱情。一块块无语的石头被释放出藏于其身的爱情。沙·贾汗像个幸福而又疯狂的傻瓜,他调来本国的大理石,又购买中国的宝石、水晶、玉和绿宝石,巴格达和也门的玛瑙,斯里兰卡的宝石,阿拉伯的珊瑚等,动用了印度以及波斯、土耳其、巴格达的建筑师、镶嵌师、书法师、雕刻师、泥瓦工共计两万多人为死去的泰姬·玛哈尔建造一座陵墓。这个爱情的疯子把每一块石头都想象成他的泰姬·玛哈尔,并给石头配上宝石、水晶、玉、绿宝石、玛瑙、珊瑚等。事实上,石头里就有泰姬·玛哈尔的影子、气息。每个去泰姬陵的人都会在石头里看到她的影子,也会感受到她的气息。在光滑的石头上,人们看到圣洁。光洁的石面上,人们看到泰姬隐约的面影。

从印度回来的朋友说到泰姬陵,就像与泰姬陵的石头一样已经深深被浸染,神往之余,则是对沙·贾汗、泰姬·玛哈尔的爱情的震惊。他脸上肃穆的表情,又让我想到那些石头。他说,他看到的不是石头,而是触手可及的爱情。那么奇怪,面对巨大、圣洁的白石头,他第一次相信爱情。每一块石头上都有泰姬·玛哈尔的影子,而他就像沙·贾汗。白色的大理石,是对爱情最好的表白。石头也能写出爱情,这是石头的传奇。泰姬陵里住着的是爱情,而不是死亡。洁白的石头,一直吟诵着爱情的歌。千百年来,凡是风吹过来的时候,在有人的地方,就能听到这哀伤的歌的声音,凄美、动人、不绝。

沙·贾汗把他与泰姬·玛哈尔的故事写在这些爱情的石头上,他们的爱情与这些石头一起成了永恒。泰姬陵不是他们爱情的埋葬,而仅仅是起点,或者开始。这些石头听惯了沙·贾汗与泰姬·玛哈尔在虚空中的爱情密语,见久了沙·贾汗与泰姬·玛哈尔在幻境里的眉目传情,它们也就成了爱情的样子。有人说,想起爱情,就会想起这些高贵的石头。没有哪里的石头,比泰姬陵的石头更符合爱情的样子。伟大的爱情永久进驻石头里。那些石头经常代表爱情与沙·贾汗、泰姬·玛哈尔说话。石头不只是爱情的工具,也是爱情本身。伟大的爱情永久在这石头上唱歌。

屋场在时光深处

◎ 周缶工

祖父的仓前岭

　　总记得一个场景。祖父领着我在屋场去镇上的村道上行走,忽地狂风大作,乌云密布,下起急雨。我们躲到一处草烟房的屋檐下,贴壁站着,不让雨水打湿。无趣,祖父用指甲在黄褐色的墙上画花草,我跟着学。未几,祖孙俩留下一长线作品。雨停,又匆匆赶路。想来我从小就爱怀旧? 后来我多次跑到草烟房前,找寻那些图画,却没半点印迹,早被风化掉了。

　　当年我约莫五岁,尚未入学,祖父在生产队当队长。队上在仓前岭有大片的桃、梨、板栗和油茶等树木,他常去守山,总带上我。老家所在的那个小镇叫北盛仓,得名于一处大粮仓,仓前有座不大的山,遂唤仓前岭。捞刀河从岭下悄然流过,岭上植被很是茂密,那是队上一笔可观的收入。要有人守山,怕外人前来砍树,偷摘桃梨,捡茶籽,打板栗。

　　那时我有一顶皮帽子,除了热天,总戴在头上。祖父牵着我的手,从产陂周屋场走出灵官园,过宋家大屋、罗家大屋,到土地岭,就上斌跛子铺里歇脚。斌跛子是祖父的堂兄弟,人很聪明,写算俱齐,可惜天生脚跛,没娶亲。他老穿一件军绿色上衣,走路一划一拐,我总联想起竹丛上爬行的螳螂。斌跛子开了个南食店,租的土砖房,木门板,玻璃柜台不长,上面摆着五六个圆形广口玻璃壶,里头装着红盐姜、杞果干、瓜子、茴饼之类。地上挨墙并排放置几个乌黑外壳的陶制坛子,红布包裹谷物压住坛口,内盛谷酒、酱油、白醋。每个坛子边上分别挂着竹制舀筒,打酱油和白醋都只一个大舀筒,人家一打就是一瓶;舀酒却有一两、二两、五两三种,便于吃酒人零沽。祖父带我过去,往长条凳上一坐,不管冷天热天,只说,拿个饼,打二两酒。

斌跛子就赶忙将一个茴饼递给我，然后用白瓷碗舀上谷酒往柜台上一放，说，俭哥，你命好！祖父端起酒喝开了，皱眉咂嘴，很费力的样子。我先不吃那饼，翻过来覆过去反复看，饼上正面印着红色的花纹和文字，形成一个圆圈。我挨着那个圈，把外围吃完，再细品里面的馅料。每每吃罢饼，祖父的酒也喝完，就继续赶路，过下头医院、铁业社、正街，离仓前岭不到一里地。

上仓前岭是条小道，石头翻滚，两边长满茅草，直伸到行路者的头顶眼前。队上在归属的林地上建了一栋矮土砖屋，用于值守。里面一张破桌子斜得厉害，摆着大洞罐和粗茶碗。我小心地筛茶，总有大片的茶叶倒出，碗里泛出泡沫，看着都解渴。单人床上铺一条芦苇席子，枕下有个记工簿，夹着竹竿黑塑料头圆珠笔——那该是最环保最简单的笔了，好多年再不曾见到。

天气好时，祖父总对我说，自己耍，别走远，他出工去。前脚他刚背着锄头或耙头出门，我就翻出记工簿和圆珠笔，从后往前肆意乱画。最后被队上的会计发现，责怪起来，祖父也不恼火，自己新买了一本将账誊过去，旧的给我。岭上养了一只老黄狗，没一丝杂毛，温驯听话，见熟人就摇尾巴，能自个跑回产陂周屋场。我在床上坐着，看老黄狗在空地上打滚，阳光从窗户里投进来，照得它的毛发金黄间色。未几，它嗷嗷吼着，突地冲出门，半天不见。这时，常有灶机子叫，我满屋找，没寻到，只在墙角破砖头下翻出几只黄豆大的紫色煤虫和长长短短的蜈蚣。我不敢学其他小孩用石头将其碾死，只撒泡尿，水淹七军。

最喜开春。岭上这一丛那一丛生出映山红，一枝枝折下，直到手里抱不住。大人们吓唬道，"映山红，逗鬼寻"，伙伴们没人害怕。听人说映山红花瓣可以吃，试过几次，味微酸，清凉，吃后唇舌俱黑，像被染色。扯野藠头大家劲儿最足，不厌其烦一路扯过去，用菜篮提着，绿叶白根，异香满手。有回扯着扯着，进到一处坟沟，发现墓上野藠头长势喜人，郁郁葱葱。爬上去扯个够，傍晚带回家，母亲用来煎蛋，味道异常鲜香。我说，白天坟上的野藠头长得茂盛。母亲停下筷子，关切地问，伢妹子到坟上，要不得，你没去扯吧？我心里发毛，嘴上不承认。

热天气，板栗林是最好的去处。板栗树枝粗叶阔，树下很阴凉，苔藓长满一地。自在躺着，找一片竹叶含着吹，嘟嘟响，林中渗下的微光一颤一颤。不知名的小鸟儿在枝上跳跃，叽喳叫，树叶被风吹得簌簌抖动。碰到树上偶尔掉下毛虫，也不怕，直接用树枝挑起，放在手板心，任其爬行。手心皮肤厚而致密，毛虫刺不进。若不小心弄到手背上或脖子里，会红肿，火燎般痛。林中有一凹处，甚隐蔽，孩童们常躲进去捉迷藏。有回，我独自一人过去，却见两名不熟识的青年男女，急急从里面出来，一边整理衣裳。回家无意提起，母亲叮嘱，别去乱说，人家只是从那儿路过。

仓前岭上摘茶籽和打板栗时最热闹，像过节。摘茶籽时，两三人一棵树，欢声笑语，碎语闲言扯不尽。小孩在树上攀上溜下，兴起时常用果实打斗。新摘的茶籽半青半红，壮实的有乒乓球大小，打在头上生疼。大人过来教训，虎着脸道，再搞，就是一"叮公"，敲下去五个眼，扯出来五个包！打板栗要用长竹竿，戴草帽、斗笠用力扑打。成熟的毛球落下，用鞋底一踩，里面褐色的板栗就出来了。捡起丢到口里用牙咬开就吃，大人喊，要用手剥，吃了板栗毛会咳嗽！小孩没人听，依然故我。

桃、梨等果物摘下，就由能干的女人家担出去卖。挑一担箩筐，带上盘秤，挨个屋场走。有大麻梨夏至桃卖啊，仓前岭出的，又大又甜！母亲和婶婶是搭档，总这样叫卖。我和弟弟当尾巴，无所事事跟着，间或拿有疤的洗净吃下去，馋得别个口水直流。

祖父常带我去住在仓前岭上的一户人家闲坐。屋前有口井，边上长着一棵樟树，水打上来总漂着一些樟树叶，半绿半红，烧出的茶有一股樟树叶香。那人家的水酒也特好，白瓷碗装着，水酒渣悬浮，像天空飘荡的云朵，喝下清甜，回味绵长。离那人家屋后不远，有几处坟茔，祖父说其中一个是曾祖父的葬身地。曾祖父死时才三十九岁，当年算屋场出类拔萃的好佬，得脑热病过世。我发现，祖父说完这些，嘴里总会轻声嘟哝。

仓前岭上当时驻扎着派出所，常有绿帆布吉普车出入，很神秘。另外靠马路有家国营药店，建筑高耸，奇特之处是大门顶上挂着一块招牌，从左右两边和正前方仰望显示的字各不相同，正面看是"国营药店"，左边看是"上等药材",右边看是"精心炮制"。小时没事觉得好玩,常走过来走过去,看字迹变化,百思不得其解。

我在仓前岭上还惊过一次魂。某日我独自一径往东走,到一处山道,在边上油茶树下坐着,拔地上杂草玩儿。一会儿,几个大汉急急抬着什么过来,嘴里喊,让着让着!定睛看,抬的门板,上面平躺一个十来岁的姑娘,一袭红衣,全身湿透,脸色寡白,眼睛紧闭。我忙起身,听一人说,没得搞,已经落气了。吓得我赶快跑回土砖房,瑟瑟发抖。后来才知,是岭后窑里周的妹子到捞刀河耍水,当场浸死了。此后好久,这事都成为屋场大人们禁止小孩下河游泳的说辞。

后来,生产队不再有往昔作用,仓前岭被人承包,不必祖父等人前去守山了。我也长大,上了小学,到斌跛子铺里只买本子,不买茴饼。间或去仓前岭玩都和同学一起,再不是牵着祖父的手。矮土砖屋被拆,老黄狗不知所终,开春映山红和野藠头还是漫山遍野。

母亲的星星

◎ 李公顺

母亲喜欢数星星,有的星星在她眨眼的工夫就丢了,母亲说那是在与她捉迷藏,她就一边数着一边寻找。母亲喜欢看太阳还未升起时的星星,那时的星星会眨眼睛;当东方泛出鱼肚白,母亲还能看见满天的星星拉扯着西天边的月牙不撒手,像是拔河,谁也不愿先松手,筋疲力尽还笑逐颜开。

那时父亲在黑龙江佳木斯一火车站工作,26岁的母亲在老家拉扯着我8岁的哥哥和3岁的姐姐,还得在队里干农活儿。爷爷奶奶去世得早,家里一旦有重大的事情发生,母亲就踮着那双半大不小的脚,到我姥姥家或我姑姥姥家求助,我那一个亲舅和四个表舅就是她呼之即来挥之即去的救星。

姥姥像有先见之明,放任母亲小时候对裹脚的自由。白天母亲把脚裹得松松的,晚上睡觉干脆在被窝里解开裹脚布,这就让她有别于那些纯小脚的女人。母亲可以风风火火地前行,那些纯小脚的女人只能用脚后跟走路,二三十岁的年纪硬生生地走出了七老八十的神态。

可以想象那年秋季丰收的景象是什么样子:地瓜大得把沟垄拱裂了缝,盼着农人把它们刨出来显摆显摆;高粱羞红了脸、水稻笑弯了腰,都很成熟地低着谦逊的头,却成了麻雀的主战场;大豆粒挣脱了豆荚的束缚跳到了地上,又轮回成豆芽。庄稼们不知道,那年农人们还有更重要的事情去忙,哪能顾得上它们?

于是,庄稼就只好继续成熟着、轮回着,继续做着农人来把它们收回家的春秋梦。

那年丰产没有带来丰收。世间凡夫没能理会上苍的善意,酿成了不可挽回的痛苦。

我姥姥选择在俺村抢收地瓜最要紧的时候给我二舅完婚,就影响了我母亲在村里干活。母亲去参加二舅的婚礼,她知道找干部请假白瞎,便于舅舅结婚的头天晚上悄悄去了。母亲的不辞而别,着实让别人恼火,就以我母亲逃避干农活为由惩罚她。

母亲说,村里惩罚她有一个说不出口的理由,我在东北工作的父亲时不时地往家寄钱,汇款单来了,母亲不识字,让别人看,就有人知道我母亲有钱,懒于干农活了。

母亲不知道,并不是因为这个原因惩罚她。

当时青年们结婚都是在水利工地或工厂生产车间里,身着中山装或没有领章帽徽的军装,胸戴大红花,举行完简朴而又隆重的结婚仪式后,发发喜糖,散散香烟,接着继续干活。这种婚礼就像是大家在工作休息间隙一个插科打诨的段子,对结婚者来说却是一个莫大的幸福和荣耀。

我舅为什么不采取这样的形式呢?

我姥爷、大舅和大姨先于姥姥走了,姥姥一手拉扯着一个儿子两个女儿生活。打我记事起我看到的姥姥就是一只眼睛一道缝,另一只眼窝瘪瘪的被眼皮覆盖着,好像里面从来就没有过眼球,泪水却时常零星地往外流。我不敢问母亲姥姥的眼睛为什么成了一只,我怀疑是姥姥悲伤的泪水过多,销蚀了她的另一只眼球。

我长到十几岁的时候还不知道曾经有一个大舅,一直以为二舅就是独苗,见着二舅就喊舅。大舅留下的一个女儿随她的母亲改嫁了,有时候还到我们家来看她的三姑,母亲就告诉我她是我大舅家的大姐,叫她春姐。我就纳闷,是谁家的大舅?我怎么从来没有见过?

二舅作为赵家唯一传承血脉的人,要担负起传宗接代的责任。姥姥也许没有见过新事新办的婚礼,再穷她也要一本正经地为二舅搞一场体面的婚礼。

母亲没有请假擅自去参加我二舅的婚礼这事就大了。队里却将地瓜一车车推进俺家院子里,摞了一米多高,让母亲"锼"完晒干。陆续推来的地瓜堆在大门口,母亲出出进进爬地瓜堆。

这样的活计是不好到娘家搬救兵的,这活,也没规定时间。母亲隐忍着无助的伤心,镂了几天几夜,将小山般的地瓜蛋一块块镂成了小山似的地瓜片;母亲总是前半夜镂地瓜,黎明前将地瓜片用蜡条筐挑到地里摆弄好。母亲的手指肚被镂子镂去了肉,就到村里药铺(门诊所)用碘酒消消炎再干,她不愿把手指头用纱布包扎起来,那样影响干活。地瓜的汁液黏在母亲的手上,不一会儿便成了黑黑的胶,洗都洗不掉。母亲说这样好,省了胶布(创可贴一类的东西)了。

每天凌晨四五点钟,八岁的大哥和三岁的大姐就会被母亲从热被窝中唤醒。他们不敢违背母亲的意志,无辜地揉着惺忪的睡眼,极不情愿地随母亲一起下湖晒瓜干;初冬的太阳未升起之前哈气成霜,母亲怕和她同样早起的两个孩子犯困、受冻,便教他们数星星,母亲就觉得那是星星在帮她哄孩子。一旦星星消失了,大哥和大姐就会机械地摆弄瓜干,就会喊冷、喊饿。

母亲就很喜欢这些白昼的星星,母亲希望太阳不要把它们融化了。

季节越来越深,庄稼地里的麦苗钻出了地皮,夜露晶莹地缀在上面,像星星点点的琥珀晶晶莹莹。地瓜片子不能在这样的地里晾晒了,一是怕踩坏了刚露出地皮的麦苗,二是早晨麦苗上的露水会把头一天晒得半干不干的瓜干再濡湿。

母亲有办法,她把村外宽一点的道路两侧用爪钩钩起土来,待阳光将土晒出白头,再把地瓜片子晒上。

那时候的天气预报几乎是反的,老百姓看云识天气都成了预报员。如"月亮带风圈,一连刮三天""云彩往西披蓑衣,云彩往南雨连连"等。我母亲也懂这些,可她干活快不过老天的变化,就经常被雨淋。

母亲生病怕打针。头疼感冒她熬上两碗姜汤,挖上两勺红糖,凉到温度适当一口气喝上,再盖上两床被子睡上两个小时,躺出一身大汗就好了。

母亲得干活,轻微的感冒挺着,重一点的才用捂被子发汗的办法。直到现在。

看看剩下的地瓜不多了,母亲干脆将镂好的地瓜片子撒到房顶上。这种晒法人们怕踩坏屋草,便站在屋檐下手拿筢子将成摞的鲜瓜干搂开,不搂开,下面的就会晒不干,地瓜干上就有黑斑,有了黑斑的地瓜干烙煎饼会有苦味。

晒好的地瓜干收回了家,母亲将紫花槐条子编制的粮囤从乱草堆中扒出,放在几块大石头上面,把瓜干倒进去。粮囤里的瓜干有了尖,母亲旋上用高粱秆的外皮编织成的折子,越旋越高,直到实在不能再高了,就用稻草或麦秸编织成的苫子旋转着苫盖好。这样雨水淋不透。

家里有了地瓜干就算有了粮食,母亲就想自己煮一点吃,找找自家吃饭的感觉。这个念头产生了,却发现家中已经不具备做饭的条件。母亲后来看到一坨坨半铁半土的球蛋时,就会激动地说,这里面也有俺家的铁锅铁勺呢!

村里有人形容我母亲是"辣椒嘴,豆腐心",看不惯的人和事就直说,全然不顾及当事人的尴尬,事后某一个场合又与人家说话,不搭理她,才知道得罪了;还有人说我母亲是"磕三个头,放六个屁",好事做了不少,又被她一句话抵销了。我们深有体会。

我家隔墙的大娘从我记事起嗓子就不清楚,拉风箱似的直着脖子喘,我娘说那是"饿痨",是饥饿落下的病根。大娘的脾气和我母亲不相上下,我见过她俩在街上对过时,就像谁也没看见谁一样,谁也不给谁说话,但是脸上表情很柔和,很平静。我见过她们在一起干活也不说话,可谁先干到地头却会悄无声息地再转回头来帮忙。那种心照不宣的默契,让人觉得她俩就是亲姐妹。我有时跟在母亲身后碰到大娘,叫大娘不敢,不叫大娘又怕人说我不懂事,很纠结;只要我单独见着大娘,老远就停下脚步,温情地瞅着她叫一声大娘,大娘就答应得很甜。

比母亲小不了几岁的二婶子跟别人说过,她俩有个心结,可能为一件事、一句话误会对方了。我想,如果婶子能给她俩打开就好了。

母亲有个爱好,说媒。她比不上媒婆会说,却比媒婆成功率大。经母亲的手输入输出的媳妇到了对方家中,过日子的日子里都不会留下后遗症;即使到了日子过得不好的人家,也能慢慢把日子过好。

其实,任何时候婚姻双方都讲究门当户对,有不讲究的也要看人品。会过日子的人家，有一点米面能让全家人吃香的喝辣的，有滋有味；不会过日子的人家，家里几乎无隔夜粮，日子在他们家就显出了苦味。最怕的是家中有病人，会拖累得一家人走不出泥坑，连孩子找对象都难。母亲把娘家村里一位我应该叫表姐的女子，介绍给了俺近门的一位大叔，大叔家老人身体不好，日子一般，表姐有些犹豫。母亲告诉她，男方有文化，人品好，你还怕以后过不好？

为了撮合成这门婚事，母亲把西屋的瓜干装了大半筐子，上面盖着红笼布来到娘家。母亲给她的娘留下一些，余下的用笼布一包，提着来到了表姐家，说是大叔家让送来的。还说，少是少了点，这个时候能有这点东西的人家也不多。

表姐的爹娘想想也是，就答应了，并应承做表姐的工作。表姐见过大叔，父母同意她也就同意了。

表姐嫁给大叔后，我们对她的称呼也随之改了，她还叫我母亲三姑，我们弟兄姊妹就叫她大婶子。起初她不适应，拗不过我们也就默认了，但我们叫她大婶子时她从来不答应。后来大叔当了会计，再后来又当了村小学老师。到我上学的年龄，我的学名是大叔给起的。

母亲今年 93 岁了。聊起秋天晒瓜干的事，她都会沉思许久。

"这也是天意吧！"母亲都会默默地念叨。

母亲一生引以为骄傲的是，她把娘家村的闺女说来俺庄十人，吃饭一桌还有点挤。当然，她直接说来的只有四人，间接说来的有六人。每当她们聚在一起，母亲就会众星拱月般地坐在正位。母亲就说："你们是夜晚的星星，天越暗越亮；我是白天的星星，太阳一出就找不见了。"

这好像是一句宿命的话。

其实，母亲还是很难忘记给她带来磨难和幸运的过往岁月。

梨梨依岁淌

◎ 李治本

披黄抹绿，素洁淡雅，一棵棵梨树，开满一朵朵梨花，玉骨冰肌，一尘不到。花是千年的梨花，树是百年的梨树。

在河北魏县，我目睹了这些百年以上的梨树——鸭梨树。就在眼前，枝叶扶疏、落英缤纷，一棵，二棵，三棵，四棵，五棵，六棵，七棵……恒河沙数，遍地漫园。

一条清澈的水渠，静静地环绕着梨园，水面如镜，碧蓝如洗，漾动着梨树，芳菲着梨花。水润泽着魏县的厚土，润泽着鸭梨的根脉，厚土栽梨，水脉延绵，浓缩着天地之精华。

魏县，是中国鸭梨之乡。鸭梨种植，始于三国魏文帝年间，贯穿时空，谓之常青。

梨树王，分布在园子里，都有标签，标注着树龄，象征着身份，在广袤的梨园里充盈着自信，怒放着梨花，一簇簇、一层层，透着清新，挂着露珠，开得千姿百态，开得重重叠叠，将梨乡水城紧紧相拥。在守园人心中她是神奇的，又是纯洁的。

"忽如一夜春风来，千树万树梨花开。"诗句以比喻的手法，描写北国雪飘的情形，一片皑皑白雪、银装素裹，就像是一夜春风吹拂，漫山遍野的梨花盛开。雪花似梨花，梨花若雪花，不正是魏县梨园的写照吗？

梨花，没有杏花那么慕情、娇羞，不同于桃花，面若灿霞、神似明珠。她是一种很普通的花，虽然普通，然若细品，颇为不俗，那种不被世俗玷污、寡欲清心的品质，从骨子里发散出来，外在简洁内在深厚，给人以心灵安慰，特别的真，也特别的纯。

微风过处，梨花在风中婆娑着，悠然落地。薄如蝉翼的花瓣，在阳光下熠熠生辉，晶莹、透亮，散逸着迷人的光芒。我俯下身子，慢慢地拾起花瓣，亲吻着、抚摸着、娇宠着。仔细端详，隐隐地，那无瑕的梨花如朦胧的雪花，徘徊在我的视线中，就像朵朵浪花，散落成白茫茫的世界，一颗奔涌着的心，幻化成无处不在的心境。

风挟着梨花的馨香，在梨树旁悠悠荡荡，像云锦似的漫天铺展，不动声色。此刻，杏花如雨，梨花似云，没有言语，没有动态，唯有惊喜和震撼的意韵。梨花落落风轻尘，梨枝摇摇漫天扬，或目眩，或陶醉，或惊异……

梨树是一道景，梨花是一片天。远眺梨树，好似油光可鉴、姹紫嫣红的油画，浓郁奔放；近观梨花，好似轻笔淡墨、春和景明的画卷，恬淡清雅。靓艳含香中风姿绰约，千朵万朵中清白如雪。

树树梨花，树密花稠，沿着梨园小路延伸，是通透的，是自然的，虽没有深度，但横向空间却是无边的，无穷无尽——曲径盘锦，通幽迷人。

梨树开春舒广袖，梨花带雨入春泥。细细丝雨，来得措手不及，沾衣欲湿，柔润花蕊，丰润梨园。一时雨露，一时沥沥，一时喜兴。

梨花开在四月天，果熟飘香九月里。春去秋来，梨满枝头，喜迎丰收，果农们喜上眉梢，羼而迎羼，高朋满园。我记得，去梨园的那天，天朗气清，云卷云舒，蛐噪树逾静，鸟鸣园更幽，馥郁着芬芳，弥漫着幸福气息。来自全国各地的作家眉开眼笑，一个个鱼贯而入，我稍一迟缓，就不见了他们的踪影。原来，他们都聚在梨树王下，急切等待品尝诱人的鸭梨。

四棵平均树龄达一百五十年的梨树，一字排开，是梨园的核心，更是鸭梨的符号。风动的梨，在枝间跳跃着、舞动着，大家迫不及待，攀高摘梨，摘一个吃一个，吃一个想一个。成熟的鸭梨黄黄的、脆脆的，咬一口，甜甜的汁液，直沁五脏六腑，齿颊生香，回味无穷。

梨的种类有许多，如雪花梨、黄金梨、苹果梨、皇冠梨、酥梨、香梨等等。鸭梨，属于古老的地方白梨品种，因丰沛的土壤而生长，因温润的气候而茁壮。梨梗突起，形似鸭头，果大而肥厚，皮薄而色艳，肉质细脆而多汁。

鸭梨，驰名中原，泽被黎民。魏县人的甜蜜事业和美好生活，是从鸭梨开始的。昔日的贫瘠、而今的殷实,一如鸭梨一半是酸的、一半是甜的,酸的是过去,甜的是未来。从本质和情感上讲,鸭梨与魏县的土壤和百姓的生活息息相通。

大自然把所有的美味注入了鸭梨,鸭梨在我心里如装满了蜜糖,不由得为梨树王祈祷,岁月不居,青春不老。我轻轻地触摸着她的躯体,那充满沧桑的树干,那饱经风霜的树皮,那绿里渐黄的枝叶,烘托出坚毅与沉着,奉献与美丽。

梨树王历经百余年风雨飘摇,傲立天地,是几代人的呵护,也是代代人的传承,他们对树王的呵护,是生态文明理念的一种折射——爱护梨树就是爱护自己的生态生活。

生态是一个彼此相依共生的系统,人之所以被自然供养,不是因为他可以被供养,而是因为他可以在自然中从事劳作、得到收获。人乃自然之子,对自然的热爱,就是对自己的钟爱,仿佛一面镜子,内外通透,照耀人生,反观自己。

梨与人随行,人与树共生,随踵而至,随遇而安。倏然间,梨树王在我心中多了一分安详,多了些许牵挂,我愿星月相伴,我愿默默守候。

皎洁的明月,把银辉洒向梨园,轻抚着棵棵梨树,不禁使我浮想联翩,这不是兵马俑吗?整齐列队,摆兵布阵,一片片、一排排,矗立风中,悄然弥散。自然给予的,就是让我们痴迷,让我们领悟。我简直不敢相信它真的存在,而它真的就是存在。

坐在梨树王下,遥望着无边的星空和偌大的梨园,对着月亮,数着星星,星星变成了梨,梨成了月,月光如水般的晶莹,星星如诗般的隽永。在这个繁杂的尘世中,在这个寂寞的梨园里,有谁会静听花开梨落?

黑夜因皓月繁星,而微明、浩渺。梨树王,在月光下拉长了影子,放大了鸭梨,那一棵棵原始的脉动,生发出特有的呼吸,我在沉醉,沉醉在涌动的思绪里。

秋天的月色是淡然的、无瑕的,在幽静的夜空里显得清高,也是和谐,像一曲扣人心弦的旋律,是诗人心中永恒的绝唱,美与美的相遇,就是极致与无限的碰撞。

月光照射下，梨园显得无比的光洁。梨树王像一位知己，自始至终倾听着我内心的絮语，给我最真的祝福——此时无声胜有声。

生活是一个过程，而不是结果。梨园的人，或许永远不去理会都市的喧嚣，却永远钟爱梨园的寂寞，就像甜蜜里知酸的味、白天知道夜的黑。

无垠的青葱，铺垫着夜的背景，一种安静感，自然流动。我独爱这梨园的月夜，喜欢在这深邃的月色里，在夜的帷幔中踯躅，等待黎明的初晓，柔光的微露。

晨光叫醒了风，风唤醒了树，树梦醒了梨，梨催醒了客。客从远方来，多以茶待客，而在这座梨乡水城，不光是以茶待客，更是以梨迎客！尤其是刚刚出炉的烤梨，烫烫的、软软的，吃着满嘴香，甜汁满口流，能清肺败火、润喉、止咳，有治病之功效。

春天赏花，秋天摘梨，梨园那间小木屋，时时飘香，日日待客，梨梨笑纳。人生如茶，岁月如梨，如茶一般多了苦涩，如梨一般多了香甜。

梨花芳香，鸭梨清脆，尝不够，忘不了，这就是梨乡的水土滋润的梨——鸭梨；根深蒂固，枝繁叶茂，地沃腴，偌旷野，这就是魏县的土生长的树——梨树。

离开梨园时，同伴之作家来自北京的董明侠女士，将一个个摔碎在地上的鸭梨，小心翼翼地包裹起来，悄悄塞进口袋，捎回京城。毋庸置疑，鸭梨在她心里，永远是完美的，甜甜的；魏县在她心中，是独特的，爱爱的，如她笔下的城、心中的梨，真真切切。

人离开，梨不开！人啊，梨啊……都在自然状态下，都在晨曦中，都在归途里，流漾着身影。

枣树 杨花 钟声

◎ 谭登坤

　　枣树苍劲瘦硬,一根根枝条画在北风里。枣树,让冬天的马颊河平原愈加苍凉。它们切割了天空,也刺破了天空,它们让远处压低的空间变得零乱,让霜雪,让蓝色的雾霭有了隔断。冷风吹裂了枣树的皮肤,好像它们一路走来都是冬天,好像它们的心里装满了冬天。这些枣树啊,好像它们一出生就历经沧桑,就早已在冬天里活过了一百年。

　　北风起了,枣树在风中发出凛冽的吼声,像是一种示威,是对北风吗?还是一场越来越大的雪? 风停了,洁白的雪花依旧执拗却温柔地在黑色的枝条上随形造势。大雪改变了那些黑色的粗糙的枝条,让原本质朴憨厚的枣树立即高贵起来。黑白分明的装束,更显肃穆。只有枣树明白,这丝毫改变不了它们的身份和本质。它们依旧粗犷,呆笨;依旧迟钝,固执。在漫长的冬季,在裸露的黄土地上,倔强的枣树林,陪伴着马颊河,它们苍凉的声音写在北风里。本来,枣树的存在,该让马颊河的冬天显出一些热闹。不想,却让这片土地,让整整一个冬天,愈加荒凉。没有谁了解这些枣树,没有谁去真正关心这些枣树的身世,它们的前世今生,它们历经的岁月。

　　枣树的迟钝让人气愤。河水化冻了,麦苗返青了,它们无动于衷。桃红柳绿的时候,枣树依旧铁黑着脸色。这些枣树,它们都死了吗? 它们都被冻死了吗? 它们没有逃过这个冬天吗?

　　杨柳迎春,麦子起垄了,枣树黑色的枝条上慢慢活泛起来。点点芽苞幽幽泅出,枣树终于松弛了坚硬冷漠的面孔。枣树的脉搏应和着一条古老的河流,一座古老的村子,渐渐复苏。柔软的小南风显出力量,它吹了一天,又吹了一天,春日的暖阳温暖着枣树黑色的枝条,那些油亮亮的叶片缓缓伸出。所有铁黑着的树冠,终于抖开绿色的斗篷。枣树绿了,村庄绿了。枣树是与冬天对垒的最后的士兵。只有枣树的枝头绿了,春天才算真正落地。它不再走了。

枣树的脚步是慢的,似乎,它总是跟不上时令。殊不知,整个村子里的人,从大人到孩子,都紧紧盯着枣树。都相信,是枣树,手握着时令。枣芽发,种棉花,这是节令。枣花香,燕来到,这也是节令。枣树将耐心包裹在年轮里,枣树的节奏,是土地的节奏,也正是春天的节奏。枣树的冷静,是土地的冷静,枣树的激情,也正是春天的激情——坚定、从容,不逃避,不轻信;不盲从,也决不放弃。

一棵古老的枣树,两个人三个人也抱不过来,那么粗壮虬曲着,如一条巨龙。又一棵古老的枣树,树干已经中空,却依旧持重,枝繁叶茂。树身上,遍布疖疣,却照样耸起满树葱茏。那些身形单薄的新生林,在枣树林的边缘远远地向它注目,表达着对前辈的敬畏。它们枝干上挂满白粉,顶着满身柔嫩却不失锋芒的棘刺,扩展着枣树林的边界。村子里已经没有人能说清楚,是先有了枣树,才有了村子,还是先有了村子,才由后人们一棵一棵栽下了它们。马颊河边的枣树林,与一个个村庄携手,走过漫长的路程。

其他树种躲避的地方,枣树来了。或者说,有枣树的地方,其他树种一律逃遁。是因为,枣树总是选择崖畔,贫瘠盐碱的角落,那些高亢干旱的地方。其他树种艰于生长,枣树显出英雄气概。一片枣树林在村前村后,那些被脚步踩得板结、坚硬的土地上,长得气势磅礴。它们隆起深厚的屏障,将村庄层层包裹,是护佑,也是昭示,有枣树在,就能繁衍生命。

春分。枣树的每一片叶子都不同凡响。它的鹊蛋形状的叶片上,都像涂了明油一般,新鲜、光亮,它们肆意招摇着那一树鲜翠。太阳一出来,每一片叶子便像是烟花一样燃放,满树的叶子上光芒夺目、火花四射,耀人的眼睛。麦子扬花,枣花儿也开了。细碎的、米粒子似的枣花儿,它们一如枣树的性格,宁静谦和,决不彰显一丝一毫的张扬。这些金黄色的小花,它们一律悄悄地藏在叶底,如果不细心,你就不知道有它们存在。可它们微小的花壳儿里,却盛满一瓯一瓯清澈透明的蜜汁。整座村子,一条河流,无际原野,白天黑夜地散发着枣花儿的芬芳。蜜蜂们最懂得枣花的隐忍和品质。它们在这个季节早出晚归，在繁花枝头不停地忙碌。它们的小小嘴巴，一刻不停地张合着、酝酿着。它们的两条毛茸茸的后腿，在这个季节里肿胀发胖，每一条腿上都缀结着饱满圆润的蜜露。它们不辞辛劳，仄歪着翅膀，把酝酿好的枣花蜜，无数次地送回到蜂巢里去。春天的蜂巢，就像发酵的面团，一团一团、一圈一圈疯长着。这些蜜蜂，天天在浓郁的花香里沉醉，天天痛饮着枣花奉献的玉液琼浆，天天在枝头绕着圈子，转着弯子，在枝头招摇着，它们一个个醉意蒙眬，晕头转向。它们的身子太笨，它们的奔波太久。有时候，它们笨拙的身子会绊倒在花叶上，艰难扭动，半天爬不起来。有时候，它们会从树叶里跌落下来，重而无声地摔在地上。蹬一蹬腿，不动了，不知道是累死了，还是醉死了。

枣树缓慢而坚硬地将生命压缩成薄薄的年轮。它枯落，绽放；守护，等待；坚定，忠诚。它陪着一条大河跟两岸的平原，迷失在苍茫的天底下。它让一个个村庄和活动在其中的人，都在不知不觉中模仿着它的模样，活出了它的性格。

赘物记

◎ 叶浅韵

——我在冰山脚下，四望幽蓝的海水，无边无际，无生无涯。

　　此时，在云南一个偏僻的小山村里，人们并不知道外面的世界发生了怎样的变化。煤油灯下的夜晚，一些愚昧滋养着另一些愚昧，一些经验误导着另一些经验。后来，我阅读一些书籍，知道我们落后于外面世界的时间，大概是半个世纪。从现在我们在县城的广场上还能看见一些裹小脚的老人身上，就能得到佐证。

　　打开教科书，吟诵女性的诗篇有无数。她们从《诗经》中走来，"关关雎鸠，在河之洲。窈窕淑女，君子好逑。参差荇菜，左右流之。窈窕淑女，寤寐求之"；她们是罗敷，"采桑城南隅。青丝为笼系，桂枝为笼钩。头上倭堕髻，耳中明月珠。缃绮为下裙，紫绮为上襦"；她们是洛神，"翩若惊鸿，婉若游龙。荣曜秋菊……柔情绰态，媚于语言。奇服旷世，骨像应图……"她们是东邻之女，"玄发丰艳，蛾眉皓齿"。

　　在这些描述中，包含女性的头发、牙齿、嘴唇、香肩、双手、细腰、首饰、衣裳，偏偏是乳房被隐藏了。即使是在《红楼梦》中，那一群美丽女子的芳菲岁月，也仅有一次提过，是关于尤三姐的："身上穿着大红小袄，半掩半开的，故意露出葱绿抹胸，一痕雪脯。"那样一个懂得女人是水做的骨肉的男儿，也不舍得花费笔墨。

　　在一些野史或是艳色文字中，通常看到的也只是用"胸雪横陈""酥胸雪白""两峰嫩乳"一笔带过，敷衍了事，留下一地的想象。写这些文字的通常都是男性，我不知道作为第二性特征的乳房在最原始的欲望中，究竟充当怎样的角色。倒是对三寸金莲的关注,明晃晃地出现在诸多诗句中,真个是"谁言琼树朝朝见,不及金莲步步来"。

或者说在很长一段时间,女性的第二性特征是三寸金莲,苏轼的《菩萨蛮·咏足》里有一句"纤妙说应难,须从掌上看",拥有一对美足,成了那些年代里的女人们一生的追求。我记得我奶奶在谈及某某人时,总要加上一句,"丢秀""丢丢秀秀",用来形容哪个女人的脚小,外加一句"贤惠",仿佛脚小的女人一定比脚大的女人更有女德似的。在四平村,一丢丢点,就是特别微小的意思。而女德在乡间邻舍是一种名声,关乎一个家族的威望。

我奶奶一生珍爱她的三寸金莲,连裹脚带子上的一个皱褶都不会放过,并在任何时候都把脚看成一件害羞的事。洗脚的时候,要躲起来,生怕被人看见。倒是对胸部,从没那般慎重过。我曾经理解为她老了,已经不在意女性的性别特征了。现在想来,也许脚才更可能是她认知里的性别特征。我已经没有机会向奶奶讨教她们这一代人在年轻时对待自己乳房的态度了。但有一点应该是明晰的,"丰乳肥臀"这四个字,还未进入她们的视野,她们的身体尚未觉醒。

终于可以放足的时候,乡保甲长们又操碎了心,他们派人扛着火药枪,走村串户,大声喊:放足了,放足了。我奶奶听见时,赶紧躲进了柴房。在约定俗成的生活体系中,即使是利他的行为,也是异端。人们惊恐、躲避、观风、议论、等待,谨慎地对待新法。

人们把太多的精力花费在脚上,乳房像是一种工具,承担着哺育下一代的责任。或者说,在我们的文明体系中,乳房还没有成为审美对象。这个在两性关系中,具有重要作用的一对乳房,被轻视了,忽略了,成为一种隐秘的附属品。

若是我想要进一步通过一些文字记录,得到一些有效的关于女性身体成长中的青涩疑问,就像是一片片盲区。貌似人们都有意回避了这现实的存在,无论是个人经验,还是集体智慧,我都无法找到一种有效的参照。

在很长一段时间里,只要女人穿衣暴露一些,就会被视为伤风败俗,千夫所指。20 世纪 80 年代初,县城里竖起了一座叫"玉美人"的雕塑,那是一个美丽动人的民间传说故事的彝族少女形象。玉美人赤裸着上身,丰腴的乳房在阳光下陡生光辉,婀娜多姿的身体健康明朗。雕塑刚竖立起来时,小县城的男女老少都不能理解,认为是一件羞耻的事情,他们在背地里把这座雕塑叫作"不要脸",有甚者还要在经过时吐两口,以示自己是一个多么贞洁的人。你看,连一座雕塑的命运尚且如此。

慢慢地,新文化以一种润物无声的态势进入大山大河,进入小城小巷,人们的观念逐渐在更新。如今,能以一种完全审美的态度去看待一尊雕塑了,认为她是像阿诗玛一样美好的女性化身。即使人们的视线停留在她高耸的乳峰时,也不再跟邪恶庸俗的情绪沾边。对美的臣服,以及对审美品位的提升,一直是人类文明进程中的重要议题。

在我的阅读视野里,关于女人的害羞心理描述得最生动的,应该属于李清照。"蹴罢秋千,起来慵整纤纤手。露浓花瘦,薄汗轻衣透。见客入来,袜划金钗溜。和羞走,倚门回首,却把青梅嗅。"我似乎看见一个少女美丽的胴体,风姿凌乱,娇媚可人。

然而,关乎我个人的羞耻的记忆却是粗糙的、隐晦的、苦涩的。它被简单地安放在"那个"两个字里,经过各种猜测,跌跌撞撞地走过。在如今看来,更像是一种愚蠢的笑话。可它却是真切地存在于我的生命中,并给我带来噩梦般的经历。

当"羞耻"二字不触碰女人的尊严时,它是剔除了"耻"字的,单纯的"羞"有时还显得十分动人,就像《点绛唇·蹴罢秋千》中所写的那样,如花欲开,娇艳欲滴。一颗少女心通过婉约的词性,传递出动人的美,千古不绝。当"耻"被卷入牵连时,后面一定还紧跟着一个"辱"字。这些令人手足无措的字眼,贯穿女人的一生。

许多羞耻,度过艰难的时刻,就不再成为羞耻。而许多隐秘,需要时间不断修改和剥离。还有许多关于女性身体的隐秘,即使到了现在,也并非是一个敞开的姿态。我们还需要借助"科学"两个字,向下一辈传授一些有限的认知。且在一不小心之间,就会弄巧成拙。

各个时代的女性在这些隐秘中,因为经验有限或是时代原因,要受尽肉体和精神的双重折磨。现在，我们对于自我身体的认知也显得过于蒙昧，常常是身体的哪个部位预警了，跟着医生的牵引，在一些药物里歼灭疼痛，然后又进入蒙昧。更别提，我们应该把对肉身和精神的探索当成一件正经事。似乎，它们只有成为一门学问时才显得有意义。这些本该成为常识的利我利他的事，还有许多隐藏在人类认知的褊狭里，继续成为蒙昧的一部分。

我所经历的也只是芸芸众生中的微末，如果我不说出来，我将把这些带进泥土里。当然，如果我说出来，有可能会成为另一种笑话。你看，我还担心我这点羞耻心会成为笑话。我希望的是另一种结果，我的某些同类会看见，恍然觉得，啊，原来我不是独自一个人生活在那个时代呀。

写下这些的时候，我的觉知也像进入某种深渊，我找不到一个出口，去安顿自身的蒙昧。我在冰山脚下，四望幽蓝的海水，无边无际，无生无涯。

——她敞开上衣，露出生病的乳房，像是要明晃晃地揭露这人间的罪恶。

这个春天，我家顶楼上的花盆里长了满满的一盆奶浆菜。绿油油嫩生生的叶片，掐下一枝，茎秆和断叶处立即就冒出白色的乳汁，像是植物也会产奶似的。乡间妇女生完孩子不产乳汁时，也常用它来下奶。乳房肿胀时，也离不得它。

在我们的心里，有一种最原始的认知，但凡植物的神形与人身体的器官有某种契合，就基本能判定它对身体的哪个部位会有作用。比如，西红柿与心脏，金豆与肾脏，奶浆菜与乳房。万物与人在互生之间，有着某种神秘的暗合。如我奶奶挂在嘴上的话，一颗毒药，一颗解药。

在四平村，没有人真正掌握一堆科学认证的结果，个人经验的传播在生活中实用而简单。我妈在药书上看见某种植物的功效时，会拿出来当闲话说上几句。不久前，她在书上看见无花果的根部对舒筋活血有作用，恰好家里有几株无花果树，我妈便去挖一些回来，一股子浓烈的药味扑鼻而来，我妈恍然若悟，说它们的长相与人的经络很是神似。效果亦是被我妈用肉身检验过了。

笃信中医的妈妈，一有闲工夫，便翻开各种药书，然后把她和我们当成小白鼠，小疼小痒的疾病，药到病除。我跟着妈妈认识了诸多中草药：白花蛇舌草、千针万线草、金毛狗脊、楼台夏枯草等等，每一种中草药的名字都像刚从《诗经》中走来。奶浆菜是田间地埂最常见的植物，除了做药，也用来当猪菜。我妈在顶楼看见这盆茂盛的奶浆菜时，毫不犹豫地摘下它们，做成美味的榨菜团子。

我一边吃，一边听我妈讲这种草药的故事。归根结底一句话，奶浆菜对女性的乳房具有很好的保健作用，让我多吃一点。我咀嚼着，香味与苦凉在舌尖上反复回荡。吃下它们，仿佛我胸上的囊肿和结节正在缩小。甚至有种错觉，掺和了某种神灵的旨意，让我进入遗忘的乡野生活，重新认识胸前这两坨肉。

去年夏天，我的胸部刺痛。长期抑郁的情绪，在我的胸部投下了一枚轻型炸弹。在引线未点燃之前，我必须要做出一些积极的抵抗。我试着吃一些软坚散结的药，但收效甚微。医生告诉我，要控制自己的情绪，可在一些糟心的事情面前，要心如止水，面带微笑，实在是一件困难的事情。后来，淋巴、乳房、子宫先后都有了一些不同程度的病灶。它们都不会致命，只是在向我的生活发出一种警告。

突然降临和生长在顶楼的奶浆菜就像某种道具，在如戏的人生中，提示着我演技的真实与拙劣。我知道，它们并不能消灭我身体的隐患，但它们已经给了我一条重新认识和关怀自己身体的路径。

去年冬天，适逢家里断水，我去公共澡堂洗浴，遇到几年未见的一个姐姐，她的胸上有一个醒目的伤疤。她告诉我，因为乳房上的囊肿做了一个手术，病检显示，已在乳腺癌的临界点上。我并不知道医学上该怎么判定，但她在言语之间向我吐露的幸运，也给了我一种侥幸的心理。我摸摸刺痛的胸部，坚信那些在概率之中发生的事情不会与我有太大的关系。

然而，这些奶浆菜却让我警惕起来。许多年前，我与隔壁的四姐姐每天放学回来都要采摘这种菜。她奶奶的左胸又红又肿，许多污浊的颜色聚集在她的胸脯上。疼痛、呻吟、舒缓、放松，这是我每天在她的脸上看见的信息。我们把采集回来的奶浆菜揉搓出汁液，涂抹在她的胸脯上，然后把揉蔫的菜叶也贴上去。她说舒服些了，凉爽些了，好受些了。这些她的胸部症状有所缓解的语言，令我们觉得自己被需要、被爱。

奶浆菜在村子里被随意地叫作苦马菜，或许更应该叫作苦妈菜。每天放学，我们都在河边、地埂、山脚、山坡，不辞辛苦地去采摘奶浆菜。这成了我们的一种责任，因为我们的老祖母每天需要大量的奶浆菜来凉血、止疼、舒缓神经。那时，我们并不知道"乳腺癌"这三个字的存在，甚至也不知道这就是"肿瘤"。

村子里除了老祖母的胸部病了，还有另一个老人的臀部也开始腐烂。老了，肌肉腐朽了，更像是四平村的一种常识，没什么大惊小怪。她们不去医院，也不去追问得的是什么病。问的人多了，就丢下两个字：怪病。

可是这些奶浆菜并没有明显的治疗效果，舒缓疼痛的作用代替不了治疗的功能。老祖母的胸部开始化脓、腐烂。屋子里每天都是腥臭味，伯父用一卷长长的纱布塞进化脓的洞里。很深很深的洞，伯父每天拉扯出纱布清洗时，像是在用力挽留着他老母亲的生命。疼，刻进老祖母的骨头里，也拉扯着我们的身体。我不明白，为什么胸前的肉会病，会腐烂。

吃咪咪，村子里的孩子都是吃咪咪长大的。曾有一个生下来就死了妈妈的小婴儿，他也是吃奶长大的。为了养活他，他爷爷去山上挖来了下奶草，依了村子里口口相传的偏方，用一些诸如奶浆菜的中草药下奶。后来，婴儿就叮在奶奶干瘪的乳房上，也吃上了咪咪。甜甜蜜蜜的咪咪呀，奶大了一个又一个的孩子。咪咪吃干的胸脯，它们回归原位，被叫作奶子和乳房。

乳房也会得怪病，老祖母是村子里的第一人。她悲苦的一生在她的乳房上种下的罪孽，让她寝食难安。失踪的丈夫，惨死的孩子们，没有哪一样不在她身上投下阴影。长期的悲愤和郁结，让老祖母得了怪病。后来，医学科学证明了情绪对女性身体的影响，我也正在用肉身检验着生活的悲欢。

那个时候，我不懂老祖母的悲苦，只觉得胸脯上的两坨肉是凶手，是它们夺去了她的生命。我与四姐姐同岁，我们都还是六七岁的黄毛丫头，并不知道我们的胸脯会发生怎样的变化。后来被我的姑妈断定为瘤子的肉肉，它们在我身上鲜活地存在着,成为羞耻的一个洞口。只是到了老祖母这般年纪,羞耻已经在她身上不复存在了。她敞开上衣,露出生病的乳房,像是要明晃晃地揭露这人间的罪恶。

老祖母早已化成一堆黄土,老祖母的女儿们、孙女儿们,都已经做了母亲、祖母。与前辈人一样,为了哄在公共场合张开嘴巴就停不下来的孩子,我们无所顾忌地掀开上衣。胸脯,在孩子的需要中成为最佳口粮,我们像一头头奶牛,没日没夜地生产乳汁,等待孩子的饥饿。

当嗷嗷待哺的小人儿伸向我的乳房,我顿时觉得我成了这个世界上最有用处的人,他需要我,我的存在如此重要。一时之间,奶孩子,成了我的胸部器官最重要的功能。神奇的白色乳汁,让一个婴儿见风成长,长成年画上的胖娃娃。在那一时刻,我几乎否定了从前的羞耻心,觉得这对天赐的乳房真是神物,它让我随身携带,随时有用。

在儿子断奶前,我还为自己能省下两头奶牛钱而津津乐道。每当听见儿子吸着乳汁的声音,我就觉得自己的身体里有两个池塘,左边一个,右边一个,有取之不尽的乳汁。常常是这样,儿子吸着左边的乳房,右边的乳房也不断流淌着乳汁。我妈说,产这么多奶,双胞胎都吃不完,你看一床一铺淌了多少呀。可惜了,可惜了。有时,我甚至有种错觉,我与两头奶牛是等价的。看着小牛茁壮成长,我的母性的温柔和刚性也在茁壮成长。

刚给孩子断奶时,两个乳房从饱满到干瘪,这个过程让我想起四平村前的那条河流。涨水、水浑、水清、断流。断流后,河床就干枯了。两只乳房像两只长长的丝瓜,无力地耷拉至肚皮,洗澡时有种绝望在流水中漫延,用"惨不忍睹"四个字已经难以形容。从来没有如此怀念过小荷初绽时的美丽,而那时候我却觉得它们是丑陋的、罪恶的。我还来不及赞美和热爱它们,我就已经彻底失去了。

无论我有多伤心,只要看见孩子的小脸,仿佛觉得一切失去都是为了这个小生命的蓬勃生长。在无用与有用的一念之间,风烟俱静,内心安宁。从牙牙学语至语出惊人的孩子,让我完全忘记那些短暂的绝望。直到有一天,我又欣喜地发现,胸脯上的肉肉正在复原生长。有种失而复得的喜悦在心间跳跃，我想我从此要加倍珍爱它们。

有一段时间，我迷上了美容院里小姑娘们的纤纤玉手。在不菲的价格之后享乐，像是让我找回了某种确证，确证这是一个女人的身体。她们的双手在我的乳房上轻柔地游走，并告诉我，她们能让我战胜下垂、塌陷、结节。比起那些私密的欢愉，她们更令我得到一种心理上的尊重和满足。

因为需求而生产出来的爱，总是带着某种不完整的遗憾，或者那不叫爱，叫需要或是给予。除此之外，还有一些无耻的小害羞，像是一个女人的袒露和交付找到了一个不合适的载体。然而，美容业的兴起，已彻底地占领了女性的软肋。只要他们紧盯一个"美"字，便让女人失去抵抗的能力。

后来，孩子长大了，他有一天问我，妈妈，世界上最贵的房子是什么？大概是我受了一些时尚杂志的影响，便把第一答案界定为乳房。而我的孩子却说是妈妈的子宫，我喜极而泣，把目光转向某先生，问他的答案是什么。我心有期待，念想着他会依了我的心愿，像脑筋急转弯的答案，回答两个字：乳房。结果却令人大失所望，或许这两坨无用的肉肉，在成为奶牛的使命结束后，它们就失去了新鲜。

在此之前，这对乳房曾有过的最大荣光，是在一双异性的手上。我在陌生的惊慌中，从害羞到期待，有一种隐秘而羞涩的快乐像电流一样，通遍全身，令人软酥、娇羞、快乐。仿佛从前所有的保守，都是为了在这时刻，完全不再保守。敞开自己成为女人，成为一个孩子的母亲，这种奇妙的感觉，让世界变得宽阔而狭窄。

更为可笑的事情是，我们对异性的身体完全是蛮荒的认知。他以为，女人的乳房应该是冰凉的，因为文学作品里用了"冰肌玉骨""瓷实"等来描述过。被误导的玉器和瓷器，居然成为乳房的同类，这实在是一件令人惊奇而捧腹的事情。我们交换着彼此积攒的秘密，成为战友，成为亲人。一些愚昧，一些蠢萌，从有所顾忌到无所顾忌。

从生孩子在产床上撕开自己的隐私，丢掉羞耻，再到哺乳期的羞耻根本无法顾上。一个姑娘身上的遮羞布差不多荡然无存了。曾有男同事说，如果让一个姑娘成为母亲，那就没有她说不出的害羞话了。那时，常有几个男同事在女同事面前讲黄色笑话，我们由最初的脸红到跟他们胡乱说笑，时间真是人心和人性的魔法师呀，你不知道它锻造事物的刀刃有多锋利。

走着走着，我的愿景中的珍爱就变成了一地鸡毛。生活没有赏赐我太多的甜蜜，美容院的姑娘们更没有兑现承诺，倒是推卸责任怪我不按时去做护理。我折服于一些遭遇，并努力挣扎。每挣扎一次，它们都在我的身体上投下一些影子，积攒成医生诊断书上的一些有形的数据。

低头走路的人

◎ 马卫巍

姥爷活着的时候，曾是个极度吝啬的人。其实，"吝啬"一词从我这里表述出来不一定准确，况且词汇运用也不一定到位，他应该比吝啬还要严重。这种吝啬与他的外表呈现出格格不入的对比，换作其他人，绝对不这么认为。在其他人眼中，姥爷却表现出一种波澜不惊的独特智慧。

他的吝啬是我强加给他的。他不会准备花生、瓜子和糖果招待我，最多买几根已近干涸的甘蔗，长短大小不齐，应该是在卖甘蔗处剩下的残次品。若碰上他大方地拿出几块糖来，准是这块糖快要融化，用以包裹的糖纸已全部粘住了，需要很费劲地舔下来。他也会掏出钥匙打开抽屉，拿出几块麻酥，那么你要小心了，它们的坚硬程度堪比石块，会冷不丁地崩掉半颗牙齿。

在我的印象里，他喜欢低头走路，倒背双手，上身前倾，像有心事般缓慢而行。他已经在三年前故去了，要不然他会一言不发地用眼神和我对质。他的眼睛已经太过浑浊了，并无波澜也不清澈。眼球上面罩着一层暗黄色的薄膜，薄膜后面是无数个关于他的故事。他把故事装进心底，不愿意和其他人分享，就像没有发生过一样。他波澜不惊的处事风格，很容易伪装成一条缓缓流动的河流。在他的视力范围之内，不一定看清我在哪个方位。我尴尬地咳嗽一声，他才慢慢转回头，暗灰色的眼睛游离了过来，眼神是柔和的、模糊的、流动的，让人稍感安慰。

若他活着的时候对着一棵树、一盆花或者一只猫久久凝视，那么请你放一百个心，他针对你的眼神已在这种凝视中消散了。他的思绪慢慢飘动，撞开心扉抵达远方。他会用眼神长久地答复你，然后低下头走了。

他是荒原乡村中非常普通的退伍机枪手、杀猪人和老木匠。这些身份集于一身也并未给他带来特殊光环，芸芸众生中根本找不到他的影子。舅舅家的表弟和我讲，小时候跟着姥爷赶集，一眨眼的工夫，他已经钻进人群消失不见了。表弟到处寻找他，炸油条处、卖烧饼处、卖花生瓜子处、卖烤地瓜处、卖糖果处……这些地方都没有他的身影。表弟像一条受了委屈的小狗，在人群缝隙里钻来钻去，赶集的乐趣变得索然无味，就连通过变戏法卖肥皂的表演也没心思观看，只好低头耷脑地返回家了。表弟怀疑他是否来过集市：来的时候，明明拽着他的衣角来着，却转眼不见了踪影，连个脚印都没留下。这种情形像被冬天的风雪掩盖住了。雪花之下，脚印与大地还能分辨出来吗？两者之间貌似没有直接的关联，大地承受了他，却也遗失了他。

　　表弟回家之后，却发现姥爷早已回家，并且正收拾一挂猪肠子、半个猪头或是已经有些烂兮兮的小青鱼。他坐在院子里，脸上并未因舍弃我的表弟而感到不好意思，反而招呼他赶紧帮忙。

　　他有各式各样的刀具，尖的、圆的，长的、短的，宽的、瘦的，这些刀具被他整齐地叠放在一起，在阳光下闪着寒光。他十分熟练地将猪头分割，耳朵、口条以及猪脸儿；他给小青鱼开膛破肚，把已经发黑的五脏六腑收拾干净，用清水泡了；只用一根筷子就能快速地把肠子翻过来，洗净上面黏糊糊的粪便。他对这些事情乐此不疲，并用盐水、碱面、白酒等，消除掉令人作呕的腥臭。等这些事情做完，阳光已经跳到墙头的另一边去了。他泡一壶浓茶，看着眼前的一切，兀自笑了。

　　我曾见过姥爷的刀具：一把扁长的剔骨刀，还有一把宽绰的大砍刀。它们早已失去昔日神采，被扔在炕头下一处破洞里。刀身锈迹斑斑，并不尖锐和锋利，岁月把它们侵蚀得不成样子，灰头土脸毫无精神，如一头受伤的老狼，在昏暗的巢穴里独自寂寥，回忆旧时光，熬过风烛残年。

　　关于姥爷年轻时杀猪的经历，我听舅舅说起过。这并不是他的专业，属于半路出家自学成才。那时，荒原上的杀猪人是一种职业。他们与猪肉商贩不同，只有碰到哪家过寿、娶妻或添子添孙，才会被请去杀猪取肉用以招待客人。杀猪人往往不收取费用,杀完猪脱了毛将肉分解后挑半挂下水算是报偿。姥爷经常拿回一只猪耳朵、半边肺叶和肝叶、一只猪心和半挂大小肠,足以让家人兴奋不已。舅舅说,可别小瞧这半挂下水,在那个年代可是最美佳肴,清苦人家能吃上这些已经不错了。有时为熟人杀猪,姥爷表现出特有的矜持,只拿回四只猪蹄子。

有回,我在姥爷家住宿,他弄回一个猪头来。他耐心细致地刮着尚未煺掉的猪毛,动作比绣花还要仔细。他的手顺着猪头的顶部缓缓向下,绕过耳根,然后在两只眼睛处用食指和拇指把稍微硬长的毛发拔下来。他的眼睛已经花掉了,只能时不时地把猪头举起来,对着阳光的缝隙找寻尚未拔掉的硬毛。他长久地与一个猪头对视,让我生出莫名其妙的幽默感。他把猪头揽过来,自己的脸差点碰到猪耳朵或者猪嘴唇了,依然没找到那根刺刺的长毛。对于猪头上面的硬毛,他有着近乎疯狂的密集症隐患。他架起火堆,用一根铁钩子挂着这颗硕大的猪头熏烤,火烧毛发发出刺啦刺啦的声响,让我的心脏都跟着缩紧。这种声音像硬铁相互碰撞发出的尖锐的呼啸,貌似要把耳膜刺破。

熏烤不过半刻钟时间,姥爷把猪头弄下来,然后烧化一锅浓稠的松香。松香块呈现出一种暗金色,迎着阳光时,更像一块巨大的钻石,光线被它不规则的棱角切割得零零散散了。开始时,松香的味道奇特无比,像小松鼠嚼了松果,弥漫着松林中的静谧气息,可松香彻底熔化沸腾后,却有一种腥臭焦煳的味道,让人干呕。他把猪头放在松香中轻轻转动,确保每个部位都能沾上这些稠糊糊的东西。多年之后,我还能记起那种味道,顺着心底丝丝游离起来,然后涌入鼻腔。不过,那种味道已被岁月消磨掉了,继而变得软润起来。我觉得自己的胆量还可以,不至于被一个裹满松香的猪头吓到。松香冷却后没有了晶莹的微黄色光芒,它色如沥青,在猪头上面炸开一道道干涸的裂口,狰狞如头困兽。姥爷粗暴地把松香撕下来,随着松香片的脱落,撕裂下更为纤细的绒毛。他在做这些事情时,我总感觉脸上也糊了一层厚厚的松香,每脱落一片,脸上也跟着火辣辣地疼痛。这个过程尚未完成,我已经捂着脸快速逃离了。

松香全部被撕裂下来后，整颗猪头突然变成了洁白如绸的艺术品，即便火熏之下的灼黄色也有些柔软色泽了。两只眼睛里的暗灰此刻如玻璃般晶莹透彻，似有水流。姥爷沉浸在自己做成的艺术品中不能自拔，翻来覆去不断观看，直到心满意足地下锅煮熟。我惊奇于所有变化，缓慢之间，姥爷完成了最后一道工序。他这般操作一气呵成，从未拖泥带水，每一道工序细致而又粗暴，最终使这颗猪头完成了华丽转身。此刻，所有的焦煳味道已飘无痕迹，香气在铁锅中旋转、激荡、飘浮，整个院子都充满了迷人的肉香。

我犹记儿时与表兄弟们捉迷藏，会经常藏在他打造的橱子或箱子里，印象最深的则是躲藏在他打造的棺材中，或躺着或蹲着或倚在一角看外面的动静。我在姥爷家最常见到的是凿子、刨子、锤子、锯子以及大大小小的钉子。他年轻时曾走街串巷打过家具，包括橱子、桌子、椅子、凳子，至于打造棺材则是顺手的活计。

荒原上的老人多有临终前置办寿材的习惯，自己出木头，然后把姥爷请了去。主家烫一壶老酒，烧两个小菜，算是开工大吉的仪式。主家多准备柏木、松木或者榆木作为原材，条件相对好一些的，则选择保存长久不易腐烂的柳木。姥爷和舅舅两个人配合，用两到三天时间完成了这项最为朴质的手艺。姥爷从一名操作者俨然成了指挥者，他只打量一眼主家的身高便知道打造棺材的具体尺寸，然后指挥舅舅解木、打线、做好标记。他目测好木板长短之后，墨斗中的线便从这边直直抽了出去。他伸出的指头有点像戏曲里的兰花指，轻扬之间便把墨线弹好了。墨线撞击木板，上面的油墨精准无误地打下来。两者撞击发出清脆的声响，一条笔直的黑线映入眼帘，墨线撞击木板抖落的碎点，像银河里的繁星。棺材做成的那一刻，从主家的眼神中能看出满意之色。他们的赞美之词让姥爷沉醉，他会用剩下的边角料做一两个小凳子，抬抬手的事，用不了多少工夫。

我不理解姥爷为什么会对木匠的身份如此偏爱，但他又不得已放弃了打造桌椅板凳的活计，从而专注于打造棺材。桌椅板凳已由传统的手工制作转为机械化批量生产，这对于作为荒原老木匠的他来说，无疑是沉重的打击。他无法逆转潮流，只能默默承受。好在打造棺材的时候，他还能找到手握刨子、凿子和锯子的快感。他年迈不堪了，舅舅则成了他的精神支柱。这还不成，他又把我的小姨夫叫了过来，并郑重其事地递给他一个使用多年的老墨斗。我能准确地回忆起小姨夫接过墨斗的样子：简直诚惶诚恐，受宠若惊。捧着这么一个脏兮兮黑乎乎的东西，内心到底起了什么波澜？这不是黄金疙瘩，也不是手雷炸弹，却有沉甸甸的分量。这个墨斗让我小姨夫过早地佝偻了脊背，他的头发也在四十岁之前变得花白了。

姥爷喜欢坐在一旁看两人做活，还时不时指点一番。木屑中飘浮着令人沉迷的味道，而这些碎屑又像冬日里激扬起来的雪花。雪花落到头上，散发着下午茶里的晶莹。姥爷迷恋这种感觉，他用最为原始的手艺致敬亡灵。在荒原，老人们告别人世最好的方式就是挑选一口上乘的棺材，尘归尘土归土，到头来这才是最好的归宿。老人过世后的操办程度，不仅仅考验子孙是否孝敬，还考验着家境是否殷实。孝顺的定义，荒原上每个人的心里自有定论，但总有那么几家装装样子，想在葬礼上挣一回死者的面子——而棺材的好坏自然牵扯到最后的面子。这给姥爷带来了挑战：最为廉价的木材怎么能做出不失面子的棺材呢？

舅舅购进一批木材厂废弃掉的松木，它们已然在风雨中浸泡得不成样子了，千疮百孔，腐朽不堪。这种木材做出来的棺材可想而知，稍不注意极有可能支离破碎。我一直替他担心，这种脆弱不堪的棺材能够承受身体的重量？要是漏了底可怎么办呢？

我的忧虑最终没有发生。姥爷用他特有的智慧使棺材焕发出前所未有的光辉，他让松木化腐朽为神奇。他会打一盆薄薄的糨糊，把早就筛好的沙土放在里面搅拌，形成类似于水泥般的涂料。在每个阳光明媚的午后，他手拿刮刀在棺材上层层涂抹，就像往墙上刮腻子一样，精心细致、一丝不苟。对他而言，这简直是一项伟大的工程，细沙把所有的窟窿填充，整块木板光滑而又平整。我总觉得，这哪里是在打造棺材，分明是在造一座宫殿。等沙土晾干之后，刷一层大红油漆——这口棺材就获得了新生。

我在捉迷藏的时候，会冷不丁地听到棺材咔咔作响，木头与木头之间的那种脆裂、厚重乃至让人窒息的闷响。姥爷告诉我，这是荒原上某个人死去了,他的亡灵提前过来挑选心仪的棺材。我被他的讲解吓得汗毛竖立,像只野兔子从存放棺材的屋子里蹿了出去。姥爷面无波澜,找块布料重新把它擦拭一遍,然后找个角落泡壶热茶静静地等待。果不其然,很快就有人来把它拉走了。

我想再告诉你另一件关于他的故事。这个故事需要往回追溯六十年,所以,请你不要着急。那时他刚刚结婚,一直想盖座像样的房子。在荒原上,泥土脱坯砌墙不是问题,树木做成房梁也不是问题,最为重要的是需要支撑顶棚的芦苇。他对建房的各个工序都了如指掌——这也是所有荒原男人所必备的技能之一。他独自一人施工,挖土、脱坯、砌墙、选木、造梁和椽子,但遮盖房屋的芦苇何处而来呢?这让他犯了难。若到集市上购买,他却舍不得花这份钱,无奈之下,他拉着平板车下了东洼。

你可不要小瞧这个"东洼",它是靠海之地,盛产芦苇,而东洼距离荒原近一百五十公里,只有一条坑洼不平的土路能够到达。他拉着车在荒原上行进,并未感觉到因劳累带给他的寂寞和孤独。没人陪他说话,更没人关注这个沉默寡言的男人。但他确实走到了东洼,看到了芦苇成片的壮观景象。他并无心思观看芦苇中惊起的白鹭,无心留意横冲直撞的野兔和惊慌失措的鹌鹑,只休息片刻便把镰刀抡开了。或许平板车装满的那一刻,他才感觉到困倦,只好倚在芦苇旁眯了一会儿。然后干啃几块窝头,喝几口凉水,趁着月亮尚未升起来的时候返程。

我不敢想象那是怎样一个行程,他拉着装满芦苇的平板车缓慢地行进在乡间土路上,路旁的榆树和槐树如孤零零的鬼魂,而不远处的坟头上却飘荡着一层层磷火。月光照在路面上,洒下一层盐碱白,被拉长了的身影恍惚间变成移动的沙丘。他渺小如同蝼蚁,却有移动大象的气力。荒野上没有任何声音,只有他脚踏泥土的铿锵作响和芦苇哗啦啦的声响,他能听到自己粗壮的喘息声和收缩扩张的心跳声。他低着头一路向前,终于走到了荒原。而这种一天一夜的行程,他却来来回回地走了三趟。

所以,你能猜到他到底走了多少路吗?他自己也不清楚,只有在年老之后的梦境里偶尔说出一些莫名其妙的地名。在他弥留之际的前几天,他忽地说了几句话,但我们都不知道具体内容。我的舅舅、母亲,还有二姨和小姨,在点点滴滴中追溯这几句话的源头,都无从考证,毫无结果。不过,舅舅在他零散的语句里拼凑出了一句话:低头走路。

是啊,他走了很多路!但荒原上每个人不都走了同样多的路吗?若人生还有另一个世界的话,他极有可能重见当年亲手打造的橱子、柜子、桌子、椅子、凳子,也会再做几回香气扑鼻的猪头肉。他的脚步不会停歇,低着头在荒原上行进,如一条缓慢的河流。

上洞街的鸭（外一篇）

◎ 谢德才

因为久违，我想念上洞街的鸭！

桑植有个趣闻，说上洞街有个老实巴交的村民进了桑植县城。他左手提只鸭，右肩上，扛着一桶矿泉水，气喘吁吁地走进他老表家。老表见状，边笑边接上水和鸭，忙问："送鸭就送鸭，何必背桶水？"这村民笑着说："老表，你不晓得，我们上洞街的鸭，用上洞街的水煮，更好吃！"

趣闻是笑谈，但，上洞街名不虚传。宋元期间，向氏土司柿溪州宣抚司衙驻此。后因三兄弟争袭，于明宣德四年皇帝旨谕柿溪州宣抚司为上、中、下三峒长官司，兄弟三人各管一峒。该地为上峒，后以峒为洞，故名上洞街。

上洞街，这地方，有意思，出山出水出人出鸭子。四年前，我去过一趟这地方，目的是想写写那里的鸭，哪晓得天公不作美，落了雨，把山里有的泥巴路给落滑了，害得我去看鸭时摔了一跤。这一跤，虽然我的膝盖没有摔掉，却摔掉了我当时观察鸭和写鸭的全部兴趣，一直到今年油菜花开时，我才再次走进上洞街。我在心里默默地想，这次去看鸭和吃鸭肉，注定别有一番滋味！

我走进上洞街乡的麻洛村。麻洛，土司时期，这里是柿溪州土司的主要田庄，享有无限权威的梯玛住于此地。进入这个村，我找上一个鸭客，向姓，今年七十多岁，但，牙口耳朵好。他当鸭客三十余年。今年，他家还养着大大小小的鸭子三十多只。

我看着他家散养的鸭子，个个体形健硕，黑黢黢的脑袋一伸一缩，或扑打着翅膀，或"嘎嘎嘎"地叫个不停。老向当鸭客时，曾养鸭多到几百只，倘若某只鸭搞小名堂，不听话，哪天当上了"叛徒"，偷偷地混进别人的鸭群，他一旦知道,就会很快地从他人的群鸭中,毫不客气地一手提出那只属于自家的鸭。

我怀疑他是否在吹牛,毕竟鸭子看上去都差不多。老向的目光与我的目光碰到一起,互不说话,他要我跟他一起朝田边走走。空旷的天空下,风暖暖地吹,他的手向前一指:"这只鸭,是母鸭;那只鸭,是去年刚孵出来的,还很嫩生。"这些鸭子,像是读懂鸭客主人的信号,开始向我这个"外来人"展示对主人的信任与默契。这架势,仿佛在告诉我,鸭子在老向心中,个个明明白白,只只都是他的心头肉。一会儿鸭子唱歌,一会儿抖动羽毛……再过一会儿,几只鸭子蹦上田埂,一摇一摆,不急不慢,稳重的样子,像是要过来与我对话,再等一会儿,它们又回到乐趣无穷的田中间……

我与老向在田埂上转,咱们聊上洞街的人与事,说上洞街的鸭,谈上洞街的田和地。他全道出了真话、人话、实话。与他的谈话中,我知道了上洞街是产五谷的好地方,曾有桑植粮仓之说,上洞街的水质好,上洞街的鸭吃的是活食,吃虫子,吃苞谷子,吃稻子……

说完,老向带我到了一条河边。河水绕着山走。上洞街河水的清澈与河边的凉爽,诱惑好多当地和外地人,一到夏天,人们就跑到河边洗澡,搭帐篷,搞烧烤……被称为澧水南源的上洞街,水,大名远扬。周边的人都喝这里的矿泉水;上洞街的鸭子一出生就享有这水的福气,喝的也是这里的"矿泉水"。河边,泊只小船,没有一个人,不少鸭子在河滩边玩儿,溅着水花处耍……这,令我倏地想起苏东坡的名句:"竹外桃花两三枝,春江水暖鸭先知……"

我们来到吃鸭的坤鹏饭店,香味四溢。这店里,说话的人多,吃饭的人也多。

我的眼前是一锅柴火鸭,"咕咚咕咚"地冒着热泡,气泡一会儿鼓起一会儿破灭,像鼓风机,把这柴火鸭的香味和辣味渲染得如此美好。

饭桌上,我夹上一块鸭肉,放进嘴里,吃起来,味道真不错!

龙潭坪的粽子

一个朋友到乡下去,要途经龙潭坪。还隔一座山,他就拨通熟人的手机,叫对方帮买几个粽子，对方却说，要排队，我给儿子买的都还没买到手……

说起龙潭坪，那里确是个好地方。传说是一个五龙捧圣之地，由五条形似龙的青龙垴、水龙垴、来龙垴、白龙泉、龙溪口的小山围成。

这地方，美女如云。她们的腰肢柔软纤细，眼睛大，很能吸引异性的注意。

龙潭坪是粽叶之乡。放眼望去，山川绵延，无边无际。深山里，白雾缭绕，处处都是粽叶。

粽叶，密密麻麻，一片盖住一片，望不见天，偶有一缕阳光钻缝而下，就如穿针引线，连接天穹和大地。

天气晴好的日子，打粽叶的女人天刚蒙蒙亮就起了床。她们背上几个大袋子、一壶茶水和几个蒸熟的红薯就往深山里跑。极个别的，还会在腰间插上一把镰刀，以备不时之需。

红军村的红军寨，是粽叶最多的地方。除了满山遍野的野生粽叶以外，还有大面积人工种植的粽叶。那人工种植的品种，大概经过了迭代和改良，叶儿更宽、更长、更绿。女人们来到这里，主要去野生粽叶林。她们打满两大袋，挑出山，就随便走进一户人家，歇歇气，土家吊脚楼里的红军后代为她们端茶倒水，还讲起红军村的故事。红军村的所在地毛垭，是贺龙带着队伍活动的地方。当时，不到一百人的村，就有三十人参加红军。这里的云头山、将军岩是战场，很多红军战士在这里献出了生命。将军岩就是当年十名红军战士舍身跳崖的那个绝壁。而今，这里的粽叶，漫山遍野。打粽叶的女人不怕累，不时还扯开嗓子，唱起桑植民歌："要吃辣椒不怕辣，要当红军不怕杀……"

山外的人来到这里，看到的，是满满的绿色；感受到的，却是红色的精神与力量！省军区的扶贫队，曾经在这里定点帮扶多年，所以，在这片土地上，留下了他们的故事。也正因为他们在这里常年跟老百姓打成一片，红军村远近闻名，从贫困村一跃成为省乡村振兴示范创建村，吸引很多人慕名而来，使得这里的野生粽叶和手工粽子都十分走俏。这里的粽子，经常是一粽难求。

粽叶和粽子卖了出去,乡村的新房就多了起来……

为包好粽子,她们打回宽而嫩绿的粽叶,在水中浸润得滋柔。一张张碧绿而狭长的粽叶,在女人们的手里,翻来覆去。她们用手指朝上向里转动着粽叶,一大一小的粽叶被她们折成一个个的锥形。成串成串地挂在木椅上,那场景,让人流连忘返、跃跃欲试。在折好的锥形里,放上浸泡好的糯米,塞上土家腊肉,或甜枣,或蛋黄,或其他东西,封口,裹实,再抽出一根细细的麻绳,绕着粽子转上几圈。一会儿,身边的盆里,就有了一大堆带有粽叶清香的粽子。

为区别不同的味道,粽子的形状,有三角形、方形和椭圆形。小巧别致,棱角分明。

她们把包好的粽子放进锅里,倒上水,煮上个把钟头,新鲜粽叶的味道和糯米的味道完全融合。粽子出锅以后,表里如一,那翠绿的粽叶变为暗绿,解开绳子,剥开"外衣",露出的是糯米的底色。

空气中,弥漫着淡淡的粽香味。那一缕缕的粽香,越闻越想闻,令人垂涎三尺。

那粽子的味道确实好,入口的感觉:香、柔、嫩、糯,越嚼越有一股股的余香。若蘸点白糖,再一口咬下去,甜蜜蜜的滋味,便由心底涌出!

一个粽子一片情。品尝粽子时,人们也会想起伟大的爱国诗人屈原。粽子,已不简单是一种吃食。它,蕴含了更深更广的文化传统。

因有了粽叶,有了粽子,这里的粽子店慢慢地多了起来,人们的日子也慢慢地好了起来。

龙潭坪的粽子,妙在一身碧绿、一根红绳、一抹暗香。

一楼何奇

◎ 石光明

　　有人说，洞庭湖岳阳楼是文人写烂了的题材。品读它浩如云水的诗文名篇，即使再有长讴放歌的汹涌激情，也难免情长气短，心雄笔拙，如一千多年前，李白在黄鹤楼一般。因此，一湖洞庭美景，一楼沧桑烟云，总在心底叠印，氤氲。

　　多少次游洞庭，远眺烟波苍茫，近观繁华盛景，只是满怀卑微之心，仰望岳阳楼的历史和文化高度。登岳阳楼，总要把唐人诗、宋人记、清人联反复诵读，那五言绝唱朗朗上口，两字关情萦怀于心，百废俱兴令人崇敬，三过必醉仙气袅袅。读得多了，便觉得楼里的诗风文气，还少了点什么，于是顺着清人窦垿的那一问，想一个问题：一楼何奇？

　　窦垿是岳阳楼那副著名长联的作者。上联自问自答，引出岳阳楼的历代名人，诗、儒、吏、仙，济济一楼，何不称奇？窦垿是清道光九年（1829）的进士，曾国藩在家书里对他有记载："渠言有窦兰泉者，云南人，见道极精当平实。"以曾国藩的眼光，评价不低。窦垿将滕子京列为良吏的代表入联，无人异议，滕子京重修岳阳楼，并请范仲淹作记，使岳阳楼更加闻名天下，功莫大焉，善莫大焉。如再把眼光往前移三百二十几年，我们还能看到另一个历史人物，第一位把岳阳楼扩建成城楼的盛唐名相张说。凡是谈岳阳楼，如不提张说，就欠他一个公道。写张说，如只写岳阳楼，也是不够的。对张说而言，经三起三落，兼文治武功，助开元之治，成为一代名相，青史留名，一楼又何奇？

　　岳阳楼连着张说的宦海波澜，文坛风云。了解张说，当然不可避免要了解他与岳阳楼的故事，他在岳州干了什么？洞庭湖的浩渺苍茫对其政风诗风影响如何?

　　江南三大名楼我都曾慕名登临。这三座楼,唐朝时就名气彰显了。最早出现在唐诗里的,是滕王阁,初唐四杰之一的王勃,一篇《滕王阁序》,落霞与孤鹜齐飞,秋水共长天一色,就把贞观长歌唱响了数百年。而就唐诗中曝光频次而言,黄鹤楼与岳阳楼不相上下,都在滚滚长江边上,位于南北东西交通要津,是盛唐诗人迁客喜爱勾留登临之所。滕王阁在豫章,地处赣江侧,非通衢要道,去的人自然少。再看楼的初始功能,黄鹤楼和岳阳楼的前身都是三国名将的手笔,黄鹤楼最早是黄盖瞭望指挥的戍楼,岳阳楼是鲁肃操练水军的阅兵楼,当时鼓角喧阗,烽烟缭绕,后来被文人包装成风雅的文化名楼,登楼者不免抒一抱家国情怀。滕王阁不然,它是唐太宗的弟弟滕王李元婴为游乐宴集而建,没那么多复杂的历史,一开始就贴上了皇族条码,酒色逸乐、风花雪月的标签,与江山社稷无关,与百姓春秋无意,"非有风流善政"(清·刘绎《重建滕王阁记》)。从三座楼的历史变迁和文化内涵论,能称奇的恐怕只有岳阳楼了,一如窦垿楹联所述,诗儒吏仙聚齐了。黄鹤楼呢,有诗有仙,却缺少儒气吏绩。滕王阁留诗最早,但诗名不多,也有大儒作记,却记而不彰。唐元和十五年(820)御史中丞王仲舒出任江南西道观察使,重修危阁,请了"文起八代之衰"的韩愈作记,终归比不过范仲淹"先忧后乐"大格局。千百年来,岳阳楼屡毁屡建,一脉相承。可惜黄鹤楼、滕王阁史料不全,两座名楼历史变迁的记载多有阙如。只知黄鹤楼1884年毁于失火,滕王阁1926年毁于战火,分别于1985年、1989年才重建。百十年间,欲访名楼者只能向秋风凭吊了。

　　三座名楼各有千秋,亦都名重千秋。明代唐枢曾评说:"岳阳楼胜景,黄鹤楼胜制。"放在一起评说,并非抑谁扬谁,而是在鼎足而立交相辉映中,使岳阳楼背景更宏阔奇美,为盛唐名楼的华丽变身,为清人"一楼何奇"之问,为张说建楼的故事搭一个舞台。我在流连这座名楼时,一直想知道,岳阳楼是如何从军事意义上的阅兵楼变成文化意义上的"岳阳楼"的。

　　盛唐大幕刚拉开一角,开元四年(716),张说来到了岳阳,这年,他四十九岁。因被姚崇告发与岐王李范私下联系,触怒了唐玄宗,张说先是被贬任相州(今安阳一带)刺史,还充任河北道按察使,不多久又因事牵连,贬为离唐朝政治中心长安更偏远的岳州刺史。这是他的第二次被贬。

当时的岳州,地处中原经济文化圈与南方蛮荒地区的边缘,穷山恶水,土地贫瘠,人口稀少,非常落后。"潦收江未清,火退山更热……器留鱼鳖腥,衣点蚊虻血"(《岳州作》),"山郡不沟郭,荒居无翳壅……版筑恐土疏,襄城嫌役重。藩栅聊可固,筠篁近易奉……闾里宽矫步,榛丛恣踏踶"(《岳州行郡竹篱》),"剖竹守穷渚,开门对奇域"(《游洞庭湖湘》)。这哪像个郡城,没有护城河,无屏障可据,土筑的城墙好似不太牢固,州衙的藩栅是用竹条编成的篱笆,闾里街巷窄小,榛棘丛生,蚊虻横行。这里居民主要靠打鱼为生,以鱼鳖为食,日用器物都带着鱼腥气。张说初来就遇上湿热无比的汛期,汛期过了,江仍未清,太阳下山了,山川依然炎热难当。这对于长期生活在北方和舒适的京城的张说来说,无疑是个巨大的考验,繁华都市以外穷乡僻壤土地贫瘠的生活现状,也在重重敲击着这位前中书令的心灵,诗人"重歊视欲醉,憎满气如噎"(《岳州作》)。透过张说自己的诗句,我们可以想见当时的情景,也可揣测到他的心境。

张说是开元四大名相之一,与唐玄宗关系非同一般,李隆基还是太子时,他就侍读。当野心勃勃的太平公主图谋废掉太子,他独排众议,使唐睿宗下决心,让太子监国,为此也得罪了权倾一时的太平公主,从宰相位置上被贬为尚书左丞,离开长安,去洛阳担任东都留守。这是他第一次被贬,虽贬犹荣,因为唐玄宗记着他的忠诚。他也身在东都,心系朝廷,在探知太平公主聚集党羽谋乱后,暗示督促玄宗果断采取行动,及时铲除了太平公主之党,为开元之治打下了稳定的政治基础。史称"平定祸乱,迄为宗臣"。《新唐书》主编欧阳修也评价:"说于玄宗最有德。"唐玄宗后来回忆:"昔侍春诵,绸缪岁华。含春容之声,叩而尽应。蕴泉源之智,启而斯沃。授命兴国,则天衢以通。济用和民,则朝政惟允。"饱含深情。平息了太平公主的政变后,唐玄宗马上就把张说召回来担任中书令,还封为燕国公。

开元前期的唐玄宗堪称明主,励精图治,革除弊害,发展经济,用人既看重德行,强调政治,又唯才是举,用其所长。用后来编纂《资治通鉴》的司马光的话说,玄宗即位以来,所任用的宰相,姚崇善于应变,宋璟守法刚正,张嘉贞长于吏治,张说文武兼备,各展其长。张说之所以能三秉中枢,成为睿宗、玄宗两朝的三任宰相,执掌文学之任三十多年,光靠与玄宗的私交是不够的。唐玄宗眼里,张说能秉持大节,忠诚不贰,集文治武功于一身,是治国安邦的优秀人才,对他评价很高:"道合忠孝,文成典礼,当朝师表,一代词宗。有公辅之才,怀大臣之节";"赉予良弼,光辅中兴"。

张说出生于唐高宗乾封二年(667),籍贯虽是范阳,出生地却在河南洛阳。其父为洪洞县丞,属于基层官吏。张说从小就是学霸,年轻时学问便很有造诣,写文章逻辑严密。唐则天后垂拱四年(688),弱冠之年的他参加制科考试,策论为天下第一。这次策试是武则天亲自主考,天后认为近古以来没有甲科,只把他定为乙等,授任太子校书,但无疑留下了深刻印象。到武周长安元年(701),武则天为推行三教并行政策,宣扬武周朝国力强盛,便诏令时任左补阙的张说与徐坚等人撰修大型类书《三教珠英》,这部书的总编是张昌宗,实际主要执笔者是张说,当时他三十四岁。书修成后,张说先后迁右史、内供奉,兼知考功贡举事,后来又擢任凤阁舍人。右史属于中书省,是掌记皇帝日常行动和国家大事的史官。内供奉是殿中侍御史,掌管殿廷供奉之仪,负责纠察百官之失仪者。武则天时称中书省为凤阁,凤阁舍人是负责拟草诏旨的高级官员,多以有文学资望者担任。可以说,这个时候张说已经在朝廷公文方面崭露头角,并接近权力核心。

后来发生的一件事,改变了张说的命运,也使他青史留名,为他进入李隆基的君臣圈做了历史铺垫。《资治通鉴》记载,武则天晚年,受其宠信的张易之、张昌宗兄弟专权跋扈,赋性坦直的宰相魏元忠曾面谏女皇亲近小人,于是,二张兄弟在长安三年(703)制造了著名的"魏元忠案",诬告宰相魏元忠谋反,欲置魏于死地。武则天听信谗言,准备亲自庭审此案,张氏兄弟威逼利诱张说做证。张说在武则天面前没有做伪证,反而揭露了张易之逼他诬陷魏元忠的真相,魏元忠因此得以免死,但张说却触怒了二张和女皇,"坐忤旨配流钦州,在岭外岁余",直到神龙元年(705)唐中宗复位,才被召回。张说虽然付出了代价,但他在朝廷百官无不惧怕二张淫威的背景下,所表现出的大义大节大勇，赢得了人们的尊重。所以，唐玄宗后来评价他有"公辅之才，大臣之节"。

张说被流放钦州，走的不是秦始皇当年开辟的湘桂水道，而是梅岭古道，越过大庾岭，经韶关，辗转去到钦州。这次张说无缘见识洞庭巴陵，岳州也晚了十二年才认识张说。张说却在韶关见到了青年张九龄，如同后来贺知章初见李白一样，惊奇他风度翩翩，夸奖其文章"有如轻缣素练"，能"济时适用"，一见而厚遇之。这为后来两位开元名相的二十多年交往写下了序篇。

《全唐诗》收录了张说诗二百九十三首，分为五卷，是《全唐诗》作者存诗较多的。我翻遍了所能找到的文学史，几乎没有涉及张说的诗文评论内容。史学界把张说归入政治家范畴，是有道理的，张说的主要光环是担任宰相和边疆地区节度大使时的建树，他的雄韬武略在《资治通鉴》里也可圈可点。

张说在唐睿宗朝曾担任过兵部侍郎。唐朝在重要地区设置节度使，下辖若干个州郡，统领地方军政大权。按唐制，只有皇室亲王领节度使才称为"节度大使"。开元七年（719）后，张说先后被任命为天兵军（北部边陲）节度大使和朔方（西北边塞）节度大使，足见唐玄宗对张说的倚重。张说也没让唐玄宗失望，表现出不凡的政治远见和军事才能。开元八年（720），他只带二十余人持节涉险，安抚并州的同罗、拔曳固等部落，使一场大规模反叛消弭于萌芽状态，大智大勇可见一斑。开元九年（721）和十年（722），他又先后讨平突厥叛将康待宾及其余党康愿子叛乱。尤其有远见的是，他否决了副将提出的处决党项族俘虏的建议，改为就地羁縻安置，将河曲六州归降的突厥部族分散安置到中原地区，既减少了边患，又促进了各民族间的交流融合。后来，他又向唐玄宗建议裁撤镇军，整顿府兵，减轻百姓负担，增强军队战斗力。这些事迹，都发生在张说离开岳州之后，成为他第三次登上相位的迎宾曲。开元十年四月，唐玄宗诏命张说兼领朔方节度大使时，还亲自赋诗《送张说巡边》，要求大臣们"奉和圣制"作诗相送，成为当时一桩盛事。

读过不少写唐明皇的诗，尤其是白居易的《长恨歌》，晚年唐明皇的形象让人又可怜又齿冷。第一次读到唐玄宗壮年时的"圣制"诗,却是别一番感受。"端拱复垂裳,长怀御远方。股肱申教义,戈剑靖要荒。命将绥边服,雄图出庙堂。"雄图大略,霸气飞扬,励精图治的气概、开元之治的气象跃然纸上,对张说的信赖和期许也溢满诗句。受此恩宠,张说自然无比兴奋,立马赋诗,谢恩言志:"礼乐逢明主,韬钤用老臣。恭凭神武策,远御鬼方人。供帐荣恩饯,山川喜诏巡。天文日月丽,朝赋管弦新。"描写了出巡饯行的盛大场景后,笔风一转,马上向玄宗表明自己肝胆相照、以身许国、靖胡安边的决心:"胆由忠作伴,心固道为邻。汉保河南地,胡清塞北尘。连年大军后,不日小康辰。剑舞轻离别,歌酣忘苦辛。从来思博望,许国不谋身。"(《将赴朔方军应制》)好一个"胆由忠作伴,许国不谋身",千载以后读来,还真是难不动容。这首诗真情表白,力透纸背,当是张说应制诗中的上品。

我们常将著名作家和名作称为"大手笔",殊不知,这裹着盛唐光彩的"大手笔",竟源自张说的别称美誉。古时的大手笔,主要指朝廷重大公文。《旧唐书》说,张说"前后三秉大政,掌文学之任凡三十年。为文俊丽,用思精密,朝廷大手笔,皆特承中旨撰述。天下词人,咸讽诵之"。《新唐书》更把张说与许国公苏颋并称为"燕许大手笔"。苏颋擅长写诏书,张说文章最为人称道的,是他奉敕而撰的颂赞文和碑志文,连与他同朝为相、斗了多年的姚崇在临死前,也要请张说作碑文,怕他不答应,嘱咐儿子精心安排,留下了一段"死姚崇算计活张说"的笑谈。读张说的抒情体文,尤能感受到其历史张力和空间视野,表现手法上,守正创新,运散入骈,间用诗赋,打通了文体之间的界域,用这种极富才情个性的颂体文,展现了盛唐时代精神,张说不愧为开元时代的文坛领袖。

灉湖是洞庭湖的内湖,又叫南湖,是张说最爱游历、寄托心情的地方,昼访忘返,夜游流连。"湖上奇峰积,山中芳树春。何知绝世境,来遇赏心人"(《游灉湖上寺》),"云间东岭千寻出,树里南湖一片明"(《灉湖山寺》),"灉湖佳可游,既近复能幽。林里栖精舍,山间转去舟。雁飞江月冷,猿啸野风秋。不是迷乡客,寻奇处处留"(《和尹懋秋夜游灉湖》)。他要离开岳州了,还去别灉湖:"念别灉湖去,浮舟更一临。千峰出浪险,万木抱烟深。南郡延恩渥,东山恋宿心。露花香欲醉,时鸟啭余音。涉趣皆留赏,无奇不遍寻。莫言山水间,幽意在鸣琴。"这些诗意境隽永,风格恬淡,语言清丽,白描式的表现方法,一反过去应制诗的辞藻华丽。不看标题和作者,很难想到是风云宰相的诗作,与王维、孟浩然的山水诗放在一块,要区别也不是件容易的事。唯一不同的是,张说总脱不了政治家的眼光,描山摹水之时,还要论道说法。

历史人物,自有他的历史局限性,今人看古人,也当历史地看。如同昨夜的月亮,虽有斑驳陆离的阴影,洒向人们的,总是一碧如洗的清辉。因为张说,原本演兵点将、推波助澜的军事设施,成了藏风聚水、呼风唤雨的江湖名胜。因为张说,岳阳楼星月相伴,波澜相拥,成为江湖中的文化坐标,唐宋诗词里仄声宽韵的神来之笔。

读张说的诗,能读出他的家国情怀、江湖无奈。洞庭湖以满湖的涟漪为张说洗去愁怀,岳阳楼以满窗的风月为他滋润诗情。盛唐的诗歌在洞庭湖上推波助澜,在岳阳楼头风光无限,千年了,还是这么鲜活生动。

在火之上

◎ 李晓君

一

　　我在墙根下捡起一枚瓷片：青花釉里红，图案残缺的美依然楚楚动人。我举着瓷片对着夕阳，光线仿佛能刺破这半透明薄片，芙蓉花在夕照中变得血红。青花是这个城市的别名，现今流散在世界各地博物馆的青花瓷，大都来自于这个城市，来自皇帝、督陶官、艺匠、工人、农民、商人等社会各阶层构成的庞大体系。人们喜爱这种叫瓷的物件。为此以最优质的原料、发达的水系交通、严密的分工，以积淀数千年的审美：书法、绘画、雕塑的菁华，来保障它的完美无缺。为使每一件瓷具有独一性，除了将完好的成品送到皇宫，它"孪生"的"兄弟姐妹"，就此粉碎，在地下堆积成时间和艺术的碎片。

　　一件瓷的诞生，要经过七十二道工序。每一道工序，都由有经验的师傅来保证它工艺上的极致。日积月累，除了沉淀出精湛的技艺之外，它也形成了一种生活形态，一种精神上的严苛和专注。当它们汇集到一起，以一件瓷的面目出现，所有背后的艰辛、汗水、喜悦，都消失不见。人们甘心地为一件物所奴役，里面包含着一种怎样的意义——仿佛是瓷而不是人进入了历史。人们以举国之力生产瓷器，用"疯狂"来形容都不过分。哪怕王朝更替，瓷，缔结起的生产制度、运行机制、生产组织体系依然牢不可破。

　　在这城市烟囱林立的年代，与国家工业生产机制相适应，在灰色工装、像章、毛巾、瓷缸、铝制饭盒、自行车、广播……大行其道的年代，暗红色建筑大面积地在这丘陵起伏的城市矗立起来，高耸入云的烟囱，取代了20世纪以前的传统手工作坊的建筑形式。它们呈现出一种工业社会锐利的风度,以工厂和工人为符号的文化景观,进入历史。它强势进入人们的视野,甚至让人们淡忘了它以前的面目。甚至,瓷作为艺术品的功能也在退减,而以平实的工业品出现。一种生活方式、生产景观、工人群体形象(劳模、技术能手等)在这个体系中开始上升。

在短短数十年间,这片曾被官窑和民窑作坊盘踞上千年的丘陵地上,被成片的几何形状建筑物所分割。巨大的烟囱在红色土壤地上投下暗蓝色阴影,坡面、墙体以及暗红色建筑在阳光下,被光线切割成边缘锋利、线条干净、面积巨大的光面与暗影:这是欧洲立体主义绘画,或意大利超现实主义绘画在赣北大地的移植。滚滚浓烟遮天蔽日,在大风的午后,它旋即又被刮得干干净净。瓦蓝瓦蓝的天空下,翠绿的松柏林、落羽杉林、香樟树林,在猩红的土地上望不到尽头:千余年来,它们源源不断地为瓷窑作坊提供燃料,但旺盛的生命力似乎永不枯竭。阴郁、深沉的丝柏,热烈、燃烧的枫树,明亮、温柔的银杏树,它们杂陈在以松树、香樟、茶树为主体的原生林、次生林之间,就像瓷器上的青花釉里红:斑斓、凝固。一座座暗红色建筑在大地上凸起,就像红壤在一种不可知力量的驱使下,向空中塑形,林木退去后,阴影的面积变得无比阔大,如同水流无声地漫过无尽的破碎的瓷片堆积的大地⋯⋯它们拥有着与时代相称的名字:建国、人民、新华、宇宙、东风、艺术、光明、红星、红旗、为民⋯⋯这些名字,伴随着仿佛遥远的年代的歌声、露天电影般幻梦的画面、泉水般的爱情,以及一种理想主义的狂热情绪,出现在公众的视野中。

二

邓希平,是个青年知识女性,一个即将入职轻工部研究所的大学生。这个城市,除了部研究所,还有省研究所,以及其他瓷研究机构。她23岁,灰色衬衣上别着"武汉大学"的校徽,大眼睛,齐耳短发,背着军绿色书包,安静但也不无疲倦地坐在一辆白色救护车里,她已经坐了三天两夜的车,到达这个看起来偏远的小城——难以想象,曾经,以瓷为媒,这里是世界关注的中心。另一个来自湖南大学的毕业生,也坐在车里,他与她一样,依照国家分配,从事陶瓷研究工作。那是 1965 年盛夏。她从武汉出发,坐船渡过长江,转道南昌,又坐长途班车向这个她从未涉足的城市进发。焦热的风,从窗外吹入,却不能减少一丝车内的闷热。尽管疲倦,那窗外新鲜的一切还是让她的眼睛得到片刻满足:肌肉暴涨的红壤被汽车轧成一道一道,松柏和香樟面带严肃的表情,昌江像一条缎带在群山间环绕。视线中,隐约有成片的建筑,和那怪异的密集的烟囱,仿佛那是一个战场……

这个城市,拥有着深厚的移民文化传统,所谓"匠从八方来,器成天下走"。现在,成千上万个她,接续了这样一个传统。传统七十二道工序形成的五行八作,对应着新社会瓷业所属机构。她的专业是研究颜色釉。早在 20 世纪 50 年代,我国希望从德国获得精密仪器制造技术来发展工业。相应地,德方提出了对等条件:他们需要颜色釉技术。以前,几大家族颜色釉技术传承,以古老的方式:父传子续、口耳相传。仿如禅宗,不立文字。老师傅们能熟练地完成颜色釉的各流程。她这样年轻大学生的任务,就是跟着他们,观察、分析、记录,形成可行性的报告——将传统技艺,转化为工业社会标准的研究性文本。

月亮升起在部所两层办公楼和宿舍的上空。丘陵地上的月亮,庞大、圆润、柔和……如一枚瓷片镶嵌在靛蓝、神秘的夜空。月亮,对于一个从未离开家乡的人来说,它像一条小溪、一朵野花、一声牛哞一样自然;对于成千上万个邓希平来说,月亮是一种距离、一种思恋、一种不可触碰的伤感。月亮升起在暗红色建筑的顶上,她暗自神伤了一小会儿,很快便被另一种仿佛激昂、阔大、带有金属味儿的情绪所鼓舞,于是,她从仰望月亮的黯淡中很快回到了室内。

三

在第一个五年计划期间,两千五百家私营陶瓷作坊,经过联营、公私合营,变为十六家制瓷社和十五家画瓷社。它们构成了建国、人民、新华……俗称"十大瓷厂"的雏形。这些名字脱胎于此,意味着,一个时代的终结和另一个时代的开启。为了不混淆各厂生产的瓷,它们必须拥有一个"身份",即底款标记代号。分为英文字母和数字两种：红星-A、宇宙-B、为民-C、艺术-D、建国-E……以及×××陶瓷厂-01、浮南陶瓷厂-02、文艺瓷厂-03、民政局社会福利瓷厂-04、陶瓷加工厂-05……

　　瓷的工业属性和时代烙印，让这泥与火经过艺术再造的物件，赋予了与周围的建筑、人群、广播歌曲、空气中喧哗的激情相似的表情。那些依附于白瓷的：松竹梅、牡丹、蕃莲、菊花、牵牛花等植物，龙凤、鹤、鹿、鸳鸯、绶带鸟等动物，鬼谷子下山、昭君出塞、周亚夫屯军柳细营等故事，以及火珠、犀角、法螺、方胜等杂宝，大面积地消失。与时代主题相匹配的画面、场景，被画工描绘在瓷盘、瓷瓶上，既是生活的对应物，一种提炼和升华，也是一种审美和欣赏。它们与暗红色建筑几何形状的轮廓，互为表里，光大了一种新生活的热度和理想。在国庆的游行队伍中，"十大瓷厂"的工人们，唱着昂扬的歌曲，脸上洋溢着自豪和兴奋的满足感。他们在人们羡慕的眼神中，内心沉淀着一个词："吃香"，仿佛那是一块甜蜜的永不融化的糖。这种自我良好的感觉主宰了他们的生活，使他们在消费、娱乐、恋爱、交往、郊游等日常生活的伦理和细节中获得自尊、自豪和由衷的幸福。这是一种对自我身份的认同，是由社会及经济地位的上升所带来的。

　　现在，这些遗迹般的建筑，躺在夕照里，让你看到时光凝固的状态。同时又启示你，时间正在无情流逝。这些建筑：几何形状屋顶、平整墙面，圆形、高耸的烟囱，就像欧洲新浪潮电影或者"新小说"中常见到的场景。曾经灯火通明、浓烟滚滚、甚嚣尘上的建筑变得冰冷、无声。人们离去又返回。过去的宇宙瓷厂，现在叫陶溪川——一座文化创意园，大型建筑综合体。它对应着这个消费时代的趣味、心理体验，是一种包豪斯风格的展示……

四

　　这里寂静无人。几辆小车：别克君威、长城皮卡、路虎极光……泊在车位上。现在是6月，湿闷的天气温度在节节攀升，从山墅、昌江吹来的风，被弥漫着瓷土味儿、草业味儿、尘埃味儿和金属味儿的气息所稀释。门楼是仿古的翘角、琉璃双层凤楼。门楼中间一块牌匾，上书"皇窑"俩字。这里平时也是一个对外供游客观览的去处。疫情席卷了全球,这正是造成它空寂的原因。这个大型宅院,有假山、水榭、垂柳、花荫、游廊、荷池……是上演《游园惊梦》的绝佳处。现在,只有场景道具般孤单地呈现在那里,像一个空的舞台,没有演员,也没有观众,像一个幻境。

这个城市,手工制瓷作为一种产业、一种文明,已延续了千年。试想一下,世界上还有哪个城市,靠一种产业支撑千年并且还在延续下去?我被自己的发问吓了一跳。目光仿佛看到室外:公元907年,梁王朱温灭唐,建立后梁,五代十国割据形成。这个城市当时还叫新平镇,南河两岸的湖田、杨梅亭、三宝蓬、黄泥头、铜锣山、盈田、月光山、石虎湾、湘湖、寿安、枫树山,以及城内的落马桥、十八渡、董家坞、李家坳……都发掘出窑址。元代在此设立"瓷局",因"唯匠得免死"法令,战争中俘虏的工匠成为"掌烧造瓷器,并漆造马尾、棕、藤、笠帽"的参与者。元代青花瓷技艺短时间内在这里达到登峰造极、令人叹为观止的地步。画青花艺人的艺术修养、文化水平、绘画功夫,非一般匠人所及,纹样生动、优美,人物生机盎然、变化多端,昆虫鱼儿栩栩如生,呼之欲出。那段时期,一批来自磁州窑和吉州窑的绘瓷名匠,抑或当时知名的文人画家,甚至来自阿拉伯的细密画师……参与了这段艺术史的构建。至正十二年,城镇被红巾军攻克,在农民军与元军的厮杀中,瓷局瓦解。为元王朝生产御器的能工巧匠和被垄断的优质瓷土,流散民间,为民窑的繁盛创造了条件。当新中国成立,国营瓷厂收束、整合民间作坊,这里是另一番情景:那由机械、矩形房子、工人占据的大地,蚁动的人群热火朝天,歌声响遍行云,生活的热情始终保持在滚烫的刻度……在成为旧照片中消逝的"风景"的另一个年代,劲风吹彻,生活的喧哗与骚动又开始变奏,"十大瓷厂"成为追忆……

这座花园的主人是个八十余岁的老翁,身材挺拔,样貌朴素,神态沉实温和。这个园林看起来并没有完工——虽然它建于十余年前,但一些零星冒出的想法,又转变成现实的行动,因此,一些小工程依然在这个空间里进行。这位有经验的老者,一边娴熟地调度,一边满足我对瓷的好奇,带我从楼上回到庭院,穿过几道回廊,来到烧制车间,看新出窑的一些小件:绘着植物花卉的摆件、茶具。他一件一件仔细地过手，嘴里发出遗憾：颜色烧灰了。在一堆成品中他没有找到一件满意的。我很震惊，像他这样级别的艺人，还不能保证出窑的质量，对于其他人更可想而知了。他恢复了柴窑烧制，以保持瓷的温润、古雅。这与电、气烧制的瓷不尽相同。他以做仿古瓷而出名：元青花和洪武、永乐、宣德青花，备受海内外收藏界重视。他收藏的古瓷片难以计数，他一头扎进去，仔细研究、鉴定，成为一马当先的民窑的研究者。专家说，他从事青花断代研究，在国内属于先行者。耿宝昌记得，1973年在故宫博物院保管部陶瓷组，这个高高瘦瘦、一口乡音很重的普通话、带有几分"土气"的年轻人，一连十余天，孜孜不倦研究古瓷片的情景；更记得1981年某天风雨大作，他一身水淋淋赶去火车站为离赣的自己送行……他着迷仿古瓷仿佛出自本性，在镇日对配料、纹饰、图案的研究中忘了忧乐。他毕业于景德镇陶瓷大学，其专业知识、修养、文笔和鉴定功夫为从事仿古瓷绘制增添了羽翼。曾经他是陶瓷研究机构中的一员，见证了"十大国营瓷厂"的兴衰，也目睹了传统陶瓷技艺的流失……后来他毅然下海。如果说这城市依然能够为世人所夸耀，那一定是沉淀在一代代瓷工手中千锤百炼、登峰造极的传统技艺。他从很年轻时就打定主意，要让这传统技艺上到自己身上。

五

　　一个以年轻人为主体的"陶瓷部落"，开办在某社区街道。这个新文艺群体，由相对固定的二十余个外地瓷画爱好者组成：有的是科班毕业，有的是停薪留职干部，有的是来自农村的手艺人，有的是待业青年，还有的身份不明……他们称自己为"创客"。这是简陋的一室一厅，墙上挂着风格无法统一、难以命名的瓷画：大漠飞沙的驼队、仕女图、寿翁图、虫鱼、荷塘月色、边塞风情、古桥牧歌、百婴图、秋山揽胜，甚至模仿艾轩油画中的藏女……不一而足。仅从题材和形式来看，与市场上的其他瓷绘别无二致。无法命名，正是这个手工业城市的最大之谜。

　　我参观了一个叫菁菁的女孩的工作室。这是一个卖场二楼仅有几平方米的小间。因疫情的原因，整个市场非常清冷。更别说这位置欠佳的二楼了。菁菁擅长工笔花卉，兼画人物：这是相对传统的题材和技法。她来自一个有戏曲传统、民间尚保存数百座明清古戏台的邻县。她，一个高中毕业的乡村姑娘、一个孩子的母亲，热爱瓷绘，拜了一些师傅，更多的是自学。她整个的人和作品都透露出一种认真、朴素、纤丽的味道。坦率地说，我是外行，无法置喙。她的作品我谈不上喜欢或不喜欢。在我的审美系统里，我似乎没有将传统工笔花卉、人物放置进去。她为工作室的局促而不安。我知道，每年有数万人（也许还不止）从全国各地到这里画瓷、做瓷。不少功成名就的油画家、国画家、艺术院校教授和各行各业的爱好者，甚至海外华人、欧美日韩陶艺家，加入这队伍中来。他们在城区甚至郊外的村庄，形成了一个个创作群体，以部落的方式，重构了一种生活形态。菁菁所在的这个组织，就是其中一个，只是更年轻一些、草根一些，也更艰辛一些。她拿出一块四开纸大小的瓷板，让我在上面写字：她似乎具有一眼看透我内心正跃跃欲试的洞察力。这个城市我来过多次，心里始终有一种想加入画瓷队伍的冲动。我身边就有数个这样的朋友，离开供职的单位，在这里过上了一种团土、捏陶、画瓷的生活，成为暗红色建筑空间内的一部分，成为一个手艺人……

我写了一首王维的诗，《山居秋暝》。脑袋里当时只想到这首诗。因为生涩，无法把控釉料，字写得歪歪斜斜，甚至留出近半的空白。菁菁说，正合适她画两朵花来补白。我回到居住的城市不久，收到菁菁微信发来的图片：几朵牡丹摇曳在那字的一边。再过一些时日，瓷板已经烧好，寄到我的住处了。我原以为，自己只是这个城市的观察者。我多次来到这里，感到它：如此个性鲜明，但又如此难以命名。现在，一块瓷板将我与它连接在一起。

六

这是一个奇异的空间：一楼罩着玻璃的展柜里，铺着层层叠叠的瓷片，一朵朵幽兰的火焰在破碎的瓷片上舞蹈；这凝固、无法被时光湮没的火焰，与穴居时代红色泥壁上的图案，有着异曲同工之妙。这一个个无名氏在巨大的时空里留下的谜语，使瓷片具有永恒与消逝的双重意味——它们，像那瓷窑——龙窑、葫芦窑、马蹄窑、色窑、蛋形窑内赤红烈焰尖头的部分——那抹微蓝,蟒蛇的芯子、蓝色的尖叫、冰冷的奇异之花、泥与火的刺青、黑夜的徽章、亡者的邮戳……我们目睹这穿越了层层厚土、重见天日的图案,它们如新雨洗涤过般簇新,釉色明净、亮丽,在碎裂的瓷的边缘露出残缺的亭榭、枝蔓、祥云、异兽……这是一个来自京城艺术家的工作室,兼具博物馆与家居的功能。

这座时间博物馆,让人感叹一个人日积月累的功夫,可以达到的深度。主人清癯、黑瘦,鸭舌帽下眸子精光,疲倦的皱纹在眼角细密而松弛地流淌,不厌其烦地述说——使得那些艺术概念、艺术事件、艺术史实,化作空中飘舞的尘埃……这座建筑本身就是一个奇观,我们经由他带领,踏上曲折的楼梯上到二楼,右边的悬空如高山崖壁,等待主人的创意将它填满,上楼的感觉如同登山,回头所见风景陡峭而幽深;二楼是个开阔、壮丽的空间,一派万马奔腾的气象,远看一匹匹大小不一、颜色不一错落有致的瓷马在虚拟的草原、风中奔跑,又像一朵朵云,一团团烈焰,在漆黑的空间里舞蹈;在第二层瓷的景观中,是举着硕大鹿角的动物(有着浑圆的、金属管道意味的长腿和紧致的腰身),齐刷刷地在视野中出现,如同一片明亮的、白色的森林……我内心的震撼无法言语。仿佛置身在一个符号的国度,一个可以多重阐释的当代艺术的公共空间。我的情绪被唤醒——对瓷和这个城市的认识,大大拓展。此前暗红色建筑浅表的忧伤,变得遥远而陌生。仿佛这城市远不是那停滞的国营瓷厂给人造成的陈旧、衰败的错觉;从内部看,它生长着无限当代精神的可能,超前于时代的趣味,是一种活力与创造力的表现。

七

聚光灯下,这个嘴上留着胡子、身材颀长的男子,与身边的白瓷瓶站在一起。这件器物拥有一个好听的名字:文君瓶。脱胎于梅瓶,文雅如君子。德化白瓷。瓶子修长、大方、沉静、稳重。一个物件有着这么鲜明的人格属性!这件作品,将成为一个世界性运动会的国礼,展现在各国要人和运动员面前。

他在世界各地拥有粉丝。作为一个将传统技艺与当代艺术相融合的艺术家，他的作品有着鲜明的标签，同时难以定论。在他主持的一个国家级展览中，这个城市迎来了属于瓷的荣光，大型展馆内，来自全国各地的艺术家，以鲜活的想象力，拓展着陶瓷艺术的边界……这是一场瓷的盛宴。是千年窑火，在暗红色建筑内不熄的明证。"匠从八方来"——从这里走出的瓷的亲戚们，表兄表弟，有着陌生的面孔，甚至不少喝过洋墨水，讲着 ABC，欢欢喜喜回到故地。有些观念超前、形式先锋、面目生疏者，却也使部分人不适和难以接受，在热烈的氛围中潜涌着争议……

他始终沉默，没有回应。他并非出生于这个城市——但它自有种魔力，吸引瓷艺家、爱好者殊途同归。它自身就是一座巨大的时间博物馆。瓷是载体，是时间的碎片，是民间遗书，是社会结构的表现，是组织形态的结晶，是文化遗产，也是争议甚至冲突的产物……瓷是一种不死的器物，也是一个未亡的魂灵。它是深埋在红壤之下的高岭土，与上升的火焰纠缠，被无数双手轻抚与托举。

不熄的窑火，照彻了它的过往，使每一个细节熠熠生辉。而阴郁的丝柏林、墨绿的香樟林和纵横的丘陵地形成的屏障，也遮挡了部分人的视野，形成一种定见。瓷，从来不曾被一种定论所塑造：本质上它是时代工艺、哲学、审美的产物，是人们头脑中创造出来的形象、符号、情感寄托。它可以是很温和的，如"文君瓶"典雅大方，也可以是尖锐忧伤，甚至粗粝狂暴的——如变形的角鹿，甚至是著名的杜尚的观念性的"泉"。瓷，来自泥土的包容，和火焰的幻境，可以塑造千千万万，承载最新最前沿的思想和审美——甚至它也可以回到过去，回到狮子穿花、双鸟栖枝、海水奔马，回到牡丹、芍药、菊花，回到螭、鱼、蟹，回到八仙朝圣、鬼谷子下山、萧何月下追韩信——但最终，它还是要回到当下的欢乐忧伤。

八

瓷，这朵开在历史深处的花，闪烁着白亮、低哑的微光。它带着人类古老的记忆，带着从穴居走向城邦、方国的跳跃性转折——从砍削石块，到塑泥成陶,由陶到瓷,推进的不仅是时间,也是演进的文化。层层瓷片堆积在暗红色建筑下面,形成了朝代分明的文化岩层。这泥与火的艺术,携带着城市的集体记忆——跨越了时间,也跨越了空间。过去的"十大瓷厂",现在的陶溪川,正生长出新的业态和技艺。

陶溪川还保留着一根高耸的烟囱——像一棵树,在大地上兀自矗立,不再吞吐灰色的颗粒与烟雾,而仅仅是时间的道具,是国营瓷厂的记忆样本。过去,这个城市烟囱林立,其景象殊异而可怖。照片无法留下更早的记忆,比如昌江两边上千座作坊,被满载瓷器的舟船壅塞的江道。每一件幸存下来的瓷器都是珍贵的,它们保有时间和工艺的完整性——而数倍于它们的瓷片,则碎裂在城市的泥层中,无法计数。某种意义上,这座城市是一个建筑在瓷片上的城市,有着微冷的光泽、靠想象拼贴的图案、温润如玉的颜色,和坚硬的品质。

一座座暗红色建筑,矩形、盒形,它们安放在大地上。既是时间的截片,也是城市独有的符号。

瓷是有灵魂的物件,凝视它就是凝视鲜活的生命和依然生长的传奇。

滋味

◎ 王 琰

武威三套车

武威的北关市场,有卖武威地方名吃三套车,孙记或王记,抑或是别的什么记。武威三套车是何许东西?没见过、没吃过者不解其意。望文生义者,总以为是马车。马车哪能吃?其实武威三套车是指茯茶、行面、卤肉,三样食品组合起来,捆绑在一起卖的。少了一样,便不美气了。如同拉马车的三匹马,缺一不可才跑得快。

走在武威城里,处处有遗迹有故事。这是座厚重的城。在故事里走累了,走到北关的小吃街歇歇脚。先来一杯茯茶,三套车最前面的"一匹马儿"。一杯滚烫的茯茶端上来,慢点喝,小心被烫着。入口却是酸甜恰到好处,很是开胃解乏,茯茶有强身健体之功效。

茯茶的汤汁呈赭色,颜色有些像红茶,又像咖啡,更像葡萄酒,透出些许生机勃勃的暖意,很是诱人。尤其是在北方哈气成霜的寒冬里,有这样一杯茶热热地捧在手里,实在是很有亲切感。

细问老板,原来是茯茶中放入山楂、桂圆、枸杞、红枣、葡萄干、核桃仁……枣是小火慢炒过的,这样才有股扑鼻焦香。茶汤中还加入少许锁阳、大黄等中药材,长时间小火熬煮,喝前再加入冰糖。一杯茶,有这么多好东西陪衬,能不好喝?

再说中间那匹最主要的"马儿",行面拉条子。热油里投进葱、姜、蒜末,炸出香味,飞速冲入开水和卤汤,锅里油和水相遇,刺啦一声响,香味就出来了。汤沸腾后,勾芡,加入木耳、蘑菇、黄花、肉丁等配料,撒入上好的花椒粉,内容丰富,麻香扑鼻,汤色厚实明亮,这是浇头,是要浇在面上的。

再说面。行面,拉条子。冷水和面,加少许盐,揉透揉匀,擀成面饼,抹上胡麻油整齐地叠放入盘中醒发着。面醒好了,面艺师再用手掌按成扁扁的长条,劈手拉开,凌空一弹,对折再弹,一条又薄又匀的面条子就拉成了。投入滚汤中煮半分钟,捞出盛入碗里,浇上刚刚做好的浇头,一小勺油辣子和蒜汁,配上一筷子色泽鲜艳的胡萝卜丝、芹菜丝在上面点缀着,提醒着你,一碗正宗的凉州行面拉条子香喷喷地上桌了。

还有"第三匹马儿"。卤肉就是把新鲜猪肉放入老汤,用文火长时间焖制出来的。肉要自然生长的猪,最好取五花肉,肥瘦相间,肥而不腻。汤要老汤,煮一次就加一次料,多一层味道。长年累月细水长流地煮,据说凉州有名的方家卤汤时间长达八十多年。用老汤煮出来的肉色泽金黄,入味厚重,香而不腻,精而不烂。

再看看用娴熟的刀法切出的纸一样薄的肉片儿,随意地码放在盘中,撒上青椒丝、大葱丝、香菜段,不过于严谨和讲究章法,随意中透出从容、闲适的生活态度。卤肉、茶早就上了,面最后上。卤肉,你可就着茶吃,也可拌在面里吃,也是随意。

卤肉也可根据食客的需求,做成肉夹子。师傅用快刀将高庄馒头切成薄片,把热腾腾的肉片、肚丝等夹入,形成六夹或八夹。无论春夏秋冬,都有人捧着热气腾腾的肉夹子一边吃一边满街走。

吃罢行面拉条子、卤肉后,一定要再喝上几杯酽酽的茯茶,才会口不干,才觉得神清气爽、肠胃通泰。

相传清代名将左宗棠征西,前往新疆平叛,途经凉州,连日征战,人马劳顿。一位凉州大厨用祖传秘方精制了一种特色卤肉,用祁连山的十八味名贵药材熬制成茶,再配以凉州民间盛行的行面拉条子献于左将军。左将军食之大喜,曰:"此乃我军三套车也,缺一不可。"之后用它们来犒劳三军。三军士气大振,百战不殆。此后三套车在凉州等地广为流传。

如今凉州三套车以其淳厚的地方特色声名鹊起,被愈来愈多的人所熟知。它不仅是凉州小吃的一个品牌,更是武威饮食文化的一部分。三套车对来到武威的外地人来说,是一种再实惠不过的诱惑,每天慕名而来吃三套车的中外游客数不胜数。

凉州有一位写小说的朋友,在乡下购一座小院,并没有自己隐居了独自看长河落日,而是挂上"文艺之家"的牌子,接待往来凉州的同道中人。门口有菜园子,有现成的果蔬。专门雇了厨子,会做地道的三套车。

桌子摆在院子里的槐树下,小院中间是个花圃,我一边喝着最好喝的茯茶,一边看着碗口大的大丽花探出头来。吃完三套车,继续一路西行。不知道是不是巧合,车载音箱响起了俄罗斯民歌《三套车》:"停下吧受苦受累的马儿哟/车夫吐露着哀伤/马儿哟我们就要分手/从今后天各一方/我再也不能赶着马车/奔驰在伏尔加河上/我再也不能赶着马车/奔驰在伏尔加河上……"

眼前没有伏尔加河,没有赶马车的人。只留下一个凉州人,默默地看着这一群采风的人热热闹闹地离去。满眼望不到边的戈壁,几千里,又几千里的戈壁。

武威面皮子

武威面皮子,敦煌文献中有记载,称冷让,是一种延续了千年的西北小吃。所以甘肃人乃至整个西北的人又把面皮子叫作让皮子,也叫酿皮子。

儿时常常挂在嘴边的童谣是这么唱的:"一个美国的大鼻子,爱吃中国的酿皮子,辣子灌了一鼻子,跑到河里洗鼻子……"说的就是酿皮子,西北哪里都有的。

小时候帮妈妈在家蒸酿皮子。把和好的面团放在一大盆水里捏洗,洗到最后,成了一块海绵状的东西,软软黏黏的,悄悄拽一小块,当泡泡糖嚼着。面团上笼蒸熟,就是松软多孔的面筋。洗出来的面糊加些碱搅匀,平底鏊子里抹油,舀到里面摊开,一层一层去蒸。鏊子有很多层,摞起来蒸的时候很壮观。酿皮子蒸好晾凉,一张张叠得很高。隔着旧时光,那样的酿皮子让人想念。吃着酿皮子,童谣念着念着就长大了。

武威的面皮子特殊。敦敦实实寸把厚的棕黄色略带透明的面墩墩,切起来带着弹性,如同武威人的性格,敦厚、柔韧,厚重之余带着一些倔强。这是因为武威面皮子与别处酿皮子的做法略有不同,武威面皮子在面糊中加入了一种用戈壁滩上的蓬蓬草烧制的天然植物碱蓬灰。

蓬灰是用蓬蓬草烧制而成的草灰。蓬蓬草,又叫灰蓬、水蓬、飞蓬、蓬柴,像是山野的孩子随便起了石头、蛋蛋一连串的小名,顺口且亲切。戈壁滩上,蓬蓬草随处可见,长得很高,缥缥缈缈,随风摇摆,茎银白色,远望去,一大片草很壮观地泛着金属的光泽。

老人说,20世纪60年代,饿肚子的人们曾撸了蓬籽磨面来充饥,苦涩难咽,却能饱腹。蓬蓬草细瘦的身体里,除了淀粉,还隐藏着很强的碱性,以及很多种复杂的成分。

深秋,人们骑驴赶车,来到蓬蓬草生长的地方,搭个窝棚,垒个土灶,要烧草了。人们把一坡一洼已经枯黄的蓬蓬草连根拔出,堆得遍地都是,让风吹日晒。然后在顺风的地方挖一个很大的灶坑,把晒过的蓬蓬草塞进去,点燃。这时候,女人在窝棚外面开始烧水做饭了,当然只是最简单的掐面疙瘩,煮熟了用野葱炝些油醋泼上,浓浓的饭香气让人食欲大增。孩子们满戈壁滩嬉闹奔跑。这是一次辛苦的劳作,却更像是一年辛苦劳作之后的节日。

此时站在高处,夕阳如熟透的柿子,挂在山顶,随时都会向山背后跌落下去。连绵的祁连山水墨一般静谧地浸在落日嫣红的光里,让整个天空显得黯然失色。草木在风里缓缓晃动着手臂,烟雾斜斜地升起来。这些忙着烧制蓬灰的庄稼人,是无暇顾及这些的。他们不停地将蓬蓬草塞入灶坑里,在他们的心里,只有收获,才是最实在的美丽。

火嚯里啪啦地烧着,风吹过来,烧得更旺了,将男人黝黑的脸庞烤成铜色。通红的火焰里,燃烧的蓬蓬草并没有直接化为灰烬,却是变成了液体,慢慢流向坑里。

时间已然不早了,灶坑烧满了,拔下的灰蓬也差不多烧完了。驴子被男人拴在旁边有草的地方,女人在窝棚里铺开毡袄,与孩子和衣躺下。男人望望满天的星星,等最后一缕烟隐约飘散,才走进窝棚里,挤着女人躺下,带起一股灰来。再过一会儿,鼾声就响亮地此起彼伏了。

夜里落了霜,霜遮不住泥土的褐色,大地像盖着层白粉。太阳出来时,正是深秋最冷的时候。窝棚里的男人和女人还沉睡在梦里。等到他们醒了，太阳已经升高了。

灶坑里的灰液已经冷却，凝结成坚硬的块，这就是蓬灰。男人用铁锨把结成块的蓬灰撬起来。蓬灰对着太阳，就绿油油的，像炼化的玻璃，却又泛着黑灰，还以为是没有烧好的残次玻璃呢。

老人说，在他们小的时候，蓬灰除了拉面蒸馍时用，还用来洗衣服、洗头。那时候没有碱，也没有洗衣粉和肥皂，烧蓬灰是每年必不可少的事情。

到了第二年，蓬蓬草又郁郁葱葱地在戈壁滩上长了起来。"野火烧不尽"，接下来要读"春风吹又生"了。我常常觉得，诗人写这首诗时，仿佛是见过烧蓬蓬草的情景一般，不然，怎么写得这样贴切呢？

用蓬灰的时候，砸下一小块来，放进锅里熬煮很久。然后，水澄清了，加入做面皮子的面糊中，蒸出来的面饼便比别处的酿皮子更加透亮、柔韧且有嚼劲。

武威面皮子还有一个不同之处，在于它的调料，不调芝麻酱，最主要的调料是醋卤子。

醋卤子是将煮过胡萝卜、芹菜的面汤用生姜、花椒炝过，加入凉州熏醋熬制而成。有特殊的甜酸味和蔬菜的清香味，不尖酸，有稠度，使武威面皮子看上去更加丰厚。

武威面皮子切成红烧肉大小的薄方块，浇上醋卤子，上面撒一撮切碎的胡萝卜、芹菜丁，泼上油辣子，吃起来痛快滑爽。这如同与武威人打交道，一开始觉得他们粗声大气的，说话耿直，了解后才发现他们粗中有细，一派西域的侠骨柔情。

一年四季，不管是天暖还是天凉，街头巷尾总能见到面皮子摊子。一张木桌，一块砧板，木桌前端依次排列蓝花瓷的碗，盛酱醋蒜汁的，盛芥末椒盐的，还有木筷子开花般插在桶里……

吃面皮子的人坐在小板凳上，一张矮桌，弯着腰吃，并不讲究。也有逛街逛累了的，站在摊子边上吃。写字楼下来的白领女子并不拘谨，到了摊边，张口就叫一份，吃罢还要一份带走……只见女子们吃面皮子时脸上洋溢出幸福的微笑，这是吃面皮子最经典的一幕。

寒冬腊月，北风肆虐，街头照例有女子大吃特吃面皮子。面皮子多辣蒜，红的辣油、酸的卤子，一时间就很难区分那些女子嘴唇上的颜色是口红还是辣子红——摊边上总是站着惨兮兮陪逛的男人，手里提着大包小包，一脸的不耐烦和敢怒不敢言……

辣了，会就着饼子吃。这种吃法，外地人戏谑为就着面吃面。武威人就是这样，吃出了与众不同的风味，这在一千多年前的敦煌文献中就有记载。

坊间传说，一位企业家到上海谈生意，由于种种原因，生意并没有谈成。正在这当口，这位企业家从别人嘴里得知对方是武威人，特别喜欢吃武威面皮子，便打电话让人用快递送来。当对方吃到记忆中的武威面皮子时，非常激动。

县城物象书

◎ 刘星元

飘在空中的塑料袋

那只白色塑料袋是从我背后升起来的。

地点是护城河公园一隅。面前便是那条穿城而过的河,河面平静且深沉,如困于容器里的死水,与这个季节的众多景象产生了隔阂;背后是一片废墟,这里曾是县城最早的机关家属院,能住在这里曾是身份的象征,只是随着机关的相继东迁,这里也没落了,没有一间房屋能够寿终正寝。时间是春日的某个上午。那时候,我正坐在台阶上想事情。都是些无关紧要的小心思,因为春天的到来,它们开始萌芽,且一直在轻轻撕咬我。附近,有孩子在放风筝,有情侣在说悄悄话,有流浪汉在长椅上打瞌睡,有老人们在溜达。

就是在这时候,一只白色塑料袋从我背后的废墟上升了起来。支配它的是一阵路过的风。风是一种烘托,哪里有事情将要发生,哪里就有它,它不是主角,但却用自己的长技左右着主角:挑拨、离间、飞短、流长——很多事物命运的走向,都是风在推波助澜;很多谣言和秘密的传播,都与风脱不了干系。就像此刻,一阵路过的风略作停顿,继而又将自己鼓吹了起来。它停顿,是因为发现了那只塑料袋;它鼓吹,是因为它想蛊惑那只塑料袋离开废墟。风吹塑料袋的声音哩哩啦啦,似受损的音箱传来的噪声。我被这声音所惊扰,转过头看见了不远处那只刚刚离开地面的塑料袋。

是一只中号的白色塑料袋,袋子上点缀着几处油污。中心位置印着几个汉字,通过它们,我知道了这只塑料袋最初来自县城里的某家超市。我就此猜想,作为收纳工具,它被人从超市里提了出来,使命达成之后又被遗弃于房屋的任意一处所在,之后因为拆迁,它最终被一些沙砾和尘土拘禁了脚步。当然,它也有可能是借助曾经的一阵风从别处路过了这里,风擅自将它卸下,任它滞留于此,直到此刻,它迎来了另一阵风。

那只塑料袋越飘越高,我的目光压不住它。它就像是一轮圆月,试图躲开我的视线;它就像是缩小版的白云,且终究会与白云融为一体——如果不是风速拘束了它的步伐。它被路过的风吹了起来,漫无目的的风因为它的加入也开始有了目的——它的目的是高处和远方,它的轨迹是从东南到西北,它即将代替我巡视这座县城。按照风向猜测,这只塑料袋会与很多事物相遇,如果能借助风到达它的正上方,我甚至可以俯瞰到重合之象。

它会与广场重合。作为县城历史上的第一处娱乐休闲场所,它是许多爱情故事的发轫地,是诸多真相和流言的发酵所,也是保留许多人童年记忆的收容站。作为县城的标志性场所,如今它已失去众星捧月的位置,县城忙着东张西扩,而这处广场却丝毫未变,作为落寞的遗老,它尚把自己安置于旧日的荣光里。

它会与电影院重合。是一家正在遭遇拆迁的电影院,以塑料袋居高临下的目光俯视,就如一件破损严重的玩具。多年前,在县城里,这家电影院就是"电影院",具象的它与抽象的词构成了一对一的标配关系,虽然后来又相继出现了两三家影院,但众人提到"电影院"三个字,首先浮现于脑中的,必是最初的这个。作为县城曾经的文化高地,斯皮尔伯格、宫崎骏曾在此落脚,武侠江湖里的英雄和美女也曾驻扎于此,然而现在,它正以接受拆迁的名义仓促地步入暮年。

它会与塑料制品厂重合。这家塑料制品厂不是它的出生地,因为工厂早已于数年前停工,再过些时日,它也会被拆除。兴建塑料厂曾是民心所向,拆掉塑料厂也是民心所向,从那个民生所向到这个民生所向,用掉了二十多年,用掉了数亩良田,用掉了一条干净的河流,用掉了几个平民的健康。

我父母曾对塑料袋有着天然的好感,在集市上买菜时,常以不牢固为借口,非要再套一只,仿佛这便占了莫大的便宜。那多要的一只,便用来收容其他东西。后来我们家使用地膜种地,同属塑料家族的地膜,既能让更为妥帖的光与热护佑着庄稼，还能让一些飘来的草籽无处落脚，庄稼的产量得以提升。然而数年之后，他们发现，累年遗留于土地中的地膜破坏了土壤的通透性，土壤因此板结，影响了庄稼的生长，他们又开始为此苦恼。有一年我家养的一只羊死了，为求死因，父亲将它剖解，结果在羊胃中取出了一堆塑料袋结块，自此之后，我家便很少再用塑料袋了。

村后捡垃圾的婆婆也喜欢塑料袋，她从垃圾桶中扯出一只只塑料袋，抱到河里洗，拴在院子里晾。她的小院是一个童话世界——那么多颜色各异的塑料袋，蓝的、红的、白的……就像是彩色的云阵；那么多的云彩相会于此，互不相扰又相互映照，大概只有宫崎骏的电影里能看到吧。阳光下，风一吹，满院的云朵就舞了起来。然而，童话里往往潜藏着危机。那年春天，灾难不知从哪里跳进了小院：起了火，塑料袋比柴草焚烧的速度更为迅速；刮了风，风赶着火奔上了房屋。那一日，柔软如绵羊的塑料袋开始发疯逞能使狠，幻化为凶猛的兽，张开血口，吞噬了房屋，吞噬了小院。

无意对塑料袋说三道四，只是将我看到、听到以及想到的，尽量真实地叙述出来。然而很多时候，当我说起塑料袋，很难就它的具象来阐述什么，相比而言，我更喜欢用一些没有条理的思维，为它的轻盈之身加冕，赋予它具象之外的意象。

就在我抬头看天的时候，有人因为我的举动也抬起了头，他什么都没发现，似乎觉得受到了欺骗，白了我一眼。我没有理会他，继续看天，看在天空中飘移的塑料袋。你看，那只塑料袋在跳舞——在风中，它折叠、它扭曲、它舒展，它那么美，但它的美尚无人关注，更无人解读。你看，那只塑料袋在吼叫——于风时疾时缓的挤压和折叠中，它用自己的躯体喊出了异质之声，那究竟是声嘶力竭歇斯底里的吼，是壮志未酬愤慨难耐的吼，还是别无他想只是单纯地想要吼？

飘在空中的塑料袋啊，它在沿着风的脊背攀升。它越来越适应风，它如鹰隼，在层层风阵中穿行。想到鸟，一些匪夷所思的想法就溢了出来，我在想，许多年后，塑料袋会不会替代鸟——说不定，鸟将成为历史，"鸟"这个字最终会被塑料袋篡去。继而又想到了月亮。想到月亮，另一些匪夷所思的想法漫过了关乎鸟的想法，以后来者的身份居上。在漫长的中古世纪，文人喂养月亮、诠释月亮，这些诠释年深日久，已经牢固地植入我们的基因，伴随着我们的繁衍代代相承。想到它，我们就会想到"海上生明月"，想到"千里共婵娟"，想到"举头望明月"……哦，举头望明月——会不会有一天，我们的世界再无月，举头只能望望塑料袋，低头却一无所思？到那时，我们只能效仿中古世纪的先人，用琐碎的生活喂养塑料袋，然后抛开它、放逐它、抬高它，让它常驻天空，从此将月亮隔绝。

也许以后，塑料袋会被我们的文字反复吟咏——在我们的建构下，它将以崭新的具象和意象，存活在我们的语境里，根植于我们的生活中，构成我们不可缺失的一部分。如果真有那么一天，真不知是幸还是不幸——幸好这个问题不必回答，因为如果那一天注定会到来，以人类短暂的寿命为证，我注定会先它而去，感受不到那一天喜悦抑或忧伤的盛况。

观看弗里达

◎ 赵冬妮

我用眼睛观画，相信直觉的力量，相信我所看到的。这世上自以为是的猜测太多，又心思各异，而绘画需要专注，若能跟专注这一稀缺的品质相遇，也就等于碰上了绘画者的目光，事物和事物背后的呼吸早已剔除了虚假，平坦就是平坦，断裂就是断裂，绝不把劈开的树木硬绑在一起，这是修辞立其诚必守的要塞。其次是观看绘画所呈现的静止，多大的事件多无止境的运动，多么混乱不堪，都必须停留下来，接受那一刻的自我检验，或者飞升。前不久一个朋友走了，我感到悲伤，跟同伴谈起生命的长度，活着还是好，至少有无限的可能。但使人驻足的又往往是生命里的那个不大的宽度，禁得起察看，去除虚妄，平常人哪里有什么永恒。在你静坐下来时，睁大眼睛，才会懂得所谓的不死者，怀念也好，爱也好，其实正是这样的一部分，他不死的那个部分，才跟你重合，不会轻易离去——这也是静止的含义。

一小幅静物画。静物挤满了画面，左右两侧没有空间，画面底端有几块棕色背景，等背景过渡到上方已为灰色，灰色并不沉闷，虚静地衬托着明媚的水果，水果堆在一起，画面边缘切去几只水果的小部分，像水果太多了一个大篮子装不下。这是弗里达的静物画，每只水果都画得饱满，色彩鲜亮，唤起碰触的欲望；橙子切去一片果皮，果粒汁液欲滴又宛若晶体；瓜瓤大面积橙黄，渐近中心时加进了粉色，进而是水红色，进而又恢复肉粉，肉粉的中心塌陷进去，笔触细密顺着果肉的肌理走，可以看出她绘画时的专注和沉静。偶尔几笔粉色堆积，弗里达守住它，使它让位于一块柠檬绿，那是另外一只瓜的表皮色，完整而有体积感的圆瓜。这幅静物画作于 1951 年，名为《有鹦鹉和旗帜的静物》。

去年秋天我在布达佩斯，恰好遇上匈牙利国家美术馆推出弗里达回顾展，人群中挤了半天，好不容易站到这幅小画前。这堆非凡的水果神采奕奕，活生生的，像是清晨刚刚从果园采摘下来，墨西哥水果如奇珍异宝，很多的我叫不上名字，而记忆的女儿弗里达打开翅膀，人鸟低飞，在全部圆鼓鼓的实物中她制造出了平面，甚至是凹陷，一些瓜果被切开，比如橙子或番荔枝，它们露出内部细致的物质，果肉和籽粒，不规则却像蜂房一样有组织的结构，香甜又复杂的暖色，全部像敞开的广场，召唤目光就此停留下来。画面中心位置肥大的水果，椭圆形的梅米果，它被切开的剖面朝向观者，观者可以看到果核脱离果肉，橘红色果肉的形式像个空房间，盛着一枚橄榄形栗壳色果核，果核果肉分离之间，弗里达用暗色表现深度，几笔浓重的深褐色抹下去，纵深感有了，阴影也有了。整幅画光线散漫，并不讲求层次丰富的明暗调子，果实明艳地飘浮，画面中心的那几笔深褐深沉下去，像是个巢穴。切为一半的梅米果饱含性的意味。涅槃的弗里达这时身边清静，她潜心作静物画，不再跟男女情人约会，好似老僧入定。一次脊椎手术就是场大灾难，她从痛不欲生中走出来，有些词语已不是词语，直接转化为疼痛。骨盆、椎骨、股骨，金属棒、石膏胸衣、矫形胸衣，20 世纪 40 年代几次脊椎手术，始终折磨着她，在她的身体和精神深处反复切割。身体时好时坏，病痛起起伏伏，仅 1950 年就做过 7 次脊椎手术，其后她深居简出，好长一段时间躺在病床上，或坐轮椅上，不能坐镜前画自画像，她就大量地画静物，小幅金属板离身体很近。我曾看过一幅她作静物画时的旧照，画板靠腿撑起，她躺在床上，左手夹着香烟，右手一根细长画笔，没有用画架，头微微抬起，一切近在咫尺，整个身心逼近画面逼近事物。第一眼看到她的梅米果时，我就在想，当她从疼痛中获得了一时的解脱，身体仍陷于囚困，内心的痛苦和激情却已落地归于宁静，就像火不再在体内燃烧，而是独自脱离开来，与她有了距离。它们变得可以凝视，可伸手去碰触，这个时候，像诗人蓬热所说的，"动物奔走，植物在眼前舒展枝叶"，这个时候的弗里达静止不动，也是一株植物，她找回了自己，把自己归类于这堆水果、归类于梅米果，这是她的时刻。

也是带有鹦鹉和旗帜的时刻。静物画画面上，绿色鹦鹉坐在瓜果上，它侧着脑袋注视着梅米果上斜插的旗帜。一面墨西哥三色小国旗，黏在竹签上，竹签很长，两头尖锐，下边插进梅米果表皮，直接穿透果肉进入那块深褐色内部。展牌中介绍说，这里表达了弗里达曾遭遇过的那场车祸对她的伤害，而右下角结满褐斑的黄色香蕉，则暗喻大她 20 岁的丈夫、著名壁画家迭戈·里维拉。

旗帜不断出现在弗里达的画作里，自画像中的弗里达会一手夹烟，另一手握着小旗帜，如果站在墨西哥与美国之间，那面严肃的旗帜是她对墨西哥土地的热爱，香烟则露出她轻微的嘲讽。而她用惯了的旗帜，这时插在梅米果上，很难用几句话说清旗帜本身意味着什么，只是竹签又长又尖，像穿过皮肤肌肉那样直入果实深褐色的内部，但是没有血，弗里达尊重了她的植物，让它纹丝不动地遭受穿透和伤害。

这时的弗里达 44 岁，18 岁时她遭逢的那场车祸极为惨烈，一辆电车撞上了她乘坐的那辆公共汽车，被撞断的扶手成为一根铁条，从弗里达身体的一侧刺入另一侧出来。弗里达当时的男友后来回忆说，我惊恐地发现弗里达的身体里有一根铁条，一个人说："我们把它取出来！"他用膝盖顶住弗里达的身子，把铁条拔出来。脊椎骨断开三处，锁骨、第三四根肋骨断裂，骨盆三处破碎，右腿十一处破裂，弗里达卧床三个月死里逃生。病床上的弗里达忍着痛苦不住地给男友写信，"阿莱克斯，"她写道，"来看我，别刻薄……"车祸一年后，弗里达写信给他。

写这封信时弗里达 19 岁。那时她就过早地老了，那时她已等同于 44 岁。18 岁时她就看透了地上所有的秘密，一切裸露透明，连沟壑都照得透亮，生活再没有什么隐藏于其中的，也并没有秘密或奥秘。44 岁到来，18 岁时勘破的一切依然如故，并未改变，照旧摆在眼前，发出冰冷彻骨的光芒。她早被一道闪电所击穿，身体早已裂为碎片，梅米果又能隐藏什么呢？哪有什么含蓄可言，还有什么不可呈现？十几年前读弗里达的这封信，她尖锐的痛楚和绝望曾使我几度哽咽，即便是个天才，她看穿了万事万物，而要真正走出痛苦和激情，又是多么艰难。肉身沉重，心灵孤独，就算大彻大悟也是在火上烤。画静物，比追究起自己来更容易，在静物面前，时间停止，人静若处子，她看到静物的形状，知道静物本身的寓言，也就老老实实地向我们和盘托出。在血和泪河里泡过，她不可能是一株简单的植物。

所以她才说："我看起来像很多人和物""我画我自己的现实。"假若展牌中的说明可以成立，这幅静物画已足够完整，如弗里达所表达过的："我人生中最惨烈的两次遭遇，一次是车祸，另一次是迭戈。"

海，以及星光

◎ 陈蔚文

那年 7 月来临前，对我升学不抱乐观指望的父母决定让我读艺术专业——通常，这是灰心的父母一种无奈的权宜之计。他们理解的艺术是偏门，是捷径。我妈说，你唱首歌我听听。我唱了首《少年壮志不言酬》，当时正热播《便衣警察》，满世界闪烁金色盾牌的光辉。这首明显和自个儿声线过不去的歌，没让我妈从中听出丁点壮志。于是，我去读了美术专业。

几年涂涂画画的日子转眼而过，毕业那年秋天，我到一家艺术单位的"美术部"上班了。这家艺术单位，位于城市中心广场一侧的院子深处，砖墙老楼，陈旧的木楼梯适合拍《一双绣花鞋》。

办公室在朝北二楼，从窗口望去，一片灰色屋顶，树枝在风里飘拂，这景象让人觉得前途茫茫——我的一生难道就要在眺望这片灰屋顶中度过？这真令人懈气。

办公楼虽旧，但看去颇结实，更易让人提前窥见一生将如何度过。在楼梯上碰见一些年纪大的同事，他们眉眼角滋生的皱纹仿佛是我未来的镜子。

工作并不忙碌，我的女同事们多半已婚，她们有学舞蹈的，有学声乐的，时常凑一块聊天，婆婆老公孩子，她们用气声发出一串串银铃般的笑，给这幢旧楼增添了家常色彩。当她们到点下班后，整幢楼和办公室恢复静寂，空气仿佛也停止流动。

我进入不了她们的聊天，也不想进入，为了对抗银铃般的笑声，我从家里每天带一本书来看。沈从文、冰心、郁达夫、丰子恺、胡适，还有些国外的小说散文，翻开书页，我进入了另一世界，一个由文字和心灵构建的世界，这个世界不论年代国籍,本质竟是相通的。

那时,家里为我找了位颇有造诣和名气的国画家为师,他每周末抽出宝贵的几个钟头指导我画速写,有时甚至亲自上我家去,我家住五楼,国画家的体形也绝不轻盈,这使事情更为沉重。

家里希望我在专业上深造,把美术作为安身立命的专长。我不反感美术,但没爱好到以身相许的程度。这就像对一个男人有些好感,可没到要嫁他的地步。

还能有其他选择吗?

比起绘画,我对文字更为钟情,我喜欢在阅读中体味那由文字生发出的美与感动。我悄悄地开始了"创作",是的,那些稚嫩的文字是属于我宿命的显影。

国画家要求我每天早上6点到菜场画几组人物速写,这对内向的我简直是个噩梦。站在熙攘的菜场,面对好奇的眼光,我坚定了要放弃绘画专业的选择。我只愿我的前途与文字产生关联,虽然这条路毫不乐观,甚至比从事美术更不乐观,一切从零开始,没人允诺我说,你的写作将通往一条有光的道。可这一切又有什么关系呢?因为足够喜欢,因为写下成为"必须",那么就如同冰心先生说的,"踏着荆棘,不觉得痛苦,有泪可落,也不是悲凉"。

不问前路——我理解的前路不只是饭碗,它更是一份志趣所托。

由一根细细的蛛丝结成一张通向未来的网,这是多么浩繁而冒险的工程?写作同此,由一个个汉字垒成一座通天的巴别塔,这其中要遭遇无数困阻,而且,它不能保证你一定会抵达那座塔,你可能会因为才能、毅力不够而搁置半途。这些问题,我通通没有细想。继续写着,读着,在女同事们银铃般的说笑声中。不去考虑写作与今后安身立命的关系,不去考虑能写成什么样,只是因为喜欢。

我喜欢在这个过程中,感受到自己的心智在一点点成长,像一株从土壤里汲取了水分的幼苗。

在驳杂的阅读里,我渐渐看到一个在肉眼可见的物象世界以外的世界——它湿润留白,富于景深,散放着莫名张力。

书中的远方已不能满足我对远方的想象，我不顾家里反对，办了停薪留职，准备去广西北海，一个有着沙滩大海，闪着银光的遥远城市，它想象中的光芒照亮了我那时的诗与远方。

在一家朋友介绍的公司过渡后，我应聘到了一家大型娱乐机构的公关部，这家娱乐公司由港商投资，当时的北海到处可见这家公司的广告条幅，而公关部并不像外人想的那样有其他色彩，很正规，主要负责外宣事宜，包括画海报之类。同事中有个四川美院毕业的男孩，后面还来了个广西百色文工团的女孩，高挑、爱笑，漆黑的眉与眼瞳。她姓农，叫农眉——我头次知道有"农"这个姓，我们三人颇要好，平时一起完成些宣传文案之类的工作。

每天，我几乎都能接到家里电话，我安然度过一天，母亲就如释重负一次，像我的工作是高空走钢丝表演。我们每天的通话内容就是她问我啥时回来，最后她再也受不了这份提心吊胆了，催我尽快回家！

近半年待下来，我逐渐对这座城市也感到幻灭。它和文学以及诗情毫无关联，在整个城市中，弥漫着海浪与海鲜的腥气，还有充满暧昧、热烈而夹杂泡沫的气息。总之，它就像一座标准的新兴开发区那样，闪烁着霓虹、流言、膨胀的淘金梦与粉色泡沫。

这半年里，我几乎没看什么书，虽然我的行李中带了几本书，但它们几乎没有什么掏出来的机会。即使掏出，浮躁燠热的空气也会使文字褪色。我出发时期待的诗与远方，没有出现。相反，这是个与书中世界相悖的时空。一种近于谵妄的无所依归的迷茫——"你的生活是过了一万天还是一天的生活重复了一万次？"这句话的要义与认识多少人、发生多少事无关，它是一种追问与指认，与生活的深度有关，与广度无关。

公司浓烈的娱乐味让我和农眉决定辞职。辞职当晚，那个四川美院毕业的男孩请我们吃饭唱歌。唱歌时，来了个漂亮的四川女人，她是美院男孩的同乡，也是这家娱乐公司夜总会的负责人。男孩叫她杨姐，她指间夹着一支细长的烟，漂亮而风尘的脸在烟雾后隐现。快席散时，她说，你们留下吧，我会介绍最好的客人给你们。你们可以拿到比现在高十倍的钱。

我和农眉惊讶地望向她，杨姐面色平静，仿佛只是让我们完成一次普通转岗。我和农眉找借口走了。

回去路上，我们表达了同样的感受，她把我们当成什么人了！就是高一百倍的钱，我们也不可能去她那儿上班。

多年后回想，除了父母长年的教育，还有那些看过的书——就是在那间简陋临窗的艺术单位办公室，看过的那些书让我毫不犹豫地拒绝了杨姐。它们筑起了一块"禁止通行"的牌子，让我知道，那条看上去的捷径显然是条不可返的歧途。

我回家了，进入一家报社做新闻。新闻不是文学，不过它和文学算得上表亲戚。文学史上有不少伟大作家都曾做过新闻记者，比如乔治·奥威尔、辛格、加缪、斯坦贝克，还有海明威，瑞典文学院几次提道："海明威在新闻报道的严格训练中锻炼出了他自己的文体风格。"他们的记者经历把文学要素引入新闻报道，又在其后的创作中，把新闻的训练带进了文学中。

一年后，我从报社调到了同家单位的杂志社，之后我又换了几家杂志社，不变的是，我的职业一直是编辑。写作在继续，阅读也在继续，它们像光，照亮了日常。

在某年深秋向北的列车上，我读到了纳博科夫的《玛丽》，书中主人公加宁身下的隆隆震颤仿佛穿过书页直透到我身下，此时的震颤与1926年柏林的震颤重叠在一起：膳宿公寓，六间房的各色房客走动，包括忧郁的青年加宁。他常回想那段当临时演员的荒谬经历，"里面没有头脑的群众演员对于他们参与拍摄的电影的内容一无所知。"房客们身世不同，性情各异，唯一相同的是窘迫。房客中有两个跳芭蕾舞的同性恋人，这对整日走街串巷揭下剧院招聘启事的同命鸳鸯，为庆祝老诗人拿到去巴黎的签证（后来遗失，老诗人为此断绝了唯一一希望），他们想开个派对，鬼鬼祟祟地去采买物品——"鬼鬼祟祟"在此处用得多么妙！一对善良卑微，看去不无滑稽的人，他们想方设法抓住日子里一点值得庆祝的理由，他们尽力延长放大这点欢乐，从拮据的生活费里挤出点儿钱操办这个派对。

青年加宁从邻居的一张照片中发现邻居正等待的妻子原来就是他中学时代的初恋情人，这个发现让他心潮澎湃，后几天里，加宁不断地追忆与玛丽的往昔。

他做了个决定,他把邻居的闹钟拨慢,想代替他去接玛丽,并期望着与她重叙旧情,然后私奔,重演他们白桦林般金黄的爱情。然而,在等车的时间里,加宁顿悟到,玛丽已成别人的妻子,无论过去多么让人怀恋,毕竟一去不返。

加宁用四分之一财产购买了张去德国的火车票。火车开动时,他的脸埋在雨衣褶子里,睡着了。

在结束第一份编辑工作后,我来到上海开始五年的媒体生涯。在一次地铁上,我在《三联生活周刊》读到青春时期对我影响颇大的台港文学现状,读到骆以军写《西夏旅馆》写了三年,得了两次忧郁症,还有袁哲生(他的第一篇短篇小说《送行》获第 17 届时报文学奖首奖,惊艳台湾文坛),原先供职的杂志社希望他除了担任 *FHM* 副总编之外,可以让他加薪兼任 *Playboy* 杂志的总编。

哲生说:我编杂志是为了养家糊口,至多只能编到 *FHM*,真去编了 *Playboy*,我还算个作家吗? 大家笑他迂腐的同时,更敬佩他的"洁身自爱"。哲生最后自缢而死。38 岁。

"孤独"成为骆以军和董启章共同的感受。1967 年生于香港的作家董启章写道:"我们就是在这形同太空漫游的状况下写作——看不见目标,看不见来处,看不见同伴,也看不见敌人。而又因看不见空间和时间的坐标,而不知道自己究竟是在前进、后退,还是原地踏步。在辽阔无边的黯黑太空里,仿佛只有自己一人。"

哲生的那一问,"我还算个作家吗",引出了一个问题:什么是写作者的精神与形象?

在那条毫不热闹,甚至荒凉的途中,文学是灯火,是秉持,是艰难寻找的启示……每个爱文学的人亲近文学的理由各异,感受却肖似:在一生中,我们要飞到那遥远地方,去看一看这世界的景况。我们要积蓄度过长冬的力量,无论是过往的长冬,还是今后未知的长冬。

对了,在那一年的夏天,我和父母姐姐从上海去雁荡山,火车车厢里,父母睡了，我在看王小波的《绿毛水怪》，行前匆忙下载打印出来的，看完一页递给姐姐一页，她是城规专业的博士，同时是个爱读书的女文青。午夜的火车奔驰在黑暗里，一个不真实的，近似幻渺的爱情故事会让人如此忧伤，这本身令人感动。只有车轮碾过铁轨的轰隆声，空气里荡漾着细小的、耐人寻味的东西……

回想那个遥远的离开北海的上午，机翼震颤，我对前路一无所知。但我知道，文学这件事将会成为我骨血中的一种相随。之后成家生子，生活的主场在办公室与厨房间切换，养育一个孩子占据了大量时间，在时间的隙空中，文学之光仍时常照拂。

文学，使人心思向善，无泥沙之浊，无城府之深。当然，围绕文学的也一样有巧言令色，有攀附诌媚，有许多假超脱，真功利。不奇怪，文学既是一种追求，也是一个职业。既是心灵涤濯，也能附庸消遣。唯一需要在乎的是，文学给予了你什么？

它使人从一己感悟的溪流逐渐去向更大水域，你看见了湖，看见了江，看见了海。天空和月亮映在海中，这是个划痕累累，但仍存着美的世间。

当面对纸页，犹如面对作者，面对活在书页中的每一位主人公，他们与你交谈，与你分享他们的故事。好书中是有灵魂浮现的。

有人问，你觉得纸质书刊会消失吗？当然不会，书的魅力不仅是作为实物本身，而是它所承载的文本和思想。它和装帧、纸张等构成一本书的一个整体。在那些不同的字体、行距与插图中，书，有了各自独立的生命。

写，于是成立。还会写多久呢，并不知道，有许多人已经不写了。有两种情况，无话可说，或无从说起。于是就停笔了，这两种感受我都常有，它们交替着，话太沉时说不出，太轻时，说的意义被取消。

这个夏秋之交，我停笔了一个多月，因为三年前术后的旧疾复发，我住进了医院。外部的时光停止，我进入了医院时间——它是以吃药、打针、抽血、插管等治疗为计数方式的。每天昏沉躺着，唯一的运动方式是围着这一层的走廊一圈圈走动，这是我完全不陌生的动作，这些年的住院经历使我太熟悉这种白色的圆周运动。

晚上，我迷糊地做了个梦，梦见傍晚，在一个公交起始站等车，忽然觉得周围一切似一个做过的梦：服务窗口里的男人和女人，我凑近窗口询问他们下班车到达的时间，他们漠然，有点不耐烦的口气，包括那间屋子，全是我曾经历过的。但我无论如何想不起，何年何月，有过这样一次全然相同的乘车经历。

在梦里，我努力回忆着一个梦。梦的开平方，结果是什么？是你成为自己的"局外人"？不，结果是一位胖护工进来，给邻床病人翻身，我的梦醒了。

写作有时就像这梦的开平方，或是摆了三面镜子以上的房间，事物相互被重新映射一次，使原本平面的生活有了廓影、深度，当然它也部分地抽离了真实，这和镜子反射过程中产生的"光损失"同理：镜子的组成材料不可避免会对光有吸收，同时镜面不可能绝对光滑平整，会产生四面八方的漫反射，导致光能量的损失。

文学也是一样，在折射与反射中，定格、拾起些东西，又变形、遗失些东西。给人补充些什么，又消耗掉一些什么。有好些时候，我好像不在具体生活，整天思虑的都是那些其实对生活没有任何实质影响的事物，如同云的倒影，井的回声。

我与自我如此紧密，又如此疏离。

以自然抵御生活的雾霾

◎ 吉布鹰升

　　我在一个小县城生活,过着慢日子。久而久之,一个星期不出去散步或是爬山,我便感到浑身不舒坦,感到生活的压抑郁闷。我想,为什么会产生这种郁闷的心情呢?我追求的不多,要求不高,除了想明年比今年多发表些作品,或是出版一部满意的书之外,没有更高的目标。原来,每个人都有这样那样的不如意、不快乐、不满足,忧郁、困惑,一天天积累下来,便成了压力和笼罩我们生活的雾霾。这些是需要释放,需要甩掉,需要放下的。那么,去爬山,去体验自然,是最好的途径。那时候,便没有了烦恼和忧郁,怡然自得,悠哉乐哉!大自然的风景是抵御和医治生活雾霾的灵丹妙药,是灵魂自我拯救的最好方式。为什么那些物质生活富裕的人们并不快乐,甚至会出现精神抑郁?我想那是因为他们除了放不下那些物质追求和各种忧虑,更重要的是远离了大自然。大自然在无形中净化着我们的灵魂,是治疗心灵创伤的最好的、最为奇妙的医生。人不能孤立于自然之外,否则如关在囚笼里的鸟儿。先哲说,天人合一,是最美妙的境界,是"人离不开自然"这一道理的精妙阐释。

　　此刻,下午 5 点过了,虽然是冬天,天气晴朗,天空湛蓝如洗,阳光明媚,清风吹拂,如果不是院子里的那几棵蜡梅树繁花盛开,散发出袅袅清香,便要使人以为春天来临了。然而,这会儿离立春还有二十几天。人们在过道上来来去去,或是坐在草坪上,晒着太阳,怡然自得。在那几棵蜡梅树下,散落了一地金黄的枯叶,犹如金币一样。旁边的草坪上,阿拉伯婆婆纳绽放出蓝色的花朵,如果不是蹲下仔细瞧着,您是不会发现的。那蓝色的花朵,让人想到夜空里闪烁的星光,每一朵花,都有四枚精巧的花瓣,对生着,含着花蕊。玫瑰悄然吐出了淡褐或是嫩绿的叶芽。如果再细心留意一下,您会发现光秃秃的樱树枝梢上即将蹿出新芽,时日不久会一树繁花。鹊鸲躲在杉柏树上吹着口哨,若不是您平时观察它们,您是不会根据那声音断定是它发出的呢!这种声音,似乎只有在天晴的时候才这样。再过些时日,春天来临,鹊鸲的声音就变了,清脆又婉转,仿佛春天唤醒了它漂亮的嗓音。柳树泛青,光秃秃的枝梢获得了新生,长出新的叶芽,清风吹拂,婀娜多姿。柳莺会在某天出现在柳树上,忽而起飞,忽而落下,忽而轻轻地啄食,忽而探头探脑,一点儿也不安分。这种不安分,恰恰是春天的征兆,万物春意萌动,大地渐渐盎然生机。如果您走出县城,走上山去,看到的风景是别样的精彩。

譬如:阳历三月,在某个清晨搭上车,途中下车,不久,过一座吊桥,爬坡,走进山林,聆听鸟鸣、溪流、风声,观赏草木吐出新绿,呼吸着清新的空气,您会发现白杨树浮起了一抹抹褐红、淡绿的薄雾,树林里的腋花杜鹃开放了粉红的花儿,小檗蹿出金色的花,刺玫长了嫩绿的新刺,蕨草绿油油,草鸡、乌鸫、伯劳、山雀、柳莺等竞相啼鸣;或是在破晓,星星还未隐去,启明星忽闪着眼睛,村子里的公鸡开始打鸣,狗吠声响起的时候,朝着远山进发,看着东山上空由橙色幻化为亮黄色,看着西北方向那高高的山顶上由朦胧渐渐幻化为蛋黄色,看着天渐渐亮了,你会发现乡村的破晓是草鸡、乌鸫、伯劳、白鹡鸰唤醒的;或是在黎明时分,赶在阳光抵达大地前,沿着村子的羊肠山道,听树上的鸟陆续醒来,看着山冈、树林的轮廓渐渐清晰,你会发现一树梨花灿烂了,云南松擎着褐红色的花穗,蕨草茎叶鲜绿一片,紫色的鳞叶龙胆花犹如小星星耀眼。然而,乍暖还寒,在海拔四千多米的高山,有时大雪依然纷纷扬扬,伴随着电闪雷鸣,大自然把久违的威慑铺设下来,震撼人的心灵。

四月,几场微雨飘落下来,带来了湿润的空气,鲜嫩的草涸染了山冈。土地上的苦荞长出了纤细的、柔弱的叶片,洋芋的绿头巾在微风里摇曳。蟋蟀开始低吟,无论是白天还是夜晚,在乡村都会听见它们的歌声,尤其是夜深人静的时候。您会发现那个早起的牧人放牧着一群羊,牧人缄默如一块岩石，羊群啃着露珠打湿的青草。雨燕归来，低低地飞翔。布谷鸟开始在不远处的树林里啼鸣，显得内敛羞怯，似乎是在试探，过几天，它们会拼命啼叫，激越张扬，仿佛让愉悦者更愉悦，伤心者更伤心。那是新春的问候，那是和我们有千丝万缕联系的某种神秘的呼唤，亘古如此。不久，鹰鹃、四声杜鹃、噪鹃的叫声从山林里传来，还有更多不知名的鸟儿，好像它们是一夜之间飞来的。珙桐树开始抽出叶芽。起先，叶片和花骨朵难辨。渐渐地，花朵显现。过几日，雪白的花朵一枚枚绽放，在风中如一只只白鸽凌空飞翔，多么令人舒心呀！水杉树的枝丫爬上了点点鲜绿的叶芽，极像虫子蠕动着，日渐幻化为羽状叶子，日光照耀下，分外鲜绿夺目。山梁，一夜之间，那一棵匍匐生长的火棘树绽放了一簇簇雪白的、纤细的花，花儿的绽放仿佛巨大的潜能爆发。红桦树枝梢爬上了绿绿的、毛毛虫似的花穗，随风轻摇。灰头啄木鸟飞来停歇，不时啼叫，然后又扑棱着翅膀飞去了。路边，夏枯草的唇形花仿佛侧耳聆听，紫菀擎着一把把紫色的小伞，狼毒草头戴着金色的帽子，茅梅羞涩地藏着紫色的花朵，鳞叶龙胆花如星星耀眼。刺玫开出雪白的花朵，闻起来有一股淡淡的臭味儿，然而总有蜂蝶在那里采蜜。胡颓子淡黄色的花朵渐渐幻化为乳白色，在太阳的烘烤下香气浓郁。高山柳挂着淡绿的花穗，高山栎披着一条条金色的花穗，草莓吐露纯白的花朵。野梨树繁花怒放，槲树鲜绿的叶子围成风轮。醋栗暗暗地结了青绿色的果实，然而要经历漫长的时日，等到金秋十月才能渐渐成熟。太阳鸟在树上穿梭，那艳丽的红羽十分夺目，它们发出轻柔的"吱吱"的声音，"扑棱"一声，振翅飞翔，轻盈如一缕缕微风。这山林里的精灵，从哪里来，又飞往何方？那广阔的森林里，小叶杜鹃的紫花犹如星星闪耀，又如紫地毯铺展，芳香四溢。

五月，鸟儿大多归来了。每天晨昏，树林里在演奏着声势浩大的音乐盛会，那是美妙的天籁。布谷鸟、四声杜鹃、鹰鹃、噪鹃、雉鸡、松鸦等在拼命啼叫，此起彼伏。啄木鸟的啄木仿佛在敲击拨浪鼓，布谷鸟一边鸣叫一边缓缓飞翔，白腹锦鸡的叫声粗糙，仿佛在挣扎。午夜，山林里四声杜鹃、鹰鹃在鸣叫，真是匪夷所思。草坡上的三叶草白花一片片，宛如绿白色的地毯铺展大地。云雀在空中鸣啭，婉转如清泉流淌。那山冈上，大白杜鹃花渐次怒放，远远望去,犹如一群群白羊在漫游,又似一朵朵白云散落。倘若走近,花香四溢,过往的飞鸟也迷醉。森林里的蛇、蚂蟥开始活跃。夜晚,蟋蟀在无休止地弹奏乐曲,纺织娘在发出尖锐的"吱吱吱"的声音。槐树绿云衬着白花,然后渐渐凋谢,如一团团白雪在慢慢消融。紫色或黄色的鸢尾花艳丽夺目,鼠尾草悄然绽放紫色的唇形花,珠芽蓼爆出白花。一片片玫瑰花惊艳四射,飘香十里。刺玫挂了一枚枚玛瑙红的果实,鲜艳夺目。小檗树上挂着珍珠般晶莹透亮的果实。草木葳蕤,山冈铺展了一层薄薄的、柔软的新绿,犹如绿绿的地毯。无论山谷、树林、草原,鸟儿们不知疲倦地演奏着乐章。不要错过这个时节的天籁之音呀!

六月,鸟儿忙于孵卵育雏,因而比起五月是显得有些单调寂寥的。然而,云雀的歌声,优雅婉转,响彻天空。榛子树的果实渐渐成熟,一枚枚漂亮的翅果似乎随风起飞。金丝海棠花金灿灿,山刺玫披挂着人见人爱的玛瑙红。火棘树繁花如雪,芳香令人醉。接骨草顶着灿烂的白伞,唐松草紫花绚烂,鼠曲草黄花夺目。甲虫振翅低吟,熊蜂"嗡嗡"叫嚷。草木葳蕤,散发馥郁的气息。到了月末,那低海拔的山地,一片片苦荞开始收割,飘散一阵阵浓郁的清香气息,荡涤心灵。河谷,河流潺潺,白顶溪鸲、红尾水鸲、乌鸫停停飞飞,歌声优雅、动听。这些山谷里的隐士,钟情于潺潺溪流,乐此不疲。

七月,林缘、草坡,火绒草白花朵朵,犹如精妙的刺绣。火棘开始挂果,果实累累。覆盆子果实乌黑,令人垂涎。勿忘我傲然擎着蓝色的花,一年蓬的白花宛如撑起了一把把小伞。胡颓子树上的果实,宛如红艳艳的珍珠。委陵菜黄花灿烂,食蚜蝇、熊蜂、蝴蝶飞舞,留恋不已。夏枯草紫花一片绽放,仿佛飘来紫蓝色的乐曲。在较为寒冷的高山上,广袤的沼泽地一派鲜绿欲滴,菖蒲金色的花朵绽放,白色、粉色的马先蒿花儿令人眼花缭乱,繁缕花宛如燃放白色烟花;大蓟草紫色的球状花有的已开败幻化为褐色的冠毛,一粒粒针眼大小的、黑色的种子随着降落伞般的冠毛迎风飞翔。土地里的苦荞开花或开始结籽,燕麦开始灌浆。朱雀、云雀、三道眉草鹀穿梭飞翔,无忧无虑地鸣啭。雨季,道路泥泞。漫长的雨季,是苦涩的,尤其是对那些住在潮湿漏雨的房子里的人家而言。雷电轰鸣,暴雨倾盆,让人不得不担心安全。也许，一棵树不幸被击中了。不过，去年的雨季，很少听到几次轰隆隆的雷鸣声。这是什么原因呢？雨过天晴，天空湛蓝如洗。无论往哪里走去，大地都散发草木浓郁的芬芳气息，令人心醉神迷。倘若乘车远行，有种近似乌鸦、翅膀灰褐色的陌生鸟儿不时跟着汽车缓缓飞翔，仿佛是轻快地迎接您的到来。

八月，小檗的果实幻化为淡绿色，大蓟草有的依然在盛开紫色的花。香青草绽放白花一片，形如太阳，在风中发出"簌簌"的声响，散发蜂蜜般的清香。川续断顶着乳白色花冠，野棉花白花迎风颤悠，高山夏枯草点缀紫花，剑兰花艳丽四射，紫菀簇簇惊艳。紫薇蹿出艳丽的火焰，雪松露出了可爱的淡绿色花穗，水杉树叶鲜绿欲滴。秋日悄然来临，把庄稼催熟。燕麦犹如金色的地毯铺展，苦荞秸垛散发好闻的气息。湖泊如大地的眼睛，深邃、幽蓝。偶尔，还能听见几声杜鹃的啼鸣。蟋蟀、纺织娘依然聒噪。

九月，桂花飘香，火棘树上挂着金灿灿的或鲜红的果实，白花鬼针草葳蕤，狗尾草风中摇曳，蒿草纤细的白花一片片怒放，秋荞绿油油，远处的山冈草在枯黄。夜鹭声声，尤其下着秋雨的晚上，它们似乎是不安分的，彻夜游荡。

十月，车前草依然在开着纤细的白花，很多即将枯萎的草在借风撒播种子。水杉羽状叶开始泛红，紫薇树梢变红，如火焰在燃烧。火绒草、珠光香青草在渐渐枯萎，其蜂蜜般的甜味逐日消失。高山柳、白杨树、云南松，落叶纷纷，风中有如下起了一阵阵微雨。雪松花粉随风散落，水杉树枯黄的针叶纷纷飘落，犹如下着金色的细雨。蟋蟀的声音稀疏，麦茬地涂了白霜——秋日的杰作呀！

十一月，蟋蟀的声音开始沉寂。草坡上龙胆草、大蓟草、珠芽蓼、紫菀的花朵还在艰难地开放。山林里的鸟儿经历了育雏后又喧闹起来，仿佛是在春天里那样欢快地鸣叫。紫叶小檗染了一抹红霞，火棘挂着金灿灿或红艳艳的果实。蕨草枯黄，散发浓郁的气息。野棉花挂着蓬松的茸毛，在淋漓尽致地展现它名称的缘由。天气晴朗，山梁上几朵雪白的杜鹃花绽放，山刺玫枝上挂着一枚孤零零的白花。秋天的气息越来越浓郁。远远望去，树林色彩斑斓,仿佛一夜间染上的。雪开始飘落,如果降下一天一夜,多少树木会被积雪压断!雪的力量是多么不可思议!寒雪考验着野物。有时,白鹭还在轻盈地飘飞,它们和柳莺一样没有去南方过冬,大概是气候暖和的缘故。

十二月,大地萧瑟一派,落叶树大多光秃秃的,很多草木已然枯黄。柳树、水杉、白杨树疏疏朗朗,风韵独特,尤其在蓝天的映衬下。风吹来,柳叶飘飞,犹如跳起了曼妙的舞蹈。蜡梅树下,铺了一地金黄的落叶,煞是好看,枝上一朵朵玉石般通透的花绽放,送来了袅袅清香,使人心清神静。大多数鸟儿销声匿迹,然而少数几种留鸟依然活跃:伯劳有时栖息在高高的树梢上,亮出久违的歌喉;红嘴蓝鹊拖着长长的尾巴,在树林里漫游;三道眉草鹀在灌木丛、沟边发出清脆的声音;红尾水鸲、白顶溪鸲在山谷溪流岸边,时而飞翔,时而停歇;橙翅噪鹛在树林里欢快地鸣啭,不时发出近似朱雀的叫声。蜘蛛早已躲藏起来,树梢上的蛛网无影无踪了。我以为蟋蟀销声匿迹了,然而在温暖的地方,依然能听见它们在低吟,尤其是夜深人静的时候。您走在山冈,看见有些草依然是不死的,绿绿的。云南松、华山松、青冈、竹子的绿意葱茏和那些光秃秃的落叶树木形成了多么截然不同的景致!鳞叶龙胆草、蒲公英在雪后静悄悄绽放花儿,火棘树上挂着的金灿灿或红艳艳的果实是那么耀眼夺目!小檗的果实有如染了葡萄汁,小溪在阳光下闪烁着粼粼波光。山上降下白白的雪,第二天又很快在阳光照耀下融化了。由于气候变暖,从前河流、湖泊、田野冰封,人在上面行走冰层不会开裂,屋檐下挂着长长的、晶莹的冰挂的景象似乎很难再现了。在向阳坡上生长的柳树,甚至奇迹般长出鲜绿的新叶。河谷,暖和地带,有时能听见噪鹛的叫声。

如果细细地叙来,恐怕一次旅行,一枝花,一棵树,或是一只鸟,都可以写成一篇美文。通过以上的简述,您可以了解我这一年来对自然的体验生活。但愿,您也和我一样,在大自然里获得快乐,并能为保护自然出一份力。遇见山民手里在卖一只雉鸡,您可以花几十元买下来,然后把它放归山林;或是到了山里,把您带去的生活垃圾带回来吧。

在这篇文章里,我还遗漏了很多场景和细节。譬如:月明星稀,看浮云来来去去;或是天空一边是电光闪烁,一边是月亮忽隐忽现;或是星空灿烂,流星雨如童话一样绽放。譬如:雾天,雾来来去去,山谷半隐半现,又是别样的光景。最后,我还想补充的一点是,对自然体验最深的大约是牧人。他们隐居山林里,陪着日月星辰,陪着山冈清风,陪着石头小溪,知道哪一种鸟儿是近年才出现的,知道它们会在破晓开始鸣啭,知道它们何时离开,知道哪一种鸟会模仿牧人的声音,知道哪一种野物是今年才到来的,知道野鸽子、杜鹃会冬眠……他们简直是博物学家。

三岭美如斯之猕猴岭

◎ 杨海蒂

与海南黑冠长臂猿不同,海南猕猴家族可谓"猴丁兴旺"。

海南猕猴的来源,流传着种种传说。一个说法是,很久以前英国商人将猕猴贩运到香港,途经南海时遇上风浪不幸翻船,船上的猴子死里逃生、泅水上岸,跑入海南岛的山林,年深日久繁衍成群。另一说法更神奇,称海南猕猴是齐天大圣孙悟空的后裔,是当年大圣拜见南海观音期间留下的血脉,具有非比寻常的高贵血统。

世人多知晓南湾猴岛是海南的猕猴乐园,殊不知猕猴岭才是海南猕猴的猕猴王国。猕猴岭是海南第三高峰,山上怪石嶙峋,森林覆盖率高达百分之九十五,呈现出树木荫翳、草木畅茂、枝柯交错、藤蔓盘连的原始热带雨林景观。海南猕猴是猕猴岭真正的主人,1992 年中央民族学院王恒杰教授在猕猴岭猕猴洞发现了史前人类文化遗址,证实古代黎族先民在此居住过。

猕猴洞深百余丈,洞口林木茂盛,洞内面积两千多平方米,石笋、石幔、石乳丛生。岩洞洞里有洞,洞体形似一座"寺院","寺院"正中的钟乳石酷似一尊佛像,佛像双目紧闭,手持念珠,盘膝而坐。石佛前的石笋形似一组小和尚,貌异神同,正襟危坐,合十念经。"寺院"后的石柱则形似一座古钟,用手敲击即发出声响,余音袅袅。"天生一个仙猴洞",说的就是猕猴岭,这里现已成为网红地。

猕猴岭位于海南岛西部的东方市,这个"东方"是黎语地名,与地理方位并无直接关联。东方市日照强烈,气候干旱,却盛产"二金":黄金和"木中黄金"——黄花梨。在猕猴岭的西面,是中国对外开放最早的八大港口之一

——八所港。千万年来，北部湾的惊涛骇浪从未停止冲击它长长的海岸线。

獼猴岭前的大广坝水库有"亚洲第一长坝"之称，水域面积一百多平方公里，与獼猴岭形成山水相依相绕的美丽景观。大广坝河畔是海南坡鹿的新乐园，在这片水草丰美的地方，成群的海南坡鹿悠然觅食、追逐、嬉戏。海南坡鹿是海南特有种，也是珍贵的国家一级保护动物。顺便科普一下，海南坡鹿跟海南水鹿不是一回事。海南水鹿是海南岛上最大的陆栖兽，是国家二级保护动物。世界自然保护联盟将海南坡鹿、海南水鹿分别列为"濒危物种""易危物种"。

獼猴岭森林几乎囊括海南所有珍稀植物，有龙尾苏铁、阴生桫椤、油丹、白桫椤、海南紫荆木、石碌含笑、海南油杉等，还有各种野生珍贵药材，以及在海南都十分罕见的大片青梅群落。椰树、荔枝、香蕉、杨桃、槟榔、山竹、波罗蜜等果树遍布全岛。獼猴岭并不只有獼猴，它是数百种野生动物的家园，其中许多种是国家级保护动物、《濒危野生动植物国际贸易公约》保护动物、《中国濒危动物红皮书》的珍稀动物，以及海南特有种、特有亚种。

獼猴岭的主角是海南獼猴。小家伙们体型小，性格机警多疑，过着群居生活，每群獼猴由一个猴王统领。

让我们深入了解一下海南獼猴的秘密生活吧。海南獼猴有着强烈的好奇心，是一群有些离经叛道的坏家伙，还学人类吸烟喝酒。它们活跃好斗，有强烈的原始攻击欲，经常拉帮结派、肆意妄为，以"帮伙"为单位一起在丛林里游荡，成为一股蓄意挑衅的"黑恶势力"，甚至给游客也造成骚扰。有的浑蛋居然见到红衣女游客就往上扑，太不像话了。

跟人类一样，海南獼猴最感兴趣的是"权力"与性。雄猴终身为"权力"美色打斗，为了争夺统治权和交配权，即使面对同类也毫不留情，经常大动干戈，拼个你死我活。征服和占有是猴王吸引母猴的有效手段，也是使母猴听命于它的绝对依据。母猴则依附于猴王，寻求安全保护。

猴王每三四年就要进行一次"权力"更迭，不过它们既不拉选票也不搞舞弊，而是奉行强者为王的丛林法则，谁拳头硬谁就是王。争夺猴王之位，意味着一场混战开始，只有强壮勇敢的大块头才敢于发起挑战。挑战或许带来毁灭，或许带来机会，但想要拥有至高无上的"权力"，想要妻妾成群，野心勃勃的雄猴就必须冒险。一番激烈的厮杀鏖战后，老猴王被打得落花流水，失败者夹着尾巴逃跑，胜利者耀武扬威号令天下。猴王陛下的暴政统治周而复始，领地里所有雌性任它挑选。

新猴王"登基"后第一件事就是出来走几步。从它坚定的步伐、沉毅的眼神中，从它自信满满高高翘起的尾巴上，每只猴子都感觉到了它的变化。在猴群中，只有猴王的尾巴可以高高翘起，如果其他猴子胆敢翘尾巴，意味着一场血战在所难免。人们说"一骄傲就翘尾巴"，批评别人"尾巴都翘到天上去了"，告诫自高自大者"不要翘尾巴"，大概来源于此。

猴王有着绝对的特权：美食先尝，美女独享。别的猴子不敢"羡慕嫉妒恨"，反倒纷纷递上效忠猴王的投名状。猴王外出巡幸，尾巴一翘高视阔步，所到之处威震四方，"草民"慑于其淫威四散退让。毕竟没有进化到文明社会，猴王精虫上脑时想临幸哪个猴姑娘便直扑，霸王硬上弓是家常便饭。它有时也会来含情脉脉那一套，送水果、理毛以讨母猴的欢心。"王的女人"是猴王的禁脔，绝不允许别的公猴靠近，若有哪个色胆包天、不长眼的靠近了，轻则被暴打一顿，重则被扫地出门。总之，猴王欺男霸女不可一世，端的是"山中无老虎，猴子称霸王"。

有"权力"就有责任，绝对的"权力"意味着绝对的责任担当。猴群各有各的地盘，有自己较为固定的活动领地，群与群之间基本老死不相往来，宁可血拼也不愿共享领地。猴王必须保护成员的安全及领地的完整，必须在猴群遇到危险时身先士卒，这也是测试它是否宝刀未老的不二法门。猴王也时常主动秀肌肉展示实力，以证明自己有资格身居高位。每个猴群的猕猴数量不等，这取决于猴王的谋略、胆量和实力。强悍的猴王占据的地盘通常是黄金地段，辖区内食物及水源相当富足，能力不及的可怜家伙就只能偏安一隅自求多福了。

魔性的海南猕猴，让猕猴岭充满乐趣，吸引着游客不断到来。在经济价值之外，人类还要追求文化价值。生态是永恒的经济，文化是旅游的灵魂。当地政府深谙此理，他们对猕猴岭的未来规划是以大森林为依托，重点开发森林探险、森林浴、森林旅游项目，以独特创意发展生态旅游，按人性化需求建设景区，将猕猴岭打造成为森林旅游胜地。

在海南热带雨林国家公园交响乐中，画风大变的猕猴岭是一段舞曲类乐章，是小步舞曲或者是诙谐曲，甚至是一支不像舞曲但充满活力的曲子。

静宁·彭阳人物记

◎ 兴 安

　　甘肃、宁夏和陕北之行,原以为是一次艰辛之旅。因为组织者告诉我,这次活动是重走长征路,沿着当年红军走过的路线,体验革命先驱的艰难历程和历史壮举;同时又是一次考察"退耕还林",感受西北革命老区百姓生活现状的实地采访。我做了充分的心理准备,迎接一场灵魂与身体的洗礼和挑战。但是当我走进会宁、静宁、镇原、庆阳、彭阳,我为这里的变化感到意外和惊喜。曾经是偏远、穷困的山区,已经发生了天翻地覆的变化,尤其是改革开放之后,国家实施"退耕还林"工程以来,曾经是年降水量不足200毫米,昔日的荒山秃岭,缺水干旱之地,已然变得如桂林山水一般,绿水青山。领队甘肃省林草局退耕办的王立志告诉我,近几年经过大规模的退耕还林还草,这里土质、水质,甚至气候都有了改变,年降水量已经超过400毫米。老区人民受惠于国家的相关政策,已经逐步摆脱贫困,走上了共同富裕的道路。我们所到之处,当地人的精神面貌给我留下深刻的印象。长征已经过去近八十年,但是长征精神已经在这块土地上扎下了根,鼓舞着他们融入社会主义现代化建设中。

　　孙百百、蔺怀柱就是其中的最普通也是最典型的两个人物。

长相如罗中立"父亲"的孙百百

　　孙百百是一个有故事的人。可惜我采访的时间太短,他又是一个不善言谈的庄稼汉。第一次见他是在静宁县林草局召集的座谈会上。当其他人在侃侃而谈自己退耕还林的经验时,我看到坐在对面肤色黝黑的孙百百,我发现他的神态和眼睛,酷似油画家罗中立笔下的《父亲》。他显然不大适应这种座谈形式,眼神中流露出茫然和不知所措。但是,在他的脸上,我看到了西北农民的坚毅、朴实、勤劳和聪慧,我直觉地认为他是个有故事的人。于是,我以采访组组长的名义向主办方提出,暂时休会,到这位叫孙百百的家里做现场采访。我的提议得到大家一致赞同。这时外面下起了雨,有人劝我们等雨停了再去,我却坚持马上出发,一定要在天黑前,看看他的家和山上的果园。

孙百百的家位于界石镇孙家沟村,距静宁县城约二十公里。他的家和院子没有想象的那么高门脸,更谈不土豪大户,与周围邻里的门院没有什么差别。他不过是普普通通的农民,靠自己勤劳的双手,受惠于国家的好政策,改变了自己和家人的生活。孙百百站在院子当中,用手指着身后的山坡。那里是他在"退耕还林"后,流转种植的果林,其中有山毛桃、大接杏、早酥梨等树种,都是适合在干旱地区种植的树种。我们抬头望去,不远的山坡上郁郁葱葱地覆盖着一大片果园,在雨后的晚霞里透着勃勃生机。孙百百今年52岁,但看上去,他显得比实际年龄年轻。陪同我们的县林草局退耕办刘彩香主任告诉我,夫妻俩就是靠山上近二十亩山地种植的各类果木,供两个孩子读完了大学。儿子毕业于杭州师范大学,现在杭州市某医药公司搞科研,女儿毕业于甘肃医科大学,分配到陇南市人民医院做医生。这又出乎我的意料,一对初中都没毕业的农民夫妇,竟然让两个孩子都考上了大学,还有了不错的工作,背后的艰辛可想而知,而他们获得的幸福感和自豪感也可想而知。聊着聊着,他开始有些自然了,点燃一支烟,不断地回答着我们七嘴八舌的提问。有人还打趣地问起儿子上大学期间,他们两口子去没去过杭州看儿子,穿什么衣服去的。孙百百如实交代:去过一次,在省城给自己买了一件西服,给媳妇买了一条裙子,花了好几百块。又问:游览西湖了吗?答:没有,人太多,还花门票,而且热得很,新买的西服都湿透了——还是我们山里头舒服——两口子没待两天就匆匆打道回府。他说,看到儿子在学校学习安心就知足了。但我知道,他肯定是不放心这二十亩果园呢。这时屋里有老人的咳嗽声,他匆忙转身进屋,给卧床的老母亲端水喝。老太太已经93岁,本来身体很是硬朗,三个月前不慎摔了一跤,从此卧床不起。他说，老母亲能走路时，经常帮助夫妻俩干活儿，收拾院子，烧火做饭，怎么劝她歇着也不行。这回终于不用干活儿了，躺在床上也算是休息吧，让做儿子的尽一下孝心。我走进屋里看望老人，老人侧过身向我微微一笑。只见她一双裹着的小脚，露在被子外面，见我目光看去，她本能地将一只脚收进被里，可另一只脚却一动不能动。我忙拽了一下被角，为她盖上。已经是21世纪了，这种小脚恐怕是国内罕见了。算算时间，她应该是四五岁开始裹脚的，距今已将近九十年，她用这双小脚走过了差不多一个世纪。其实早在1912年国民政府就废除了裹脚习俗，甚至有人考证在清末新政时期就开始禁止裹脚了，但有些偏远落后的地区，直到中华人民共和国成立才真正废除了裹脚的旧习。我在想，如果她没有裹脚，可能就不会轻易摔倒，她还能盘腿坐在家里的炕上，与我们谈笑风生，为我们讲述许久以前的往事。孙百百告诉我：老太太年轻时，手脚出奇的麻利，能下田锄地，还能拿着笤帚追打淘气的孩子呢。确实，在老人活跃的眼神中，我能感受到一种生命的力量，虽然她卧床不起，但她的心一定渴望有一天能够站起来，这种力量与渴望无疑也传递到了孙百百及一家人的身上。

院子里有一间上了锁的屋子，我透过窗户，看见里面有床和梳妆台，还有小孩儿的玩具车。孙百百告诉我，这是给儿子儿媳和女儿女婿，还有孙子外孙们准备的房间。可惜他们已经两年没有回来了。一个是因为单位工作忙，另一个原因是孩子还小，要上幼儿园。孙百百说到这里，脸上掠过一丝无奈。但每天晚上我们会与孙子或外孙用手机视频呢。说完这句，孙百百的眼睛好像瞬间放出了光，湿润润地闪亮。这是当下农村的现实与矛盾，年轻人都出去上学或者打工了，只有老人固守着自己的家园。我安慰孙百百，随着"退耕还林"的深入，你把果园再扩大，把它变成花园一样美丽的地方，我不信他们不常回来，因为这里才是他们真正的家。

走出孙百百的家，我们回头与他道别，我看见在他家的大门上，写着"幸福之家"四个大字。我由衷地祝愿他和家人幸福，也祝愿他种植的果木年年有好收成。

相信明年一定会好起来的蔺怀柱

在宁夏固原市彭阳县的一个山村,我见到了"退耕还林"的受益大户蔺怀柱老人。老人今年已经71岁,但身体健朗,腰背笔直。多年前,为了响应国家林草局"退耕还林"的号召,他与老伴一起种植了23亩红梅杏树。他不仅靠自己的努力脱贫,而且生活蒸蒸日上。去年红梅杏大丰收,净赚了16万元。红梅杏是彭阳县的特产,是中国国家地理标志产品。彭阳的红梅杏,远近有名,果皮呈红色和黄色,果肉细腻多汁,酸甜可口。批发价格每斤10元,市场价格可达到每斤60元左右。2016年12月,原国家质检总局批准对"彭阳红梅杏"实施地理标志产品保护。

为了让两个住在县城的儿子也能感受和分享他的艰辛和收益,他两年前分给两个儿子各9亩果园,自己只留5亩,希望他们假期或者农忙的时候回来打理自己的果园。大儿子深感父亲这么多年经营果园不易,提出只要6亩,退回了3亩,小儿子也提出退回1亩,这样老人还剩下9亩果园。大儿子6亩,小儿子8亩。每逢假期,或者收获时节,两个儿子都自觉地带着孙子和孙女回到村里干活儿,养护果树或采摘果实,老人也能见见孙辈们。一大家9口人跟过节似的相聚在一起,欢声笑语,其乐融融。每到这时候,就是老两口儿最快乐的时光,老人甚至还会多喝几杯当地有名的"金糜子"酒。

但生活不总是有阳光和快乐,也会有阴雨和忧伤。今年春天,这里持续低温,各种昆虫不见踪影,花粉没有媒介传递,甚至花骨朵还没绽开就被冻掉。没有花,没有蜜蜂或者蝴蝶之类的昆虫传送花粉,植物就不能结果,不结果实,等于农民种的麦子不结麦穗,玉米不结苞谷,那将是灾难性的后果。老人的脸上掠过一丝阴影:今年肯定是颗粒无收了。我不解地问:一颗杏也结不上吗?嗯,23亩的果园,我都挨个儿看了,一颗杏也没寻到。我看着老人,不知道如何安慰他。我问:您上了保险没有?上了,但保险只会按几年中的平均收成兑现赔偿,损失大是一定的了。谈话中,我没有在老人的脸上看到焦虑和痛苦,显现的却是无怨与坦然。他说:老天爷要你的命都挡不住,别说是地里的收成。土地上生的东西,得听老天爷的安排。他相信明年一定会好起来。

采访结束，我请老人为我们在"重走长征路，退耕还林还草作家记者行"的横幅上签名，并告诉他，这条横幅将在我们到达陕西吴起县的时候，交给中央红军长征胜利纪念馆永久珍藏。老人有些为难地看着说：我不识字呀。我不相信这样一位达观而饱有智慧的老人不识字。我说您就写上名字就可以。老人接过笔，迟疑了很久，才颤颤巍巍地写下了自己的名字：蔺怀柱。我走过去看他签的名字，竟然写得非常规整熟练。我说您写的字这么好看，怎么能说不识字呢？他不好意思地笑着说：啊呀，是小孙女教给我的，逼着我练了整整一个月嘞。

我们离开的时候，老人一直面带微笑，送我们到大院外，不停地向我们挥着手，老伴一直远远地随在身后，脸上也带着微笑。这是北方偏远乡村常见的场景，丈夫在前，老伴永远在后，而且会拉开一定的距离。新社会已经七十多年了，我不认为这是男人和女人在家庭中的地位高低和尊卑的显现，它不过是一种生活习惯罢了。

回京已经三个月了，我依然与孙百百保持着微信联系。前些日子，他在微信圈里发了一段视频："开始收杏子了！"画面是一大片刚摘下的大接杏，红黄相间，个大肉肥，令人垂涎欲滴。据说，大接杏平均单果重量是85克，最大的竟然有200克。大接杏肉质柔软，汁多味甜，适应在干旱，关键是它与红梅杏相比抗寒能力强。我给他点了个赞，他迅速回了一个作揖的手势和一张笑脸。看来今年，他比蔺怀柱老人幸运，大接杏喜获丰收，而蔺怀柱老人因为没有微信，无法联系到他，但我一直惦记着这个朴实而又乐观的老人——希望保险公司赔付给他的补偿款及时到位，这样他就可以筹划和期待明年的收成了。

草木清欢

◎ 祁云枝

蜀葵

想起老家的那方土院时，一定有一溜儿高个子植物，大红大绿地站成土墙的花边。这方院子里，夏天于我，充满了欢愉。这欢愉，源于一种名为蜀葵的高个子草花。

蜀葵开起花来，有种咋咋呼呼的艳丽，不秀气，不雅致，也不懂节制。一株蜀葵，就像一柱劲爆的喷泉，花喷泉自下向上，由低至高喷出茎叶，喷向天空。明媚了灰扑扑的院子，也给我的童年皴染了亮色与欢欣。

端午前后，碗口大小的花朵陆续沿两米高的茎一路张扬着喷上去。我和妹妹开启了贴花瓣、吃花盘、采蜀葵叶包红指甲的欢喜日子。

后来我想，我对草木产生浓酽兴趣的起点，就是蜀葵。它的叶花果，全方位多角度诠释了米沃什曾说过的一段话：小时候，我主要是世界的发现者，不是作为苦难的世界，而是作为美的世界。

蜀葵的花瓣蝶翅一般，亦如蝉翼，有着与翅翼大致相同的纹路肌理。我一直弄不明白，是花如蝶还是蝶如花？不明白就不明白吧，这世间不明白的事多了。一天，我无意间发现了蜀葵花瓣上胶水的秘密，这让花瓣瞬间变身翅膀，蝴蝶般飞翔在我们的额头、鼻尖、脸颊、双耳乃至衣服上。从此，我们和蜀葵的亲密值大为增加。

我们玩花的时候多在傍晚。那时候，太阳正从我家的土墙上一寸寸往下坠落，往西山后坠落。蜀葵站在夕阳里，脸蛋红彤彤地等待我们的宠幸。

采一片蜀葵花瓣，用指甲将花瓣基部纵向剥开，一剥为二。深度大约一厘米，伤口处很快渗出黏液，像胶水。把剥开的两绺向两边抻平，花瓣就可以牢牢地粘贴在脑门上,似顶着一个殷红的鸡冠。"大公鸡,真美丽,大红冠子花外衣……"我们一边口诵儿歌,一边背手、弯腰、抻脖子,模拟大公鸡迈步、啄食、干架。也模拟老母鸡下蛋后脸红脖子粗地邀功:"咯咯哒——个个大!"

若将两枚花瓣贴在一起,瞬间化身艳丽蝴蝶。它栖息在鼻子尖上的时候多一些,也栖息过脸颊的任何一处,蝶翅随步子开合,快乐亦如肥皂泡泡,从蝴蝶翅膀间咕嘟嘟冒了出来。

两枚花瓣平着粘贴在耳垂上,花耳环悬空垂下,招摇如扇面。色彩从花瓣基部烟一样洇下来,边缘还镶了波浪和流苏。我们依衣服颜色选择色彩形状迥异的花耳环佩戴。

蝉在高高的泡桐树上叫着"知了、知了"的时候,蜀葵们开启了新的生活。上半身,花儿喷泉依然涌动,下半身,花谢处,包起了包子。包子皮绿色,是当初的花萼。五枚花萼皱褶细密地和围起来,在收口处极其自然地一扭,其中的馅料汤汁,绝不会洒出来一星半点。单从这点来看,蜀葵比我包包子的水平高多了。

也试过吃花。摘下花朵,去蒂水煮,味清淡,包裹了一团透明黏液,用筷子撅起后丝丝缕缕,像现今吃秋葵果荚一样。想那秋葵、蜀葵本就是亲家,都是锦葵科大家族成员,有黏液实属正常。

多年后,我在《本草纲目》中也见到李时珍提过吃嘴的事儿:蜀葵处处人家种之……嫩时亦可茹食。可见,它的嫩茎叶是可以做蔬食的,只不过那会儿野菜多,吃不到它身上罢了。

蜀葵毛茸茸的大叶子,可以包裹期冀。手指甲从无色到蔻丹,是最美的期待,也要经历最漫长的黑夜。傍晚,摘两三片蜀葵叶子,裁成方块。采一把开得正艳的指甲花瓣,去厨房舀一勺盐,用勺子将两者捣成花泥,轻轻覆盖在指甲上。用一片蜀葵叶子包一根指头,包粽子一样,把指尖裹严实,用棉线扎紧。

入夜,月光从天窗照下来,对面墙壁上的一张年画敷了银灰的霜。我躺在炕上,不时举起头戴绿草帽的小小十指,憧憬着第二天晨起后指尖的妖娆,然后在蛐蛐声里充满期待地睡去。听麦萍说,用凤仙花染指甲的这个晚上不可放屁,否则指甲盖会染成屎黄色。我一直谨守规则,指甲盖也的确没成为过那种难看的黄色。大多数时候,卸掉绿草帽时会发现,指甲是染红了,指甲周围的皮肤也一并成为红色。没办法,那花泥在草帽里一点也不老实,就喜乱窜,即使用小刀刮去指甲盖上的釉面,也无法真正固定住它。

日子朝朝暮暮,在我家院子里流淌。玩着玩着,我们一天天长大,玩着玩着,土院消失了,蜀葵也不见了。生命的璀璨与转瞬即逝,让我理解了岑参眼中的《蜀葵》,寥寥数笔,尽显天地的寂寞与惆怅:"今日花正好,昨日花已老。始知人老不如花,可惜落花君莫扫。"

之后,无论在什么地方,以什么形式邂逅蜀葵,我都会刹那间被拉回土院的烟霞往事里。

那时以为蜀葵的乡土味浓,后来,我在风流才子唐伯虎、沈周、徐悲鸿、张大千的画里见过,也在美国大都会博物馆莫奈、塞尚、凡·高等人的画作里见过。这些画让我觉得,我曾经生活的乡村和一直以为很土的蜀葵,竟和艺术这么近,近得似乎那时的生活就是艺术,就是一幅画。

槐花

洋槐,是故乡人家的标配,是善于用花香讲故事的草木。

记忆里,老家的后院里,有一棵洋槐,也有一棵国槐,是母亲当年随手栽植的。繁枝茂叶间,常年栖着啾啾喳喳的麻雀和喜鹊。

冬日,洋槐与国槐一样,叶子落尽,黑黢黢地杵在院子,枝杈布在清冷的天空里,无声无息。看不出悲喜,辨不出是谁,甚至,都不知道它们究竟是冬眠还是已经离开了这个世界。

谷雨时分,洋槐花率先从枝干里挤了出来。灿若繁星的光芒,汇聚成葡萄串的形状,开始在枝头闪烁。恍若烟花从粗粝的大地深处猛然炸裂。这个时候,洋槐的叶子尚在赶往春天的路上。

是洋槐还是国槐,一目了然。

麦子拔节,鸟雀啾啁。空气里一夜间弥漫起甜香,丝丝缕缕,院子香起

280

来了,村子香起来了。这是乡村最抒情的乐章,也是最让人惦念的味道。

星光愈发白亮。那白,在一天内就鼓胀起来,眼见着毕毕剥剥地爆了皮,花香也越来越浓。不几日,星星变成了云朵栖在树梢。时光开始走得急促,一阵风过,满地落花如雪。

要吃花,需赶在花骨朵变成云朵前采摘。没爆皮的花苞才好吃,最适合做麦饭。若花瓣全然张开,香气就散失了大半。

我和妹妹结伴去摘花,矮处直接捋进篮子里,高处的,一人用钩子钩住梢头,另一人专门捋,有槐刺左抵右挡,却也枉然。因了这刺,洋槐学名刺槐,这也是后来学了植物才知道的。再高处,就得用上绑镰刀的竹竿了。

常常,我一边摘槐花,一边把水灵灵的花苞送入嘴里。像李白对着明月饮酒,喜不自禁,把盏忘了歇。凝脂般的花朵,在牙齿的开合间化为香甜的汁水。

槐花麦饭是所有麦饭里最好吃的。对乡人来说,若是没能吃上一碗槐花麦饭,这个春天算白过了。花骨朵洗净后加盐加面粉,拌匀入蒸锅。大约十分钟的光景,揭盖,放入碗里,撒上辣椒面、蒜粒等佐料,热油刺啦一声泼上去,哎呀,单是想想,已口舌生津。这是种让人兴奋的声音和气味,它们会合力冲开毛孔,慰藉肌肤上张开的所有嘴巴。

槐花亦可煎,加面粉、鸡蛋,充分搅拌均匀,放入油锅,煎至金黄,口味香酥、绵长。还可包饺子、做花卷、煮槐花汤……

自然,泼油、加鸡蛋,都是后来的做法。母亲当年做的麦饭里,只加盐、醋、辣子,简简单单,却也掩不住槐花在口腔和胃肠里荡起的清鲜。

那些年,母亲从未忘记在春季里晒槐花。过一遍热水,放到太阳下晒,干透后装入布袋,就成为干菜。想吃的时候抓一把,在水里泡发,洗净,就又能蒸麦饭、煎鸡蛋、包包子、包饺子了。熟稔的味道,任何时候都可以流转在餐桌上,弥散在空气里,用清香的语言唤醒味蕾,一往情深。

秋冬季,抓一把干花放在鼻子下,闭了眼,感觉又一次来到了春天。

槐树不语,像一个符号,让流动的时间呈现出固态容颜。就像有时,我走在村子里,远远看见一个银白短发的老人踽踽独行时,心里就会一震,眼里蓄满泪水,我在一些老人的身姿和衣着上,总是能看到我的母亲。

吃槐花麦饭时,那些与槐花相互缠绕的老屋、大树、母亲也一并归来,仿佛我还是个儿童,仿佛母亲也还年轻。仿佛,所有的日子,都齐聚在槐香里。

杨梅湖的翅膀

◎ 赵燕飞

对于水，她有着与生俱来的喜欢。

她一直记得奶奶家门前的那方小池塘。

夏天的黄昏，她站在池塘边的桃树下，边抠树干上的桃胶边等堂哥。终于，堂哥牵着水牛出现在她的视线里。她兴奋地朝着堂哥飞奔。堂哥背在身后的手，总会给她惊喜，有时是一束叫不上名字却很好看的野花，有时是一捧酸里藏着甜的野果子。水牛慢慢悠悠地从斜坡跨入池塘洗澡时，堂哥一把扒了灰不溜秋的背心顺手挂在桃树枝丫上，纵身往池塘里扑通一跳。水们瞬间张开了翅膀，仿佛要驮着堂哥，前去拯救快要被磐石岭吞没的夕阳。那时的她，闻不到手中野花的香，尝不出嘴里野果的甜，痴痴地望着那些亮闪闪的水，幻想被水驮着的那个人就是她，幻想自己也能长出亮闪闪的翅膀，飞向比磐石岭更高更远的地方。

此刻驮着她的，却是一艘蓝白相间的游船。准确地说，是以水为翅的杨梅湖，驮着坐在游船里的她。

这是她第一次游杨梅湖，她没想到这么一座别致的湖，就藏在长沙县黄兴镇，藏在一个名叫龙喜水乡的特色小镇里，距她现在所住的小区不过十几公里，离奶奶家的老房子不到两百公里。从杨梅湖附近的入口上高速，两个小时车程，她就能回到那个经常梦见的小村庄。老房子还在，小池塘还在，只是，高高瘦瘦的奶奶早去了天国，黑不溜秋的堂哥快做爷爷了，那些长了翅膀的水，可能早忘了飞翔的滋味。

初识杨梅湖，她并没有惊艳的感觉。宝峰湖的苍翠，天池的纯净，喀纳斯湖的神秘，都曾让她相见恨晚。这座不大不小的湖，散发的却是陌生而又熟悉的气息,让默默坐在船头的她,忽然想起了儿时那方小池塘,想起了那些长着亮闪闪翅膀的水。

可能因为前几日接连暴雨,杨梅湖的水略微有些浑浊。水里闲散的白云,参差的绿树,面孔模糊的人,都被蒙了薄薄一层黄纱,也可能是夕阳的缘故,那些黄纱掺了细细的金线,使得波澜不惊的湖面有了无法掩饰的热烈。船儿穿过一座半圆形麻石拱桥,又绕过一处窄窄的弯道,湖中央赫然出现一座小岛,不知怎么她就想到了黄药师的桃花岛。巧的是,这岛还真叫桃花岛。早过了桃花盛开的季节,她的眼神不够好,看不清岛上葱葱郁郁的到底长了什么植物。也许真有桃树吧,她的嘴角微微上扬着,似乎有人在她耳边轻轻说:"心里有什么,眼里便有什么。"不管有没有桃花,她看到的这个湖,和记忆中的小池塘有着同样的亲切。湖水并非清澈见底,湖畔没有花团锦簇,植被多为常见品种;小拱桥倒是多,青的青灰的灰,各有各的韵致;唯一的风雨长廊飞檐翘角,沧桑里透着几分淡定。这样的湖,或许并不在意别人怎么评价它。夏过了是秋,冬过了是春,它只要做它的湖便好……当她看到湖畔立着一幢幢新修的楼房,高层与别墅交相辉映时,她的心跳骤然加快。莫非这是另一个时空的桃花源?在她的意念之外存在已久,等着某一天她会坐着游船悄然闯入?

她不得不承认自己是个俗人,当湖畔、别墅这样的关键词相互勾连时,她无法抑制内心的憧憬。

一起游湖的梅和丹,也很喜欢这样的湖,这样的湖畔别墅。她俩都是她的朋友。她们半开玩笑半认真地约定:买别墅,就在这里,以后抱团养老。

梅和丹都是水一般的女人,都有着天池和喀纳斯的气质,温婉、干净、从容。她却敏感固执,习惯一条道走到黑。与梅和丹在一起,她心里那些莫名其妙的焦虑会渐渐消失,犹如厚厚的冰层滑入水中而终被融化。丹有两个孩子,她和梅都只有一个。说要抱团养老,心愿肯定是真的。这里既有仁者所乐之山,也有智者所乐之水,不吵也不偏,喜繁华者得繁华,求幽静者有幽静,的确很适合养老,她们三个也算得上情投意合,若能比邻而老,不失为另一种人生好光景。

下了游船,吃过晚饭,她们沿着湖畔小径,慢慢悠悠地散着步。梅和丹聊着聊着往前去了,她却在路边的一株小灌木旁停下了脚步。她不知道那是什么植物,也没打算用手机软件去识别。她被小灌木斜伸出来的一根小枝条吸引住了,小枝条的顶端站着一只大蜻蜓。她从没见过那么大的蜻蜓。细长的身体呈深褐色,宽大的双翅很像干枯的枫叶,不见一丝丝叶肉,唯有纹路清晰的叶脉纵横交错,仿佛只要沿着那些路径,就可以在过去与未来之间自由穿梭。一阵轻风蹑手蹑脚地经过,蜻蜓抖动薄薄的翅膀,忽然消失在杨梅湖的上空。也许大蜻蜓就在离她不远的地方,可她看不到。她无法确定大蜻蜓的存在,正如有时候她会怀疑自己究竟是一种什么样的存在。

梅和丹站在前方不远处等她。她追上去,想和她们说说那只蜻蜓。嘴张了张,又不知怎么开口。一只蜻蜓,实在不值得大惊小怪。走着走着,梅落在了后面,与不期而遇的熟人站在湖畔聊天。她和丹肩并肩继续往前走。

经过一片草坪时,她们停下了脚步。一群年轻人边吃烧烤边唱卡拉OK,那个双手紧握话筒的小伙子正捏着喉咙唱《天路》。即将飙到最高音时,她忍不住为他捏了把汗,果然,关键时刻小伙子熄了火,自行降低八度,勉强收了尾。她和丹相视一笑。这样的夜晚,有人要热闹,有人想清静,有人嫌孤单,有人怕喧嚣……站在杨梅湖畔,一直偏爱古琴的她,更愿意听一曲《松涛声远》。她喜欢听纯音乐。钢琴清冽,陶埙苍凉,洞箫飘逸,笛声悠长,尺八萧瑟,二胡悲伤,大提琴低沉,萨克斯迷茫,古筝激越,唢呐张扬,它们都属于美璧微瑕。有人说:古筝悦人,古琴悦己。这话不无道理。悦人多有所求,或华丽,或热烈,或缠绵悱恻,这样才更容易被发现然后被选择;悦己却是洗净铅华后的大自在,就像她的目光落在湖面上,心头微微荡漾开来的涟漪,不疾不徐,不轻不重,不悲不喜,那一刻的她,放下所有的重负或执念,让那挣脱束缚的灵魂得以破茧成蝶。或许,她的偏爱对于古琴之外的乐器来说不够公平。对此,她无法解释更多。"对于不可言说之物,必须保持沉默",维特根斯坦所指的"不可言说",她似懂非懂。不像陶渊明的"羁鸟恋旧林,池鱼思故渊",她一看就明白,正如每每读到"榆柳荫后檐,桃李罗堂前"这样的诗句,她的思绪就会像那只翅膀宽大的深褐色蜻蜓,从语言的灌木丛,飞向想象的开阔地带。不过,维特根斯坦偶尔也会深入浅出,比如他形容陷入哲学困境:一个人在房间里想要出去,却又不知道怎么办。想从窗户跳出去,窗户太小;想从烟囱爬出去,烟囱太高。其实,只要一转过身来,他就会发现,房门一直是开着的。她理解这样的描述,当她囿于某种困境的时候,往往也会本能地去寻找"窗户",寻找"烟囱",等她转过身来,发现唯一的那扇门并不如维特根斯坦所言"一直开着的",她会鼓励自己用力去推。门没上锁,门是虚掩的,门锁是坏的,这种种可能都将引领她找到真正的出口。

眼前的杨梅湖,或许预示着从某种出口抵达某种入口的最佳路径。

天渐渐黑下来,她和丹都不知道这座湖到底有多大。她没有方向感,丹说不用怕,酒店的招牌那么亮,无论走到哪个角落,能看到那些霓虹就迷不了路。过了一座小拱桥,又过了一座小拱桥,路灯越发朦胧了,青蛙的叫声却更加笃定,此起彼伏的,似要将那些失踪的星星从深不可测的夜空里一颗颗拎出来。一对小情侣走在她们身后,低低地说,浅浅地笑。忽然传来女孩的尖叫,她和丹同时回头望,原来是女孩不小心崴了脚,男孩弯了腰去察看。这时,一只黑乎乎的大鸟扑腾着翅膀从她身旁的树影里蹿出来。大鸟可能是被女孩的尖叫声吓到了,它慌慌张张地遁进夜色之中,如一滴雨融入了杨梅湖。想到雨,她忽然觉得额头一凉,从那看不见的夜的深处,隐隐传来几声轻雷。"又下雨了?"她这话,像是问丹,又像是自言自语。丹笑着说:"下雨也不怕,前面就是酒店,看到'龙喜水乡'那四个大字了吗?"

酒店就在眼前,她却有些恍惚。酒店好像只有十几层,在变幻不定的霓虹里,这栋并不巍峨的建筑物犹如一位沉默的巨人,在他目光如炬的注视里,杨梅湖缓缓张开硕大的翅膀,从容驮起尘世间可以言说以及无法言说的一切。

悬空

◎ 杜永利

　　乌云再一次堆在平原的上空,雨珠子说话间就噼里啪啦砸下来,大地上的人们把自己和农具一并收拢。屋檐之下,男人们点燃了香烟,幽蓝的烟雾遮住众人的面孔,叹息声较晴天又沉重了几分。

　　若是在往年,此时的大地早已交出一年的收成,安睡成秋阳之下心满意足的醉汉。可惜今年却非同寻常,绵密的雨水不停泼洒,干旱的村庄突然就成了水乡泽国。玉米秸秆背着沉甸甸的棒子翘首以待,为它们松绑的人却迟迟不来。大风来袭的时刻,它们只好效仿枯瘦的芦苇,以晃荡的姿势对大自然表示顺从。

　　母亲给远在 Z 城的我发来语音:"发愁呀,玉米倒的倒,发芽的发芽,国庆节有空回家吗?"语气中带着慌乱。我想,不过掰两三亩棒子而已,而且满打满算,这一季的收成也不过两三千块钱,用不着这么夸张吧?母亲不听我争辩,追了一句:"赶紧回来!"

　　我和母亲穿了胶鞋钻进玉米地。秸秆高出头顶很多,将我们团团围住,让人感到压抑。往年秋收时秸秆还保留着青翠与甘甜,是喂养牛羊的好饲料,今年却被雨水浸死了。枯萎的叶片像折断的刀剑,无精打采地耷拉着,却仍不失锋利,不时挠一挠我的面颊,又疼又痒。积水淹过了鞋面,泥巴极具亲和力,拽着久别重逢的我,一直不肯松开。我使出浑身的力气与它们拔河,还没走几步就出了一身汗。母亲把秸秆踩倒,踏在上面可以隔绝泥巴,行走竟有了些许从容。

　　往年收割机可以将棒子掰下来,就地脱粒。今年车辆开不进来,只能依靠人工劳作。我和母亲不停地撕玉米衣,指甲发疼,身后的棒子却慢慢聚成了堆。母亲眼里有了光,她说:"好歹都是辛苦钱,烂在地里不可惜吗?"说话间她又从倒伏的秸秆上抢救出一根发芽的棒子,尽管已经不能吃了。

我装了大半袋棒子往地头的车上运,母亲帮我抬到肩膀上。原以为是小菜一碟,却没想到一下子被压塌了腰,双脚再次陷进淤泥之中,简直寸步难行。只好换成小袋子,可是没搬两趟,我便耗尽了力气。母亲扛着麻袋路过时给我打气,我却坐在淤泥里无法动弹,变成了一条涸辙之鲋,大口大口地呼吸,把肺叶拉扯成一台呼啦作响的风箱。强烈的呕吐感冲击着我的五脏六腑,呕了几次,却空空无物。这大概是我三十年以来最累的一次。

在城市就业以后,我很少关注自己的体力,只有在追赶末班车时,才会隐约窥见自身的虚弱。彼时,我气喘吁吁地跃上公交车,脚底发软,头昏目眩,仿佛在大风天坐上了热气球,眼前的乘客突然就旋转了起来。我赶紧把口罩掀开一个角,加大氧气的供给量,过了好一会儿才恢复正常。那时我并没有往深处想,如今,瘫坐于地的我终于感到了不对劲。那种悬空的感觉裹挟了我,把我带向恐惧的深渊。我不知道每餐营养过剩的我,为什么会感到体力不支。或许是缺乏锻炼,肌肉的潜能自行消退了,正像阿利斯泰尔·麦克劳德笔下的马匹一样,在矿井之下久不见光,自然就变成了盲马。

我们与大自然隔绝了太久,越来越坚信人类能战胜一切。各种食材被掐头去尾,隐去了来自泥土的清芬,经过巧妙包装流入超市,变成简便易得的半成品。因此我们忘记了热闹的市井也需要泥土的馈赠,繁华的都市也离不开能量之源的支撑。我们忘记了我们不是空中楼阁,而支撑我们的正是紧挨泥土的那一棵棵农作物。犹记得疫情来袭时,人群蜂拥至各大超市抢购食材的情景。当被告知已经售罄时,惊慌失措的人们方才醒悟,原来久居城市的我们竟是如此虚弱。

母亲见我迟迟不肯起来,让我到地头休息一会儿。我点开朋友圈,发现很多在外打拼的发小都返乡收秋了。他们展示的乡村生活迥异于李子柒的田园牧歌,磨出血泡的手掌、深陷泥泞的双脚、弯腰前行的背影……无不在诉说着农业生产的艰辛。在乡村经济结构中占比越来越小的农业,因了天气的异常,受到年轻人的空前关注。许多惜土如命的老年人先前还说,就算爬也要把地种下去;经过这场连阴雨以后,他们发现种地颇不划算,纷纷改口说明年就把地租出去,今后再也不碰了。我的母亲也有了这样的打算。

本来我也支持母亲把地租给别人,这样做可以解放自己,拥有更多的时间去外面打工。可是,当我想起自己在外面的生活时,却又产生了迟疑。和许多进城青年一样,我因高房价而买不起房子,一直不被城市真正地接纳。每次换租房子都得接受房东和物业的轮番询问,要走了身份证复印件仍不肯罢休。小区有人丢了电动车,我这个流动人口也会被当作重点排查对象。前不久看了新闻,说我的身份有了一个专业的说法,叫"新生代农民工"。很多朋友都在群里自嘲,说自己的十年寒窗算是白辛苦了,到头来仍旧没能跳出农门。我也跟着自嘲,笑过以后却感到一阵虚空。我是从乡村出发的一棵藤本植物,匍匐数百公里来到 Z 城,早已筋疲力尽。当我一心想要出人头地的时候,却发现偌大的城市竟没有一根树枝可以借我攀缘。因此我一再设想:能不能揪住头发,自己把自己给提起来?

万事万物都需要一个终极的依托,这便是沉默不言的大地。我不可能把自己给提起来,城市也不可能建成一座空中楼阁。我们都需要扎根于大地的事物来作为上升的阶梯,抑或落魄之后的退路。

因此我对母亲说:"先留着这几亩地吧……"

小时候很讨厌去玉米地,玉米株那么高大,人钻进去就像掉进了海里,一下子就没影了。那时候没有百草枯可用,只能靠人工拔草,我们一家四口一人分管一垄,一面走一面拔。那么多的野草,怎么拔也拔不完;那么长的地垄,怎么走也走不到尽头。我和弟弟不停地叫苦,父母趁机说道:"好好读书,将来到城市工作,就不用种地了。"因此我对城市充满了向往。

父母很少出远门,城市究竟是什么样子,谁都不晓得。那时的电视机收到的节目极其有限,因此通往外界的窗口几乎是关死的。玉米地的尽头是一条通往云台山的大马路,外地的旅游大巴时常飞驰而过,有时会扔下一些饮料瓶。我们小孩子争着跑过去,将里面残留的甘甜液体喝完。每当深陷在玉米地的海洋,我都会对自己说:"快点拔,好东西就在前面。"

如今我终于凭借读书去到了一座城市,并谋得了一份稳定的工作,可惜过得并不理想。我发现，城市只不过是一个施丹傅粉的意象，当它抖落了梦想加持的光华，剩下的不过是一堆堆钢铁与水泥垒砌的建筑。

母亲喊我回家收玉米时，我发自本能地抵触，因为这会让我直面自己的失败——看吧，读过书以后你还是平平无奇，还是回到了玉米地。地头比玉米地高出很多，我背着半袋棒子爬到上面时，再一次看见了大马路上奔驰的旅游大巴。除了把梦想夷为平地之外，我没有发现时光改变了什么，可是二十多年已然过去了啊。

将棒子倒进车斗以后，我回头俯瞰那一片玉米地，它们好似吃了败仗的枯瘦将士，捧着微薄的干粮奋力赶路，我真不忍心把它们的口袋劫掠一空。我看见我的母亲也与它们站在一起，举着自己扛出来的半袋玉米，示意我接过去。不知怎的，我的眼睛湿了。面对城市的高房价，她和父亲最近在商量，要去借一部分钱，协助我赶快在城市扎根。

再看向玉米地的时候，那一地的秸秆像极了一根根欲飞的箭镞。它们被泥土紧紧拽住，熬干了心血，仍旧逃不脱大地的封印。我看见自己走了进去，和它们站在一起。我终究无法逃脱这困厄的命，在城市里我仍习惯用种地的思维来思考生活。父母教我"你骗地皮，地皮骗你肚皮"，因此我学会了实诚做人，绝不敢偷奸耍滑。可是你知道，利益的分配与职务有着直接联系，很多懂得变通的人丢掉了原则，把明争暗斗作为升职加薪的手段。我不认同这一套丛林法则，因此在工作中处处碰壁。

人间何事不鹅笼

◎ 杨 葵

　　嘉德拍卖，吴冠中名画《狮子林》以 1.44 亿元成交。去年春拍中，我一位老师也拍得一幅吴冠中油画，画的是宜兴农家常见景象：屋后空场围起几道栅栏，养了一大群鹅，千姿百态煞是喜人。吴冠中与我这位老师都是宜兴人，围栏养鹅的场景于他们而言，太怀旧、太有感情了。

　　资深戏剧人杭程兄排了一出新戏《鹅笼书生》，在鼓楼西剧场演出，赢得一片喝彩。戏是新戏，剧本却是改编自一个古老的故事，这故事与鹅有关，也发生在宜兴。

　　"风烟俱净，天山共色，从流飘荡，任意东西。"很多人会背诵绝妙写景美文《与朱元思书》吧？作者是南北朝的吴均，他还写过一本志怪小说，叫《续齐谐记》，鹅笼书生这则故事即源自此书——

　　古时阳羡（即今日宜兴）有一位叫许彦的老兄，某日担着鹅笼赶路。遇一书生说脚痛，"求寄笼中"。以为是戏言，不料书生真的进入笼中，奇怪的是，笼子没变大，书生也没变小，他与两只鹅并排安坐，鹅亦不惊。更奇怪的是，许彦老兄再挑起鹅笼，也并没觉得重量有一分增加。

　　行至一棵树下，书生从口中吐出器具肴馔，与许彦共饮。再后来，书生从口中又吐出一位妙龄少女共酌。书生渐渐喝醉，妙龄少女耍了单儿，她又自口中吐出一男子共饮。少女又喝醉，新来的男子又另吐出一女子。如此几番，最终他们各自将吐出的男女又逐一吞回，又只剩下书生与许彦两个。书生送了许彦一个铜盘子，飘然而去，不知所终。

　　据说这故事也并非吴均原创，是从《旧杂譬喻经》里的段落改编来的。《旧杂譬喻经》我没读过，大致知道是以"譬喻"为手段微言大义的故事集，具体引自哪一段不清楚，权且说在此处，好奇者可去查询。

佛经里面确实经常用到譬喻手法。有一本更著名的以譬喻见长的经书叫《百喻经》，很多译本。鲁迅先生好像很喜爱这本书，不止一次出资助印，并亲自撰写题记。

很多流传很广的古代佛教故事，也大量使用譬喻，比如有个著名的故事：11世纪的佛教大德密勒日巴，他有个弟子叫惹琼巴，一天两人在路上行走，突然天降冰雹，密勒日巴看到路边有个牦牛角，就进入牛角里，但牛角没有变大，密勒日巴也没有变小。密勒日巴在牛角里还对着惹琼巴唱了一首歌，说牛角里的空间，对任何了解无二的人还大得很。

有没有发现，密勒日巴和鹅笼书生的故事有些许近似？这类故事其实数量从来就不在少数，从来为众多文化大家津津乐道。鹅笼书生的故事，蒲松龄就曾引用在他的诗句里，"世态渔洋已道尽，人间何事不鹅笼"。纪晓岚在《阅微草堂笔记》里也说过，"然阳羡鹅笼，幻中出幻，乃辗转相生"。近年宗萨蒋扬钦哲的《正见》等几本书畅销，其中一本里边也引用了密勒日巴这则故事。

宗萨蒋扬钦哲不光写书，还拍电影，最近很多人都在看他导演的《嘿玛嘿玛》。十几年前他还拍过一个电影《旅行者与魔法师》，讲的是在不丹，有个村干部敦杜厌倦乡村，向往城市，于是踏上奔向超级城市的旅程。路上邂逅一位僧人，二人一路同行。僧人给敦杜讲了一个故事——青年塔西不好好学习，整天心里惦记女人，后来他被一位年轻美貌的女人吸引。与此同时，敦杜和僧人的旅程中，也加入了一位少女……

有没有发现，由敦杜，到老僧，再到塔西，到美女，这则故事和鹅笼书生也有些许相似？它们都有点像修辞手法里的"顶针"，一环引出一环，环环相扣，又相隔十万八千里，风马牛不相及。

这样的故事，很多人听起来都觉得是志怪小说罢了，如果对佛教稍有了解，可能会敏感地意识到，这是在讲超越大小、里外、上下等等二元对立，所谓芥子须弥，小到极致的芥子，也与无边无际的须弥山不二。《维摩经》里说："三万二千狮子座，高八万四千由旬，入维摩方丈室内中，无所妨碍。"

有点扯远了，我的本意真不是要借此讲什么大道理。年复一年，日复一日，一茶一饭，东听听西看看，先遇到舞台上的鹅笼书生，又遇到宜兴的鹅，继而想到读过的密勒日巴故事、看过的宗萨的电影，杂七杂八，纷至沓来，蓦然察觉这中间有千丝万缕的联系啊。不过呢，所谓联系，恐怕也是一时一地，在时间与空间某一交汇点上的一种错觉而已。这些故事看成微言大义也好，看成志怪小说也行，全无所谓，总之到头来，幻中出幻是个值得玩味的好话题，如我这般串烧一番，得个体验，也不赖。

一河一城

　　许多事看似琐碎平常，细琢磨竟有诗意。比如我做图书编辑，一本书的目录页版式，最为常见的是首尾对齐，但是中间对齐的也不少，两头自然伸展，参差不齐。读了一本设计研究著作，说后一种排版方式，缘起应是模仿我们祖先最早沿河而居，光阴荏苒，十户百户千户，自然造屋，参差伸展，渐成小镇，进而延展出一座大城。从此每见这种版式，好似看到一条河、一座城，并从中领略诗意。

　　河流是一座城的胚胎，也是这座城的魂。我人生过半，在北京居住时间最长，北京这座大城缺水，拢共没几条河，市区更少，换了几处住地，始终绕着西坝河，几近执着。开始是租借房子，时常被迫搬迁，南岸北岸，反正离河不远。后来有钱买房了，不由分说买了离河最近的一处。如今我在书房读书写作，西坝河就在我窗外静静流淌。偶遇大暴雨，河水湍急，听着奔涌水声入睡，午夜梦醒，一时恍惚，仿佛回了南方童年。

　　买北京这处房子时，开发商的广告语是"水景阔宅"，在我这个江苏长大的人看来，不免既喜兴又可怜，西坝河啊，几十米宽的小河沟，水面常常近似静止，稍远点都看不清，还水景！相比西坝河，江苏的河才有河的样子。

　　我是江苏人，生于河边，长在河边。那条河枯水季也有一百多米宽，当地人称之为废黄河，又称古淮河，是古代黄河夺泗水入淮河而形成的一条河道。在我童年，自来水还不普及，人与河流的关系更密切。这座小城的人，离河远的人家喝井水，我们这些河岸人家吃用全靠这条河。家家有口陶制大水缸,必有扁担和两个铁皮桶,每天去河里挑水。洗菜做饭用水量大,直接去河边。

从家到河岸,大约百米长的羊肠小道,两边分别是玉米地和花生地。每到盛夏,趁父母午睡,偷跑去河里戏水,半路会偷偷连泥带土拔一把花生,一头扎进河里,夏季暴涨的河水流速极快,那把花生往水里一杵,再拿出来就干干净净了。初长成的落花生,剥开白白的壳,里边是更白且嫩的花生米,一口咬下去,清甜汁液在口腔迸溅,那是童年夏天美好记忆。

回忆童年,很多事发生在河边。比如把我带大的姥姥去河边洗衣服,除了带上我,还会在衣服篮子里藏几册父亲的书,趁人不备塞入河里。那个年代书籍分两种,一种是红书,一种是黑书。家里有些中外文学名著,随着风声越来越紧,几乎都变成了黑书。扔啊扔的,经年累月,父亲的书架上异常清简。父亲明知道有这一出儿,却始终假装不见。当时就感觉父亲苦,但不知道有多苦,后来才明白,不光父亲苦,人人皆苦。不光那时苦,从来人生即苦。

还比如和小伙伴在河里玩耍时,摸到一颗未曾引爆的炸弹,战战兢兢几个人抬了送到派出所,得了嘉奖。当时感觉那颗密度极大的炸弹,简直是古时候留下的。后来才明白,解放战争时,这条河两岸有过一场著名战役,应该就是那时,这一钢铁疙瘩被留在河里,也就二十多年前的事。由此开始重新感知时间,才看清时间是人为设定的,哪有真实存在的时间呢,一个幻象罢了。

再比如,一年夏天,一个叔叔在河里游泳,我在岸边瞧着他劈波斩浪。就在那天,那位叔叔永远留在这条河里。他的家人、亲朋好友打着手电,擎着火把,顺流而下找了整整一宿,未见遗体。当时的我只是惊慌,有点糊涂,过后几天渐渐被死亡这一意象越攫越紧,从此不得不直面一件事,直至今日,这件事叫作死亡。

童年在江苏,也搬过一次家,从一座城到另一座城。这座城里有一条更著名的河,大运河。每天上学放学必须横跨大运河。那时陆路铁路交通都还很落后,大运河水运还很风光,河道里随时上演百舸争流的画面,岸边还有不少运河船上人家，洗衣煮饭，炊烟袅袅。每当经过大运河，河里的一切都让我流连忘返，尤其放学的时候，站在桥上，向东凝视夕阳洒满整个河道，金光粼粼使人出神，无数次幻想跳上某条船，无知地觉得，向东，向东，就可以到大海了吧。

半生过完，常住的城有三座，一城一河。人生前进，就像打开一扇又一扇门，而这几条河，恰似这几扇门的轴，流水不腐，户枢不蠹，它们不如门面那般彰显，却至为要害，半生以来诸多基调都在河边奠定。

有句老话流行几千年：知者乐水，仁者乐山。从小到大，我生活的几座城都与峻峭高山无缘，因此从无"乐山"体会。倒是每座城里的河令我盘桓，倍觉亲近。那句老话的后半句还说了：知者动，仁者静。对照自己，知不知不敢诳语，真的是空有一颗好静之心，然而如同命犯河流，终究是动的。动荡的动。

水流花开

◎ 沙　爽

玫瑰之名

改变是从何时开始的？想来想去,应该归因于那棵绿萝。

真的只有一棵。我停下来看它。它托擎开两枚纤弱的幼叶,让我一时不知所措。那位失去了信心的前主人,遗弃的动作做得多少有些于心不忍,所以它的身份还只是垃圾桶的近邻。过了一个多小时,我再次经过步梯口,发现这个小孤儿还待在原地。

我给它做了一下简单清洁,浇了次透水,放到水房的柜子上。过了一阵子,水房要打药,它被转移到我们办公室的窗台上。大约因为经历过惨烈的灭门之祸,意识到自己能活下来纯属侥幸,它活得格外努力,仅仅一年多,这棵小独苗竟然长到了两米长。我请擅长种花的朋友推荐一个靠谱的网店,购买了营养土和生根粉。

这是人世间惊心动魄的一年,一棵绿萝向我演示奇迹是怎样一步步发生的。扦插下的每一段枝条都生根发芽,新生的叶片是一根根浅绿色的小针,而那根隐形的生命之线,绵绵不绝,穿梭其间。

生平第一次,我意识到每个人都有可能成为一名园艺师。早些年,那位擅长种花的朋友,曾经寄赠我一棵月季。那时是东北的二月下旬,空气里的小冰凌还没有化尽,我拆开快递盒,第一眼,我怀疑自己是否有能力把它种活;到了第二眼,我明白了一个行家与普通花迷的重要区别——就像一个真正的作家与寻常写作者的区别一样明确。即使它光秃秃的枝条还没有爆出芽蕾,仿佛随手写就的潦草章节,你仍可以透过这貌似天成的假象,看到它背后斟酌剪裁的苦心孤诣,看到那强健根系间蕴藏的惊人力量。

一天夜里,我无意间闯入了一个花卉拍卖直播间。当真是乱花迷人眼,自此连续几夜,我在两个直播间转来转去,拍下了几盆不同品种的月季。两个卖家的在售品都来自昆明的花卉基地,邮路漫漫,每天我打开软件追踪物流,草绿色的公路线上趴着一辆厢式货车,好像始终不肯移动分毫。从来没有一个快递件让我如此翘首以盼、牵肠挂肚——这鲜活的、热爱阳光的物种,我忧心它们在黑暗的纸箱里挨过的每一秒钟。在此期间,我买下了它们所需要的一切附属物:加仑盆、营养土、陶粒、园艺铲、园艺剪、松土耙、长嘴喷壶、种植操作垫、多种农药和花肥、植物伤口愈合剂,以及土壤监测仪。

　　最早的四盆花——蓝色风暴、金凤凰、卡罗拉和二乔——于周二上午到达。金凤凰这个名字容易让人产生误会,但它的故土其实远在荷兰。浇完定根水,我忍痛将所有的花苞逐一剪下——这四小只都是当年培育的牙签苗,一群尚未及笄的少女,哪个当娘的会让自己的女儿在这样的年纪早婚早育?在商品评论区,那一个个奋力顶着大花的幼苗让我心生怜悯。养花如投资,多少有些反人性的意味——古老的基因鼓励我们及时抓住眼前的糖果,而非克制欲望,等待未来更多的收获。

　　卡罗拉看上去病恹恹的。过了两天,它就只剩下寥寥几枚叶片。紧接着,我发现蓝色风暴似乎有点僵苗,再细看,叶脉的周围几近透明,好像有微光诡异地发自叶片的正中。这些可怕的红蜘蛛大约属于花卉基地的隐形赠品,所幸其他几盆暂且无恙。给这个小病号用完药,我安排它住进隔离病房。

　　接下来抵达的是一盆混色大苗,当时主播说是“苹果绿混了个二乔”。但直到第一朵花微微开败,我剪下它再三端详,才想到它很可能是一朵奶油龙沙——如今地球村的月季已经超过了一万种,即使是由中国园艺师自己培育的,品种也已逾千。谁能得识天下所有的月季,逐一牢记下它们的芳名?

　　橙黄色系的月季是我的最爱,它们同时是一条小径,通往我的乡村和童年。有一次,我向父亲求证,在我们郑屯老家的院子里,是不是有一棵高及屋檐的树蔷薇,春天里满树黄花,香气袭人?我摩羯座的父亲一向罕有情感流露，但在那一刻，他的眼睛里涌起了罕见的波澜——当祖父母相继故去，那一树黄花的影像，摇曳在我们父女二人的内心。再过上三四十年，关于它的全部声影，都将与我一起，随风而逝。

我忽然明白，这人世间的一切努力，表面上朝向未来，实质起始于对往昔的反复重建。我没有办法将一棵树蔷薇移植进天津的蜗居，但是我可以拥有它们：一盆金凤凰，一棵朱丽叶，还有一棵果汁阳台。橙黄与橙黄并不一样，果汁阳台的橙是光线穿过装满橙汁的水晶杯均匀散射，逗引起味蕾上的酸甜回想；而朱丽叶的橘黄色花心温柔盘卷，外层花瓣乳白，生来自带大天使的优雅光环。它们的美让人类难以招架，当年英法鏖战正酣，为了让一批中国月季运往欧洲，两国竟然达成暂时停战协议。早年的欧洲没有黄色的月季和蔷薇品种，所有的黄色系玫瑰，都源自中国月季贡献的明媚基因。真正的欧洲古典玫瑰实际上是蔷薇——就是那些代替爱情出场的"Rose"。当这些新诗丽句被译介往中国，翻译家们为这些花找到了两个专有汉字：玫瑰。翻译家们并没有搞错，古老中国的玫瑰确实也是蔷薇。而无论是中国的还是欧洲的蔷薇，一年只能盛开一季，直到它们与中国月季结合，繁育子孙无数，才让四个季节里都弥漫着醉人的清芬——这就是被花迷们追捧的欧洲月季，但我们更乐于这样呼唤它们：玫瑰，玫瑰，玫瑰。

想到这种神奇的生物是怎样一步步放弃了有性繁殖，反向突破进化铁律，让整个物种的丰富性接近极致，这期间的意味让我深感迷惑——它们仿佛深谙人类的欲望，在彼此的交接间达成了默契与妥协：让雄蕊异化成花瓣，向美而生；而作为条件，人类甘愿化身臣民与使者，跻身于月季们的演化链接。

养花为什么会让人上瘾？是满溢的成就感制造了充足的内啡肽，还是花朵和叶片释放的气味复制了人类的某种信息素，通过犁鼻器直接进入了潜意识？如今我的脚已经不再属于我，它只想盘根在阳台，让我的眼睛凝视这座刚刚草创的微型花园。每一只新生的芽蕾都被我端详过无数遍：它们到底将成长为一根新枝、一枚叶片，还是一粒花蕾？

这是三月下旬，华北平原上的草树刚刚自冬眠中苏醒，桑树鼓出了绿豆大的芽苞，柳树和梧桐晕染出浅淡的绿意，白蜡树鼓胀的叶蕾攒聚枝头，一种偏紫的褐色，像一串串晦涩的浆果。夜间的最低气温可能降到十摄氏度以下。我坚持着一份不必要的勤勉，将我的月季们不断地搬进搬出。卡罗拉爆出了许多嫩芽，而蓝色风暴的未来还是一个悬念。红蜘蛛的生命力远比人类顽强，并且配备有整个银河系最优等的耐心。还有埋伏在空气中的蚜虫和蚧壳虫，还有夏季的高温和不期而至的大风……我所要面对的，是未来的无数场战争。

水流花开

梦驱动我前往某处，于是我和我的车出现在一条街路上。在出发的巷口，我与一个黑衣妇人擦肩而过，她的短发老气过时，身形微胖，胯骨略宽。

夜色无声降临，不远处街灯亮起，映出路面上湿漉漉的水光，而更远处的路遁入暗夜。我向右拐弯，然后向左，驶上与第一条路平行的小街。它的右侧有一座大湖，我要沿着湖畔开上大半圈，才能抵达我想去的那个所在——我已经看见了那一片零星闪烁的灯火。

但这条路上没有街灯，没有行人，也没有过往的车辆。恐惧突然来临，我意识到了危险：大雨初歇，暴涨的湖水可能已经淹没了路面，甚至，某段被泡软的路基正悄然塌陷……如果那正是我最初想要的结局，那么此刻，我已经改变了主意。

在逃离大湖之前，我看见湖岸一棵大柳树旁边立着那位半老的妇人。她背对着我，凝神眺望黑黢黢的湖水，一身黑衣，缄默无言。

我返回我出发的地方。不，并不是什么小巷。眼前的山路参差错落，风干后的辙印七扭八歪。但是我看见了我的祖父，他高高兴兴地快步走来，指挥我倒车，好让被我堵在山坡上的一辆农用小卡车开下来。在那辆车的驾驶座上，坐着我的大爷爷。他把头探出车窗，笑容满面，以他一贯的洪亮嗓门与我打着招呼。

我醒过来。是早春的子夜，卧房如同一只断线的纸鸢，卡在黎明前的黑暗中间。伸出手，我摸到睡在枕边的猫咪，小小的温软的一团，是这人间属于我的最真切的恋栈。我的心里，忽而涌满了劫后余生的窃喜。我还活着，这本身就像一个奇迹。在一次次与死亡擦肩而过之后，命运居然还肯展露笑颜，留给我反悔的点滴余裕。

而我的祖父和大爷爷，他们已故去多年。在离世之前的几年间，大爷爷成了祖父最放心不下的人。他忧虑兄长的肠胃和关节，挂心他晚上有没有热炕睡。直到过世之后，他们才重新团聚，在故乡那座叫鹤阳山的山坡上。通往墓地的山路蜿蜒曲折，每逢雨后，摩托车和农用三轮会在路面上碾出一道道深凹的车辙。

时节又近清明，鹤阳山上和山下的杏花又该粲然绽放了吧。果园的空地上，小头蒜会乔装成一群绿发女妖，等待着归乡的人。而村边的那条小溪，什么时候才会潺湲起清冽的流水？每次回乡扫墓，我都会留神看一看那道干涸的溪谷——它还在，既没有被垃圾填满，也没有被杂草和灌木掩埋。或许当夏日雨水丰足，这波光间也会映出往昔明丽的倒影？我已经无法确定，在我离乡之前，它是否也曾有过断流的时间——如果秋冬两季溪中水涸，那么我记忆中的那片欢天喜地划冰车的景象从何而来？连同我对一辆冰车的渴望，连同我成年之后，仍旧孜孜于冰车制作的每一个细节——难道，这一切都来自潜意识的虚构与想象？

离乡经年，我才意识到，这条我儿时嬉游其间的小溪，在流过我们的村庄后，就奇怪地不知去向。我既不知它源自何地，也不知它归于哪里。在我仅知的狭小范围间，它的流向是自南往北；而以此推断，它理应在村北与那条通往镇上和县城的土路相交。那条路穿越村东的大片田畴，曲曲弯弯，像一枝倾斜向上的曲柳枝条，每一枚在风中飘摇的叶片，都是一茬茬乡人的家园。这些大大小小的村落，住着大爷爷出嫁的二女儿——我的堂姑；住着我祖父的两位战友，他们一个瘦高，一个矮胖，活像一对漫画里的相声搭档。还有那些我不知来历和去向的人，仅仅是想一想他们的生活，也让我不知所措——他们距离我如此之近，但是为什么，却好像隔着浩渺模糊的星云？

只是在梦里，我见到我暌违多年的小溪，它波涛汹涌，俨然一条真正的大河,切断了通往村东的道路。在持续多年的梦中,它一次比一次宽阔、浩大,直至今夜,漫漶成一个大湖。

　　而梦中那半老的妇人,我知道她是我。虽然我从未看到过她的脸。但是,承认吧,作为凡人,我们并不知晓自己老去的容颜——即使它早已在镜中真切呈现。

烟火尘世

◎ 储劲松

步行街

我深入红尘,在这条弯弯曲曲的步行街上。

有很长一段时间,也就是雨打梧桐沙沙响的日子,我哼着《尘缘》在这条街上往返,貌似一个心事满腹的天涯失意人,被爱情抛弃的小青年,郁达夫所写的零余人。其实我已在人世修炼四十余年,虽未成精却也皮糙肉厚,面目沉静如梧桐秋叶,早已不轻易表露悲喜。而况大多数时候现世安稳,也无风雨也无晴。中年是一件灰工装,洗不白,也不怕灰。我自以为并不油腻,显见也并不清新。我的唱歌抑或歌唱,是有口无心的,心中所想与口中所唱常常如泾渭之水。就像有时候我唱《今夜无眠》,心中并不喜悦,唱《枉凝眉》,心中并不悲伤,唱所思在远道,心中也并无远道可念。中年的心思都藏在阴暗的角落里,别人看不见,自己也不愿且不敢翻拣出来查看。我撑着大伞从梧桐树底下经过,回到家中或者赶赴一个饭局,嘴唇下意识地翕张着,脚步从容不迫。但是当歌词抵达"宛如挥手袖底风",脚底还是会莫名其妙地梗一下,像踩到了一颗石子。

会想起李健,那个与我差不多同龄的老清新。想起他唱《尘缘》闭着眼睛深情款款的样子,从幕后走上前台宿醉未醒的样子,舒徐吐字伤怀缱绻的样子。我承认,即使在一个中年男人看来,他也是迷人的,无怪乎那些少男少女痴男怨女在他的歌声里痴痴醉醉。20世纪80年代末,宝岛电视剧《八月桂花香》放映的时候,我尚是乡间迷蒙少年,看不懂剧里面的爱与恨、情与仇、浮与沉、真与幻,也听不懂罗文唱的主题曲。三十年后,世上的事已经轮回千百转,我也多吃了几包盐多过了几座桥,李健将这首歌重新演绎,清夜里再次听来,以为曲和词都像杨桃和蛇莓,有微微的毒性。

　　社会进步的明显表征之一,就是除非有人被当街追撵砍杀,我平常在街市上没有人特别在意别人。何况我唱歌的分贝很低,低到不影响自己想心思。步行街两侧的店主照常嘴巴抹着蜂蜜殷勤做着买卖,闲空时低头掐手机,围成一圈叉麻将,要么无聊地望天落雨看红红绿绿的行人,倚着玻璃门慵懒地打着长长的呵欠。他们大多在这条街上做生意多年,见惯了市井人物,纷纷练就了一双火眼金睛,能轻松穿透黄金铠甲。我想他们一眼就能判断路过者是顾客还是非顾客,口袋中有钱无钱,人生得意失意,内心充盈虚空,甚至家庭幸福与不睦,智慧堪比苏格拉底和老子。因而我上班下班走过街道两侧的店铺,每每觉得自己是一个透明的玻璃人,行止总是中规中矩,保持着一个体制内者的谨慎与小心。其实数年来的经验表明,我的谨小慎微完全是多余,他们不是小区里爱管闲事背后嚼人舌头的老大妈,不是居心巨测的偷窥者、告密者,他们只是一群辛苦的买卖人、谋生者,像麦地里长出的诗人海子,关心蔬菜和粮食,他们身在生意场上,只关心市场和利润。他们是和气的,偶尔我与他们四目相碰,彼此互以微笑致意,客气而生分。有时候我到他们的店里买衣服、鞋袜、香烟、糖果和其他生活用品,不免谈及商品的质量和价格,除此之外,我和他们几乎天天见面,也几乎从不交流。在同一个空间里,我们隔着一层看不见的但确实存在的膜,是两个世界的人。这很符合人世相处的刺猬理论,令我们至少是令我觉得心安。

　　我中隐隐于市。

　　这条七八百米长的合面街,两排黛瓦粉墙仿徽州黑白风格的建筑群,少则三层多则六层,至少有二百家店铺,上千户人家,却只有一家单位,而且挂着一块文学艺术界联合会的门牌。我调到这家单位将近四年,包括我父母、亲戚甚至还有一些朋友,至今还有人问我:你们单位是做什么的? 相较于林业局、农业农村局等这些门牌的一目了然,文联对于一部分人来说的确是陌生的。这样的发问并不会让我难堪,就像有人问我写作有什么用,解释起来也是颇费劲的事情。以此推之,这条步行街上的生意人,也一定会对这块门牌有着或强或弱的好奇之心。就像我好奇于他们店中琳琅满目的商品来自何方，一年有多少进项。隔行如隔山，他人就是传奇。

事实上，这条街上有很多传奇。一次饭局，巧遇一位在步行街上经营照明灯具的女子，我亲耳听她说，她有三十多套房产，分布在这个小城的各个角落，合肥、安庆、武汉也有，每年到东南亚和欧美国家旅行两次。又在理发时，听一个理发师闲谈说，他用一把剃刀供两个子女到外国留学。对于一个依靠薪水生活的上班族来说，他们的财富足以让我意外得瞠目结舌。所有靠双手和头脑谋求更好生活的人都是正当的，都值得敬重，我并不妒忌他们，甚至谈不上艳羡，我们各自有着不相交集的人生轨迹，说得高大上一些，有各自的追求。但很显然，他们对于体制内的公家人是仰慕的，他们中的一些人奋斗数十年甚至两三代，累积了数目可观的财富，只为了拼尽全力把子女托举到体制之内，就像有一段时间报纸新闻的惯用标题：托起明天的太阳。步行街上一位我认识多年的开喜铺的女店主，她和我说过这样一句话：生意人是在谋生，公家人是在工作。在她看来，工作是神圣的，端铁饭碗的公家人自带光环；谋生是卑微的，生意人低到了尘埃里。我并不能完全同意她的说法，围城之内的人自有甘苦冷暖悲欢，有些还不足为外人道，所谓的光环也很有可能只是皇帝的新装，但她的说法有代表性。熟思之，我无权无势工资仅够生活的刚需，之所以能够从容自信地有时候还是气宇轩昂地活在世上，不是因为自己秀颖于人群，而是因为背靠着一块白底子黑色仿宋体字的不锈钢门牌。

店主们在街道两旁做他们的生意，热热闹闹、辛辛苦苦地买进卖出。我在一幢房子的二楼做我的工作，除了举办文艺活动和接待来访者，其余时间办公室里通常是安安静静的。这安静自然是加引号的。这条步行街像其他商业街一样，尽管由于网店兴起门店生意远不如从前，但一年四季仍然十分喧嚣嘈杂。就在我写这些文字的时候，办公室对面服装店的高音喇叭一直在循环播放广告："好消息！好消息！夏娃之秀二店即将装修升级，全场商品大甩卖，全场商品大甩卖。走过路过，千万不要错过！"

滚烫如沸的熙攘市井，火热似燃的紫陌红尘，真真切切的谋生气息，从四面八方将我团团包围。我在办公室里办公事，空闲时读书写文章，多数时候并不觉得如何吵闹，反而觉得心安神定。在这里上班的人以及楼上的住户，自然也有抱怨环境过于复杂、市声过于喧哗的时候，但这怪不得别人，因为这里的定位就是商业区，适者生存，不适者可以另谋佳处。步行街天经地义是店主们的天下，是物来货往流动着金钱和混杂人体气味的地方。夹在其中的唯一的单位是有些尴尬的，像红叶里的竹子，一堆瓢虫里的蚱蜢。初次到文联来办事的人，经常找不到门，我在电话里引导，微信里发定位，对方仍然稀里糊涂一脸茫然，于是我只好说，在夏娃之秀内衣店的正对面。"你怎么不早说"，他们通常恍然大悟。毋庸置疑，这些门店比文联有更高的辨识度和知名度。

我希望这些门店红红火火，像流传已久的一副对联"生意兴隆通四海，财源茂盛达三江"。庚子岁初新冠肺炎暴发，有两个多月，步行街店铺通通关门，只有卷闸门上贴的大红对联泛着幽冷的光，被寒风日夜撕扯。我从街上一个人浩浩荡荡地走过，觉得自己就像一个游荡的幽魂。数十天过后，政府号召复工复业，楼下一家店铺着手装修，当装修工人手中的电锤声轰轰隆隆响起，那高分贝的噪声不啻天上仙乐布散人间。步行街重新焕发生机，度尽劫波市井在，陶朱公大概有三千三百三十三种幻化变身，凡人却只有一种，只有一件肉做的皮囊，因而我比胖面肥耳的财神更热爱步行街，更深爱这尘世的苍茫烟火。

我想起一件往事。读初中时，为了挣学费，每年暑假，我每天骑着自行车走街串巷卖冰棍。那时尚无冰柜，沿街的商店也无冰棍可卖，升级版的汽水还是奢侈饮品。冰棍都是人背着木头箱子卖的，有车的人则把箱子捆在自行车的后座上卖冰棍。箱子里放着旧棉袄，冰棍用棉袄裹紧，三四个小时内不会融化。街上卖冰棍的绝大多数是成年人，像我这样的初中生很罕见。兴许正因如此，我比成人更容易招徕顾客。

步行街是我每日必到十数趟的地方，那些店主慷慨得很，往往一次买四五支冰棍。我个子小，车技也很一般，有一天上午我骑车经过步行街，前面拥堵住了，后面又有人不停打着车铃铛催促，慌忙之中车就倒了，摔得四仰八叉。箱子里的冰棍自然滚落一地，双手的手肘因擦破皮火辣辣的痛，这些对于一个城郊的农家少年都不算回事。要命的是后面有个骑自行车带几箱啤酒的人跟着摔倒了，只听得啤酒瓶乒乒乓乓稀里哗啦。那个人一骨碌爬起来，跳起脚一顿恶毒地咒骂，末了气咻咻找我索赔。我哪里赔得起，又生性腼腆，站在街上像一个罪犯，不敢分辩一声，眼泪在眼眶里打转。那人拉着我要带我到派出所，我差不多吓出尿来。这个时候，街边一个旁观的中年店主说话了，他指着那个人质问，你要不要脸，明明是你拼命按铃铛，把人家小孩子吓得摔了跟头，你还有脸找人家赔钱？你应该赔人家孩子的冰棍。接着有好几个店主站出来把那个人围住，作势要打。趁着这个空当，有人帮我捡起地上的冰棍，让我赶快走。直到今天，我每次路过步行街的西段，还是会认真打量那些店铺，寻找当年有恩于我的人。

　　找不到的，人间的纯朴和善良以及狡黠和丑陋，就隐藏在市井里，并无明显的记号。正如《尘缘》的开头"尘缘如梦，几番起伏总不平，到如今都成烟云"。词意简洁隽永，一种旋律，千种意味。

乡野三叠

◎ 田 鑫

鱼群

我手里拎着罐头瓶子里已经被阳光炙烤得快要停止呼吸的鱼,穿过死寂的巷子,回到院子时,遇到了塞在我家厢房的那群人。回来的路上,我还在想,今天的村子有点怪,竟然没有人,原来他们都汇聚到我家了。

这让我有些惊讶,在此前,这是常态,父亲卸任之后,我们家门口就空得能捕鸟了。鸟还没来,人却来了。此刻,厢房门被他们的身体堵死,我看不见内部,也没有进去的意思,就蹲在院子里欣赏那些鱼。

我把罐头瓶子拎起来,在阳光下看一眼挤在一起的小鱼,再看一眼挤在屋子里的人,第一次把人和鱼联系到了一起。这两者是多么相似,厢房里的人,声音把屋子上空的空间也都填满,我听不清他们在说什么,一个声音叠着另一个声音;罐头瓶子里的鱼,用气泡填满罐头瓶子没有被水没过的地方,我看不明白它们在干什么,只觉得一个气泡贴着另一个气泡,是那么有意境。

能想象得到,矮小的父亲,正夹在人群里,像罐头瓶子里最小的那尾鱼,活跃,又显得慌张。这群人的聚集,一定和他有关。彼时,他在村里担任村主任,管理着三百多户一千多口人。我确定,村庄里有多少人,涝坝里就一定有多少条鱼,父亲掌管的村庄,鱼和人的数量要对等。

在一条鱼眼里,整个涝坝都是它的;而在父亲眼里,整个村庄也是他的。

他有管理整个村庄的野心,但缺乏管理整个村庄的魄力。比如,走在村子里,他总是把自己的腰板挺得直直的,可是一米六的身高,无法给他带来他想要的威严。好在管理期并没有出现威胁他威严的事情,这是权力给予他的保护。现在,他从代表着权力的管理位置上下来,就如同退潮,所要面对的情况就不一样了。

说到退潮,突然就想起退潮。我见过涝坝在太阳的作用下水汽慢慢升腾的样子,叛徒一般的水分子,随阳光而去,丰满的坝面日渐消瘦,终于在某一天,河床外露,涝坝变成水的废墟。大量的鱼,以鱼干的形式躺在大地之上,满地腥臭。

小小的涝坝,退潮的过程是缓慢而又煎熬的,这方面它和大海无法相提并论。大海在退潮前,毫无征兆,水像是商量好了,携带大量泡沫迅速撤退。来不及钻进沙子里的螃蟹,机械的身体用一点一点进入沙体的方式,掩饰着内心,它的动作表现出来的慢条斯理,让它看起来不至于狼狈。

我的父亲,就像大海退潮后的螃蟹。让我困惑的是,在他的时代结束时,他却没有表现出烦躁和不舍,我怀疑他是用从容淡定掩饰着烦躁和不舍,就像螃蟹用缓慢掩饰慌张。但是那些在他管理这个村庄时得罪的人,才不管这些,他们在父亲"退潮"后,很快就找上了门。

露出水面的螃蟹,总要面临被捡拾的风险,父亲也如此,躲不过去。

因为痴迷于观察罐头瓶子里的鱼,以至于当天是怎么结束的,其间又发生了什么,有哪些耐人寻味的细节等等,这些问题被我忽略了。其实,关于父亲,还有很多的问题也并没有引起我的注意,比如父亲担任村主任的日子有着怎样的威严,他"退潮"后的十年间,又经历哪些失落,我都无法说清楚。因为我这尾在村庄里生活了十八年的鱼,在父亲游走在乡下的日子里,顺着考试这条路,游到了城市里,混进了城市的鱼群里。

父亲的前半生,和我抓到的那些鱼的前半生一样,并不被我所了解,但是这些鱼后来的命运,都被我改写了,父亲也是。我在城市里落了脚,有了自己的孩子,就把父亲这尾在乡下生活了五十多年的鱼,硬生生拽进城市的河流。

去接他那天,父亲明显有些烦躁,不断地整理着那几件在乡下穿的衣服,我说该走了,他让我等等。他去涝坝的路上,我站在高处一直看着他,我才明白过来,他这是去向涝坝告别。涝坝是他最初的起点,是他熟悉、亲近并且不断回去的地方。

在那隐秘的涝坝底部的鱼群,肯定不知道有一个人站在涝坝边,心里默默地说着什么,它们照旧游来游去,不知疲惫。就跟我留在乡下的亲人们一样,它们遵循着乡下的惯例,而站在涝坝边上的父亲,从这一刻起,已经代表另外一种身份:离岸的鱼。

他不知自己将面临什么,就像涝坝底部的鱼,不知道什么时候遇到干涸。父亲和鱼,此刻像是一种提醒:关于鱼群或者人类,关于我们从何而来、要去向何处,我们谁都无法知道。

进城后的日子,父亲适应了很长时间,毕竟一条鱼被投放进了陌生的水域。我们小心翼翼地配合着他,其实也是自己在适应。好在,一切都如意。

日常,我们很少吃鱼,曾琢磨过其中的原因,最大的可能是和小时候乡下没鱼可吃有关。妻怀二胎那段时间,我照着网上的菜单,学着给她做鲫鱼炖豆腐,说是豆腐和鱼炖在一起,鲜美可口,营养互补,热量、蛋白质和维生素最为丰富不说,还预防心血管疾病。因此,我对这道菜极为上心。

一次,女儿站在厨房看我杀鱼。她惊讶地看着我将一条活蹦乱跳的鲫鱼变成一截一截的鱼肉。鱼的身体刚刚还活着,但很快就停止了跳动,可变成块之后有一部分仍然在动。女儿说:"爸爸,你看鱼都疼得跳起来了。"

这一句话,一下子就让我想到小时候把那些鱼从涝坝里钓上来,放在罐头瓶子里让它们慢慢死去的事情。原来,死亡这个词,从很小的时候就埋在我的心里了。我指着案板上的鱼,告诉孩子,死亡是一个过程,每一种生物都会经历。

在她这个年纪,死亡还是一个不好理解的词,她看着一条鱼死去,更多的可能是害怕,是伤心。死亡恰恰也就是这两点,将死之人害怕死去,死去之后,留给亲人们的只有伤心,但任何情感在死亡面前都毫无意义。

我继续解剖一条鲫鱼,女儿继续围观,狭小的厨房里,一场关于死亡的交谈,在锋利的菜刀之下推进着:"爸爸,这条鱼死了以后会记仇的。""爸爸,人的肚子是鱼的墓地。""爸爸,你杀了鱼,它的孩子会来报仇吗?"

在一条鱼的启发下，女儿近乎成了一个富有哲思的诗人，我却只能用鱼的记忆只有七秒、人是生物链最顶端的动物等等蹩脚的答案回应她。很明显，面对我的回应，她不知所以，一脸嫌弃地转身去看动画片了，留我一个人面对着一条鱼发呆。

　　案板上，一条鱼以块状形式存在着，或者说以静止的状态活着。我的脑子里依然是一连串的问题：如果死亡意味着静止，那我们是否真的可以说这条鲫鱼已经死了？如果死亡带走了我们感知的能力，那这条鲫鱼是否知道刚才消失的这一幕幕？如果鱼的心脏不再跳动，血液不再流动，那么它身上是否仍然存在某种生命？

　　鱼沉默不语，我的思考得不到回应。在一条鱼身上，想弄清楚生命与死亡的边界到底在哪里，谈何容易。我看了一眼窗外的蓝天，入秋之后，头顶这一方天空一直蓝得让人心慌。此刻，乡下的天空是不是也是这么蓝，乡下的涝坝一定知道答案，它装着整个天空呢。正因为如此，涝坝在这个时候也应该蓝得让人心慌。

　　更多的时候，涝坝是空得让人心慌，若不是有留守的鱼群在它的内部游动，你会怀疑它已经死了很久。是鱼群让村庄在暗自生长，并一直葆有着活的力量。

枣林坪

◎ 李光泽

一

晋陕大峡谷西岸,有一个古老的小镇,面临黄河,背靠大山。此山既非土山,也非石山,"胶泥夹石炮,石山土戴帽"是其典型特征。这样的地理条件,自然长不出好庄稼,但对于枣树来说,却是一方风水宝地,随便在哪里栽下一棵小树,就会疯长。小镇上的村民老了一茬又一茬,枣树栽了一茬又一茬,慢慢就成了气候,全镇二三十个村庄都隐藏在茂密的枣林之中,简直就是黄土高原上的一处又一处人间秘境。尤其壮观的是,小镇所在的黄河滩上那一片千亩枣林,密密匝匝、高高低低,从高处俯瞰,像大自然为黄河配的一条绿丝带,绝对是一道独特的风景,小镇因此而得名"枣林坪"。

小镇红枣名声很大,城里人包粽子、蒸枣馍馍、蒸枣糕、烙枣饼子若是能买到小镇的红枣,就满脸喜悦,很是自豪。小镇红枣好,名不虚传,个大、肉厚、瓷实、饱满,把枣子掰开来,枣肉可以拉成一丝一丝,像春蚕吐丝一样,亮晶晶的,甜丝丝的。枣林坪镇可谓因枣而生,为枣而生,那红枣要是不好吃,反倒是咄咄怪事。

小镇红枣好,关键在于水土。"一方水土养一方人"说的大概就是这个意思。小镇上的枣树是枕着黄河的波涛长大的,树上结的枣子是被"叫枣红"一声一声叫红的。乡亲们亲切地把蝉称作"叫枣红",夏秋时节,枣林间蝉鸣声此起彼伏,不绝于耳,一会儿是独唱,一会儿是对唱,一会儿是大合唱。这些"叫枣红"是小镇上最杰出的民歌手,它们叫着叫着,枣就红了。待红枣熟透以后,大家商量一下,选个天气晴朗的好日子,一齐开杆打枣。进入初冬,枣贩子们就忙活起来,把小镇红枣一车一车卖到天南地北去,再把外面的大米白面拉回来，庄户人家的锅里就多了一些油水，日子就一天比一天更滋润了。

小镇上的人们天生就是民间艺术家。那些看起来笨手笨脚的男人，一手拿着铁丝，一手拿着虎口钳子，随便捆绑几下，就把一堆杂乱无章的枣木棍变成了一道一道篱笆墙，扎在猪圈门口、厕所门口或者小路旁、菜园子旁，既美观又实用。婆姨女子们心更灵，手更巧，她们用线把红枣缀成枣串串，用高粱秆把红枣穿成枣排排，用麦秸秆把红枣编成枣蛋蛋，往窑檐底下一挂，眼前就多了一些喜色，生活也似乎多了一些奔头。

那一年，我从县城的师范学校毕业后分配到镇上的中学去教书。到单位报到那天，下着小雨，我独自一人走出校园，在一片枣林中漫步。枝头的红枣被雨水洗得亮亮的，摘一个咬了，水水的、脆脆的甜。正准备伸手摘第二个，不知从哪里突然冒出来两个大姑娘，其中一个喊一声：谁让你偷吃红枣的，罚款十块！我自知理亏，呆头愣脑，不知说什么好。恍惚间，两个大姑娘放肆地笑了起来，一边笑，一边消失在了枣林之中，像一股来去自由的风。

记得校园外的河滩上有一段很长的河堤。那河滩是宽阔的、松软的、富有诗意的。河堤内积了厚厚的一层土，打了界埝，是一畦一畦的菜园子，南瓜葫芦紫茄子，莴笋萝卜豆角角，青青的嫩，嫩嫩的绿。傍晚时分，我常常坐在那道河堤上看长河落日，常常能遇见一个女子赤脚片子在河边担水浇菜呢，腰一拧，屁股一扭，扁担颤悠悠地走远了，就像一片鲜活的香菜叶子被风吹走了，只留下一首充满泥土气息的田园诗，留下一幅恬静而淡远的山水画。

离开小镇多年以后，我曾带着几个朋友回到小镇，想去黄河滩上找寻那些逝去的青春岁月。遗憾的是，我找不到河滩了，更准确地说，河滩没有了。我只看到河边有许多小山一样的沙堆，河里有许多抽沙的木船，船上的柴油机"突突"地响着，听起来非常刺耳。来到枣林中间，我发现很多枣树得了"枣疯病"，呈现出一副病态。朋友不解，问什么是"枣疯病"，我开玩笑说，这些年枣农都到城里打工去了，没人管理枣树，枣树就急疯了。本来，枣树被人们称为"铁杆庄稼",曾经是小镇人家的"摇钱树",如今,挂在树上的红枣无人问津,落在地上的红枣也无人问津,即便有人捡回去,也不是为了卖钱,而是为了喂猪喂羊,甚至烧火。作为一个吃着红枣长大的农家子弟,我无法改变枣树的命运,只能写一首破诗,弱弱地为枣树唱一首挽歌。

二

　　小镇归陕西省绥德县管辖,与山西省柳林县石西乡隔河相望。小镇的确很小,全长不过三里路。最北头,是中学,然后依次是镇政府、黄河航运站、税务所、工商所、卫生院、粮站、信用社、兽医站、完小、供销社,最南头是公安派出所。小镇虽小,但政府机构应有尽有。因此,对村里的人来说,到小镇上赶一回集,感觉就像去了一趟大城市。

　　小镇逢五逢十遇集,五天一集,间隔不算长,也不算短。每逢集日,所有的村庄都会骚动起来,父老乡亲们背口袋的、挎包包的、提篮篮的、担担子的,三三两两,一群一伙,说说笑笑去赶集。当然,赶集的也少不了山西人,要是少了山西人,集市就逊色了一小半。小镇与河对岸的石西乡早就结成了友好乡镇,政府之间联系比较紧密,民间互动十分频繁,黄河两岸通婚现象非常普遍,东岸有个姑姑,西岸有个舅舅,再平常不过了。人们常说,隔河千里远,可是,对这两个乡镇来说,彼此之间的距离不过是一条渡船的距离。这么一来,小镇遇集,往小了说,是两个乡镇的盛会;往大了说,就是秦晋两省的盛会。山西老乡唯恐误了小镇的集市,动不动就男女老少载一船,慢悠悠地从河里漂过来,跟陕西老乡一条街上挤牛牛。一时间,夹在青砖瓦房和古老窑洞之间的街道被挤得摇头摆尾,闹哄哄的,集就红了。满街溜达的后生小子们心灵灵的,眼活活的,盯着红裙子、白裙子、花裙子转三圈,那些晃眼的"裙子"飞来飞去,蝴蝶儿一般,却捉不住。但说不准什么时候谁就把谁飞了一眼,谁就红了脸,低了头,谁就喜上眉梢,计上心头,谁就哼哼着"妹妹你大胆地往前走",心里想着小镇其实也风流!

　　对小伙子大姑娘来说,赶集的主要目的是在人群旮旯里瞅一个意中人;对大人来说,赶集的最主要目的是买到想买的,卖掉想卖的;对小屁孩来说，无非是吃一牙西瓜或者一个甜瓜，吃一个刀刀碗托或者一个空壳壳饼子。对我来说，除了爱那点吃喝，还爱到一个弹棉花铺子里看一个老师傅弹棉花。一张大弓，被老师傅不慌不忙弹得嗡嗡作响，细碎的棉絮满屋子乱飞，不一会儿，一块蓬松的被套就成形了，老师傅也变成了一个"棉花人"，像一个美丽的童话，十分好玩。

小镇遇集，偶尔也会遇到唱戏。小镇唱戏，不唱秦腔，只唱晋剧。类似的怪事还有，比如，在有线电视开通以前，小镇上只能收到山西电视台的节目，收不到陕西电视台的节目，把电视天线转过来转过去，转晕了也无济于事。这些"怪事"，说怪也不怪，要怪就怪小镇离省城西安太远了，离太原反倒太近了。

当太阳快要落山的时候，集就散了。赶集的人们，动作麻利一点的，挤上一辆拖拉机，或者一辆大卡车；水性好一点的，三下五除二把浑身上下的衣服一扒，装在一个塑料袋子里，一手拿着，"扑通"一声跳进黄河，踩着河水顺流而下就回了家。当然，能坐上拖拉机、大卡车回家的，敢浮河回家的，毕竟是少数，大部分人只能结伴步行回家，累是累点，但心里还是热切地期盼着下一个集日的到来。

小镇一年有七十三个集日，唯有正月十五的集日不同寻常。人们赶完白天的集，并不急着回家，镇上有亲戚的，就到亲戚家里蹭口饭，镇上没有亲戚的，就破费一次，在集市上买点吃的，或者啃一点儿自带的干粮，凑合凑合，目的是等到晚上去转九曲。转九曲也叫转灯，是小镇上最有吸引力的民俗活动。正月十五，人们早早就用高粱秆或葵花秆在黄河滩上搭起九曲黄河阵，每一根高粱秆或葵花秆上都托起一盏灯，最初是煤油灯，后来是蜡烛，再后来就成电灯了。九曲黄河阵像一个城郭，又像一个迷宫，只有一个进口、一个出口。夜幕降临，锣鼓喧天，唢呐齐鸣，人们排着长长的队伍开始转灯。据说，只要顺顺利利转出九曲黄河阵，就会逢凶化吉，遇事呈祥。因此，小镇上的转灯活动，人气很旺，谁不想攒一份福气，图一个吉利！

三

关于黄河有一个约定俗成的比喻,那就是中华民族的母亲河,但小镇上的人们习惯称黄河为姥爷河。这么叫,是为了凸显黄河像姥爷一样的老资格,还是为了凸显黄河像姥爷一样的坏脾气,不得而知。但有一个不争的事实是,姥爷河发洪水的确很吓人。那洪水是浑浊的、放肆的、摧枯拉朽的,掀起一脑畔高的浪头,发出牛嚎一般沉闷的咆哮声,疾速地飞奔着、冲撞着、翻滚着,把两岸甩在脑后,把小镇也甩在脑后。

尽管姥爷河发洪水很吓人,但小镇上的人们在内心深处多多少少还是有些期盼洪水的,因为姥爷河一发洪水,人们就可以捞到"洋财"。小镇上的人们习惯把火柴叫作洋火,把肥皂叫作洋胰子,把玻璃罩子灯叫作洋灯。在他们看来,外来的大概就是"洋"的,所以,他们想当然地就把从洪水中捞到的鱼、河柴、河炭、木头等东西通通称为"洋财"。

小镇上的很多人家,都有一个捞鱼兜子,就是在一根长长的枣木棍上,绷一个三角形的大网兜子。捞鱼兜子平时没啥用处,可一旦姥爷河发水,就能派上大用场,既可以捞鱼,又可以捞河柴、捞河炭。要是捞到鱼了,就清炖了,再买两瓶烧酒,大伙围着一个炕桌"打平伙"。河柴一般漂在河边,黑乎乎的,一嘟噜一嘟噜,一片一片,里面既有硬柴,也有绒柴,用捞鱼兜子或筛子、筐子捞了倒在河滩上晒几天,再担回家。河炭一般沉积在河边的泥沙里,一窝一窝的,谁挖到,就等于挖到了宝藏。河炭经过河水长时间的浸泡,非常易燃,一张报纸就可以点燃,但是火头不硬,不耐烧。话说回来,不花一分钱就有炭烧,还穷讲究个什么呢。

"捞洋财"曾经是小镇上最为壮观的场景。姥爷河一发水,大家就开始观望,只要河里有"洋财",就男女老少齐上阵。水性好的壮男人,往往只穿一个大裤衩子,扮演"捞洋财"的主角,婆姨女子们则站在河边或河滩里扮演配角。有时候,一个巨浪打过来,就像一个恶作剧,会褪掉男人的大裤衩子,一河滩的人就嘻嘻哈哈耍笑一番,男人也不恼,逮着"洋财"照样捞。能不能捞到"洋财",一看胆量,二靠运气。那些鱼和河柴、河炭,一遇到回水湾子,就会自己漂到河边,算是送货上门了。而又粗又长的木头,是不会轻易捞到手的,它们在河里随着巨浪一起一伏,诱惑着人们。于是,有人带头"跌浪",有人跟着"跌浪",大家搭伙去捞木头。"跌浪"捞木头是一件非常危险的事情,"跌浪"的人们有时候满载而归,有时候空手而归,只要归来,总是好的。叫人感到尤其悲壮的是,偶尔也有人为了捞一根木头,再也没有归来,让人唏嘘不已。

捞到"洋财"的人们自然满心欢喜,他们明白,有人走运,肯定就会有人倒运,下游能捞到"洋财",是因为上游的鱼塘、炭场、木料场遭了水灾。但是,河里漂下来的东西,不捞白不捞,捞了也白捞。因此,"捞洋财"用不着不好意思,也用不着去感谢谁。

在那个物资极度匮乏的年代,人们为了生存,不惜冒着生命代价去"捞洋财",从这个意义上说,"洋财"是姥爷河对小镇的馈赠,是大自然送给乡亲们的一份特殊礼物。如今,小镇上的人们早已不缺那点买炭钱了,吃鱼还要吃新鲜的,吃野生的,他们隔三岔五就在姥爷河里打一条红尾巴的野生鲤鱼来解馋,谁还愿意在洪水中"捞洋财"去。遇到姥爷河发水,他们学会了不动声色,一边默默地祈祷,一边目送着洪水渐渐远去。

花木有灵

◎ 刘学刚

榆树

朱耿村有很多植物,开出的花很好看,结出来的果也像花儿一样舒展着美丽的花瓣,特别漂亮。比如棉花,它的花早晨初开时乳白色,到了下午,花瓣粉嫩红润;第二天快要凋谢那会儿,花色红里透紫。棉花结出的果开裂,露出雪白而柔软的棉絮,大朵大朵的,比棉花的花更舒展,更饱满。

还有一种果实更像花朵的植物,是榆树。榆树的花长什么样子?村里的孩子们大都说不上来。春三月,好看的花、好吃的野菜多得去啦。桃花把春天烧得暖融融的,油菜花把大地照得金灿灿的,樱花把天空塞得满满当当的。人就是长一万只眼也不够看的。荠菜苦菜蒲公英长满沟畔山坡草滩,人有一千只手也挖不完的。谁会留意榆树光秃秃的枝条上那些细微的声响?

榆树的小枝浅灰色,散漫地长在暗灰色的树干上,看上去和枯枝朽木没什么两样。榆树的花紫色,绿豆粒一般大小,一团一团的,很像枯枝上长出的一丛一丛的小蘑菇。榆树花没有花瓣,哪怕像荠菜那样米粒大的花瓣,也没有。说是花吧,一根根又细又长的花丝更像是绿豆的嫩芽,看着都让人心疼。

如果一树花儿都是这个样子,那三月的榆树该是多么寂寞,它对果实该有多大的信心。朱耿村春天的花朵大都开得娇艳艳的,果实长得慢腾腾的。最典型的要数柿子树。还有桃树、梨树、李树、苹果树,都是这样的。唯独榆树,四月结出一串串花朵般的榆钱儿。一眨眼儿,花的蜜酿成了果的甜。榆钱儿是朱耿村高树低树中最早出现的鲜果。

不同于其他树木,榆树先结一串串嫩生生的榆钱儿,后长出一片片青绿绿的叶。这是一种多么神奇的树。每一条树枝都瘦瘦的,每一条树枝都挂满了一串串嫩绿的榆钱儿。远远望去,宛如一朵绿云从大地上升腾而起。走近了看,一个个小小的翅果鹅黄嫩绿,圆如铜钱,薄似纸页。春风拂过,满树榆钱儿闪着迷人的光,那哗啦作响的声音尤让人陶醉。村里的老人称榆树为摇钱树。榆钱儿还有一个好听的名字,叫榆树巧儿。榆树巧儿,我喜欢这个名字,就像榆树细细的花蕊,牵着暖阳的金线,细雨的银线,编织出一树的锦绣;就像长长的小河,细心地给大地刺绣,一针一线春绿秋黄。

榆钱儿舒展的四月,榆树的四围长满了许多蠢蠢欲动的小手和流着涎水的舌头。榆钱儿是春天的第一道树上蔬菜。二月杏花三月桃,四月里来捋榆钱儿。吃榆钱儿的好时节是清明之前。谁家的房前屋后种着榆树,谁家的榆钱儿又大又甜,我们这些小孩子知道得一清二楚。一个上树摘榆钱儿的男孩子,会成为女孩儿心中顶天立地的人物。

朱耿村的榆树并不多,可满树榆钱儿像天上的星星一样,怎么摘也摘不完。许多男孩子在爬到树上的一刹那,觉得自己一下子长高了。男孩子先捋一把榆钱儿塞进嘴里,大口地嚼着,一股鲜嫩清甜的味道从舌尖蹿到了脚后跟。树下,许多小脑袋像雨天的水泡儿越聚越多,仰着脸,可怜巴巴地望着树上。男孩子扔下一串串榆钱儿,那些小脑袋以夸张的吧嗒吧嗒的咀嚼声表达对男孩子的感激。

朱耿村的天空还是那么蔚蓝,田野还是那般的翠绿,村东的小河在阳光下还唱着那首亮闪闪清澈澈的歌。可是,房屋矮了一些,屋顶的烟囱就像从地里冒出的一根春笋;西边的山岭近了一些,它就像一头野兽,挪动着庞大的身躯。获得了一只鸟的视角,男孩子的腰杆儿似有一根树枝在咔吧咔吧生长,却又无法变成一只飞翔的鸟,男孩子的内心涌进了太多的怅惘。

那些年,我常常一个人去洪沟河南岸摘榆钱儿。河边水汽蒸腾,榆钱儿尤为清鲜香甜。摘榆钱儿的时候,有时连小枝也折下来,搁在小筐里,带回家。母亲乐滋滋地择洗,撒入黄澄澄的玉米面和白花花的细盐,拌匀,放入蒸笼,给我们做香喷喷甜滋滋的榆钱儿饭吃。我把折来的几串榆钱儿编成美丽的头环,给妹妹戴了一个,给邻家女孩小杏儿戴了一个。看她们花枝乱颤的样子，我开心极了。看她们探出柔软的小舌轻轻咬食一小片榆钱儿的样子，我的心里甜滋滋的。

小杏儿幼年丧父。我是她最亲近的男子。她看我的时候，总是歪着脑袋，像一只可爱的小猫："大海哥，给小羊编一个项圈吧？小羊也喜欢吃榆钱儿。"她的声音像小河的流水一样欢快，透出的是一种甜而清爽的味道。又好像她的声音里伸出一串串榆钱儿，我每天都能摘到。遗憾的是，我读初中那年，小杏儿跟着她的母亲回了母亲的老家，我再也没有见到她。有时傻傻地想，小杏儿戴着美丽的头饰出嫁那天，会不会想起她的那个榆钱儿头环，清新鲜丽的头环。

仙客来

那年十月，我和女儿去青州，上午先看了十里古街，青灰色的城墙，青灰色的民居，有着秋天的深潭一般的内敛、深邃和波澜不惊。下午，去了一个叫黄楼的地方，观看当地花农向我们展示的百花世界的万紫千红。那是花都青州的花博会举办地。现场塞满了花和看花人，高筒靴、超短裙、低胸装来来往往，热闹而绚丽。

每每回忆那次青州之行，就觉得特别有意思。我们就像蠕动的小虫虫，从古朴苍劲的树干爬上了细嫩翠绿的树梢，闯入花朵的迷宫，和许多人一样，恨不得一头钻进花蕊里，被香气迷醉得晕头转向。

那个看花的下午，看得最多的是一种叫仙客来的草本花，也买了一盆仙客来。和君子兰一样，仙客来来中国定居比较晚。据周瘦鹃回忆，20世纪20年代，上海江湾小观园新到一种西方来的好花，花形活像兔子的耳朵。这位爱花成瘾者、鸳鸯蝴蝶派代表作家、自称种花人的园艺家参考拉丁学名的译音和中国月宫仙兔的传说，给这好花取了一个好听的名字：仙客来。这翩跹而至的仙客改变了黄楼农民种植五谷的习惯，他们像生儿育女一样培育着仙客来，尽管在花棚里折腾得弯腰驼背，他们露出的笑容却像花儿一样美丽。从最初的宫灯系列、兔耳系列发展到如今的山峦系列、奇迹系列、旋律系列、山脊系列等，青州仙客来已有一百多个品种。当黄楼种花人描绘仙客来含苞欲放的情景时,我觉得,我目睹了一个童话的诞生:圆头圆脑的球茎上不断地长出心形的叶子,每一片新叶都带着一个花苞,每一个花苞都要蹿出一个仙兔来。

关于古城青州,我的记忆承载着"西楼"这个著名的宋词品牌,以及李清照在西楼和归来堂前采撷的一朵朵金灿灿的菊花。"雁字回时,月满西楼"中的西楼即青州的顺河楼。李清照在《一剪梅》这首词中写了南阳河的秋荷。"红藕香残"的荷和"暗香盈袖"的菊其实是两朵清瘦的愁花,"才下眉头,却上心头"。如今的青州建成了东方花都,一座芳香四溢的生活之城。他们视花朵为大自然的恩赐,为仙客。仙客栖居的都是好地方。黄鹤是青松的仙客,凤凰是梧桐的仙客,鸳鸯是碧沼的仙客。

"来"这个字有气息,有声响,仙客来这名字有些童话故事的味道,可以写成灰姑娘或丑小鸭那样的美丽童话。它的叶看上去非常朴素。叶子很像牵牛花的叶,形如心脏,叶缘有细细的锯齿,叶面是绿的,但长了一些大块的灰色的晕斑(也有白色的),仿佛脸上长有胎记的人坦然地走过大街小巷。一片叶一朵花,有多少其貌不扬的叶,就有多少朵娇艳美丽的花。我当时买了一盆仙客来,显然信任了种花人对仙客来叶子的信任。再说,仙客来是花都的市花,如同《诗经》里的花朵,自有一种文化的气场。我遇见它的时候,它刚好重返童年,几片鲜嫩的叶子如同婴孩一样,从夏天的酣睡中醒来,睁开了清澈的眼眸。就像抱着小时候的女儿,我抱着那盆仙客来,一路颠簸,回到了家,它的生叶开花成为我的日常生活的一部分。

说说那盆仙客来开的花儿吧。十一月初,先有四五个紫红的花葶从叶片中挺出,而后稍稍下弯,红嫩的花苞亦向下,如少女颔首低眉。花苞的样子很像毛笔头。等到花苞半开,花瓣呈旋转状,像是闪耀着彩虹的喷泉,这花苞依旧是向下的。十二月,仙客来开放,花蕊向下,看上去娇羞可人;突然之间,五个美丽花瓣向上翻卷,向照耀它们的太阳表示虔诚的敬仰,紫红的花色则像幸福的表情一样迷人。反卷的花冠就像竖立的兔子耳朵一样顽皮可爱;又像一簇簇跳跃的篝火,映照着叶斑叶脉格外清晰。因为这大自然奇异的灵感创造的独特花形,仙客来有着一连串的别名:兔耳花、兔子花、篝火花、翻瓣莲、一品冠等。一朵仙客来的花能开一个月之久，是年宵花的一种。

仙客来还有一个别名，叫"萝卜海棠"，言其心形叶酷似海棠叶，扁圆的球茎又像紫萝卜，很有博物精神。"猪面包"这名字也得名于仙客来的球茎。球茎含有有毒的植物碱，传闻野猪喜欢将这球茎拱出来当面包吃，不知长嘴獠牙的野猪吃了会怎样。但愿，它轻微地头晕以后，复又啸傲山林。"大跃进"时期，深谙借物抒情的郭沫若写了《百花齐放》一书，有《仙客来》一诗："请不要说我们是来自外洋，来到中国就成为土生土长。我们衷心地热爱中国人民，他们称呼我们为萝卜海棠。我们和秋海棠原是姊妹行，鲜艳的花瓣反开十分别样。一位姑娘叫我们是兔子花，怕是花瓣和兔子耳朵相像。"

在我的仙客来进入它的休眠期以后，我读到了一个美丽的故事。一对青州黄楼的夫妇带着他们的市花仙客来，来到了天蓝地阔的乌鲁木齐，开始了他们的花卉种植。飞越万水千山的仙客来感受到了新疆的好阳光、好土壤、好气候，并像那两个有着好心肠、好技术、好梦想的创业者一样，改变了生长习性，夏天不休眠，无忧无虑地生长，植株挺拔，开出的花又大又艳，成为一个美丽的奇迹。

十六岁那年的夏天

◎ 罗大佺

　　16 岁那年的夏天,太阳火辣辣地晒着,知了在树上不停地叫唤。怀揣一张初中毕业证,我满怀心事地回到了家乡洪雅县共同村牟河坝,回到了那座还有两间茅草房,还有一间夹着晒篱作墙壁的砖瓦房里。

　　对我的归来,姐姐妹妹怀着一种喜悦的心情,她们小学毕业就回家参加生产劳动,已经好几年了,觉得我早就应该和她们一样,回来劳动了。父母是一种平淡的心态,山里的娃子,能识字就不错了,读那么多书干什么。

　　大哥的肺结核病更加严重了,哮喘得非常厉害,咳嗽出的浓痰里,常常带着殷红的血丝。大哥和我们虽已分家两年多,但仍住在同一屋檐下。大哥每次一咳嗽,嫂子的脸上立刻布满愁容,父亲转过头去悄悄叹息,母亲的眼里溢满泪水。大哥从小就是一个很帅气、很要强的人,他的病,是被生产队安排参加总岗山水库建设时落下的。咳嗽过后不久,大哥的脸上又恢复了笑容,虽是病人,但精神气质还保持得不错。

　　地里的玉米苗需要除草,三姐扛着锄头出去了,妹妹也扛着锄头出去了,父亲也扛着锄头出去了,唯有我躲在屋里一角,缩头缩脑,怕被人看见。嫂子出去的时候,瞟我一眼,说:"他幺爸,帮我照看一下娃儿哈。"我仿佛找到了不去干活的正当理由,赶紧鸡啄米似的点了点头。母亲是要叫我出去干活的,但听见嫂子叫我带侄儿,也就不再说什么,背个背篼出去给猪儿割草去了。

　　三年前,村里一个娃儿初中毕业参加中考时成绩考得不错,第二年复读后考上了峨眉农业技术中等专业学校。这件事像一块石头投在牟河坝的河水中,激起了层层波浪。那时候的中专生、中师生都是读书不用交学费,毕业后国家还要给分配工作的。那时候别说参加工作,就是一位吃商品供应粮的城镇居民,也让我们羡慕不已。原来山里的娃儿并不一辈子就是放牛的命,也可以通过考学改变人生。于是,考个中等学校,跳出农村,吃上商品供应粮,风风光光地回到村里,成为村里娃儿的向往。于是学校里读书成绩稍微好一点的娃儿,开始拼命读书。第三年,村里继那个男娃儿考上中专后,又有一个女娃儿初中毕业复读一年后,考上了乐山中等卫生学校。我们是红星公社中学校初83级毕业生,毕业的时候好几位成绩和我不相上下的儿时伙伴虽然暂时没有考上中师,但在学校参加补习,准备明年插班复读后再考。我也想和他们一样参加中考,我也想和他们一样补习、复读,明年再参加中考。可是环境不允许,因为中考要交8元钱考试费,而家里是拿不出这8元钱给我去做试金石的。我个人也评估这年也是考不上中专或中师的;8元钱不是小数目,我无处去借,学校也不借账。于是我干脆连中考都不去参加,在作文本上写下"心血不用费考场,青春愿意献山乡",参加完初中毕业考试后,拿着毕业证回了家。

学校那时候正希望一些成绩不好的学生不要去参加中等考试,以免拖累了学校应届毕业生中考的总成绩。这个总成绩县教育局是要排名次,给予奖励的。于是学校鼓励那些成绩差的学生不参加中考,为此,学校居然把我不参加中考当作典范,在全校师生会上念了我的豪言壮语,并给予口头表扬。于是不少同学都用奇怪的目光打量我,仿佛我一时间成了怪物。其实我心里也是极不甘心回去当农民的,回到家里把书包一丢,跑到对面山上的树林里,伤伤心心地痛哭了一场。

哭过之后还得面对现实。还得学着适应去做各种农活。农村的孩子不怕吃苦,但做农活也需要各种技巧,比如薅秧,比如除草,比如打农药,比如挞谷,比如犁田,比如抬石头,这些都是需要技巧的。一不注意,你就会眉毛胡子一把抓,把稗子和秧苗一起抓掉;一不注意,你就会将农药喷到自己身上;一不注意,你就会将稻谷挞得满天飞;掌握不好技巧,犁田时翻出的土壤弯弯曲曲像蚯蚓,而且牛儿还不听你使唤;掌握不好技巧,抬石头时你无法和别人配合协调,石头就会伤着你和搭档。父亲认为大哥就是抬石头时伤了身体落下的病，于是不让我去干这种太费力气的农活。除了抬石头外，所有的农活我都得去适应，我都得去做。以前认为当农民干农活是最简单的事情，离开校园回到农村后，这才知道农民也是不好当的，农活也是不好干的。这些对一个16岁的孩子来说，也许有点沉重，但不少和自己一般大小的儿时伙伴，早已辍学回家，适应了这种农村生活。我烦恼，我痛苦，我又无可奈何。只有晚上，在蛐蛐的鸣叫声中，在昏暗的煤油灯下，当我拿出作业本，拿起笔来，书写着生活中的切身感受，觉得这有可能变成铅字，变成报纸杂志上的文学作品，并由此改变自己命运的时候，一颗烦躁不安的心，才渐渐平静下来。

于是酷热的夏天，一有空闲，我就往县文化馆跑。尽管我家离县城十多里，走路要两个多小时。尽管县文化馆的电风扇也不是随时都为我吹着，县文化馆的老师也不是随时都有时间给我看稿子，陪我聊文学，但我还是要去，哪怕就是见不到文学辅导老师，去文化馆的阅览室看看报刊也行。我要当作家，我要实现儿时的文学梦，我要通过文学改变自己的命运。读书时我的语文成绩一直是全校第一，作文常常被语文老师当作范文在班上念给同学们听；而在离开校园的前夕，县文化馆的文学辅导老师选中了我的一首小诗，准备发表在县文化馆主办的文化小报上。所有这些，都给了我当作家的底气，尽管后来知道当时的底气是多么的幼稚。

那个夏天是寂寞和孤独的。读书时成绩和自己一般好的同学，这时候还在学校里补习，准备参加中考。即使中考后没有考上，他们还是会继续努力，备战第二年的复考。他们没有时间，自然也不会和我一起玩儿。那些读书时成绩比我差的同学，早已回到农村参加生产劳动，他们早已锻炼出娴熟的干农活技术，因为读书时瞧不起他们，这会儿他们也瞧不起我干农活时笨手笨脚，而不和我往来。我也放不下面子，主动去向他们示好。

那个夏天是苦闷和尴尬的。因为家穷，晚上写作时也受到母亲的责备，她说书都没有读了，还写什么作业？难道煤油不花钱买吗？父亲听说我要写文章去投稿，说你以为国家的钱那么好挣，写了就能发表吗？村里碰到一位做生意的乡亲，他听说我在写文章去投稿，脸上带着不知是羡慕还是嘲讽的神情，问我写一个字能挣多少钱，让我一脸的尴尬。虽然文化馆的老师决定采用我的诗歌了，但报纸还没有铅印出来，也就无从知道有多少稿费了。

那个夏天也有欢乐的事情。村里一位不是很熟悉的朋友来看望我，据说他在外地学校读书时成绩也不错，但这会儿也回家务农来了，我终于找到了心理平衡点。背小麦去县城交公粮，路过县新华书店时，那里正在处理打折书。一本平装的《郭沫若文集》第三卷，书边被雨水淋成了卷毛，但内容没有受到损伤。看到我爱不释手，父亲犹豫很久，掏出5角钱给我买了下来。县文化馆的《群众文化》小报上，连着发表了我的好几首儿童诗，稿费一元钱一首。那时候发放稿费县文化馆没有通过邮局，用软笔填写个稿费单子给你，待你到文化馆聊天时，当面把稿费给你。为了自己的创作能够得到父母和姐妹的支持，我用一点很小的米饭泥，把稿费单上4.00元中那个小数点粘住，给他们说我得了400元钱的稿费，并拿出稿费单子在他们面前晃两下，那时候400元钱不是一笔小数目，他们果然好久没有干涉我的业余创作了。

夏天过后是秋天。我参加了只有成年男人才参加的体力生产劳动。尽管每天累得精疲力竭，但一想到文化馆的老师已经发表了我的几首诗歌，放飞了我的文学梦想，心里又对未来充满了希望。

秋天过后，冬天来临的时候，大哥的病已经很沉重了，在一个寒冷的冬夜，永远地离开了我们。大哥走的时候，嫂子、妹妹和母亲哭得很伤心。虽然兄弟情深，但16岁的我没有哭。我用业余创作的笔，给嫂子写了一份申请困难补助的报告，亲自找村里和乡里的干部签字盖章后，交到县民政局。县民政局一位民政干部也是文学爱好者，恰巧也在县文化馆见过我，听我说过大哥的家庭困境。见了我的报告，找领导批了50元钱给嫂子，嫂子用这50元钱，安葬了我的大哥，据说还剩余了一点点。

这年的冬天，因为一篇《麦苗麦苗绿悠悠》的小说稿件，乐山市文化局《沫水》文学杂志编辑部一位叫梁恩明的编辑老师，前来洪雅看我。因为刚好下大雨，县文化馆的老师劝他在文化馆等我，说我进县城就会去文化馆的，没有必要去爬那坎坷泥泞的十多里山路，而且大家都不熟悉路途。恰巧那几天大哥去世,我没有进县城。梁恩明老师在县文化馆等了三天,没有见到我,只好返回乐山。

第二年的春天我应县文化馆的邀请,到县城参加了由县文化馆主办的"洪雅县文学创作座谈会",成为参加会议中年龄最小的作者,受到了不少鼓励,也算是见了一点世面。夏天,村里的两位儿时伙伴、同班同学考上了峨眉中等师范学校。拿到录取通知书后,他们的父母在家里为他们举办了升学宴,热热闹闹了一番。我没有去参加他们的升学宴。事后把其中一位关系特别好的同学约到家里吃了一顿饭,饭后陪他去村里转了一个遍。

离开家乡后,我常常想念牟河坝,想念共同村,想念村里那些朴实善良的乡亲。回去的时候,发现老家的房前屋后有一些不知名的野生植物,平常,不起眼,但耐热、耐寒,给人一些绿色和希望。于是我又想起十六岁那年那个火热的夏天,想起那些学干农活、学做农人的刻骨铭心的日子。人活着,总是要往前行走的,行走的时候如何去适应各种不利于自己的环境,这才是我们该像那些不知名的野生植物学习的地方。

一次晤面　十年尺素

——我所认识的孙犁先生

◎ 单三娅

我 1983 年 10 月从报社总编室调到文艺部工作，第一个岗位便是"东风"副刊的编辑。"东风"副刊是《光明日报》的老牌子，是联系著名作家的园地，能有机会接触中国最知名的作家，我颇感荣幸。

1984 年开春，"东风"主编盛祖宏派我到天津去约稿，这是我第一次独立到外地约稿。到天津后，我首先找到《散文》月刊的编辑、散文家谢大光，他给我借了辆自行车，我们一人一辆骑着到处跑，拜访的第一个人就是孙犁。

孙犁先生当时家住多伦道 216 号，那是一个大杂院，"有三十几户人家，一百多口人"（孙犁：《小贩》）。我们在他的书房相见。最引人注目的是那几个老式书柜，内装不少线装书。屋内书香气十足，但也显得陈旧寥落，与那个破旧的大杂院正好相辅相成。孙犁是全国知名的大作家，又是天津作家协会主席，家中却没有相应的功成名就的气派，这点在我去过更多的著名人物家中之后，感慨愈深。那时我当副刊编辑才几个月，既无法与孙犁先生叙旧，又觉得没有资格与他讨论作品，所以说明了来看望他并请他继续给《光明日报》写稿的意思，也就无太多话可说了。孙犁待人并不刻意显出热情，话也不多，但很诚恳，多数时间他与谢大光聊天津文坛的事，我在一旁听着。他怕冷落了我，不时看看我，还问过我几次有关报社的事情。总共聊了一个多小时，我们就告辞了。这就是我与孙犁先生的第一次也是唯一一次见面。

返京不久，我就接到了他寄给我的第一篇稿子《戏的续梦》（如果我没记错的话）。发表后，我当即给他寄了样报开了稿费，他马上回了一封明信片,告我报纸收到,表示谢意。不久,他给我寄来一本人民文学出版社出版的精装本《孙犁散文选》,扉页上用小字写着"三娅同志指正,孙犁,一九八四年六月卅日"。自那以后,我便开始了与孙犁先生长达十年的通信交往。

每隔一段时间,我就会收到他的稿件。他通常是在寄稿件时用别针附一个小字条,说明上次的报纸已经收到云云;有时也以明信片复信。孙犁写稿用的是《天津日报》的稿纸,但从来都是将稿纸横过来用钢笔竖写,字极规整。他的稿件,编辑起来相当省心,从没发生过几个编辑一起"会诊"某无法辨认之字的情况(这种情况过去在报社经常发生)。1984 年至 20 世纪 90年代初,孙犁的许多文章经我手在《光明日报》上发表,大约总在二十七八篇吧,比如《钢笔的故事》《小说与色情》《老屋》《晚秋植物记》《买章太炎遗书记》《故园的消失》《记邹明》《悼曼晴》等。这个时期,他也常在《人民日报》"大地"副刊发表文章,这两家大报的副刊都是他十分看重的。我们几个编辑有时在一起议论,认为他是当代作家中为数不多的将文章写得不事张扬却能动人心弦、不加渲染却能情趣横生的大家。我时常接到一些文学青年的来信,他们读了发表在"东风"副刊上的孙犁的文章,仰慕孙犁的文学成就,来信求问孙犁的地址。凡遇这种情况,我总是把信转给他本人。

孙犁先生对编辑十分尊重,凡与他交往过的编辑都有一个共识,即孙犁从不以一个大作家自居,而从来把自己看作一个普通作者。他寄来稿件,你登了,他照样写;你不登,他也照样写,不必担心退他的稿件会发生任何不快甚至闹翻的情况,而这种情况许多编辑都曾遇到过。大约是在二十世纪八十年代中期,孙犁先生寄来一篇文章,具体内容不记得了,只记得好像是批评了一种文艺现象,我吃不准如何处理,就把稿件在编辑组传阅了一遍。大家都认为,在孙犁只是阐发一贯的文艺主张;而在我们,却怕由此产生什么其他影响。权衡再三,决定退稿,退稿信自然由我来写。这是我第一次给他退稿,因为没有明确的理由,提起笔来万般踌躇,实在作难,心怀歉意,最后含混地说了几句,就把信寄出去了。过了些日子,他又寄来了新的稿件,还说了上次的稿子不用没关系的话。他的宽容,使我对他更加敬重。

我至今保存着孙犁先生给我的十几封信和明信片,多为 20 世纪 80 年代后半期寄给我的。在书信交往的十年中，开始我对他，是一个小编辑对一位大作家的崇拜，诚惶诚恐，生怕有点闪失。后来书信来往多了，我发现他逐渐在依然简单的来信中，增加了一些诉说病痛或搬家之苦的内容，我就在回信中给予慰问。后来我几次从谢大光和报社到天津看望孙犁的其他同事口中，得知孙犁先生在他们面前屡次提到我，我由此感到他对我的信任，并逐渐觉得，与孙犁先生不仅熟识起来，而且有了朋友般的感觉。于是，我萌发了再去天津拜访孙犁的愿望，我想，这次总不会像第一次见他时那样无话可说了。他也一再在来信中表达欢迎我到天津去。

1991年，友人建议我向孙犁先生求一幅墨迹。我写信时表达了这个愿望。我8月8日写的信，他11日就回信了，并附了一幅字。信中说："见信即给您找出一张字条，今寄上，我的字本写不好，病后手颤，不能写了，所以只能请您哂纳。欢迎您到天津来。所约稿件，写成即寄去。"他所谓的"字条"，是一幅宽一尺、长二尺的条幅，录的是南北朝江淹《爱远山》中的句子："逮绀草兮之可结及朱华之未晚"，落款日期为"1990年9月"，空白处的那行小字"三娅同志留念"，显然是他特意加上去的，最后有他的签名和印章。这幅字字字丰满，笔力遒劲，写得非常认真，我想这两句话肯定是他心情好时写下来自勉的，我甚为珍视。

1992年，朋友告诉我，孙犁的《如云集》中，收了一封"致单三娅"的信，我赶紧到书店买来一本。这是一本集作者1988至1990三年之作的小集子，在"芸斋短简"一栏中，收有给18位友人、习作者或编辑的25封信，其中"致单三娅"一信，是1988年7月19日写给我的。信的内容如下："三娅同志：信见到。最近来信，可仍寄旧址。暑期过后，我再告你新址。前寄上一本《陋巷集》，无端退回，又托人寄出，不知收见否？因其中有不少篇章，是你经手发表，故愿意寄一本给你留念。不知你要不要芸斋小说。我手下尚有一篇，如要，望来信。发表早晚是没关系的。"（孙犁曾以"孙芸夫"的名字发表文章，他晚年把自己的所有小说都称之为"芸斋小说"，在报上发表的时候，就署名"芸斋"，而不是"孙犁"）。1989年年初，我在文艺部的工作有了变化，先是调新设的"艺术"副刊，后来又去做艺术报道，接着又去编辑"文化与生活"专刊,接触的领域从文学转入艺术和其他文化方面。但孙犁先生还不时有稿件寄我,我不愿意因为不在"东风"副刊了而拒绝他对我的信任,所以他每有稿件,我还照过去那样编辑、发排、叮嘱安排版面、寄报、开稿费等等,并保持了与他的书信来往。

1995年,我得到奖学金赴英国牛津大学做了一年的访问学者。临行前,我给孙犁先生写信,告诉他这个动向,他回信鼓励我好好学习,说回国后到天津去,一定事先写信告诉他。那时他因身体不好,已经好久没给报纸写东西了。1996年回国后,我一直在寻找机会去天津看望孙犁先生。1997年春天,趁朋友到天津办事,我搭便车到天津,随身带了一听上好的茶叶。到天津后,我给他在鞍山道学湖里的家(1988年搬到这里)打了电话,接电话的是一位中年妇女,她说孙犁病得很重,不能见客了。我说我专门从北京来,她犹豫了一会儿,说去问问孙犁,之后回话说,孙犁说你是老朋友了,应该见你,可是他已经很久不见外人了,十分抱歉。放下电话,甚感怅然。

《人民日报》老编辑、散文家姜德明曾在《读孙犁的散文》中说,巴金和孙犁,一南一北,不约而同地身体力行着"写说真话的散文","为当代不同层次的作家树立了楷模"。我同意这个观点,但也觉得这二位文坛大家所倡导的"真话",内涵稍有不同:巴金的"真话",是对假话而言,主要指的是作家的良知与人格;而孙犁的"真话",更多的是指作文要"言之有物",语言不要"拐弯抹角,装模作样",文章应是"最不自欺也不会欺人的"(《陋巷集》后记)。有一次打电话给姜德明,结束通话前,他说了一句:"孙犁,了不起啊!"

苍山

◎ 李达伟

一

　　进入苍山中那些白族村落或者彝族村落时,无法避开的是语言学上对于一个世界的理解。语言于一些人是陌生甚而是怪异的,有时会造成一些误读,有时又会有奇妙的豁然感。在面对着高黎贡山时,他们发现了"高黎贡"用白族话的意思是蝴蝶鬼。作为人类学者的他们,激动不已,那座山被一种民族语言延伸到了另外一个维度。他们中的一个对我说:"你想象一下,用'蝴蝶鬼'来命名一座山是多么不可思议。'蝴蝶鬼',有着众多的'蝴蝶鬼',一些人被它们迷惑,一些生命最终幻化成美丽的'蝴蝶鬼'。"苍山在白族语言中是熊出没的地方,这同样也是少数民族语境中的山,我们将由植物由河流的世界抵达动物的世界。当沉浸于这个语境之中时,苍山似乎被单一化了,化作山中的熊,成为有着强烈象征主义的山。我们的想象被无限打开,熊出现,一只孤独的熊,一群熊,有老有幼。熊在雪线上行走,它们从我们面前消失,给人一种不曾出现过的幻象。我们知道熊一直都在,它们已经越来越多。那些在苍山中放牧的人,见到了熊的影子,见到了一些羊被熊吃掉,还见到了一些熊往苍山下的村庄走去,去啃食那些将要成熟的苞谷。在冬日,那些熊沉沉睡去。在苍山中,有像熊的山峦,像熊的雪的堆积,像熊的在苍山上空飘忽不定的云朵。语言消失,世界静默,我们知道苍山还有其他丰富而庞杂的东西。

二

　　在苍山中,我们将会遇见各种各样的工匠。他们的存在与出现,都让我在想重塑一些品格的过程中，很激动。他们以及他们所创造的艺术，便是形成那些品格的一部分。刺绣，木雕，银器，黑陶，以及其他。那时，我出现在了一座"非遗"博物馆里。人很少，展品也少。这个少，并不能说明什么，或者恰好又说明了什么。工匠隐身。那时，我只能通过展品想象那些艺术品之后的人。我们在"非遗"博物馆里，轻轻地嗅了嗅，一些古老的气息，一些古老的雕工，一些可能古老的艺术品，一些人早已不在世上。"非遗"博物馆，很小，藏在暗处。

你走出博物馆，去往苍山中。苍山中，被覆盖的艺术与藏在深山的工匠。那时你们谈论的对象只是那块照壁，那块模糊不清的照壁上，有着太多被覆盖的艺术，真正的艺术，真正值得咀嚼的艺术，真正可以把你的所有感觉器官调动的艺术。在苍山中，与一些刺绣的人相遇。先是刺绣的人出现在了你的面前。那时，是在斜阳峰下的城里，一个博物馆之内，你见到了那些绣出来的作品，一些作品出自女人之手，出自像那个老人一样的女人之手，她们的手似乎是颤抖着的，却又不影响那一针一线地缝合。那时，岳母戴着老花镜，正在认真地绣着什么。岳母曾经做了很多年的布鞋，布鞋上面的图案与花纹的要求很高。我见过好些岳母做的鞋，而最好看的是她给我女儿做的那几双。岳母的眼睛也不再那样明亮，她是需要停下手中需要绣的东西了。岳母抬头，同样可以看到苍山，在这个雨季，苍山上云雾缭绕，看到的是斜阳峰。局部的斜阳峰上，植物的青绿有着不断被雨水和云雾清洗后的那种洁净与明亮感。那样的情景对于眼睛是好的，我想跟岳母说多朝苍山看看，但我还没说，就发现岳母偶尔会望向苍山，有时甚至偶尔会走神。岳母心中同样有着一些苦，像儿子一直还未成家，还一直沉默寡言，让性情温和开朗的她常常也会陷入一些无望中。在苍山中，与那些被定义为绣娘的人相遇后，你才意识到有时并不只是女人才能成为绣娘，一些男人同样绣出了让人惊叹的艺术品，那时他们都是艺人，而没有任何的性别之分。一些木匠，并不只是男人，还有女人；一些银匠，并不只是男人，还有女人。你在与那些人不断相遇后，你慢慢意识到自己看到的是艺术，是生命个体的艺术，而不是男人与女人的艺术。那是在马龙峰之下的世界里，一些女人敲打着银器,那种叮当的声音在世界之内回荡着。那时的世界之内是你个人的世界之内,是你个人的内心。一些精美的银器被制作出来,那是女人的手(你再次意识到了自己的偏见之后,赶紧矫正自己,那是艺术的手)。同样就在马龙峰之下,你见到了那个旁若无人地雕刻着一幅图案的女工匠(太多的工匠,你会在他们身上看到相似的东西,相似的专注,而你依然总是无法集中注意力,自己的思绪总是不自然就游离于世界之外,你暂时不去关注那个女艺人,你的注意力又一次被什么吸引。你意识到自己无法真正成为一个工匠,你缺乏那种孜孜以求与专注的精神)。她也会停下手中的活儿,起身,抬头,活动筋骨,看一看苍山。

我是因何而出现在了"非遗"博物馆?同样也是巧遇,我出现在了那个相对隐秘的博物馆,它的存在像极了很多民间艺人在一些世界与角落的存在,它的存在就像是那些工匠现实处境的隐喻。古朴狭小的空间之内,一些东西只能泛泛存在着。那时,里面没有任何一个工匠,那些工匠是否曾出现在那个空间里,心情复杂地面对着自己创作的艺术作品。在博物馆的时间里,眼前出现的都只是那些艺术品,每一件艺术品背后都至少有一个工匠,你在脑海中重新寻觅着真实的工匠。你跟友人说起了那些隐身的工匠。友人在"非遗"博物馆工作,他不断出现在苍山中,主要就是为了"非遗",我们可以好好谈谈那些工匠,那些更多时候默默无闻的工匠,他们往往是几十年如一日地不断重复打磨着某种技艺。我对这些人很感兴趣。即便是在友人口中不断被讲述着,友人暂时把注意力集中在了那些工匠创造的艺术品上。友人很少触及那些人的命运感,而那同样是有着强烈命运感的群体。

我想到了小叔,那个木匠,在苍山中的一个村落里建着房子。他还要去往别处,去往苍山中另外的一些村落里,同样也是建房子,最近他建的基本上都是庙宇或者戏台。我曾见到在苍山中为一些庙宇画壁画的一对父子,不知道他们是否与小叔在苍山中相遇过,还有可能曾在一起建造过某个庙宇某个戏台,小叔负责建筑,那对父子负责墙体上的画。那对父子画的那些壁画,小叔同样会很佩服,他看那些壁画的眼光比我更专业,我往往只是把注意力放在了那些画所呈现出来的美学上的意义,而小叔可能看到得更多,毕竟那与一般的建筑不同。我兴冲冲地跟小叔提起了那对父子,小叔摇了摇头,他并不曾遇见过他们,连他们留下的壁画都不曾见过。当知道如此后,我多少有些失望。他们的相遇,一定会是很有意义的事情。我只能在想象中制造他们的相遇。小叔,即便现在已经满头白发,耳朵有点儿背,但他依然行走在苍山中的那些村落中。随着年龄日长,小叔行走的范围竟比年轻时候更大。另外一个木匠哑巴李文华,那个我曾经的师傅,他身上的命运感似乎比小叔更为强烈。他与小叔一起见过很多建筑。他的一生所呈现出来的那种悲剧感更为强烈,一生独居,不会说话,却又极其聪慧。作为木匠的师傅,他技艺精湛,给我家制作的家具依然在那个幽暗的房间里,释放出一种艺术的光(与别的那些已经缠绕着各种暗黑色泽的家具不一样)。我师傅脑中长瘤,瘫痪在床多日,身体的一些部分已经腐臭,才刚刚颓丧地离开人世,悲剧感强烈,令人唏嘘。

　　我没有在那个博物馆里,跟友人说起小叔,也没有说起我的师傅。我只是静静地看着那些艺术品。那时,我努力想成为一个合格的观赏者。我在那些作品上看到了什么。我没能成为一个合格的观赏者,许多艺术在脑海中是空白的,是陌生的。此刻,我同样也是在用那些曾经被忽略的众多艺术来填充着脑海中的空白。那种面对着艺术品时的空,再次变得很强烈,挥之不去。那种复杂的感觉一直缠绕着我。在"非遗"博物馆的时间里,我真有了一种强烈的渴望,便是去往苍山中的那些村落,像友人一样,真正面对那些工匠。他们沉迷于艺术创作的面孔,同样吸引着我。他们的专注,是我所缺乏的。他们将以他们的行为影响着我。我希望真正能被这些人影响。那些丢失的词汇中,还应该有着"专注"(属于工匠的专注)。我还与另外一个友人谈起了那些工匠。那时,我兴冲冲地说起了苍山中的工匠,苍山中还有着很多工匠。在那些工匠身上,有着我们稀缺的精神。

三

　　与阳溪的第一次相遇纯属巧合。我们眼前猛然出现"阳溪"的牌子。我们便临时起意去看看阳溪。阳溪,苍山十八溪中的一条,也是十八溪中有电站的河流。电站会改变一条河流。那个很小的电站也改变了一小段的阳溪。以为越往苍山深处走，苍山中的那些溪流将越来越像。事实并非如此。我听着那些声音（我录制了苍山中好些河流的声音，我在录制的过程中是受到《一平方英寸的寂静》的启示，或者我只是在抄袭与模仿），想分辨出它们之间的不同，一些河流轻易就被我分辨出来。我在想象中重新回到了那些河流，它们流量的多少，流经的河道，它们所受到的植物与沙石的阻挠，它们触碰着植物时发生的轻微变化，还有一些水鸟的声音，甚而是植物的枝丫坠入河流发出的轻微声响，这些东西都让那些河流有了自己的个性。那是阳溪的声音，那是阳南溪的声音，那是中溪的声音，那是灵泉溪的声音……但是，当它们从苍山中流淌出来，汇入现代文明之后，它们开始变得很相似，它们成了一条河流，并最终汇入洱海中。

　　我们在阳溪旁边各自选择自己的位置，为了静静地听听阳溪的声音。我们之间至少间隔着一两百米。我们停止了对话。水声不断撞击着胸膜，那种近乎不可信的声音正以这样的方式，与有意压抑的呼吸与心跳之间完成某种交流，那无疑是精神的交流，又好像不是。远离了城市与村庄，远离了农业文明。在往阳溪深处走的过程中，我们慢慢远离了苍山下大片大片的良田。猛然发现电线杆依然出现在苍山深处，工业文明无处不在。那时似乎除了电线杆之外，人类文明的气息变得淡了，但我们的脑海里依然有着强烈的意识，我们确定了一下，再走过五个电线杆，坐一会儿就返回，电线杆成了距离的替代。一些鸟一直鸣叫着，它们并不现身。我们只是听到了它们的声音，从声音上可以判断出它们是哪种鸟。阳溪哗哗地流着，被一些拦沙坝拦了一下，突然坠落，我们听到了那种坠落感，在山谷中形成一些回音，那是溪流声音的叠加与变化。鸟声成了被水声弱化的部分，但又不能完全忽略，两种声音的交错混杂呈现得恰到好处。其实那里不仅仅只有两种声音。慢慢地，我们发现鸟声同样在努力挣脱河流的声音。有只鹰就在我们前面缓缓飞升，丝毫没有受到我们的惊吓，展示着它漂亮的羽翼，以及飞翔的姿势，由近而远，贴着山崖，从容地消失，那是一只沉默的鹰。

　　再次出现在阳溪。那是一个人的阳溪。依然是熟悉的阳溪的喧响。我远远地就认出了熟悉的那个河段。苍山中的那些溪流,每条溪流都有着自己的声音,我用自己的方式继续给它们标注记号。越往苍山中走,越会发现河流是有色彩的。上次来阳溪边,我发现了河流的声音,这次我发现了河流的色彩。河流的色彩杂糅了植物的影子(不只是植物在水中的倒影,还有着一些植物真实地在水中生长,那种植物成了铁锈色,干净的铁锈色,泛着红色),天空的影子(那时天空只有稀少的云朵,那是天空的蓝色),石头的影子(河床之内的石头,河水中的石头),还有从容鸣叫与飞翔的鸟的影子(其中就有红嘴蓝雀的声音,这次它们也现身了,一对,嘴巴是红色的,从脖颈开始黑色和蓝色相连,扑腾之时,像极了传说中的青鸟,是蓝色在扑腾。鹰的影子,与上次一样,它依然没有发出任何声音,从河谷中飞起,飞出山谷)。这次同样发现有着各种正处于幼年期的溪流的影子,它们可能只是在这个季节出现,然后就会夭折,也有可能会呈现生命的另一种情状,流淌不竭,不断汇入阳溪。在苍山中独坐,多次独坐,内心感觉到了一些颤抖,那时说不清楚是孤独的颤抖,还是源自饥饿的颤抖,那姑且希望是孤独的颤抖。

食物的故乡

◎ 周荣池

　　某年我从重庆辗转去云南,去寻找一位英雄的故乡。落地后满耳异地乡音,我用蹩脚的普通话告诉搭客的师傅,我要去自己只在纸上见过的通海。汽车大约要行驶三个小时,走到半路我竟然有些警惕起来,在滇池边一处服务区停了一下,我也无心看那汪著名的水。其时也并不十分饥饿,但我还是买了两套鸡蛋煎饼, 一套给了师傅——我的内心有一种皮袍下的"小",此刻我似乎只是讨好他,因为异乡的陌生和遥远让我担心自己的安全,这实在是有些矫情的做法。

　　师傅只是出租车司机,偶然的相遇和经营的契约让我们同行,对于我贸然的慷慨有些不安。他把那鸡蛋煎饼放在一边,和我说起这身边的世界来。我顽固地掩藏自己的心虚,就着生冷的纯净水大嚼那煎饼。我虽并非北方人,但对煎饼也不陌生,可是那天吃的一口除了名字之外一切都是陌生的。早年在苏北求学,那个地方的鸡蛋煎饼是颇有些名气的。早上站在老虎桥热气腾腾的摊子前面,阿姨们一句"宝巴,吃蛋饼啊"简直就像老母亲的呼唤。可惜这些有地方特有美味的东西,进入快速而便捷的机器生产,又进入服务区这种行色匆匆的地方,让人体味到的只有工业化与标准化,它可能只是具有能量的一种形式,而不能被称为食物,因为它们在流浪时失去了故乡——就像我寻找那位离乡的英雄,内心悲壮而苍凉。

　　我要寻找的这位英雄名叫马克昌,他的家乡远在河西县,现在属于通海,河西已成了一个镇,但我仍以此为他的老家。来河西之前,我曾与当地一位姓可的老人联系过,为了感谢他的热情,我寄给他咸鸭蛋,这是里下河平原上的高邮人习惯赠人的礼物。据说当年秦观去徐州看苏东坡,也带了家乡的鸭蛋，这是有传统的事情。他回赠我的豆末糖是河西特有的吃食——我知道彼此虽然都用故乡的食物相赠，其心情也殷切和真诚，但味觉到底还是隔膜的，就像是面对彼此都自以为熟稔的方言，它们都是有自己顽固的故乡印记。

我没有想到会写一位云南的烈士，他的故乡是那么遥远，即便在今天我仍然觉得路途漫长。马克昌当年是凭着自己的脚板走去昆明及至上海读书和革命的。我在他的传记中记录了两种食物，一种是难得一见的豆末糖，一种是天下闻名的米线。这两种食物我都尝过，并没有什么特别的滋味，至少对于云南人自己的描述我是不解其中味的——也可以想象，别人对我们到处吹嘘的咸鸭蛋也未必觉得十分可喜。

到了通海已是暮色，梁忠发兄自己接待我食宿，当晚吃的是米线和他自家的烤酒。好吃的人常也喜欢酒水，但对他说的烤酒，我一开始有些不解。听说过烤烟，不知道为什么酒也是烤的。但三杯两盏下肚，陌生的酒水却让陌生的人熟络起来，陌生感从此也没有了。云南的米线已经是公众熟知的食物，"过桥米线"的招牌在全国各地并不鲜见，但对于吃米饭的水乡人到底只能算是小吃，而不可能成为主食。主食与否其实就看地方，就像人离了故乡口味是带走了的，但并不能成为他乡的主角。早年我去北方的丈人家，丈母娘热情地给南来的"新姑爷"蒸了米饭，可又煮了粥溜了膜，可见在她的眼里，米饭并不能算是主食的。

我们把米线也是当作菜或者零食吃的，所以当饱与否并不靠它，一日三餐没有米饭是不安心的。梁兄待我的是当地日常的米线，手法看来是不错的。日常有时候并非庸常，许多深刻的道理和秘密都隐藏在其中。所以，正如我这趟去云南，并非是为了寻找真相或者事实，这些在图书馆或网上更加完备和便捷。我要去看、去品鉴的是日常，是生生不息的日常——不仅是米线和豆末糖的味道，还有它们所在的故乡。马克昌是河西汉邑人，他家乡的村落与古老的茶马古道联系着，所以这里有很多离开故乡和回到故乡的故事，也当然有很多带走他乡和远道而来的味道——据说这里有很多南京江宁人的后裔，他们是明代军屯时代定居边陲的军民。

一个人无论走到哪里,他都永远是故乡的孩子,或者说他见到故乡的食物都会像个兴奋的孩子。这些是我在通海的那个晚上想到的,因为我也由晚上吃到那些陌生而热情的食物,想到了自己的家乡,想到了自己平庸的日常,但我知道在那里开水泡饭的味水总是最妥帖的。

第二天清晨,梁兄引我吃了据说更有名气的羊肉面线,除了丰盛我已经说不出什么滋味,是那种无法归纳的味道,丰富但并不能令人动容,是一种出于礼貌的客套。饭后要去汉邑,我知道以后也难得再来这边陲之地,便又去街上走了走,在菜市场流连了一番。好吃的人到一个地方便喜欢这种烟火味的地方——菜市场是人间的入口,入得了口的东西都是尘世的仙境。边陲菜场的格局与平原的一样,这是标准化的手段,但从脸色神情和角落里的野货还是能看出一鳞半爪的差异,而不同的地方往往是最传神的。令我感到诧异的是和平原上的相同之处,街上竟然堆满了茨菇。那种我曾自以为是地认为只有平原水乡才有的土货,他乡似乎是见不到的。这话并不是出于我的狭隘,因为乡党汪曾祺先生在《故乡的食物》中这样写茨菇:"我十九岁离乡,辗转漂泊,三四十年没有吃到茨菇,并不想。前好几年,春节后数日,我到沈从文老师家去拜年,他留我吃饭,师母张兆和炒了一盘茨菇肉片。沈先生吃了两片茨菇,说:'这个好! 格比土豆高。'我承认他这话。吃菜讲究'格'的高低,这种语言正是沈老师的语言。他是对什么事物都讲'格'的,包括对茨菇、土豆。"

云南是汪曾祺饱含深情的故地,他在昆明的西南联大读了中文系,读过许多的书,也尝了好多的吃食,不该没有见过云南的茨菇。这里的茨菇与他故乡的不一样,有一种很奇异的绯红色,而且个儿头也不大,真像是个面色发红的小个子人。大概茨菇和人一样,也是有不同种族的,虽然他们是一种事物。看着那些堆在路边的茨菇,心里到底觉得非常的温暖。很奇怪的是,我听梁兄用方言与人说话的时候,讲到"去什么地方",竟然也将"去"说成是"扣"音,这与江淮话是一样的,这又让人想起来这里的人们来自于江宁的旧事。

语言也是一个人的故乡密码,和味水一样的顽固。

见我在菜场徜徉良久,梁兄大概更确定我是个好吃的人,中午便又引我去河西镇的一家叫八味园的馆子尝鲜。河西镇的路边依旧见到许多卖茨菇的摊子,这甚至比里下河水乡还要壮观。店里也有茨菇,削去皮泡在水里,仍可见零星的那种异样的绯红。菜有许多没有见过的,比如鱼腥草是听说过的,但吃起来依然是隔膜的。主人依旧喝他们的烤酒,我已经觉得吃得很努力了,但到底并没有他们那么享受。一个地方的美食其实是一个地方自己的文化认同,他们说的好是他们自己,我口舌里的味道还是故乡的立场,就像是他们的立场无法成为我的认同。我从河西的桌上与诸位拜别,他们又折回去继续吃他们的饭,我想没有了我坐着看稀奇的目光,他们一定吃得更快活,我能隔空体会到这种情绪。

从河西到昆明是下午,天空突然落起雨来,这真是让人觉得巧妙,不由得想起了汪曾祺所写的《昆明的雨》中的句子:"雨,有时是会引起人一点淡淡的乡愁的。"我到昆明是为了寻找英雄的乡愁,拜见过英雄的女儿,我又回到街上,自己去寻找街上的美食。寻找我在《寻路——马克昌传》中曾经写过的一种菊花米线:江湾的街上,有一家蒙自人开的米线店——蒙自的菊花米线很有些名气,在昆明也是颇受欢迎的,更何况是在这上海滩上呢?这一碗米线吃的是滋味,也是乡愁。想想他们不远千里从云南而来,行囊中没有什么珍贵的东西,唯有心腹中的乡愁,虽然不轻易说出来,但也十分的浓重……

蒙自菊花过桥米线主料是新鲜米线、鸡、三层肉、后腿肉,辅料是生姜、花椒、草果、里脊肉、新鲜菊花、豌豆泥、豌豆尖、韭菜、小葱、香菜、豆芽菜、豆腐皮、草芽。一碗米线也被蒙自人弄得美轮美奂,单看这主料和辅料,也不是一般人能烹制调味的。多少年前,滇南蒙自市城外给湖心小岛读书的秀才丈夫送饭的小娘子,以云南人的贤惠和聪明才能想到用鸡油保持温热,以便丈夫还能吃到更爽口的米线。过桥米线"过桥"之处就在于那碗汤,各家各有各的熬制方法,但总归是鲜香美味的。过桥米线的汤用大骨、老母鸡、老鸭、老鹅、云南宣威火腿经长时间熬煮而成。汤上覆着一层鹅油,开吃的时候把数种鲜料如鸡肉片、猪肉片、火腿片、冬笋片等逐一放入汤中烫熟,再放入米线食用。

　　我此前在各地吃过过桥米线,但我也知道那些只是名气,做法大多是标准化的,而且也是根据各地口味做过改良的,是一种很客套的流程,就像肯德基到了中国有了米粥和油条。关于菊花米线的做法和滋味,是我根据资料整理甚至想象出来的。所以在没到昆明之前,我就咽着口水想:一定要吃一碗菊花米线。

　　点餐的时候看到价格,是有些咋舌的。这并不是我的吝啬,我坐着等餐的时候依旧认为—— 一碗小吃并不值得花费那么些,说到底我还是觉得米饭之外的吃食仍算不得正经。但当店里将一尊硕大的碗和一众配菜上来的时候,我心里才明白自己的浅薄——这不是一碗当饱的饭,而是一套活色生香的菜,米线只不过是其中最不重要的内容。被油面封存的汤波澜不惊,甚至看不到一点儿热气,我知道碗中暗藏的乾坤。这与我在家里乡间吃羊汤或者热豆腐是一样的,羊汤用豆油封,豆腐则用猪油,那暗藏其中的火热是足以伤人的。我本还担心这汤涮鸡丝肉温度不及,哪知道鲜嫩的肉遇见汤水立刻就变成熟络的脸色。

　　这碗菊花米线简直就像是一场游戏,至于菊花的风雅也并不见得多么难忘,但那一道道的程序,就像是祭拜“五脏庙”的仪规,那是很庄重和意趣的——我们中国人吃饭正是吃的仪式和意思,而并非什么科学或意义。

客家滋味

◎ 沉　洲

　　忽然来了一种情绪，一遍遍翻搜故乡残留于味蕾的记忆，那是 20 世纪 60 年代的事情，尽管古汀州饮食享誉一方，却也只有烧麦这种美食算得上是正儿八经地吃过。

　　偏偏有一段时间里，我莫名其妙地感觉"烧麦"这两个字土得掉渣。这大概源自父母远离省城老家，在闽赣边城生下我，顺带培养出一种自卑心理。就像一丛蓬勃生长的野草被连根拔起，还抖落掉根须缠着的泥块，少年时，随父母工作调动，我被移栽到更大的一座城市，生长土壤不同了，进而有了一种自惭形秽的比对。工作后有一次出差，在上海豫园与江南名点——烧麦猝然相识，而且，还知道了这"烧卖"二字属中原南传古语，我开始清算起自己曾经的无知和狭隘。从此，对故乡的饮食有了客观的态度。

　　同样叫烧麦，两种食物差别挺大，不仅外观和做法，所取用的食材也大相径庭。作为生我养我的故乡，宁化这座闽赣边城的客家烧麦当然别具一格，历经四十多年的时光淘洗，只要一经唤起，它那外皮的软滑、馅料的浓香，已然鲜活于味蕾。

　　故乡的风味小吃，无疑是一条隐形的丝线，它牵扯着过去和当下，一旦触及，那些褪了色的记忆便如春雨里的山花艳丽绽放，抚慰游子的心灵。过往的一些场景，恍然唾手可得，恍然目前。

　　年节里的客家人最喜热闹，初一那学期的大年初三，班上有位年龄大的农家子弟邀同学上他家玩乐，管吃管喝。我们几个要好的玩伴都去了。土墙房里的厨房不亮堂却好大一间，在他母亲吆喝下，同学的几个姐妹，有的把煮熟的菜芋仔剥皮堆在大簸箕里；有的用锄头似的锅铲把它们捣烂，拍压成泥;还有的用擀面棍把番薯粉擀轧成粉,再撒到芋泥上,反复不停地揉搓,使之均匀一体,其间还要加一点儿盐,最后揉成软硬适中且不黏手的粉团。随后,她们端来木凳围坐于簸箕旁,从粉团上揪下一小块儿,手蘸番薯粉,搓圆再压扁,双手托着,十指灵巧地转动起来,拇指就势按压,很快捏成底厚边薄的茶盅形状。

说话间,另一头,同学的母亲已经将猪瘦肉、鲜冬笋、水发香菇切成丁,再把切块煮得半熟的白萝卜剁碎,包在纱布里挤去水分。然后烧热锅里的猪油,放入切碎的馅料和虾皮,旺火煸炒,接着再下萝卜馅,拌入葱花,调好咸淡后,起锅装盆,端到簸箕边的横案上。

只见众姐妹把捏成的"茶盅"托于掌心,用调羹舀入馅料再拢起,一只手掌托着,微颤"茶盅"并使之旋转,另一只手的虎口不停朝里轻按,将"茶盅"的撇口逐渐整形压拢,最后捏成上小下大的塔状生坯。一个个摆上竹筛,顶端蓬松束折如花蕊,故意不封紧的小豁口还露出青葱等馅料,一副好笑的秋天石榴咧嘴状。据说,这露馅豁口透气,同时兼具好几种功能:青葱不会被焖黄;里面蒸热的汤汁不至于挤胀破皮;保持馅料透气,隔夜依旧新鲜不变味。

随后,烧麦生坯纷纷进入蒸笼,同学母亲手指蘸水再抖洒其上,盖紧蒸笼,烧旺火大约蒸十几分钟就可以了。

有意思的是抓烧麦上桌,这事得大人做。刚蒸好的烧麦软软地贴在蒸笼里,很烫,必须快手快脚出笼。为了不黏手和降温,同学母亲手指蘸了一下碗里的冷水,还是抵不住烫,又恐强取使烧麦皮破,手伸进伸出数次,才钳出一个。"千难万险"地一个个捏进盘里,摆妥,淋上酱油、麻油便端上了桌。

少年时的情形,开始在舌尖上一点点生动复活。

长睡醒来的味蕾,把我拽回故乡已是四十多年后,在县客家小吃协会的指定作坊,负责人小钟把现包的烧麦蒸了三个端到桌前。热烘烘的烧麦软软地委坐于瓷盘,塔状生胚矮圆起来,更像裂口的石榴了。带点灰紫色的外皮油亮软嫩,一副珠圆玉润的样子。

美食当前,没时间客套,少年时的经验告诉我,烧麦必须趁热吃。当即竹箸撷起,轻咬一口,有小小的黏性却不粘牙,同时,满嘴软糯滑润,尾随而来的是绵密柔韧的齿感。这说的还只是皮,馅料的鲜香那是不容置疑的,鲜冬笋的爽脆尤其令人难忘。

与小钟约好,次日去看她制作另一种裹馅美食米包子。所谓米包子,顾名思义,就是用米做皮裹出来的包子,它和烧麦一样,都是客家菜里的"中华名小吃"。名为米包子,外形却是饺子的模样,外形和外皮与烧麦迥然有别,馅料只是香葱换成韭菜,萝卜换成芥菜心。

次日,等我们到的时候,包裹好的米包子已经一板板上架。工作台上,还留着一盆黄绿褐白各色兼有的馅料,就像客家小吃协会编写的菜谱介绍那样:切成细丁状的瘦猪肉、鲜冬笋、水发香菇、虾皮,炒熟后,拌入成切段的韭菜和剁碎的芥菜心。

山里人有意思,他们对海鲜充满幻想。当地所有包馅食品的馅料里,总是少不了虾皮。哪怕只是一丁点儿,也算是布局了山海之味。

与做烧麦皮类似,揪一小团米面,蘸上木薯粉搓圆压扁,手指蘸点儿食油,捏成圆圆的薄皮,舀入馅料,米皮对叠,拇指和食指一折一折锁合米包子裙边,再按压密实。那一板一眼的手艺,如同在编一绺绺小辫子。最后捏成半月形模样。因皮薄馅熟,放蒸笼里蒸上十分钟即可出锅了。

小钟告诉我,在宁化,米包子还有一个专有名叫韭菜包。韭菜包从来就是季节菜、时令菜,是开春大菜。元宵节过后,头一茬新发韭菜虽然短小、杂有枯叶,剔洗费劲,但颜色翠绿可爱,最嫩最香。割一次长一茬,大约割到四五次口味才寡淡下来。正月里经过霜打的芥菜最甜,这个时候马上就要开花,芥菜心也长大了,最后一拨冬笋再不挖很快就要老掉。有笋没笋那个味道可真是差很多哩,这个季节的米包子最有吃头。

这么多年了,直到如今我才明白,孩提时我为什么吃过烧麦,米包子或韭菜包却连名字都没听过。它一年仅一季,费工耗时,显然还不属于大众食品。

哦,衷心感谢那些敬畏季节并为之坚守的人。

故乡的滋味,脱水后被包裹在岁月深处,一经春雨滋润,便像沃土上的野草那样爆芽舒展,依旧那般质朴和纯粹,在心里却多了一番别样的味道。

　　这么多年来,闽赣边界那一座小城的人和事发生了无以逆转的改变。上了一定岁数,过去不上心的人和事,水泡儿一般,从心底一个个冒上来,次数多了,怀乡之情让人心神不宁,而那些始终不变的美食则抚慰了这样的朝思暮想,使我们心气平和。

张新科先生

◎ 朱 鸿

牵挂一个同事，为他祈祷，希望他神采依旧，这种悄然的心灵活动，是我近年才有的体验。

新的学期，照例要召开一次会议，以安排教学、科学研究和社会服务方面的工作。不过今年的会议，还有一个节目是张新科院长职竟，他将不再担任文学院院长了。

大约是在1992年，我四处寻找司马迁的资料，遂读过一本张新科老师的书。基于他的学问，我想象，他的年纪已经大了吧！当时我慨叹曰："其齿长矣。"

我42岁至陕西师范大学执教，在新闻与传播学院摸索了七个学期以后，于2006年调到文学院。这就顺了，草木入圃了。当此之际，我见到了张新科教授。他为副院长，主管研究生工作。我讶异于他年纪并不大，只长我一岁。张老师矮壮，宽厚，色穆，言短，笑便发声，并会亮齿。

可以求爱、求官或求荣，然而不可求同事。同事向来是可遇不可求的。贤遇为幸，恶遇是劫，无可奈何。窃以为，有张老师为同事是我之福。实际上我和张老师的往来平淡如水，不过此经历，我以精神财富视之。

他说："你在文学院带研究生，并不影响你在新闻与传播学院继续带。你可以在这边带，也可以在那边带。"态度开明，如见菊见梅。

在高校，带研究生似乎能显示一个老师的价值。是这样吗？不懂。请教别的老师吧，不免很俗，且很傻。也许它象征一种身份，并能增加工作量吧？耳闻颇美，手拎颇重，漂亮而实惠。

然而我至大学，从开始就怀着得此环境以专注写作之念。我的原则是抱残守缺,不做学术,更不扩张自己的什么领域。基于此,执教之初,我便谢绝了复旦大学唐金海先生唤我读其博士生之意。提升学历当然光美,不过这也是我的弯路,遂未走。以人情世故,我也不能立即推掉带传播学专业研究生的任务。为显示积极态度,我也就迅速接受了带文艺学专业研究生的任务。拐来拐去,我要指出的是:张老师的豁达和旷朗令我钦佩。

2013 年,张老师晋升为院长。他一直用独立的办公室,一旦制度有变,遂迁入与同事共享的办公室。为工作之事,我难免要见他。不管是学生的事还是我的事,我的表达统统简省,他的思维也特别明晰,于是三言两语就解决了问题。我从无过分之事,张老师也毫不迟疑。每每如此,快哉快哉!我起身欲去,他便缓缓举趾至书柜前,拉开门,取出一份报纸递给我说:"在报纸上看到你的一篇文章,给你留下了。"我旋觉欣喜,虽然他也并未夸奖拙作。想起来,我大约至张老师办公室六七次,他给我报纸计有三四次。雅量蕴藏于细节之中,境界彰明于青天之下,我从张老师这里感受到了。

我当实念的是政治教育专业,在文学院没有任何关系。我所经历的四任校长,赵世超、房喻、程光旭和游旭群,无不全力支持我的写作,然而我纵无师承纽带,横无专业联袂,完全的散兵游勇。我一直是孤独的,且具流寓之感。红柯也存此感,尝提议要互相支持,然而哪里有支持的杠杆呢?我对谁都呼老师,不呼老师不敢张口。有的老师,早就熟悉,且具朋友之谊。异域尚能称兄道弟,一旦共畴,竟又是歪鼻子,又是扭脖子,悲夫!这增加了我的孤独,不过也激发了我对朋友的同情心和怜悯心。欣慰的是,张老师始终善待我。邢向东教授也善待我,若看到语言学杂志上出现我的信息,便面有喜色,仔细告我。

在张老师主管研究生工作的那些年,我难免会求他。借力行善,如此而已。有一年,我的一个大学同学从其故乡打电话,企冀他的孩子能通过调剂,至文学院读硕士。虽然这位同学几十年也不联系,为孩子读书之事求我,似乎不应当拒绝。我便约了同学,寻找张老师。了解了各种情况,弄清楚属于调剂范围,孩子的愿望就实现了。又有一年,一个陌生的女生打来电话,自谓湖南人,硕士研究生录取有碍,盼予以帮助。我问:"我的电话号码你是怎么得到的？"她说："文学院一个二年级学生提供的。"排除了伪诈，便受积德行善思想的鼓舞行动起来，并为之出谋划策，要她请张老师帮忙解决困难。其如愿以偿，并成为我的学生，读创作论。三年之中，此学生守口闭嘴不交流，唯目光游移。毕业以后，杳无音讯。

我感谢张老师，领他的情。张老师固然是成人之美，不过也照顾了我的面子。过河拆桥，雨停弃伞，这是世间经常发生的事，不过我不会因此受到打击。我仍会做良知命令自己做的事，而且努力着，争取左手所做，不让右手知道。

收藏颇为风雅，也是学习历史和艺术的一种方法，中国久有这样的传统。大约十年之前，张老师拿了几个瓷器的残片至舍下让我看，我兴趣顿涨，因为我恳愿自己的同事有同好。辨玉、辨瓦或辨瓷皆不易，若能切磋，愉悦之至。我不太懂瓷，不过看得出他拿的是耀州瓷。也许它有研究价值，然而收藏价值甚小。怪我直率，张老师脸上的热情立即减退了一层。我鼓励他涉足收藏，并答应陪他往古玩市场去转。可惜他忙，我也忙，终于未能相约逛古玩市场。

有一次，张老师真是忍着没有抱怨我。我邀他出席了一场散文讨论会，他做了准备，且已经成稿，应该是关于古代人物散文的艺术特点吧。由于我的安排欠妥，时间不够，他还未发言，讨论会就结束了。请了张老师，竟让张老师空坐了一个下午，是我的不周和失礼。离席之际，他怅然说："你要弄，就弄一天，这半晌能有几位专家发言。"呵呵一乐，我赖过去了。

不热不浓，亦呼亦应，彼此尊重，如闻韶乐，如坐春风，如入芝兰之室，是我执教于大学以来的重要收获。

为工作的事，张老师曾经严肃地批评过我，而且是当众批评。我本是一个申明者，控诉者，数落者，遂理直气壮，滔滔不绝。机会是我争取来的，何不大白是非呢？不料张老师蓦地从沙发里弹出来说："你还没完没了啦！"尽管出乎意料，不过我迅速反应到此乃他的责任，遂任凭他批评。我敬其公允，也留空间给我。我相信他的智慧，更相信他对我的判断，否则何以交游！

大约十个月以后，一个秋天的晚上，李浩兄飨宴诸子，张老师在场，我也忝列其中。张老师新任院长，颇为高兴，遂绕着圆桌，跟诸子一一喝酒。他酒量大，屡屡一口饮尽。一室之中，唯张老师豪迈。他敦实，蕴蓄，精神饱满，方脸上洋溢着紫气。张老师穿着月白色的衬衫，显得十分清爽。他次第而过，轮到了我。我素不喝酒，便容我以茶代酒。接着他靠近我，压低嗓音，解释了那次批评我的缘由，诚挚至极。

我以为，这件事，充分体现了张老师重义的一面与重情的一面。批评是义，使我尊重；解释为情，令我温暖。

从20世纪80年代起，张老师就致力于中国古代文学的教学和研究。在对司马迁及其著作的研究上，在中国古代传记文学的研究上，他孜孜以求，业绩尤为辉煌。他是教育部长江学者，国家教学名师。他主持的项目颇多，获奖甚繁，且著作等身。他誉满同侪，并声施于晚学。张老师立人达仁，桃李灿烂。

张老师以抱恙之躯，一直主持着文学院的工作，直到2021年9月13日14点35分。他戴着无框眼镜，穿着浅蓝色衬衫，轻轻地登上了讲台。报告厅一片寂静，所有老师的目光都望着张老师。阳光轻射，窗外有鸟鸣，也有桂香。他消瘦，然而不是清癯。他形容枯槁，形销骨立，且鬓发尽白。不过张老师仍具强大的理性，风度也丝毫不减。

张老师感谢了校领导，感谢了院领导，感谢了全体老师。感谢工作上支持他，感谢治病期间祝福他。张老师是陕西眉县首善镇双明村人，1979年考入陕西师范大学，于斯读了本科、硕士和博士。自1986年以来，张老师便为文学院服务。他当副院长十年，当院长八年，共计十八年。他看着所有老师，缓缓地说："我这个老黄牛也应该休息了。"

掌声之中，一些老师低下了头。

盼神赐张老师力量，盼张老师健康快乐！

泽雅访纸山

◎ 胡竹峰

温州,瓯海,泽雅,纸山。

望着"纸山"二字,一时有些恍惚。以纸为山,下一场雨,怕又是空茫茫干净的大地吧。文章生活,也不过堆砌一座属于自己的纸山,然后,下了一场雨……然后,下了一场又一场雨,乃至暴雨不绝,山洪暴发。以为是立此存照,原来不过浪花一朵、纸山一座。

年届不惑,落入肉身,每日所念所思,不过身体健康平顺。文章是家事,却也是题外话。作过打油诗《自况》:"洗手持汤耕饮食,砚台纸页笔涂猪。自言自语自怡悦,绘色绘声绘我书。"

作书无非通感,无非同感,无非痛感,其中也有同甘。有些事情只缘身在此山中,无非过客,无非看客。苏东坡《赤壁赋》说,"寄蜉蝣于天地,渺沧海之一粟"。吾生须臾,文字无穷,借此遨游天地,每个人不可能活在一个点一条线上,文学也如此。

《牡丹亭》《桃花扇》之美,万万取代不了《兰亭序》《祭侄文稿》《寒食帖》。《史记》《汉书》《红楼梦》的风味,也万万取代不了萝卜白菜。冬日一锅羊肉汤,滋味与读《庄子》仿佛啊。清蒸石斑鱼固然大佳,春日绿茶的欣欣意思,却也独一无二。世间万物各美其美,我是芸芸众生。

站在纸山下,想起塘河岸边的伯温楼里"文章经国"的牌匾,颜体字,一个个精神矍铄,仿佛有一股大气力从字里喷薄而出。"文章经国"典出曹丕《典论》,"盖文章,经国之大业,不朽之盛事"。这话真长文士志气。人到中年,志气是渐渐暗淡萎靡了,偶尔需要振作。每有颓丧,就到山里水边安静处走走看看。

所谓气是元气。年轻气盛,气盛者,元气足,托得住滚滚红尘。秦始皇游会稽,渡浙江时,项籍见了说:"彼可取而代也。"一旁的叔父项梁急掩其口。急掩其口是气,保全生气;取而代之也是气,勃勃生气。

世俗间颓丧的多是人,动物少有颓丧,落水狗与落难鸡愤愤不平,有反噬意思。而山水更少有颓丧,哪怕在冬日,也不过是安心折服,仿佛一场沉睡,暗暗蕴藏着力。这种力亦是妩媚亦是元气,世俗间第一等的妩媚与元气。

纸山多竹子,竹子比树木多了妩媚,而元气也更甚。春天,一场夜雨,竹笋能蹿高一米。路过竹林,仿佛能听见嫩竹剥裂笋壳的声音。天晴,我们去捡拾笋壳,拿回来压平晾干,母亲用来剪鞋样。煤油灯下,多少乡村妇人度过了一生的时光:坛坛罐罐、缝缝补补,窗外的花花草草,艳阳高照,却照不亮煤油灯下泥墙黑瓦的岁月。

很久没怀旧了,往事如风,找不到影子。在纸山,往事的风再一次掠过眼眸。山风吹乱竹林,阳光下,竹叶摇曳像一湾清流,偶有流云倒影,染得翠色一汪斑驳。

纸山深处的小村,一条小溪从村前穿过,两岸遍布水碓。河水冲过水碓,砰然有声。再一次怀旧了。故家属于山区,山脚有河,河岸旁总有水碓,水自高注下,势愈奔激,激打得碓声如闷捶,清晨与傍晚时,田野幽谷为之震动。

坑村隐于群山之中,村民多为潘氏,还有胡姓,康熙年间迁入此地。三百多年来,水碓捣声依然,悠远不变,闲适不变,劳苦不变。

水碓在我乡被称为香碓,将木片打碎成灰,用来制香。纸山下的水碓却用来造纸。泽雅众多古村,家家户户做纸,天晴时,每家都把压好的纸放在山岭晾晒,漫山遍野都是黄灿灿的纸,由此得名纸山。

满山皆纸的场景,后人不得见了。夕阳下,霞光照过山里的草木,仿佛又一次铺满了黄纸,一时悲壮。风吹过,掀动一张张纸,而岁月也不知不觉就此掀过,走远。到底,纸山留下的只有文字。

从竹简到竹纸,多少岁月过去,古老的文字早已漫漶,却依旧照见人心。

选上等青竹削成竹片，用火烘烤，便于书写，也为干燥防虫。烘烤时，新鲜湿润的青竹片冒出水珠，像出汗一样，是为"汗青"。商人将一捆简片系二道书绳，是为册。古老的中国文字开始写在竹简上，从诸子百家到《史记》《汉书》，俞樾《茶香室丛钞》上说："南宋初年，士大夫书翰往来犹用竹简。"

古人说文章藏之名山，纸山终是希望，到底沦为纸浆。文章天意，却已注定，不过巧夺天工，借人作出来了而已。古人言画画写字，废纸三千，作文何尝不是如此。文章成，何止废纸三千，更要废笔三千，废墨三千。

纸山遇雨，想起那篇旧文章《山中避雨》。山中遇雨的一种寂寥而深沉的趣味牵引了我的感兴，反觉得比晴天游山趣味更好。所谓"山色空蒙雨亦奇"，我于此也体会了这种境界的好处。雨淋湿了纸山，心事也淋湿了。

在庭前看雨，雨落在松树上，雨落在杉树上，雨落在竹林上，雨落在芭茅上。山越发秀气了，松树陡然多了苍茫，满满都是中年心绪。竹林是丫鬟，是大观园林的侍女，风一吹，竹叶瑟瑟摆动，越发像小女子。芭茅一脸无辜，早早开过的芒花有些萎态，经雨水一淋，貌似落拓，又分明傲骨嶙峋。

落拓时皮肉一蹶，好在有嶙峋的傲骨。人到中年，怕还是要有些傲骨，不然皮肉坠下，染了满头满脸满身的尘埃。《齐谐》说："鹏鸟飞南海，以翅击水三千里，直上云霄九万里，一路浩荡六月风。"

大鹏从上往下俯瞰，只见野马般的雾气和尘埃相互吹息。天色如此青苍，不知是天的本色，还是因为深远至极而显现的颜色？

野马也，尘埃也。陷入尘埃的浊世太久了，真需要一匹野马绝尘而去。

哪里去？不妨在纸山安家结果吧。

纸山即书山，古人称为琅嬛福地。晋人张华出游，见一洞宫，有人引至某处，别有天地，每室各有奇书。那些书上记录的多是汉朝以前的事，大多闻所未闻，问其地，人对曰：琅嬛福地也。

万人如海一身藏。苏轼写过："病中闻汝免来商，旅雁何时更着行。远别不知官爵好，思归苦觉岁年长。著书多暇真良计，从宦无功漫去乡。惟有王城最堪隐，万人如海一身藏。"

王城如海，万人如海，罢了，我就在山野上，和白云为伴，和雾霭为伴，和山风为伴,和竹林为伴。

万人如海一身藏。元好问也写过:"万人如海一身藏。随例大家忙。东华软红尘土,俗损谢三郎。兰若寺,玉溪庄。两茅堂。鸡豚乡社鹅鸭,比邻好个嵩阳。"

不登大雅之堂,也好,也罢,早点识时务,原来我不登大雅之堂。不必仰天大笑出门去,静悄悄掩上门扉,一卷书、一支笔,就此别过吧——

一座山,一簇竹林,几间东倒西歪屋,一个南腔北调人。

上海有人写《作家素描》,说鲁迅很喜欢演说,只是有些口吃,而且"南腔北调"。鲁迅自嘲:我不会说绵软的苏白,不会打响亮的京调,不入调不入流,实在是南腔北调,索性将自己的文集命名为《南腔北调集》。

夜里,几个老友横七竖八躺在那里谈闲话,盛夏山林里的气息飘过来,温润、潮湿,真是颇愉快的事。偶有走神,想那一本《南腔北调集》。大先生收起了投枪和匕首,偶露锋芒,硝烟之气犹存。文字冷峻,多了关怀、多了怜爱。

中年后,鲁迅之美,美在深刻婉转。深刻人不少,但往往少了婉转;婉转人更多,但总失之深刻。《作文秘诀》中大先生说,"有真意,去粉饰,少做作,勿卖弄",心心念念多少年,可惜每每做不好。

总希望下笔都有来历,但绝对不是古人的造句成文规范和章法。通篇是自己的,而又有来历,好比书法家。作文像写字一样,需要临碑帖,先入再出,再入再出。民间演义赵子龙救阿斗,七进七出,方才功成。写作也如此,怕是七进七出都嫌少。中国文学的传统里有无限的自由啊。至于创新,我意还是写当下,继承传统并不是制造假古董。由着心写,写自己的文字,不从众,人人面目不同。不敢说处处做自己,但绝不想当别人。

入夜了,纸山安睡。山间满谷的云,我知道那些云在流动,入眼却是静止的。出离尘俗,尽可看云,看高于欲望烟尘的云,看凡俗不可染指的云,看无俗念的云,看逍遥孤寂的云,看自在独行的云,看只是云的云。云总在人之上,这回,人却在云之上。几个人俯瞰流云,飘然若仙,是散仙,吃茶,喝酒,食菜,啖肉,谈文章,说人情,叙世事。

《神仙传》说刘安得道升天后为散仙人,不得处职,但得不死。道教书上说,天界中未被授予官爵者,无师无职无名无权无势的仙人为闲仙。道术仙法自修自学,逍遥快活,清闲无束。

蓝色车站

◎ 指 尖

一夜之间，枯干的麻河跟公路之间出现一座天蓝色铁皮房，之前并未有任何先兆。

据说这事引起许多管村人的不满，男人们隔着麻河蹲靠在供销社门前，对着醒目而突兀的蓝色房子破口大骂，婆姨们坐在各自的街门口，也指指点点。有人闯进书记家大门，要讨说法。书记跳下炕，好脾气地将烟笸箩伸出去，来人斟酌了半天后，接过烟笸箩，顺腿搭在书记家的炕沿。最终，书记用令他信服的理由，让他极其痛快地重新出现在供销社门前，在那里，他用这个理由同样安抚了那群激愤的人。

从此，路过管村的长途公共汽车们，终于找到准确的停靠点，目标、旗帜、驿站、无声而有力的密令，无论是从县城方向爬坡到来，还是从省城方向下坡而至，再也不像之前那样，随便停在管村公路的任何地方——一堆石头前、一截烂木头边、一户家门前、一个坍塌的猪圈旁——任由四散的乘客怀着无边的慌张，跌跌撞撞小跑，疯狂喊叫，胡乱地挥舞手臂，生怕没有熄火的公共汽车，抛下他。

夏天，我报了县城的函授班。中午，吃完饭，我就收拾停当，走出浓荫密布的林场，沿缓坡而下，穿过管村焦黄的街巷，站在蓝色铁皮房子前面，开始忐忑地等待公共汽车。

虽然地处林区，但管村的午后似乎比林场要炎热得多，或许这只是我的错觉。蓝房子前面的公路边没有一棵树，公路上方嶙峋耸立的黄土壁上，点缀着几簇星星点点的灌木。右边不远处，是一片参差不齐的庄稼地，玉米矮矮的、瘦瘦的，萎靡而委屈地立在干巴巴的黄胶泥地里。左后方的供销社

355

门口，没有一个人，空荡荡的气息，一直延伸到干涸的麻河，在那里，覆叠着无数的落叶、枯枝、烂布条、破布鞋，以及一些乌漆抹黑的垃圾。周围管村人家街门前，焦黄的小路蜿蜒着，向着四面八方，却空寂无人。一股莫名的干渴袭来，但显然不是来自口腔，而是来自心底，恍惚处身漫无边际的荒漠，又孤独，又恐惧，又无奈，又不甘，忍不住回头。

身后蓝色房子窄窄的铁门敞开着，妇人穿一件微微发黄的旧汗衫，像早已猜透我心事般，探出头来："进来凉快会儿吧。"她的鼻子正在脱皮，一层一层白白的干皮，簇拥着鼻尖上粉红的嫩肉，让她布满雀斑的脸，看起来很是鲜艳。看我迟疑着朝她走近，便将一个小马扎放在门内，很软很低的声音从她的宽身板中极不协调地发出来："外面太热了，等车来再出去也不迟。"我满含感激地朝她挤出笑脸，她微微发黄的眼仁里，源源不断发散出一股温和的气息。

来林场上班半年多时间，我已被大部分管村人所熟悉，尽管我不认识她，但显然她知道我是林场的工人，她像大部分管村人一样，对林场工人有一种既接纳又防备的距离感。她高大的身体一闪，伸手从货架上取下暖瓶，给我倒了一碗水，递过来。

在这之前，关于蓝色房子的消息，已经传到了林场工人的耳朵里。我们大可发挥想象，在管村层层叠叠、高高矮矮的青灰色瓦房中，一间蓝色铁皮房子的出现，多么陌生而突兀。它没有根基，不用一砖一瓦、一椽一檩，也就是说，无论经过几个四季，它的屋顶都不会被一棵蒿草侵占，它是另类的，也是完全不同的，像一个蛮横闯进管村严密内部的搅局者、叛逆者。

这是我第一次走进蓝色铁皮房子，跟外面看起来规整的长方体形状不同，它的内部要更宽大。靠近门前，立着一排货架，上面摆着少量出售的物品，不外乎橘子粉、罐头、槽子糕之类供候车人消费的食品。货架下空间大，也杂乱些，梢桶、小瓮子、凳子、玉米芯……还有一双布满黄泥的旧布鞋。角落处，是一堆刚从山上割下来的药材，似乎已经晾干了，但并没有收拾干净，枝丫蓬乱，支棱着。药材是管村人经济收入的主要来源，我不认识那些药材，但并不妨碍装出见识很广的样子，向她问询药材的价格，来打破略微尴尬的气氛。似乎她都一一跟我说过的，但我很快就忘了。婴儿的哭声自屋内响起，我才发觉，身后有半截门帘，女人掀起门帘走进去，靠窗一张床上，一个灰乎乎的婴儿正在舞动着手臂。

蓝色铁皮房子，比想象中要闷热，好在有几扇钉着绿纱的窗户，看起来透气些。喝完那碗水，将头探出门，外面焦黄的简易公路，像被世界遗忘了似的，空荡荡的，连一只鸟都没有飞过。婴儿哭闹的嘴唇，已被安抚。没有任何声音表明汽车即将到来的迹象，时间变得如此缓慢、庞大、漫无边际，要多久，等待中的公共汽车，才会出现在半月形的管村公路，停靠在蓝色房子面前呢？

妇人一掀布帘，抱着孩子出来了，坐在我对面的马扎上，婴儿在她怀中，大大的黑眼仁极不协调地充溢眼眶，他定定地看着我，直到我心里一阵慌张，不得不停止与他对视。

"这些药材是我们收来的。比供销社那边价格高些，林场的工人要挖药材，你跟他们说让他们送到我这边吧。"她轻柔低沉的声音，仿佛被看不见的风旋起来，在铁房子里转圈，浩大绵长。后来猜测，大约是因为天热，当时的我被困意侵袭，人有些恍惚，乃至生出在跟一座房子说话的错觉。

"那你们的药材卖到哪里？"

"太原那边，有人来拉的。"

"唔。"跟一座房子对话的感觉太不自在了，我虚弱地坐在那里，在她和怀中婴儿的注视中，变得越来越小。

公共汽车特有的沉闷而缓慢的轰鸣声拯救了我，我霍地一下站起来，她怀中的婴儿吓得打了个寒战，她伸出手揪了揪他粉红的耳朵。扫了一眼货架上的闹钟，时间已过去差不多一小时了，我焦急地迈出蓝房子高高的门槛，有人正沿着麻河凸起的边缘往出跑，身后带起无数被雨雪沤烂的秸秆末。公共汽车在弯道处，正探出一张红色的大脸来。

直到我上了车，车门关闭，那座铁盒子般的蓝色房子，在我视线里越来越小，才想起，我竟然没有跟她告别，也没有为吓到她的孩子道一声歉。

似乎也不必告别，因为此后，在我不断造访蓝色房子的过程中，我们渐渐成了熟人，乃至有时，我会喊她润雨姐。奇怪的是，后来无论我在蓝色房子里待多久，听她说话时再没有第一次那种恍惚和不自在，蓝色房子，只是房子而已吧。

三十多岁的润雨不像管村其他妇人那样鼓噪，野雀子一样叽叽喳喳，嘻嘻哈哈。比起来，她是沉默的、清淡的，安心做着手中的活计，或者抱着婴儿，温和地注视着你，有时甚至不会给你一张笑脸。房子里也会出现一两个等公共汽车的男人，他们会找各种话题，轻佻或家常的，润雨总是漫不经心，仿佛没听见似的，专心做着手里的事情，偶尔在合适的情形下，答一言。我常常能感觉到她的聪慧，淡淡的忧郁，善意的接纳，又跟人保持着适当距离。我也逐渐认识了她的家人，润雨矮小消瘦的丈夫，以及两个上小学的孩子，他们一家五口，都住在这个逼仄的蓝色铁皮房子里。星期天等车，她的两个孩子趴在长条凳子上做作业，男孩顽皮，伸出两条腿，一屁股坐在地上，女孩矜持地蹲着，头发乱蓬蓬的。

不久，在供销社里，我听到了当初那个令全村人信服的理由：因为她是军属兼寡妇，村委有义务支持她发家致富。

"那跟她住在一起的是？"

"她小叔子。"

在对方极其诡谲而不怀好意的表情中，我无比惊讶地睁大了双眼。

雨季就要来临，管村人开始清理麻河，将那些腐物和乱七八糟的东西从麻河底部铲出去，小平车拉上倒入公路另一侧的沟里。清理后的麻河，像一个干净的小媳妇，等待第一场大雨的来临。

润雨抱着婴儿，站在蓝色房子前面，对着那个空旷的大坑，抿着嘴似笑非笑，说："我第一次来管村，麻河也是刚清完，没有水，干干净净的，好像一个大坟墓，在等待将什么埋进去，我纳闷了好半天呢。"

多年前，她是一个白净细瘦的大姑娘，打小生长在山旮旯，去过最远的地方是集镇。有供销社、卫生院，拥有近五百口人的管村，在她眼里，就是一个大世界。正是待嫁之年，她被表姨领到了管村。之前表姨已经给她相中一个管村青年，话捎到山旮旯，她用了一天时间，走了三十里的山路，才抵达

358

管村。俗话说,山中出俊鸟,她到来的消息,在管村的适龄青年中,引起了骚动,当然也包括表姨相中的那个青年。

第二天,表姨便带着她去了青年家。她虽是第一次相亲,但一点也不怯场,她在院子里走了一遭,鸡埘、猪圈、柴房都没放过。又推开两间房子的房门,一股难闻的酸腐味道呛住了她,润雨忍不住捂住嘴打了个喷嚏。青年右脸颊上,便呈现出一个长形的酒窝。她仔仔细细打量着屋里的一切,乌色的炕墙、被撕得七零八落的围纸、满是灰渍的玻璃窗、凸凹不平的青砖地、磨出一个凹槽的门槛,似乎她笃定了这是自己要度过一生的地方,所以才值得这般不害羞地仔细端详。炕沿边上,表姨正在跟青年拉呱。那是一个很小就失去母亲的青年,他跟老父相依为命,而今,有人上门提亲,他心里的喜悦都放在脸上了,一层金一层银,每层都在闪光,这光照着他新换的蓝色中山装湛蓝湛蓝的。在表姨的心里,一切已成定局,一个从未见过世面的山里妞,跟她门当户对的,就该是眼前这个年轻人,她胖胖的脸上,油浸浸的,不知是天热,还是激动,乃至她都在提彩礼的事了。她没有察觉,润雨并没有坐在她身边,而是站在屋里唯一的黑柜子跟前,面朝墙上的玻璃相框。

她指着一张相片,转身问:"这个人是谁?"

青年一时觉得自己有了用处,脸腾地红了,站起来结结巴巴地说:"是村里的大牛,去年当兵去了。"

青年的话音未落,润雨扭头,脆生生地说:

"表姨,我们回吧。"

表姨笑笑,说:"不多看看了?"

"都看了。"

门外早站了一堆看热闹的人,见她们出来,有人就迎上来,说:"她婶子,相得中吧?"表姨用手抿抿纹丝不动的短发,笑笑,润雨拉住表姨的袖子扯了扯,表姨尚不及说话,就被润雨拉回家了。

"我不嫁那个人,要嫁就嫁当兵的大牛。"

表姨拿起炕上的笤帚疙瘩,朝她打来,说:"没见过你这样没皮没脸、不害臊的大姑娘,哪有到人家相亲相中别人的?"

但这事似乎并不用表姨出面，整个管村早已沸腾，润雨极其放肆且不懂收敛的相亲行为，让管村人大开了眼界，她成为他们的话题，连续几天都在笑话她，说她是山里捉来的猴子，小家子气，没家教，不要脸。那几天，表姨羞恼极了，待在屋子里，门都不敢出，生怕别人戳她脊梁骨。润雨倒不在意，在别人耻笑的眼神中，将管村游逛个遍。遇见不稳重的男人，对着她不怀好意地笑，说："你谁也不用嫁了，嫁我吧，今晚咱就入洞房。"她也不恼，脸一红，走远了。细细瘦瘦的身子，像一株小杨树，虽然没有摇摆张扬，但到底还是把身后的人看傻了。

　　当然，这话也传到了大牛家。管村虽是大村，但并不富裕，村里光棍成群，打换亲事是常事，大牛妈一听凭空掉下来一个媳妇，心里也美滋滋的，隔天擦黑，端着一碗酸菜就来找表姨，说刚沤了酸菜，味正呢，送给嫂子尝尝。边说话，边用眼角瞅着润雨，恨不能多长出一双眼睛，将润雨瞧个仔细。临走时，顺手从口袋里掏出大牛的通讯地址，递给了润雨。当然，几年后，她就为自己当初的举动后悔了，乃至指着润雨的鼻子，大骂她命硬，妨祖、克夫。人是没后眼的，即便前眼，有时也看不到更远的地方。

　　润雨的山旮旯里就住着她一家人，邮路不通，于是，为了跟大牛联系方便，她就在表姨家住下了。这种一心一意谈恋爱的举动，又让管村人大开眼界。而那边，那个没有母亲的青年，一次又一次地登上表姨的门，用鸡蛋、白糖、豆腐、罐头来试图挽回润雨，刚开始表姨对着这些礼道，信誓旦旦，说："毕竟你人在跟前，那大牛远在内蒙古当兵，你多来缠缠她，说不准她就回心转意了呢。"那青年觉得也是，加大了进攻次数和力度。润雨倒好，那青年一来，她站起来就走。有次表姨一狠心，将两人锁在屋里。润雨随手从针线笸箩里拿了一把剪子，站在那里，一下午动也没动。

　　过了半年，大牛探亲回家，两人旅行结婚。家里连喜篷都没有搭，没有拜拜神仙，更没有启动村亲，两人骑车去公社领了结婚证。回家收拾一番，下午就坐上公共汽车，去了太原。三天后回来，润雨穿了一身新衣服，那就是进了大牛家的门了。

　　有人说："一点也没有办喜事的样子。"

另一个应和："不按规矩办事，那是逆天哩。"

这些闲言碎语，大牛听不见，润雨自是不理。只有大牛妈心虚，总觉得众人嘴里有毒，对润雨时好时坏，有时也会在人前说润雨的不好，比如人长得越来越高头大马，不像女人，虽然干活力气大，但针线马虎，等等。大牛后来转了志愿兵，据说再熬几年，就能带家属进城了。润雨给大牛生儿育女，虽然孩子们随了大牛瘦小的外形，但她并不觉得失望，仍喜滋滋地等待着大牛接他们进城。

没想到，等来的却是大牛的噩耗。大牛不是工伤，是休息日上街给家人置办年货，置办齐全了，回来的路上出了车祸。

重归混沌的旅程

◎ 王苏辛

　　我特别小的时候，家附近有座非常大的寺庙。有一段时间，每当我在门前玩耍，都能听到来自那座寺庙的，时而遥远时而迫近的诵经声。一开始，我还能听出来，似乎是大批僧人跟随着佛乐在诵经，整体上比较整齐，局部偶有嘈杂，也因此显得既迫近又遥远。后来，机器诵经声响彻了那座现代社会铸造的寺庙，也覆盖了我生活的那几条马路。近和远消失了，声音变得平均，我在一种均质状态下，感受着那微弱的混沌状态，也第一次触摸到相同的事物因为发声方式的不同，而产生的微妙的弹性。也是在这样一种有点独特，却又常见的切换之中，我渐渐长大了，离开了那座寺庙周围的一切，离开了那座县城，以一种物理的方式，移动到一个新的城市，渐渐又把"那里"活成了一个状态，成为仿佛从始至终的一体。到后来，曾经那种近和远的感觉，被我遗忘了。我也似乎在长期和长久的平均之中，忘却了生命体验中一切的近或远。就好像，不是进入了关心的世界，而是被一个唯一的世界覆盖。

　　我不知道卡夫卡眼中的世界是怎样的。但稍微对卡夫卡有了解的人都知道，他有一些小说写了好多遍。即使如此，卡夫卡也似乎觉得没有完全写好。他毫不隐藏这种他自己认为的不确切。市面上能买到的一些卡夫卡的小说集中，都能看到有一些相同的小说题目下，收录了卡夫卡的几遍书写。这让他的一些小说，至今仍像只留下了过程。进入一个关心的世界，需要走多少路——卡夫卡大概最适合回答。《中国长城建造时》写到了卡夫卡从未到过的中国，却触及了很多作家从未抵达的世界，是如此远，又如此近。我在这样的阅读体验中，重新回到了童年的混沌现场，渐渐重新打开了内心微妙的弹性。借由一个杰出作家的写作，被覆盖的世界得以打开，万千条路徘徊在眼前，我们或许不能踏足，也没能力踏足，但卡夫卡为我们走过了。因此，我们大概可以借着这篇小说，试着讲述一遍作品中的旅程，试着描述一遍如何面对、如何理解我们关心的那个世界。

小说开篇，卡夫卡写道："中国长城的最北端已经竣工。"叙事起点和小说题目一样，始于中途。和很多看起来严丝合缝的小说不同，卡夫卡似乎一开始就致力于结构一个充满缺口的世界——"可是在两段城墙合龙之后，不是在这一千米城墙的末端再接着修下去，民工们相反被派往全不相干的地方。这样自然就留下了许多大的缺口，这些缺口只能逐渐地慢慢地填补起来，有些甚至是在整个工程宣告完工以后才补上。"然而，如此漏洞百出的建造方式，却又是长城唯一的建造方式。"长城应当为今后几百年乃至上千年提供防御，所以最精心的施工、利用所有以往时代和民族的建筑智慧以及修城工人始终怀有的个人责任感，是整个工程必不可少的前提"，甚至"仅是指挥四个民工就需要一个有头脑、学过建筑业的人"。小说开篇似乎呈现了一个情景——用大量的精力确保建造队伍的内部团结，却也因此增加了长城建造的难度，可这种难度竟也是建造长城过程中必须考虑和必须坚持的。这看起来拗口的思辨讲述，在接下来的分层叙事中，更呈现出清晰且丰富的轮廓。

到底是什么样的人在修长城？到底是什么样的人能修长城？这支庞大的队伍究竟是如何被组成且曾是如何被培养的？修建长城的决定一旦做出，建筑艺术就变成了最重要的学科，很多孩子在学校里被要求练习砌墙游戏。修长城，从一个巨量的工程，逐渐分解成全民参与的浩浩荡荡的准备活动，也渐渐成为当时的时代精神。然而，被培养的漫漫征程，光靠宣传和学校教育是不够的，最大的教育来自时间独特的筛选机能。工程没有那么快开始，所有人都要经历很长的等待。有一些曾经优秀的人，在长期的准备活动中渐渐沦为心怀伟大理想的无所事事之徒。一些人得以跨越时间的筛选，成为领队。哪怕是最底层的泥瓦匠，也在不断思考中，在一砖一瓦中走向了精神高地，取代了那些曾经优秀的人，参与了这桩理想工程。建造长城需求的人员数量非常巨大，决定了这支队伍必须对它精神能量的总和有要求，并且内部分层必须十分严格和严密。换言之，能进入工程不同层次的领导者和匠人，必须有符合其工作难度的心智水平。

由此，小说指出，人才培养方式和工程队的分工方式本身就是一体的，甚至这就是一个国家内部的样貌。我们也因此知道，为什么长城需要分段修建。这既考虑了工程的可操作度，更考虑了建筑工人的精神难度。因为不是每一批工人，他们所在的位置都和其心智水平恰好互相匹配，更多人有一定的精神强度，却只能做较为基础的工作。对于这部分人，要让他们服从自己的工作，十分艰难。他们必须在荒凉的地方日复一日辛苦劳作，然后走很远的路回到家乡，重新接受国家辽阔的地貌景观熏陶，也继而再次平静，为下一次投入工作积攒力量。前面所有看似不合理的调动，竟在一声声欢呼下，凝聚成最好的安排。

到此，小说似乎可以暂时告别为什么长城要"分段修建"的问题，然而卡夫卡似乎远远不满足。卡夫卡犀利地写道，"人的本性其实是轻率的，天性像飞扬的尘土，忍受不了束缚；如果是他给自己戴上枷锁，他就会紧接着疯狂地扯动锁链，把城墙、锁链和自己撕碎，抛向四面八方"。

修长城的计划一确立，宛如笼罩着神灵圣光的小说隐含人物之一"决策层"出现了。卡夫卡写道："有可能这些同修建长城甚至相悖的想法决策层在决定分段修建时也是考虑到了的。我们——我在这里大概是以许多人的名义说——实际上是在揣摩最高层领导的指示时才认识了我们自己，才发现，如果没有决策层，我们的学问和见识都不足以使我们胜任我们在整个伟大工程中所承担的渺小的职务。"和很多作家摸索小说结构、铺陈叙事方式不同，卡夫卡小说的构成始终来自文中一层层对应的心智水平。直到这种心智被推向一个高地，小说的主体人物似乎才不经意般出现，比如这篇小说中的"决策层"。

倘若小说接下来就按照决策层的思路往前推演，每一段翻转中呈现的叙事时间将越来越快，我们读起来也会越来越刺激。可卡夫卡笔头一转，展开了对决策层思考的诸多再思考，即普通人如何思考决策层的思考。卡夫卡再次展示了他周密的演算，那就是，普通人只能思考他能思考的部分——"人们今天可以谈起这些也许不至于冒什么风险。而当时许多人，甚至是最优秀的人的秘密原则是，尽己所能来理解上边的指示，但是只能到一定的程度，然后就得停止思考。"

如此，看起来对长城工程的内部轮廓，已经有了基本清晰的认识。小说终于写到本质的问题——修长城的目的是抵御北方民族，可北方民族是一群什么人？卡夫卡显然没有把战争局部化的热望，因为这必然带来争端，他要说的，是战争的久远影响。国土无垠，待在村子里的人，并不是人人都能得见北方民族，那为什么还要远离家乡，去远方接受教育，思想又飞到更北的长城呢？换言之，如此重大的历史时刻，和普通人又有什么切身关系呢？小说大胆地提出猜想，"事实是决策层大概自古以来就有，修长城的决定也是如此。无辜的北方民族以为修城是因了他们的缘故，可敬无辜的皇帝，他以为修城是他的旨意。我们修城的人知道不是这样，可是我们缄口不言"。"决策层"很快演变成"皇帝"，成为所有对历史有认识的人，非常熟悉的存在。

身为现实世界的中国人，我们已经从历史中知道，确实有北方游牧民族来犯，也能够知道古代中国社会制度的结构。但对古代的许多中国人来说，无论北方民族是不是真的存在，他们都如符号那般，因为不是那么容易见到，正像"皇帝"也几乎是一个见不到的——"无论从哪方面看，帝国制度就属于我们那些最不明确的机构。"除了每个地方可能敬奉的神仙，地方百姓的思想总是围绕着想象中的皇帝转。但小说很快就点出，百姓想象的也未必是当今的皇帝。他们可能因为一些帝王事迹想到当今的皇帝，但他们对真正在位的皇帝，认识是匮乏的——"皇帝本人由于拥有世间的所有大厦当然又显得高大。可是，那活着的皇帝跟我们一样是一个人，他跟我们一样躺在一张沙发床上，诚然，这张沙发床是很宽大的，但也有可能是又狭又短的。"

无论认识水平和心智水平处在什么样的位置，似乎一个古国的结构就决定了普通百姓和皇帝之间隔着汪洋大海，这不只是去宫殿的路途，还可能是从宫殿到民间的路途。一个严密的结构层层叠叠圈住的从来不只是某些人，而是每一层的人，甚至每一个人。接到皇帝临终前谕旨的使者，想要替帝王传达旨意,而他即使冲破了一层层宫门(尽管这或许并不可能),"横亘在他面前的还有整个的京城,这世界的中心,密密麻麻地居住着社会底层的沉渣。没有一个人能从这儿冲得出去,更不用说还揣着一个死者的旨令。可是,每当傍晚降临的时候,你却坐在你的窗前,梦想着这个谕旨"。小说行进至此,大概可以结束了。我们似乎看到了一个古代国家运行的全貌,可卡夫卡依然志不在此。

他无比清晰地指出,"早已死去了的皇帝在我们的各个村庄里被认为还在当朝,而那个仅仅活在歌谣中的皇帝不久前却发来了一道诏书,由牧师在祭坛上宣读","终于有一天,当村民们听到一个皇后是如何在几千年以前大口地吮吸她丈夫的血时,才不由得大放悲声"。

小说的最后几段,卡夫卡几乎直言不讳,"人民就是这样对待过去的统治者,却把当今的君主们同死人混在一起"。穿梭到邻省的乞丐,操着接近古文的传单。整篇小说从修长城的工人走向决策者,再从决策者转向帝王,随之历史再均匀地铺在每个人的头顶。在卡夫卡的目光下,似乎每一个人,都在他该在的位置,几近循环地重复着相似的命运,小说中清醒的认识不包含对任何一个人的批判。卡夫卡只提供对事实的判断,冷峻又极为负责地举了多个例证。文中的"我"用他的私人经验充实着思辨式的陈述,让推演愈加饱满丰富,也把那层近乎冷酷的深灰色乌云从人的心底慢慢吹成透明。

心智的多元和深浅,决定着一个人在世上担任怎样的工作,承担怎样的责任。处于高处的人,也并不真的能走向看似下沉的,更宽阔的民间。其中需要越过多个高高低低的人间法则,是混合着人和自然共同参与的制度和秩序,最终约束的是每一个处于其中的人。这种看起来近乎平均的运行轨迹,似乎在暗示着人的有限性,以及彼此永恒的隔阂。但卡夫卡很快写道,"如果有人想根据这些现象得出结论,我们实际上根本没有皇帝,那他离真情也就不太远了"。所谓天高皇帝远,似乎世界只是不断在归来,我们也唯有回到早就确立的对世俗的基本认识之中,回到曾经熟悉的混沌之中。甚至看起来,小说前面一层层剖析的世界的运行框架都开始瓦解,因为每一层的人都只是通过自己那一层看到自己所关心的事物,目光是扁平的，没有下沉和上升的愿望，因此越来越擅长用对世界固有的认识覆盖住诸多疑惑。远离皇帝的人，或许最忠诚于皇帝。首都仿佛是远离自身生活的平行时空。卡夫卡道："我们持这样一些看法，结果我们的生活就颇为自由，无拘无束。但这并不是不道德。——然而，这是一种不受任何现今法律管束的生活，它只听从古代留传给我们的训诫。"是不是要让所有人知道那些暂时不被他们知道的生活讯息？是不是需要把帝王拉到他的臣民面前让他们得以认识所生活的帝国？卡夫卡得出了他的严厉论断——不可能，甚至也不应该。

一个一切都清晰的世界，宛如能工巧匠搭建的楼阁，看起来陈列清楚，实则精密严谨。聪慧的人会看到所有的边界也都是联系，会从历史的只言片语中看到每一个时代的真相。那些看起来只有一个清晰轮廓的清晰，只对那些喜欢想象一个美好的单薄世界的人有吸引力。而一个看起来混沌的世界却是我们真正生活的世界。看起来站在高处的卡夫卡，真正想要陈述的，或许是极为客观的历史逻辑。所有看似充满缺口的生活和命运，是所有人一同承担的命运。一个目光在高处的人，他所看到的世界，是折叠在一起的。所有的清晰必须在混沌之中一层层无比清晰地展开，只有在这个意义上，混沌才是清晰。在小说的末尾，卡夫卡似乎仍有很多话要说，或许历史的逻辑中，依然包含着那正无限溢出的关于人类历史的密语，需要新的一篇小说再次讲述。于是，整篇小说似乎回到开篇，正在修建的长城依然没有竣工，它只是完成了一部分。而我们在《中国长城建造时》中看到的也从未是长城的全貌，而是一段看似孤独的城墙，作为辽阔大地的零件之一，在一片悠长而深邃的背景中，屹然挺立。

乖呀乖

◎ 万　方

眼泪

　　我先生从单位回家,说他要出差,说完小心地看着我,似乎在等待我反对。我内心在激烈斗争,却没有时间犹豫,因为我不想让他看出我的犹豫,于是我说好哇,去吧。在那几秒钟至多十几秒时间里,是什么让我做出决定的? 难道不应该阻止他吗,以他的情况?

　　我总是相信直觉,因为直觉并不是一种即兴,而是一种诚实,是对生命的感受做出的本能反应。一直以来隐瞒他是为了什么? 虽然我没有仔细思考,答案却再简单不过,就两个字:希望。让他有希望,怕他没希望,如果没有了希望活着是件很难很痛苦的事。说到底我们都知道自己会死,那么生命的意义不就在于做自己想做的事。他想出差,干吗阻止。

　　一个星期后他出差回来,我俩去附近的"孔乙己"吃饭,如今那家饭店早已关张,那时我们边吃边闲聊,饭快吃完的时候他说这几天感觉腹部隐隐作痛,语气轻描淡写,但我听出他自己意识到这是个坏消息,不想说却不得不说。我什么话也没说,不到最后时刻我是不会开口的,不过我知道快了,不需要再隐瞒了,已经瞒不住。

　　给我先生做手术的那位外科大夫技术一流,直肠里癌变的位置离肛门非常近,手术却保肛成功。术后他被推回病房,人已经清醒过来,还说不出话,眼睛直勾勾看着我,我只知道用手抚摸他的头发,却没有理解他眼神的含义,我儿子却理解了,凑到他耳边告诉他没有造瘘,他欣慰地点了点头。对这位技术高超的大夫,我感谢他,同时心存疑问:技术好就是一个好大夫的全部吗? 当我先生已经出现黄疸、腹水,我们坐在诊室里,坐在×大夫面前,有一刻我明确地感受到危机,没错,他恨不得立刻向病人宣布结果:你不行了,活不了几天了。

"等一下!等等。"我抓住大夫还没来得及开口的时机,对我先生说:"你先出去一下。"他很听话,孩子一样顺从,默默站起身走出诊室。那一刻其实我什么都来不及想,只是必须这么做,不能让事情这样发生,自他患病以来我做的一切都不允许这样。诊室里剩下我和×大夫,我用近乎乞求的语气说:"您不要说,让我告诉他行吗?"×大夫脸上显出犹豫的神情,夹杂着一丝不屑,又实在不好反对,片刻地僵持,勉强答应了我。是的,他的想法当然有理,没有什么可隐瞒的了,谁说都一样,结局没有任何不同。但是×大夫,你不是病人,不是病人的亲人,你的手术做得很棒,由你做手术是病人们求之不得的,可我为什么心发凉,从你的态度里我感到的不是一般意义的冷漠,而是……宣判死刑能给人带来快感吗?希望我的猜想是错的。

走出医院大门,我和先生坐进车里,我坐驾驶座,他坐在副驾驶座,我把结果告诉他,把前前后后的真相也告诉了他。他低下头,沉思了一会儿,说:"也好,这样也好。"他接受了我对他的欺骗行为。坦白地说我没有想过这个问题:如果他不接受呢,我将怎么接受他的不接受?我是否会因此成为罪人?

所幸他接受了。也许他这么想:如果从一开始就知道自己的病无可救药,前面是死路一条,这几个月是否会活得更好,思忖后他觉得不会。我也认为不会,甚至相反。但是既然没有发生,谁又能确定。我一直是相信时间的,相信时间能帮人分辨好和坏、对与错,如今近二十年过去了,时间依然没有给出答案,然而我也没有后悔。

有位导演朋友说过一句话:没有比生活更牛的。这话真牛。痛苦也好煎熬也好恐惧也好,说什么都没用,生活就是一架永不停止的搅拌机,倒吧,都倒进来!

一大早我抱着乖乖从外面跑回家,我先生躺在床上,我和他说要去医院。医院?他不明白,怎么了?我告诉他是乖乖,它的腿坏了,不能走路了。看着我恓恓惶惶的样子他没有再说话,知道什么也做不了。情况是这样:早上乖乖遇到男朋友奥迪,两人在草地上疯狂追逐,跑着跑着乖乖突然停住,侧身卧倒在草地上,奥迪急得围着它打转,我大声喊:"乖乖,跑,跑啊!"它还是躺着不动。我跑过去,想帮它站起来,它费力地蹲着身子,微微抬起一条腿,弯曲着不能沾地。我完全蒙了,病人,病狗,可怎么办?!那天很幸运,宠物医院正好有位老专家,一头白发,我急急地诉说情况,他不动声色,攥着乖乖的腿捏了几下,开了两片止疼药,药还没吃,刚出医院大门乖乖的腿就好了,仿佛一切从未发生。

屋子里有一股气味是以前没有的,并非形容,是真实的气味,肯定不是狗味,是从病人的身体散发出来的。曾经在爸爸身上我也闻到过,那时候我以为是衰老的气味,其实是疾病、死亡的气息。我已经经历了爸爸的离去,还有妈妈,她走的时候我还年轻,在当兵,人远在千里之外,死亡虽然可怕,打击了我,但没有折磨我,二十出头的年纪懂得难过,但不懂得悲哀。爸爸是在 1996 年 12 月的一个黎明前悄悄离开的,不能算突然,从 20 世纪 80 年代末他在医院前前后后住了八年,那个早晨我也不在他身边,我受到打击,心中悲痛,但还是和这回不同。这一回我置身于死亡的过程中,眼睁睁看着终点线越来越近,没有什么可怀疑可指望的,那就是终点。

朋友给我推荐了一本书,2003 年书店里根本没有宗教图书的类别,我打听到中国社会科学院在建国门有一家自己的书店,去那里买到了。此前我从没有接触过佛教,丝毫不懂佛法,看了它我也并没有成为佛教徒,然而在那段昏天黑地的日子里,这本书穿透密密匝匝的黑暗,播下一道光。

我们的存在就像秋天的云那么短暂,
看着众生的生死就像看着舞步,
生命时光就像空中闪电,
就像急流冲下山脊,匆匆划过。

真是这样吗,我问。产生疑问的同时我似乎已经感觉到生命的迅疾,感到消失只在一瞬。而且,奇迹般地,我看到从高空射下光柱,并不是真的看到,但是比真的看到还要真实。光柱那么耀眼,我只想冲进去,让光把身心照透,却被阻隔在光柱边缘、明暗的边界之外,进不去。我调动全部心力想象,想象,想象,不起作用,怎么会,为什么?某一刻突然醒悟,明白了,我当然冲不过去,因为那是生死的边界,那光耀是死亡之域!我去不了,只有他能去。心里生出一股冲动,觉得我能帮他,这本书能帮他,我立刻捧着书走到他床前,"我给你念一段吧。"说着就坐到他脚边读起来。读了一小段,也许连两分钟都不到,"别念了。"他截断我,别念了,就这三个字。我扭头看他,他平躺在床上,目光望向房顶,脸上看不出任何表情。如此冷漠的回应刺破了想象的气泡,让我意识到自己有多傻,没有奇迹,怎么会有奇迹呢,晚了,太晚了,没有什么能拯救他于和死亡的较量中,他,其实也包括我,我们都无处可逃。我把书合上,什么话也没有再说。如今这本就在我的书柜里,插在一排书中,自我先生离开之后我没有再读过。是我不需要了,还是因为我是一个冥顽不化的人,实际上也像我先生说"别念了"一样,错失了机缘?我认为都不是。人生一场,凡发生过的事必定在生命里留下痕迹,或浅或深刻,至于留下的是什么,那是秘密。

我先生站在厕所的洗脸池前,面对镜子,镜子里的男人瘦骨嶙峋,他注视着他,看了一会儿,说:"我像不像个非洲饥民?"说完架起双臂,攥住拳头,做出健美先生的架势。他的举动让我想哭,我赶紧咧嘴一笑,背过身走开。

原来如此。他心里有他的神,每个人心里都有。

终于到了那天,他必须离开家,去医院,这次是一去不返。我儿子(我和前夫所生)一大早就来了,我俩把他从床上拉起来,搀他坐进轮椅,我儿子推着他,经过客厅时我注意到他的举动,扭过脸看了看客厅,他知道不会再看见了。时间很快到了 2004 年 6 月 4 号,黄昏时分,中日友好医院狭小的单间病房里,病床前摆满仪器,小屏幕上绿色的信号渐渐趋弱,我坐在床边的一把椅子上,等着信号消失,等待他生命的消失。其实人大部分的苦和畏惧来自有所期待,当你明白没有什么可期待,不再期待,就能做到镇定面对。晚上七点多,我没有记住确切的分钟,我的记忆力对时间历来不敏感,那一刻所有的监视仪静止不动了，表明生命已经离去，已经越过了终点。我从椅子上站起来，本能地俯下身搂住他，我妹妹站在床尾，忽然一声惊叫："看，看哪！"就在我抱住他时，监视屏上的绿色直线突然间又波动起来，只是一瞬，随后什么都没了。他走了。

　　我、我儿子、妹妹和一个男护工给他换衣服，换下医院的病号服，换上我给他买的新衣新裤。记得那位护工姓郑，一个非常有经验的人，没有他这件事是难以完成的。在换衣服的过程中，我的意识有一刻从身体里跳出，跳到房顶上观看这间狭小的病房，观看我的丈夫。我们四个人各自拉住他的胳膊，抵住他的背，抱住他的脖颈，抬起他的腿，我、我妹妹、我儿子，还有护工小郑，在他离开人世之际，送行的没有一个和他有血缘关系。我看见一条人生之河，我们都漂浮之上，谁又知道会在哪儿上岸。穿完衣服小郑急匆匆去了另外的病房，已经有别的病人在等着他了。

　　剩下最后一段路，我、儿子、妹妹，三个人推着我先生去太平间。穿过曲里拐弯的通道，出门又进门，经过院子，天已经黑了，我们是怎么去太平间的？大概一路询问，应该是。记忆里太平间像一个大厂房，天花板上白色的日光灯亮度很低，因为已经过了下班时间，只有一个工作人员，是个中年男人，穿着灰乎乎的白大褂，给我的感觉是全然麻木，眼前的一切对于他来说不过是份工作，要干的活，尤其来的这三个人不哭不闹，没有任何引人兴趣的表现。他拉开一个铁盒子，我们帮着把人从推车上移进铁盒子里，其实已经看不到人，只是一具用白布包裹的身体，然后那男人一使劲把铁盒子推进去，关闭了一切。

　　都结束了，可以就此和医院告别，不用再来了。

　　那天晚上我一个人回家的，我没有记错，是一个人。我儿子说要陪我，我说："不用，你把乖乖给我送回来吧。"那些天我守在医院，乖乖一直在他那里，由他当时的女朋友帮忙照顾。我儿子很了解我，立刻开车回去接乖乖，然后送到我家。当我回想那个特殊的晚上，遍寻记忆也想不出什么不同寻常的事儿，我似乎什么也没做，甚至没有哭，只有一个情景刻在记忆里，永不磨灭。乖乖的小窝摆在床头，我一探身就能看到它，那天上床的时候我把它抱上床，用胳膊搂住它，它匍匐在我怀里，下巴颏枕着我的胳膊，微微仰起的小脸正对着我的下巴，床头灯照着它，它直勾勾看着我，一双黑眼睛惊人的明亮，我压低下颌和它对看，片刻，它重重地长长地叹了一口气，整个身体都随着这口气松弛下来，瘫软下来，像是在说："哦，好，终于平安了……"叹气过后我和它继续互相注视，一片静谧。小家伙，我的小家伙，是的，就这样紧紧靠着我吧，不要再担心，没有什么能夺走你，同样也不能夺走我，从今以后。

从八宝山回来，我先生已经在紫红色的瓷罐里。走进家门，看着熟悉的一切，我还不自觉，身体已经扑倒在沙发上大哭失声，跟在身后的妹妹吃了一惊，但是她并没有劝阻我，儿子也没有采取任何行动，他们只是站在一旁默默观望。这一刻人生以极快的速度闪现而过，因而什么都看不清。接着，痛哭像爆发时一样戛然而止，仿佛有个声音对我发出命令：打住，哭泣时间已过。我立刻服从，眼泪的阀门即时关闭。

2004年的夏天倏忽间过去，之后的秋天也同样。我不知道自己是如何学会接受的，可我确实学会了。我从不问为什么是他、为什么是我、这种事怎么就落到我头上，这类无谓的问题从来没有搅扰过我。偶尔在街上看到一对中年以上的夫妻手拉着手，我立刻转移目光，不看，并压下可能冒出的念头，对自己说："记住，那不是你，和你没关系。"生离死别是人生中特殊的经历，说真的，经历过后我感觉越来越成为自己。为什么这么说？孤独是人生中所有老师里最棒的老师，教我不自哀自怜，引领我更深地进入内心世界，进入另一种强度，用事实教育我，让我安心。人所经历的每件事、每种感受，无论强烈或细微都相互关联，织成一张大网，那张网总能在某一刻接住你，不会让你无限坠落。

然而当冬天即将来临，我还是隐隐忧虑。想到漆黑的冬夜，门窗紧闭，即便白天也万物枯萎，一切都冷冰冰的，孤单的感觉会前所未有吧，我有点怕。为阻挡寒风我在单元门上贴了密封胶条，可六七级西北风刮起来什么也挡不住，气流挤过缝隙嘶嘶地叫，尤其到了夜晚，那哨子似的声音喑哑又尖厉，一刻不停，提醒我外面那巨大的难以抵御的寒夜，我孑然一身。

可是，可是哟，灯光从房顶洒下来，微微泛黄，一个毛茸茸的小家伙蹲坐在地毯上，歪着小脑袋，大而圆的黑眼睛一眨不眨地朝我望着……能相信吗，那无比单纯专注的眼神在发散魔力，一刻又一刻把房间、把整个家变得温暖，暖洋洋的。黑暗的寒夜已不存在，不，它的存在越发衬托出屋内的温暖。孤独，那么凶狠的角色，却在一条小狗面前如此轻易地败下阵，而小狗什么也没干，动都没动，只歪着头朝我望着，就把孤独吓跑了，逃之夭夭。对，有句话不就是这么说的吗，上帝看人太孤独，所以创造了狗。

陇东的原野上

◎ 王雁翔

春分一过,杏花、桃花、梨花开满房前屋后、村道和山坡,繁茂的花朵恣意、蓬勃。带着芬芳的风传来隐隐的轰隆声,远处一台拖拉机在田野上缓缓移动。眼下正是春播农忙时节,田野里却看不到一个人影,我的目光落在地头的一扇耱上,愣怔、惊奇。它竟是光溜溜的铁耱,耱扇上码着两蛇皮袋土。

开拖拉机的男人三十岁左右,嘴上叼着烟,神情疲倦。他不认识我,我也不晓得他是谁。我在这田野上挥汗劳作的时候,他尚未出生,他出生时,我已离开故乡,我们在时间的缝隙里擦肩而过。

二哥说,现在不像过去,人对养命的土地一腔子虔敬,种田如绣花,精耕细作,样样农活儿都有讲究。现在没人在乎地里的事情,种个啥样是啥样。哪块地是谁家的,他很清楚。哪块地种什么,村里人电话里给他说一声就行了,收割也一样。年终岁尾,他会挨家打电话让手机转账。

我心想,他开一台四轮拖拉机,后边轮换着挂犁铧、播种机、收割机,是田野上最忙碌的人,也是大地上最孤独寂寞的人。但他一年里的收入,肯定比出门打工强很多。

立在春天微凉的风里,我心头一片怅然。许多地块,去年拖拉机耕地时留下的大犁沟仍旧清晰,拖拉机没耕到的地方依然荒着。

犁有播种和耕地两种,播种的犁轻巧,全木结构,犁头上的生铁犁铧,如脚上的鞋子,可取下、套上,吃地较浅,一头牲口拉一把犁。翻地的犁,犁把是木的,有扶手,下边的犁铧与架子是钢的,很沉,犁铧吃地深,需一对牲口方能拉动。翻地的犁铧方向是固定的,泥土顺着犁铧向一边翻卷,上边的杂草和秸秆茬子被翻埋到下面,等于给土地翻身。从中间往两边耕地,地块中间会隆起一道梁子，两边的地畔会留两道深沟；从两边往中间耕，一条长长的深沟会留在地块中间。这道沟庄稼人叫犁沟，拖拉机耕地，犁铧大，犁沟深，庄稼长势会差一些，播种前人们会拿铁锨和镢头，将两边的泥土往犁沟里填一填，谓之合犁沟，是播种前一项必不可少的劳动。

刚耕过的田地蓬松、湿软，犁铧翻动的泥土纹路，如涌动的水波，风里有泥土清新的气息。田野辽阔、苍茫、碧绿、金黄，如调色板，一片一片耕过的深褐色土地，在阳光下晾晒、休整，默默等待新一轮播种。

麦茬地会耕两遍。麦收罢耕一次，不耱，晾晒几个月。几场绵绵细雨，耕过的地里很快会长出麦青和杂草，秋播前再翻耕一次，用耱耱平整，保住墒情，白露后种冬小麦。若种玉米、土豆，则要等到来年春天。

农具对于庄稼人，就像军人上战场时的各种战斗武器，一样儿都不能少。耱是指头粗的荆条编成的，有韧性和弹性，长一米五左右，宽尺许，后边会削剪出一排一拃多长的耱翅，耱地时人叉开腿站在上面，一对牲口在前边拉着，耱地的人手里牵着控制牲口的缰绳，身体重心根据耱地的需要灵活调整，耱平小犁沟和小坎塄，压碎拳头大的土块，遇到隆起的地方，脚尖用力，身体前倾，土涌上耱，行到凹坑处，脚与身体轻轻一抖，耱上的泥土落下去，耱过的田地很平整。

播种的犁铧头是生铁的，没韧性，犁铧头吃进地里，碰到看不见的石头上，嚓啦一声，舌头状的铧头可能就断掉了。

那时，街上各种农具铺子很多，铧头折了，拎到铁匠铺子，花一两块钱，在锤声和火光里再续接一个新铧头就妥。

父亲很爱惜农具，铁锨、锄头、镢头、犁铧，每次用过，他都会蹲在地头，寻一块碎瓦片，或拾一把青草，将上面的湿泥擦拭干净。所以，我家的铁制农具，总是锃亮的。

驴瘦得皮包骨头，一股风就能吹倒，身上生满虱子，毛一坨一坨往下掉，两个后蹄子长得像人脚，路都走不稳当。大哥气不过，牵着驴在院子里出出进进地骂，死活不要。母亲说，算了，也不指望它拉犁耕地，好好喂着，养好了或许能产两头小驴驹呢。

我家的驴没法下地拉犁，头几年，跟村里没有牲口的人家一样，我们姐弟几个咬紧牙关，代替牲口拉犁播种、耱地。耱地时，耱上站人拉不动，上边放两大笼土。

播种、耱地、碾场，我们姐弟拉着沉重的犁、耱、碌碡奋力前行，肩胛上的绳子似要勒进绷紧的肌肉，累得几乎咯血，但再难，日子都得往前过。

两年后，我家的驴换了毛色，患病的蹄子治好了，能下地拉犁耕种，还给我家产下三头骡子。后来，我家养过牛、骡子和马，都是成对饲养。

二十多年前，碾场的碌碡就在门前的桃核树下卧着，仿佛时间的一块巨大结石。我以父亲曾经的姿势蹲在上面，看鸟儿在空旷的打麦场上起落。十三岁上，我自己制作过一副连枷。七八根拇指粗的荆条，并列缠扎成一拃多宽、约半米长的平板，像微缩的竹排。荆条一头穿有粗钢筋，与长木柄头上的洞眼连接，可以转动。打连枷的人，站着挥动木柄，带动荆条编成的平板，一下一下地捶打场院里晒干了的豆荚、糜子、谷子、油菜。

连枷，是乡村人家场院里的劳动工具。陇东平原辽阔、肥沃，农作物主种小麦和玉米。但人食五谷，各家都会种一点高粱、糜子、荞麦、谷子之类的杂粮，人吃，也喂家畜家禽。粗粮种植面积小，套碌碡摆开阵仗碾搅不住，多拿连枷捶打脱粒。

缠连枷的绳子，猪皮最好，湿皮条缠荆条，皮子干爽后紧紧箍在荆条上，异常紧实。但生猪皮必须经过皮匠许多工序熟制后，才可当皮子用。

碾场像一场盛大集会。一对牲口拉一个大石碌碡，几对牛马驴骡，在摊成圆形的大麦场上同时开碾。汇集在场院里的乡亲们，碾场、翻场、起场、扬场。男人们吆喝着牲口碾场，妇女在黄豆、绿豆等不同杂粮摊场上挥动连枷捶打。连枷的起落声、女人脆亮的说笑声，各种工具的轰隆、叮当声，在场院里交织。

簸箕是一种铲状农具，用去皮的藤条编成，三面有边，前浅后深，前面敞开的一边，接缝着两指宽的薄木片，大人们叫簸箕"舌头"，便于撮东西。

父亲不会编簸箕，但村里常有走村串户的手艺人。弹花匠、木匠、箍缸的、破石磨的、编簸箕的，各种手艺人来来往往。编簸箕和箍缸的手艺人，一根扁担，一卷行李，一捆小拇指粗的洁白藤条或劈好的竹片。"编簸箕喽——"绵长的吆喝一声接一声，如唱曲儿，很好听。

我家请人编过一次簸箕。为省钱，秋天，父亲专门去远路上的大山里挑回两大捆藤条。筷子粗的藤条洁白柔软，皆一米多长，一根一根非常匀称。

给我家编簸箕的那个手艺人，四十多岁，脸膛黝黑，个儿不高，清瘦。他吃的烟不是农村人的烟锅，也不是烟卷，是别致的黑红油亮的烟斗。他干活时，烟斗总叼在嘴上，不吃烟也咬着，很少说笑。他的烟斗与沉默，让我心里有一种隐隐的神秘感。

编簸箕用麻绳，麻是家里沤的。地里麻子割回家，脱了麻籽，把麻秆压进水坑，沤几天，捞出来剥下一根根长皮就是麻，可以合各种麻绳。母亲为我们姐弟做布鞋，也是用这种麻拧纳鞋的细麻绳儿。

大年除夕夜，母亲会将麻秆一根根撒在院子和院门外，说是绊鬼，有麻秆的羁绊，鬼就不会轻易光顾人居住的院落。人死了，仍以我们肉眼看不见的形态存在着吗？这个古老风俗，我至今不明就里。

他编簸箕的速度极快，不声不响在我家忙碌一周，编出两大一小三个簸箕和一个直径一米二的椭圆形大笸箩。小簸箕和大笸箩，是家里石磨推磨筛面粉不可缺少的用具。

簸箕与笸箩，孩子间也有一种神秘游戏。放学路上，或在田野上拾猪草，我们一群孩子脑袋挤在一起，看每个人手指肚上的指纹，数谁手上笸箩多。指纹封闭呈圆形的是"箩"（也叫斗），开口旋着圈儿伸出去的是"簸箕"，谁手指肚上"箩"多，我们就觉得他命运好，将来会有好福气。老人说，斗多聚财，会富有，簸箕多的人命相不好，钱财会不断漏掉、飞失，将来日子穷困。后来，还争相看手掌心的爱情线、生命线、财富线，看五指并拢时指间缝隙大小，似乎手上的簸箕、箩，涧溪般曲折的纹路，真能预示一个人生命的处境和归宿。

簸箕簸除粮食里杂质、衣皮，盛东西，也用于日常晾晒。颠簸箕是技巧活儿，不会簸，不仅尘土、衣皮、草屑簸不出去，还会把粮食簸掉。我喜欢看母亲簸粮食。各种粮食打碾、晾晒后，再用簸箕簸一遍，才干干净净入仓。

母亲簸粮食,动作娴熟优美,节奏明快。唰——唰——啪,随着身体的起伏和簸箕扇动,粮食像一小朵打旋的云团,在簸箕里起伏、波动,似有一股无形的力量在中间吸附着,颗粒不飞溅,轻的杂质不断从"云团"与簸箕之间飞出去。簸的过程中,母亲会不时用一只手轻拍一下簸箕的边,簸一会儿,停下旋几下。最后,重的碎石之类的杂质沉在粮食下边,轻的簸不出去的皮壳和碎秸秆,聚拢成一层浮在上边,掠去上面杂质,一点点倒出粮食,沉在下边簸不出去的杂质,会神奇地留在簸箕里。

我试着母亲的样子,也想快速腾出一只手拍一下簸箕边,每次簸箕都会啪一声掉到地上,粮食撒一地。

许多年过去,我已不记得那个手艺人的大名,但他咬在嘴里的烟斗,他沉默里淡淡的忧郁与娴熟的手艺,我一直清晰地记得。他出手的簸箕与箩很结实,我家用了十多年,簸箕的边和舌头破损了,母亲用厚布片包缝一下,或重新用绳子缀一个新舌头,又能跟着母亲在生活里继续往前走。

我的原乡就像一盆火

◎ 海　男

我想起了一句诗：我的原乡就像一盆火。

语言就是从这句话开始的。我的所有文字中都有火。取自火的温度和光亮，语言才会有象征性的时态。我走到云南版图上的任何一座村庄，都会与火塘相遇，哪怕你裹着寒霜，或遇上了一场大雨淋湿了全身，只要找到村庄，就能找到火塘，也能寻找到食物。

那天黄昏，我们遇到了一场暴雨，无法寻找到避雨之地。之前，走在路上的我们已隐约感觉到天要下雨了，但身边的几个摄影发烧友好像对天气的变幻并没有危机感。这些肩背沉重器具的摄影发烧友像是只要离开高速路，就寻找到了天堂。我无法成为对照相器材产生剧烈火花的人，所以我的世界单纯地使用语言，虽然我的身上没有挎着沉重的照相器材，但只要出门我的挎包里总有一本书、一本纸质笔记本。这些东西附在肩膀上产生了语言。

只有自然生态保护得很好的地方，才是蚂蚁们的出入地。我很容易发现蚂蚁，虽然它们看上去是一个细小群体。蚂蚁有白色，有咖啡色，也有纯粹的黑色。在云南山地森林深处，有各种体形的蚂蚁。原始森林中的蚂蚁们形体都很大，山地靠近果园或麦田的蚂蚁个头很小。它们以庄稼为食物。如果你走进一座原始森林，靠近每一棵树都会发现寄生于树体的蚂蚁群体，它们通常会选择一棵巨大的树，蚁王会召唤周围的蚁群用利齿，用蚀空一切的、无所不在的力量，建造自己的树上洞穴。建造屋宇是生命生存的需要，看见一棵巨树中有蚁王率领着蚁族在建造乐园，你会忽略一棵巨树的疼痛区域，伟大的神都会聚拢生灵，用其身心去承载生命本体者所需要的各种现实。

我突然从树身晃动的躯体语言中感受到了它的疼痛区域,上千只蚂蚁为了建造它们的居所,动用着自身的武器,建造一个宫殿,在历史性的每一个时刻,都将面临求生的战役和搏斗。我伸手抚触树身,内心被这棵树的仁慈仁爱所感动不已。沿着树身爬满了上千只蚂蚁,这座森林太辽阔,我只能走到局部,走近一棵巨树。而这一天我发现了一个核心问题:生命线索中的每一物每一景都在相互承担相互护佑,为了活着这个最大的现实。

是的,我还发现了铅灰色的云团。身边的发烧友们当然也会发现光影在变幻。对他们来说,变幻无常的光影恰好可以帮助他们寻找到最好的拍摄角度。我就是我,生而为人,有许多时刻仰头看天气变化时禁不住就会低下头:这里有一个无限延伸出去的现实,尤其是当我们走了很远,离高速公路越来越遥远的时候,我会越来越放松,只有放松才会看到沿尘土正在迁徙的蚂蚁。然而,云层越来越灰,像是黑色的鱼鳞带着它的雨絮突然铺天盖地地落了下来。

其实之前,我就看见过蚂蚁们的迁移之路。它们不像原始森林的蚁族,有硕大的身体,它们很细小,就像是黑色的小蜘蛛。蚂蚁迁移意味着暴雨将至,这是常识。

只是这一次,暴雨来得那么快,找不到一块避雨的石壁。发烧友们从包里掏出塑料布——他们最先保护的就是照相器材。每每下雨,天空的明亮度就会迅速下降,我们试图搜寻山洞——就像那些古老的先祖曾经繁衍生息的一座座山洞,但我们所置身的四野没有峡谷和山石,只有身前身后的旷野。那些蚂蚁应该已经回到它们筑起的洞穴了吧!而我们只能顶着暴雨往前走。

我的原乡就像一盆火,哪怕暴雨敲打着身体,凭着本能我们也能寻找到有火的地方。这大约是因人的智慧受神力的指引。当我们终于看见一条小路上的牛羊粪时,我们仿佛看到了希望,并因此而欣悦。数不清楚的概念在此刻变成了引力:凭直觉只要顺着这条小路往前走我们就会找到村落。世界上的县城小镇,再下面就是像棋谱一样的村落——每一座村落都是棋子,没有它们的存在,万千山水该有多么寂寞。看见牛羊粪布满了这条小路,就仿佛看见了牧羊人也是在暴雨降临之前,从这条小路赶着牛羊群回家的。牧羊人每天带着干粮到很远的牧场去,要走很多路,他们通过云图的变化,就知道什么时候会打雷下雨。

云图是我画布上可以移动的色彩,在画室中我凭着艺术的情绪,就可以去实现一片云的梦想。在这里我不再想象衰老和死亡,甚至那些深渊巨口也错开了画布上的色彩。有些事我是有意地错开,因为我们还要活下去,在活下去的每一刻每一秒,我必须看到那盆火的燃烧。

我们终于进入了村门,所有人都带着湿漉漉的身体,现在最需要的就是火。这盆火就这样降临了,当我们将踪迹带进门槛,火烟看上去像是蓝色的。火塘边就座的人马上站起来,仿佛我们是天外来客。烘烤的力量如此强大,坐在火边我们的衣服很快就干了。

我的生活就是一盆火中散发过的白昼和长夜的交错处,有时候当你冷得哆嗦时火焰就飘过来了……写下这些文字我觉得又回到了诗歌中。诗歌的语境通过形而上学激发我的灵魂,在过去和在通向未来史的路上,人只是一个过客,甚至都不如一件衣服的寿命那么长。父亲去世的那两年,我还年轻,身穿母亲给父亲用毛线织的马甲,整整两年。马甲至今仍在衣柜中,不新也不旧,带着父亲的气息和母亲手工编织的艺术,母亲织毛衣的手艺一直延续到了她七十多岁时。后来,她把业余时间的织物术变成了读报纸。

关于母亲编织毛衣的故事,我会另写一篇文章。此刻,是 2022 年 2 月 4 日的立春,所有人都在微信中礼赞春天,尽管在北方的版图中,冰雪还在覆盖着大地,但是,无论东南西北的人,都在向往春天。我的微信群中百分之九十八的都是写作者,而诗人更多一些。春天来了,哪怕春天还在路上,但"春天"这个词让人想起了温度,只有温度会融化冰川。

我们虽是人间过客,却掌握着四个季节的变幻,四季给我带来了不同的色彩。我的画布上似乎总有热烈的火焰,那其实是我的心在跳动,是云南大地的气息贯穿了我的身体。

热烈的火焰在哪里?心情忧郁的时节是无法看见那火焰的。人不可能时时刻刻都在旅路上,我们更多的是在一间属于自己的房子里生活、阅读或写作。而在这样的时刻,我们写作或绘画需要的是回忆似曾经历过的那些故事。

色彩的故事中有火焰中的云南,我从出生的那天开始,冥想中就感觉到有妇女去锅里打水,我能感觉炉中的柴块在缓慢的燃烧中等待我的啼哭降临。肉身降临时,因为是冬天,能感觉到火炉中的烟熏着房间,母亲将经历巨大的痛苦才会让我的小肉身,移出子宫去新的腹地。我感觉到烟熏着的房间里母亲在幸福而痛苦地挣扎着,烟熏着我的脐带和那把剪刀,烟熏着我滑出母亲子宫时的哆嗦啼哭声。再后来,烟熏着我的目光中出现的庭落,我看见了院子里堆放在墙角的那堆干柴。我看见了柴火之上的鸟粪,还拾到了一片羽毛。比我降生早些的幼童们已经在四周的平地上用小脚踢羽毛键,这是一个多么有趣的游戏,几年后,我也学会了这个游戏。羽毛键子用脚往上踢又落在了脚尖上,我们都在寻找有趣的游戏,世界是一个很大的游戏场。

关键时刻我们都需要找到火,这是所有游戏中的基础,没有火我们就无法在黑暗中看见光源和力学,它们在相互碰撞中离我们的现实生活很近。拖拉机的存在充满了力学原理,我没有学好物理,几乎对数理化就没有多少兴趣,而当我看见一台红色的拖拉机发动时,就从轰鸣而出的声音中感受到了物理书上的力学。我乘上这辆红色拖拉机往山上去,不断判断着力学的原理就是将一堆沉重的钢铁带到路上去。这条山路很窄小弯曲,我看见20世纪80年代初期的女拖拉机手身穿工装裤,肩上拖着一根乌黑的长辫子,我骄傲而惊喜地坐在她身边,好羡慕她能将拖拉机开到大山深处去。

一群伐木工在那个寒冷的冬天正围坐在森林里的土丘上吃午饭,中间是一只铁炉,上面有铁锅,下面有很大的树桩。伐木工们很高兴地将火炉下的苞谷土豆搬出来给我们——因为这大山深处突然开进来一台红色的拖拉机,还闯进来两个女子。在当时,我总以为女拖拉机手是最漂亮的,她比我要大三四岁,因此比我有闯劲。下了车,她就看见了这群人站在山丘上,看见了火焰。正值午后,我们都好像饿了。

人在饥饿时就会第一时间投奔有火焰升起的地方。

果然,我们顶着湿雾而上离火焰越来越近时,就闻到了饥饿游戏中追索的美味。不仅如此,我们还遇到了一群伐木工,除了做饭的是女人之外,其他全都是大男人。他们将火架下最好的食物全都翻出来,除了祭祀天地用的,其他都当作礼物送给我们。我们饿了,所有食物变得前所未有的香。当我们坐在火炉前的石头上,看着天地享用食物时,火烟熏着我们的身体和味蕾。在调侃和男女间的嬉戏中我们烤热了身体,享受了那个午后意外的邂逅,坐在高高的土丘上消磨了两个多小时后,又到了离开的时间。当我们离开时,那群伐木工将回到森林中去,我们互不相识,只留下了短促的、被烟熏着的记忆。下山以后,开红色拖拉机的女人也在岁月中消失了。有人传说她遇到一个来自江南的皮革商人,随那个男人去江南生产皮革了。

她在红色拖拉机的速度中遇到了来自江南的男人。她是我在回忆中遇到的第一个会掌握方向盘的女子,同时也是让我从拖拉机中感受到力学原理的女子。

还有那群森林里的伐木工人,是他们的火炉子让我的视觉中飘忽着被烟熏着的海拔。饥饿被烟熏着的炉架下的苞谷土豆所驱逐后,我们就在告别中遇到了时间的变幻魔法。只有在变幻中我们才能再回首,语言中的阳光照过来,我在画布上完成记忆中的画面。

《漫记色域》是一本温故旅路和人生观色彩学的长篇散文,有几十个故事,每一篇八千字,每个故事都独立成篇。它将在我的温故中不间断地延续。此刻,立春的正午又降临,温度在唯美中上升。我在网上下单了一条豆沙色的长裙,还有几十本书:等待我的春光需要我用力量去践行,而不负春光的降临。春光美,是光的折射,我们一生中对于光的回忆,更多是一场场充满温度的旅行。

每一个寨子里都有关于火的图腾和祭祀,这些仪典已经传承了千百年。每个山寨都有广场,火把节通常在村寨的小广场上举行,这似乎是人类的发明和历史的创造,从发明了火的那天开始,所有古老的文明都有了与火相关的进展。那天黄昏之前我们迎着夕阳走到了一座云上村落,村里村外的人们都在为即将举行的火把节做准备。一个孩子嘴里吸着棒棒糖,好奇地看着我们的到来。我们将车停在乡镇,步行两小时才能抵达这个村子。从山下往上走,多是牧羊人走过的路,可以看见许多干牛羊粪,路两侧多是野花野草还有灌木,我去的地方,多是植物茁壮成长的地方。我出门,有时是独自一人,有时则会搭上旅伴们的车辆。他们大都是从艺之人,因此在闲下来的时光中会寻找自然生态保护得很好的地方。

幻想中的村落在那天下午,随同我们上山的节奏变得越来越清晰:道路越来越窄小,简直就是一条羊肠小道了。这座村寨就叫石头村。一个摄影者带我们进入了这条路并告诉我村落就盘踞在一座石岩上。我们开始兴奋,脚下生了力,越往山上走,道路越陡峭,但风光好得让我们忘却了全世界的存在。就眼前来说,我们最为重要的是要留心脚下的小路,因为我们身外就是金沙江,稍不注意,就会滑下悬崖落入咆哮的金沙江中去。我们一边走一边往上看,终于看到了岩石上的村寨,有孩子已经发现了我们的影子,几个孩子身穿大红大绿的衣服,站在村头那块高高的岩石上向我们挥着手。

终于,我们爬上了最后几级台阶,此时此境,有一种从炼狱进入天堂的感觉,仿佛我们已经穿越了一切障碍。昨天曾有这种感受:写作同样是一种宗教信仰,在于一生艰难的追索,舍下一切障碍。在一切障碍中修行并获得历尽苦难后的觉醒。而此刻,我又回到了那天太阳落山之前,当我们终于跨上了最后的岩石台阶,落日闪烁着即将谢幕的光斑,将这座岩石上的村落染成了金黄色。

孩子们将我们引向了山寨中央的一块平地。岩石上的平地,中央已堆放干柴。热情的孩子们围着我们,四十多岁的村主任来了,将我们迎接到她家的火塘。这里的房子基本上是用石头盖起来的,所以叫石头村。村主任抱来了酒坛和土碗,村里的男女们知道来了客人,都来了,火塘边坐满了中老年人。村主任告诉我,年轻的小伙子姑娘们都插上翅膀飞到城里去打工了,剩下的人口也不多了。围着火塘开始享用晚宴,村里人将所有好吃的都带来了,就着烟熏肉、萝卜咸菜,我们大碗喝酒。夜幕降临后,村主任带领我们去过火把节。

由村里最老的长者——长老点火。村主任将引火的松明双手捧着交给长老。长老在石头村落生活了一个世纪,百岁的他,步履依然轻盈。金黄色的松明有油脂漫出。小时候我曾用松明点燃了炉子里的柴块,我熟悉这一草一木就像熟悉从内心产生的那种莫名的忧郁。长老亲自划燃了火柴。

我们理所当然对石头充满了情感,住在屋子里,火塘的烟熏过来,离天亮已经很近了,临睡前,村主任告诉我们火把节后,村里人都要睡到正午,让我们安心睡觉。这一生,我们因旅行会居住在各种形质的房子里,而住在这座石梯上的石头房子,还是第一次。我们似乎舍不得睡觉,走出房间想看看天空,这里离天空更近。

清凉的风伴随着山谷中的溪水,各种昆虫在睡眠中也能歌唱,还有不远处麦地果木的味道……村主任让我们先休息,我们就回房间了。石头房很温暖,贴着大地,紧倚着天然没有雕琢的石壁睡觉,远离现代科技文明。所谓天堂,不仅像博尔赫斯所说,是一座图书馆的模样,也应该是一座石头村落的原型。

漫记色域,是一次重返灵魂记忆的旅行,通过再回首,仿佛又将从前的足迹重走了一遍,这是多么强烈而又炽热的旅途。第二天醒来后,石头村沉浸在它天远地僻的境界中,屋顶上洒满了太阳的金光。不大的石头村确实呈现出了天堂的模样。中午我们在火塘边吃完了午饭,开始撤离这座云上的村落,孩子们似乎舍不得我们离开,站在高高的岩石上目送着,村主任说有时间就再来。我们往下走时不时地回过头,开始时还可以看得见从石头缝中冒出的炊烟,还看得见几个孩子的身影,再往下走时,云上的那座村落就从我们的视界里消失了。

这人间总是从此处无声到他乡,中间有群山江河做巨大的屏障,所以,只要有火光升起的地方,就有人类的居住地。我再也没有第二次机会从金沙江峡谷往上走,再去石头村看望那些留守儿童,还有村主任和百岁老人。多少年过去了,我们经历了太多的事。有一天,一个青年看见了我的书就设法联系上我,他说他就在我生活的城市上大学,他在书上看见了我的照片,认出了我。我们见面了,他已经是大学中文系的学生,我问他为什么要学中文,他说那次我们去石头村对他的影响非常大。他当时已经快小学毕业了,他那天看见我坐在火塘边用笔记本记录着什么,他一边说一边回忆,我想起来了,那天正午坐在火塘边吃饭前,我借助火光从包里取出了笔记本。

在我就着火光记录时,孩子们中看上去最大的男孩就坐在我旁边:他欠起身体在看我写字,显得很安静。他好像还问过我,是不是在写日记,他说老师让他们也要学会记日记。他跟我说话时,眼睛很亮很亮,头发很黑,皮肤也很黑。我好像告诉他,如果能每天记日记,很多事就会因文字记录而得到保存。他看着我写完字以后,将一只烧好的苞谷从火里拿出,递给了我。如果没有他后来的回忆,我的记忆会缺少这个男孩的在场。他告诉我,他在镇里上初高中时就喜欢上了文学,喜欢上了阅读,尽管学校图书馆的书很少。后来,他就来到了这座城市读大学。我将他带到了画室,让他分享我的画。

在众多的画幅中,他看到云上的石头村落那幅画时,走到画前站住了,他说这就是他的老家。我很惊讶地看着他,因为我的画都很抽象,没有人教会我使用画笔色彩,一切都是我的心境在引领我走进这个陌生而新颖的世界。

我有莫名的感动,我告诉他,是的,这就是石头村寨,我将它留在了画布上。每个人记忆深处都保存着自然和人文的风景和故事,无论是写作还是绘画都是在寻找时光的反射点,这些事和色彩以不同的语言流动或表达出来,就是我们的经历和艺术的行为。他将他写的诗歌从包里掏了出来,从那些打印纸上的分行诗歌中,我看见了生养他的石头村落的星空、麦穗,那里火光弥漫。

小食谭记

◎ 钱红莉

水仙帖

菱角菜

如果顺时针旋转的栀子花苞里,藏着一整个宇宙的奥秘,那么,菱角菜的滋味里,一定流淌着一条大河的气息……

朋友寄来包裹,拆开,有菱角菜、蒲芽、藕带,是珍贵的水三仙,自带流水的清气,印刻于 DNA 里的与生俱来的气息,一霎间氤氲开来,无比治愈。

野生菱角菜,口感最佳,一株株,小而瘦。侍弄它们,需极大耐心,将禾秆上细毛捋掉,掐掉叶及花柄,反复揉搓,去除水锈,切碎,与老蒜粒同炒,激点水,盖锅盖焖三两分钟即可,夏日佐粥的唯一知己。

水生植物一向清火,吃过菱角菜的口腔内,仿佛滑过薄荷一般清凉。

我家乡的河流里,遍布野生菱角菜,叶秆青绿。初春自河底生发,牵藤至河面,开枝散叶。初夏,始开白花,花落,菱出。盛夏成熟,翻开一株,五六七八颗青菱,花生粒大小,四个角,尖而戳手。小孩们大抵于圩埂放牛无聊了,才要下河摘几颗青菱打打牙祭,含于上下牙间,轻嗑,白浆出,微甜,不比家养的红菱鲜甜多汁,聊胜于无吧。每次吃它,嘴唇都被尖刺戳破,胀而痛。

亘古即在的一条小河,自我们村前蜿蜒……每年春上,大人们默契地各自认领一河段,将头年珍藏的老菱裹上泥巴一颗颗抛到河里,等我们脱下夹衣则是仲春了,菱角禾秆自河底扶摇直上。初夏,铺满整片河面。菱角叶子接近革质,可反射阳光,老远望见,白亮亮一片,随着气温升高,简直疯长起来,若干菱角菜盘被同伴挤出水面,耸立着,照常开花。正午,当路过河边,可听闻游鱼撕咬菱角菜发出的"呼嚓呼嚓"的微响,也是天地自然的律动。

家养菱,叶绿,禾秆、果实皆红,大而壮,随便拽四五株,够炒一碟了。坐在河边,毛、叶捋净,放青石上像洗衣那样揉捻,祛除水锈,切两只青红椒同炒,一碗下饭菜。

河流是天然共享的。那么,谁都可以去河边拽几株菱角菜享用,纵然被主人看见,也无大碍。这种水生植物的繁殖力天生强悍,人一遍遍拽它吃它,倒刺激着它一日日快速复制,从未见少过。等秋风起秋霜降了,又是流水哗哗的一段河面了,世界仿佛从未发生过什么。

红秆菱角菜,口感微涩,但不仔细品咂,也体味不出。早餐喝粥,吃它。中餐吃饭,也喜欢端出搭搭嘴。嫩菱剥出,可生食,亦可熟吃。素油清炒,脆嫩,多为宴席备用。

有一年,小姨父去世,在老家县城饭桌上吃到过一回素炒菱角米,桑葚一样紫的嫩菱,热气腾腾堆在碟中。我夹一颗,慢慢品咂,依旧几十年前的滋味——想起童年,小姨正青春,彼时为小学代课教师的小姨父坐在房里拉二胡给小姨听的样子……恍如隔世。

晚夏时节,外婆喜欢用老菱煮粥,甜而糯。合肥菜市偶尔也能遇见一二,比起家乡的风味,则要逊色。大约与产地、水质相关。活水河中生长的食物,才有生命的滋味,茭白、莲藕亦如是。

菱角菜一时吃不完,外婆将其洗净,晾干,腌制起来。发酵过的菱角菜,乌紫乌紫犹如一坨坨墨疙瘩,自坛里掏出,搁饭锅蒸透,抹些水辣椒,不愧为下饭之绝响。

许多年未曾享用过腌菱角菜了。

近年,每次回芜探亲,难免匆匆,无暇去菜市买些菱角菜带回。不承想,朋友回老家不为度假,赤心投喂我如此珍爱的食物。

上午,我坐在客厅小凳上,一株株耐心掐饬这远道而来的菱角菜,放菜盆里一遍遍揉搓,再切切碎,拍五六瓣老蒜,用菜籽油爆炒。一顿饭的工夫,被我一人饕餮大半。与童年时一样的粗朴口感,滋味无匹,别人何以体会得到?

如此平凡的一味水中小菜,却一年深似一年印刻于味蕾深处,实在珍贵。

藕带

每年春夏之交,我徘徊于菜市,不免徒添烦恼——藕带上市了。

三十余元每斤,确乎蔬菜中最昂贵的。我总是纠结于深渊般的心理负担——倘若买来吃了,必有罪恶感,似乎我顿时化身为亡国之君,那么丧尽天良、骄奢淫逸。

这大约与小时家教有关。我妈妈从小灌输于我:人最不能贪图吃穿,要看就看肚子里有没有货。我也纳闷,一个仅读了三年小学的妇女,何以如此看重精神生活?

纵使我活至半百的岁数,依然对我妈的教导无以脱敏。她确乎给我的人生下了蛊,真是无能为力去挣脱。若真买了一斤藕带爆炒着吃下去了,那种精神上的罪恶感,比不吃时的馋劲,还要折磨我些。于是,为了获得灵魂的安宁,我每年都忍着不买。

用我妈的话讲,这有什么吃头的,比肉贵好几倍,不如吃鸡鸭鹅,简直吃钱。去年吧,当听说我买回的两小把山芋梗四元钱,她着实感慨,这么贱的用来喂猪的山芋梗,卖这么贵,你真舍得哟!

四元的山芋梗,我妈都埋怨贵了,何况三十五元一斤的藕带乎?我若吃了,她想必赶来梦里跳脚谴责?

朋友慷慨,说是老家藕带便宜,豪奢地赠我两斤。

终于实现了藕带自由。以六只小米辣炝锅,豪横地炒了一盘酸辣口。藕带的脆爽可口,自是无双。它也是最泼辣的菜,吃得人大汗淋漓,跑了十公里那么快乐。

生命无意义,不如治馔。这些生长于河流的平凡之物,对于人类,一如恩物。

初夏的风一直吹。坐在电脑前,一歪头,窗前一株合欢,无数小花树巅起伏……长风万里，自遥远的南方来，吹着一树树绿叶如浪如滔，麻雀、乌鸫、伯劳们在小竹林中唧唧喳喳，人世何等安宁。

清明帖

清明螺

菜市里售卖的螺蛳，大多为沟沟汊汊里出产的小螺蛳，不太禁吃，要么挑出一丁点儿黑咕隆咚的肉粒子，与春韭同炒。

我曾于芜湖吃到过一种最美味的螺蛳，叫作酿田螺，亦即——清明螺。

田螺是一种生长于水田的浅水螺，大于鸽子蛋。做法颇为烦琐，先用老虎钳剪去螺尾，再将螺肉整颗挑出，洗净，剁碎，掺入猪肉糜，拌以葱姜粒，盐、酱油适量，打一个鸡蛋，生粉少许，顺时针搅拌。若为了口感上的韧劲，再团起肉糜重重摔打几十下，效果更佳。将肉糜塞入螺壳，隔水干蒸。这边起火烧油锅，素油适量，葱姜粒煸香，放入田螺，略烩一下，收汁前记得勾芡，关火，上桌。

吃酿田螺，要趁热，拿一只，先将螺身覆盖的芡糊吮净，再拿一根牙签，将里面饱满的肉糜挑出。有人嘴功了得，无须借助牙签，直接吮，一吮一个准。螺肉的韧劲颇似脆骨，在口腔里发出闷闷的微香，猪肉糜是软糯的，两者相遇，刚柔相济中，恰如推手，一来二往中，口感繁复，滋味无尽。

每当食螺之际，已近晚春了。正值柳絮纷飞，人将日子过到了一年中最为慵懒的时段，所谓春懒。精神上还总是困，终日迷迷糊糊，又有美食可供享用，人变得简直要失智起来了，不思进取。

地处江淮平原的庐州，旱地广阔，不比江南多水田，如此，是一向碰不见田螺姑娘的。我偶尔馋极，买上两斤小螺蛳，回家来来回回淘洗十余遍，以八角、香叶、花椒、干辣椒焖上一焖。坐在阳台，一边晒背，一边以牙签戳点肉星子出来尝尝，聊胜于无。

宋人有诗："无花无酒过清明，兴味萧然似野僧。昨日邻家乞新火，晓窗分与读书灯。"

想食酿田螺而不得,唯有退求其次,吮吮小螺蛳,终归吃得兴味索然。

慢慢地,清明后的螺蛳,开始有了寄生虫——若要吃它,还得等待来年。

这便是春风一度的珍贵。

泥鳅面

正是草长莺飞时节,乡下开始了春耕。

闲了一冬的牛,被牵到田畈,套上犁铧,耕田——大人执犁在前,我们小孩拎只小竹篮断后。随着泥土的翻动,沉睡一冬的泥鳅突然被惊得抱头鼠窜……一块田犁完,我们也许还能捡到一碗泥鳅。

野生泥鳅,头小,尾细,胖胖鼓鼓一身肉,遍体彤黄,杂有黑斑点。无非红烧了,加一把干辣椒。辣得小孩子嗦嗦的,下饭。

老家村口有一池塘,常年水色浑黄,也是一村鹅鸭们的栖息地。一年年的,鹅屎鸭屎沉积塘底,渐而发酵,淤泥尺厚。偶尔,塘水枯竭,但看淤泥表面不时鼓起小白泡,那是泥鳅躲在泥里呼吸——双手插进小白泡附近的淤泥,轻轻捧起,就是一只肥胖泥鳅。

泥鳅多得一时吃不掉,可用盐腌,晒干,搁饭上干蒸,滋味殊异。风干的泥鳅肉,韧而紧实,咸香肥腴。

最难忘的,还数小城芜湖的泥鳅面。

江南河流纵横,处处活水,产出的泥鳅,殊为可口。

小城有一家泥鳅面馆,一到晚春,宾客盈门。坐落于一个窄巷里,大清早出摊。需排队,才吃得上。

泥鳅提前买回,清水养几日,滴一点色拉油,令其吐出肠中泥沙,继而宰杀,洗净,佐以八角、花椒、香叶等料稍微腌制数小时,再清洗一遍,沥干水分,滚油锅内炸透,复慢慢卤煮。

一绺儿细面,滚水大锅里焯上一焯,断生后,迅速捞入漏瓢,上下颠颠,沥去水汽,搁进蓝边碗,盖五六条泥鳅,撒一撮香葱,再泼上一瓢泥鳅卤汁。

你坐好了,不要急,先贴碗沿喝一口透鲜的泥鳅汤,醒醒胃,再吮几根细面,最后用筷子搛住泥鳅头部,送到嘴巴里,再用筷子拖住泥鳅尾,略微抿一抿,泥鳅肉下了肚,吐出一整根脊骨。

泥鳅经过繁杂的煎炸、卤煮程序,最末到了舌上,确乎细如宣纸了,风卷残云般,面尽,汤光。

也有老人闲得慌,颤颤巍巍自口袋里掏出一小瓶二锅头,拧开盖子,不时抿一小口,生生让站在一旁等位的年轻人颇为焦灼。可是,这就是生活啊,有什么法子呢。

腊肉

◎ 任芙康

记忆里，老家进入腊月，便是腊货熏制旺季。岁尾三十团圆饭，桌上不摆出几盘腊制食品，纵有鲜肉亮相，仍属"糊口"，无非比平日多道荤菜而已。这般将就，是对春节的敷衍，往往会惹人轻看。

正月的光阴，跑得飞快。元宵节过罢，大人换上工装，学童摊开课本，心思转移，拜年话渐行渐远。唯有殷实人家，嘴角尚未褪尽喜气，案板上依旧时有腊货出没。

斯文些的一家之主，能将偶尔上桌的美味，享用得有板有眼。往往一改节中随意，端起酒盅，浅抿一口，伸箸撺起亮闪闪的一块肉，或一片肠，并不顺势入口，暂停推进，似有不舍的端详、惜别的踌躇，甚而凭吊的怅惘。心下满是明白，所有的美妙，万勿好戏连台。口腹之欲的重逢，同样须有间隔，讲究的是应季循环。

正月下半段，仍有人家操办宴请。这些绝非拾遗补缺的应酬，多邀"稀客"，日子早经谈妥，故而，万不可视作寻常吃喝。此刻上席的腊肉，皆为遴选的臻品，乃"黑爷"身上最优秀的"五花"（边角部位，早就充任过年初期大快朵颐的先遣）。主菜四周，聚拢各色煎炒蒸炖。东家一再自谦的"便饭"，不断收获客人的饱嗝：安逸，巴适，今天嘛，才算伸伸展展过了个年。——老家的习俗，便是这样，过年的压台戏，往往在门庭若市消停之后。

天气一天天暖和，到了农历二三月，又有三朋四友谋划打牙祭。开卷有益未必人人肯信，开饭有益一定个个爱听。杯盘碗盏数十天的素净，让人开始追思春节的铺张。饕餮之徒的肠胃，早无气节可言，压抑到对个暗号就上钩。甲说上句"苞谷酒"，乙接下句"老腊肉"。这两样到位，余下的配菜，全成枝节,随便兼搭就是了。耳闻上海人下馆子,点菜亦有类似默契,只是沪语柔媚,带着善解人意的体贴。某人刚诉苦"一天不见青",随即有应和"两眼冒金星"。这就等同知交,瞌睡来了递枕头,会心一笑,携手入席。有青青绿绿的"鸡毛菜"坐镇,草草添几种海味、山珍,便成盛筵。

其实,在冰箱缺席的年头,只有到了乡下,方可窥见"老腊肉"的尊容。那般黑黢黢、油乎乎,堪属不同凡响的色彩。你越是肤浅,越容易痴迷,越不舍失之交臂。远虑深谋的庄户,年节里会时时眷注腊肉的存量,不搞大手大脚,反会挑选若干,悬挂于火塘上方。如此天天烟熏火烤,正是山民妥帖的储存。从水稻挠秧的六月,到开镰挞谷的八月(均为农历),预期的盖屋建房,意外的人来客往,老腊肉都是鞭策或救急的功臣。

暑天的溽热中,腊肉命长,搁放越久,煮出来味道越均匀、厚实。那年夏天,有同学提议,我等三人,凑了几斤肉票,在城里买上鲜肉,搭车下乡,去找他表哥以物易物。新婚的表哥,爽气外露,将肉递给老婆,吩咐割下一截,下厨收拾。表哥说完,跑着来去,从菜地拔回一把蒜苗。中午白米干饭,一盘清炒嫩南瓜丝,一钵回锅肉,叫人忘掉客套,个个热汗淋漓。酒足饭饱,表哥取出"置换"的腊肉。我接过手,明显重于带去的鲜肉(一斤鲜肉,应获腊肉八两)。不忍表哥吃亏,我们表示补偿一元(当时鲜肉市价五角八分一斤)。他连连摆手:"不亏,不亏。早想尝口鲜肉,莫得肉票,这一顿正好过瘾。"我们听罢,不再坚持,索性拜托表嫂,趁炭火方便,帮忙一把。表嫂动作麻利,又有章法,将腊肉烧皮、泡胀,刮洗一净后,切成三份,再用草纸包得方方正正。告辞时,表哥家的小黄狗尾随着,发出莫名呻吟。我们走上一里开外的公路,它才怏怏而回,好像认定这几位贪心不足,吃过喝过,还骗走了主人的东西。

1976年年底,我在部队当干事。所干之事,从早到晚,手握秃笔,填充稿纸。某一天,新稿完工,伸罢懒腰,突发奇想,何不再找点事干?便与驻地附近朋友联系。对方是农场当家,听完我的打算,哈哈大笑,答应帮忙。隔了两天,我如约到得场部。两小时前,食堂为改善职工伙食,刚让几头肥猪谢世。此刻,闲人早已散去,给我的预留,正是事先说好的数量(二十斤),亦是事先说好的质量(不要尽瘦,不要尽肥,不带骨头)。一位师傅结完账,又照我请求,将肉分割成巴掌宽、一尺长的条状。

回到营房,原本只是写字、翻书、睡觉的空间,因如今桌上堆放着猪肉,外加一应调料,平添世俗的家常,让人再难正襟危坐。贪嘴的人,都会有可笑的耐性,就如我眼下,无师自通,细心侍候每块猪肉。抹盐、敷酒(沙城大曲)、撒花椒及敲碎的八角,外加蒜末、姜末,之后使暗劲揉搓。耗费半个时辰,估摸味已入肉,紧实地码放盆内,腌上一夜。

宿舍皆平房。由房间推窗翻出,六尺开外,是院子围墙,与住房间隔成一道无人行走的空当,其格局隐蔽,被我一眼相中。满地废砖,捡来搭成简易灶洞,中间平穿铁棍数根,再找一块锌板,盖住顶部,又骑车去木工房,驮回两麻袋锯末。

翌日上午,将腌好的肉块横陈于铁棍上,让它们开始洗心革面地演变。锯末漫燃开来,我的稿子再也写不下去,只顾透过窗户,观赏乳白色的"炊烟"袅袅升起。

接连几个白昼,我"专注"于一心二用。每每伏案个把小时,越窗而出,朝灶洞火堆添撒锯末。便有不息的烟,熏染着华贵的肉。如是三日,大功告成。气色纯正的杰作,被赏心悦目地悬挂起来。又过数日,将晾得干干爽爽的腊肉,用报纸打包,装入一个大小恰好的纸箱。

北京南口邮电局,一位女职工开箱检查,年岁轻,所以好奇:"您这腊肉,就是'辣肉'吗?"我正解释,柜台内过来一眼熟的大姐。她则另有纳闷:"腊肉属南货,只见过四川邮发北京,从无京城返寄蜀地,是您自己加工的?加工费事儿吗?"诸如此类,让交谈进入我的"强项",吸引了十来位顾客。

付邮之后,心里七上八下,生怕包裹闪失。过了一周,赶去邮电局,排队拨打长途电话。轮到我时,运气不错,两三分钟便听见了亲人的声音。父亲恰巧在单位,告诉我航空信早到,而腊肉搭乘火车,应该会慢上几日,劝我不要着急。谁知转天下午,就喜读电报:"肉到味好。"

我家所居,位于老城中心,是昔年教会的育婴堂。三幢西式平房,组合成一座院落。各幢结构类似,宽敞的过道两侧,房间大小相同,屋顶高挑,纯木地板，每户一室。单位办事周全，为各家另辟一扇后门，通向"厨房"。屋宇飞檐伸展，遮蔽出宽宽阶沿，安顿着家家的锅灶，这便天天都有人间烟火，谁家做了好菜，皆美味扑鼻。据说，"北京腊肉"寄回那天，引起满院新鲜、围观。我妈顿生与芳邻分享的念头，当即打整两块下锅。肉熟切片，按各家人头奉送品尝。众人都不曾推让，都真心叫香，都夸奖芙康。后来探家，同院叔叔、阿姨，当面继续嘉许我的手艺。有位资深"五香嘴"，索性端坐我家，不仅点评腌熏考究，甚而断言燃料纯粹，全系柏木锯末。我妈眉欢眼笑，只是静听，背后用句句细节，对我摆谈那日"盛况"。这让我真切豁然，直见母爱，晓得老人家为儿子的雕虫小技，喜悦至极，且暗自骄傲无边。

第四十个春天

◎ 余志勤

我和春天贴得很近。

我几乎将脸靠近了一片正在冒出的银杏树叶。往年，一般要满树皆绿，我才意识到春天来了。今年，我跑到了春天的前头，与春天齐头并进，看到了它正在酝酿的动作——膨胀，萌动，接着第一片银杏叶从黑灰色的苞芽里探出来。

一芽绿，小小巧巧的，像根绿色的眼睫毛。春天还未真正睁开眼。只需等一个晚上，你就可以看到叶片像眼帘了。"吉铃吉铃"，鸟鸣声似细沙，漏入青纱似的绿影中。一道晨曦伸出橘红的带钩，整块儿撩起树上的薄纱。树从梦中醒来。鸟儿开始活跃，你与鸟的相遇方式多种多样。不经意间并排站立着，你和鸟都突然吓了对方一跳。或者鸟儿就站在枝头，你就站在树下。再或者，一群鸟在草丛间觅食，你一走进，它们就齐刷刷地飞开了。有的没入灌木丛，有的飞向高空，有的飞向树。有时鸟儿把自己藏得很好，有时又故意暴露自己，一展歌喉。在林间，鸟儿们随心所欲地生活着。我还做不到。但作为春天里的漫游者，我倒也不灰心，继续在大地上慢慢地看、慢慢地听，遇见一棵树就停下，叫出它的名字，记住它的叶子形状，偶尔也在树下做做梦。

我对树还知之甚少，不过只要在树下待上一会儿，也能很快发现悬铃木是这片树丛里最受欢迎的树之一，它枝繁叶茂，哪怕整个冬天，叶子也不会掉光，鸟儿可以藏身其中，树的枝头还会挂着如汤圆大小的果球，鸟儿们又可以停在树上啄食。一啄开，带刺的小种子便四处飞落。我放下望远镜，踮着脚，企图摘下一颗，还差半米。

整个冬天，我离悬铃木最近的果球始终差半米。

我只能在树下等，等鸟儿玩够了，扔下半颗。或者，等风吹掉一根树枝后，再走过去捡起。我得以窥见果球内部数百粒毛茸茸的小种子，看见果核像月球表面一样凹凸不平，这全靠天意。

　　此时，穿过鸟鸣声，我发现悬铃木又长出了新的果球，小小的，一颗或两颗，掩在叶底。嫩叶萌发，老叶脱落，不断有乳白色的新叶冒出——不纯然是绿，而是绿中带鹅黄、灰白，就像悬铃木的树皮，一件裹着的灰白色迷彩服。一块树皮脱落，我帮它嵌回原处。我还是触不到一片新叶。

　　新叶皆在树冠高处，离我近两米。这是我与春天的距离，似乎比离冬天还远。但这并不意味着我会错过悬铃木的美——我可以将头仰得更高，这是一个人靠近树时惯常的姿态。

　　只要靠近树，就会有收获。

　　在这片树丛里，很多发现是不经意的。

　　或许一连很多天，你看到的羊蹄甲都差不多，满树绿叶堆积，紫色的花朵正在绽放。远远的，一棵树高大，一棵树矮小，花就有了层次，由下而上，像一级级紫色的阶梯正通往一个神秘国度。

　　花朵带给你浪漫的想象，春天在你的想象里变得多情。这很好，但这也只是你眼中一厢情愿的春天，是羊蹄甲树上的部分春天。你还是得走近它，才能发现，花朵固然能带给人联想，其实羊蹄甲的叶子才真是迷人。它的叶多半是合拢的，像柔软的绿蚌壳，在紫色的河流里潜藏。你如果想等到蚌壳醒来，就需等到温暖的阳光洒下，或夕阳西下时，靠近最下面的叶才会缓缓张开，像小孩在母亲的怀里甜甜地睡着后，慢慢摊开了手掌。

　　春天的变化在毫厘之间，只是眨眼的工夫，蓝花楹的叶子便没那么青绿，不能带给你梦幻般的感受了。它的叶子开始慢慢变黄，一点点脱落，像一个人开始掉眉毛或胡子般，一种细腻的忧伤弥漫在你心上。其他的树木也有在春天掉叶的，比如黄桷树。风一吹，呼啦啦的，一地的叶，有黄有绿，铺了厚厚的一层，孩子们踩着玩儿，老人们就坐在树底看叶子打着旋。黄桷树的每一次落叶，都是一场壮观的典礼，那么厚实的叶片，那么雄浑的声音，那么壮美的凋零——完全是留在记忆里惊心动魄的生命盛典。

可蓝花楹不一样，它的叶子那么细密，好不容易熬过了冬天，却在春天里悄然逝去，比花的凋零还让人伤感。我站在蓝花楹下，沉浸在若有若无的情绪里。猛地抬头，发现蓝花楹树上挂着一颗颗像小乌龟状的果实，壳呈绿色，中间凸起，两头下凹。奇特的果实形状深深吸引了我，使我不再沉浸于文学的伤感中，又开始像个生物老师一样充满了好奇——看上去如此柔和的蓝花楹竟会结出如此坚硬的果实吗？我开始期盼能获得一颗蓝花楹的果实。我不能再幻想鸟儿能啄下它了。在天意和脚踏实地间，我选择瞪大眼睛，在树下半蹲着前行，躬身寻觅，不排除任何可能。一棵树，两棵树，直到第三棵树，我才找到了一颗掉下的果实，壳大体呈棕褐色，表层似乎还晕染了一层墨汁。弯曲食指，一敲，有咚咚咚的声音，真像敲打在龟壳上。只需一会儿，我的指关节就红了。

疼痛，让我觉察到这个春天是真实的，不同于之前的三十九个春天——我会用同样的词汇，比如万物复苏去形容——在我人生中的第四十个春天，我发现万物只是在变化。不一定是复苏，有可能是凋零。也不一定是凋零，只是人所认为的凋零，或许恰恰包含了植物的某种决心，从另一个侧面借另一种机会展现完整的自己，或者抖落一年多余的东西，成为一棵新树。

春天里的很多树，初看还和去年一样，其实变化早已悄然发生。

喜树的树干还独臂似的刺向天空，可树下已铺满了一层瓜子壳似的种子。喜树的种子一直在时间里缓缓撒落，落下的种子，一层层铺上去，积少成多，就成了树下的软垫。栾木树冠上的叶子则被一点点风化了，从灰黑到灰白，到只剩下叶脉连着，像小型蛛网。杨柳垂下来的枝条上冒出了点点嫩芽，嫩芽越来越多，似无数省略号在春天里荡起了秋千。

春天还很瘦。变化也不可能一蹴而就，树所信赖的只有时间。

交给时间吧。

一周。枇杷树每个枝头都开出了新花，像合拢的手掌，像春天里耀眼的白光，层层叠叠的。你站在树下，就是站在光里。三天，白光越来越耀眼，原来那不是花，是叶，是枇杷树在长新叶。

这才是春天，美到让人眩晕，分不清叶和花。

这才是春天里的枇杷树，一棵树，就是一座祭坛，老叶深绿的颜色是祭坛基座的底色，枇杷新叶赋予了祭坛神性的光辉。叶长得太盛大了，超越了我日常的经验——原来，叶不一定是烘托花的。叶有属于自己独立的美，可以自己烘托自己。是叶，老叶与新叶，一起创造了春天的另一种美。枇杷花呢？我在网上搜到枇杷树开出的花，土黄色，毛茸茸的，非常不起眼，几朵为一簇，藏在深绿的叶后，和春天的新叶相比，先就差了气势。不过，枇杷树在冬天开花——这也提醒我，不能只按常理来认识一棵树，否则就会在自以为是中错失了真正认清事物的机会。

这个春天，如果我没意识到自己已经走过了四十个岁月，想要换一种方式重新理解自己与世界的关系，我也不会发现，原来每一片叶的到来，春天都是以最隆重的仪式来迎接它们的。

春天从不厚此薄彼。

它郑重迎来每一片叶，也用这种无声的方式郑重迎接每一个漫游者——无论它多微不足道，只要站在树下，也会跟周围的树一样沐浴在温煦的春风里。

如果可以选择，此时，我想和杜仲树站在一起，想变成它枝头的一片红叶。

杜仲树一到春天就半树红半数绿。红叶像火，热情、饱满。绿叶似湖，沉静、内敛。红与绿间杂着，你不太能一眼看清杜仲的本性。但我还是愿意靠近它。把它的红叶看成花，是叶开出花，是"叶"花。我正在开始学着为身边的事物命名，并用自己的方式去注解它们。

"叶"花，是我献给自己第四十个春天的礼物。这是大地上的春天，这也是我的春天。我的世界不再局限于一张书桌了。现在，整个大地都是我的书房。大地上的每片叶、每朵花，都是一个大世界。生命的丰富，不仅来自我们所看见的事物，来自我们对所见的理解，更来自我们走向这个世界的姿态。